U0506661

余蕭客文集

文選紀聞

[清] 余蕭客 著

曹煒巫潔 點校

國家社科基金重大項目"乾嘉學派——吳派研究"
（17ZDA303）的階段性成果

蘇州大學人文社科優秀學術著作出版基金資助

前　言

一、編纂者介紹

《文選》由南朝梁昭明太子蕭統組織編纂，是我國現存最早的詩文總集，備受後世學者關注，甚而衍生出了研究《文選》音韵、校勘和訓詁等的"選學"。清代選學在經歷元明時期的低迷後得以復興，人才輩出，其中以乾嘉學派中的余蕭客爲個中翹楚。

余蕭客，字仲林，別字古農，長洲（今江蘇吳縣）人。其生卒年有多種説法。余蕭客摯友任兆麟所作的《余君蕭客墓志銘》記有"君没于乾隆四十二年某月日，年四十有九"，據此推論，余蕭客當生於雍正七年，即 1729 年，卒於 1777 年，享年 49 歲。余蕭客弟子江藩在《國朝漢學師承記》中則記有"（余蕭客）卒年四十有七"。除此之外，還有吳修所載"余古農四十七，雍正十年壬子生，乾隆四十三戊戌卒"；道光年間《蘇州府志》所載余氏年齡爲 43 歲；邢思斌《鏗韵：中國殘疾人詩詞選集》所載余氏年齡爲 42 歲①。其壽命竟有四種不同的説法，且摯友和弟子均爲關係親近之人，所説也不

① 姜安：《余蕭客生平考述》，《學術交流》2019 年第 2 期。

同。對此，范志新①、姜安、王忠傑②都做了考證，均以生於1729 年、卒於 1777 年爲正。

據江藩《國朝漢學師承記》，余蕭客自幼有異稟，由母親教授四書五經以及《文選》，勤於苦讀，凡聽説有善本異書，都想方設法借來謄抄。因此，雖然家道窮困，却有藏書數以千計。由於終日苦讀不輟，余蕭客患上眼疾，只能讀大字版本書籍。余蕭客終身窮困潦倒，到了晚年，在經歷了母親和妻子的離世後，更是"散如雲烟矣"。

二、内容介紹

《文選紀聞》爲余蕭客晚期的作品，共三十卷，廣泛搜集宋代以來歷代學人著述中有關《文選》所録諸篇研究的文字材料，逐條抄録於《文選》所録諸篇的相關字、句之下，若自己有不同意見，則以按語標出。《文選紀聞》輯録的文字材料種類豐富，内容繁複，引用的中國古代各類典籍及注疏、經文多達 597 種③，大致可歸爲以下幾類：

1. 姓名考證

班孟堅

山谷云："班氏以鬭穀於菟得姓，凡班姓當從斑，史作班，誤。"（史繩祖《學齋佔畢》二）

2. 同作及擬作介紹

《兩都賦》

李庾《兩都賦》表："伏見漢諸儒，若班固、張衡，皆賦

---

① 范志新：《余蕭客的生卒年（外一篇）——文選學著作考（二）》，《晋陽學刊》2005 年第 6 期。
② 王忠傑：《余蕭客〈文選〉學研究》，華僑大學碩士學位論文，2019 年。
③ 竇淳冉：《余蕭客〈文選紀聞〉研究》，蘇州大學碩士學位論文，2020 年。

都邑，盛稱漢隆。今隋室遷都，而我宅焉。廣狹榮陋，與漢殊狀。言時則有六姓千齡之變，言地則非秦基周室之故。臣雖未及固、衡之位，敢效皋陶、夔斯庶幾之誠，謹獻《兩都賦》若干言。"(《文苑英華》四十四　凡《文選》諸大篇，後人有同作及擬某人某篇見宋元以前書者，輒錄其題於《文選》本題下)

3. 文體介紹

銘

程事較功，考實定名，謂之銘。(《珊瑚鈎詩話》三)

上書

上書陳事起自戰國，逮於兩漢，風流彌廣。原其體度，諫諍、訟訴、對策、遊説，總此四塗。賈誠以求位，鬻言以干祿。良史所書，取其一介，非士君子守法度者所爲也。(《顏氏家訓》上)

4. 鳥獸、器物考證

烏賊擁劍

海人云："即秦王算袋魚。昔秦王東遊，棄算袋于海，化此魚，形如算袋，兩帶極長，墨猶在腹，人捕之，必噴墨昏人目。其墨用寫券，字磨滅，如空紙，無行者多用之。"(蘇易簡《文房四譜》五)

内設金馬石渠之署

漢銅馬式藏周公謹家，其初破爲數段，鑄工以藥桿栅之，復完如新。(陸友仁《研北雜志》上)

5. 地名、位置考證

銅雀臺

銅雀臺高十丈，有屋百餘間，石虎更增二丈，立一屋。連棟接檐，彌覆其上，盤迴隔之，名曰命子窟。又于屋上起五層樓，高十五丈，去地二十七丈，又作銅雀于樓巔，舒翼若飛。(《水經注》十)

6. 人名注解

奉春建策

奉春君，婁敬。春，四時之始，婁敬始建遷都之策，故號焉。

7. 難句注解

鄉曲豪舉，游俠之雄

謂豪俠之人自相稱舉。（《六臣注》一　劉攽《文選類林》十六　按：蘇易簡《文選雙字類要》三卷，劉攽《文選類林》十八卷，傳本絕少，今附見一二，又採異同之近理者備考。）

8. 難詞注解

象耕鳥耘

耕者行端而徐，起墢欲深，獸之形魁者無出于象，行必端，履必深，法其端深，故曰象耕。耘者去莠，舉乎務疾而畏晚。鳥之啄食，務疾而畏奪，法其疾畏，故曰鳥耘。（陸龜蒙《笠澤叢書》丙）

9. 對縮寫的解釋

七相五公

謂丞相車千秋，長陵人；黃霸、王商，並杜陵人；韋賢、平當、魏相、王嘉，並平陵人。　謂田蚡爲太尉，長陵人；張安世爲大司馬，朱博爲司空，並杜陵人；平晏爲司徒，韋賢爲大司馬，並平陵人。（《後漢書注》）

10. 音韻、訓詁相關

衆流之隈，汧涌其西

汧音牽。（《經典釋文》二十七）

西有先音。（顏師古《匡謬正俗》八）

提封五萬

凡言提封，謂提舉封疆大數，學者讀提爲堤，著述文章變爲堤字，云總其堤防封界。案：堤防之字音丁奚反，江南讀爲大奚反，其提封本取提挈之義，例作低音而呼堤防爲蹄音，兩

失其義。(《匡謬正俗》五)

11. 人物、作品評價

謝靈運

謝靈運，小人哉，其文傲，君子則謹。(《中説》上)

《公讌》

子建《公讌》，讀之猶想見其景，劉公幹、王仲宣亦有詩皆直寫其事，今人筆力，竭思不能到。(范晞文《對牀夜話》一)

12. 補充擴展

立金人於端闈

立者猶言設此金人，非謂其象之立，故《黄圖》申言金人坐殿前也，魏明帝鑄翁仲坐司徒府前，坐而不立，亦放秦也。(《雍録》十)

余蕭客徵引歷代學人關於《文選》的材料時帶有一定程度的思辨視角，這種思辨性體現在其按語中。《文選紀聞》中的按語大致可歸爲以下幾類：

1. 對引文的補充擴展

有西都賓問於東都主人

賦設問答，如西都賓、東都主人之類，至子瞻《後杞菊賦》起句云："吁嗟先生，誰使汝坐堂上，稱太守？"便自風采百倍。(李塗《古今文章精義》　按：問答爲賦之變，《後杞菊賦》起句又問答之變。)

命般爾之巧匠

案：蘇郡楓橋塔院衙徐氏灶屋有土，高尺許，妨來往，二十年前其主人欲平此土，掘得石碑一，上有五赤字曰："公輸子之墓。"其家祭而掩之，移灶他所。據《續雜俎》，則此或般父墓；據《孟子注》，則般或客死外家，遂葬吳地。

2. 校讎

乃有櫻桃山柿

櫻桃，《博物志》一名牛桃，一名英桃。（《齊民要術》四）

案：《博物志》無此語。

3. 對版本的考證

橫被六合

孟春與孟秋合，仲春與仲秋合，季春與季秋合，孟夏與孟
冬合，仲夏與仲冬合，季夏與季冬合，故曰"六合"。（許慎
《淮南子注》一）　按：《淮南》許慎注二十八卷，文多與高
誘注同，疑非叔重元本。然服虔《左傳注》，孫炎《爾雅注》
俱失傳，以唐宋諸書徵引服、孫舊注，考之杜預《左傳》、郭
璞《爾雅注》，十同七八。若使服、孫注俱傳，自然與杜、郭
多合。如鄭樵《爾雅注》，用郭璞者十八九矣，不可謂郭注非
真本也。

4. 糾錯

披三條之廣路

三達之道。（《六臣注》一　蘇易簡《文選雙字類要》
下）　按：《爾雅》"二達"至"九達"皆兼縱橫而言，《釋
宮》曰："三達謂之劇旁。"孫炎曰："旁出岐多，故曰劇。蓋
縱一橫二，旁劇於中，故曰劇旁。"《西都》三條廣路乃皆縱
道，直出三門，與《爾雅》"三達"不合。

神仙長年禰因

神仙殿在長樂宮。（《禁扁》乙　案：《漢宮》："宮，總
名。"宮中宮殿雜名彼此各以百數，不能不一二互見，班
《賦》自未央以前道未央，混，建章以後道建章，此神仙殿在
未央也。）

5. 說明

鄂戶（《類林》四）

《文選注》李善本頗音難字，不著音所出書，李善師曹憲
有《文選音義》，善若用音不當，没其師説，又善注首尾完
備，其音不當，十漏五六，恐與《五臣注》所加皆非元本。

今從《文選雙字》《文選類林》附見舊音一二。

6. 評論

婉彼幽閑女

按：劉向《列女傳》載："魯秋胡妻，尋其始末，了無才行可稱，直以怨懟厥夫，投川而死。輕生同於古冶，殉節異于曹娥。此乃凶險之頑人，強梁之悍婦，輒與貞烈爲伍，有乖其實。"（《史通》七　案：《史通》此論勝諸條，然文深不能。如漢吏無害秋胡妻，拒胡不爲貞，投河不爲烈，蓋不知爲秋胡而死，不當死，死於烈也；知爲秋胡而死，不當死，死於妬也。彰婦人之節，傷君子之行，致令秋胡遂同遺臭，事夫之道，不其闕如，編諸列女，實有慙德。）

7. 音韻、訓詁相關

險易

險易與並迹后辟爲韵，則"易"入聲讀。鄭康成用《乾鑿度》説三易，云："簡易，一也，變易，二也，不易，三也。""簡易"爲三易第一義，合《東都》用韵，知漢時"周易"之"易"、"難易"之"易"不分二音。孔穎達説"簡易"義從三易之義，音從"難易"之音，蓋唐人漸失古音如此。

三、學術價值與不足

首先，《文選紀聞》引書皆注明篇目，十分詳審。因該書爲記録作者平素所見《文選》所録篇什的研究資料，故名《文選紀聞》。該書被稱爲清代選學的開山之作，引領清代選學走向鼎盛，功不可没。輯録引文旁徵博引、包羅萬象，不啻爲了解《文選》乃至窺探中國傳統文獻面貌的寶貴資源。

其次，余氏還對引文内容進行糾錯、解釋，對《文選》原文進行注音，不僅在校勘方面頗有建樹，在訓詁方面的成就亦引人注目。

以上成就從"内容介紹"便可見一斑。

然而，正因爲輯録太細，容易陷入過於龐雜的境地。對所引内容，余氏基本見輒取之，有輒用之，凡是能見到的均予以收録，"書中泛引群籍至數百種，意取疏通選義，頗嫌雜搜，不盡本源"①。比如，對於地名、位置的考證占了全書很大的篇幅。《西都賦》涉及大量地名以及官殿樓閣的名稱，僅"未央宫"一者，相關文獻就列了8條，這8條文獻内容又多有差異，如關於未央宫的占地大小，有"周二十二里""周二十八里""周三十三里"三種；關於未央宫臺殿數量，又有"四十三""三十二""三十六"三種。余氏列出的這些不同説法，事實上很難考證。一是《西都賦》所涉宫殿樓閣距余氏年代過於久遠，經過滄海桑田風霜巨變，亭臺樓閣早已湮滅，難尋蹤迹。二是歷代書籍中對於建築的記載，本就晦暗模糊，不甚明晰，多"西南""西北"這樣的概指，給後人的考證帶來了難度。余氏花費了大量精力進行輯録，讀者花費了大量時間進行閱讀，可是讀完這8條，最終也不知未央宫究竟占地多少，擁有多少臺殿。羅列多家之言自然是體現了治學的嚴謹，但應該衡量哪些值得列出，哪些不值得列出。像地名、官殿這樣的客觀事物，既然已經失去了考證的條件，似乎也就沒有了辨證的必要。

四、整理説明

所選底本爲碧琳琅館叢書本《文選紀聞》，爲清末藏書家方功惠輯。此次點校不做別本對校，以書内引文與原文對勘爲主，兼以補充和注釋。是書所引内容，多爲意引、節引，點校時脱漏處不做補充，僅將改動處作校勘標注。對原文的校勘，盡量選取多本對校。原文出處，不做説明的，一律出自《四

---

① 駱鴻凱:《文選學》，中華書局，1989年，第92頁。

庫全書》本。對校本以"按"標出，與《四庫全書》本同的，
標"×××本"同；不同的，另做補充。古體字、異體字、俗體
字不另行標出。略列舉如下：

1. 補全著作名

重城結隅

閶闔城狀如亞字，唐乾符三年，刺史張傳修此城，梁龍德
中，加以陶甓。(《續圖經》下)

【注】"《續圖經》"爲"《吳郡圖經續記》"省稱。

2. 注解

嶽修貢兮川效珍

廬江熊山破得寶鼎，潕出黃金鼎，故言。(《六臣》)

【注】指潕湖。

3. 讀音辨正

眹畞德補 (龔頤正《芥隱筆記》)

【校】余氏同顧氏文房小説本。明顧氏文房小説本："辨
畞字音德補切。"四庫全書本："辨畞字音莫補切。"

4. 讀音糾錯

愶竄取外 (《集韻》七)

【校】"取外"作"臥亂"。《集韻》："竄，臥亂切。"
"襆，取外切。"

5. 引文糾錯

北彌明光而亘長樂

長樂宮在長安縣西北十五里，長安故城中。(《元和志》一)

【校】余氏引《元和志》時將未央宮和長樂宮混淆。《元
和志》："漢未央宮，在縣西北十五里，並在長安故城中。"
"漢長樂宮在縣西北十四里。"

鳥則玄鶴白鷺

鶴千歲變蒼，又二千歲變黑。(《古今注》中)

【校】"又二千歲變黑"作"又千歲變爲黑"。【按】四部

叢刊本同。

6. 按語糾錯

臨乎昆明之池

《長安志》：今爲民田。（《雍録》六　案：今《長安志》無此語。）

【校】四庫全書本《長安志》卷十二有此語："昆明池在縣西二十里，今爲民田。"

7. 引文出處糾錯

丞相欲以贖子罪

公孫賀爲丞相，其子敬聲爲太僕，盜用北串錢千九百萬貫，主守盜贓至於千九百萬，以捕一匹夫便得贖，漢綱可謂疏矣。至武帝以後則不然。（《雲麓漫鈔》三）

【校】此段應出自《雲麓漫鈔》卷九，非卷三。"北串錢"作"北軍錢"。

帶朝夕之濬池

吳縣朝夕池，劉逴測候云："海水朝夕上下，因以爲池，曰朝夕。"（《寰宇記》九十一）

【校】《太平寰宇記》無此條。

整理者水平有限，書中點校錯訛在所難免，敬祈讀者指正。

目　　録

卷　一

班孟堅

山谷云："班氏以鬭榖於菟得姓，凡班姓當從斑，史作班，誤。"史繩祖《學齋佔畢》二

《兩都賦》

李庚《兩都賦》表："伏見漢諸儒，若班固、張衡，皆賦都邑，盛稱漢隆。今隋室遷都，而我宅焉。廣狹榮陋，與漢殊狀。言時則有六姓千齡之變，言地則非秦基周室之故。臣雖未及固、衡之位，敢效皋陶、奚斯庶幾之誠，謹獻《兩都賦》若干言。"《文苑英華》四十四　凡《文選》諸大篇，後人有同作及擬某人某篇見宋元以前書者，輒録其題於《文選》本題下。

《兩都賦》擬《上林》《子虚》。張表臣《珊瑚鈎詩話》一

盧疏齋《文章宗旨》："賦者，古詩之流，前極宏侈，後歸簡約。班固二都冠絶千古，鋪張巨麗，後稱典謨訓誥終焉。厥後十數作者仿而傚之，蓋詩人之賦麗以則也。《輟耕録》九①

序

賦者，古詩之流也

《楚辭新序》②："《風》《雅》爲《騷》，《騷》爲《賦》；譬江有沱，乾肉爲脯，謂義不出此時異然也。傳曰：'賦者，古詩之流。'故《懷沙》言賦，《橘頌》言頌，《九歌》言歌，《天問》言問，皆詩也，《離騷》備之矣。蓋詩之流，至楚爲騷，漢爲賦，其後賦復爲詩、爲雜言。"晁補之《雞肋集》三十六
《宋文鑒》九十二

---

① 【注】《輟耕録》爲《南村輟耕録》省稱。
② 【校】"《楚辭新序》"作"《離騷新序》"。【按】四部叢刊本同。

内設金馬石渠之署

漢銅馬式藏周公謹家，其初破爲數段，鑄工以藥桿①柵之，復完如新。陸友仁《研北雜志》上②

石渠閣，蕭何造。其下礱石爲渠以導水，若今御溝，因爲閣名。藏入關所得秦圖籍，成帝又藏秘書焉。《三輔故事》："石渠閣在未央宮北。"《三輔黃圖》五③

朝夕論思，日月獻納

南宋有論思獻納堂在省。王士點《禁扁》丙

皋陶歌虞

天寶二年三月，追尊皋陶爲德明皇帝。范祖禹《唐鑒》九

奚斯頌魯

《閟宫》詩："新廟奕奕，奚斯所作。"謂奚斯作廟，義理甚明。鄭氏云"作姜嫄廟"，《法言》乃曰"正考甫晞尹吉甫，公子奚斯晞正考甫"。宋咸注謂奚斯慕考甫而作《魯頌》。正考甫只是得《商頌》於周太師，初非自作。班固、王延壽云"奚斯頌魯"，後漢曹褒曰："奚斯頌魯，考甫詠商。"注引薛君《韓詩傳》："是詩公子奚斯所作。"皆相承之誤。洪邁《續筆》④

《西都》

有西都賓問於東都主人

賦設問答，如西都賓、東都主人之類，至子瞻《後杞菊賦》起句云："吁嗟先生，誰使汝坐堂上，稱太守。"便自風采百倍。李塗《古今文章精義》⑤　按：問答爲賦之變，《後杞菊賦》起句又問答之變。

---

① 【校】"桿"作"銲"。【按】民國景明寶顏堂秘笈本同。
② 【校】此條應出自陸友仁《研北雜志》卷下，非卷上。
③ 【校】《三輔黃圖》卷五無此條，此條應出自《三輔黃圖》卷六。
④ 【注】《續筆》爲《容齋續筆》之省稱。此條出自《容齋續筆》卷一。
⑤ 【注】《古今文章精義》爲《性學李先生古今文章精義》省稱。

作我上都

　　《五臣注》：“上都，西京，何太淺近。何不云‘君上所居，人所都會’，況秦地厥田上上，居天下之上乎？”李匡義①《資暇集》上

攄丑於（曹憲《博雅音釋》一）

實曰長安於虔（吴棫《韵補》二）

　　高祖都長安，欲子孫長安於此。《黄圖》② 序

表以太華、終南之山所旃（丁度《集韵》三）

　　《關中記》：“終南一名中南，言在天中，居都之南。”宋敏求《長安志》十一

衆流之隈，汧涌其西《後漢書》四十無此八字

　　汧水出汧縣蒲谷鄉弦中谷，決爲弦蒲藪。《爾雅》：“水決之澤爲汧。”《水經注》十七

　　汧音牽。《經典釋文》二十七③

　　西有先音。顏師古《匡謬正俗》八

　　音韵清濁，隨宜改易，“劉在薪中”入張韵，“留宴汾陰西”入先韵。宋祁《筆記》中④

　　《三輔舊事》：“始皇表河爲秦東門，表汧爲秦西門。”《長安志》三

則九州之上腴焉

　　水中可居曰“州”，堯遭洪水，民居水中高土，故曰“九州”。《説文》十一下

---

① 【校】明正德嘉靖間顧氏文房小説本“太”作“大”，“義”作“乂”。據最新考證，《資暇集》作者名字應作“李匡文”，有作“李匡乂”者，“乂”訛作“义”，故又作“義”。
② 【注】《黄圖》爲《三輔黄圖》省稱。
③ 【校】此條應出自《經典釋文》卷三：“岍音牽，字又作汧，山名。”
④ 【注】《筆記》爲《宋景文筆記》省稱。

橫被六合

孟春與孟秋合，仲春與仲秋合，季春與季秋合，孟夏與孟冬合，仲夏與仲冬合，季夏與季冬合，故曰"六合"。許慎《淮南子注》一　按：《淮南》許慎注二十八卷，文多與高誘注同，疑非叔重元本。然服虔《左傳注》、孫炎《爾雅注》俱失傳，以唐宋諸書徵引服、孫舊注，考之杜預《左傳》、郭璞《爾雅注》，十同七八。若使服、孫注俱傳，自然與杜、郭多合。如鄭樵《爾雅注》，用郭璞者十八九矣，不可謂郭注非真本也。

六極，六合也。成玄英《南華經疏》七

帝畿渠記（《韵補》四）

周以龍興

《周以龍興賦》以"旋服國中位光鱗族"爲韵。《黃滔集》① 一

奉春建策

奉春君，婁敬。春，四時之始，婁敬始建遷都之策，故號焉。

於是睎秦嶺，睋北阜

睎音希，睋音蛾，秦嶺在今藍田東南，北阜即今三原縣。北有高阜，東西橫亙者是。並《後漢書注》四十②

據龍首

龍首山在長安縣北十里。《元和郡縣志》一

《古志》："龍首山長六十里，頭入渭水，尾達樊川，頭高二十丈，尾漸下，可六七丈，漢取山土爲城。"李好文《長安志圖》中

崇麗禮（《集韵》五）

建金城而萬雉

五板而堵，五堵而雉，百雉而城。《公羊傳》十③

---

① 【注】《黃滔集》即《黃御史集》，（唐）黃滔撰。
② 【注】《後漢書》，（南朝宋）范曄編纂，（唐）李賢等注。【校】"嶺"作"領"。
③ 【注】即《公羊傳》定公十二年。

八尺曰板，堵四十尺，雉二百尺。何休《公羊解詁》十①

雉長三丈，高一丈。鄭玄②《周禮注》十二

許慎《五經異義》、《戴禮》及《韓詩》説五堵爲雉，雉長四丈。《春秋正義》二

古者數數以萬度，度以雉。《埤雅》六

《長安別圖》：“漢都城，縱廣各十五里，周六十五里。”趙彥衛《雲麓漫鈔》二③

《左傳》《周禮》雉取以名丈，《埤雅》謂“雉飛崇不過丈，修不過三丈”，所以以雉計。羅璧《識遺》一

披三條之廣路

二達之道。《六臣注》④ 一 蘇易簡《文選雙字類要》下 按：《爾雅》“二達”至“九達”皆兼縱橫而言，《釋宮》曰：“三達謂之劇旁。”孫炎曰：“旁出岐多，故曰劇。蓋縱一橫二，旁劇於中，故曰劇旁。”《西都》三條廣路乃皆縱道，直出三門，與《爾雅》“三達”不合。

立十二之通門民堅（《韻補》二）

長安十二門，東出北頭第一，宣平門，王莽更名春王門正月亭，亦曰東城門，其郭門曰東都門，逢萌挂冠處。第二清明門，一曰凱門，莽更曰宣德門布恩亭，內有藉田倉，亦曰藉田門。第三霸城門，莽更仁壽門無疆亭。

南出東頭第一覆盎門，莽更永清門長茂亭，有下杜城，故曰下杜門，又曰端門，北對長樂宮。第二安門，亦曰鼎路門，莽更光禮門顯樂亭，即西安亭，北對未央宮。第三平門，莽更信平門誠正亭。

---

① 【注】《公羊解詁》爲《春秋公羊經傳解詁》省稱。【校】此條應出自《春秋公羊經傳解詁》卷十一。

② 【注】原作“鄭元”，因避康熙帝玄燁諱，“玄”作“元”，下文重複處徑改，不再一一標出。

③ 【校】此條應出自《雲麓漫鈔》卷八。

④ 【注】《六臣注》爲《六臣注文選》省稱，注者爲唐代李善、呂延濟、劉良、張銑、李周翰、呂向。

　　西出南頭第一章門，莽更萬秋門億年亭，亦曰光華門，又曰便門。第二直門，莽更直道門端路亭，故龍樓門也。第三西城門，亦曰雍門，莽更章義門著義亭，其水北入，有函里，民名函里門，又曰光門，亦曰突門。

　　北出西頭第一橫門，莽更霸都門左幽亭，如淳曰："音光，曰光門。"其外郭有都門，有棘門，又有通門、亥門也。第二洛門，又曰朝門，莽更建子門廣世亭，一曰高門，一曰廚門。其內有長安廚官，如淳曰："今名廣門。"第三杜門，亦曰利城門，莽更進和門臨水亭，其外有客舍，曰客舍門，又曰洛門。並《水經注》十九

　　清明門，《漢宮殿疏》名城東門。

　　覆盎門，一號下門。

　　《漢宮殿疏》："高門，長安北門也，又名鶴、雀臺，外有漢武承露盤在臺上。"並《黃圖》一

　　北出西頭第一武朔門①。《長安志》五

　　長安民訛霸城門爲萬城門，覆盎門爲紅門，西安門爲黃門，然亦有舊名，圖籍不載，如以宣平門爲玉女門，有玉女山也；以西安門爲金天門②，亦非野人之語。《長安志圖》中

　　光華門一名草城門。《禁扁》戊

隧分膚眠（《韻補》二）

鄉曲豪舉，游俠之雄

　　謂豪者舉之，舉亦音據。《史記索隱》十九

　　謂豪俠之人自相稱舉。《六臣注》一　劉攽《文選類林》十六　按：蘇易簡《文選雙字類要》三卷，劉攽《文選類林》十八卷，傳本絕少，今附見一二，又採異同之近理者備考。

舂陵良中（《韻補》一）

---

① 【校】"武朔門"作"橫門"。

② 【校】"以西安門爲金天門"作"以西門爲金天門"。【按】清乾隆經訓堂叢書本同。

北眺五陵

七帝七陵，曰"北眺五陵"者，劉良曰："高、惠、景、武、昭五陵在北。"其說是也。在北，在渭北也，霸陵在渭南，杜霸言南望也，後世言陵邑之盛，人物之衆，但曰"五陵"，語順也。程大昌《雍錄》八

七相五公

謂丞相車千秋，長陵人；黃霸、王商，並杜陵人；韋賢、平當、魏相、王嘉，並平陵人。謂田蚡爲太尉，長陵人；張安世爲大司馬，朱博爲司空，並杜陵人；平晏爲司徒，韋賢爲大司馬，並半陵人。《後漢書注》

逴《説文》二下讀掉　《後漢注》音卓　　　躒《廣韵》三音落　《後漢書》四十、鄭樵《通志》百九上並作"犖"

所有羽軌（《韵補》三）　鄠户（《類林》四）

《文選注》李善本頗音難字，不著音所出書，李善師曹憲有《文選音義》，善若用音不當，没其師說，又善注首尾完備，其音不當，十漏五六，恐與《五臣注》所加皆非元本。今從《文選雙字》《文選類林》附見舊音一二。

竹林果園

司竹園，在盩厔縣東十二里，穆天子西征至玄地①，乃植之竹，是此。《史記》"渭川千畝竹"，漢謂"鄠、杜竹林，故有司竹都尉"，其園周回百里，以供國用。樂史《太平寰宇記》三十

其陰則冠以九嵕

陰猶北也。《後漢注》

下有鄭白之沃

秦所作鄭、白二渠，在今京兆府之涇陽，皆以涇水爲源。白渠灌涇陽、高陵、櫟陽及耀州雲陽、三原、富平，凡六縣。斗門百七十餘所，今尚存，然多廢不治。鄭渠所灌廣袤，數倍於白渠。涇水深不入渠口，渠岸多摧圮填淤，比白渠尤不可措

① 【按】"玄地"，四部叢刊本《太平御覽》作"玄池"。

手。陸游《老學庵筆記》五

之源虞雲（《韻補》一）

提封五萬

　　凡言提封，謂提舉封疆大數，學者讀提爲堤，著述文章變爲堤字，云總其堤防封界。案：堤防之字音丁奚反，江南讀爲大奚反，其提封本取提挈之義，例作低音而呼堤防爲蹄音，兩失其義。《匡謬正俗》五

塍乘（《雙字》中）　　**菜芬**（《後漢注》）

西郊則有上囿禁苑

　　西郊苑，漢西郊有苑囿，林麓藪澤，繚以周垣四百餘里，離宮別館三百餘所。《黃圖》四　案：上林在長安城西，善注“西郊上囿禁苑，即上林苑”，是也。《黃圖》：“別出西郊苑地四百里，離宮三百。”則過未央、建章、甘泉遠甚，何自孟堅外諸賦不言其中宮館雜名，亦不一見，蓋《黃圖》影附孟堅賦爲此説。

三十六所爽揣（《韻補》三）

　　《黃圖》：“上林有建章、承光等十一宮，平樂、繭觀等二十五，凡三十六所。”《後漢注》

大宛音苑，又於袁反（《索隱》三十①）

逾崑崙

　　崑崙山，天之中嶽，上當天心，形如偃蓋。上廣下狹，三成而上，與天文齊，日月黃赤二道，交會其上。李思聰《洞淵集》三

巨海虎狼（《韻補》三）

經緯乎陰陽

　　南北爲經，東西爲緯。《後漢注》

據坤《類林》四、《通志》百九上，“坤”並作“神”。　　**芬墳**（《博雅音釋》七）　　**橑老**（《廣韻》三）　　**瑱鎮**（鄭玄《周禮注》五）

---

① 【校】此條應出自《史記索隱》卷二十七：“大宛音菀，又於袁反。”“苑”作“菀”。

於是左墄倉勒（《藝文類聚》六十一）**右平**

未央宮左墄①右平。右乘車上，故平；左以人上，故爲階。《黃圖》二

四方以西爲尊，《西都賦》左墄右平。左，東也，東則爲墄，若世所謂澀道，乃群臣登降之階。右，西也，西則平，不爲墄。羅大經《鶴林玉露》一

立金人於端闈

秦咸陽宮中有鑄銅十二枚，坐高皆三五尺，列在一筵上，琴筑笋笙，各有所執，皆組綬華采，儼若生人。筵下有銅管，上口高數尺，其一管空，內有繩，大如指。使　人吹空管，一人紐繩，則琴瑟笋筑皆作，與真樂不異。出《西京雜記》。《太平廣記》二百三　按：今《西京雜記》無此條。

《三輔舊事》：“秦作銅人，立阿房殿前，漢徙著長樂宮大夏殿前。”《長安志》三

立者猶言設此金人，非謂其象之立，故《黃圖》申言金人坐殿前也，魏明帝鑄翁仲坐司徒府前，坐而不立，亦放秦也。《雍錄》十

端闈，右門。《六臣注》一　《雙字》上

《西都賦》注：“端闈，宮正門。”《長安志》三

是環攌（郭璞《方言注》五）

清涼宣温

清涼殿在未央宮北，夏居之清涼，亦曰延清室，《漢書》“清室則中夏含霜”，即此。　温室殿，《漢宮殿疏》：“在長樂宮。”《漢宮閣記》：“在未央宮。武帝建，冬處之温暖。”②《黃圖》三

温室音暄，見《集韻》。姚寬《西溪叢語》下　案：《集韻》宣室音

---

① 【校】“墄”作“礆”。【按】叢書集成初編本同。
② 【注】“温室殿，《漢宮殿疏》：‘在長樂宮。’《漢宮閣記》：‘在未央宮。武帝建，冬處之温暖。’”此句《三輔黃圖》卷三不見，爲余氏概括之語。

暄，温室不音暄。

神仙長年 襧因（《集韻》二）

未央宮有神仙殿。《長安志》三　《雍録》二

神仙殿在長樂宮。《禁扁》乙　案：《漢宮》："宮，總名。"宮中宮殿雜名彼此各以百數，不能不一二互見，班《賦》自未央以前道未央，混，建章以後道建章，此神仙殿在未央也。

金華玉堂

在未央殿西。《黄圖》三

白虎麒麟

《漢宮殿疏》："未央宮有麒麟閣。"《黄圖》二

《漢書》："哀帝燕董賢父子於麒麟殿，欲法堯禪舜。"《黄圖》三

增盤崔嵬 《後漢》作"業峨"

《漢宮閣記》："未央宮有增盤閣。"《黄圖》二

苣采（高誘《淮南注》十六） 若

翡翠火齊

扶南國獻火齊珠，丹丹國獻火齊珠。並《梁書》五十四

中天竺國出火齊，狀如雲母，色如紫金，有光耀，別之如蟬翼，積之如紗縠重沓。《南史》七十八

林邑王諸葛地獻火珠，形如水晶，日正午時，以珠承影，取艾衣之，火見，云得之羅刹國。《通典》百八十八

林邑王范頭黎獻火珠，大如鷄卵，圓白皎潔，光照數尺。《舊唐書》百九十七

韓文公《永正行》："公然白日受賄賂，火齊磊落堆金盤。"又《拾遺記》："董偃卧延清室，設火齊屏風。所謂磊落，亦珠琲之謂。"龐元英《文昌雜録》四

《説文》："火齊，玫瑰珠也。今南方出火珠。"《異物志》："火齊如雲母，色黄，一曰石之美者。"《説文通釋》："火齊象珠，赤色，起之層層各異。"王應麟《急就篇補注》三

含英於虔（《韵補》二）①　　釦口（《後漢注》）　　硬軟（《廣韵》三）
碱𪗶（《後漢注》）

珊瑚碧樹

積草池有珊瑚樹，高丈二，一本三柯，上有四百六十二
條。南越王趙佗所獻，號烽火樹，至夜光景欲然。《西京雜記》一
　案：積草，《酉陽雜俎》十卷作“積翠”。

《漢武故事》：“武帝起神堂，植玉樹，葺②珊瑚爲枝，碧
玉爲葉。”《後漢注》

颯素合（《後漢注》）　纚屣（《廣韵》三）

十有四位

武帝時，後宫八區有昭陽、飛翔、增成、合歡、蘭林、披
香、鳳凰、鴛鴦等殿，後有增修安處、常寧、茝若、椒風、發
越、蕙草等殿，爲十四位。《黄圖》三　案：以十四殿爲十四位，與班
《賦》不合。

毒螫赦（《集韵》八）

又有天禄石渠

未央殿東有天禄、石渠、麒麟三閣。《水經注》十九

天禄閣，蕭何造。《黄圖》五③

至和中，交趾獻麟，如牛而大，身皆大鱗，首一角，考之
傳記，與麟不類，當時謂之山犀，犀不言有鱗，殆天禄也。今
鄧州南陽縣北宗資碑旁，兩獸鐫其髆，一曰天禄，一曰辟邪。
其獸有角鬣，大鱗如手掌，高七八尺，尾鬣皆鱗甲。《續墨客揮
犀》六

烏弋有桃拔，孟康曰：“一名符拔，似鹿，長尾，一角或
爲天鹿，兩角或爲辟邪。”程大昌《演繁露》十六

宗資墓旁石獸天禄，大軍圍襄陽時，士卒病瘧，模天禄字

---

① 【校】“於虔”作“於良”。宋刻本同。
② 【校】“葺”作“茸”。
③ 【校】此條應出自《三輔黄圖》卷六。

焚吞，即愈，然辟邪壞矣。《研北雜誌》下

典籍之府

此專以校讎爲職，蓋今館閣。《雍錄》二

又有承明金馬

承明，本平聲，張曲江、李文饒作側聲用。王楙《野客叢書》十六

著作之庭

此不止校理，而又譔述，故云此近今史館。《雍錄》二

之署馨叫（《韻補》四）

總禮官之甲科

禮官，奉常也，有博士掌策第，考其優劣，爲甲乙之科。即前書“太常以公孫弘爲下第”是也。《後漢注》

典司伺（楊倞《荀子注》十一）

自未央而連桂宮

未央宮周二十二里，九十五步五尺。街道周十七里[①]，臺殿四十三，三十二在外，十一在後宮。池十三，山六，池一、山一亦在後宮，門闥九十五。《西京雜記》一

未央宮周二十八里，前殿東西五十丈，深十五丈，高三十五丈，因龍首山制前殿。《黃圖》二

漢未央宮在長安西北十四里[②]。《元和志》一

潘岳《關中記》：“未央宮，周三十三里，街道十七里，有臺三十二，池十二，土山四，宮殿門八十一，掖門十四。”辛氏《三秦記》：“王莽改未央宮曰壽成宮。”《括地志》：“未央宮在長安故城中，近西南闕[③]。”《長安志》三

唐貞觀七年，帝從太上皇置酒漢故未央宮，是宮，王莽敗

---

① 【校】“十七里”作“七十里”。【按】四部叢刊本同。
② 【校】“十四里”作“十五里”。【按】清武英殿聚珍版叢書本同。
③ 【校】“西南闕”應作“西南隅”，“壽成宮”應作“壽成室”。

被焚，故更始居長樂，朝群臣。石虎建武十一年發梁雍十六萬人，城長安未央宮，隋文帝移都大興城，因其遺趾①增修。宮側未央池，高帝遺迹可慕，葺治者多若建章，過越未央，王莽取其材，立九廟，不聞有增葺賞慕者。《雍錄》二

漢宮殿之制，宮是總名，宮中各有殿，漢初有未央、長樂兩宮，武帝以來有長楊、五柞、甘泉，如未央宮自有三十六殿。魏了翁《師友雅言》

武帝爲七寶牀、雜寶案、廁寶屏風，列寶帳，設於桂宮，時謂四寶宮。《西京雜記》二

桂宮，漢武帝造，周回十餘里，《三秦記》：“未央宮漸臺西有桂宮。”《黃圖》二

在長安縣北十三里，長安故城中。《元和志》一②

北彌明光而亘長樂

北宮有明光宮，武帝太初四年秋起，在長樂宮後，南與長樂宮連。

甘泉宮中明光宮，武帝求仙起。並《黃圖》三　案：明光有三，一殿名，在桂宮；二宮名，一在北宮，一在甘泉。此指北宮明光。《長安志》出明光宮於北宮前，與北宮並，而甘泉失載，明光皆誤。

長樂宮在長安縣西北十五里，長安故城中。《元和志》一③

《關中記》：“長樂宮有殿十四，王莽改長樂宮曰長樂室④。”《長安志》三

漢都城未央、長樂宮在其中，未央在西直便門，長樂在東直杜門。《雲麓漫鈔》二⑤

---

① 【校】“趾”應作“址”。【按】明古今逸史本同。
② 【注】此宮指桂宮。“桂宮在縣北十三里，長安故城中”。
③ 【校】余氏引《元和志》時將未央宮和長樂宮混淆。《元和志》：“漢未央宮，在縣西北十五里。並在長安故城中。”“漢長樂宮在縣西北十四里。”
④ 【校】“長樂室”作“常樂室”。
⑤ 【校】此條應出自《雲麓漫鈔》卷八。“杜門”作“社門”。【按】清咸豐涉聞梓舊本同。

《黃圖》："長安城經緯皆三十二里，又曰未央周回二十八里，圍三徑一，每面當九里而贏。長樂周回二十里，每面當七里而近，兩宮橫亙十六里，東西占半城矣。"《雍錄》二

隥丁鄧（《玉篇》二十二）**道而超西墉**

桂宮在未央北，中有土山，複道從宮中西上城，至建章神明臺蓬萊山。

捆混同（《博雅》四）**建章而連外屬**說岳（《韻補》五）①

建章宮在未央宮西，長安城外。並《黃圖》二

在長安縣西二十里，長安故城西。《元和志》一

《關中記》："上林苑中有宮十二，建章其一。建章如此其侈，正史少書臨幸，皆從飛閣越城出也。"《雍錄》二

設璧門之鳳闕

武帝於未央宮西跨城作飛閣通建章宮，宮正門曰閶闔，高二十五丈，亦曰璧門。左鳳闕高二十五丈，右神明臺。《黃圖》二

上觚稜而棲金爵

《説文》："觚稜，殿堂上最高處。"《後漢注》

闕角謂之觚稜，取其有四稜也。柴慎微云："觚，酒器，容二升，足與腹皆四稜。漢宮闕取其制以爲角隅，安獸處。故曰'上觚稜而棲金爵'。爵、觚皆酒器名。"馬永卿《嬾真子》四

金爵爲鳳凰也，建章宮外闕，其上立有稜之觚，觚上立金鑄之鳳，是爲鳳闕。《演繁露》七

徐鍇案："《字書》：'三稜爲觚。'"杚稜，最高轉角處，杚與觚同。《急就篇補注》一

内則別風之嶕焦嶢堯（並《後漢注》）

閶闔門内，北起別風闕，以其識風從何處來也。高五十丈，《廟記》云："建章宫又有鳳凰闕，漢武帝造，高七十丈

---

① 【校】《韻補》卷五無此條。

五尺，亦名別風闕。"《黃圖》二

別風闕高十丈。《長安志》三

《廟記》："嶕嶢闕在圓闕門內二百步。"《黃圖》二　案：本賦"嶕嶢"當如善注。

開閶曷各（《韻補》五）

臨乎未央

建章宮前殿下視未央。《黃圖》二

經駘殆**盪而出馺**素合**娑**素可，**洞枌**烏計（並《後漢注》）**詣以與天梁**

駘盪宮，春時景物駘蕩滿宮中也。馺娑，□□馬行疾貌。馬行迅疾，一日之間遍宮中，言宮大也。天梁宮，梁木至天，言高也。枌詣，木名，言宮中美木茂盛。四宮皆在建章。《黃圖》三①

上反宇以蓋戴

《爾雅》曰："蓋戴，覆也。"《後漢注》　案：善注引《爾雅》同，似《釋言》《釋訓》文，今《爾雅》本無。

神明鬱其特起

神明臺，言臺高，神明可居。《黃圖》二

《黃圖》："神明臺上有九臺，今謂之九子臺，非也。"《長安志》三

桂宮有神明臺、蓬萊山。《雍錄》二　按：《黃圖》謂桂宮複道通建章之神明、蓬萊，非謂桂宮有神明、蓬萊也，《雍錄》此條單文無證。

僄飄（《方言注》十）　　**眙**丑吏（《後漢注》）　　**能階**堅奚（《韻補》一）

攀井幹而未半

別風闕對峙井幹樓，輦道相屬。《黃圖》二

幹，井垣也，字本作韓，古書多作幹而音韓。趙叔向《肯綮錄》

昫郭璞《山海經注》二音"眩"；《釋文》二十七音"荀"；法雲《翻譯名義集》

---

① 【校】"駘盪宮"作"駘蕩宮"。

十八音"舜"　　**橆**零（《博雅》七）　　**杳篠**它鳥（《後漢注》）

前唐中而後太液

唐中池周十二里，在太液池南。《黄圖》四　按：唐中、太液兩池前後相望，故下曰"覽滄海之湯湯"。《西京賦》亦云："前開唐中，彌望廣潒。"李善引《郊祀志》"商中"爲注，乃虎圈養獸之地，"商""唐"文異，水陸地殊，善注誤引，幾欲破字。

《建章宮記》："池則太液，庭曰商中①。"劉一止《苕溪集》二十三　案：此備一解，然恐本五臣舊説。

太液池在長安故城西，建章宮北。太液，言其津潤所及廣也。《關輔記》："建章宮北有池，象北海，刻石爲鯨魚，長三丈。"《廟記》："太液周十頃。"《三輔舊事》："日出暘谷，浴於咸池，至虞淵即暮，此池象之。"《黄圖》四

蔣七良（《玉篇》二十二）

濫瀛洲與方壺

瀛洲在東海中，地方四千里，大抵對會稽，去西岸七十萬里。洲上多仙家，風俗似吳人，山川如中國。東方朔《十洲記》②

瀛洲，一名魂洲，亦曰環洲。王嘉《拾遺記》十

嵧遒（《廣韻》二）　**崒**才律（《後漢注》）　**堨**烏割（《通典》下）　　**泰**《後漢》《通志》並作"大"　**武**　**屯聚**組救（《韵補》四）

水衡虞人

漢官名。《拾遺》："漢虞人。"班固《西都賦》："水衡虞人。"注："掌山澤之官"。《玉海》百二十六③　案：此泛用古官，李善注引《周禮》是。

罖浮（高《淮南注》五）　　**絡野**與（《集韻》五）

備法駕

天子出，車駕次第謂之鹵簿，有大駕，有法駕，有小駕。

---

① 【校】"太"作"泰"，"庭"作"亭"。
② 【注】《十洲記》爲《海内十洲記》省稱，（漢）東方朔撰。
③ 【校】《玉海》卷百二十六無"漢官名。《拾遺》：漢虞人"。

大駕，公卿奉引，大將軍驂乘，太僕御，屬車八十一乘，作三行，尚書御史乘之，備千乘萬騎，出長安祠天子，甘泉備之，百官有其儀注，名甘泉鹵簿。法駕，京兆尹奉引，侍中驂乘，奉車郎御，屬車三十六乘，北郊明堂則省副車。小駕，祠宗廟用之。《黃圖》六

披飛廉

飛廉，獸名，毛長有翼。許慎《淮南注》三

飛廉觀在上林，武帝元封二年作飛廉，神禽，能致風氣，身似鹿，頭如雀，有角，蛇尾，文如豹，武帝鑄銅置觀上，因名。《漢武故事》曰：“觀高四十丈。”《黃圖》五

昔有於王敦城下得銅鉦，中鑄一物，如羊頭，其身如篆文，乃飛廉也。李石《續博物志》五

《司馬相如傳》：“椎飛廉。”郭璞曰：“飛廉，龍雀也，鳥身鹿頭，劉原父得古佩刀，其環龍身鳥喙，原父謂此赫連勃勃所作大夏龍雀。”按《晉·載記》：“勃勃造刀爲龍雀環。”又於殿前鑄銅爲飛廉，不知所鑄飛廉象何如，如郭言，龍雀乃飛廉別名，勃勃二之何哉？一説身似鹿，一説鳥身，而原父之刀自云龍身，又小異。”吳仁傑《兩漢刊誤補遺》三①

發逐《後漢》《通志》“逐”並作“冑” **爆藥**（《博雅》二） **電激**（韵見《西京》） **蹂**仁柳（《玉篇》七） **躋**（《廣韵》三、《集韵》七並“躋”，音“齊”，無“躋”字）

爾乃期門佽飛次（高注《淮南》十二）

本秦左弋官，武帝改佽飛官，有一令九丞，在上林中。紡繒繳，弋鳧雁，歲貢萬頭，供宗廟。《後漢注》

趹決（高注《淮南》十九） **掎**几（《類林》三） **再控**姑公 **疊雙**疏工（並《韵補》一） **颮**撲（《類林》三） **士廣**賴（《集韵》七） **狖**柚

---

① 【校】此條應出自《兩漢刊誤補遺》卷二。

（《博雅》十）　　**儑竆**取外① （《集韻》七）

許少施巧，秦成力折制 （《類林》三）

世人謂李善注《文選》過繁且不解文意，遂相尚習五臣，大誤也。代傳數本李氏《文選》，有初注、覆注者，有三注、四注者，其絕筆本，釋音、訓義、注解甚多。因此而量五臣所注，盡從李注中出，開元中進表，反非斥李氏，無乃欺心歟？李氏未詳處，將欲下筆，宜明引憑證，如《西都賦》説游獵云："許少施巧，秦成力折。"李云："許少、秦成，未詳。"五臣云："昔之捷人壯士，搏格猛獸。"施巧、力折，固是捷壯，文中自解，豈假更言。《資暇集》上　案：善注絕筆本似即《新唐書·李邕傳》所謂父善注《文選》釋事忘義，邕更因事附義之本。然《新唐》不言釋音，《資暇》不言邕附，恐有一誤。

脰豆（《博雅》五）　　**夆**力之（《後漢注》）　　　**峻崖**宜② （《集韻》一）

嶄讒（《博雅》六）　　**隤**穨（賈思勰《齊民要術》一）

乃登屬玉之館

屬玉館③在扶風。屬玉，水鳥，似鵁鶄，以名觀也。似鴨而大，長頸，赤目，紫紺色。《黃圖》五

水鳥，於觀上作之。《後漢注》

南中山川，有沙蟲水弩之處，必有鸊鷉。李肇《唐國史補》中

歷長楊之榭

長楊榭在長楊宮，秋冬校獵其下，命武士搏射禽獸，天子登此觀焉。《黃圖》五

崇屋歇前曰榭。《禁扁》丙

殺獲話（《集韻》八）　　**賜胙**昨（《集韻》十）　　**醵**醮同（張參《五經文字》上）

---

① 【校】"取外"作"臥亂"。《集韻》："竆，臥亂切。""褕，取外切。"
② "厓崖顔，宜佳切。"【校】"崖"非音"宜"。
③ 【校】"屬玉館"作"屬玉觀"。

大輅鳴鑾

人君乘車四馬，鑣八鑾，鈴象鸞鳥聲，和則敬也。《説文》十四上

鸞鳥在衡，和在軾，鳴相應和，後世不能復致，鑄銅爲之，飾以金，謂之鑾輅。高誘《吕氏春秋注》一

五輅衡上金爵者，朱雀也。口衘鈴，鈴謂鑾，所謂和鑾也。《禮記》"行前朱鳥"，鸞也。前有鸞鳥，故謂之鸞，鸞口衘鈴，故謂之鸞鈴。崔豹《古今注》上

容與去聲（劉昌詩《蘆浦筆記》五）

集乎豫章之宇

豫章觀，武帝造，在昆明池中，亦曰昆明觀。《黄圖》五

漢武帝寶鼎三年①立豫章宫於昆明池中，作豫章水殿。《述異記》下

臨乎昆明之池

昆明池周四十里。《西京雜記》一

昆明池今無可考。《水經注》十九

武帝元狩四年，穿在長安西南，周十里。《三輔舊事》："池地三百三十二頃。"圖曰："上林有昆明之池。"《黄圖》四

《長安志》："今爲民田。"《雍録》六 案：今《長安志》無此語。②

摛敕知（《五經文字》上）

鳥則玄鶴白鷺

鶴千歲變蒼，又二千歲變黑③。《古今注》中

《禽經》："鸛好霜，鷺惡露，字從露，以此亦謂之白露。今人畜之，至白露降日則飛去。"《陰陽自然變化論》曰："鷺目成而受胎，鸛影接而懷卵，鴛鴦交頸，野鵲傳枝。"《埤雅》七

---

① 【校】"寶鼎三年"作"寶鼎二年"。【按】明漢魏叢書本同。
② 【校】四庫全書本《長安志》卷十二有此語："昆明池在縣西二十里，今爲民田。"
③ 【校】"又二千歲變黑"作"又千歲變爲黑"。【按】四部叢刊本同。

黃鵠鴐鸛

頭鴐，似鳧，脚近尾，略不能行。江東謂之魚鴐，音髐箭。郭璞《爾雅注》下

嫌讀爲鴐鵝之鴐，故音之。邢昺《爾雅疏》十　案：郭注謂鴐讀如髐箭之髐，古注省文似不了語。據《釋文》三十："頭鴐之鴐許交反；鴐鵝之鴐音交。"

此鳥類野鴨，有文采，不能行，多混野鴨群中浮游。鄭樵《爾雅注》下

鸛如術氏禹步，南方星人學其法者，伺其養雛，緣木以篋，緪縛其巢，鸛必作法解之，乃於木下鋪沙，印其足迹而放學之。蔡元度《毛詩名物解》七

鶬鴰括（《後漢注》）　**鶬鴚**鶬（《五經文字》中）

鴰者，鶬也。關西謂之鴰鹿，山東謂之鴰捋，皆象其鳴聲，又呼爲錯落，亦鶬聲之轉。顏師古《急就篇注》四

《説文通釋》："鴰，虎文，無後指，大如雁。"《急就篇補注》四

鳧鷖鴻雁

《蒼頡解詁》云："鷖鷗也，一名水鴞。"《詩疏》十七之二①

周處《風土記》："鷖，鷖鷗也，以名自呼，大如鷄，生卵於荷葉上。"《後漢注》

鷖，形色如白鴿而群飛。《埤雅》七

燕名玄鳥，雁名朱鳥。《詩名物解》八

轄棧（《廣韵》四）　　**華旗**渠尤（《韵補》二）　　**櫂**棹同（《五經文字》上）

吹震之然（《韵補》二）　　**嘗**火宏（《後漢注》）

招白鷳《後漢》作"閑"

弩有黃閒之名，此言白閑弓弩之屬。

揄高《淮南》九音兜；裴駰《史記集解》百十七徐廣音臾；《太玄經釋文》音

---

① 【校】此條應出自《毛詩注疏》卷二十四。

投；陳景元《南華經音義》六音遥

文竿

　　《闞子》曰："魯人有好釣者，以桂爲餌，鍛黄金之釣①，錯以銀碧，垂翡翠之綸。"並《後漢注》

罿同、衝二音（《廣韵》一）　　**九嵕** 協綜　　**改供** 協九用（並《後漢注》）　　**吠畎** 德補（龔頤正《芥隱筆記》）②

---

① 【校】"釣"作"鈎"。
② 【校】余氏同顧氏文房小説本。明顧氏文房小説本："辨畎字音德補切。"四庫全書本："辨畎字音莫補切。"

卷　二

《東都》

順民彌延（《韵補》一）①

乃握乾符

　　赤伏，符也。《六臣注》一　《雙字》上

闡坤珍，披皇圖，稽帝文

　　坤珍，洛書也；皇圖，河圖也；帝文，天文也。《六臣注》
一　《類林》五

雷震之人②（《韵補》一）

恢復疆宇

　　恢，大也。《後漢注》四十

險易

　　險易與並迹后辟爲韵，則“易”入聲讀。鄭康成用《乾鑿度》
說三易，云：“簡易，一也，變易，二也，不易，三也。”“簡易”爲三易第一義，合《東都》
用韵，知漢時“周易”之“易”、“難易”之“易”不分二音。孔穎達說“簡易”
義從三易之義，音從“難易”之音，蓋唐人漸失古音如此。

斯乃軒轅氏之所以開帝功也

　　黃帝始作車服，天下號之軒轅氏。王逸《楚詞注》五

　　黃帝姓。《六臣注》

即土之中

　　凡地，偏南多暑，偏北多寒，偏東多風，偏西多陰，惟中
得天地之正，陰陽之和。司馬氏曰：“日行黃道，每歲有差
地，亦當隨而轉移，故周在洛邑，漢在潁川、陽城，唐在汴
州、浚儀。”范氏曰：“周公卜洛，世傳陽城是其地，今登封

---

① 【校】《韵補》卷一無此條。
② 【校】“震”音“真”。“之人”應爲“振”字反切。【按】宋刻本同。

故臺在焉。唐開元中，擇河南平地，始於滑州之白馬，南至汴之浚儀，得岳臺，又南至扶溝，又南至上蔡之武津，至岳臺爲適中也。"王應麟《六經天文編》上

克己復禮

克，肩也。《説文》七上

克，節也，言節己復禮。《六臣》

劉炫曰："克，勝也；己，身也。"邢昺《論語疏》十二

封岱勒成

光武建武三十年二月，群臣上言宜封禪泰山，詔曰："吾誰欺？欺天乎？曾謂泰山不如林放。"三十二年正月，帝齋夜讀《河圖會昌符》，曰："赤劉之九，會命岱宗，不慎克用，何益於承。誠善用之，奸偽不萌。"感此文，乃詔案索河洛讖文言九世封禪事者。三月，帝東上泰山，乃上石立之泰山巔，遂東巡海上而還，四月封泰山，己卯大赦天下，以建武三十二年爲中元元年。《册府元龜》三十五

眇《後漢》作"妙" 古　　　法服鼻墨（《韻補》五）　　　雅《後漢》作"宁" 樂

扇《後漢》作"翩翩"二字巍巍顯《後漢》重一字翼翼

翩翩、巍巍、顯顯、翼翼，並宮闕顯盛之貌。

制同乎梁鄒

《魯詩傳》曰："古有梁鄒，天子之田也。"並《後漢注》、王應麟《詩地理考》一　案：《文選注》引此作《毛詩傳》，王應麟《詩考》引此注曰"《文選注》《後漢書注》《魯詩傳》"云云，則《文選注》本亦作魯刊本，誤毛。

登玉輅

玉輅，商人大輅，古所謂"黃屋左纛"是也。色尚黃，自隋暨唐謬爲青，疑以爲玉色青蒼，此因循謬爾。政和間，禮制局議改尚黃，上曰："朕乘此輅郊，而天爲之見青色，必不可易以黃。"乃仍舊貫。蔡絛《鐵圍山叢談》二

乘時龍

　　隨方色之馬稱龍，美之。《六臣》

梣林**麗離**（並《類林》十一）

元戎竟野

　　元，大也。夏后氏曰鈞車，先正也。殷曰寅車，先疾也。周曰元戎，先良也。《毛詩詁訓傳》十七①

鋋《方言注》九音蟬；李江《元包經傳》注三音延　　　　**焱焱**以瞻（《後漢注》）

㱃楊彥齡《筆録》火洽反**野**

　　㱃，呼合反，大歡也。《太玄釋文》

歙普問（《藝文》②四十三）**山**疏臻（《韵補》三）　　　　**三驅**丘遇（《太玄釋文》六）

范氏施御

　　趙之御人也。孟子曰："趙簡子使王良御。"王良曰："吾爲范氏馳驅，終日不獲一，爲之詭遇，一朝而獲十。"彎不詭遇，謂范氏也。《後漢注》　　按：章懷引孟子以範我爲范氏，以爲趙之御人，然引趙岐注又曰："範，法也，爲法度之御。"

　　范氏施御，注引《括地圖》曰："夏德盛，二龍降之。禹使范氏御之，以行程南方。"按《左傳》范宣子曰："昔匄之祖，在夏爲御龍氏。"《括地圖》説本此，然劉累事孔甲賜氏御龍，非禹也。《困學紀聞》十三　　案：厚齋此條在考史門内，則當指《後漢注》，今《後漢注》無此條。

睼弟（《雙字》下）

於是薦三犧效五牲

　　服虔云：五牲，麞、鹿、熊、狼、野豕；三犧，雁、鶩、雉。《春秋疏》五十一

朱垠高《淮南注》二音寅；《後漢注》八十七音銀　　　　**陸䣊**傅毅讀慴（《説

---

① 【校】此條應出自《毛詩注疏》卷十七。
② 【注】《藝文》爲《藝文類聚》省稱。

文》三上）

遂綏哀牢，開永昌

　　永昌郡哀牢，永平中置，故牢王國。《續漢志》二十三

　　哀牢，永平十二年，其國王柳貌相率內屬，以其地置永昌郡。《後漢注》

　　南詔蠻，自言哀牢之後代，居蒙舍州，爲渠帥，在漢永昌故郡東。《舊唐書》百九十七

　　永昌城，古哀牢地也，在玷蒼山西六日程。《樊綽蠻書》六

春王三朝

　　元日也，歲之朝，月之朝，日之朝。《後漢注》

供帳置乎雲龍之庭

　　戴延之《記》曰：“端門東有崇賢門，次外有雲龍門。”《後漢注》

牢饗杏（《集韻》三）　　**鏗鍧**呼宏（《禮部韻略》二）　　**燁煜**育（《後漢注》）　　**烟**因（《釋》二）　**煜**於云（《博雅》四）　　**明詔**朱戌（《韻補》四）

沈珠於淵一均（《輔廣詩經叶韻考異》）

　　獨孤良器《沈珠於淵》，詩一首。《英華》百八十六

又徒馳騁乎末流

　　謂諸子。《後漢注》

溫故知新已難

　　孔安國曰：“溫，尋也，尋繹故者，又知新者。”韓愈《論語筆解》上

　　舊所學者，溫尋使不忘，是溫故。素所未知，學使知之，是知新。《論語疏》二

天人如延（《韻補》二）

子徒習秦阿房之造天

　　房音旁。趙蕤《長短經》七

　　阿房，地名。許注《淮南》廿二

阿房宮亦曰阿城，惠文王造，未成而亡，始皇廣其宮，未成，欲更擇令名名之，作宮阿基旁，故天下謂之阿房宮。《黃圖》一

憕徒頰（《後漢注》）

小子狂簡

猶妄作也。《六臣》　案：訓義於《論語》文不安，然《五臣》呂向此條乃本孔安國舊注，任淵《山谷詩注》第四卷猶用之。

《明堂》

多福筆力（《韵補》五）

《辟雍》

造舟爲梁

造舟爲梁，謂比舟船造作橋梁。郭《圖》云："天子並七船，諸侯四，大夫二，士一。"《經典釋文》廿九　案：郭圖，郭璞《爾雅圖》。

旛步何（《後漢注》）

於赫太上

天也。《六臣》

《靈臺》

祈祈甘雨

詩曰："有渰萋萋，興雨祈祈。"桓寬《鹽鐵論》八

陰陽和，風雨時，其來祈祈然，不暴疾。《毛詩箋》二十一

詩云："有渰淒萋，興雲祈祈。"《毛傳》云："渰，陰雲貌。"案：渰已是陰雲，何勞復云"興雲祈祈"耶？"雲"當爲"雨"，俗寫誤耳。班固《靈臺》詩云："習習祥風，祈祈甘雨。"此其證也。《顏氏家訓》下

漢《無極山碑銘》"興雲祈祈"，知漢以前本皆作"興雲"，顏氏說初無據。趙明誠《金石錄》十七

《左雄傳》作"興雨祈祈"，漢代言詩者自不同。洪适《隸釋》三

古人引經書，語取大意，不泥其字，雲雨皆一意，安用區別。前漢《食貨志》作"興雲祈祈"，班固一人其說亦自不

同。《野客叢書》十八

《寶鼎》

嶽修貢兮川效珍

　　廬江熊山破得寶鼎，瀷①出黃金鼎，故言。《六臣》

歕火驕（《後漢注》）

《白雉》

獲白雉兮效素烏

　　固集此篇題云《白雉素烏歌》，故兼言效素烏。

奮翹英

　　翹，尾也。

容潔朗兮於純精

　　《春秋元命包》：“烏者，陽之精。”並《後漢注》

天慶讀卿（同上）

張平子

　　史臣曰：“張左恢廊②，登高不繼。賦貴披陳，未或加矣。”《南齊書》五十二

　　崔瑗《河間相張平子碑》：“其先出自張老，為晋大夫。”《古文苑》十九

　　蕭穎士謂張衡宏曠。計有功《唐詩紀事》二十一

西京賦

　　楊億《二京賦》成，好事者多傳寫。有輕薄子書其門曰：“孟堅再生，平子世出，《文選》中恨無隙地。”楊亦書門答之曰：“賞惜違顔，事等隔世，雖書我門，不爭此地。”余謂此齊東之言也，楊公長者，豈相較若爾耶？袁褧《楓窗小牘》上

夤籀文奢（《說文》十下）

學乎舊史氏

　　《李彪表》：“天文之官，太史之職，如有其人，宜其世

---

① 【注】指瀷湖。

② 【校】“恢廊”珍作“恢廓”。【按】清乾隆武英殿刻本同。

矣。"《尚書》稱"羲和，世掌天地之官"，張衡《賦》"學乎舊史氏"，斯蓋世傳之義也。《魏書》六十二

尐俗鮮字（《廣韻》三）

因天地以致化

孟子曰："天道因則大，化則細。因也者，因人之情也。"《長短經》三

實爲咸陽

在九崚山南，渭水北，故曰咸陽。《黃圖》一

贔備（《類林》十七）厬虛器（司馬光《類篇》八下）

高掌遠蹠

華岳掌，其石丹紫，正如人肉色，太陽對照則盡見，日暮則隱。自開路仰瞻，高才盈尺，闊四五尺。張洎《賈氏談錄》

王涯《太華山仙掌辯》："太華首峰有五崖，比鑿破巖而列，自下遠望，偶爲掌形。"傳者皆曰："昔河自積石出，越龍門，南馳折波左旋，將走東溟，連山塞之，不得出，有巨靈力劈而剖其中。跰而北者爲首陽，絕而南者爲太華，河自此下馳，故其掌迹猶存。"予往觀曰："夫所謂神者，非人也。焉有人之作力而有人迹乎？且山谷之形爲虎牙，爲熊耳，爲牛首，爲雞頭，以形類形，而必加說雞牛龍虎之象，亦有作乎？張平子賦《西京》：'巨靈高掌，厥迹猶存。'該聞精達，尚[1]以是惑，子不語怪神之旨，何所述聞，將假文神事以飾其詞歟？爲思而有闕歟？"《英華》三百六十七

巨靈左掌，上有半輪石月，在頂之東北峰上。王處一《華山志》

閡礙（陳景元《沖虛經釋文補遺》上）

欱灃吐鎬

灃水流入，故言欱；滈水流出，故言吐。《六臣》二

---

① 【校】"尚"作"常"。

相汁《雙字》上作“協”

婁敬委輅何格（《玉篇》十八）

　　蘇林曰：“輅，一木橫遮車前，二人挽之，三人推之。”
《漢書注》四十六①

　　輅，鹿車也。《六臣》

袤茂（《類林》四）　　　　**郭乳**覆（《集韵》八）

增九筵之迫脅

　　九尺曰筵。《六臣》

表嶢闕於閶闔

　　閶闔，天門也。梁武帝《閶闔篇》出此。郭茂倩《樂府》六
十四

疏龍首以抗《黄圖》二“抗”下有“前”字殿

　　未央宫殿及臺，皆疏龍首山上②作之，殿基出長安城上，
非築也，又取山土爲城。《長安志》三

　　抗者，引而高之之謂。《雍録》一

巢業（《漢書注》八十七）

蔕倒茄於藻井

　　《楊炯傳》：“《虞書》‘藻、火’，藻者，逐水上下，象聖
王隨代而興③也。蘇知幾稱藻爲水草，無所法象。引張衡賦
‘蔕倒茄於藻井，披紅葩之押獵’，請爲蓮花，取其文彩。夫
茄者，蓮也。若以蓮代藻，變古從今，既不知草木之名，亦未
達文章之義。”《舊唐書》百九十上

碣烏（《禮部韵略》五）　　　　**栭**而（《五經文字》上）

鏤檻文槐枇（《説文》六上）

　　連簷也。《六臣》　案：似即今面簷。

---

① 【校】此條應出自《漢書·顔師古注》卷四十三。“三人推之”應作“一人
　　推之”。

② 【校】“山上”作“山土”。

③ 【校】“興”作“應”。【按】清乾隆武英殿刻本同。

刊層平堂，設切厓涯（《集韻》二）　**陳儼**（《釋文》廿九）

層累，堂高也。厓陳，邊限也。謂削累其階，令平高設砌，以爲邊限。《六臣》

嵍五各（《玉篇》二十二）　　　**齴眼**（《集韻》五）　　　**巉巏**（《廣韻》二）　　**陵峻**（郭璞《穆天子傳注》五）

仰福帝居

副貳之副本爲福字，從衣畐聲，今俗一襲爲一福，然書史假借以副字代之，副音普力反，義訓剖劈，字或作副。學者不知有福字，反①以副貳爲正體，副坼爲假借，讀《詩》不坼不副，以朱點發副字。《西京賦》“仰福帝居”，《東京賦》“順時服而設副”，並爲副貳。傳寫訛舛，衣轉爲示，讀者便呼爲福禄之福，失之遠矣。《匡謬正俗》六

洪鐘萬鈞

淳熙中省試，《人主之勢重萬鈞賦》第一聯，有用“洪鍾”二字者，考官哂之。洪文敏典舉聞之曰：“《西京賦》洪鍾萬鈞，此必該洽之士。”遂預選。《困學紀聞》十九

趪黃（《廣韻》二）

負筍業而餘怒

虡旁立木曰筍，橫木曰業。《六臣》二　《雙字》中

聯以昆德

昆德、玉堂皆在未央殿西。《黃圖》三

嵯磋（《廣韻》二）　　　**嵥**才接（《玉篇》二十二）

麒麟朱鳥，龍興含章

皆館名。《黃圖》五

正殿路寢

路寢，路，大也，正也。成玄英《南華經疏》十一

---

① 【校】“反”作“翻”。【按】清同治小學彙函本同。

高門有閌閌（《集韻》三）

 《韓詩》云盛貌。《釋文》七

 門限。《六臣》

外有蘭臺金馬

 漢《百官表》："御史中丞，在殿中蘭臺，掌圖籍秘書，外督部刺史，內領侍御史，公卿奏事，舉劾按張①。"《西京賦》："蘭臺金馬，遞宿迭居。"按：此蘭臺正在殿中，石渠、天禄皆在殿北。《雍錄》二

 蘭臺在未央。《禁扁》丙

迭居迭（《集韻》七）   **巡晝**晝禺（《韻補》四）②

植鐓懸猷猷（《類林》三）

 猷，打更木。《六臣》二 《雙字》上

不虞虞（《集韻》七） **虘**仕（《博雅音》七）   **珉**岷（《禮部韻略》七） **璘**鄰（章樵《古文苑注》六）

命般爾之巧匠

 般公，輪若之族。鄭玄《禮記注》三

 公輸般，魯班之號。高誘《戰國策注》三十二

 公輸子，魯般，或以爲魯昭公之子。趙岐《孟子章指》七

 《朝野僉載》："魯般者，肅州燉煌人，莫詳年代，巧侔造化。於梁州③造浮圖，作木鳶，每擊楔三下，乘之以歸。父後伺得鳶，擊楔十餘下，乘之至吳會。吳人以爲妖，殺之。般又爲木鳶乘，遂獲父屍，怨吳人殺其父，于肅州城南作一木仙人，舉手指東南，吳地大旱三年。卜曰：'般所爲也。'齎物具千數謝之，般爲斷一手，其日吳中大雨。國初，土人尚祈禱其木仙。六國時，公輸般亦爲木鳶以窺宋城。"《酉陽雜俎續》四

---

① 【校】"舉劾按張"作"舉劾按章"。

② 【校】《韻補》卷四無此條。

③ 【校】"梁州"作"涼州"。【按】四部叢刊本同。

案：蘇郡楓橋塔院衚徐氏灶屋有土，高尺許，妨來往，二十年前其主人欲平此土，掘得石碑一，上有五赤字曰：「公輸子之墓。」其家祭而掩之，移灶他所。據《續雜俎》，則此或般父墓；據《孟子注》，則般或客死外家，遂葬吳地。

樂不徙懸

「縣」字，義訓繫著，音「玄」，亦或作「炫」。《西京賦》：「後宮不移，樂不徙懸。恣意所幸，下輦成宴。」既與「寰」同，故有假借，末代以「縣」代「寰」，遂更造「懸」字，下輒加「心」以爲分別。《匡謬正俗》八

覗[1]麥（《禮部韻略》五）

獲林光於秦餘

林光宮，胡亥所造，從廣各五里，在雲陽縣界。《黃圖》一

雲陽宮即秦林光宮、漢甘泉宮，在雲陽縣西北八十里甘泉山上。去長安三百里，望見長安城，黃帝以來祭天元[2]邱處。《元和志》一

《關中記》：「林光宮一曰甘泉宮，秦所造，在今池陽縣西北故甘泉縣甘泉山上，漢武建元中增廣之，周四十九里，一百二十步，有宮十二，臺十一。武帝常以五月避暑於此，八月乃退。」《長安志》四[3]

既新作於迎風

武帝作迎風館于甘泉山。《黃圖》二

增露寒與儲胥

露寒觀在甘泉宮外。儲胥，甘泉苑垣内之觀。《長安志》四

墆徒計、徒結二切（《玉篇》二）

通天訬妙（高注《淮南》十九） 以竦峙

《漢舊儀》：「通天，言臺高，通於天也。」《漢武故事》：「築通天臺於甘泉，去地百餘丈，武帝祭太乙，上通天臺舞，

---

① 【校】「覗」作「覻」。
② 【校】「元」作「圜」。【按】清武英殿聚珍版叢書本同。
③ 【校】「周四十九里」作「周十九里」，「一百二十步」作「二百二十步」。

八歲童女三百人祠祀，亦曰候神望仙臺。"《黃圖》五

　　臺在甘泉宮中，高三十五丈，望雲雨悉在下。《元和志》一

辯班（《博雅音》三）　　　陌七肖（《大玄釋文》）　　　鶤昆（《古文苑注》四）　　頮俯（《五經文字》中）

聞雷霆之相激

　　今俗呼激水箭音爲吉躍反。案：《西京賦》《江賦》"激"字有"吉曜"音。《匡謬正俗》七

柏梁既災

　　未央宮北即桂宮，周十餘里，內有柏梁臺，舊乘複道，用相徑通。《水經注》十九

　　柏梁臺，武帝元鼎二年起，在北闕內。《黃圖》五

　　服虔曰："用百頭梁作臺，因名。"《長安志》三

　　未央宮柏梁臺高廿丈。《禁篇》丙　案：諸書柏梁臺並在未央，獨《水經注》在桂宮，或未央複道通桂宮柏梁臺，故諸書誤在未央。

　　武帝太初元年十一月乙酉，未央宮柏梁臺災。《漢書》二十七上

　　帝以王母所授《五真圖》《靈光經》及上元夫人所授《六甲靈飛》十二事，及諸經圖，皆奉以金箱、玉函，安著柏梁臺上，出入六年，至太初元年，天火燒柏梁臺，《真形圖》《靈飛經》《錄靈光經》，并函俱失。《漢武帝內傳》①

用厭火祥

　　海魚，有虬尾，似鴟，用以噴浪則降雨，漢柏梁臺災，越巫上厭勝法。大起建章宮，設鴟魚之像於屋脊，以厭火祥，即今鴟吻是。吳處厚《青箱雜記》八②

圜闕竦以造天

　　《三輔舊事》："建章東起別風闕，高二十五丈，宮門北起

---

① 【校】四庫全書本《漢武帝內傳》無此條。
② 【校】"越巫"作"越王"，"火祥"作"火災"。【按】明刻稗海本同。

圜闕，高二十五丈，上有銅鳳凰，赤眉賊壞之。"《西京賦》"圜闕竦①以造天，若雙碣之相望"是也。《黃圖》二

別風嶕嶢

《廟記》："建章宮有嶕嶢闕。"薛綜注："次門，女闕也。"《長安志》三

集重陽之清澂徵（《集韻》四）

積陽爲天，天有九重，故曰重陽。洪興祖《楚辭補注》五

髻者（《翻譯名義集》十二）

怵悼慄而慫悚（《博雅音》一）**兢**

漢賦述西京臺觀，班孟堅曰："軼雲雨於太半，虹蜺迴帶於棼楣。曰攀井幹而未半，目眩轉而意迷。"張平子曰："將乍往而未半，怵悼慄而聳兢。"論者以爲危悚，非王公所乘履。予至長安，見漢宮故址，因高爲基，突兀峻峙，如未央、神明、井幹之基皆然，望之使人森竦，當時樓觀在上，又當如何？數公之言未爲張大。《長安志》中②

非都盧之輕趫起嬌（《通典》百四十九）

山名，其山人善緣橦竿。《六臣》二　《類林》三

《漢書》："合浦南有都盧國。"《太康地志》："都盧國人善緣高。"吳曾《能改齋漫錄》六

唐人以緣橦者爲都盧緣。按《國語》胥臣曰："侏儒扶盧。"韋氏謂扶緣也。盧，矛戟之柲，緣之以爲戲。《演繁露》九

暎枯携（《玉篇》四）　**衆**工狐（《五經文字》上）　**庨**哮（《芥隱筆記》）　**谽**音見《上林》　**橧**《方言注》八音繒，《博雅》七音曾　**輠**摯（高誘《呂氏春秋注》二十三）　**途**《匡謬正俗》七作"連"　**閤**　**逾**延演（《集韻》八）　**呴**《匡謬正俗》七作"呌"，《集韻》八音叫　**磏**胅（《廣

---

① 【校】"竦"作"聳"。
② 【校】此條應出自《長安志圖》卷中。"蜺"作"霓"，"眩"作"眴"，"聳"作"慫"，"竦"作"悚"。

韵》三)

眇不知其所返《匡謬正俗》七作"翻"①

翻②音扶萬反，今關中作迴還之翻，亦有此音。同上

墱丁鄧（《集韵》八）　　潒蕩（《説文》十一上）

漸臺立於中央

《漢武故事》："建章宮北有太液池，池中有漸臺三十丈，又漸浸也，爲池水所漸，一説星名。"

倉池在未央宮西，池中有漸臺。漢兵起，王莽死於此臺。並《水經注》十九

漸臺在未央宮太液池中，高十丈。《黄圖》五

王根治第，百姓歌之，土山漸臺，西曰虎龍③，然則凡臺之環浸於水者皆可名漸臺，顧王根爲之則僭。《雍録》九　案：未央無太液池，《黄圖》誤，兩漸臺爲一。《長安志》引《括地志》云未央、建章似各有漸臺，非一所。《括地》蓋據《水經》兩宮各有爲明證。西宫，此段賦建章，漸臺立於中央。太液池，漸臺也，《西征賦》："望漸臺而餘怒。"倉池，漸臺也，《西京》："顧臨太液，倉池漭沆。"謂太液池象滄海之漭沆，非指未央宮倉池也。

旷《方言注》十二音良；《博雅音》二音户

上林岑以壘崒罪（《類林》二）　下嶄似咸（《玉篇》二十二）　巖以嵒《説文》二下讀磊；《九經字樣》：染，入聲齬吾

言上下皆險峻不齊。《類林》二

隯㠀（《集韵》五）

立修莖之仙掌

神明臺上有承露盤，有銅仙人舒掌捧銅盤玉杯以承雲表之露。《長安記》："仙人掌大七圍，以銅爲之，魏文帝徙銅盤，折，聲聞數十里。"《黄圖》三

通天臺上有承露盤，仙人掌擎玉杯以承露，元鳳間自毀，

---

① 【校】清同治小學彙函本、四庫全書本《匡謬正俗》卷七皆作"反"，非"翻"。

② 【校】"翻"作"反"。【按】清同治小學彙函本同。

③ 【校】"西曰虎龍"作"西白虎"。

橡桷皆化龍鳳，從風雨飛去。《黃圖》五

　　《三輔故事》："建章宮承露盤，高二十丈，大七圍，以銅爲之，上有仙人掌承露，和玉屑飲之，蓋《西京賦》所云也。"《漢書注》二十五上　案：立莖、承露不在臺上，《三輔故事》乃張賦本注。

承雲表之清露

　　《本草》："繁露水是秋露繁濃時也，作盤收之，煎令稠，食之，延年不飢。"陳元靚《歲時廣記》三

參塗夷庭

　　衢路皆有三條，正中一條爲馳道，有禁不得橫絶，兩旁則皆無禁，並城之地雖礙，馳道亦得橫絶。《雍録》九

方軌十二，街衢相經

　　《三輔決録》："長安城面三門，四面十二門，皆通達九逵，以相經緯。衢路平正，可並列車軌。十二門三塗洞闢，隱以金椎，周以林木，左右出入，爲往來之徑，行者升降，有上下之別。"《黃圖》一

陁豕（《方言注》六）　陜達可（《博雅音》一）　錡技（《方言注》五）

武庫禁兵

　　在未央宮，蕭何造，以藏兵器。《黃圖》六

錡倚（吕祖謙《唐鑒注》三）

爾乃廓《黃圖》二作"郭"　開九市

　　《廟記》："長安市有九，各方二百六十六步，六市在道西，三市在道東。凡四里爲一市，致九州之人在突門，夾横橋大道，市樓皆重屋。"《西京賦》："郭開九市。"

旗亭五重

　　《廟記》："旗亭樓在杜門大道南。"

俯察百隧

　　杜門大道又有當市橋①，有令署以察商賈，三輔都尉掌

————————————

① 【校】"當市橋"作"當市樓"。

之。《西京賦》：“旗亭五重，俯察百隧。”並《黃圖》二

夫婦房詭（《韵補》三）　　　　**之家**居何　　　**能加**同（並《韵補》二）

　貙俗“貙”字（《廣韵》一）　　　　**瞁**涯**眣**漬（鄭玄《周禮注》七）

丞相欲以贖子罪

　　公孫賀爲丞相，其子敬聲爲太僕，盜用北串錢千九百萬貫，主守盜贓至於千九百萬，以捕一匹夫便得贖，漢網可謂疏矣。至武帝以後則不然。《雲麓漫鈔》三①

痏鮪（《通典》百六十六）　　　**殷**隱**賑**軫　　　**既**作“使”　**遷既**作“使”（並《類林》十二）　**引**　　　**聯槁**《雙字》中作“塙”，《類林》十二音格

展展止忍（《韵補》二）②

百四十五

　　漢畿内千里，並京兆治之，内外宮館一百四十五所，秦離宮二百，武帝往往修之。《黃圖》三

螯佾（郭璞《山海經注》五）　**厔**式質（《玉篇》二十二）

上林禁苑

　　上林苑即秦舊苑。《漢書》：“建元三年開離宮七十所，皆容千乘萬騎，苑中養百獸，天子秋冬射獵。”《黃圖》四

　　苑在長安縣西北十四里。《元和志》一

東至鼎湖

　　鼎湖宮在湖陰縣③界，黃帝鑄鼎仙去，漢武帝於此建宮。《黃圖》三　案：鼎湖、五柞，張賦並在上林，《黃圖》入甘泉宮，誤。

邪界細柳

　　細柳原在長安縣西南三十三里，別一細柳，非亞夫屯軍之所。《元和志》一

---

① 【校】此段應出自《雲麓漫鈔》卷九，非卷三。“北串錢”作“北軍錢”。
　 【按】清咸豐涉聞梓舊本同。
② 【校】此條應出自《韵補》卷三，非卷二。“展，止忍切。展展，車聲也”。
③ 【校】“湖陰縣”作“湖城縣”。

掩長楊而聯五柞

五柞宮有五柞樹，皆連三抱，上枝蔭覆數十畝。《西京雜記》三

在盩厔縣東南三十八里。《寰宇記》三十

長楊五柞，相去八里。《雍錄》三

繞黃山而款牛首

山在鄠縣西南二十三里，南接終南，在上林苑中。《西京賦》"繞黃山，款牛首"是也，澇水所自出。《元和志》二

繚垣綿聯

凡離宮不爲城第，有繚垣。《西京賦》："繚垣綿聯。"華清宮繚墻周乎麗山，是其例。《雍錄》二

四百餘里

上林苑，漢《宮殿疏》云"方三百四十里"，漢《舊儀》云"方三百里"。《黃圖》四

上林苑周匝二百四十里。《元和志》一　案：苑方三百餘里，則繚垣四百餘里矣。

駤否**駥**侯（《類林》十七）　　　　**不有**（韻見《西都》）

木則楓栝椶柟

蒲葵扇，蘇子容云："椶櫚也，出《廣雅》。今衢、信、宣、歙間扇是也，謂形似蒲葵爾。"羅願《新安志》十

《唐韻》"椶"字注云："蒲葵也。"《研北雜志》上

梓棫楩便（《漢書注》五十七）**楓**

林有梓則諸木皆内拱。蘇軾《格物粗談》上　按：《格物粗談》書甚典核，《宋史·藝文志》不載，或出宋元間人托撰。

木厚葉弱，枝善搖，故字從風。《埤雅》三　案：陸農師學本王氏《字説》，此條本許氏《説文》，而與《埤雅》諸條無異。

翁鳥孔①**蔓**爰（並《漢書注》五十七）　　　**蔚**徒内（《博雅音》六）

---

① 【校】"鳥孔"作"烏孔"。【按】或因"烏""鳥"字形相近而致誤。

櫹肅（《類林》十八）　　　櫹蕭（《集韵》三）　橬森（《類林》十八）

蒇徐廣音針（《史解》百十七）　　芫航（《廣韵》二）　　　茵模庚①
（《五經文字》中）　　苯本（《類林》十八）　尊作昆切（《玉篇》十三）

町定（《類林》十八）　　　其右羽軌（《韵補》三）

象扶桑與濛汜

　　扶桑在東海東岸，多林木，葉皆如桑。有椹樹，長者數千
丈，大二千圍，兩兩同根，更相依倚，仙人食其椹，體作金
色，飛翔空玄。其樹雖大，其葉椹故如中夏之桑，但椹稀色
赤，九千歲一生實，味絕香美。《十洲記》

　　《玄中記》："天下之高者，扶桑無枝木焉，上至天，盤蜿
而卜屈，通三泉。"《齊民要術》十

　　齊永元元年，扶桑國有沙門慧深來至荆州，説扶桑在大漢
國東二萬餘里，土多扶桑木，葉如桐，初生如笋，國人食之，
實如梨而赤，績其皮爲布，亦爲綿。有文字以扶桑皮爲紙。
《梁書》五十四

　　扶桑山在東海中，去中國九十萬里，桑椹千歲一生，桑上
有金鳳九色鳥，一鳴即天下鷄應之。李思聰《洞淵集》三

鮦重　　鯢五兮（並《博雅音》十）　　短項户孔（《韵補》三）

鷫肅鶇爽（並高注《淮南》一，《藝文》六十一音霜）　　駕加（《山海經
注》五）　　靬瓶（《真經玉訣音義》）　　匋《説文》三上讀玄，《集
韵》四讀轟　　鍔壏（高注《淮南》二）　　远剛（《釋文》三十）

倏叔（《類林》五）

華蓋承辰

　　華蓋十六星在五帝座上，扛九星，爲華蓋柄，上七星，爲
世子之官。《星經》上

　　華蓋，黄帝所作，與蚩尤戰涿鹿，常有五色雲氣、金枝玉
葉止於帝上，有花葩之象，故因作華蓋。《古今注》上

---

① 【校】"模庚"作"摸庚"。【按】或因"摸""模"字形相近而致誤。

簅初救（《禮部韵略》四）　馱同駭（《五經文字》中，《沖虛經釋文補遺》下）　迾列（《廣韵》五）　緹體（《通典》四十二）

悷高注《淮南》十五音零；郭璞《方言注》五音淩；曹憲《博雅音義》一音陵曹憲，隋人，青蒸已分二韵。郭璞晉時青蒸未分，已不同高誘音零，則古韵至晉漸移，沈約所分乃晉宋之餘，與漢儒不合。

瀟蕭（《博雅音》一）　箾朔（《荀子注》中·三）　㩧朴　揘橫

畢作"觱"（並《雙字》下）　蔟蒼木（《五經文字》中）①　攙讒

（高注《淮南》二）捅泟（《廣韵》五）　柲秘（《方言注》十）　鷮

已消（趙紹《養疴漫筆》）　阬剛（《類林》十七）　骹口交（楊彥齡《筆餘》）　髽丕髱而（並《類林》十七）

迺使中黃之士

《西京賦》"中黃育獲之儔"，薛綜注謂之"闍尹，是不聞執雕虎之人也"。《文心雕龍》九　案：《選注》無闍尹句，知善引諸舊注不全載。

中黃，國名，俗多勇力。《類林》九

朱鬢莫駕（《類篇》九上）　氀《集韵》七音霽；《玉篇》《廣韵》《類篇》無"氀"字髽撾（高注《淮南》十一）

朱鬢，絳抹額也；氀髽，結束也。《雙字》下

狿延（《廣韵》二）　摣以加（《方言注》十）　狒《釋文》三十音沸；《養疴漫筆》烏沸反　批紫（《廣韵》三）　㾕《漢注》《芥隱筆記》並音愈；《荀子注》十音庚；《通典》四十六音愈　狻酸（《集韵》二）　駼余（高注《淮南》九）　攫烏郭（《五經文字》上）　獮讞（《漢注》五十七）

升觴舉燧

告盡也。《類林》三，詳《七命》

攴支（《釋文》二）　磻波（《類林》三）　加雙韵見《西都》

鳴葭居何（《韵補》二）

度陽阿

陽阿，古之名俳，善和。許注《淮南》廿三②

---

① "蔟，千豆反，又倉木反。"【校】"蒼"作"倉"。

② 【校】此條應出自許慎注《淮南鴻烈解》卷廿四。

感河馮

《唐河侯新祠頌》："秦宗撰云河伯姓馮，名夷，字公子，潼鄉華陰人。"按：章懷《張衡傳注》引《聖賢冢墓記》："馮夷，潼鄉堤首里人"。引《龍魚河圖》："河伯姓吕，名公子，夫人姓馮，名夷。"三說雖異，其爲無稽則同。《金石錄》二十六

憚蛟蛇 唐何（《韵補》二）

蛟，狀如蛇，其骨如虎[1]，長者數丈，多居溪潭石穴下，聲如牛鳴，見人先以腥涎繞之，既墜水，即於腋下吮其血。昔有舟人爲蛟所毒，但見於水上嘻笑而入，明日尸出，兩腋下有穴如杯。彭乘《墨客揮犀》三

魶由（《廣韵》二）

擴紫貝

《毛詩義疏》："紫貝，白質如玉，紫點爲文，皆行列相當，大者徑尺六寸。"

《廣州記》："貝凡八，紫貝最美，出交州。"並《御覽》八百七

即砑螺。《廣記》四百三

《相貝經》："紫貝愈疾。"《埤雅》二

耆龜邱（《集韵》四）　　**搚**厄（法雲《翻譯名義集》十七）　　**馬**輒（《説文》十上）

馬潛牛

句漏縣大江中有潛牛，形似水牛，每上岸鬭，角頓，還入江，角堅，復出。《酉陽雜俎續》八

摘摘（《五經文字》上）　　**漻遼**（高注《淮南》一）　　**澥**《類林》三音解；《翻譯名義集》二十音蟹　　**罜獨麗**鹿（並《類林》三）　　**撲**力刀（《博雅音》一）　　**鯔**而（《説文》十一下）

---

① 【校】"其骨如虎"作"其首如虎"。【按】明刻稗海本同。

蜃蛤剝

《夏小正》:"十月,元雉入於淮爲蜃。"蜃者,蒲盧也。
《大戴禮》二

蜃,大蛤。鄭玄《周禮注》一

雀五百年化爲蜃蛤。《述異記》上

干寶云:"蜃,蛟類。"《釋文》八①

蜃身一半以下鱗盡逆。《酉陽雜俎續》八

蜃似蛇而大,腰以下鱗逆,有耳,有角,背鬣作紅色。噓氣成樓臺,望之丹碧,隱然如在烟霧,鳥就息,輒吸之而下。世云雉與蛇交生蜃,得其脂和蠟爲燭者,香聞百步,烟出其上,成樓閣之狀,又曰蜃食燕子。《埤雅》二

《章龜經》曰:"蜃大者爲車輪、島嶼,月間吐氣成樓,與蛟龍同。"吳澄《月令七十二候集解》

鮫魚(《釋文》七)   **麌**於道(《玉篇》二十三)   **摎**流(《博雅音》七)   **浑**牢**浪**郎   **蠔**緣(並《類林》三)   **盡取**此苟(《集韻》六)

程角觚之妙戲

秦漢間説蚩尤耳鬢如劍,頭有角,以角觚人,人不能向。今冀州有樂名蚩尤戲,其民兩兩三三,頭戴牛角相觚。漢造角觚戲,蓋其遺製。《述異記》上

烏獲扛鼎

或問:"吳越謂對舉物爲剛,有舊語否?"答曰:"扛,舉也,音江,或作舡。《史記》'項羽力能扛鼎'、《西京賦》'烏獲扛鼎'是也。俗誤扛爲剛,乃有作摑字者,固爲穿鑿。"《匡謬正俗》六 案:烏獲、項羽扛鼎恐非兩人對舉。

都盧尋橦

《新唐書·元載傳》及《國史補》載:"客有《賦都盧尋

---

① 【校】《經典釋文》無此條。

橦篇》諷其危，載泣下而不知悟。"《能改齋漫録》六

衝狹鷟濯，胸突銛纖（《博雅音》一）**鋒**

　　狹以草爲環，插刀四邊，伎人躍入其中，胸突刀上，如燕飛濯水。

跳丸劍之揮霍

　　丸，鈴也。並《類林》三

被趙道一《真仙通鑒》四作"紛"**毛**　　**襜**衫**襹**師（並《雙字》中）

度曲未終

　　世人言度曲，歌曲也。《西京賦》"度曲未終"、子美詩"翠眉縈度曲"，皆徒故切。考《漢元紀贊》"自度曲"，應劭曰"自隱度作新曲"，顏注"度，大各反"，與平子、杜詩異。臣壙注"度曲謂歌終更授其次"，以度曲爲歌曲，夫度曲雖有兩音，《元帝紀》止可作大各切。嚴有翼《藝苑雌黃》一

　　《元帝》"度曲"，"隱度"之"度"，應劭注、師古音是也。《西京賦》"度次"之"度"音杜，注見《元贊》有此二字，引爲證，不知其意自别。《古文苑》宋玉《笛賦》"度曲平腸"，此却可證。《野客叢書》九　案：漢人四聲通用，不在瑣辨。

磅普行**磕**苦大（《博雅音》四）　　　**高援**遠去（《集韻》七）①　　　　　**踆蹲**
（《齊民要術》七）　　**蜿**宛（《博雅音》十）　**蝹**温（《博雅音》六）

甌呀（《集韻》三）　　　**粵祝**咒（《類林》十七）

侲振**僮程**作"逞"（並《類林》三）**材**

　　侲，衆也。同上

羽觴行而無算

　　杯上綴羽以速飲。《六臣》二　郭《樂府》七十四

夏姬美聲

　　夏之美女。《六臣》　案：與晋司馬彪《莊子注》"西施，夏姬也"相類，然司馬博古而五臣謏聞。

————————

①　【校】《集韻》無此條。

紛縱體而迅赴，若驚鶴之群罷

　　驚鶴、群罷，言舞容似之。《六臣》　案：此段言舞女鶴輕而舞，取譬可也，熊罷鷲獸，未聞其舞，如或群罷同熊之經，亦非可取，況女舞。呂延濟此注亦似強爲之説，案易或鼓，或罷。《釋文》二卷，徐邈："罷，扶彼反。"《集韻》五卷："罷音被，上聲。"則此"群罷"當爲"群罷"，言舞者之迅赴如驚鶴之群罷。用徐邈之音協《西京》之韵，於義或可得言，於文亦不甚遠。

昢名（《集韻》四）

鬓《類林》十三作"鬚"**髮**

　　鬚音修。《類林》　案：本句衛后興於鬓髮。《類林》鬚字決爲鬓字之誤，然劉攽注又音脩，則似鬚音之轉。

媮偷（《博雅音》十）　　　**又侯**洪孤（《韵補》二）①

---

① 【校】此條應出自《韵補》卷一，非卷二。

卷　三

《東京》

若客所謂末學膚受

　　馬曰："膚受之愬，皮膚外語，非其内實。"何晏《論語集解》六

卒於金虎

　　《河圖》："金虎喻秦居也。"陸士衡詩："大辰匿曜，金虎習實。"《甘石星經》："昂，西方白虎之宿，太白，金之精。太白入昂，金虎相薄。"《西溪叢語》下

搏附（《集韵》七）

楚築章華於前

　　天下地名錯亂難考信，如楚章華臺，亳州城父縣、陳州商水縣、荆州江陵、長林、監利縣皆有之。乾溪亦有數處。據《左傳・楚靈王七年》"成章華之臺"，杜預注："章華臺，在華容城中。"華容即今監利縣，非岳州之華容也。至今有章華故臺，在縣郭中，與杜説相符。亳州城父縣有乾溪，其側亦有章華臺，故臺基下往往得人骨，云楚靈王戰死於此。商水縣章華之側，亦有乾溪。薛綜注《東京賦》引《左傳》云"楚子成章華之臺於乾溪"，皆誤説也，《左傳》實無此文。沈适《夢溪筆談》四①

薙他計（《五經文字》中）　　　**垓**該（《再見》）　　　**軹**紙（《博雅音》九）　　**塗**度（《類林》十一）　　　**未暇**後五（《韵補》三）

西阻九阿

　　洛陽西十里九坂之道謂之九阿。《類林》四

---

① 【校】作者"沈适"應作"沈括"。

太谷通其前

太谷在洛陽縣東五里，張衡賦"大谷通其前"，《洛神賦》"徑通谷"，《閒居賦》"張公大谷之黎①"，皆謂此。《寰宇記》三

案："大""太"一字。善注於此引《洛陽記》於《閒居賦》云"未詳分二地"，不如《寰宇記》審。

迴行道乎伊闕

在洛陽西南六十里，禹所辟也，水所由北流入于洛川。高誘《戰國策注》二

邪徑捷乎轘轅

轘轅山在緱氏東南四十六里，漢何進置八關，此其一。《元和志》五②

鐔《山海經注》十三音尋；《博雅音》九音潭　　坔韋昭音聶（《釋文》三）

石緇側九（《集韻》五）　　　能囊來（《集韻》二）　鼉

乃龍飛白水

後漢代祖宅在隨州棗陽縣東南三十里，宅南三里有白水。《元和志》二十二③

春陵舊城，又名昌城，即光武舊宅，宅南二里有白水，《東京賦》所謂"白水龍飛"是也。孛蘭昐《元一統志》三百五十六

欃槍旬始

《春秋考異郵》："太白名旬始，如雄雞。"王逸《楚辭注》五

鎮星之精爲旬始，其怒青黑，狀如鼉。李奇曰："旬始，氣如雄雞，見北斗旁。"洪興祖《楚辭補注》五

旬始，妖星。王元亮《唐律表注》

蠵㩦（《博雅音》十）　　鶙匹鵜居　　鷗骨（並《釋文》三十）鵃竹交（《博雅音》十）

---

① 【校】"黎"作"渠"。

② 【校】此條應出自《元和郡縣志》卷六，非卷五。"轘轅"應作"軒轅"。
　【按】清刻武英殿聚珍版叢書本同。

③ 【校】此條應出自《元和郡縣志》卷二十四，非卷二十二。

關關嚶嚶

《東皋雜録》："《詩·伐木》，《鄭箋》：'嚶嚶，鳥聲。'"正文與注未嘗及黃鳥。樂天《六帖》始類鶯門中，後多祖述之。洪駒父謂《禽經》"鳥鳴①嚶嚶，後人附合"。僕觀《東京賦》"睢鳩麗黃，關關嚶嚶"。以嚶嚶爲黃麗，自漢已然。《野客叢書》十六

於南則前殿靈臺

秦太上公寺東有靈臺，基址猶高五丈餘，漢光武所立。靈臺東辟雍，魏武所立。正光中，造明堂於辟雍西南，汝南王復造甎浮圖於靈臺之上。楊衒之《洛陽伽藍記》三

穀水又徑靈臺北，光武所築，高六丈，方二十步。世祖嘗宴此臺，得艇鼠於臺上。《水經注》十六

䴥和（《集韵》三）

謻池（《廣韵》一）**門曲榭**

洛陽諸宮名曰南宮，有謻臺，《東京賦》：其南則有"謻門曲榭"。謻門即宣陽門，門內有宣陽冰室，門既擁塞，冰室又罷。《水經注》十六

宮室相接謂之謻。《六臣》三　《雙字》上

謻門，宮中便門之稱。《雍録》二

東華門直北有東向門，西與内東門相值，俗謂之謻門而無榜。《東京賦》"謻門"，薛綜注："謻，屈曲斜行，依城池爲道。"《集韵》："謻字或作𡼞，宮室相聯之稱。"今循東華門墻而北轉東面爲北門，亦可謂邪行依墻矣。凡宮禁之稱，相承皆有自。葉少藴《石林燕語》一

九龍之内

《漢袁良碑》云："帝御九龍殿，引對飲燕。"《集古録

---

① 【校】"鳥鳴"作"罵鳴"。【按】明刻本同。

跋》謂"九龍"殿名，惟見於此。按《東京賦》"九龍之内，實①曰嘉德"，非但見此碑也。《困學紀聞》十

藂語（《博雅音》七）

供蝸廬徐邈讀聲（《集韵》七）　**與菱茨**

茨即今芰子，子形上花似鷄冠，故名鷄頭。《齊民要術》六

鷄頭又名鷄壅。吳自牧《夢梁録》十八

茨名鴻頭，又名雁啄。陳景沂《全芳備祖後集》二

菱茨皆水物，菱寒茨暖，菱花開必背日、茨花開必向日故也。陳郁《話腴》

茨，一名雁頭。王禎《農書·穀譜集》三

得趣于救　　**儀具**奇救②（並《韵補》四）

八達九房

後魏袁翻明堂辟雍，議《東京賦》"複廟重屋，八達九房"乃明堂之文，而薛綜注"房，室也"，謂堂後九室之制，非巨異乎？《册府元龜》五百八十一

簡能囊來（《再見》）　　　　**褑浸**（高《淮南注》二十）

祈禫斯（《漢書注》五十九）　**禳災**

祈禫禳災，蓋謂求福除禍。《説文》："禫，福也。"《字林》："音弋尔反。"字本作"禫"，讀者不識"禫"字，義訓呼爲神祇之"祇"，云求神却災。或改"禫"字爲"禘"，皆失之。《匡謬正俗》七

拂霓靐（《集韵》九）　　**晢晢**設（同）　　**軒**拼（《集韵》四）**磕**丘蓋（《類篇》九下）　　**匐**轟（《再見》）

佩玉璽

秦漢以來，天子曰璽，諸侯曰印。開元歲中改璽爲寶。長孫無忌《唐律疏議》一　案：言開元，則《疏議》非長孫元本。

----

① 【校】"實"作"宭"。【按】四部叢刊本同。

② 【校】"奇救"作"忌救"。【按】宋刻本同。

要干將

陶貞白《太清經》一名《劍經》，説："干將、莫邪皆銅鑄，非鐵。"李綽《尚書故實》

發京倉

囷謂之困，方謂之京。《説文》六下

踆逡（《禮部韻略》一）　綦劉昌宗音其（《釋文》八）

六元虯之奕奕

馬高七尺曰虯。《六臣注》

轙蟻（《類林》五）　鋄亡犯（《玉篇》十八）　銑乞（《類林》五）

瓖襄（同）　鈌央（《集韻》三）　軨靈（《廣韻》二）　瑤同"爪"

（《類林》五）　戛古札（《玉篇》十七）　璊服（《説文》一上）

綪倩（《禮部韻略》四）　斿由（《廣韻》五）　闔他合（《通典》六

十四）　轇交（《廣韻》五）　輵丘蓋（《類篇》十四中）

髻仍吏（《類篇》九下）　髦被繡

鹵簿内皂纛，蓋旄頭遺象。《光武紀》[1]："《漢官儀》曰：'舊選羽林爲髦頭，被髮先驅。'"魏文帝《列異傳》："秦文公時，梓樹化爲牛，以騎擊之，不勝，或墮地，髻解被髮，牛畏之入水。秦因是置髦頭騎使先驅。"《文昌雜録》二

嘈曹（《博雅音》四）嘛牙葛（《集韻》九）　鉦征（《博雅音》八）

郊畛真（《釋文》二十）

爾乃孤竹之管

東海畔有孤竹，斬而復生，中有管。周武王時孤竹國獻瑞筒一枝[2]。《述異記》上

孤竹，山名。《六臣》

作配鋪枚（《韻補》一）

---

① 【校】"《光武紀》"應爲"《光武紀》注"。
② 【校】"枝"作"株"。

萬舞奕奕

《夏小正》："萬也者，干戚舞也。"《大戴禮》二

《禮記外傳》"武王以萬人同滅商"，故謂"舞"爲"萬"。《商頌》"萬舞有奕"，殷已謂之"萬"。郭《樂府》五十二

千畝入紙韵（《韵補》一）①　　**薿**墳（《通典》七十六）　　**屝**肥（《禮部韵略》一）　　**錖**《集韵》二卷音柴，諸書無"錖"字　　**陪乘**神融（《韵補》一）　　**物具**入宥韵（《再見》）　　**貪慾**褚詮之音諭（《釋文》五）　　**犹鬩**（《廣韵》四）　　**不偷**容朱（《韵補》一）　　**靈囿**于貴（《韵補》四）

次和樹表

如淳《漢書音義》："舊亭傳于四角面百步築土，上有屋，屋上柱出，高丈餘，有大板貫柱而出，名曰桓。陳留言桓聲如和，今猶謂之和表。"《東京賦》："次②和樹表。"次，比也；軍之正門爲和。樹表，設牙形以表之。《匡謬正俗》五

寓字同（《廣韵》三）③

爾乃卒歲大儺

大儺亦呼野雲戲。《雲麓漫鈔》三

方相秉鉞

四目曰方相，兩目曰倛。據費長房識李娥藥丸，謂之方相腦，則方相或鬼物。前聖設官象之。《酉陽雜俎》十三

覛乎白（《博雅音》七）　　**苅**例（《雙字》中）　　**侲**振（《通典》七十八）　　**無臬**刈（《雙字》中）　　**捎騷**（《方言注》三）

斯猲況必（《廣韵》五）狂

蕭該《漢書音義》："猲狂，扁頭鬼④，見《字林》。"宋祁

---

① 【校】《韵補》一無此條。
② 【校】"次"作"叙"。【按】清同治小學彙函本同。
③ 【校】四部叢刊景宋本、四庫全書本《廣韵》卷三無此條。
④ 【校】"扁頭鬼"作"無頭鬼"。【按】光緒十六年江蘇書局刻本《字林》："猲狂，無頭鬼也。"當取"無頭鬼"之說。

腦方良

淮南王說蝄蜽，狀如三歲小兒，赤黑色，赤目，長耳，美髮。《説文》十三上①

方良，罔兩也。鄭玄《周禮注》八　按：方良、罔兩，古音通，非破字。賈公彥《周禮疏》三十一謂鄭破"方相"爲"罔兩"，唐初已失古音古韵，故云。

魖虛（《漢注》八十七上）　　　慴《説文》十下讀疊；高注《淮南》十五音摺　　魅茇（《禮部韵略》五）

况魅蠚與畢方

木生畢方。《淮南子》十三

畢方狀如鳥，青色赤脚，一足，不食五穀。許注《淮南》二十　高注《淮南》十三

漢武帝時，嘗有獨足鶴，人皆不知。東方朔奏曰："此《山海經》所謂畢方鳥。"驗之果是，因敕廷臣皆習《山海經》。《尚書故實》

度朔作梗

桃梗。梗者，更也。歲終更始，受介祉。《風俗通》八

《漢舊儀》："東海内度朔山上有桃，屈蟠三十里②，其枝間曰東北鬼門，萬鬼所出入。上有二神，曰荼，曰鬱櫑，主領萬鬼。鬼害人者，執以葦索，以食虎。黃帝象之，立桃梗於門户上，畫荼、鬱櫑持葦索，畫虎於門，當食鬼也。"《齊民要術》十　案：此則此句當解爲象度朔之神而作桃梗，善注訓梗作病，非。

夏后氏金行，初作葦茭，言氣所交也。商人水德，以螺首，慎其閉塞，使如螺也。周人木德，以桃爲梗。漢兼三代之儀，以葦茭桃梗。《通志》四十三

---

① 【校】此條應出自《説文解字》卷十三下，非卷十三上。
② 【校】"三十里"作"三千里"。【按】四部叢刊本同。

大摹滿補（《韵補》三）　　**忿**豫（《穆天子傳注》五）

豐朱草於中唐

朱草狀如小桑，長三尺四寸，枝葉皆丹，汁如血，朔望生落如蓂莢，周而復始，可以染絳。金銀投其汁，可使成圓泥、成水，爲金漿。《續博物志》七①

重舌之人九譯

謂重爲敘其詞，舌以譯其意，如此。《六臣注》

瑋徒對　**瑁**莫代（並《類篇》一上）　　**蔟**蒼木（《五經文字》中）②

襈暉（《釋文》八）　**蒔**侍（《方言注》十二　《太玄經釋文》）　　**趑**禄（《類林》十六）　**起**《博雅音》十音捉；《類林》十六音促　　**長驅**丘禄（輔廣《詩經叶韵考異》）　　**䶣**天口（《廣韵》三）　　**節塗**度（《類林》十一）

却走馬以糞車

夫召遠者使無爲焉，親近者言無事焉，惟夜行者有之，故却走馬以糞車，軌不接於遠方之外，是謂坐馳陸沈。《文子》二

案：無爲無事而遠至近親，人不見其行，故曰“夜行者有之”。罷却走馬但供糞車之用，軌迹不及於遠方，如此解，車字句絕。本句爲出《文子》，吳草盧《老子》本增“車”字，不足盡據。

天下有道，屏却走馬之事，人得糞除田園。唐玄宗《道德經注》三

却，罷也；馬者，心也。心如伕馬，難可控御。罷走其心，保持清净，以糞其心。默希子《通玄經注》二③　案：《通玄經》即《文子》，默希注，依《老子》本“糞”字句絕。默希子，唐人，隱名姓，序曰“元和四載投筆衡峰”。

心存不爭，故却走馬。天下無事，故糞田疇。陳象古《道德經解》下

———

① 【校】“長三尺四寸”作“長三四尺”，“成水”作“投水”。【按】明古今逸史本同。

② 【校】“蒼木”作“倉木”。

③ 【校】“保持清净”作“保將虛静”，“以糞其心”作“以糞其身”。

《通玄經·精原篇》："却走馬以糞，車軌不接於遠方之外。"寇才質《道德經四子大道集解》六　案：寇才質集莊列文　《四子》解《老子》，不分"車"字屬上句下句，陳解序曰"建中靖國元年"，寇解序曰"大定十九年"。

糞車，糞戴之車。《東京賦》"却走馬以糞車"用《老子》全句，後漢"車"字猶未闕，"車""郊"叶韵，闕"車"字則無韵。吳澄《道德經注》三

何惜騕杳（《集韵》六）**褭**高誘《呂氏春秋注》十九音撓；高《淮南》一音裊**與飛兔**

騕褭，良馬。飛兔，其子梟兔。走皆一日萬里。許注《淮南》十七

騕日行五千里，兔日行三萬里。《六臣注》

虞胎盈之（《韵補》一）　　**其財**前西（同）

後世猶怠

《東京賦》："昧旦丕顯，後世猶怠。"況初制於甚泰，服者焉能改裁。漢帝《柏梁詩》云："日月星辰和四時。"梁王云："驂駕四馬從梁來。"自斯以下，同用一韵，而執金吾云"徼道宮中禁惰怠"。又曹朔《後漢敬隱后頌》云："實先契而佐唐，湯受命而創基。"二宗儌以久饗，盤庚儉而弗怠，是則"懈怠"之字通有"苔"音矣。《匡謬正俗》七　案《雜卦傳》"萃聚而升不來也，謙輕而豫怠也"，顏籀之言猶信。

焉能改裁

皇甫湜詩："中行雖富劇，粹美君可蓋。子昂感遇佳，未若君雅裁。退之全而神，上與千年對。"周必大《二老堂詩話》上　按：《文選舊注》裁音去聲，皇甫持正用之，則此音或當出自曹憲、公孫羅。

卒無補於風規

風，人之規諫。《雙字》上

咸池不齊度于巂咬

淫巂亂樂。案：巂者，非法之曲，不正之音，非謂水中巂

電之聲。張平子云："咸池不齊於黿咬，而衆聽者疑或。"以黿謂黿黿之聲，乃與咸池相似乎？是知淫樂之聲矣。《匡謬正俗》六

《南都賦》

南都在南陽光武舊里，以置都焉。桓帝時議欲廢之，故張衡作是賦，盛稱此都光武起處，又有上代宗廟，以諷之。《六臣注》

廓方城而爲墉

方城山在方城縣東北五十里，即沮、溺耦耕處。《元和志》二十一①

湯谷涌其後

溫泉水出北山，七源奇發，湯谷側又有寒泉，地勢不殊，炎涼異致，渾流同溪，南注潕水。溫泉炎勢，奇毒痾疾之徒，無能澡其衝漂，咸去湯十許步別池，然後可入湯。側有石銘曰："皇女湯，可以療萬疾。"杜彥達云"可以熟米飲"，即《南都賦》所謂"湯谷涌其後"者也。然宛縣有紫山，東有一水，東西十五里，南北二百步，湛然沖滿，無所通會。冬夏常溫，世亦謂之湯谷。張平子廣言土地所包，明非此矣。《水經注》三十一

渭育（《山海經注》一）　湍專（《元和志》二十一）

銅錫鉛言（高注《淮南》一）　鐕楷（《博雅音》一）

鐕曰鐵。《六臣》

墾曷各（《類篇》十三下）

太一餘糧

《博物志》："扶海洲上有草，名曰篩②。其實如大麥，從七月熟。人斂穫，至冬乃訖，名曰自然穀，或曰禹餘糧。"《齊民要術》十　按：《博物志》第三卷所載不及此詳。

---

① 【校】此條應出自《元和郡縣志》卷二十四。
② 【校】"篩"作"蒒"。【按】四部叢刊本同。

五色禹餘糧乾汞。獨孤滔《丹房鑒源》下

　　餘糧，生東海池澤山島，今澤潞諸州有之，形如鵝鴨卵，其外殼重疊，中有細末，類蒲黃，又石中黃、卵中黃二物真類。尚從善《本草元命包》① 二　案：獨孤滔、尚從善，二家皆指石。

中黃穀同珏（《廣韻》五）　**玉**

　　石中黃，所在有之，沁水山尤多，其石常潤濕，打其石數十重，乃得之。在大石中，赤黃溶溶，如鷄子在殼，即當飲之，不則堅凝如石，不復中服。一石中多者一升，少者數合，可頓服也。《抱樸子內篇》十一

　　石中黃，乾汞，出金色。《丹房鑒源》上

　　石中黃內裹赤黑黃，味淡，卵中黃如卵，內有子，味酸。《本草元命包》二

游女弄珠於漢皋之曲

　　沔水又東徑方山北，山下水曲之隩，云漢女昔游處。故《南都賦》"游女弄珠於漢皋之曲"，漢皋即方山異名。《水經注》二十八②

崆空（《集韻》五）　**嶸**《玉篇》二十二、《類篇》九下："嶸，五公切。"諸書無"嶸"字**嶱**丘葛（《類篇》九中）　**嵑**渴（《古文苑注》四）　　　**嵣**堂（同）　**岹**芒（《集韻》三）　**嶚**嶙蕭（《類篇》九中）《集韻》三卷"砿""屹""硶"三字注曰："砿，碣，或从山从芒。"則爲山旁芒，而本文三字無之，今據注補入。　**岉**士百（《玉篇》二十二）　**峉**《玉篇》二十二、《類篇》九中："峉，五百、歷谷二切。"無"峉"字③　　　**嶔**《釋文》廿一音欽；《九經字樣》："恰，平聲。"**巇**虛宜（《類篇》九中）　**屹**魚乙（《玉篇》二十二）　**巋**牛轄（《類篇》九中》）　**嶜**岑（《類林》二）　　　**岏**紆倫（《類篇》九中）　**嶙**力因（《玉

---

① 【注】《本草元命包》即《本草元命苞》。
② 【校】"方山"作"萬山"。【按】清武英殿聚珍版叢書本作"萬山"，按語："萬，近刻訛作方。"
③ 《玉篇》卷二十二："峉，五百切。"《類篇》卷二十六："峉，鄂格切。"【校】"峉"無"歷谷"切。

篇》二十二）　　雲霓人聲（《再見》）

若夫天封大狐

圓陰縣西五十里有鴻門亭、天封苑。《水經注》三

太湖山在泚陽北，東三十里，廣員五六十里。《南都》所謂"天封"，太湖者也。《水經注》二十九①

巑巑（音見《上林》）　　鸕《説文》十二下讀言；《釋文》七音彦　　滗莫筆（《玉篇》十九）　　楔歇（高注《淮南》九）櫻即（《古文苑注》四）

櫋蔓（《集韵》七）　　檀姜（《山海經注》一）　　柙《齊民要術》十音匣；《古文苑注》四音甲櫨盧（《禮部韵略》一）櫪歷（《古文苑注》四）

楈《説文》六上讀荾；法雲《翻譯名義集》七音胥枒牙（《廣韵》二）栟并（《集韵》四）櫚閭（《禮部韵略》一）

司馬彪云："胥邪，樹高十尋，葉在其末。"《史記索隱》廿六

案：司馬彪引《異物志》即椰樹，詳《吳都賦》。

栟櫚，葉似車輪，乃在巔上，有皮纏之，附地起，一旬一採②，轉復上生。《廣志》。《全芳備俎》③後集十九

柍鞅（《禮部韵略》三）　　檍檀往沿（《韵補》二)④攅鑚（《集韵》二）

盰干（《集韵》三）　　葟摶（《禮部韵略》三）

彀谷（《古文苑注》四）玃鑃（《索隱》二十六）**猓猨戲其巔**

彀似羘羊，出蜀比聊山山中，犬首馬尾。《古文苑注》四

獼猴八百歲變爲猨，猨五百歲變玃，玃千歲。《抱樸子内篇》三

玃身長，金色。《漢書注》八十七

玃與猿猓無異，但性不躁動，肌質豐腴，蜀人炮蒸爲美

① 【校】"泚陽"作"比陽"，前"太湖山"作"太胡山"，後"太湖"作"太狐"。【按】清武英殿聚珍版叢書本同。
② 【校】"一旬一採"作"二旬一採"。【按】明毛氏汲古閣鈔本同。
③ "《全芳備俎》"作"《全芳備祖》"。
④ "彈，徒沿切。"【校】檀、彈同音，應爲徒沿切，且《韵補》無"往沿"。【按】宋刻本同。

味。宋祁《益部方物略記》

蠝末（《集韵》五）　　　　**鐘**鍾（《廣韵》一）　　　**篧**謹（《集韵》六）

《廣韵》三卷"鸓"字注曰"飛生鳥"，"貁"字注曰"飛生獸"，而無"蠝"字，蓋飛生鼠形類蝙蝠，鳥獸可兩屬，然不如《集韵》合"蠝""鸓""貁"爲一字。

篠簳觚觚（《廣韵》一）　　**篧**捶（《五經文字》中）

觚簩誕節，内實外澤。觚簩竹生於漢陽，時貢以爲輅馬策。見《南都賦》。戴凱之《竹譜》　案：觚簩，善注未詳，戴言觚簩生漢陽與南都地，合言爲輅馬策，與"篧"字義合，恐"觚簩"即"篧篧"，傳寫誤，南都爲南郡，然《竹譜》後一條云籠生子宛，見《南郡賦》，乃張賦所無。

則溰《五經文字》下音雉；《通典》二音蚩**灃藻**樂（《水經注》二十九）　**潕**助謹（《玉篇》九）①

灃水，出唐州平氏縣東南桐柏山，與淮同導，西流爲灃，東流爲淮。《元和志》二十一②

廬克盍（《類篇》九中）　**灖**蔑（《類林》二）　　**滴**譎（《山海經注》五）

溿莽（《古文苑注》六）　　**濺**戟（《類林》三）　　**砏**邠（《集韵》二）

汃彼銀（《玉篇》十九）　**軯**蒲庚（《類篇》十四中）　　　**淢**高注《淮南》八音郁；《類林》三音域　　**鱏**《釋文》三十音淫；《五經文字》上音尋　　**鰫**魚恭（《博雅音》十）　**鱅**容（《山海經注》四）　　　**淳**亭（《釋文》廿九）

薸標（《廣韵》二）　　**蕡**煩（《史記集解》百十七）　**莞**丸（《穆天子傳注》二）　《類林》一）　　**茆**鄭大夫讀茅；杜子春讀卯（鄭玄《周禮注》二）

其鳥則有鴛鴦鵠鷖

鴛鴦不棲樹林，不在江滸，養雛於土窟破冢之間，能使野狐衛其子，雖人逼而不去。食其肉，佩其毛，去邪魅病。楊曄《膳夫經》

鵎訖黠（《類篇》四中）　　　**鷉**避（《方言注》八）　　**稻田**田（陳聲同《釋文》六）　　**縢**乘（《再見》）　　　**輑**困（《廣韵》一）　　　**渫**牒

①　【校】此條應出自《玉篇》卷十九。
②　【校】此條出自《元和郡縣志》卷二十四。

（《類林》三）　　　暵呼捍（《五經文字》下）

冬稌杜（《類林》十一）**夏穛**

穛，擇也。擇麥中先熟者。王逸《楚詞注》九

穛音捉，稌處種麥也。《楚詞補注》九

戢戢（《廣韻》五）**襄**攘（《廣韻》二）　　**藸**市愈（《博雅音》十）

播煩（《集韻》二）**蒝**析（《博雅音》十）**莫**覓（同）

乃有櫻桃山柿

櫻桃，《博物志》一名牛桃，一名英桃。《齊民要術》四　案：《博物志》無此語。

崖蜜事見《鬼谷子》，曰櫻桃也。《冷齋夜話》一　《墨客揮犀》四

王立之《詩話》："崖蜜，櫻桃，出《金樓子》。"朱翌《猗覺寮雜記》二　案：《賓退錄》據坡詩證崖蜜非櫻桃，似不礙三家，別有所本。

樗徐①音郢（《史記集解》百十七）**棗若留**

若留②，一名丹若，甜者謂之天漿，能已乳石毒。《酉陽雜俎》十八

錢武肅王諱鏐，至今吳越間謂石榴爲金櫻。吳處厚《青箱雜記》二

若留，道家謂之三尸酒，云三尸得此果則醉。《農書穀譜集》八

蓀孫（《廣韻》一）　　**曖**愛（《古文苑注》五）　　**蔛**香（《廣韻》二）

鴰知括（《玉篇》二十四）③　　**鱻**鮮（《元包經傳注》一）

以爲芍藥

劉禹錫曰："芍藥，和物之名也。此藥之性能調和物，或音'著略'，語訛也。"王讜《唐語林》上

《子虛》《南都》言芍藥，乃以魚肉等物爲醢，食物。《七

---

① 【注】"徐"指"徐廣"。
② 【校】"若留"作"石榴"。【按】四部叢刊本同。
③ 【校】"知括"作"知刮"。

發》《七命》，五臣注：“勺，音酌；藥，音略。”《廣韻》亦有二音，《子虛賦》諸家誤以爲溱洧之芍藥。韓退之《偃城聯句》：“五鼎調勺藥。”又曰：“難祈却老藥。”二“藥”不同音也。《西溪叢語》上①

酒則九醖甘醴

漢制宗廟，八月飲酎，用九醖、太牢。以正月旦作酒，八月成，名曰酎，一名九醖。《西京雜記》一

張華爲九醖酒，以三薇漬麴，薇出西羌，麴出北。中有指星麥，四月火星出，麥熟而穫之。薇用水漬麥三夕而萌芽，平旦鷄鳴用之，俗呼“鷄鳴麥”。以之釀酒，醇美，久含齒動。若大醉，不叫笑搖蕩，肝腸消爛，俗謂爲“消腸酒”。或云醇酒可爲長宵之樂。《拾遺記》九

張華既貴，有少時知識來，華與共飲九醖酒，夜醉眠。華常飲此酒，輒令②左右轉側，至覺，是夕忘救之，左右依常時爲張轉側，其友人無人爲之，至明不起，華咄云：“死矣。”使視之，酒果穿腸，流牀下。出《世説》。《廣記》二百三十三 案：今《世説》無此言。

醪𪗪（《禮部韻略》二） 𤬗瓶（《五經文字》中） 𩛆古侯（《玉篇》二十八） 㹛翾（《方言注》一） 摝𦯔（高注《淮南》三十 《穆天子傳注》一） 㛂於子（《玉篇》三）③ 連卷拳（《集韻》三） 𧿒𧿹（《博雅音》一 《沖虛經釋文補遺》上） 蹴蒲結躄私列蹁蒲堅（並《玉篇》七）④ 躔相然（《類篇》二下）

---

① “《子虛》《南都》二賦言勺藥者，乃以魚肉等物爲醢，食物也。子建《七發》、張景陽《七命》勺藥云云，五臣注：勺音酌，藥音略，《廣韻》亦有二音。《子虛賦》諸家皆誤以爲溱洧之芍藥。韓退之《偃城聯句》詩云：兩相鋪𪘏𪗪，五鼎調勺藥。又曰：但攦顧笑金，難祈却老藥。二藥不同音也。”【校】“芍”字多有不同。【按】明嘉靖俞憲崑鳴館刻本同。

② 【校】“令”作“救”。

③ 【校】“於子”作“於了”。

④ “鷩，蒲結切。”【校】《玉篇》無“蹴”字。

怨西荆之折盤

李善注："折盤，舞貌。"余謂盤有兩義，亦有盤舞。《宋書·樂志》："盤舞，漢曲。"漢有柈舞，晋加以杯，接杯柈[①]於手上，反覆之，此謂用盤而舞，非盤旋義。葛立方《韵語陽秋》十五

瀁讜（《集韵》四）**㵎**涊（《廣韵》五）

陽侯瀁兮掩昺驚

陽侯，陵陽國侯。許注《淮南》十一　高《淮南注》六

伏羲六佐，陽侯爲江海，宋均曰："主江海事，見《論語輔象》。"陶潛《群輔録》

立唐祀於堯山

堯末孫劉累，以龍食孔甲，孔甲又求之。累懼，遷魯縣，立堯祠於西山，謂之堯山。《水經注》三十一

叡睿（《集韵》七）

方今天地之睢刺

猶向時也。《六臣注》　案：訓與文背，然本賦當如此解，猶《爾雅》肆、故爲今，徂、在爲存之訓。

其英央（《集韵》三）

是以關門反距

反距猶外户也，關門反距，漢德久長，猶《禮運》"外户不閉，是謂大同"。

杜篤論都賦曰："意聖朝之西都，懼關門之反距。"言山東百姓望天子東都，若都西而設關，則爲反距。章懷注《西都》："設關所以距外，山東也。"此注得之，與《南都賦》文同義異。

庀婢（薛璩《孔氏集語》上）

---

① 【校】"杯柈"作"盃盤"。

卷　四

左太沖

蕭穎士謂左思詩賦有雅頌遺風。《唐詩紀事》廿一

《三都賦》

蕭大圜，梁簡文帝子，四歲能誦《三都賦》。《周書》四十二

左思《三都賦》成，張載爲注《魏都》，劉逵注《吳》《蜀》而序之曰：“觀中古以來，爲賦者多矣。相如《子虛》擅名于前，班固《兩都》理勝其辭，張衡《二京》文過其義。至若此賦，擬議數家，傅會辭義，抑多精致，非夫研覈者不能練其旨，非夫博物者不能統其異。世咸貴遠而賤近，莫肯用心於明物。斯文吾有異焉，故聊以餘思爲其引詁，亦猶胡廣之於《官箴》，蔡邕之於《典引》也。”陳留、衛瓘又爲思賦作《略解》，序曰：“余觀《三都》之賦，言不苟華，必經典要，品物殊類，禀之圖籍，辭義瑰瑋，良可貴也。有晋徵士故太子中庶子安定皇甫謐，西川之逸士，耽籍樂道，高尚其事，覽斯文而慷慨，爲之序。中書著作郎安平張載、尚書郎濟南劉逵，並以經學洽博，才章美茂，咸皆悦玩，爲之訓詁；其山川土域，草木鳥獸，奇怪珍異，僉皆研精所由，分散其義矣。余嘉其文，不能默已，聊藉二子之遺忘，又爲之《略解》，祇憎煩重，覽者闕焉。”《晋書》九十二①

梁有張載及晋侍中劉逵、晋懷令衛瓘注左思《三都賦》三卷，綦毋邃注《三都賦》三卷，亡。《隋書》三十五　案：《隋經籍志注》似言張、劉、衛注各三卷，與《思傳》張、劉分注不同。

---

① 【校】“傅會辭義”作“傅辭會義”，“尚書郎”作“中書郎”，“分散”作“紛散”。【按】清乾隆武英殿刻本同。

左思賦《三都》，司空張華見而歎曰：“班張之流也，使讀之者盡而有餘，久而更新。”《通志》百七十五

序

見在其版屋

西戎地寒，故以版爲屋，張宣公《南岳唱酬序》云“方廣寺皆版屋”，問老宿，云：“用瓦輒爲冰雪凍裂。”《困學紀聞》三

而陳玉樹青葱

雲陽縣界多漢離宫故地，地有樹似槐，葉細，土人謂之玉樹。楊雄賦“玉樹青葱”，左思以爲假稱珍怪，不審也。劉餗《隋唐嘉話》下

氐邸（《集韵》五）

《蜀都》

李德林，年數歲，誦左思《蜀都賦》，十餘日便度。《隋書》二十四①

後唐張不立詩曰“朝廷不用憂巴蜀，稱霸何曾是蜀人”，本朝張次公序《蜀檮杌》“天覺送凌戡歸蜀”，大抵皆爲蜀人辨數，不若蜀人王慶長《辨蜀都賦》，蓋不專爲蜀辨，將以發左思抑蜀黜吴、借魏詆晉之罪，真有功於名教也。《鶴山題跋》一

摧角（《博雅音》六）

抗峨眉之重阻

大峨山在峨眉縣南百里，中峨山南二十里，小峨山南三十里，是爲三峨。王應麟《通鑑地理通釋》五

犍《類林》九音件；《翻譯名義集》二巨焉輢於綺（《玉篇》十八）

鬱葐汾蒕氤（並《廣韵》一）**以翠微**

天邊氣也。《雙字》上 按：《爾雅・釋山》：“未及上，翠微。”郭注曰：“近上旁陂。”《疏》曰：“謂未及頂上，在旁陂之處，名翠微。”夫觀山者遠，則

---

① 【校】此條出自《隋書》卷四十二。

舉體皆翠，不獨近上旁陂。近則絶頂，亦無翠色，不得旁陂及號翠微。此注此疏但泥本條文句爲説，不解本句名理。《疏》又曰：“山氣青縹色。”此説得之，然如前説，則但解“未及上”三字，於“翠微”義不安。如後説，則又但解“翠”字，不及“微”字，於“未上”義不了。蓋山之翠色若無不可上者，及至以到最上，則其翠愈微，乃至更無可上，故曰“未及上，翠微”，不曰不可上者。山本無不可上也，曰未及上者、所及上者、山所未及上者，翠微也。

爲霞寒歌（《韻補》三）①　　　　濩黑角（《集韻》九）②

卭竹緣嶺

卭都高節，竹可爲杖，所謂卭竹。《齊民要術》十

卭地有竹，中實。《古文苑注》四

菌桂臨崖

桂有三種，葉如柏葉，皮赤者，爲丹桂；葉似柿葉者，爲菌桂；葉如枇杷葉者，爲牡桂。嵇含《草木狀》中

旁挺龍目

左太沖《三都賦》序云：“鳥獸草木，驗之方志。”《蜀都賦》云：“旁挺龍目。”世南遊蜀路，遍歷四路。周旋二十餘年，風俗方物，靡不質究，龍目未嘗見。聞③有自南中携到，蜀人以爲奇果。此外如荔枝、橄欖、餘甘、榕木，蜀皆有之，但無龍目、榧實、楊梅三者。豈蜀昔有今無？抑左氏考方志未精耶？張世南《遊宦紀聞》五

側生荔枝

荔枝，青華。《草木狀》下

《廣志》：“荔枝熟時，百鳥肥。其名曰焦核，小次曰春花。”《齊民要術》十

南方荔枝，高潘者最佳，五六月熟，有無核類鷄卵大者。段公路《北户錄》④

---

① 【校】此條出自《韻補》卷二：“霞，寒歌切。”
② 【校】《集韻》九無此條。
③ 【校】“聞”作“間”。【按】清知不足齋叢書本“間”作“閒”。
④ 【注】此段出自段公路《北户錄》卷三。

荔枝，再接無核。孔平仲《談苑》一

金馬騁光而絶景，碧鷄倏忽而曜儀

王褒《祭金馬碧鷄神》文曰：“漢持節使王褒敬祭金精神馬，縹碧之鷄，歸徠歸徠，漢德無疆。”見《後漢·西南夷傳注》。《學齋佔畢》二

火井沉熒於幽泉

臨卬火井，縱廣五尺，深二三丈，在縣南百里。昔人以竹木投取火，諸葛丞相往視之，後火轉盛，盆蓋井上，煮鹽得鹽，入家火即滅，今不復然。《博物志》二

火井江有火井，夜時光映上昭，以家火投之，頃許如雷聲，火焰出，通曜數十里。以竹筒盛其光藏之，可拽行终日不滅。井有二水，取井火煮之，一斛水得五斗鹽。家火煮之，得無幾也。常璩《華陽國志》三

火井，漢室之隆，炎赫彌盛，桓靈之際，火勢漸微，諸葛亮一視而更盛。至景耀元年，人以燭投，即滅，其年蜀并於魏。劉敬叔《異苑》四①

《十道要記》：“火井有水，郡人以竹筒盛之照路，似今人秉燭，即水中自有焰耳。”《寰宇記》八十五②

《異苑》云：“臨邛火井深六十餘丈。”贊寧《物類相感志》二

案：《華陽志》“井有二”下脱文，《物類相感志》二卷云：“臨邛有二井，一火井，一鹽井。取鹽井水、火井火煮之，一斛水得鹽四五斗，家火不過一二斗矣。”據此則劉注火井、鹽井也亦誤。

爓《經典釋文》十音潛；《真經玉訣音義》音艷　　**煽**扇（《通典》五十五）

其間則有琥珀丹青

《元中記》：“楓脂入地爲琥珀。”《世説》曰：“桃瀋入地所化，或言龍血入地爲琥珀。”《酉陽雜俎》十一

① 【校】“炎赫彌盛”作“炎赫彌熾”，“視”作“瞰”，“景耀”作“景曜”。

② 【校】此條應出自《太平寰宇記》卷七十五。

松脂入地，千歲爲茯苓，茯苓千歲爲琥珀，琥珀①千歲爲
礜玉。《唐國史補》中

紅珠琥珀別名見《博物志》。楊彥瞻《六帖補》十一② 案：善注
引《博物志》作"江珠"，則本賦下句"江珠"爲重出，未知孰是。

礫力的（《玉篇》廿二）

緣以劍閣

大劍山、小劍山，東接沙蓴③，西連綿州，凡二百三十一
里，故太沖云"緣以劍閣"。《寰宇記》八十四

驚浪雷奔

漢水又東徑鱉池鯨灘，鯨，大也。《蜀都賦》"流漢湯湯，
驚浪雷奔"者也。《水經注》廿七

嘉魚出於丙穴

江陽縣北有魚穴二，常以二月、八月出魚，曰嘉魚。《博物
志》三

江水徑江陽縣南，東北流，丙水注之。水發縣東南柏枝
山，山下有丙穴，穴方數丈，中有嘉魚，常以春末遊渚，冬初
入穴，亦褒漢丙穴之類。《水經注》三十三

丙穴魚食乳水，食之甚溫。《西陽雜俎續》八

《郡國志》："嘉魚細鱗似鱒，蜀人謂之拙魚，蜀郡山中處
處有之。每年春從石穴出，大者長五六尺④。"《寰宇記》七十二

夷惜水在羅日縣東北五十里，源出巂州界，中有嘉魚，長
三尺，每二月隨水而下，八月隨水⑤上入穴，《蜀都賦》云
"嘉魚出於丙穴"，蓋此也。《寰宇記》七十四

丙穴在興州，有大丙山、小丙山，魚出石穴中，今雅州亦

① 【校】"珀"作"魄"。【按】明崇禎津逮秘書本同。
② 【校】此條應出自《六帖補》卷十七。
③ 【校】"蓴"作"鼻"。
④ 【校】"五六尺"作"五尺"。
⑤ 【校】"隨水"作"逆水"。

有之，蜀人甚珍其味。《益部方物略記》

或云魚以丙日出穴。趙德麟《侯鯖録》一

嘉魚鯉質鱒鱗，肥肉①甚美，先儒言丙穴在漢中沔陽縣北，穴口向丙。《埤雅》二

黄鶴曰："邛州大邑縣有嘉魚穴。"《千家注杜詩》十

丙者，向陽穴也。《輿地記》："穴口廣五六尺，泉源垂江②，有嘉魚，常以三月自穴下透入水。"《詩地理考》三

《方輿》云："達州明通縣并峽中，其穴凡十，其中皆産嘉魚。"虞集《杜詩注》下

梫七林（《藝文類聚》六十一）③

杞欘蕭（《集韻》三） 椅桐

《爾雅》"櫬梧"，注云："今梧桐，皮青者曰梧桐。"案：今人號曰青桐也。《齊民要術》五 案：今郭璞注無此句，《毛詩》及《爾雅疏》亦不引，諸家《爾雅注》有此語，故知賈高陽去漢魏未遠，多見舊籍，非唐宋作疏，諸家比也。

梧一名櫬，即梧桐，今人以其皮青，號曰青桐，桐即白桐、華桐。桐有三輩，青白之外復有岡桐，即油桐也，生於高岡。《埤雅》十四

梭駿（《廣韻》一） 樓蹤（同） 梗便枏男（並《廣韻》二） 鴻聿（《博雅音》三） 狄讀如"中山人相贈遺"之遺④（許注《淮南》十八）

其中則有巴菽巴戟

巴豆生巴郡川谷，木高一二丈，葉似櫻桃葉，五六月結實作房，七八月成熟。黄白，一房生三瓣，一瓣有一實，形類白豆蔻。自落即收之，入藥去油，不爾大瀉。《本草元命苞》七

---

① 【校】"肥肉"作"肌肉"。【按】明成化刻嘉靖重修本同。
② 【校】"垂江"作"垂注"。【按】明津逮秘書本同。
③ "梫音侵。"【校】《藝文類聚》卷六十一無"梫七林"之説。
④ "中山人相遺物之遺也。"【校】文中所引有出入。

靈壽桃枝

巴鄉村側有溪，溪中多靈壽木。《水經注》三十三

桃枝竹，八角。《古文苑注》四

樊以藉圍

杜子春讀鉏。鄭玄《周禮注》六　案：《集韵》"鉏"即"藉"字，音
"組"。

蜪《類篇》十三中，《集韵》九並"蝥"，音丿，無"蜪"字。

丹沙艍喜力（《玉篇》二十二）熾出其坂

丹沙山在籍縣西四十里，山出赤土，強以爲名，左思賦
"丹沙出其坂"即此。《寰宇記》八十五

赤斧服而不朽

赤斧，巴戎人，爲碧鷄祠主簿，手掌中有赤斧。劉向《列仙
傳》下

賮叢（《類林》七）　　剽瓢（鄭玄《周禮注》五）　　蹻蹺（《廣韵》
二）　倏叔（《南華經音義》四）

交讓所植

《武陵郡記》："白雉山有木，名交讓。衆木敷榮後方萌
芽，亦更歲迭榮也。"《酉陽雜俎續》十

楠樹直疏[1]，枝葉不相妨，蜀人謂之讓木。江休復《醴泉筆
錄》上

《潯陽記》："黃金山有木，一年東邊榮西邊枯，次年西邊
榮東邊枯，年年如此。張華曰：'此交讓樹乃楠樹。'"《述異
志》《六帖補》十　案：武陵潯陽非蜀地，取與劉注備交讓説異同。

蹲鴟所伏

江淮間爲《文選》學者，起自江都曹憲。貞觀初，揚州
長史李襲舉薦之，徵爲弘文館學士。憲以年老不起，遣使就拜
朝散大夫，賜帛三百匹。憲撰《文選音義》十卷，百餘歲乃

---

[1]　【校】"楠樹直疏"作"橘樹直竦"。【按】《天中記》卷五十二亦謂"橘樹"。

卒。其後句容許淹，江夏李善、公孫羅相繼以《文選》教授。開元中，中書令蕭嵩奏請左補闕王智明、金吾衛佐李元成、進士陳居等注《文選》。先是，東宮衛佐馮光震入院校《文選》，兼復注釋，解"蹲鴟"云："今之芋子，即是著毛蘿蔔。"院中學士向挺之、蕭嵩撫掌大笑。智明等學術非深，素無修撰之藝，其後或遷，功竟不就。劉肅《大唐新語》九

卓王孫云："岷山沃野，下有蹲鴟。"詳其始，意謂壤土肥美，粒米狼戾，鴟鳶下啄，蹲伏不去。而前世相承，謂蹲鴟爲芋，"芋"或訛作"羊"，故南朝有謝人饋羊者，以蹲鴟爲言。《爾雅翼》六

張九齡知蕭炅不學，一日送芋，書稱"蹲鴟"，蕭答云："損芋拜嘉，但蹲鴟未至耳。然僕家多怪，亦不願見此惡鳥也。"九齡以書示客，滿坐大笑。《嫏嬛記》中　案：白氏《六帖》鳶部引《蜀都賦》"蹲鴟之沃"，《爾雅翼》又云，則唐宋聞人亦有以蹲鴟爲鳥。

其中則有青珠黃環

永昌郡有蘭倉，水出西南博南縣，水出琥珀、珊瑚、黃白青珠。《水經注》三十六

黃環即今朱藤，其華可作菜食，火不熟，小有毒。《蜀都賦》"黃環"即此藤之根，入藥用，能吐人。《補筆談》五

莛羨（《廣韻》四）　　　跗夫（《初學記》二十一　蘇易簡《文房四譜》一）

是料遼（《説文》十四下）　　痛肖（《廣韻》二）

演以潛沬妹（《九經字樣》）

沬水出蜀。同上

沬水出廣柔徼外。《續博物志》四

淕六（《廣韻》五）

其園則有林檎枇杷

進士周逖改《千字文》，更撰《天寶應道千字文》，將請頒行天下。先呈宰執，右相陳公近問之曰："有添換乎？"逖曰："翻破舊文，一無添換。"又問："翻破盡乎？"對曰："盡。"右

相曰："枇杷二字如何翻破？"逖曰："惟此二字依舊。"右相曰："若此還是未盡。"逖不能對而退。《封演聞見記》六①

枇杷，一接，核小如丁香。孔平仲《談苑》一

建業間，園丁種梨曰蜜父，種枇杷曰蠟兒。張端義《貴耳集》中

枇杷無核者名俶子。吳自牧《夢梁錄》② 十八　陳秀文《東坡詩話錄》上

檸徐音亭（《史記集解》百十七）　梐斯（《釋文》三十）

素奈夏成

《廣志》："奈有白、青、赤三種。"《齊民要術》四

風厲力檗（《韻補》五）　　榑榛（《集韻》二）

其圃則有蒟句（《類林》七）蒻若（《釋文》八）茉萸

蒟蒻，根大如椀，至秋葉滴露，隨滴生苗。《酉陽雜俎》十九

蒩《方言注》八：央富反；《齊民要術》十、《經典釋文》三十並音丘；《太玄釋文》呼句、衣遇、於于三切

蓁蓁　入先韻（《韻補》二）　　瑲弄（《集韻》七）吭戶郎、下浪二切（《太玄釋文》）

其深則有白黿命鼈

黿以鼈爲雌，故《蜀都賦》："其深則有白黿命鼈。"《爾雅翼》三十一

玄獺上祭

或曰獺一歲二祭。豺祭方，獺祭圓。又曰獺祭魚數七，缺七蓋不祭。《毛詩名物解》十

鰶締（《博雅音》十）　　魦謝靈運《山居賦》注音沙（《宋書》六十七）

闢二九之通門

揚雄《蜀都賦》："都門二九，四百餘間。"《古文苑注》③

---

① 【校】此條應出自《封氏聞見記》卷十。
② 【注】"《夢梁錄》"應爲"《夢粱錄》"。
③ 【注】此條出自《古文苑注》卷四。

按:《成都志》"大城九門",今考九門爲咸門、朔門,秦漢舊名。《公孫述傳》"臧宮車至咸門",注云:"成都北面二門,其西曰咸門。"《古文苑注》四

瞰江 古紅（《韵補》一)①

亞以少城

蜀僧惠嶷曰:"前史説蜀少城飾以金碧珠翠,桓温惡其太侈,焚之。今拾得小珠,時有孔者,得非是乎?"《酉陽雜俎續》四

少城在成都縣南百步,李膺記:"與大城俱築,惟西南北三壁,東即大城之西墉。"故《蜀都賦》云:"亞以少城,接乎其西。"《寰宇記》七十二

晋益州刺史治大城,蜀郡太守治少城,皆在成都,猶云大城、少城耳。杜子美在蜀日賦詩,故有"東望少城"之句,今人於他處指成都爲少城,非也。《容齋續筆》五

星繁 分（《韵補》二)　　**靓净**（《廣韵》四)　　**縱横** 黄（《釋文》三十)　　**橦** 童（《廣韵》一)

麭有枎 光（《廣韵》二)　**榔** 郎（《禮部韵略》二)

枎榔皮作緪,得水則柔韌,人以此連②木爲舟,皮中有屑如麭,多者至數斛,食之與常麭無異。木性如竹,紫黑色,有文理,工人解之,以製奕枰。出九真、交趾。《草木狀》中

蜀石門山有樹,名枎榔,皮裹出屑,如麭,作餅食之,謂之枎榔麭。《述異記》下

枎榔木,身如杉,有節似大竹,一幹挺上,高丈餘,開花數十穗,綠色。范成大《桂海虞衡志》

邛杖傳節于大夏之邑

筇竹杖蜀中無之,出徼外蠻峒。蠻人持至瀘敍間賣之,一

---

① 【校】"古紅"作"沽紅"。【按】宋刻本同。

② 【校】"連"作"聯"。

杖[1]纔四五錢，以堅潤細瘦九節而直者爲上品。陸游《老學庵筆記》三

蒟醬流味于番禺之鄉

《廣志》："蒟子，蔓生依樹。子似桑椹，長數寸，色黑，辛如薑。以鹽淹之，下氣、消穀，生南安。"《齊民要術》十

蒟出渝瀘、茂威等州，即唐蒙所得者，葉如王瓜，厚而澤。子熟時外黑中白，長四五寸[2]。蜜藏食之，辛香，温五臟。作醬，善和食味。或言即南方浮留藤，取葉合檳榔食之。《益部方物略記》

哤龙（《説文》二上）

濯色江波

濯锦江即浣花溪也。虞集《杜詩注》上

鈲普酌、普賜二切（《玉篇》十八）[3] **摫**規（《方言注》二　《雙字》中）

醥縹（《集韵》六）　**飉**聊（《集韵》三）

西逾金堤

都安縣李冰作大堰於此。《益州記》："江至都安，堰其右，檢[4]其左，其正流遂東。因山頹水，坐致竹木，以溉諸郡。立水中，刻要江神：'水竭不至足，盛不没肩。'故記曰：'水旱從人，不知饑饉。沃野千里，世號陸海。'謂之天府都安堰，亦曰湔堰，又謂金堤。左思賦'西逾金堤'者也。"《水經注》三十三

蹦力涉（《類篇》二下）　**眒**申（《廣韵》一）　**麖**京（《宋書》六十七）　**屼**五骨（《玉篇》二十二）

畾史崇音魄（陳景元《真經玉訣音義》）**貙氓於葽**腰（《廣韵》二）**草**

畾亦打，出《蜀都賦》。《廣韵》五　案：史崇唐人音本，《蜀都》

① 【校】"杖"作"枝"。【按】明津逮秘書本同。

② 【校】"四五寸"作"三四寸"。【按】清嘉慶學津討原本亦作"三四寸"。

③ 【校】《玉篇》卷十八無此條。

④ 【校】"檢"作"撿"。【按】清武英殿聚珍版叢書本同。

與《廣韻》義相備，舊注"罷"當爲"拍"破字，頗煩。

饢蟻（《廣韻》三）　　娉聘（《博雅音》五）　　斐菲（《廣韻》一）

罷烏苦、於檢二切（《玉篇》十五）　　魷由（《廣韻》二）　　俶他激（《玉篇》三）

鳥生杜宇之魄

魚鳧王後，有王曰杜宇，教民務農，一號杜主，七國稱王，杜宇稱帝，號望帝，更名蒲卑。會有水災，其相開明，決玉壘山，除水害，遂禪位於開明，升西山隱焉。時適二月，子規①鳥鳴，故蜀人悲子規鳥鳴也。《華陽國志》三

五臣注引《蜀記》云云，故鮑照、杜甫皆云是古帝魂，其實非變化也。《西溪叢話》下②

吳人謂杜宇爲謝豹。杜宇初啼時漁人得蝦，曰謝豹蝦，市中賣筍，曰謝豹筍。唐顧況《送張衛尉》詩曰："綠樹村中謝豹啼。"非吳人，不知"謝豹"何物。《老學庵筆記》三

韓愈："喚起窗全曙，催歸日未西。"乃二禽名也，喚起，聲如絡緯，圜轉清亮，偏鳴於春曉，江南謂之春喚。催歸，子規也。尤袤《全唐詩話》二

巂周，子規也。多出蜀巂郡，故名。鄭樵《爾雅注》下

蔚若相如，曄若君平。王褒暐曄而秀發，楊雄含章而挺生

駱賓王《疇昔篇》："五丁卓犖多奇力，四士英靈富文藝。"此言蜀中也，四士指此。彭叔夏《文苑英華辨證》二

揲高誘《淮南注》二音善；裴松之《三國志注》四十五："彝念③反。"

岨七居（《玉篇》二十二）

---

① 【校】"子規"作"子鵑"。【按】四部叢刊本同。

② 【校】"《西溪叢話》"應爲"《西溪叢語》"。

③ 【校】"彝念"作"夷念"。

卷　五

《吳都》

轐蜃（《廣韵》三）　　　　**呿**呵苔（《博雅音》一）

造自太伯，宣於延陵。蓋端委之所彰，高節之所興

　　臣延濟曰："太伯、延陵，端其志操，委以存讓體，是興高節。"明曰："據賦文，是雙關裝覆體①。以'端委所彰'覆太伯，'高節所興'覆延陵，不宜將二人之事混同注之。"

建至德以創洪業，世無得而顯稱，由克讓以立風俗，輕脱屣於千乘

　　此亦雙關體。"建至德以創洪業，世無得而顯稱"，此論太伯。"由克讓以立風俗，輕脱屣於千乘"，此論延陵。並邱光庭《兼明書》四

觖窺瑞、古穴二切（《玉篇》二十四）

包括于越

　　于，吳也。許《淮南注》一　案：許叔重此注在《淮南》"于越生綌紵"下。

　　饒之餘干，號干越。考《嚴助傳》韋昭注："餘干，越邑，今鄱陽縣。"于越得名以此，餘干之名縣。玉山縣有二溪，名上干、下干，合流至饒東南，因以名縣。

　　于越之名，以于溪入越地，無以議爲也。《春秋·定公五年》書"於越入吳"，注："於，發聲也。"《史記》又書"爲于"，注："發聲也，與'於'同。"然則于、於皆越人語發聲，猶吳人言"句吳"耳。予謂此二"于越"恐是"干越"。並《蘆蒲筆記》　案：劉伯興意以"干越"本是"于越"，由"干"誤"于"，

───────────────

① 【校】"裝覆體"作"覆裝體"。【按】明鈔本作同。

由“于”誤“於”，而辨語不明。

嚶烏頃（《玉篇》二十二）① **岪**弗（《類林》二） **㴝**眄（《類林》三） **淼**渺（《古文苑注》七）

磈磈隗（《山海經注》二） **磃磃**苦猥（《類林》九中），**滮滮汧汧**幹（《廣韵》四）

易安居士李氏《秋詞·聲聲慢》：“尋尋覓覓，冷冷清清，悽悽慘慘戚戚。”此乃公孫大娘舞劍手，本朝非無能文詞之士，未曾有一下十四疊字者，用《文選》諸賦格。《貴耳集》上

磝陆金（《玉篇》二十二）② **硆**吟（《古文苑注》四） **濞**辟（高《淮南注》二） **漨**逢（《山海經注》三）蓬（史容《山谷外集詩注》一） **浡**勃（同） **澝**蝹（《廣韵》一） **潫**娟（《廣韵》二） **澒**許注《淮南》十二音項；《冲虚經注釋補遺》音洪 **湉**恬（《廣韵》二） **惚**駿上（《九經字樣》）③

鮫鰡琵琶

海魚千歲爲劒魚，一名琵琶，形如琵琶，善鳴。《述異記》上

王鮪鯸侯（《博雅音》十） **鮐**《釋文》四音怡；十一音台

鯸鮧魚，肝與子俱毒，艾能已其毒，江淮人食此魚必和艾。《酉陽雜俎續》八

平曾《鯸鮧魚賦》言：“此魚觸物而怒，翻身上波，爲鷂④鳶所獲。”《雲溪友議》十一

《鯸鮧魚賦》：“性本多怒，俗號嗔魚。”《張詠集》一

《本草》：“河豚魚味甘温、無毒，補虚去濕，理腰脚氣。”此乃今鮰魚，江浙間謂之回魚⑤者。是吴人所食河豚，本名侯

---

① 【校】“烏頃”作“烏頂”。
② 【校】“陆金”作“去金”。
③ 【校】“駿上”切無“惚”字。《九經字樣》：“揔，駿上。”
④ 【校】“鷂”作“鵄”。【按】四部叢刊本同。
⑤ 【校】“回魚”作“鮠魚”。

夷，非《本草》"河豚"。《補筆談》下

南人言："魚無䰇、無鱗、目能開合及作聲者，有毒。"河豚備此五者。中其毒，水調炒槐花末及龍腦水，皆可解。張末《明道雜志》

河豚瞑目切齒，其狀可惡，棄其腸與子，飛鳥不食，誤食必死。登州人取其白肉爲脯，海水淨洗，換海水浸之，暴日中。重壓其上，須四日，去所壓物，傅以鹽，再暴乃成。太守李大夫嘗以三日去所壓物，俄頃肉自盤中躍出。乃知淪不熟，真殺人。孔平仲《談苑》一

東坡在資善堂，盛稱河豚之美，曰："直那一死。"李公擇尚書，江左人，不食河豚，嘗言："河豚非忠臣孝子所食。"由東坡之言，可謂知味；由公擇之言，則可謂知義。《能改齋漫錄》七①

河豚，江陰得之，最早冬至日輒有之，故《易》信及豚魚，或以爲此物蓋中孚十一月冬至之卦，此魚應之而來，是信之著者。《爾雅翼》二十九

鰤印（《廣韵》四）　**龜鱓**甫煩**鮯**倉合（並《玉篇》廿四）

城陽縣城南有堯母慶都墓，廟前一池，魚頭間有印文，謂之印頯魚，若非祀者而不得。《述異記》下

印魚長尺三寸，額上四方如印有字。《酉陽雜俎》十七

浪水有鮯魚，裴淵《廣州記》："鮯魚長二丈，大數圍，皮皆鑢物，生子小，隨母覓食，驚則還入母腹。"《南越志》："暮從臍入，旦從口出。腹裏兩洞，腸貯水以養子。腸容二子，兩則四焉。"《水經注》三十七

烏賊擁劍

海人云："即秦王算袋魚。昔秦王東遊，棄算袋于海，化此魚，形如算袋，兩帶極長，墨猶在腹，人捕之，必噴墨昏人

---

① 【校】此條應出自《能改齋漫錄》卷十。

目。其墨用寫券，字磨滅，如空紙，無行者多用之。”蘇易簡《文房四譜》五

烏賊魚過小滿則形小。《格物粗談》上　《飲食須知》六

墨魚腹中墨可寫僞契券，宛然如新，過半年則淡然如無字，故語①曰賊。周密《癸辛雜識續集》下

小蟹有螯偏大者，名擁劒，一名執火。其螯赤，故云。《古今注》中

《異物志》：“擁劒，狀如蟹，但一螯偏大。”何遜詩云“躍魚如擁劒”，是不分魚蟹也。《顔氏家訓》上

彭蜞類。《西溪叢話》上

鼅鈎（《廣韵》二）　鼊壁（《玉篇》廿二）　鯖倉經（《玉篇》十四）　鰐五各②（同）　噞奄（高注《淮南》九）　喁《太玄釋文》音顒《南華經音義》二音愚　鸀《藝文類聚》九十二音濁③；《類林》十七音燭

瑦玉（《類林》十七）

鶢爰鶋居（並《廣韵》一）　避風

條支國臨西海，出大雀。《廣志》曰：“頸及身、膺、蹄，都似橐駝。舉頭高八九尺，張翅丈餘。食大麥，卵如甕，今之駝鳥。”漢元帝時謂之爰居。《續博物志》三

鷛羊恭（《玉篇》二十四）　鶏渠（《博雅音》十）　䳼午的鸕力乎（並《玉篇》廿四）　漪瀾即盰（《韵補》四）④　聱敖（《廣韵》二）

耴張聶（《五經文字》中）　甈於已（《玉篇》二十一）

珊瑚幽茂而玲瓏

珊瑚樹生海底，碧色。一株十枝，枝間無葉。大者高五六尺，小者尺餘。《述異記》上

䚂螺（《廣韵》二）　坱央（《黄氏日鈔》四十二）　圠軋（《玉篇》二）

---

① 【校】“語”作“謚”。

② 【校】“五各”作“午各”。

③ 【校】《藝文類聚》卷九十二無此條。

④ 【校】《韵補》無此條。

豉《類篇》九下、《集韵》六並"跛音懊"，無"豉"字　　荂誇（《方言注》
一）　　藚育（《集韵》九）

草則藿葯納（《集韵》十）豆蔻

鉢怛羅，藿香也。義淨譯《最勝王經》七　案：《釋典》《道藏》，諸
物異名甚夥，聊存一二異聞。

豆蔻苗如蘆，葉似薑，其花作穗，嫩葉卷之而生，花微
紅，穗頭深色，葉漸舒，花漸出。此花食之，破氣消痰，進酒
增倍。《草木狀》上

《南方草木狀》："豆蔻樹，大如李。二月花色，仍連著
實。其核根芬芳成殻，七月、八月熟，曝乾，剝食，核辛香，
五味出鉸古。"《齊民要術》十　案：《齊民》所引與《草木狀》本條絕不類，
豈嵇含書外別有《南方草木》歟？

江蘺之屬

芎藭苗曰江蘺，根曰芎藭。《博物志》四

《吳録》："臨海縣水中生江蘺，正青，似亂髮。"《廣志》
爲"赤葉紅華"，今芎藭苗，綠葉白華。《史記索隱》廿六

香草生江中。《六帖補》十

董氏曰："《古今注》謂勺藥，可離。《唐本草》：'可離，
江蘺。'然則勺藥，江蘺也。"吕祖謙《讀詩記》八

《藥對》以爲蘼蕪，一名江離。芎藭、藁本、江離、蘼蕪
並相似，非一物。《困學紀聞》十七

綸組紫絳

海藻如水藻而大，似髮，黑色，生深海中。陳藏器《本
草》以爲《爾雅》"綸似綸，組似組，東海有之"，正爲二藻
也。善療瘤癭。《埤雅》十五

香茅米侯①（《韵補》二）

---

① 【校】"米侯"作"迷侯"。【按】宋刻本同。

東風扶留

《廣州記》："東風華葉似落娠婦，莖紫，宜肥肉作羹。"《齊民要術》十

東風菜味如酥，香氣如馬蘭。《北户録》①

《廣州記》："東風菜陸生，宜配肉作羹。"《廣韵》一　案：《齊民要術》十卷別出冬風菜一條，引《廣州記》，與此同。

東風菜味甘，性寒，有冷積人勿食。《飲食須知》五

《異物志》："古賁灰，牡蠣灰也，與扶留、檳榔三物合食。扶留藤似木防己，扶留、檳榔物甚異而相成，俗名'檳榔扶留，可以忘憂'。"

《交州記》："扶留有三種，一名穰扶留，其根香美；一名南扶留，葉青，味辛；一名扶留藤，味辛。"顧微《廣州記》："扶留藤緣樹生，其花實即蒟，可爲醬。"並《齊民要術》十

岊節（《藝文類聚》六十一）　幎覓（《元包經傳注》一）　莈《方言注》二音鋭；《博雅音》二音悦）　椰郎（《廣韵》二）　杬元柮椿（並《廣韵》一）　櫨盧（《通典》百七十七）　懹襄（《集韵》三）

平仲裙軍（《廣韵》一）　檽遷（《集韵》三）

《魏王花木志》："君遷樹細似甘蕉②，子如馬乳。"《齊民要術》十

今信州城西街連市，地名君遷，仍多樹，本人不能辨。予嘗統理是郡，召父老詢之，不知地名之由。及披《文選·吳都賦》，"平仲""君遷"注皆木名，以此詳之，不辨之木，乃君遷爾。錢希白《南部新書》壬③

松梓古度

《交州記》："古度樹不花而實，實從皮中出，大如安石

---

① 【校】此條出自《北户録》卷二。
② 【校】"甘蕉"作"甘焦"。【按】四部叢刊本同。
③ 【校】"仍多樹，本人不能辨"作"仍多樹木，人皆不辨"，"統理"作"通理"。

榴，色赤，可食。其實中如有蒲梨者，取之數日，不煮，皆化成蟲，如蟻如翼①，穿皮飛出，著屋正黑。”

《廣州記》：“古度子似杏，味酢，取煮爲粽。”並《齊民要術》十

《南越志》：“古度樹一呼那子，南人號曰柂②。實從皮中出，大如櫻桃。黃即可食，過則實中化蛾飛出，亦有爲蚊子者。”《北戶錄》

相思之樹

戰國時魏有民，戍秦不返，妻思而卒。既葬，冢生木，枝葉皆向夫所在，因謂之相思。《述異記》上

豆有圓而紅、其首烏者，世呼爲相思子，即紅豆異稱。其木斜斫之則有文，可爲彈博局及琵琶槽。其樹大而白，枝葉似槐，其花與皁莢花無殊，其子若穟③豆之處甲中，通身皆赤，李善云“其實赤如珊瑚”是也。《資暇集》下 案：紅豆有二，皆木種，首戴烏，朱紅色，大小如赤小豆，較圓滿，小樹生，名相思子；舉體赤紅，大小如扁豆者，大樹生，不名相思子。劉淵林注誤以大紅豆爲相思，李濟翁《資暇》誤以二紅豆爲一種。

燕地有頻婆，夜置枕邊，有香氣，即佛書所謂頻婆華，言相思也。《嬋嬛記》上 案：燕魏非吳地，二相思樹附見。

殑於急④（《玉篇》十一）　埔初戢塲直輒（並《玉篇》二）　霱蓄（《集韻》二）　霸隊（《廣韻》四）　晇佩（《集韻》七）　飀於柳（《玉篇》二十）　狃《山海經注》二音暉；《宋書》六十七音魂

狖齬猓果（《廣韻》二）然

劍南人采猓然，獲一猓然，則數十猓然⑤可盡得。其性

---

① 【校】“如翼”作“有翼”。
② 【校】“柂”作“柂”。【按】清十萬卷樓叢書本同。
③ 【校】“穟”作“籩”。【按】顧氏文房小說本同。
④ 【校】“於急”應作“於劫”。
⑤ 【校】“猓然”作“猓”。【按】明崇禎津逮秘書本同。

仁，不忍傷類，見被獲者，聚族而啼，雖殺之不去。《唐國史補》下

九真郡產猣然，土人號歌然，似獼猴而大，手、面目與人無異，皮毛軟，氄細滑，堪作褥。此獸行則大者前，小者後，得果實則小者先送與大者，然後自食。射之中一，必獲其二，未傷者拔死者之箭，自刺而死。《寰宇記》百七十一①

《番禺雜記》："猣然出歡、愛州，能言獸也。似猿，有五色，每各異，最重純黃色者，云不異金綫。猿既爲人得，但自言果然，無復他道，因名。"《能改齋漫録》十五

其體三尺，尾四尺餘，其色白質黑文，脅邊斑。《爾雅翼》二十

趠同"逴"（《廣韵》五）

其下則有梟羊麢《廣韵》一音齊；《類林》十七音儕**狼**

獔陽，山精也，人形，長大而黑色，身有毛，若反踵，見人則笑。高注《淮南》十三

猰軋貐貐（並許慎注《淮南》十三）**貙象**

猰貐，獸中最大者，龍頭、馬尾、虎爪。長四百尺，善走，以人爲食。《述異記》上

震霆徒鼎（《釋文》二）

其竹則箳云（《類林》十七）**篙**當（《博雅音》七）**篍**林（《廣韵》二）**篎**於（《廣韵》一）

建安有箆篙，竹節中有人，長尺許，頭、足皆具。《異苑》二

王彪之《閩中賦》："箆篙函人，桃枝育蟲。箆篙竹節中有物，長數寸，正似人形，相傳云竹人時有得者。"《齊民要術》十 案：《異苑》近怪，然王賦言函人即是箆篙，本性如此，贊寧《筍譜》引王賦作"箆篙"，函矢。

箆篙竹節長四尺。贊寧《筍譜》

———————

① 【校】《太平寰宇記》無此條。

桂箭射 《筍譜》作"箳"筒

射筒薄肌，長節中貯箭，因名。戴凱之《竹譜》

柚《竹》《筍譜》並作"由"梧《竹譜》作"衙"有篁

《南方草木狀》："由梧竹長百尺，徑一尺八九寸，交趾人作屋柱，筍澀不可食。"《筍譜》　案：今《草木狀》無"由梧竹"。

簶莫遙（《玉篇》十四）簩力到（同）有叢

筋竹別名簶，長二丈許，圍數寸，至堅利。南土以爲矛，其筍未成時堪爲弩弦。見徐忠南中表①。劉淵林云："夷人以史葉竹爲矛，余之所聞即是筋竹，豈非一物二名者也。"《竹譜》

簶竹出韶州，中爲弓弩。筍堪食，白秋生至冬末，春即不生。《筍譜》

百葉竹亦曰簩竹，生南蠻界，甚有毒，傷人必死。一枝百葉，因名。《竹譜》

簩竹皮薄而空，大者徑不過二寸，皮上有粗澀文，可爲錯鑢物及爪甲，利于鐵作者。若鈍，則漿水洗，還復快利。《筍譜》

蠹《元包經傳注》一、《翻譯名義集》六並初六反；《類林》十七音畜

玉潤碧鮮

《竹賦》："會稽方潤於碧玉，羅浮比色於黄金。"《吳筠集》上

梁簡文《修竹賦》："玉潤桃枝之麗，魚腸金母之名。"《五色線》下

《碧鮮亭詩》："向高思盡節，從直美虛心。"《王周集》　案：此以左賦名亭。

扈載遊相國寺，見庭竹可愛，作《碧鮮賦》題其壁，世宗遣小黄門録之，覽而稱善。《五代史》三十三

五代扈蒙作《碧鮮詩》，得名。《猗覺寮雜記》三　案：簡文、扈

---

① 【校】"徐忠南中表"作"徐忠南中奏"。

載兩賦則"玉潤碧鮮",並似竹名,大率因左賦命名,非舊有此二種,《册府元龜》四十卷與歐史悉同,獨《猗覺寮》以載爲蒙,以賦爲詩。曾鞏《隆平集》十三、王偁《東都事略》三十、《宋史》二百六十九、《扈蒙傳》皆不載,知《猗覺寮》鈔本此事相傳之誤。

其果則有丹橘餘甘

《臨海異物志》:"餘甘子如梭形,初入口苦澀,後飲水更甘。大如梅實,核兩頭銳,東岳呼餘甘橄欖,同一果耳。"《齊民要術》十①

欽州出餘甘子,一名菴羅果。《寰宇記》百六十七

餘甘生戎、瀘等州山,樹大葉細,似槐,實若李而小。餘甘核有棱,或六或七,解硫黃毒。《益都方物記略》②

鄱郡官書,有《本草異名》一篇,餘甘子曰菴摩勒。《游宦紀聞》三③

餘甘惟泉州有之,乃深山窮谷自生之物,非人家所種,比橄欖,酷相似,以蜜藏之佳。劉彥沖詩云:"炎方橄欖佳,餘甘豈苗裔。風姿雖小殊,氣韵乃酷似。"《農書穀譜集》八

檳榔無柯

檳榔樹,高十餘丈,皮似青桐,節如桂竹,下不大,上不小,調直亭亭,千萬若一。森秀無柯,端頂有葉,葉下繫數房,房綴數十實,實大如桃李,天生棘重累其下,以衛其實,一名賓門藥餞。《草木狀》下

檳榔難得真者,今貨者多大腹子。《全芳後集》三十一④

向陽曰檳榔,向陰曰大腹。《本草元命苞》六

椰耶(《廣韵》二) 葉無蔭

椰樹,葉如栟櫚,高六七丈,無枝條,其實如寒瓜,外有

---

① 【校】"苦澀"作"舌澀","大如"作"大於","橄欖"作"柯欖"。【按】四部叢刊本"飲水"作"飯水"。

② 【注】"《益都方物記略》"應爲"《益部方物略記》"。

③ 【校】此條應出自《游宦紀聞》卷一。

④ 【注】《全芳後集》爲《全芳備祖後集》省稱。

粗皮，次有殼，圓且堅，剖之有白膚，厚半寸，有漿，飲之得醉。《草木狀》下

　　椰子花如千葉芙蓉，一本花不過三五顆，花外有黃毛，殼中汁治消渴，塗髭髮立黑。王闢之《澠水燕談錄》九

龍眼橄欖

　　橄欖木并花如樗，捋採其實，剝其皮，以薑汁塗之，則盡落。《醴泉筆錄》上

　　橄欖樹高，難採，以鹽塗樹，則實自落。野生者子繁，將熟時以木釘釘之，一夕自落。《格物粗談》上

　　南人謂之格覽。《郝經集》四

㰉探（《集韻》四）

結根比景之陰

　　自盧容縣至無變，越烽火至比景縣，日中頭上，景當身下，與景爲比，如淳曰：「故以比景名縣。」闞駰曰：「比讀廲庇之庇，影①在己下，言爲身所庇。」《林邑記》：「渡比景至朱吾縣。」《水經注》三十六

鷓鴣南翥而中留

　　鷓鴣向日而飛。《古今注》中

　　鷓鴣飛逐月數，如正月，一飛而止於巢中，不復起，十二月十二起。《酉陽雜俎續》八　案：此即中留義，非此條，本句幾無解。

　　鷓鴣，辟溫瘴，一名鵁②，音述。《北戶錄》

　　《南越志》：「鷓鴣雖東西翔，然開翅先南翥，其鳴自呼杜薄洲。」《本草》云：「自呼鈎輈格磔。」《太平御覽》九百二十四案：南翥義此勝劉注。

　　鷓鴣肉白而脆，遠勝雞雉，能解治葛并菌毒，大如野雞，

---

① 【校】"影"作"景"。【按】清武英殿聚珍版叢書本同。

② 【校】"鵁"作"鵊"。【按】清十萬卷樓叢書本同。

多對啼，出《嶺表録異》。《廣記》四百六十一①

鸓鼠畏霜露，早晚稀出，有時夜飛，以木葉自覆背。《埤雅》七

鸓鼠，頭如鶉，身文亦然，惟臆前白點正圓如珠。范成大《桂海虞衡志》

崴烏乖（《玉篇》二十二）　裦懷（《類林》十一）　　晢摘（鄭玄《周禮注》九）　㖟徒可（《玉篇》二十二）

陵鯉若獸

高宗末，東郡吏獲異獸，獻之京師，人咸無識者。詔問高祐，祐曰："此是三吳所出，名鯪鯉，餘域率無，今我獲之，吳楚有歸國者乎？"顯祖初，劉義隆子義陽王昶來奔，薛安都等以五州降附，時謂祐言有驗。《魏書》五十七

鯪鯉肉味甘濇，性温，有毒，即穿山甲。其肉動風，風疾人纔食數臠，其疾一發，四肢頓廢。《飲食須知》三

鯪鯉出湖嶺、金、商等州，穴山而居，能陸能水，形似鼉，色黑，短小。《本草元命苞》八

開北户以向日

日南郡北景。師古曰："言其在日之南，所謂開北户以向日者。"《考古編》云："《舊唐志》景州北景縣，晋將灌邃破林邑，五月五日，即其地立表，表在北，日影在表南。"仁傑案："王充書謂日南郡有徙民還者，問之，云：'日中時，所居地未能在日南也。'"蓋日南郡縣惟五月日影在南，常時影不北不南，故《水經》云"北讀爲蔭苝之苝"，此《爾雅》所謂"岠齊州以南，戴日者也"。《兩漢刊誤補遺》五

畷綴（《釋文》八）　　異等本音都在反（《匡謬正俗》六）

象耕鳥耘

耕者行端而徐，起墢欲深，獸之形魁者無出于象，行必

---

① 【校】"治"作"冶"，"《嶺表録異》"作"《嶺南録異》"。

端，履必深，法其端深，故曰象耕。耘者去莠，舉乎務疾而畏晚。鳥之啄食，務疾而畏奪，法其疾畏，故曰鳥耘。陸龜蒙《笠澤叢書》丙

茫蠻部落，象大如水牛，土俗養象以耕田，仍燒其糞。《蠻書》四

採山鑄錢

吳縣西有銅山，周迴六十里，有銅坎，十餘穴，深者二十餘丈，淺者六七丈，所謂採山鑄錢處也，山東平地有銅滓。《寰宇記》九十一

國稅再熟之稻

九真太守任延，始教耕犂，交土象林，知耕來六百餘年，火耨耕藝，法與華同。名白田，種白穀，七月火作，十月登熟。名赤田，種赤穀，十二月作，四月登熟。所謂兩熟之稻。《水經注》三十八

墮婆登國在林邑南，其國稻每月一熟。《舊唐書》百九十七

天竺國稻歲四熟。《舊唐書》百九十八

泉州再熟稻，春夏收訖，株又生苗，至秋薄熟，即《吳都賦》再熟稻。《寰宇記》百二

太平軍再熟稻，五月、十一月。《寰宇記》百六十九

蔣堂登吳江亭賦詩：“向日草生牛引犢，經秋田熟稻生孫。”注云：“是年有再熟之稻，今田間豐歲已刈，而稻根復蒸苗，極易長，旋復成實，可掠取，謂之再掠稻①。”恐《吳都賦》所謂再熟者，即此。范成大《吳郡志》三十

鄉貢八蠶之縣

《永嘉記》：“有八輩蠶：蚖珍蠶，二月績；柘蠶，三月初績；蚖蠶，四月績；愛珍，五月績；愛蠶，六月末績；寒珍，七月末績；四出蠶，九月初績；寒蠶，十月績。凡蠶再熟者，

---

① 【校】“再掠稻”作“再撩稻”。【按】擇是居叢書景宋刻本同。

前輩皆謂之珍養。"《齊民要術》五①

《六測記》："一歲八蠶，出日南。"《白孔六帖》八十二

尹思貞爲青州刺史，境內有蠶，一年四熟。《舊唐書》一下②

《雲南志》云："風土多暖，至有八蠶。言蠶養至第八次，不中爲絲，只可作緜，故云八蠶之綿。"《西漢叢話》上③

日南八蠶，以其地暖。張文昌《桂州詩》云"有地多生桂，無時不養蠶"，此言可驗。《海物異名記》乃謂"八蠶共作一繭"。《野客叢書》八

蠶有三眠，有四眠，有兩生，有七出。四眠者繭絲又勝他蠶。柘蠶四十五日熟，兩生者一月熟，七出者十八日熟。熊太古《冀越集》

重城結隅

闔閭委計子胥築大城，周四十里，小城十里，是時周共王六年，隋平陳後，楊素以蘇城嘗被圍，非設險之地。奏徙於古城西南，橫山之東，黃山之下。唐武德末復其舊，蓋地勢不可遷也。朱長文《吳郡續圖紀經》上④ 案：今野人目橫山旁，近日外六城，猶承楊素移城之舊。

闔閭城狀如亞字，唐乾符三年，刺史張傅修此城，梁龍德中，加以陶甓。《續圖經》下⑤

《輿地志》："建鄴都城，周二十里十九步，本吳舊址。"

---

① 【校】引文有出入。四庫全書本《齊民要術》："《永嘉記》曰：永嘉有八輩蠶：蚖珍蠶，績三月；柘蠶，初績四月；蚖蠶，初績四月；愛珍，績五月；愛蠶，末績六月；寒珍，末績七月；四出蠶，初績九月；寒蠶，績十月。凡蠶再熟者，前輩皆謂之珍養。"四部叢刊景明鈔本《齊民要術》："《永嘉記》曰：永嘉有八輩蠶：蚖珍蠶，三月績；柘蠶，四月初績；蚖蠶，四月初績；愛珍，五月績；愛蠶，六月末績；寒珍，七月末績；四出蠶，九月初績；寒蠶，十月績。凡蠶再熟者，前輩皆謂之珍養。"所述亦不同。

② 【校】此條應出自《舊唐書》卷一百。

③ 【注】"《西漢叢話》"應爲"《西溪叢語》"。

④ 【校】"《吳郡續圖紀經》"應爲"《吳郡圖經續記》"。

⑤ 【注】《續圖經》爲《吳郡圖經續記》省稱。

《吴都赋》：“郛郭周帀，重城結隅。”吕祉《東南防守利便》上　案：《吴都賦》自作離宫于建鄴，以下始敍建鄴，故注及陸廣微《吴地記》並指“重城結隅”爲闔閭城，吕引作建鄴城，誤。

通門二八

闔閭城，陸門八，象天八風；水門八，象地八卦。《吴都賦》“通門二八，水道陸衢”是也。陸廣微《吴地記》　案：《吴志》莫古於《陸記》，然無舊刻，恐非全。趙下此則朱樂圃《續圖經》爲最，龔明之《記聞》次之，范文穆《志》又其次，龔、范二書，班班具在。《續圖經》則舊鈔甚少，今與宋次道《長安志》詳録入《選》。

《吴都賦》：“通門二八。”劉夢得詩：“二八城門開道路，五千兵馬引旌旗。”又《南越志》：“門北有平門，不預八數。”葑門陸衢，中或湮塞。范文正公命闢之爲門，往來至今，大以爲便。《續圖經》上　案：平門不預八數，則《續圖經》北面少一門。

帶朝夕之濬池

吴縣朝夕池，劉逵測候云：“海水朝夕上下，因以爲池，曰朝夕。”《寰宇記》九十一①

佩長洲之茂苑

余仕於吴郡，嘗見長洲宰扁其圃，曰茂苑，余曰長洲非此地，吴王濞都廣陵，漢《郡國志》：“廣陵東陽縣有長洲澤，吴王濞太倉在此。”東陽，今盱眙縣，故枚乘説吴王云長洲之苑，服虔以爲吴苑，韋昭以爲長洲在吴東，蓋謂廣陵之吴也，曰它有所據乎？曰隋虞綽撰《長洲玉鏡》，蓋煬帝在江都所作也。長洲名縣，始唐武后時。《元和志》“苑在長洲縣西七十里”，未足據也，當從《國志》。《困學紀聞》十②

觀離（《集韵》一）

作離宫於建業

太康三年，《地志》：“吴太初宫，三百丈，權所起。昭明

---

① 【校】《太平寰宇記》無此條。
② 【校】“宰扁其圃”作“宰其圃扁”，“西七十里”作“西南七十里”。

宮,方五百丈,晧所起。在縣東北三里,晋建康宮城西南。"

《東南防守利便》上　案:《防守利便》上文不載某縣,下直言在縣東北,蓋采《太康地志》,失縣名。

抗神龍之華殿

《建康實錄》:"吳大帝徙武昌宮室材瓦,繕太初宮,即長沙王孫策故府也。赤烏十年作,十一年宮成,周迴五百丈,正殿曰神龍。南面開五門:正中公車門,次東昇賢門,更東左掖門,次西明陽門,更西右掖門。東面正中蒼龍門,西面正中白虎門,北面正中玄武門。北直對臺城西掖門,前路東即右御街。晋元帝渡江,即太初宮爲府宮,及即位,稱爲建康宮。"

張鉉《金陵新志》十二　案:許嵩《建康實錄》鈔《吳志》以下諸史,成書非《建康地志》諸引,引《建康實錄》,或別一書,或今本許嵩書僞記。

崇臨海之崔巍

《建康實錄》:"太初宮又起臨海等殿。"

飾赤烏之暐曄

吳赤烏殿,舊縣東北五里,吳昭明宮内。吳時赤烏見,遂起殿名赤烏。並《金陵新志》十二

赤烏殿,昭明宮殿。《禁扁》乙　案:《選》注"赤烏"亦太初宮殿,與《金陵志》《禁扁》不同,《六朝事迹》宮殿門失載臨海、赤烏二殿。

欂晃(《廣韻》三)

左稱彎碕衍,右號臨硎

《吳都賦》注:"彎碕、臨硎,宮門名。"《金陵新志》十二

案:《選》注、《禁扁》二門並昭明宮門,張鉉引入太初宮下,恐誤。

青瑣丹楹

衛瓘注《吳都賦》:"青瑣户邊,青鏤也。一曰天子門,内有眉格,再重裹青畫白瑣。"黄朝英《緗素雜記》一

思比屋以傾宮

傾宮,宮滿一頃。高注《淮南》四

列寺七里

吳時自宮門南出,夾苑路至朱雀門七八里,府寺相屬。

《吴都賦》：“列寺七里，廨署棋布。”見諸志者，曰三臺五省，三臺在臺城東一里①：蘭臺、謁者臺、御史臺；五省在三臺路北。《金陵新志》十二

横塘查下

近陶家渚，《宮苑記》：“横塘在今秦淮徑口。”

吴時夾淮立柵，自石頭南上十里至查浦，查浦南上十里至新亭，新亭南上十里至孫林，孫林南上十里至板橋，板橋南上三十里至列洲。《吴都賦》：“横塘查下，邑屋隆夷。樓臺之盛，天下莫比。”並《金陵新志》五②

長干延屬

《丹陽記》：“夫長干寺道西有張子布宅，在淮水南，對瓦棺寺南，張侯橋也。”長干是秣陵縣東里巷名。江東謂山隴之間曰“干”。建康南五里有山江，其間平地，有大長干、小長干、東長干，並是地名。小長干在瓦棺寺南巷，西頭出大江，梁初起長干寺，在秣陵縣東，今天禧寺及大長林干也。張敦頤《六朝事迹》③ 下

之裔 五結（《韵補》五） 抃 卜（《廣韵》四） 眙 丑吏 坒 邲
（並同） 從 叢（《漢書》八十七） 飍 帆（《雙字》下） 珂 苦
何（《廣韵》二） 玼 思律（《玉篇》一） 繰 捷（《説文》十三上）
砢 力可（《玉篇》二十二）

珤琲 蒲溉、蒲愷二切（《玉篇》一） 闌干

珠五百枚爲琲。《遼史》百十六

桃笙象簟

簟，宋魏之間謂之笙。《方言》五

庾翼《與王書》④ 曰：“今致八尺丈二細桃枝簟十枚。”

---

① 【校】“東一里”作“東南一里”。
② 【校】“隆夷”作“隆夸”，“列洲”作“烈洲”。
③ 【校】“夫長干寺道西”作“大長干寺道西”，“山江”作“山岡”。
④ 【注】指《與燕王書》。

《仇池筆記》："柳子厚詩：'盛時一失難再得①，桃笙葵扇安可常。'不知桃笙何物，閱《方言》乃悟，桃笙以桃竹爲簟。"曾慥《類説》九

《南史·顧憲之傳》："疾疫死者，裹以笙席。"益知笙即簟也。東坡不喜《文選》，故不用。《吳都賦》："嶺外有桃竹，堅刃可作拄杖。"善謂是桃枝，恐桃枝不能爲簟，當從坡爲桃竹。《猗覺寮雜記》一

桃枝竹，叢生，節疏，謂之慈竹。梁簡文《答獻簟書》云："五離九折，出桃枝之翠筍。"桃竹色正紫，東坡云"桃竹葉如棕，身如竹，密節實中，犀理瘦骨"，豈非以此竹爲簟耶？《韵語陽秋》十六 案：戴凱之《竹譜》"桃枝竹外别無桃竹"，未知即一物否？朱新仲以桃枝爲桃樹，故謂李善爲誤。

偘師立（《玉篇》三） 矗蟄（《元包經傳注》一） 槑音攪（《江賦》） 獠呼交（《玉篇》二十三） 呷呼甲（《玉篇》五） 趫橋（《廣韵》三） 鏂施（《廣韵》一） 豛房越（《類篇》十二下）

家有鶴膝

鄭惟忠拜黄門侍郎，時議禁嶺南首領家畜兵器，惟忠曰："爲政不可改習俗。《吳都賦》：'家有鶴膝，户有犀渠。'如或禁之，豈無驚擾？"遂止。《舊唐書》一百②

戎車盈於石城作"頭"（《六朝事迹》上）

孫權於江岸必爭之地築城，名曰石頭，常以腹心大臣鎮守之。今石城故基，乃楊行密稍遷近南，夾淮帶江，以盡地利。《輿地志》："環七里一百步，去臺城九里。"（同上）

石頭山在城西二里。《宫苑記》："周顯王三十六年，楚威王滅越，置金陵邑，即石頭城。"《江乘地記》："山上有城，

---

① 【校】"難再得"作"貴反賤"。【按】清知不足齋本作"難再得"。
② 【校】"改"作"革以"，"遂止"作"遂寢"。【按】清乾隆武英殿刻本同。

因名。漢建安十六年，孫權修理，改名石頭城，用貯軍糧、器械，今清凉寺西是也。"《丹陽記》："石頭城，吳時悉土塢，義熙初始加磚累甓，因山爲城，因江爲池。"《金陵新志》五

胹《集韻》三音怲；《玉篇》《廣韻》《類篇》無"胹"字　　儋擔（《廣韻》二）　　靐《博雅音》六：香幽反；《元包經傳注》五音彪　　颲休（《元包經傳注》一）　　矞聿（《太玄釋文》）　　靸素合（《博雅音》七）　　雯同"雲"（《集韻》十）

指南司方

　　裕陵稽古，大觀元年，内侍吳德南獻指南、記里鼓二車之制。指南車身長一丈一尺一寸五分，闊九尺五寸，深一丈九寸，車輪直徑五尺七寸，車轅一丈五寸。車箱上下爲兩層，中設屏風，上安仙人一，執杖，左右龜鶴各一，童子四，各執纓立四角，上設關棙。臥輪十三，各徑一尺八寸五分，圍五尺五寸五分，出齒三十二，齒間相去一寸八分。中心輪軸隨屏風貫下，下有輪十三。中至大平輪，其輪徑三尺八寸，圍一丈一尺四寸，出齒百，齒間相去一寸二分五厘，通上左右起落。二小平輪，各有鐵墜子一，皆徑一尺一寸，圍三尺三寸，出齒十七，齒間相去一寸九分。又左右附輪各一徑一尺五寸五分，圍四尺六寸五分，出齒二步，齒間相去二寸一分。左右疊輪各二，下輪各徑三尺一寸，圍六尺三寸，出齒三十二，齒間相去二寸一分。上輪各徑一尺二寸，圍三尺六寸，出齒三十二，齒間相去一寸一分。左右車脚上各立輪一，徑二尺二寸，圍六尺六寸，出齒三十二，齒間相去二寸二分五厘。左右二轅各小輪一，無齒，繫竹篾并索在左右軸上，遇右轉使右轅小軸觸落右輪，若左轉使左轅小軸觸落左輪。行仙童交面指南，車成，其年宗祀用之。《仁宗實錄》載燕肅《表》曰："黃帝、周公指南，其法俱亡。漢張衡、魏馬鈞繼作，世亂不存。魏太武使郭善明造，不就。又命扶風馬岳造，垂成爲善明鴆死，其法遂絕。唐元和中，典作官金公立以其車及記里鼓上之，憲宗閱于

麟德殿，以備法駕，歷五代，至國朝不聞得其制者，今創意成之。"然則古今之爲此者亦艱矣，今二法具在。岳珂《愧郯錄》十三 案：《愧郯錄》載燕肅指南車法脫略不明，今但摘吳德隆法備考。

輷《博雅音》一音彫；《通典》百五十三音遙　　袀均（《廣韵》一）

尉尉、鬱二音（《釋文》十一）　　罼畢（高《淮南注》五）　　罠珉（《廣韵》一）　　趡子妙（《玉篇》十）　　玃鈎猛（《玉篇》二十三）　　猤渠惟、巨癸、其季三切（《類篇》十上）　　瞵鄰（《廣韵》一）　　趛七含趣徒含（並《玉篇》十）　　瓬颿（《文苑英華辨證》九）　　獙它獵（《玉篇》廿六）　　罥《太玄釋文》音觥；《類林》四音浪　　殁呼役（《玉篇》二十七）①　　坴蒲悶②（《類篇》十三下）　　熛高注《淮南》十八音摽；《通典》百六十音劓　　菈落合（《類篇》一下）　　擶獵（《博雅音》三）　　硠郎（《九經字樣》）　　賦暴（《元包經傳注》四）　　尵乎甘（《文苑英華辨證》八）　　艫叔（《五經文字》下　《英華辨證》八）　　纇繦（《古文苑注》四）

追飛生

司馬君實侍先君知鳳翔府，竹園中得一物如蝙蝠，巨如大鷗，莫有識者。有自山西來者曰："此鼯鼠也，一名飛生，飛而生子，每欲飛，則緣樹至巔，能下不能高。"《醴泉筆錄》上

其狀如兔而鼠首，以其髯飛，聲如人呼，食灶烟。《西溪叢語》下

《唐地理志》："台州貢飛生鳥。"《急就篇補注》四

鷓荆（《廣韵》二）　　嶙聊（同）③　　跐翼世（《玉篇》七）　　獵麈豿抽起④（並《集韵》三）　　蓏《玉篇》二十三卷狨同尨；《類篇》十上：竹角切，無"蓏"字　　鈹《方言注》九音彼；《博雅音》八音拔　　鋏吉協（《類篇》十四上）　　踔財律（《玉篇》七）　　捭高注《淮南》

---

① 【校】《玉篇》無此條。
② 【校】"蒲悶"作"普悶"。
③ 【校】《廣韵》無此條。
④ 【校】"抽起"作"寵戀"。

九音篋；《方言注》十三音卑　　屵士百（《玉篇》二十三）　　　趾此（《沖虛經釋文補遺》上）

猩猩啼而就擒

《廣志》云："猩猩惟聞其啼，不聞其語。"《寰宇記》百七十九

獑獑笑而被格《廣韻》四 "獑"音翡，《養愚漫筆》作"狒狒"

狒狒獸出西南蠻，宋建武中，安昌縣進雌雄兩頭，帝曰："狒狒能負千鈞，何能致之？"土人曰："狒狒見人笑，笑則下唇掩其額，以丁釘之，任奔至死。髮可爲髭，血可染衣，似獼猴，人面而紅，作人言馬聲，善知人生死。飲其血，令人見鬼。"帝聞而欣然命工圖之。《物類相感志》十①

元積詩："狒狒穿筒格，猩猩置履②馴。"《養愚漫筆》

骼格（《博雅音》八）　　睒式冉（《六朝事迹》下）　　睗式赤（《玉篇》四）　跇伏（《集韻》九）　　岬古狎（《玉篇》二十二）　　豣肩（《五經文字》中）　麢《廣韻》一音儒；《類林》十七音須　　鸋謬、流二音（《釋文三十》）　　獲衆終（楊伯嵒《九經韻補》）　　靶霸（《廣韻》四）

宏舸連舳

舳，船兩旁夾木。《類林》二

磻補左、補何二切（姚宏《續注戰國策》十七）　　鮔桓鱛曾（並《古文苑注》四）　　鼍離（《博雅音》十）　　舲居拜（《類篇》十一下）　翼壯交（《玉篇》十五）　　鰝乎老（《玉篇》二十四）

乘鷐候（《爾雅翼》三十一）　　黿鼂

鼂，南人列肆賣之，雄者少肉。過海相負，高尺餘，乘風

---

① 【校】引文多有不同。明鈔本《物類相感志》："其獸出西蠻，宋孝建武中，安昌縣進雌雄兩頭。帝曰：'朕聞狒狒能負子鈞，既力若此，何能知致之？'彼士人進曰：'狒狒見喜笑，笑則下唇掩其額，以釘丁之，任奔至死。髮可爲髭，血可染衣，似獼猴，人面而紅，作人言馬聲，善知人死。飲其血，令人見鬼。'帝聞而欣然命工人圖之也。"

② 【校】"履"作"屐"。

遊行。今鱟殼上有物，高七八寸，如石珊瑚，俗呼鱟帆。鱟十二足，殼可爲冠，次於白角，南人取其尾，爲小如意。《酉陽雜俎》十七

鱟畏蚊，小螫之輒斃。《續博物志》三

《吳録》："鱟似蟹，長五寸，腹中子如麻子，取作醬，美。"《廣州記》："鱟廣尺餘，形如熨斗，頭如蜣蜋。"《嶺表録異》："鱟魚眼在背上，口在腹下，尾長尺餘，三稜如梭，置水中，雄浮雌沉。"《御覽》九百四十三

鱟，青黑色。《寰宇記》百七十

鱟血碧。陳師道《談叢》二

鱟形如車，長五六尺。傅肱《蟹譜》上

鱟味辛鹹，微毒，其行雌常負雄，失雌，雄即不動。尾有珠，如粟，燒脂可以集鼠，小者名鬼鱟，食之害人。《飲食須知》六

轆轟（《説文》七上）　　**徽**暉（《類林》十七）　　**犞**居（《類林》五）

無異射鮒附（《宋書》六十七）**於井谷**

鮒，今俗名土部，聲訛也。此魚質沈，常附水而行①，不似他魚浮水遊逝，故曰土附。後人加魚去部，書以爲鮒。吳興人名云鱸鯉，以其質圓而長，與黑蠡相似，其鱗斑駁，又似鱸魚，故兩喻而兼言之。《埤雅》指爲鯽魚，失之。《演繁露》八

鰩遥（《山海經注》二）　　**𩷏**懿（《方言注》十）　　**續**潰（《山海經注》五）

摸蟕毒（《方言注》十一）　　**蝐**莫佩（《類篇》十三中）

蟲不再交者，虎鴛與蟕蝐。《酉陽雜俎》十七

嘗見衛公先白書土蟕蝐字作疇瑁。《酉陽雜俎續》八

蟕蝐甲生②，取帶之，飲饌中有蠱毒，蟕蝐甲即自搖動。

---

① 【校】"附水而行"作"附土而行"。【按】既名爲"土部"，且異於他魚浮水遊逝，當爲"附土"。

② 【校】"甲生"作"若生"。【按】民國景印明嘉靖談愷刻本同。

若死，無此驗。出《嶺表録異》。《廣記》四百六十五

  蟕蝐形似龜、黿，背甲十三片，黑白班文相錯鱗次，以成一背，其邊裙闌闌，齒如鋸齒。無足，有四鬣，前兩鬣長，狀如橛，後兩鬣極短，其上皆有鱗甲，以四鬣櫂水而行。海人養以鹽水，飼以小鱗，俗傳甲子庚申日輒不食，謂之蟕蝐齋日。《桂海虞衡志》

颸司（《廣韵》一）

數軍實乎桂林之苑

  桂林苑在上元縣北四十里，落星山陽。《寰宇記》九十

  桂林苑屬上元縣慈仁鄉。《金陵新志》十二

饗戎旅于落星之樓

  落星山在上元縣東北三十五里，吳大帝時山上①置三層高樓，以此爲名。吳主遊獵之憩息地。《寰宇記》九十

  今石步相去一里半有落星墩，相傳即當時建樓處，去城四十里。《六朝事迹》上

耾宏（《集韵》四） 橉尋（《廣韵》二） 碻學（高注《淮南》十八）

孟浪之遺言

  孟浪向音漫瀾，無所取舍之謂。陳景元《南華經音義》二 案：不必從向秀音。

---

① 【校】"山上" 作 "山西"。

卷 六

《魏都》

飾華離以矜然

　　華讀"㧊哨"之"㧊"，正之，使不㧊邪離絶。鄭玄《周禮注》八

　　地有㧊邪離絶遞相侵入，不正，故今正之。㧊者，兩頭寬，中狹；邪者，一頭寬，一頭狹。賈公彥《周禮疏》三十三

　　華離，地形斜角不正。《六臣》

蹠楊雄説羍从足春（《説文》五下）

于時運距陽九

　　《靈寶天地運度經》云："靈寶自然運度，有大陽九、大百六，小陽九、小百六。三千三百年爲小，九千九百年爲大。天厄謂之陽九，地虧謂之百六。"王懸河《三洞珠囊》九　張君房《雲笈七籤》二

　　百六，從上元甲寅，至乾德四年丙寅，積年一萬三千五百七十三，以通周法除之，得三通周，餘六百十三年。又除第一第二百六，共五百七十三年，餘年入第三百六。從貞觀十六年壬寅，入第二百六，至吳乾貞三年己丑，第二百六數窮。從吳太和二年庚寅入第三百六，至乾德四年丙寅，已得三十七年，更二百五十一年，方入第四百六。陽九，從上元甲寅，至乾德四年丙寅，積年一萬三千五百七十三，以通周法除之，得二通周，餘四千四百五十三年。又以陽九數除之，得九餘年，入第十陽九。從武德元年戊寅，入第十陽九，至乾德四年丙寅，已得三百四十九年，更一百七年，第十陽九數窮，重起第一陽九。《西溪叢語》下　案：吳楊溥乾貞三年即後唐潞王清泰元年，楊溥太和二年即清泰三年，凡二百八十八年爲一百六十五，百六爲一通周，凡四百五十六年爲

一陽九，十陽九爲一通周。武德元年之陽九十年前已屬災歲，貞觀十六年之百六十四年後方是災年，則知不足爲定數。《神仙傳》謂運所鍾聖王不能攘益，非篤論。

王湜跋肘後備檢，立論甚通。其説云：后羿、寒浞之亂，得陽九之數七；赧王衰微，得陽九之數八；桓、靈卑弱，得陽九之數九；煬帝滅立，得陽九之數十；周宣王父厲而子幽，得百六之數十二；敬王時，吳、越相殘，海内多事，得百六之數十三；秦滅六國，得百六之數十四；東晉播遷，十六國分裂，得百六之數極，而反于一；五代亂離，得百六之數三。此皆所應者也。舜、禹至治，萬世所師，得百六之數七；成、康刑措，四十餘年，得白六之數十一；小甲、雍己之際，得陽九之數五，而百六之數九；庚丁、武乙之際，得陽九之數六；武丁享國五十餘年，得百六之數八；盤庚、小辛之際，得百六之數十；明帝、章帝，繼光武而臻泰定，得百六之數十五；正觀二十三年，得百六之數二。此皆所不應者也。《游宦紀聞》七　①

百六陽九，其名有八，初曰入元百六陽九，次曰陰九。又有陰七、陽七、陰五、陽五、陰三、陽三，皆謂之災歲。大率經歲四千五百六十，而災歲五十七。以數計之，每八十歲則及其一。今人但知陽九之戹，云經歲者，常歲也。洪邁《容齋續筆》六　水亨《搜採異聞録》三

殷殷寰内

"宇縣""州縣"字本作"寰"，後借"縣"字爲之。《魏都賦》云"殷殷寰内"，此即言宇縣耳。讀者不曉，因爲別説讀之爲"環"，則引環繞之義，斯不當矣。《匡謬正俗》八

雦尺由（《玉篇》二十三）　　培部（《方言注》十三）塿樓（《博雅音》九）　峽鞅（《廣韵》三）　　碪砧（《廣韵》二）　硔迎谷（《類篇》九下）②　　漅以紹（《類篇》十一中）　　滏釜（《廣韵》三）

---

① 【校】"雍己"作"雍巳"，"武丁享國五十餘年"作"武丁享國五十九年"。
② 【校】《類篇》無此條。

神鉦迢遞於高巒

　　冀縣有天鼓山，山有石如鼓，河鼓星動搖則石鼓鳴。《酉陽雜俎》十一

　　滏陽縣鼓山，《永初山川記》："山有石鼓形二所，南北相當，俗云南鼓北鼓，相去十五里。"《魏都賦》"神鉦迢遞于高巒"是也。《寰宇記》五十六

自《白孔六帖》七作"白" 浪

墨井鹽池

　　冰井臺上有冰室，室有數井，井深十五丈，藏冰及石墨。石墨可書，又然之難盡，亦謂之石炭。《水經注》十

昀勻（《廣韵》一）

闡鈎繩之筌緒

　　鈎，曲尺。《六臣》

造文昌之廣殿

　　劉逵注左思《魏都賦》："文昌殿前有鐘虡，其銘曰：'惟魏四年，歲在丙申。龍次大火，五月丙寅，作蕤賓鐘，又作無射鐘。建安二十三①年始設鐘虡於文昌殿前，歲月并銘，各鑄千②鐘之甬。'"《古文苑注》十三　案：《文選》本劉逵此注在鐘虡夾陳下，"二十三年"作"二十一年"，無"歲月至末"十字，《魏志》惟書建安十九年十二月，天子命公宮殿設鐘虡終，《太祖記》不書作文昌殿。據此注，殿作於建安十八年後二十三年，前書此以補陳史裴注之缺，亦見劉淵林注，南宋末尚有專本。

對徒對（《玉篇》二十二）　　髟徒感（《五經文字》中）　　塥初戛塥

直輒（並《玉篇》二）　　抉鞅（《集韵》六） 振真（《釋文》八）

槺題黤敕咸③、都甚二切（《玉篇》十一） 黮徒對（《類篇》十中）

　　屋霤也。趙岐《孟子章句》十四

　　槺，櫋也；題，頭也。《六臣》

---

① 【校】"二十三年"作"二十一年"。
② 【校】"千"作"于"。
③ 【校】"咸"作"感"。

陌堅尹（《類篇》十四中）　　逌攸（《廣韻》二）　　㧖喜力（《玉篇》二十一）　　萋萋此禮（《集韻》五）　　醳尸石（《玉篇》三十）　　腠湊（《廣韻》四）　　綷七醉①（《類篇》十三上）　　蔆駭（《廣韻》一）　　瞭七祭（《博雅音》三）

三臺列峙以崢嶸

　　鄴城西北有三臺，皆因城爲基，巍然崇舉，建安十五年所起，平坦略盡。《春秋古地》云：“葵邱，地名，今鄴西臺是也。”其中銅雀臺高十丈，南金虎臺高八丈，北冰井臺高八丈。《水經注》十

　　文宣帝天保九年八月，先是營三臺於鄴下，因舊基高博之，至是，成，改銅爵曰金鳳，金武②曰聖應，冰井曰崇光。《北齊書》四

　　《鄴都故事》：“漢獻帝建安十五年築銅雀臺，十八年築金虎臺，十九年作冰井臺。”《郭樂府》七十五

焱標（《九經字樣》）　　影漂（《廣韻》二）　　踶《經典釋文》十四音馳；《集韻》二音提

長塗牟首

　　如淳曰：“牟首，屏面也。”臣瓚曰：“牟首，池名，在上林苑中。”師古曰：“左思《魏都賦》③‘長塗牟首’，劉逵以爲‘牟首’閣道有室屋也，此説更無所出。或思及逵據此‘輦道牟首’誤用之。”《漢書注》六十八

四門轞轞午葛（《玉篇》十八）

　　鄴城七門，南曰鳳陽門，中曰中陽門，次曰廣陽門，東曰建春門，北曰廣德門，次曰廄門，西曰金明門，一曰白門。《水經注》十　案：鄴城七門，賦言四，謂四面之門或七門。石氏所廣非《魏都》

---

① 【校】“七醉”作“虽遂”。
② 【校】“金武”作“金獸”。【按】清乾隆武英殿刻本同。
③ 【校】“《魏都賦》”作“《吳都賦》”。【按】《漢書注》誤，應取余氏之説。

之舊矣。

壏藹（《廣韻》四）　　猥恚（《集韻》五）　　菀於阮（《五經文字》中）　　漼瓗（《廣韻》三）

蒹葭贅迫（《説文》五下）

分別也。《六臣》

緑芰泛濤而浸潭

芰，鷄頭也，一名芰。《古今注》下

菱、芰，諸草木書不分別，惟王安貧《武陵記》言四角、三角曰菱，兩角曰芰①。今蘇州折腰多兩脚。《酉陽雜俎》十九

《字林》：“楚人名薐曰芰。”吳仁傑《離騷草木疏》一

芰即菱也，花白，生水下。杜牧之《晚晴賦》：“復引舟子深灣②，忽八九之紅芰。姹然如婦，歛然如女。”是以芰爲蓮花。《猗覺寮雜記》三　案：菱、芰，種小異，鄭康成、王安貧言皆是也，謂菱芰爲蓮花、鷄頭用備一說。

咆庖（《廣韻》二）　　渤勃澥蟹（並《翻譯名義集》二十）　　籲語（《博雅音》）媒

磴都凌（《玉篇》二）　**流十二**

魏武王遏漳水，迴流東注。

磴相去三百步，令互相灌注，一源分爲十二流，皆懸水門。陸氏《鄴中記》：“水所溉之處，名曰晏陂澤，故左思賦謂‘磴流十二’，同流③異口者也。”《水經注》十

磴，級次。《雙字》中

澍樹、注二音（《廣韻》四）　稉粳（《集韻》六）　秅駝古（《五經文字》中）　錯列例（《集韻》七）　欄籣同（《廣韻》二）　闉向（《集韻》八）

---

① 【校】“四角、三角曰菱，兩角曰芰”應作“四角、三角曰芰，兩角曰菱”。【按】四部叢刊本同。四庫全書本《欽定佩文齋廣群芳譜》：“兩角者菱，三角、四角者芰。”與《酉陽雜俎》同。恐余氏誤。

② 【校】“復引舟子深灣”作“復引舟於深灣”。

③ 【校】“同流”作“同源”。【按】清乾隆武英殿聚珍版叢書本同。

綺牎粗牎（《韵補》一）①　　敁②崎（《廣韵》一）　　剞高注《淮南》十一音几；《穆天子傳注》二音倚厕厥（高注《淮南》十一）　　挃朵（高注《淮南》十二）　　㦚嫁（《廣韵》四）

關石之所和鈞

《周語》單穆公引《夏書》曰："關石穌均，王府則有。"韋昭注云："逸書也。關，門關之征也。石，今之斛也。言征賦調均，則王之府藏常有。一曰：關，衡也。"時未見古文，故云逸書。左思《魏都賦》"關石之所和均，財賦之所底慎"，蓋亦用韋説。李善引賈逵《國語注》："關，通也。"孔安國謂"金鐵曰石"，未詳。《困學紀聞》二

駏祖（《釋文》八）　　扵旌（《集韵》四）　　珧遥（《山海經注》四）

㯠景（《廣韵》三）　　裻督（《釋文》九）　　讀續（《廣韵》四）

炋虛交、香幽二切（《類篇》十中）

輷輷田（《集韵》三）

善注引《蒼頡篇》曰："輷輷，眾車聲也，呼萌切。"則《集韵》四卷"轟"或作"輷"，"輷"當爲"輷"字之誤。

刓五丸③（《廣韵》一）　　就卷卷（《集韵》八）　　鯷大計（薛璩《孔氏集語》上）　　憓惠（《廣韵》四）　　賣盡（《五經文字》上）　　鬙壯瓜（《五經文字》中）④　　鐻《山海經注》五、《類林》九音渠；《釋文》八音距　　晰晰之列⑤（《類篇》七上）

清酤如濟，濁醪如河

《次韵時叔進詩》自注："水自河出爲灘，自濟出爲濋。見《爾雅·釋水》。"如左太沖《魏都賦》"清酤如濟，濁醪

---

① 【校】《韵補》無此條。

② 【校】"敁"，《廣韵》作"敧"。

③ 【校】"岏，五九切"。"刓""岏"同音，"五丸"作"五九"。

④ 【校】《五經文字》無此條。

⑤ 【校】《類篇》卷十九："晰，先的切。"卷十："晰，之列切。""晰，之列"誤。

如河"，以灉濟之水而辨酒味也。《山谷外集》一①

漸《博雅音》一音斯；《釋文》七音西　　酹紬去（《禮部韵略》四）

醞飫（《集韵》七）　　無譁靴（《集韵》上）②　　傯曹（同）

育畜（《説文》二下）　　昳岷（《廣韵》一）

餘糧棲畝而弗收

左思賦："餘糧棲畝而弗③收。"後晉干寶、宋劉裕皆有是語，近時場屋中，用《南史》劉裕所言，出《餘糧棲畝省題詩》而不及左思。《野客叢書》二十

《初學記》引《孟子》："東尸季子之時，道上雁行而不拾遺，耕耦、餘糧宿諸畝首。"王應麟《漢藝文志考證》五

巽其神器　案圖錄於石室　察五德之所莅　涓吉日　即帝位易服色器、莅、位一韵；室、日、色一韵

喆哲（《元包經注》一）　　萬邦北功④（《韵補》一）

尊盧赫胥

言有赫然之德，使民胥附，蓋炎帝也。《南華經疏》十一

倬竹角（《類篇》八上）

其中則有鴛鴦交谷

渦水，一名澧水，一名鴛鴦水，俗謂之百泉。源出龍岡縣東南平地，以其導源總納，泉流合成一川，故也。《寰宇記》五十九　案：即衛河之源。

淀畋（《集韵》八）　　泜祈（《類林》十七）　　償怨鴛（《集韵》二）

琴高沉水而不濡

吳下有乘魚橋，云琴高生登仙處。鄭景望《蒙齋筆談》上

師門使火以驗術

劉累恐即是師門。《真仙通鑑》三

---

① 【校】《山谷外集》無此條。

② 【校】此條應出自《集韵》卷三。

③ 【校】"弗"作"不"。【按】明刻本同。

④ 【校】"北功"作"悲工"。【按】宋刻本同。

躧屣（《廣韵》三）

流湎千日

劉杳在任昉坐，昉曰："酒有千日醉，當時虛言。"杳云："桂陽程鄉有千里酒，飲之至家而醉，亦其例也。出楊元鳳所撰《置郡事》，元鳳是魏代人。"時即檢楊記，言皆不差。《梁書》五十

洹桓（《廣韵》一）

綿纊房子

泜水在臨城縣南二里，出白土，細滑如膏，以之濯綿，色若霜雪，如蜀錦之得江津也，故俗稱房子之纊。《元和志》十七①

縑兼（《廣韵》二）　　　夠搝（《集韵》四）　　　公室式吏（《韵補》四）

則干木之德

《唐書宗室世系表》敘："李珊，後有李宗者，魏封于段，爲干木大夫。"按《史記》，珊子宗，爲魏將，封於段干。《抱樸子》亦云："伯陽有子名宗，仕魏，封于段干。"審此段干乃邑名。《孟子》有"段干木"，《列子》有"段干生"，《魏世家》有"段干子"，《田敬仲世家》有"段干朋"，《戰國策》有"段干綸、段干崇、段干越人"。意者，因邑爲姓。《風俗通》以爲姓段名干木，恐或失之。戰國時自有段規，"段"與"段干"自別。如《唐史》説段干木姓李名宗，如史遷、葛洪之言，則段干木之賢，魏侯師而敬之者，恐別一人。周密《齊東野語》一

嗛謙（《釋文》廿一）　　　搹昵格、昵角二切（《類篇》十二上）　　　眏倚朗（《類篇》二上）　　　灒箋（高注《淮南》廿一）　　　熇郝（《五經文字》中）　　　冽例（《集韵》七）　　　蓮胜（《集韵》三）　　　燿他彫（《類篇》十二中）　　　鞚械（《集韵》七）　　　樔巢（《廣韵》二）　　　矘钁（《類林》十六）

① 【校】此條應出自《元和郡縣志》卷二十一。

瞵《廣韵》五、《集韵》十卷"瞵"並音剡。注曰："失意，視也。"無"瞵"字。善注引《説文》曰："瞵，失意，視。"音義皆同，《文選》傳刻失真，恐當以《廣韵》《集韵》爲正。

惢《説文》十下讀瑣；《元包經傳注》四音①　　愊腆（《方言注》六）

㤟通作"紕"（《集韵》一）　　　貤郭璞音施（《史記集解》百十七）

　偭面（《博雅音》二　《漢書注》四十八）

揚子雲

或問揚雄、張衡，予曰②："古之振奇人也，其思苦，其言艱。"《中説》上

裴度《寄李翱書》："相如、子雲之文，譎諫之文，別爲一家，不是正氣。"《文苑英華》六百八十

揚子雲之文，好奇而卒不能奇。善爲文者，因勢③出奇。江河之行，順下而已，觸山赴谷，風搏物激，然後盡天下之變。子雲惟好奇，故不能奇。陳師道《后山詩話》

揚氏，其先出自周伯僑，食采於晋之揚。揚在河汾之間，漢有揚雄，其後也，華陰之族從木。王應麟《姓氏急就篇》上詳《楊德祖答臨淄侯牋》

《甘泉賦》

桓譚《新論》："揚子雲言作《甘泉賦》，卒暴，遂倦卧，五臟出地，以手收内之，及覺，氣病一年。"馬總《意林》三　案：《意林》引諸子多訛脱，推此條足證善注引桓論之誤。

善注引桓譚《新論》："雄作《甘泉賦》成，明日遂卒。"非也。孝成帝行幸甘泉，揚雄死於王莽天鳳五年，安有賦成明日遂卒之説？《能改齋漫録》四④　案：善注駁揚雄不當，作《劇秦美新》，非不知雄死王莽之世，此條或後世傳寫致誤。

----

① 【校】脱"賫"字。
② 【校】"予曰"作"子曰"。【按】四部叢刊同。"子"即文中子。
③ 【校】"勢"作"事"。
④ 【校】此條應出自《能改齋漫録》卷五。

序

客有薦雄文似相如者

揚雄嘗作《縣竹頌》，成帝時直散郎揚莊誦此文。帝曰："此似相如之文。"莊曰："非也，臣邑人揚子雲。"帝即召見，拜黃門侍郎。《六臣》①

召雄待詔承明之庭

承明殿在未央宮。《漢書注》八十七上

孝成帝時，客薦揚雄，文似相如，雄得待詔承明，此則唐世供奉翰林之所始也。雄曰："承明之庭。"武帝謂嚴助曰："厭直承明之廬。"張晏曰："承明廬在石渠閣外，直宿所止曰廬。"廬者，以更直之地言之；庭者，以受詔作文之地言之。《雍錄》二

正月從上甘泉還

古今以甘泉名宮者三：秦甘泉在渭南，一也。漢甘泉在雲陽磨石嶺上，二也。隋甘泉在鄠縣，三也。《長安志》："磨石嶺山有甘泉。"《十道志》："甘泉出石鼓西原也，漢甘泉宮在山上，秦林光宮旁。此則取石鼓甘泉以名者也。隋宮在鄠縣西南二十里，對甘泉谷。"《元和志》《長安志》皆同。鄠即扈，即夏有扈。古有甘亭，巖有甘泉鄉，即啓討有扈而誓戰於甘者也，此皆取甘亭之甘而立此名。惟秦甘泉，史嘗明言其在渭之南，而無言其在渭南何地者。《秦始皇本紀》曰："始皇詣廟及章臺、上林皆在渭南，已而更名爲玄極廟。自極廟道通驪山，作甘泉前殿，築甬道，自咸陽屬之。"則甘泉前後必近上林，即鄠縣也。則秦甘泉與隋甘泉正同一地，安知隋宮不襲秦舊耶？《雍錄》二② 案：此則秦甘泉在渭南，漢甘泉在渭北。《黃圖》謂漢武甘泉增廣秦甘泉，舊誤。

---

① 【注】此條出自《六臣注文選》卷六。

② 【校】"巖"作"唐"，"甘亭之甘"作"甘亭之泉"，"玄極廟"無"玄"字。

尊明號

師古曰："謂總三皇五帝之號，稱皇帝。"《漢書注》

詔招搖與太陰兮

《楚辭注》："九魌，謂北斗九星。"《補注》謂："北斗七星，輔一星，在第六星旁。又招搖一星，在北斗杓端。"《曲禮注》："招搖星在北斗杓端，主指者。"《正義》引《春秋運斗樞》："北斗星，第七搖光，搖光即招搖也。"《淮南·時則訓》注："招搖，斗建也。"《楚辭補注》以招搖在七星之外，恐誤。《困學紀聞》九

張晏曰："太陰，歲後二辰也。"案翼奉："初元二年，奏封事云今年太陰建於甲戌。"按：是年甲戌歲也。四年上疏云："時因丙子孟夏，順太歲以東行。"按：是年丙子歲也。以奉言推之，太陰即太歲，其說出《淮南書》。孟康乃云太陰在甲戌，則太歲在子。張晏亦曰丙子太陰在甲戌，是誤，以太歲之外別有太陰。《兩漢刊誤補遺》七

屬堪輿以壁壘兮

孟康曰："堪輿，神名，造圖宅書者。"

捎所交　魑虛（並《再見》）　抶丑乙（《漢書注》八十七上）

八神奔而警蹕兮

自招搖至猗狂，凡八神。

輷葛（《類林》十一）　方攘攘（《集韵》三）　倢紫（《集韵》五）

儩豸（同）　盱行（《廣韵》二）

翕赫智忽（《穆天子傳注》一　《漢書注》八十七）　霍

開合之貌。

灘離（《漢書注》）　虖呼（《山海經注》一）　槮《博雅音》七音衫；《集韵》四音森纚

灘虖槮纚，車飾貌，槮音森。

雪文冶、湖甲二切（《玉篇》二十）

騰清霄而軼浮景兮

霄，日旁氣。

郅《方言注》一音質；《漢書注》八十七音吉**偈**其例、居謁二切（《類篇》八上）

輕先疾雷而馺遺風方愔（《韵補》一）

愔在二十一侵，吴才老引八十七真，猶存漢魏真文、元寒、元删先、陽庚青、蒸侵通轉之舊。

嵱容（《廣韵》一）**嵷**總（《類林》三）　**豇**貢（《廣韵》四）

馳閶闔而入凌兢

凌兢言寒凉戰栗之處。

轃臻（《説文》十四）

攢并閭與茇葀兮

如淳曰："并閭，其葉隨時政，政平則平，政不平則傾。"師古曰："如氏所説自是平慮耳。"（並《漢書注》）

葀，《集韵》九音闊，《字林》："茇葀，瑞草。"《類篇》一下　案："茇葀"恐即本賦"茇葀"，字誤。

駊頗**騀**我（並《類林》三）

迬"往"古作"迬"（《集韵》六）

封巒石關

建元中，作石關[①]封巒觀于甘泉苑垣内。《黄圖》二

《雲陽宫記》："宫東北有石門山，岡巒糺紛，干霄出秀。有石岩，容數百人，上起甘泉觀，《甘泉賦》云：'封巒石關[②]，弭迆乎延屬。'"《黄圖》五

嗺遵來（《廣韵》三）[③]　**撟**嬌（《方言注》二）　**惝**敞（《集韵》六）

據軨《山海經》一音靈；《釋文》十一音領**軒而周流兮**

---

① 【校】"石關"作"石闕"。

② 【校】"石關"作"石闕"。

③ 【校】《廣韵》："澤，遵誄切。""嗺""澤"同音。《廣韵》無"遵來切"。

謂前軒之軨也。軨者，軒門①小木。《漢書注》

翠玉樹之青葱兮

甘泉谷北岸有槐樹，今謂玉樹，根幹盤峙，二三百年木也②。楊震《關輔古語》云"耆老相傳"，謂此即揚雄《甘泉賦》所謂玉樹。《黃圖》二

玉樹者，武帝集眾寶爲之，用供神，非謂自然生之。左思以爲非本土所出，失之矣。《漢書注》

《唐傳記》云："雲陽縣多漢離宮故地，至唐有樹似槐而葉細，土人謂之玉樹。玉樹青葱，左思賦有之。"或非其語過，蓋不知此樹也。李上交《近事會元》五

予即本賦上下文求之曰："璧馬犀之瞵瑜，則非有真馬真犀也，直以璧玉刻爲其形耳。世固無璧馬璧犀也，合三者言之，玉也璧也犀也，實非土毛，皆假物爲之。《漢武故事》所著，大爲可據。"《雍錄》十

瞵 鄰瑜 邠 （並《廣韵》一）　　　**仡** 屹 （《古文苑注》十七）　　　**嵌** 槧 （《廣韵》三）

垂景炎之炘炘 《博雅音》二虛隱切；《類林》一音忻

景，日也。

象泰壹之威神

泰壹星在天一南半度，天帝神，主十六神，知風雨、水旱、兵馬、飢饉、疾病、災害。《星經》上

十神泰一，一曰泰一，次曰五福泰一，三曰天一泰一，四曰地泰一，五曰君基泰一，六曰臣基泰一，七曰民基泰一，八曰大遊泰一，九曰九氣泰一，十曰十神泰一。惟泰一最尊，更無別名，止謂之泰一，三年一移。後人以其別無名，遂對大遊而謂之小游泰一，此出于後人誤加之。《筆談》三

---

① 【校】"門"作"間"。
② 【校】"二三百年木也"作"三二百年木也"。

泰一有十神，九曰氣遊，十曰計神。《古文苑注》六

橄致（《集韵》七）　嶟子昆（《玉篇》二十二）

列宿乃施於上榮兮

榮，搏風也。

日月纏經於㭟倚兩（《禮部韵略》二）梜《類林》四音真；《集韵》二音辰

屋宇端也。並《六臣》

窊郭璞音杳（《釋文》廿九）　蟻蔑（《集韵》九）　蠓蒙（《方言注》十一）

櫢必（《集韵》九）　熛標（《再見》）　蜷權（《廣韵》二）

和氏玲瓏

孟康曰："以和氏璧爲梁璧帶，其聲玲瓏。"案：韵當作瓏玲。

炕同"抗"（《漢書注》）**浮柱之飛榱兮，神莫莫而扶傾**

言舉立浮柱而駕飛榱，其形危辣，有神於冥莫①之中扶
持，故不傾也。《漢書注》

襲璇楊倞《荀子注》音瓊；《廣韵》二音旋**室與傾宮兮**

旋室，以旋玉飾。高注《淮南》四

旋，美石次玉。《玉篇》一

閦康（《集韵》三）　峗它罪（《玉篇》二十二）　嶀粗賄（《類篇》九中）

棍混（《集韵》五）碭蕩（高《淮南注》八）　詖披（《類林》十八）

桯移（《漢注》）　揚以征（《韵補》一）　蒴同"鄉"②　吷丑
乙　駍普耕（並《漢注》）

排玉户而颺金鋪兮

未央宫金鋪玉户，金鋪扉上有金華，中作獸及龍蛇，鋪首
以銜環也。玉户，以玉飾户。《黃圖》二

帷弸冰（《博雅音》七）彋蘇林音宏（《漢注》）**其拂汩兮**

蘇林曰"弸彋，風吹帷帳鼓貌"；師古曰"拂汩風動貌"。

靚即"静"字（《漢注》）　倕許《淮南》廿三音惴；《山海經注》十八音

---

①【校】"冥莫"作"闇莫"。

②"蒴讀與響同。"【校】"鄉"作"響"。

瑞　　偓渥佺詮（並《漢注》）

蝹蜎並音淵（《集韻》三）　蠖濩之中

　　言屋中之深。《漢注》

露英於郎①（《韻補》二）　　旃梢（《廣韻》二）　　阬同"岡"（《漢注》）　　軮大（《方言注》九）　　淞聳（《類林》一）　　濎吐定（《漢注》）　淡螢（《集韻》四）

想西王母欣然而上壽兮

　　《西王母傳》："王母姓緱氏，字婉衿。蓬髮戴勝，虎齒善嘯者，乃王母之使，金方白虎之神，非王母真形也。"《南華經音義》四

矑盧（《廣韻》一）　　皋《通志》百二下作"招"　搖　熿黃（《集韻》三）　　魶繆、球二音（《集韻》四）　鰡留（《廣韻》二）　　泔甘（《博雅音》八）　　憤擯（《廣韻》四）　　偈憩（《集韻》七）

亂曰

　　亂，理也，總理一賦之終。《漢注》

岙力爾旇戈爾（並《玉篇》廿二）　　垣禹煩（《玉篇》二）　　嶃楚岑（《玉篇》二十二）　　嵯峨宜（《漢注》）　　岭力丁（《玉篇》二十二）　曈嶸，或作"嗜"（《集韻》四）　　繛載（《漢注》）　　倈來（《廣韻》一）　　迡《漢書》八十七上、《通志》百二下並作"遲"；《玉篇》《廣韻》《集韻》《類篇》無"迡"字迡《漢書通志》並作"迡"；《玉篇》十：奴計切

耕藉

　　藉田，慈夜反；典籍，慈力反。按《字說》。案：半山《字說》北宋盛行，近無傳本，陸農師《埤雅》而外散見諸書，爲附入《文選》一二則。藉從艸從耒從借。從艸，若"藉用白茅"是也，凡藉物如之；從耒從借，若"藉而不稅"是也，凡藉人如之。籍從昔從耒從竹。籍記昔事，有實可利，後除其繁，蕪有節焉。學者不分藉、籍之義，以藉田爲籍田，書典籍之籍反爲藉字。案：

---

① "英，於良切。"【校】"於郎"作"於良"。【按】宋刻本同。

《文帝紀》應劭曰：“籍者，帝王典籍之常。”韋昭曰：“籍①，借也，借民力以治之。”臣瓚曰：“籍謂蹈籍也，籍田本以躬親爲義，不得以假借爲稱。”數家之説，韋昭得之。按《王制》曰“古者公田藉而不税”，注云“借民力治公田，故不税”，蓋帝王所親耕者，公田也。藉田以借民力爲義，藉字所以從借也。《緗素雜記》三　案：藉，籍古字，通借民力，乃助法總稱，天子立千畝，奉粢盛，躬自蹈籍爲重，故師古主瓚説，《説文》四下曰：“耤，帝耤千畝也，古者使民如借，故謂之耤。”蓋同韋昭注而字不從艸、竹。

潘安仁

史臣曰：“安仁思緒雲騫，詞鋒景焕，前史儔於賈誼，先達方之士衡。賈論政範，源王化之幽賾；潘著哀詞，貫人靈之情性。機文喻海，蘊②蓬山而育蕪；岳藻如江，濯美錦而增絢。混三家以通校，爲二賢之亞匹矣。然挾彈盈果，拜塵趨貴，斯才也，而有斯行也，天之所賦，何其駁歟！”《晋書》五十五

《藉田賦》

潘岳創賦，備陳執末之端；曹植爲文，具述躬耕③之美。張鷟《龍筋鳳髓判》下　案：言創則潘岳以前無《藉田賦》。

正月丁未

注：“元辰，郊後吉亥④。”知用亥者以陰陽式法，正月亥爲天倉，以其耕事，故用天倉也。皇氏云：“正月建寅，日月會辰在亥，故耕用亥。”《禮記疏》十四

晋武帝太始四年正月丁亥，帝躬耕藉田於東郊。《通典》四十六、《通考》八十七　案：諸書並作丁亥，不獨《晋書》單文孤證，知賦本“丁未”良誤。

---

① 【校】清守山閣叢書本《緗素雜記》：韋昭曰：“藉，借也。”以藉爲假借之義，韋昭所説當爲“藉”，余氏誤。

② 【校】“蘊”作“韞”。

③ 【校】“躬耕”作“勤耘”。

④ 【校】“郊後吉亥”作“蓋郊後吉辰也者”。

齊尚書令王儉以爲亥日藉田，經記無文，通下詳議。兼太
學博士劉蔓議："禮，孟春之月，以元日祈穀，元辰躬耕帝
藉。"盧植説曰："郊天陽也，故以日。藉田，陰也，故以
辰。"陰禮卑後，必居其末。亥，辰之末，故記稱"元辰"，
注曰"吉亥"。又五行之説，木生於亥，以亥日祭先農，又其
義也。國子助教桑惠度議："陽生於子，元起於亥，取陽之元
以爲生物，亥又爲水，十月所建，百穀賴兹霑潤畢熟也。"助
教何佟之議："《少牢饋食禮》云：'孝孫某，來日丁亥，用薦
歲事於皇祖伯某。'如此，丁亥自是祭祀之日，不專施於先
農。漢文用此日耕耤祀先農，故後王相承用之，非有別議。
《册府元龜》五百七十七 案：元日、元辰，記者隨事變文，未必遂有陰陽之別。
元辰言擇，則本無定日，鄭注吉亥，恐以本朝故事解經，未必即經意也。漢太宗用
丁亥於前，鄭司農注吉亥於後，自徽宗政和元年，議禮局請不用吉亥，而上丁、上
戊、上辛雜用。《禮疏》《通典》解丁亥義未甚詳，故用潘賦"藉田"，備存斯義。

千畝

晉武帝詔曰："近代以來，耕籍田於數步之中，空有慕古
之名，曾無供祀訓農之實，而有百官車徒之費。今循千畝之
制，當群公卿士躬稼穡之艱難，以帥先天下。于東郊之南，洛
水之北。"去宮八里，遠十六里，爲比千畝。帝御木輅以耕，
太牢祀先農。《通典》四十六 《通考》八十七

柜《通典》廿九音護；《五經文字》上、《類林》五並音互　　默耽（《廣韻》
三）　　繐《晉書》五十五作"蔥"；《廣韻》一音蔥　　幰許偃（《類篇》
七下）

后妃獻穜稑六（《釋文》八）**之種**

種，直容切。先種後熟也，世俗乃以種爲穜，未嘗悟也。
楊彥齡《筆錄》

金根照耀以炯晃兮

崔豹《古今注》："金根車，秦製。秦併天下，謂殷瑞山
車，一曰金根，因作金根車。增飾乘輿，漢因不改。"晉《輿
服志》載："金根車，天子親耕所乘，置耒耜于式上。"《東京

賦》：“農輿木輅。”薛綜注：“此所謂耕根車。”金根、耕根，其名又異。唐莊懿公主下嫁，厭翟敝不可乘，以金根車代之。公主出降乘金根車，自此始。豈非去古愈遠意愈失耶？國史《輿服志》載：“耕根車，如五輅之制①。”而金根爲皇后之車。《蘆浦筆記》六

鈒　嘲　㫿　嘈　硡　砰磕　潁

坻《晋書》五十五，《通志》百廿四上並作“游”　場

總髮《通志》“髮”作“鬢”　　襪　儴　誰《通志》“推”督

稽

司馬長卿

司馬長卿賦，時人皆稱典而麗，雖詩人之作不能加也。揚子雲曰：“長卿賦不似從人間來，其神化所至耶？”《西京雜記》三

艾軒林氏曰：“相如賦之聖者。”王應麟《漢藝文志考證》八

《子虚賦》

長卿②《子虚》《上林》，揚雄《甘泉》《羽獵》，班固《兩都》，馬融《廣成》，喻過其體，詞没其義，繁華失實，流宕忘返，而前後《史》《漢》皆書列傳，不其謬乎？劉知幾《史通》五

《漫塘録》：“《子虚》《大人》賦全仿遠遊，而屈子心事，非相如所可窺識，故氣象自別。”魏慶之《詩人玉屑》八

亡是公

《會稽風俗賦》敘：“司馬相如賦設子虚、烏有先生、亡是公三人相答難。余賦《會稽》設爲子真、無妄先生、有君問答之辭，以反相如之説。”王十朋《梅溪後集》一

《離騷》作而文辭興，蓋聖賢詩書皆實有之事，雖比興亦無不實。自莊周寓言，而屈原始託《漁父》《卜居》等爲虚

---

① 【校】“五輅之制”作“五輅之副”。
② 【校】“長卿”作“馬卿”。【按】四部叢刊本同。

辭，相如又託亡是公等爲賦，自是謾語傳於世。師友《雅言》

山韵見《東都》　　脚《漢書》五十七、《通志》七十八下並作"格" 麟

名曰雲夢

　　裴駰云："孫叔敖激沮水作此澤。"張揖云："楚藪也，在
南郡華容縣。"郭璞曰："江夏安陸有雲夢城，南郡枝江亦有
雲夢城。華容縣又有巴丘湖，俗云即古雲夢澤也。"張揖云
"在華容縣"者，指此湖也。今按安陸東見有雲夢城、雲夢
縣。《索隱》廿八①

　　舊《尚書·禹貢》云："雲夢土作乂。"太宗皇帝時得古
本《尚書》，作"雲夢作乂"，詔改從古本。按孔安國注："雲
夢澤在江南。"不然也。據《左傳》，吳人入郢，楚子涉睢濟
江，入於雲中。王寢，盜攻之，王奔郢。楚子自郢西走涉睢，
則當出於江南，其後涉江入雲中，遂奔郢。郢則今之安陸州。
涉江而後至雲中，入雲，然後至郢，則雲在江北。《左傳》
曰："鄭伯如楚，王以田江南之夢。"杜預注："楚之雲、夢，
跨江南、北。"曰"江南之夢"，則雲在江北明矣。元豐中，
予自隨州道安陸入漢口，有景陵主簿郭思者，能言漢、沔間地
理，亦謂江南爲夢，江北爲雲。江南則今之公安、石首、建寧
等縣，江北在玉沙、監利、景陵等縣。《筆談》四②

　　《上林賦》"雲夢方九百里"，此乃夸言。今爲縣，隸德
安，詢知彼人，已不能的指疆域。《容齋四筆》一

　　《漢陽志》："雲在江北，夢在江南。"又雲夢，古澤甚廣，
後世悉爲邑居聚落，故地以雲夢名，非一處。胡三省《通鑒
注》一③

崒《集韵》九、《類篇》九中並勒没切；《史記》作"崒"；《漢書》《通志》並

---

① 【校】此條應出自《史記索隱》卷二十六。"此湖"作"巴湖"。
② 【校】"奔郢"作"奔鄖"，其後"郢"俱應爲"鄖"；"安陸州"作"安州"；
　　"江北在"作"江北則"。
③ 【校】胡三省注《資治通鑒》無此條。

作"律"　　　坲高誘《呂覽注》七音符；《索隱》廿六蘇林音附

琳珸"珸"或作"瑶"（《集韻》二）　**昆吾**

司馬彪曰："昆吾，石次玉。"按《河圖》："流州多積石，名昆吾石，鍊之成鐵，作劍，光明如水晶。"《索隱》

瑊玏（《山海經注》五）　**玒**勒（《博雅音》九）　　**碈**

其東則有蕙圃衡蘭

讀《史記》，文千歲如覿面，至《相如傳·遊獵賦》，不勝悶悶。文所以載理，安有不關義理可以言文？嘗過村學堂，見授村童，書名《小雜字》，句必四字，皆器物名，而字多隱僻，義理無關，余竊鄙之。然以識器物之名，尚爲有用。今《游獵賦》"草木禽獸"四字，排比積疊，皆怪誕不切，世用又不得與《小雜字》比也。此傳去手復讀，他傳如脱荊棘履，康莊欣快，可知世之好賦者，烏知不笑余不識古文奇字，顧余所言者理爾，他非所知。《黃氏日鈔》四十六　案：多識鳥獸草木之名，詩教也，四字疊敘草木鳥獸，乃相如賦中上接風騷之一二，未爲無益。

芷若《史記》"若"下有"射干"二字

干與蘭二句韵，蒲蕉苴三句韵。《漢注》《選注》謂有射干，非。

諸柘巴苴《史》作"猼且"

曹子建《都蔗詩》："都蔗雖甘，杖之必折。"《六帖》云張協有《都蔗賦》。《木筆雜鈔》上　案：諸都古字通木筆，引都蔗證諸柘，宋人之通小學者。

《涅槃經》："芭蕉故無心，何以聞雷而長。"《五色線》下

芭蕉極大者，陵冬不凋，中抽幹，長數尺，節節有花。花褪，葉根有實，去皮取肉，頓爛如綠柿，極甘冷，四季實，土人或以飼小兒。云性涼，去客熱，以梅汁漬，暴乾，按令扁，味甘酸，有微霜，世所謂芭蕉乾者是也。《桂海虞衡志》

芭蕉，一名芭豆。《全芳後集》十三

狚且，襄荷也。裴駰《史記集解》百十七

其高燥則生葳菥《玉篇》十三：思擊切；《廣韻》五音斯；《史》作"薪"；漢①《漢》作"祈" **苞荔**

徐廣曰："薪草生水中，華可食。"《史解》

蘇林曰："析音斯。"《漢注》

薪音斯，"析"，《漢書》作"斯"。孟康曰："斯禾似燕麥，廣州、涼州生析草，如中國燕麥。"《索隱》② 案：《索隱》此文則《史記》本作"析"，《漢書》本作"斯"，後世互易其字。《漢書》《文選》二注義同，惟《史》注"水生"之義，《選》注："斯，歷之音。"音義不同，蓋薪有斯、析二音，水、旱二義，本賦云"其高燥則生葳菥"云云，生水中，注乃不合。

菮《漢注》音郎

東薔彫胡

《廣志》："東薔，色青黑，粒如葵子，似蓬草，十一月熟，出幽、梁。"《河西語》曰："貸我東薔，償我白粱。"《魏書》曰："烏丸地宜東薔，能作白酒。"《齊民要術》十③

其《史》《漢》並作"巨" **樹** **槷**補（《玉篇》十二）④ **玉** **鷫雛**
《史記》"鷫"上有"赤猨蠼蹂"四字

騰遠射干

孟康曰"烏名"⑤，非也。司馬彪曰："虵也。"郭璞曰："騰虵龍屬。"《索隱》二十六

蟃蜒《漢注》郭璞音萬延⑥ **貙犴**《索隱》應劭音顏；許注《淮南》十八音岸⑦；高注《淮南》十七音寒

---

① 【校】此"漢"字衍文。
② 【校】"廣州、涼州生析草"作"《廣志云》：涼州地生析草"。【按】《廣志》載涼州地生析草，非廣州生析草。
③ 【校】"薔"作"牆"，"梁"作"涼"，"白粱"作"田粱"。【按】四部叢刊本同。
④ 【校】"補"應作"補革切"。《玉篇》："槷，補革切。"
⑤ 【校】"烏名"應爲"鳥名"。
⑥ 【校】《漢書》顏師古注無此條。
⑦ 【校】此條應出自《淮南鴻烈解》卷十九許慎注。

虎五指爲貙《酉陽雜俎》十六　《史記》"貙豻"下有"兕象野犀，窮奇獌狿"八字，諸家無注，當爲衍文，"獌狿""蝹蜒"不如二"射干"有動植之別。

楚王乃駕馴駮之駟

劉敞使契丹，順州有異獸，如馬食虎豹，不知名。以問敞，敞曰："所謂駮也。"翟耆年曰："《子虛賦》'楚王乃駕馴駮之駟'，乃此也。"翟耆年《籀史》上

建干將之雄戟

《方言》云："戟中尖刺者，雄戟也。"周處《風土記》："戟爲五兵雄也。"

孅《漢注》郭璞音纖**阿爲御**

或曰："吳女，姣好貌。"樂彥曰："山名，有女子處其岩，月歷度岩，躍入月中，因爲月御也。"並《索隱》二十六①

蹵蛩蛩轔距虛

距虛即蛩蛩也。《急就篇注》四

契丹北境有跳兔，形皆兔也，但前足寸許，後足幾一尺。行則用後足跳，一躍數尺，止則蹶然仆地，生慶州地大莫中。予使日，捕得數兔，持歸。蓋《爾雅》"蠼兔"也，亦曰"蛩蛩距虛"。《筆談》廿四②

轔《史記集解》徐音銳；《漢注》音衛**駏驉**《漢注》：逃塗

乘遺風

秦始皇馬名。《索隱》廿六

射游騏

天上獸。《六臣注》七

胂書刃（《玉篇》四）**倩**《史》作"淒"**涮**《史記集解》徐廣：力詣反；《漢

---

① 【校】"吳女"作"美女"，"樂彥"作"樂産"，"月歷度岩"作"月歷岩度"。

② 【校】"予使日，捕得數兔"作"予使虜日，捕得數兔"，"日"前脱"虜"字；"距虛"作"巨驉"。

注》音練　　**埶**《漢注》：劇同

於是鄭女曼姬

郭璞曰："曼姬謂鄧曼姬，婦人總稱。"《史解》①

文穎曰："鄭國出好女，曼言色理曼澤。"《漢注》

姬與曼皆姓，古者婦人必稱姓，由漢來②，以氏行。《外戚傳》："當以姓挈氏。"如《春秋》所書，而但書張皇后、李夫人而已。以姬爲美稱，徒見《陳風》有"彼美淑姬"，不知陳嬀姓國，其詩"齊姜宋子"皆異姓，此賦當曰"鄧曼鄭姬"，乃不礙理。《刊誤補遺》六

緆錫（《廣韵》五）

襞襀積（《集韵》十）　**褰縐，紆徐委曲**《漢書》無"紆徐委曲"四字**鬱橈溪谷**

襞積，今裙褔，言襞積文理，隨身所著，或褰縐委屈，有如溪谷。《漢注》　案：張揖注："襞積，簡齰也。"即裙簡。但未名言裙耳。至解"鬱橈溪谷"，則張、顏皆不合，蓋"褰縐"言裙簡之本體，"紆徐委曲"言裙簡之行動。裙上繡爲山谷爲簡所屈折，故言"鬱橈溪谷"也。如張、顏解褰裙縐簡，何至遽如溪谷？借如溪谷，何故復言"鬱橈"？

扮張揖音芬**袸**霈（並《漢注》）　　**袊**《史解》徐音迤　　**襳**《漢注》音纖　**髾**筲（《廣韵》二）　　**媻**《漢注》音盤**姍**珊（《廣韵》一）

窣猝（《集韵》九）③

捎翡翠

赤羽者，翡；青羽者，翠。《漢注》

樅《漢注》音窗　　**流喝**嘅去（《集韵》七）④　　**砏**郎（《廣韵》二）

雲陽《史》《漢》《通志》並作"陽雲"　　**怕憺**《史》《漢》並作"泊澹"

---

① 【注】此條出自《史記集解》卷一百十七。

② 【校】"由漢來"作"繇漢以來"。

③ "窣，蘓骨切"；"猝，蒼没切"。【校】二字非同音。

④ 【校】《集韵》無此條。

勺藥

勺藥根主和五藏，又辟毒氣，故合蘭桂五味，以助諸食，因呼五味之和爲勺藥。讀賦之士，妄爲音訓，以誤後學。《漢注》　案：師古説是，《西溪叢語》引五臣注非。

胕《漢注》：臠同　　烳青對（《玉篇》廿一）　　腤《漢注》：渚同

南有琅邪

琅邪山，密州東南百五十里，齊景公放乎琅邪，即此。《吳越春秋》："越王句踐徙琅邪，立觀臺，望東海。"

觀乎成山

成山，文登東北百五十里，古不夜城側，《漢志》亦作"盛山"。今按：召石與成山相近，因始皇會海神，後世遂呼成山曰神山。山斗入海，旁多椒島，海艘經此，失風多覆，海道極險處。

射乎之罘

之罘山，寧海州西北五十里海濱，其山入海中，有疊石。相傳武帝造橋，兩石銘猶存，山高九里，周五十里，西南至福山縣，沙長三十餘里。[①]　並于欽《齊乘》一

浮渤澥

《齊都賦》："海旁曰渤，斷水曰澥。"《索隱》廿六

吞若雲夢者

《徵文玉井》曰："張曲江嘗語人曰：'學者常想胸次吞雲夢澤，筆頭誦若耶溪。量既並包，文亦浩瀚。'"馬贊《雲仙散録》　案：宋人辨《雲仙散録》引書多古今所不聞。案馬贊序曰："天祐元年歸故里，築選書堂，取九世所蓄典籍二十萬八千一百二十卷，撮其膏髓爲一書，見于常常之書者略之。夫積九世之訪求，致二十萬之宏富，略去常語，撮聚新艷，其引書爲後世不聞，宜矣。"贊，金城人，與東京士大夫聲聞不接，所積書數，未必流傳内地，相與排擯，如出一口。洪容齊至以孔傳《續六帖》引《雲仙散録》

---

① 【校】"沙長三十餘里"作"長三十餘里"，"沙"字衍文。【按】清乾隆四十六年刻本同。

爲自穢其書，聊因注選，附出數條，稍存唐以前不可見之書名。

曾不蔕 <small>《廣韵》四音蔕①；《集韵》七音蔕</small>**芥**

　　東坡《次滕元發》等詩云："坐看青丘吞澤芥，自慚黄漆薦溪蘋。"按：《子虚賦》："秋田乎青丘，徬徨乎海外。吞若雲夢者八九於其胸中曾不蔕芥。"蔕芥，刺鯁也，非草芥之芥。西湖詩"青丘已吞雲夢芥"，亦非。《藝苑雌黄》二

---

① 【校】《廣韵》"蔕"同音字無"蔕"。

卷　七

《上林賦》

　　《毛詩》華彩之辭，然不及《上林》《羽獵》、二《京》、三《都》汪濊之博富。《抱樸子》外篇三十，辨見《靈光殿賦》

　　《上林》言環四海皆天子園囿，使齊其所誇俱在包籠中。彼凡土毛川珍，孰非園囿中物，敘而實之，何一非實。後世顧以《長安》《上林》，覈其有無，所謂癡人前説不得夢者也。秦皇立石東海上胸界中，爲秦東門，此即上林所祖，自班固已不能曉，曰亡是公言上林廣大，多過其實。《演繁露》十一①

　　孫尚書仲益謂相如《上林賦》，令尚書給筆札，一日而就。其誇苑囿之大，不無荒怪不經。後世讀之，尋繹音義，從老先生叩問，累數日而後曉。僕謂相如此賦，決非一日所辦。其運思緝工已久，及召見，因以發揮。不然，何以不俟上命，遽請爲天子游獵之賦。《西京雜記》謂“相如《上林》《子虛賦》，幾百日而後成②”，此言似可信。《野客叢書》五

　　相如諷一勸百，其能如祈招之詩，以格非心乎。王應麟《通鑒答問》四

亡是公

　　相如賦《上林》，明著其指曰：“此爲亡是公之言，夫既本無此人，凡其所賦，何往不爲烏有。”知其烏有而以實録責之，故所向駁礙也。武帝上林，本秦故地，以秦苑爲小，又從而開拓之，始皇侈大，武帝所師，所師在是。苟諫者，不順其欲，逆折其爲，則有坐□唾擲而已，無自而入也。故相如始而

---

① 【校】“齊其”作“齊楚”。【按】清嘉慶學津討原本同。
② 【校】“後成”作“後就”。【按】明刻本同。

置辭也，包四海而入之苑囿，其在賦體，固可命爲敷敍矣。而
誇張飛動，正是縱使爲故，揚雄指之爲勸也。夫既先出此勸，
以中帝欲。帝既訴訴有意，乃始樂聽。待其樂聽，徐加風諭，
以爲苑囿之樂有極，而宇宙之大無窮，則諷或可入也。此其導
之以勸者，理蓋出此。諷既不爲正諫，凡其所勸不容不出於寓
言，故舉一賦之語歸之無有。《雍錄》九

听斸　号古"貶"字（並《漢注》）

獨不聞天子之上林乎

《漢宮殿疏》："上林苑方三百四十里。"《漢舊儀》云：
"方三百里，苑中養百獸，天子秋冬射獵取之。"《黃圖》四

左蒼梧

《檀弓》"舜葬蒼梧"，注："零陵。"是零陵在長安南，
不得云左。按《山海經》："都州在海中，一曰郁州。"郭注：
"今在東海朐縣，世傳此山自蒼梧徙來，上有南方物。"崔季
珪敍《述初賦》云："郁州者，蒼梧之山。"《輿地廣記》：
"郁州山，一名蒼梧，不知相。"如果用此否，不然，當作
"蒼海"，如《甘泉賦》乃當。《刊誤補遺》六　案：長安，天下正西，
據東面，言蒼梧在右，然天子都據南面言，則蒼梧在左。斗南博聞，其猶在文穎
之後。

丹水更其南

《相如傳》注指丹水爲宏農[①]。丹水縣，其地與蒼梧、西
極、紫淵不類。天子四海爲境，八藪爲囿，亡是公方侈而張
之，顧肯近取三輔。按《山海經》"南有丹穴之山，丹水出
焉，南流注于海"者，《甘泉賦》亦云"東燭滄海，西燿
流沙，北爌幽都，南煬丹崖"，二賦皆指丹穴之水言之。
同上

今懷州、澤州皆有丹水，商州、上洛，丹水所自出，然漢

---

① 【校】"宏農"作"洪農"。

丹水縣實今鄧州境丹水鎮是。《陳藻集》① 八

蕩蕩乎八川分流

"八川②分流"，長安實有此水，惟此不爲寓言，然上林東境極乎宜春下苑，下苑即曲江也。曲江僅得分滟爲派，其滟灞會合之地，已在宜春之北，出上林疆境之外。賦乃曰"終始灞滟"，不知如何能終始之？雖其實有之水，不能真確，紫淵、丹水，可強求乎？《雍錄》九

湃　渾　灂　潎　洌

漷　鼇　砯　磅

滊　洪滰　滲

灝濃　罥　滈

於是乎蛟龍赤螭

山神，字單作离③，形若龍字，從虫。此作离，別是一物，非山神，非雌龍、龍子，三家皆失之。《漢注》　案：如師古注，則《漢書》本不作"螭"字，惜不得宋本《漢書》一校。然若从鬼、从豸，與本條水族不合。師古不明指何物，何以知三家之失？

鮑鱧《史解》郭璞音亘瞀**漸離**

李奇曰："鮑鱧，三月遡河上，能度龍門之限，則得爲龍。"同上

鰅《史解》徐音娛**鰫**慵（《集韻》一）**鰬魠**《史解》徐音虔託④

禺禺遇（郭璞《山海經注》一）**魼鰨**《史解》徐音榻

徐曰："禺禺，魚牛也。"《史解》

鴻鷫肅　**鵠鴇**

鷫鷞，狀如燕，稍大，足短，趾似鼠，未嘗見下地，常止林中，偶失勢，控地不能自振，及舉上陵青霄。《酉陽雜俎》

---

① 【注】《陳藻集》即《樂軒集》，（宋）陳藻撰。
② 【校】"八川"作"八水"。
③ 【校】"离"作"螭"。
④ "鰬魠音虔魠。"【校】"託"作"魠"。

馬融解"蕭爽"云："雁也，其羽如練，高首修頸。"高誘曰："鷫鷞，綠身，形似雁。"則知鷫鷞雁腮而綠羽。《西京雜記》："相如以鷫鷞裘市酒。"蓋用水鳥綠羽爲飾，如鶡冠之比。《淮南書》："射鈞，鷫鷞之謂。"樂注云："鳳別名。"《山谷詩》"鷫鷞作裘初服在"，任淵注："西方神鳥。"按師曠《禽經》"白鳳"謂之"鷫"，《説文》謂"鷫鷞"爲西方神鳥，安肯與駕鵝屬至同彼以供射鈞之樂，又烏能得其羽製作裘乎？蓋水鳥與白鳳同名，長卿、《淮南》、《山谷》所云皆不當用白鳳爲釋。《刊誤補遺》① 七

交精旋《史記》作"鰀"目

鷄鵠，黑襟青頸，碧爪丹喝。陸龜蒙《笠澤叢書》甲

似鳧，脚高，毛冠。生子，子銜其母翅飛上下。淮賦所謂"鷫鵝吐雛於八九，鷄鵠銜葉②而低昂"。《詩名物解》八

荆郢間有水鳥，大如③鷺，短尾，色紅白，深目，目旁毛長而旋，此其旋目乎。《漢注》

箴疵鷄盧

紺鷄，一名鸝鵅。《夢梁録》十八④

唛嗦　蠱　巃嵷

羨羨　甌　㟺

谽　隖　崴峗

庬　貏　欑

---

① 【校】"雁腮"作"雁醜"，"至"作"玉"，"不當"作"不同"。【按】清知不足齋叢書本同。

② 【校】"銜葉"作"銜翼"。【按】清通志堂經解本同。

③ 【校】"大如"作"大於"。

④ 【校】"紺鷄"作"鸝鵅"。"梁"作"梁"【按】清學津討原本"鸝鵅"作"鸝鶿"。

欑戾莎

染紫草。《黃氏日鈔》四十六

茈《字林》音紫（《齊民要術》三） **薑蘘荷**

生薑，謂之茈薑。同上

葴持若蓀

持，《史記》作"橙"，當爲"符"字之誤。符，鬼目。
《漢注》

咇 芀

日出東沼，入乎西陂

左蒼梧，右西極。日出東沼，入乎西陂。此敷敘《上林》
所抵，上林疆境數百里廣，其能出沒日月於左右東西。又曰：
"其南則隆冬生長，涌水躍波；北則盛夏含凍。"極天下之大，
交廣朔漠，氣候乃始有此。此苑之境，其能奄有交廣朔漠乎？
則子虛之虛，其爲亡是，而又烏有，意不難見。特今古讀者，
偶不致思，故主文譎諫之義，晦而不傳。《雍錄》九①

猵 旄貘陌（《沖虛釋文補》下） **犎**

《貘屏贊》序："貘，象鼻，犀目，牛尾，虎足，生南方
山谷，食鐵銅，不食他物。"《白居易集》卅九

齒骨極堅，以刀斧錐鍛鐵，皆碎。落火不能燒，人得之，
詐爲佛牙、佛骨，以誑俚俗。《爾雅翼》十八

沈牛麈麇

《恩平郡譜》曰："沈牛，謂之回沙牛，謂之磨鹿，謂之
荒麈，謂之欔。"《詩名物解》九

則麒麟角端

太祖駐師，西印度有大獸，高數十丈，一角如犀牛，作人
語，云："此非帝世界，宜速還。"左右皆震懾，耶律文正王
進曰："此名角端，乃旄星之精。聖人在位，此獸奉書而至。

---

① 【校】"凍極"作"凍裂"，"意不難見"作"大不難見"。

能日馳萬八千里，靈異如鬼神，不可犯也。"帝即回馭。《輟耕錄》五 案：諸書不言角端能言，錄此以備一解。

驒騱　　駃騠

巖窔 《釋文》廿九郭音杳；《漢書》作"突" **洞房**

　　於岩穴底爲室，若竈突然潛通臺上。《漢注》 案：文義似拙，相如實有此句法。

仰��橑而捫天

　　《平輿令薛君碑》："晻曶薨殂，命不可��。"洪适《隸續》一 案：洪引《揚雄傳》"纍既��夫傅説"，注云："��，古'攀'字。"

宛虹拖或作"拖"（《集韻》三） **於楯軒**

　　天弓即虹也，又謂之帝弓。《侯鯖錄》四

　　俗謂之蚹。吳澄《月令三十二候集解》

蚴

　　青龍蚴蟉於東葙箱（《廣韵》二），象輿婉僤《漢注》音善 **於西清**

　　東曰葙①，以形言，即殿旁之房；西曰清，以清净言。賦體貴文變新以言，其實一也，本朝汴京大内御藥院太清樓在西。　祖宗書閣自龍圖以下皆在其前，故進職帶殿閣者，訓辭多用西清，本此。《雍錄》十

暴於南榮

　　東西序，乃堂上東西壁，在室之外者。序之外謂之榮，榮，屋翼也，今謂之兩徘徊，又謂之兩廈。《補筆談》上

嵲嶫 《漢注》音捷業

玫瑰碧琳

　　樂游苑自生玫瑰樹。《西京雜記》一

　　叢有似薔薇，而花葉稍大者，時人呼爲枚懷②，當呼梅

---

① 【校】"葙"作"箱"。
② 【校】"懷"作"櫰"。

槐,在灰韵,音回。按《江陵記》:"洪亭村下有梅槐樹,嘗因梅與槐合生,遂名之。"今似薔薇者,葉形在梅、槐之間,取此爲證,不乃近乎?直爲玫瑰字,豈百花中獨珍是耶?取象于玫瑰耶?《資暇集》上　案:本條與碧琳珊瑚同敘,當指寶玉之玫瑰花叢,玫瑰取花色象寶玉玫瑰命名。《資暇》説鑿,取備異聞。

予在漢東得一玉琥,美玉而微紅,酣酣如醉肌,或云即玫瑰。《筆談》廿五

玢《漢注》蘇林音分　　晁采《史記》作"垂綏"

於是乎盧橘夏熟

《吳録》:"朱光禄爲建安郡,中庭有橘,冬月於樹上覆裹之。至明年春夏,色變青黑,味絶美。"《上林賦》"盧橘夏熟"近於是也。《廣州記》:"盧橘皮厚,大如甘,酢酸[①]。二月漸變青,至夏熟,味亦不異冬時。土人呼爲壺橘,其類有七八種,不如吳、會橘。"《齊民要術》十

《湘南即事詩》:"盧橘花開楓葉衰。"《戴叔倫集》下

枇杷出于江南,揚雄曰"盧橘夏熟"是也。《膳夫經》

《魏王花木志》:"蜀土有給客橙,若柚而酸[②],亦名盧橘。"《五色線》下

《李氏山園記》:"枇杷、盧橘,一也,《上林賦》爲二物。"《唐庚集》五

東坡詩:"客來茶罷空無有,盧橘微黃尚帶酸。"張嘉甫曰:"盧橘何果?"答曰:"枇杷。"問:"何驗?"答:"見相如賦。"嘉甫曰:"盧橘夏熟,枇杷橪柿。盧橘果枇杷,賦不應四句重用。應劭注《伊尹書》曰:'箕山之東,青鳥之所,有盧橘夏熟',不據依之何也?"東坡笑曰:"意不欲耳。"《冷

---

① 【校】"酢酸"作"酢多"。【按】四部叢刊本同。《史記索隱》《輟耕録》所引《廣州記》皆作"酢多",無"酢酸"之説。

② 【校】"若柚而酸"應作"若柚而香"。【按】《猗覺寮雜記》《太平御覽》引《魏王花木志》皆云"若柚而香"。

齋夜話》一

　　錢起《送陸贄詩》"思親盧橘熟"，用懷橘事，則以爲木奴。《韵語陽秋》十六

　　宋之問詩："冬花掃盧橘，夏果熟楊梅。"《藝苑雌黃》二　案：或謂盧橘夏熟爲二果本此，然本賦別出楊梅。

　　《會稽風俗賦》敘《上林賦》："盧橘，黃柑，上林所無，猶莊生寓言也。"王十朋《梅溪後集》一

　　嶺外以枇杷爲盧橘子，故東坡云"盧橘楊梅次第新"。枇杷熟則黃，不應云盧。《初學記》、張勃《吳錄》、《太平御覽》載《魏王花木志》考二事，則非枇杷甚明，東坡但見嶺外所呼，故云耳。《猗覺寮雜記》一

　　橙橘惟熟于冬，而盧橘夏始熟，故舉以爲重。《黃氏日鈔》四十六

黃柑橙棒郭璞音湊

　　真柑葉陰滿地，花韵清遠，結實圓正，膚理如澤蠟，一名乳柑，謂味如乳酪。韓彥直《橘錄》上

橪烟（《漢注》）

栟棗楊梅

　　東方朔《林邑記》："林邑山楊梅，大如杯碗。青時酸，既紅，味如崖蜜。以醞酒，號'梅香酎'，非貴人重客不得飲之。"《草木狀》一

　　楊梅，一名朹，潘州有白色者，甜而絕大。《北户錄》

　　杭州呼白楊梅爲聖僧。《杭州圖經》："楊梅塢在南山，近瑞峰，有紅白二種。"《全芳譜後集》六

貤邱陵

　　《説文》："貤，重次第物也。"《字林》："弋豉反。"《詩》："施于中谷，施于條枚。"音亦爲貤，蓋延覆其上，亦重次第之義，假借施字爲之。《上林賦》"貤丘陵"亦其義也。《匡謬正俗》六

檕諸（《漢注》）

華楓枰平（《博雅音》八）櫨

　　樺木似山桃，即今之皮貼弓者。鉢室葦國用樺皮蓋屋，又堪爲燭，取脂燒，辟鬼。《爾雅翼》十二

仁頻并閭

　　徐廣曰："頻，一作賓。"《索隱》音賓。《韓子蒼次高使者韵四首》一云："李侯梨釘座，風味勝仁頻。"與"兩頻頻""三顧頻"同押，恐未考耳。《蘆浦筆記》三　案：即檳榔，故讀賓，《史》《漢》諸家惟小司馬出音不得如字押。

槮《漢注》郭音讒

豫章女貞

　　《黃圖》："建章鳳皇闕，又呼爲正女樓。"注曰："相如賦'豫章正女'木，長十仞，大連抱。冬夏未嘗凋落，若有正節，故名。"則以豫章爲正女木也。《雍錄》十①

葰崟楙古"茂"字（並《漢注》）　欘邎（《集韵》五）佹《漢注》音詭　𢽀徐音拔　觤古"委"字（並《史記集解》）　問倚可砢郎可（並《集韵》六）

紛溶箾蔘《漢注》郭音蕭森

　　《考工·輪人》注："揱，讀爲紛容揱參之揱。"疏云："今撿未得，愚謂即《上林賦》'紛溶箾蔘'。"《困學紀聞》四

蔜　岦　傑　傿　縈

蜼音甀（鄭《周禮注》五）；郭《山海經注》二音誄②玃飛蠝

　　蜼，以醉反。傅宏業宰天台縣，有人獵得一獸，形如豕，仰鼻，長尾。有岐謂之怪，傅識之，曰："蜼，非怪也，雨則懸于樹，以尾塞其鼻。"後驗之。《葆光禄》二　案：《葆光禄》宋人陳氏，失名。

────────────

① 【校】"正女"作"貞女"，"正節"作"貞潔"。【按】明古今逸史本同。
② 【校】"誄"作"誅"。《山海經》："蜼，獼猴屬也，音贈遺之遺，一音誄。"

蛭《史記集解》徐音質 蛧蠪又徐音虯 猱

如淳曰："蛭，蟻；蛧，蟬。"師古曰："方言獸類，引蛭蟻、蛧蟬，非也，但未詳何獸。"《漢注》

《神異經》："西方深山有獸，毛色如猴，能緣高木，其名曰蛧。"《索隱》 案：《索隱》引《司馬彪注》"蛭"，李善已引。

《山海經》："鼻墊山下有獸，似鹿，馬足，人手，四角，名爲蠪蠪。"猱即此。郭璞曰"玃"，非也，上已有蜼玃。

狦胡轂蜼《漢注》郭音詭

姚氏案《山海經》："即山有獸，狀如龜，白身，赤首，其名曰蜼。"並《索隱》 案：姚氏即姚察《漢書訓纂》。

隃俞（《廣韵》一）

前皮軒

皮軒以赤皮爲重，蓋今此制尚存，非猛獸皮飾車。《漢注》

孫叔奉轡，衛公參乘

鄭氏曰："孫叔，公孫賀；衛公，衛青也。"仁傑曰："此指古善御者。"下云"青琴、宓妃"，豈當時真有此耶？孫叔即孫陽衛公，即《國語》所謂"衛莊公爲右，曰'吾九上九下，擊人盡殪'"者是也。《校獵賦》："蚩尤並轂，蒙公先驅。"《二京賦》："大雨弭節，風后陪乘。"此類甚多，至《長揚賦》"乃命票衛"，此則指青、去病也。《刊誤補遺》六①

扈從橫行

百官從駕，謂之扈從，蓋臣下侍從至尊，各供所職，猶僕御扈養以從上。《上林賦》："扈從橫行。"顏監云："跋扈縱恣而行。"顏此解，不取行從之義，所未詳也。《封演聞見記》五

從駕謂之扈從，始相如《上林賦》。晋灼以扈爲大，張揖謂跋扈縱橫，故師古因之侍天子，言跋扈可乎？封氏近之。

---

① 【校】"宓妃"作"虙妃"，"大雨弭節"作"大丙弭節"。【按】清知不足齋叢書本同。

《石林燕語》四　案：本賦"扈從橫行，出乎四校之中"，謂諸武人、扈從者橫行，闌校四面之外，蓋此。段言天子校獵，故扈從者橫行四面，防惡獸衝突。

出乎四校之中

闌校之四面。《漢注》

阹 《漢注》音袪

蒙鶡蘇

郭曰："蒙，其尾爲帽。"《漢注》

決疑注："鳥尾爲蘇。"《索隱》

絝 《漢注》：古"袴"字 白虎

張揖曰："著白虎文袴。"《索隱》

彎蕃弱

繁弱弓，力重千斤，周王戎弓也。《古文苑注》七

晻 《集韻》六音掩；《通志》九十八下作"掩"

過鳷鵲

建元中，作鳷鵲觀于甘泉苑垣內。《黃圖》二

章帝[①]永寧元年，條支國來貢異鳥，名鳷鵲，高七尺，解人語。其國太平，則鳷鵲群翔。《拾遺記》六

下棠梨

棠梨宮在甘泉苑垣外。

息宜春

本秦離宮，在長安城東南杜縣東，近下杜。並《黃圖》三

宜春，宮名，在杜縣東，即今曲江地。《漢注》

宜春，漢史凡三出其實，止爲兩地，宜春苑屬下杜，宜春宮即下杜苑中宮也，皆秦創。宜春觀在鄠縣，漢武帝造。宜春觀在漢城西上林苑中，下杜之宜春在漢城東南，其別甚明。《雍錄》六

---

① 【校】"章帝"作"安帝"。【按】民漢魏叢書本同。永寧爲漢安帝劉祜之年號，余氏之説誤。

西馳宣曲

宣曲宮，孝宣帝曉音律，常于此度曲，因名。《黃圖》三
案：《上林賦》武帝時作，《黃圖》誤。

觀士大夫之勤略

略，智略。觀士之勤，大夫之略。《漢注》

千石之鍾

河間高廟有千石之鍾十枚[①]，即《上林賦》"撞千石之鍾，立萬石之鉅"者也。《舊唐書》二十九

千人唱，萬人和

陳思《報孔璋書》云："葛天氏之樂，千人唱，萬人和。"此引事謬也。按：葛天之歌，唱和三人。相如《上林賦》："奏陶唐之舞，聽葛天之歌，千人唱，萬人和。"唱和千萬人，乃相如接人，然濫侈葛天，推三成萬者，信賦妄書，致斯謬也。《文心雕龍》八

闛湯（《廣韻》二）鞈沓（《集韻》十）

嫻閑（《廣韻》一）

隤牆填塹

陽斐《答陸士佩書》："相如壯上林之觀，揚雄騁羽獵之辭。雖係以隤牆填塹，亂以收罝落網，言無補于風規，祇足昭其愆戾。"《北齊書》四十二

隳牆塹以與民，乃爲知悟；貪雉兔以獨樂，則爲迷復也。迷復者，如齊楚所賦，地方不過千里，囿居九百，草木不得墾辟，民無所食也。此正相如本意，設操縱以施諷勸，亦揚雄所采，以爲文囿、齊囿之分者也。《雍錄》九

抗士卒之精

杜子美《送李校書》詩："對揚抗士卒，乾役費倉儲。"初不曉"抗士卒"爲何語，讀《上林賦》"抗，挫也，五宮

---

① 【校】"有千石之鍾十枚"作"撞千石之鍾十枚"。

切，抗士卒之精費，府庫之財"，蓋方入對，宜論蜀中兵老財匱也。《能改齋漫錄》六①

鄙人固陋

或問曰："愚陋之人，謂之鄙人，何也？"答曰："本字作'否'，'否'者，蔽固不通之稱，書曰'否'。德忝帝位司馬子長撰《史記》，改'否'爲'鄙'，以其音同，自爾以來，因曰鄙人。"又問曰："鄙非邊鄙之謂耶？美好者謂之都，言習京華之典，則醜陋者謂之鄙，言守下邑之愚蔽。"答曰："非也。不見子都，非上京之謂。肉食者鄙，非田野之稱。"

《匡謬正俗》八

《羽獵賦》序

濱渭而東

武帝以秦上林苑爲狹，命吾丘壽王舉藉阿城以南，盩厔以東，宜春以西，悉除爲苑，是其疆境至渭水南岸而極。揚雄曰："武帝廣開上林，北繞黃山，濱渭而東。"則謂逾渭而北，北又向東，皆爲苑地，此雄誤也。渭北有苑，百八十里，向西入扶風，以《舊儀》《黃圖》考之，自名甘泉苑，不名上林苑也。雄見夾渭南北皆有苑，渭北之苑復有宮，誤包言之耳。《東方朔傳》《壽王》所載，截②自阿城以南，元不跨，渭北最疆境要證也。張衡賦《西京》《上林》曰："繞黃山而款牛首。"牛首可款矣，而黃山可繞，乃其據行幸言之，非上林位置也。

雖頗割其三垂

《漢舊儀》曰："武帝使上林苑中官奴婢，及天下民貧訾不滿五萬，徙置苑中，人日五錢，後得七十億萬錢，給軍擊西域。"則雖許業苑，仍使輸錢，猶今之佃作。至元帝時始捐下

---

① 【校】"《送李校書》"作"《贈李秘書》"，"抗"作"扰"。
② 【校】"截"作"籍"。

苑，以予貧民。《揚雄傳》謂"割其三垂"者，始是舉以予民也。並《雍錄》九　案：《雍錄》六卷曰：割三垂即指元帝所罷宜春下苑，《雍錄》是也，《善注》不合。

賦

天與地沓《漢書》作"杳"

天地之際杳然綿遠①，説者以爲沓，云重沓，失韵。《漢書注》八十七　案：沓與月二句韵。

《玉書》曰："天地相去八萬四千里。"真原曰："天地之間，親乎上者爲陽，自上而下四萬二千里，乃曰陽位。親乎下者爲陰，自下而上四萬二千里，乃曰陰位。"鍾離權《靈寶筆法》上

古惟揚雄能知《上林賦》意，故其《校獵之賦》曰："禦自涇、渭，經營酆、鎬。"此則明命其實矣，至謂禁禦經營，能出入日月，天與地沓，則關中縱廣不能千里，豈能辨此？又曰："虎路三嵕，以爲司馬；圍經百里，以爲殿門。"此則可得而有矣。至謂"正南極海，邪界虞淵"，此又豈關境所能包絡？雄正放子虚亡是公爲之，恐人不悟，於發首自敘文圍齊圍，裕民奪民，用雄此意推想相如，則諷切相參，不皆執實，其於兩賦實一意矣。《雍錄》九②

纝　佖　鴻　絧　緁

轠　慫　沇

飛廉雲師

《開山圖》："霍山南岳有雲師雨虎。"注："雲師如蠶，長六寸，似兔；雨虎如蛹，長八寸③，似蚯。雲雨時出，在石上，肉甘，可熟而食。"《六帖補》一

嗅　瀟

---

① 【校】"綿遠"作"縣遠"。
② 【校】"《校獵之賦》"作"《羽獵之賦》"，"放"作"仿"，"諷切"作"諷勸"。
③ 【校】"長八寸"作"長七八寸"。

啾啾蹌蹌

蕭該《漢書音義》説"啾"舊作"愁"。韋昭："音裁梟反，今書或作口旁秋。"該引《埤蒼》："啾，衆聲也。"《宋筆記》中

竹林　　轄　　驈駺駽

挈

逢蒙列眥

逢姓，出逢蒙之後，讀當如字，今此姓自稱與龐同音。案：德公、士元，所祖自別，非伯陵、尹父之裔，不當棄本姓，混音讀。狠云逢姓之逢與逢遇字別，妄爲釋訓，何所據乎？《匡謬正俗》八

逢，薄江切。孫奭《孟子音義》下

轄　羂　嘆

窮尤淫（《漢注》）**闚與**

師古曰："闚與，容暇之貌。"按馬援言："尤豫未決。"注曰："尤，行貌；豫，未定也，與豫字通。"此賦言三軍捕禽獸，行者窮追之，未定者闚止之，尤與二文相對。五臣"尤音柔腫切，云窮尤，倦怠貌"，愈失之矣。尤、猶音相近，《淮南書》云："善用兵者，擊其猶猶，陵其與與。"此賦上文亦云"淫淫與與"，前後要遮。《刊誤補遺》八

徒角槍題注句，**蹴竦矗怖**句

題額也，言衆獸追急，以角槍地，以額注地。《漢注》①

嶜岑**崟**吟（《類林》二）

拔音怯，音祛**靈蠵**携（並《漢注》）②

應劭曰："蠵，大龜。雄曰毒冒，雌曰蠵蠵。"《漢注》

---

① 【校】《漢書》顔師古注無此條。

② 【校】"携"作"襭"。

鞭洛水之宓妃，餉屈原與彭胥

　　子雲《校獵》，鞭宓妃以饟屈原；張衡《羽獵》，因玄冥於朔野。虛用濫形，不其疏乎？《文心雕龍》八

　　揚雄哂子長愛奇多雜，又曰：“不依仲尼之筆，非書也。”自序云：“不讀非聖之書，然其賦《甘泉》，‘鞭宓妃’云云，劉勰《文心》已議之矣。”《史通》十八　案：宓妃爲水神，不能救水死之賢大夫，故因《校獵》餘威，鞭之使餉，此雄寓意諷諫當遠女謁親賢，臣不讀非聖書，非所論於詞賦。

《長楊賦》序

輸長楊射熊館

　　長楊宮在盩厔縣東南三十里，秦舊宮，漢修飾，之中有垂楊數畝，因名。門曰長楊射熊館，秦漢游獵之所。《黃圖》一

　　長楊宮中有飛熊觀。① 《寰宇記》三十

賦

巉截嶭嶭（並《漢書注》八十七）

拖豪豬

　　豪豬，一名帚源，自爲牝牡。《漢注》

以爲儲胥

　　李義山詩：“風雲長爲護儲胥。”宋子京《侍宴》詩云：“秋色遍儲胥。”《思歸老》云：“至今三藉在儲胥。”蓋儲胥猶言皇居，不必云有儲蓄以待所胥。《緗素雜記》九　案：《甘泉》儲胥館，儲待行幸，仍是儲蓄待所，胥本義。李義山、宋子京因儲胥館作皇居用，未免爲韵所拘，如《緗素》說，則《籌筆驛》非蜀離宮，玉溪生乃爲妄引。

　　儲，時也；胥，須也。周煇《清波別志》一

封豕其土《漢》作“士”

　　善注引應劭《淮南子注》，《漢書注》作應劭引《淮南子》，此《文選注》誤刊，非《淮南子》許慎、高誘注，外復有應劭注。

──────────

① “漢長楊宮在縣東南三十二里，中有射熊觀。”【校】《太平寰宇記》無“飛熊觀”，唯有“射熊觀”。

燒熐《集韵》十音覓;《漢》作"爌" **蠡螺**（《廣韵》二）

　　張晏曰："熐蠡，乾酪也。"以爲酪母。《漢注》

唴鋋瘢耆

　　《揚雄傳》："銳鋋般耆。"師古曰："銚，箭括。"張佖云："《字書》無'銚'字，合作'銚'。"《説文》"銚"字注云："《周書》：'一人冕執銚。'"今《尚書》作"鋭"，疑孔安國時是"銚"字，後傳作"鋭"耳。按：銚鋭銚三寫之誤，非《説文》存古，此誤不可是正。《文選》載作"唴"，《五臣》音辤充切，云："稍也。"按："稍"與"槊"同字，書"唴唧"也，豈誤"唧"爲"槊"耶？《刊誤補遺》八

嵶　　軔　　骳　　碏

拮戛，或作"拮"（《集韵》九） **隔鳴球**

　　拮隔，擊鼓①也；鳴球，以玉飾琴瑟。《漢注》

而離婁燭千里之隅

　　離婁，百步見秋毫之末，十里②見針鋒。《南華經》五

《射雉》

姱

畫墳衍而分畿

　　雉死耿介，妬壟護彊，善鬭，雖飛，不越分域。潘岳所謂"畫墳衍以分畿"者也。《詩名物解》七　《羅識遺》一

械

雉鷕鷕而朝雊

　　《夏小正·正月》："雉震呴。震也者，鳴也；呴也者，鼓其翼也。"《大戴禮》二　案：《集韵》八卷"雊"或作"呴"，《夏小正》"呴"訓鼓翼，不爲雊雊，鳴則安仁。此句不爲混雜雄雌，李善爲潘作辨，當引《大戴》，不當云互文，見雌雄皆鳴。

　　《詩》云："有鷕雉鳴，雉鳴求其牡。"《毛傳》曰："鷕，

---

① 【校】"擊鼓"作"彈鼓"。
② 【校】"十里"作"千里"。

雉雌聲。"又云："雉之朝雊，尚求其雌。"鄭玄注《月令》亦云："雊，雄雉鳴。"潘岳賦："雉鷕鷕而朝雊，混雜其雄雌矣。"《顏氏家訓》上　案：善注顏延年以潘爲誤，則黃門語乃本延之，或善注誤，之推爲延年。

俓　　效能　　掔

䭭　　鰓　　葯

呝喔　　罤　　鷩

徒心煩而伎懡養（《集韻》六）

　　伎癢者，懷其伎而腹癢。《顏氏家訓》下　《緗素雜記》二

攫　　翥薈　　捫　　淰　　暾

晶皎（《說文》七下）　　脥　　傆　　驡

彳亍蓄（《說文》二下）　　　剫　　蘺　　幀

轞　　縢　　昗　　勈

《北征賦》

息郇邠之邑鄉

　　栒邑故城在邠州三水縣東二十五里，即漢栒邑縣，古郇國也，古邠城在三水縣三十里公劉始都處。《元和志》三

下來　　幣加　　嚌　　聖賢

《東征賦》

涉封邱而踐路兮

　　汴州，封邱縣南至州五十里，古封國。《左傳》："封父之繁弱。"《元和志》七

入匡郭而追遠兮

　　滑州，匡城縣西北至州百里，古衞之匡邑。古匡城在縣西南十里。

睹蒲城之邱墟兮

　　故蒲城在匡城縣北十五里。[①]　並《元和志》八

有作　　嘯

————————

① 【校】《元和郡縣志》無此條。

卷　八

《西征賦》

潘岳《西征賦》文清旨詣。《晋書》五十五

枌　儔　儦　營築

賴先哲之長懋

《左傳》：“夫豈無僻王，賴先哲以免也。”蓋言賴先人以免禍難。《西征賦》“賴先哲之長懋”，“懋”訓勉勵之勉，改《左傳》文，於義未愜。《匡謬正俗》七

澡孝水而濯纓

《山海經》云：“平蓬山西十里厖山，俞隨之水出於其陰，北波巨于穀，世謂之孝水。”是水在河南城西十餘里，戴延之言在函谷關西，劉證之。　又云出檀山。檀山在宜陽縣西，在穀水南，無南入之理。今川瀾北注，泥暎泥瀒。①

亭有千秋之號

穀水又東徑千秋亭南，其亭纍石爲垣，世謂之城。《西征賦》“亭有千秋之號”謂此。並《水經注》十六

千秋亭在澠池縣東二十里，潘岳喪子處。《寰宇記》五

我徂安陽

安陽城在硤石縣西四十里，《漢書》：“上官桀侯國。”《寰宇記》六

憩乎曹陽之墟

曹陽亭，《晋書·地道記》曰：“在宏農縣東十二里，谷

———————

① 【校】“北波巨于穀”作“北流注于穀”，“泥暎”作“澄映”。【按】清武英殿聚珍版叢書本同。

水自南山通河，亦謂之曹陽坑。”《水經注》四①

競遡逃以奔竄

《漢書·賈生傳》云："九國之師遁巡而不敢進。"師古注："遁音千旬反，流俗本‘巡’字，誤作‘逃’，讀者因爲遡逃之義。潘安仁曰‘遡逃以奔竄’，誤。"僕謂師古未深考。《史記》曰"九國之師逡巡遡逃而不敢進"，又曰"豫讓遡逃山中"，"遡逃"二字，司馬遷用之，不可謂安仁之誤。杜子美詩注謂"‘遡逃’出《蕭望之傳》"，又誤。《野客叢書》十七

長傲賓于柏谷，妻覿貌而獻餐

柏谷水北流徑其亭下，漢武帝嘗微行此亭，見饋亭長妻，故《西征賦》："長傲客于柏谷②，妻覿貌而獻餐。"《水經注》四

案：賦言"長傲賓，妻獻餐"則得罪，乃亭長獻餐亭長妻。善注引漢武帝故事，亭長不納，投宿逆旅，與賦不合。

不顧　閿

遡黃巷以濟潼

黃巷謂潼關之外，深道如巷，土色正黃，故謂之黃巷。過此長巷即至潼關，此巷是古昔以來東西大道，車徒輻湊，飛塵飄散，所以極深。隋帝惡其濟險，始移大道，更開平路。今故迹猶存，而說者乃曰："巷當爲卷，音去權反。解云，今閿鄉西黃天原是。"按：黃天在舊閿鄉，潘生自秦之東，不得先發閿鄉始泝黃巷。且閿鄉側行道在平川，非爲遡原也。此爲穿鑿，妄生異見③。且則賦本千萬，有作卷字者乎？《匡謬正俗》七

繻　灅

蘭池周曲

蘭池陂即秦蘭池，在咸陽縣東二十五里，始皇引渭水爲

---

① 【校】"宏農縣東十二里"作"弘農縣東十三里"。
② 【校】"長傲客于柏谷"作"長傲客於柏谷"。
③ 【校】"異見"作"意見"。

池，東西二百里，南北二十里，築蓬萊山，刻石爲鯨魚，長二百丈。《元和志》一

漢蘭池宮別在周氏陂，陂在咸陽縣東南三十里，宮在陂南。《雍録》六

軍敗戲平（《長短經》七　《資暇集》上）**水之上**

戲水在臨潼縣東二十七里。《兩京道里記》：“周幽王以褒似遊於此，故以名。水至濁北流入渭。”《長安志》十五

渾鷄犬而亂放，各識家而競入

或作《河間道行軍元帥劉祥道破銅山大賊李義府露布》，榜之通衢。義府先多取人奴婢，及敗，一時奔散，各歸其家。露布稱“混奴婢而亂放，各識家而競入”，此也。《舊唐書》八十二

攣胃

疏飲餞於東都

長安東出北頭第一門曰宣平門，民間所謂東都門。疏太傅、少傅乞歸祖道東都門外，即此。其郭門亦曰東都門。《黃圖》一

庆飲馬之陽橋

飲馬橋在宣平門外。《黃圖》六

踐宣平之清閫

宣平，長安南門，《西征賦》是此。庾子山云“望宣平之貴里”，言貴戚之里。《寰宇記》廿五　案：《水經注》《長安志》《禁扁》諸書，宣平並長安東門。

所謂尚冠修成

京兆治在故城南尚冠里。《黃圖》一

乘風廢而弗縣

乘風名爰居，一名雜縣，海鳥，言爲乘風之狀，作簨虡以縣鍾。《急就篇注》二

秅

曾不得與夫十餘公之徒隸齒

言王音、王鳳、宏恭、石顯之徒不得與蕭曹、終賈之卒徒奴隸齒。讀者言不得與十餘公齒，謂隸齒爲齊等之義，謝朓《宣城郡》詩"群龍難隸齒"豈非僻謬？若但言音、鳳、恭、顯不如蕭、曹、邴、魏，安足以明激勸？《匡謬正俗》七

軷樗里於武庫

樗里疾，秦公子，其里有大樗樹，因號樗里子。高誘《戰國策注》二

未央、長樂，《元和志》曰"兩宮相距中間正隔一里"，此一里即武庫樗里子墓。《雍録》二

酒池鑒於商辛

《廟記》："長樂宮中有酒池，上有肉炙，始皇造。漢武行舟地中[①]，酒池北起臺。"《黃圖》四

酒池，武帝所作，飲以鐵杯，重不能舉，皆低頭牛飲。《元和志》一

爆

掩細柳而撫劍

細柳倉在咸陽縣西南二十里，漢舊倉也。周亞夫軍次細柳即此。《元和志》一

細柳倉，咸陽縣西南三十里。《長安志》十三

《元和志》語與《十道志》合，可據昆明池細柳原名與亞夫營同，然昆明池在都城西、渭水南，自古供遊宴，未過便橋也。此時出師，無由次渭南非要之地。《雍録》七

擅

輕棘灞之兒戲

棘門在咸陽縣東北十八里，本秦關門，漢文帝使將軍徐厲屯棘門，謂此。《元和志》一

---

① 【校】"地中"作"池中"。

棘門，秦時宮門。《長安志》十三

本秦闕門。《雍錄》七

索杜郵其焉在

杜郵亭在咸陽縣西南三十八里，白起自刎處，亭有白起祠。杜郵館在咸陽古苑城東。《長安志》十三

岋屹　莄　　納贖

非所望於蕭傅

《武帝紀》：“漢相國何之後，何生酇定侯延，延生侍中彪，彪生公府掾章，章生皓，皓生仰，仰生太傅望之。”《梁書》一

蕭氏出自宋，戴公子樂父裔孫大心，平南宮長萬，封於蕭，爲附庸，徐州蕭縣是也。《唐書》七十一下　案：齊梁同祖，相國又祖太傅。《唐書》表仍其誤，謂：“望之本相國後。”考《漢書·何望之傳》，諸家注都無此事。王符《潛夫論》九卷曰：“相國何，沛人，今長陵蕭其後也。前將軍望之，東海人。杜陵，蕭其後也。”王符，漢人，其言足鍼齊、梁《書》、《唐書》表膏肓。

蕭至忠依太平公主，當國嘗出主第，遇宋璟之，戲曰：“非所望于蕭傳。”至忠曰：“善乎宋生之言，然不能自返。”《唐書》百二十二①

偉龍顏之英主

經傳有頯有角，未有稱顏者。曰額曰顏，亦後世之稱。魏了翁《古今考》一

翻助逆以誅錯

晁錯名，古今皆讀如“措”字，《西征賦》乃如字讀，不知潘岳何所據。費袞《梁溪漫志》六

前漢《晁錯傳》“錯”字無音，班固《敘傳》曰：“故安執節，責通請錯。塞塞帝臣，匪躬之故。”作“措”字讀。潘安仁賦乃協入聲韻。此如《史記》：“司馬晁，錯，七各反，

---

① 【校】此條應出自《新唐書》卷百二十三。

又七故反。”又“錯”“愕”二字多讀入聲。東漢錯愕不能對，乃音措，互知二音通用。《野客叢書》十二①

驚橫橋而旋軫

始皇引渭水灌都，象天漢，橫橋南渡，以法牽牛。橋廣六丈，南北二百八十步，六十八間，八百五十柱，二百一十二梁，橋南北堤繳立石柱。《黃圖》一

秦、漢、唐架渭者凡三橋，在咸陽東南二十二里者爲中渭橋，秦始皇造，亦名橫橋。漢都城北橫門外別有橫橋，乃跨池爲橋，不跨渭，不在三橋之數。《雍錄》六　案：善注誤二橫橋爲一。

門礛石而梁木蘭兮

秦礛石門在咸陽縣東南十五里，累礛石爲之。著鐵甲入者，礛石吸之，不得過。《元和志》一

礛石門西有閣道②，即阿房北門。《寰宇記》二十六

礛石門，阿房西門。《雍錄》一

倬樊川以激池

《十道志》：“其地即杜陵之鄉，漢將軍樊噲食邑于此，故曰樊川。”王存《九域志》三

由偊新之九廟

新莽壞徹城西苑中建章、承光、包陽、大臺、儲元宮及平樂、當路、陽祿館，凡十餘所。取其材瓦，以起九廟。莽曰：“予卜波水之北，郎池之南，惟玉食。予又卜金水之南，明堂之西，亦惟玉食。予將親築。”於是遂營長安城南，提封百頃。莽親舉築三下，九廟殿皆重屋。太祖廟東西南北各四十丈，高十七丈，餘廟半之。爲銅薄櫨，飾以金銀琱文，窮極工巧，功費數百鉅萬，卒徒死者數萬。《黃圖》五

稂　罔　霍

---

① 【校】此條應出自《野客叢書》卷二十二。
② 【校】“閣道”作“關道”。

經始靈臺

文王靈臺在長安西北四十里，高二丈，周四百二十步①。
《黃圖》五

埴

王仲宣

蕭穎士謂王粲超逸。《唐詩紀事》廿一

《登樓賦》

悅齋李季允和王仲宣《登樓賦》，不特語言，工其愛君戀
國，戚事憂時，深過仲宣矣。吳氏《林下偶談》四②

王粲樓在襄陽縣西。《元一統志》五百五十六

聊暇日以消憂

楚詞云"聊假日以愉樂"，言假延日月苟爲娛耳，今俗猶
言假日度時。王粲云"聊假日以消憂"取此義也。讀者改
"假"爲"暇"，原其詞理，豈閑暇之意乎？《匡謬正俗》七

挾清漳之通浦兮

漳水又南徑于麥城東。王仲宣登其東南隅，臨漳水賦之
曰："夾清漳之通浦，倚曲沮之長洲。"《水經注》三十二

雖信美而非吾土兮

項平甫《信美樓記》曰："王仲宣言：'雖信美而非吾土，
曾何足以少留。'仲宣至今千餘年，文士曰'此思歸之曲'，
曾未有論其心者。仲宣，貴公孫。遯身南夏，繫志西周，冀道
路之一通，憂日月之逾邁，戛然以是爲不可久留。充仲宣之
賦，當與子美《岳陽樓》、太白《鳳皇臺》同帙共編，不當與
張翰思吳之歎、班超玉門之書雜然爲一議狀。"平甫此論得仲
宣之心，仲宣不依曹丕、二袁，而依劉表意，亦可見仲宣忠於
漢，淵明忠於晉，羅昭諫忠於唐，皆詩人文士之識，大義有氣

---

① 【校】"周四百二十步"作"周回百二十步"。
② 【注】《林下偶談》爲《荊溪林下偶談》省稱。

節者。《鶴林玉露》十二① 案：仲宣言"何足少留"，蓋以景升父子非撥亂之才，思得英姿傑出者，附之而展其用，故曰"假高衢而逞力"，蓋已暗指曹瞞。他日説劉琮迎降實兆於此，仲宣《從軍》詩曰"一由我聖君"，又稱譙郡爲聖賢國，烏有媚魏公之漢忠臣哉？《洛神賦》"雖潛處于太陰，長繫心于君王"，前輩或指爲不忘漢室，夫子建文士不能忘情。甄后，乃私心之常，不足爲諱，曲爲穿鑿，影附山陽。操加九錫，植年二十二歲，操弑父后，植年二十三歲，何無一言諫止其父？痛奪嫡之不遂，看大事之歸人，憤情懼志，集爲禪位一哭。或乃衣傍緣飾，誤指爲忠，不知同此一哭，並不得爲忠。漢之有曹瞞，猶當不及蘇則也。

意忉怛而慘惻

《甫田篇》："勞心，忉忉。"《爾雅》："音切切，憂也。"後之賦者敘憂慘之情，多爲"忉怛"，皆當音切。"切"與"忉"字相類，傳寫誤亂，或變爲"忉"。學者諷誦辭賦皆爲"忉怛"，不復言"切"，失之遠矣。《匡謬正俗》一 案：《爾雅釋訓》："忉忉，憂也。"無"切切，憂也"之文。陸德明博載諸家音訓於《毛詩》《爾雅》，切字不出別音，則"忉怛"之"忉"，不當讀切。

孫興公

《孫楚傳》："楚子纂，纂子統、綽，綽知名，字興公。"《晉書》五十六

《天台山賦》

乾道七年二月，御書孫綽《天台山賦》② 賜夏執中。《玉海》卅四

序

然圖象之興

孫綽爲永嘉太守，意將解印，以向幽寂，聞此山神秀，可以長往，因使圖其狀，遙爲其賦。《六臣》十一

或匵峰於千嶺

直上孤立曰"峰"，平高而長曰"嶺"。同上

---

① 【校】"一通"作"一開"，"曹丕"作"曹黄"。
② 【校】"《天台山賦》"作"《天台賦》"。

賦

融而爲川瀆，結而爲山阜

《坦齋筆衡》："孝宗留心經術，無所不涉，有王過者，蜀人，上殿。孝宗問曰：'李融字若川，謂何？'過對曰：'天地之氣，融而爲川，結而爲山。李融字若川，如元結字次山也。'上大喜，改官樞密院編修。"趙葵《行營雜録》

瀑布飛流以界道

《天台山賦》："瀑布飛流兩界道[①]。"所以徐凝有"界破青山色"。孰謂其惡而無所自耶？《芥隱筆記》

楢

踐莓苔之滑石，摶壁立之翠屏

永明六年，赤城山雲霧開朗，見石橋瀑布從來罕覩。山道士朱僧標以聞，上遣主書董仲民案視，以爲神瑞。大樂，令鄭義泰案孫興公賦造天台山，使作莓苔石橋，道士捫翠屏之狀。《南齊書》十一

過靈溪而一濯

靈溪在天台縣西北三十里。《寰宇記》九十八

發五蓋之遊蒙

貪欲蓋，瞋恚蓋，睡眠蓋，掉悔蓋，疑蓋，如此五蓋。爲覆，爲蓋。《雜阿含經》廿六

我等不斷五蓋，何以故？是蓋解脱所貫穿故。《寶篋經》下

所有五蓋輾轉輕微。《業報經》上

五芝含秀而晨敷

五芝：石芝、木芝、草芝、菌芝、肉芝，各百許種。《枹朴内篇》十一

句曲山五芝，求者投金杯[②]二雙於石間，勿顧念，必得。

---

① 【校】"兩界道"作"而界道"。【按】明顧氏文房小説本同。

② 【校】"金杯"作"金環"。【按】四部叢刊本同。

第四芝名夜光洞鼻，第五芝名料玉。《酉陽雜俎》二

王喬控鶴以沖天

王喬有三，有太子晉王喬，有葉令王喬，食肉芝王喬，乃蜀中神仙也。《真仙寶鑒》五

害馬已去

收馬者，先去其害。驅羊者，㟃鞭其後。《太平兩同書》下

爾乃羲和亭午

亭，至也。《六臣》十一　《雙字》上

纂要曰：“日初出曰‘旭’，日昕曰‘晞’，日温曰‘照’，在午曰‘亭午’，在未曰‘昳’，日晚曰‘旰’。”《能改齋漫録》六

法鼓琅以振響

我以擊法鼓。《大悲經》一

法鼓，導義喻諸音。《般舟三昧經》下

法鼓，鐘也。《六臣》

衆香馥以揚烟

有種種林，交柯映覆，出衆妙香。《起世因本經》一

異妙旃檀，可意衆香。《大哀經》一

各置香，燒衆名香。《輪王經》四

所雨衆香，超于天上。《興顯經》四

衆香塗地，燒散雜香。《大集經》一

一切具足，不慕衆香。《普曜經》四

於凡人前現衆名香，非彼所見則不能知。《維摩詰經》中

手取衆香以自塗身。《長阿含經》

悟遣有之不盡，覺涉無之有間

言我常時以爲遣于有，涉於無，足以爲道矣，及此乃悟。用智遣有，終無盡理，以心涉無，終有間隙。

消一無于三幡

夫道者，視之不見，名曰希，無色也；聽之不聞，名曰

夷，無聲也；搏之不得，名曰微，無形也。幡則成三，消則歸
一①，并消其一，道何遠也。並《六臣》

鮑明遠

鮑昭文宗學府，馳名海内，方於漢代褒、朔之流。《史
通》八

今人多誤“鮑照”爲“昭”，李商隱詩“濃烹鮑照葵”，
又金陵有人得地中石刻，作“鮑照”。《宋筆記》中

《蕪城賦》

澗

軸以崑岡 作“嶎”

《廣陵》按《郡國志》：“楊州②城置在陵上。”《爾雅》：
“太阜曰陵，一名阜岡，一名崑崒岡。”《寰宇記》百廿三

惜 鏈

澤葵依井

苔謂之澤葵，又名重錢，亦呼宣蘇，南人呼妒草。《述異
記》下

木魅山鬼

廬陵有木客鳥，大如鵲，千百爲群，不與衆鳥相厠，俗云
是古之木客化作。廬陵，今吉州。並《述異記》下

《南康記》：“山間有木客，形骸皆人，但鳥爪，巢于高
樹，伐樹必害人，一名山肖。”《五色線》下

山蕭，一名臊，《神異經》作“㺑”，《永嘉郡記》作
“山魅”。一名山駱，一名蛟，一名濯肉，一名熱肉，一名暉，
一名飛龍。如鳩，青色，亦曰冶鳥。巢大如五斗器，飾以土
堊，赤白相間，壯如射侯，犯者能役虎。害人，燒人廬舍，俗
言山魈。《酉陽雜俎》十五 案：木魅亦名山肖，山蕭亦爲鳥狀，似二物一類。

---

① 【校】“消則歸一”作“無則歸一”。
② 【校】“楊州”作“云州”。

從其巢木，謂之木魅；從其居山，謂之山魈。

一名灌肉。《續博物志》六

山魈，嶺南皆有，一足反踵，手足皆三指。雄曰山丈，雌曰山姑，夜叫人門，雄求金繒，雌求脂粉。故杜《有懷台州鄭司戶》詩云："山鬼獨一足，蝮蛇長如樹。"《能改齋漫錄》七①

虎 薂

灌莽杳而無際

莽草種類最多，有大葉如手掌，有細葉，有葉光厚堅脆可拉，有柔韌而薄，有蔓生，多謬誤。《本草》"若石南而葉稀，無花實"亦誤。今莽草蜀道、襄、漢、浙江湖間山中有，枝葉稠密，團欒可愛，葉光厚而香烈，花紅色，大小如杏花，六出，反卷向上，中心有斯紅蕊，倒垂下，滿樹垂動搖搖然，極可玩。襄、漢間漁人競採以搗飯飴魚，皆翻上，乃撈取之。南人謂之石桂。白樂天有《廬山桂》詩，蓋此木。唐人謂之紅桂。李德裕《詩》序曰："龍門敬善寺有紅桂，獨秀伊川。乃是蜀道莽草，徒得佳名。"衛公說甚明白。古用此一類，仍毒魚有驗。《本草·木部》所收，不如何緣謂之草。《補筆談》下

王文考

王文考一字子山。《後漢注》八十上

《靈光殿賦》

劉珍侍婢數十，悉教誦《魯靈光殿賦》。《三國志》四十

《靈光殿賦》南郡宜城王子山作。子山之泰山，從鮑子真學算，過魯國都殿賦之。《博物志》六

俱論宮室而奚斯路寢之頌，何如王生靈光乎？同說游獵，而《叔田》《盧令》②之詩，何如相如《上林》乎？《抱朴外篇》三十　案：稚川此語答今不如古之難，實謂《靈光》《上林》勝于魯《頌》周

---

① 【校】"獨一足"作"獨一脚"，"蝮蛇"作"腹蛇"。
② 【校】"盧令"作"盧鈴"。【按】四部叢刊本同。

《詩》，其昌黎二雅褊迫，無委蛇之先聲乎？

吾七歲時誦《靈光殿賦》至今，十年一理，猶不遺忘。二十後所誦，一月廢置，便至荒蕪。《顏氏家訓》上

范曄《後漢書》云："王延壽父逸欲作此賦，命文考往圖其狀。文考因韻之，以簡其父。父曰：'吾無以加也。'時年二十至二十四，過漢江溺而死。"《六臣》

序

魯靈光殿者

廣德初，御史大夫李季卿河南宣慰，過曲阜，遍尋魯中舊迹。縣使一老人導引，每至一所，老人輒指曰，此是顏子陋巷，此是魯靈光殿階，此是泮宮。季卿嗟賞，曰："此翁真魯人。"次至池水，復指此爲釣魚池。季卿問："何人釣魚？"老人對曰："魯人靈光。"季卿曰："魯人敗矣。"《封氏聞見記》八

靈光殿在魯城内，曲阜縣西南二里。《寰宇記》十一

故奚斯頌作

《法言》云："正考甫常晞尹吉甫，奚斯常晞正考甫。"蓋尹吉甫作《崧高》《烝民》等詩，美宣王，正考甫晞之作《商頌》。揚子以《閟宮》之頌爲奚斯所作。班孟堅、王文考皆有奚斯頌魯僖之言，蓋本諸揚子。周必大《二老堂詩話》

賦

峗　嶻嶭

岰　嶒崚　崣

壄　烓　灈　窱　爤炈　燀　愗　倔傴

岹嶆　峴

漂嶕峴而枝柱

撐柱之柱，竹羽反。《匡謬正俗》五　案：梁柱柱字義取撐柱，不當分二音，本賦枝柱與句據同押，又古音不分之一證。

枅鷄（許注《淮南》十五）　香薆、存（並《說文》十四下）

掌柷　葤　窋窡

躩跙　訹舔　斷斷

㹸　眆　頣頯顙

屶　崰　嵯　礧磈

《景福殿賦》

李華作《含元殿賦》，蕭穎士見之曰："景福之上，靈光之下。"王讜《唐語林》上

立景福之秘殿

許昌城內有景福殿，魏明帝太和中造，準價八百餘萬。《水經注》二十三①

殿基趾本在許昌城內西南隅。《元和志》八②

許昌節度使小廳是故魏景福殿。《西溪叢語》下

垂環玭之琳琅

宋宏③云："淮水中出玭珠。"玭，珠之有聲者。《夏書》"玭"从虫賓。《説文》一上　案：此對上句流羽毛之威蕤，則琳琅當借訓珮聲，與《説文》"珠有聲"，亦合善注。垂環玭及琳琅爲四物，于"之"字文句不貫。

桁　髳　楄　柳

皎皎白間

《景福殿賦》注："白間，窗也。"《墨莊漫録》七

離離作"微微"（同上）

鞞鞨　橄

燀　讜　榴

建陵雲之層盤

《魏略》："董尋諫明帝曰：'作無益之物，黃龍、鳳凰、九龍，承露盤。'"《魏志注》三

《海賦》

張融浮海作《海賦》，還京示顧凱之。凱之曰："卿此賦

---

① 【校】此條應出自《水經注》卷二十二。
② 【校】此條應出自《元和郡縣志》卷九。"趾"作"址"。
③ 【校】"宏"作"弘"。

實超玄虛，但恨不道鹽耳。"融即求紙筆，注之曰："漉沙搆白，熬波出素。積雪中春，飛霜暑路。"《南齊書》四十一

《題劉庸道浮海百韵》："《子虛賦》與海同其大，庸道詩與海同其深。"《戴良集》二十二

浡 淆 溿 涎 湲

嶺 壍 潋 淶 灩

沖 瀜 淡 漫

襄陵

襄上陵越也。《六臣》十二

滭 濭 攌

若乃大明攌彎於金樞之穴

金樞，西方日没處。《類林》一

影 矑 沫 硠

澗 滀 沏 𣶒汫

潤 颸 磊 𠣨 匈

豘 涇 泏 潠 潯

潩 溠 𠯢 湧

澎 濞 灪 𢺏

馬銜當蹊

嘉議大夫吏部尚書馮公夢弼始仕雲南宣尉司吏時，乘騎出，至一驛，驛吏語："晚矣，馬絆出，在江上，勿行。"馮不省，行未三四十里，忽烏刺赤者下馬拜伏。馮問之，搖手，意謂且死，馮亦下馬。禱時月微明，睹一物，如小屋大，滾入江水，腥風襲人，三更後至前驛。驛吏錯愕曰："敢越馬絆來乎？"馮問驛吏，乃言是馬黄精遇者，輒爲所啗。鄭元祐《遂昌山樵雜録》 案：馬絆乃水怪，夜出江上，與本賦言當蹊合，或即馬銜，故備録焉。

迋 鑾 黌 𩾌 昱

歔 矐 睒苫（《説文》四上）① 澇 磑

---

① 【校】《説文解字》無此條。

沴　泫　趹　踔

藻　泲　嶔　漁灑

貝　飝　峄　峴

若乃雲錦散文於沙汭之際

　　《海賦》云"雲錦散文于沙汭之際"，故謝靈運詩有"赤玉隱瑤溪，雲錦被沙汭"。言沙石五色，如雲錦被岸。《韻語陽秋》十六

陽冰不冶

　　李陽冰名作"冰"字，參政王公讀曰"陽①凝"。予曰："陽凝無義，惟陽冰有不冶之語。"《宋筆記》中

陰火潛然

　　西海西，浮玉山下有巨穴，穴中有水色若火，晝則通曨不明，夜則照耀穴外，是謂陰火。《拾遺記》一

　　海中魚蝦置陰處，有光，海水遇陰晦②，波如然火滿海。以物擊之，迸散如星火，有月即不見。《海賦》"陰火退然"豈謂此乎？出《嶺南異物志》。《廣記》四百六十六

　　吳楊隆演天祐十二年冬，潘楊林江水中出火，可以燃。《五代史》六十一

　　鴻臚陳大卿言："昔使高麗行大海中，風浪每散作浪花，袞然赤色，夜見海中如火龍無數，不見③涯際。"《文昌雜錄》三

熺燨（許注《淮南》十　高注《淮南》五）

炯燉腰

車渠馬瑙

　　海物有車渠，蛤屬也，大者如箕，背有渠壠，如蚹④殼，

---

①　【校】"楊"作"陽"。

②　【校】"陰晦"作"陰物"。

③　【校】"不見"作"不知"。【按】清刻學津討原本同。

④　【校】"蚹"作"蚶"。【按】四部叢刊本同。

以爲器，緻如白玉，生南海。《尚書大傳》："散宜生得大貝如車渠。"鄭康成解曰："渠，車罔也。"蓋康成不識車渠。《筆談》廿二

車者，車也；渠者，轍迹。孟子謂"城門之軌"者是。《演繁露》二　案：如《演繁露》解，但可附會康成解《尚書大傳》車渠，無以解《海賦》車渠。

馬瑙①，惡鬼血凝成。黃帝除蚩尤及四方群凶，積血數年，血凝如石。《拾遺記》一

峽州宜都縣馬瑙石，擊去麤表②，紋理旋繞如刷絲，間有人物、鳥獸、雲氣之狀。泗州盱眙縣、昭信縣馬瑙石紋理奇怪。宣信間，昭信縣令獲一石，大如升，既磨，礶中有黃龍，作蜿蜒屈曲之狀，歸內府。杜綰《雲林石譜》中　案：宋宣和後年號無用"信"字，宣信間"信"字誤。

夆州安丘縣馬瑙瑩白，刷絲盤繞石面，或成諸佛像。

黃龍府產柏子馬瑙，石瑩白，上生柏枝，或黑或黃③，甚光潤。並《雲林石譜》下

敿 喩 嶄 瀫 襬

《江賦》

流九派乎潯陽

《潯陽地記》："一烏白江，二蚌江，三烏江，四嘉靡江，五畎江，六源江，七廩江，八提江，九箘江。"張須元《緣江圖》："一三里江，二五洲江，三嘉靡江，四烏土江，五白蚌江，六白烏江，七箘江，八沙提江，九廩江。參差隨水，長短或百里，或五十里，始于鄂陵，終于江口，會于桑落洲。"《經

---

① 【校】"馬瑙"作"瑪瑙"。【按】明漢魏叢書本同。
② 【校】"擊去麤表"作"凡擊去粗"。
③ 【校】"或黑或黃"作"或青或黃"。【按】清知不足齋叢書本"或黑或黃"作"或黃或黑"。

典釋文》二①

劉歆云：“湖漢等九水入彭蠡，因言九江。”《續博物志》四

《潯陽記》：“九江在潯陽，去江州五里，名曰馬江。大禹所疏沿②，于桑落洲上二三百里餘合流。”《寰宇記》百十一

尋陽，今江州，在《禹貢》爲揚州之域。《禹貢》：“揚州，但言三江荊州，始言九江。”《唐志》以岳州巴陵是九江，張勃《吳錄》“岳之洞庭，荊之九江”也。如此則尋陽九江自秦始，洞庭九江則古也。《羅識遺》三

鼓洪濤於赤岸

六合縣赤岸山南。《徐州記》③ 云：“瓜步山東五里有赤岸山，南臨江中。濤水自海入，衝激六七百里，及至此岸側，其勢始衰，《江賦》‘鼓洪濤於赤岸’即此。”《寰宇記》百廿三

商攉鎬（許注《淮南》三　高注《淮南》二）**涓澮**

商攉，猶都盧也，言都盧攝而納之。《六臣》十二

注五湖以漫漭

太湖分爲五道，故曰五湖。《六臣》

《江賦》云：“注五湖以漫漭。”墨子曰：“禹治水，江漢淮汝，注之五湖。”此皆未詳考《地理》。江、漢至五湖自隔山，其來乃繞出五湖下流，徑入海，何緣入于五湖？《筆談》四④

滈　嶡

玉壘作東別之標

蕭廣濟注《江賦》云：“觸玉壘山，東回爲沱。”《寰宇記》七十二

崟　嶠　濆　涼

---

① 【校】此條應出自《經典釋文》卷三。

② 【校】“疏沿”應作“疏治”。

③ 【校】“《徐州記》”應作“《南兗州記》”。

④ 【校】“禹治水”應作“禹治天下”，“其來”應作“其末”。

駮　嵯　竪　屹

圓淵九迴以懸騰

 或懸浪而下，或騰波而上。《六臣》

呴吁（許注《淮南》三）；《集韻》八音撱

溴　涌　湍　砅　湝

榮學（《説文》十一上）　　瀮　霙　漢

灇　漱　潰　波　潮　湟

浤　瀘　潤　瀾　漩　澴

滎　瀥　溰　瀰　溲　減

瀘　滇　瀆　溮　硨　矿

陳　泃　嵺　襴　岨　磓

砮　礭　洸　滉　困　汰　　洄

濛　浬　圛　瀠　瀬　涓

渺　泇　滃　肧　渫　破

磓　泜　滾　徹　　唇

溢　狋　鱗　　觡格（許注《淮南》一）

鮻鮱鯩鱧

 《臨海異物志》："鮻魚腹背有刺，如三角菱。"《北户録》

或虎狀龍顏

 嘉祐中，海州漁人獲一物，魚身，首如虎，作虎紋，兩短足在肩，指爪皆虎，長八九尺，視人輒淚下，昇至都數日死。有父老謂之海蠻師，即虎頭鯊也，能變虎。《筆談》廿一

鮻鮲順時而往還

 蝴蝶變鮲。《異苑》三

 朔①法師云鮲魚，一首十身。《北户録》

則有潛鵠魚牛

 魚牛甚貴，一尾直與牛同。《二老堂雜志》四

---

① 【校】"朔"應作"翔"。

蟕　蝐

鱝　黿黿廱

　　黿龜，殼薄狹而燥。頭似鵝，能齧犬。《廣記》四百六十五

　　十龜三曰攝龜。郭氏曰：“小龜，腹甲曲折，能自張閉，好食蛇，江東呼爲陵龜，蓋今之呷蛇龜。小狹長尾，腹下橫折，多在陸地，亦能登木，一名黿龜，一名櫻龜。”陶隱居言：“用以卜測吉凶正反。”《爾雅翼》三十一①

王珧海月

　　王珧似蚌，長二寸，廣五寸。《酉陽雜俎》十七

　　《臨海水土物志》：“王珧上大下小，殼中柱炙之味似酒。”《御覽》九百四十三

　　張樞言太傅云：“海物，江瑤柱第一，青蝦次之。”王介甫云：“‘瑤’字當作‘珧’，柱即如蛤蜊，即韓文公所謂馬甲柱也。二物無海腥氣。”《醴泉志》下

　　《海物異名》：“王珧柱，厥甲美如珧玉。肉柱膚寸，曰江珧柱。”《侯鯖録》三

　　江珧柱、骨柱膚寸。《曾慥類説》十五

　　明州江瑤柱有二種，大者江珧，小者沙瑤。沙瑤可種，逾年成江瑤。《老學庵筆記》一

三蝬虾 《集韻》四音流；傅肱《蟹譜》上：普流反江

　　虾似蟹，二足。《玉篇》廿四

鸚螺　蜓　蝸

　　鸚鵡螺脱殼出，則有蟲如蜘蛛。入殼中，螺夕還，蟲出。《異苑》三

　　鸚鵡螺如鸚鵡，見者凶。《酉陽雜俎》十七

　　《南州異物志》：“鸚鵡肉離殼，食唯以筋自係於殼，飽則入殼中。若爲魚所食，殼乃浮出，質白而文紫。”《御覽》九百四

─────────────

① 【校】“櫻”作“蠳”，“測”作“則”。

鸚鵡螺旋，尖處屈如鸚鵡嘴，故名。殼上青綠斑，大者可受二升，殼內光瑩如雲母，裝爲酒盌①。《廣記》四百六十五

璞 蛒

水母目蝦

東海有物，狀如凝血，從廣數尺，名酢魚，無頭目，無藏。眾蝦附之，隨其東西，人煮食之。《博物志》三②

水母，一名蚱，一名石鏡。《北户録》

水母生兒無目，龜鼈生兒無耳。《續博物志》二

楊濤《水母目蝦賦》一首。《文苑英華》百四十

《唐韵》言鮀即水母。《木筆雜鈔》下

海蛇味鹹性溫，即海蟄，無口、眼、腹、翅，塊然一物，以蝦爲目，蝦去即住。浸以石灰、礬水則色白。《飲食須知》六

蚖 蚶

瓊蚌睎曜以瑩珠

瓊蚌中出玉。《六臣》　案：《五臣》張銑此條備異聞，不如善注確。

蜛 諸 磥 砢 濈

石蚨應節而揚葩

海人食石蚨，一名紫蕈，蚌蛤類也，春生華。《江淹集》一凡引集皆舊刻舊鈔，不取叢刻。

奇鶬九頭

鬼車鳥，相傳昔有十首，能收人魂，一首爲犬所噬。秦中天陰，時有聲，如車鳴。《白澤圖》謂之蒼鸆。帝嚳書謂之逆鶬。夫子子夏所見寶歷中，國子四門助教史迥語成式，嘗見裴瑜所注《爾雅》，言鶬麋鴰是九頭鳥。《酉陽雜俎》十六　案：裴語本郭賦，郭言"奇鶬""餘鶬"，非九頭，裴以注《爾雅》"麋鴰"，恐誤。

---

① 【校】"盌"作"盃"。
② 【校】"酢魚"作"鮓魚"，"藏"作"臟"。【按】清指海本作"鮓魚""藏"。

鬼車，陸長源《辨疑志》名渠逸鳥。世傳此鳥血滴人家，爲災咎，聞者必叱犬滅燈，以速其過澤國。風雨夕往往聞之，六一翁有詩曲盡其悲哀之聲。淳熙間李壽翁守長沙，募人捕得之，身圓如箕，十胫環簇，其九有頭，其一無頭而鮮血點滴，如世所傳。每頸兩翅，飛時十八翼，霍霍競進，不相爲用，至有爭拗折傷。景定間，周漢國公主下降，賜第嘉會門之左，主得疾，一日正畫，有九頭鳥據主第擣衣石上，狀類野鬼，大如箕，哀鳴啾啾，略不見憚，命弓射之，不中而去。是夕主薨。余親聞之副駔。《齊東野語》十九①

胅	魾	傜	蟰	蜈	蜦
駤	蹀	緰	熒	鬤髟	
瑢	珋	鴂	鷔	猷	翄
翿	翃	觖	簹	襖	耗
萊	薈	蔥	鮭	踣迖		（《説文》二下）
跼	睍	厱	牭	踤	潄

磴　灒繁（高注《淮南》二）　　　　潩敕（高注《淮南》二）　　　菰

播匪藝之芒種

江東有葑田。《集韻》七

陝州夏縣土人②樂舉明遠嘗云：“小滿、芒種皆謂麥也。”小滿，四月中，謂麥氣至此方小滿。芒種，五月節，“種”讀如“種類”之“種”，謂種之有芒者，麥也，至是皆熟。僕因記《周禮·稻人》“澤草所生，種之芒種”，注云：“澤草之所生，其地可芒種種稻、麥也。”僕近爲老農，始知過五月節，稻不可種。芒種，五月節者，麥至是始可收，稻過是不可種矣。古人名節，以告農之早晚。《嬾真子》二

架田亦名葑田，“葑”亦作“澍”，江東淮東二廣皆有之，

①　【校】“頸”作“脛”，“據”作“踞”。【按】明正德刻本同。
②　【校】“土人”作“士人”。

考《農書》云："若深水藪澤，則爲葑田。以木縛爲田坵，浮擊水面，以葑泥附木架上而種蓻之，其木架田坵，隨水高下浮泛，自不渰浸。"《周禮》所謂"澤草所生，種之芒種"是也。芒種有二義，鄭玄謂有芒之種，若今之黃穆穀是也，一謂待芒種節過乃種。今人占候夏至、小滿，至芒種節則大水已過，然後以黃穆穀種之湖田。黃穆穀自初種至收，刈不過六七十日①，亦以避水溢之患。竊謂架田無旱暵之災，有速收之效，得置田活法，水鄉無地者宜傚之。《詩》云："從人牽引或去留，任水淺深隨上下。悠悠生業天地間，一片靈槎偶相假。古今誰識有活田，浮種浮耘成此稼。"《農書農器圖譜集》一　案：《周禮》"澤草所生，種之芒種"，似指淺澤多生草者，可陂爲田種水稻，未見有架田義。至景純賦江而云"播匭藝之芒種"，則非縛架爲田浮種水而更無可解。《文選注》但引《周禮注》"芒種，稻麥也"，於"播匭藝"義缺而不說。景純仕東朝，往來江上而學極博，斯言非載籍所傳，則江行親見。至魏賈思勰撰《齊民要術》，推農桑之變其詳又未詳。至元王禎《農書》始詳，載葑田即架田，雖不引《江賦》而遂相證明，可使千載疑義煥然冰釋。今爲詳，列其制，用見古人，句無虛義，義無虛用，而《文選》學不僅爲月露風雲，杜陵所以續兒誦《文選》而許身，不防比契與稷也。然架田諸穀，皆宜於稻更合，不必泥黃穆穀晚種早成一種，互詳《養生論》"區種"注。

卷　九

宋玉

　　前世賦者，孫卿、屈原頗有古詩之義，至宋玉則多淫浮之病。摯虞《文章流別論》　案：《隋經籍志》注摯虞《文章流別志》二卷、論二卷，下總曰《文章流別志》論二卷，又似志一卷、論一卷，劉煦《唐志》不載其目，今本論一卷，元錢塘陳彥高秘本。

　　詩有出於風者，有出於雅者，有出於頌者。屈宋之文風出也，韓柳之詩雅出也，杜子美獨能兼之。姜夔《詩說》

《風賦》

此獨大王之風耳，庶人安得而共之

　　不知者以爲詔，知者以爲諷。唐文宗詩曰：“人皆苦炎熱，我愛夏日長。”柳公權續之曰：“薰風自南來，殿閣生微涼。”惜乎時無宋玉在傍。《東坡題跋》二

　　柳句正所以諷，蓋薰風之來，惟殿閣穆清高爽之地始知其涼，征夫耕叟奔馳喘汗於黃塵赤日之中，雖有此風，安知所謂涼風哉！此與宋玉對楚王“此獨大王之風耳，唐人安得而共之”同意。周密《癸辛雜識新集》

　　譏楚王知己而不知人。陳秀民《東坡詩話錄》中

夫庶人之風

　　《風角書》：“庶人風，拂地揚塵轉削。”《顏氏家訓》下

塎　堀　堁

邪薄入甕牖

　　破甕爲牖。《南華經音義》六

憿　胗　㖦　醋　嗽

《秋興賦》序

寓直於散騎之省

　　常見直宿公署，咸云寓直，稍貴文言不究其義。潘岳爲武

貢中郎將，晋朝未有將校省，故寄直散騎省。今百官各當本司而直，固是當直，安可云寓？《資暇集》中

賦

慄慄兮若將遠行，登山臨水送將歸

《秋興賦》以登山、臨水、遠行、送歸爲四感。頃年較進士于上饒，有同官張扶云："若將遠、行、登山、臨水、送、將、歸，是七事，謂遠也，行也，登山也，臨水也，送也，將也，歸也。"王介甫云"一水護田將綠繞，兩山排闥送青來。""將""送"二字與《楚辭》合。予考《詩》"燕燕"篇"之子于歸，遠于將之"，"遠送于野"，一篇詩中，亦用"送""將""歸"三字，《楚辭》蓋有所本。《藝苑雌黃》一 案：宋玉之言本止一義，潘分四感，乃是斷章，王介甫"將"字與宋玉不同，宋玉"將"字與"燕燕"不同。

班鬢彫 《西溪叢語》下作"彪" 以承弁兮

讀者皆爲杉音。案《説文》："彡，毛飾畫之文，象形。"《字林》："山廉反。"此字訓形飾，所以"形"及"彫"字並從"彡"。解"髟"字云①："長髮猋猋也。"《字林》："音方周反。"此字訓髮貌，所以鬢髮字皆從"髟"。安仁之辭，正合義訓。讀《秋興賦》當音方周反，不得謂之"彡"。《匡謬正俗》七②

謝惠連

小字阿連。楊伯嵒《六帖補》六

《雪賦》

文宗元年秋，詔禮部高侍郎鍇復司貢籍試《琴瑟合奏賦》《霓裳羽衣曲》詩，主司先進五人一詩，最佳者則李肱也，次則王榮。日斜見賦，則《文選》中《雪》《月》賦也。《雲溪友

---

① 【注】指《説文解字》解"髟"字。
② 【校】"彡，毛飾畫之文"之"彡"作"彡"。【按】清同治小學彙函本同。由下文之"解髟字"，可知首個《説文》解的應是"彡"，非"髟"。

議》二　案：《琴瑟合奏》與《雪》《月》賦殊無涉，蓋其鈔襲雜文，聊免曳白，其弊自唐已然。

《文選》三賦，《雪》不如《月》，《月》不如《風》。《唐庚文錄》

淳熙十一年四月二十四日，以光堯宸翰《洛神賦》《雪賦》《驄馬行》《千文》《臨獻之帖》五軸賜史浩。《玉海》三十四

遊於菟園

菟園，宋城縣東南十里，漢梁孝王園。《元和志》七

俄而微霰零

陽中伏陰，陰氣不凝，生雹霰。《靈寶筆法》上

霰，一曰霄雪，冰雪雜下也。雪自上下爲溫氣所搏，故曰陽，陽專氣爲霰。陳叔齊《籟記》上　案：叔齊，長城公雁行。

盈尺則呈瑞於豐年，袤丈則表沴於陰德

隱公時大雪平地一尺，是歲大熟。桓公時平地一丈，陽傷陰盛，不和之氣。《類林》一

雪之時義遠矣哉

古語曰："臁子，在頰則好，在顙則醜。"自晋以降，喜學經語者多矣。孫盛著史書曰："某年帝正月（《春秋》書王正月，示魯侯用周天子正朔。司馬[①]躬有天下，不當書帝正月），謝惠連賦曰：'雪之時義遠矣哉！'"按《易》卦義深者，以此語贊之，雪月之咏非所當也，蓋不知臁子在顙之爲醜。陳騤《文則》上

涌　霤　灛　霥

林挺瓊樹

瓊，玉之美者。《毛詩訓詁傳》五

瓊，赤玉也。《雪賦》"林挺瓊樹"注以爲誤。《困學紀聞》

---

① 【校】"司馬"作"曹馬"。

十七　案:《六臣注》本載善注"瓊樹",恐誤。蓋據《説文》"赤玉"而言,然毛公在許叔重前,不害惠連賦有本,善注本無此條,《六臣》本善注不引《説文》,恐誤,云似非善注。

白鷴失素

物有未識,不可著之書。鷴,白羽黑文,胸頸皆青冠,面足皆赤,不純白。《雪賦》云"白鷴失素",是未盡識鷴也。

《猗覺寮雜記》三

娉　酊

豈鮮耀於陽春

《雪賦》:"豈鮮輝于陽春。"臣銑曰:"雪之光輝豈寡于陽春也。"曰明鮮雪耀,見日而消,不能鮮明光輝于陽春。《兼明書》四

玄陰凝 下有"冱"字　　　**太陽** 下有"輝"字 **曜**（同上）

《月賦》

宋武帝吟謝莊《月賦》謂顏延之曰:"希逸此作,前不見古人,後不見來者,昔陳王何足尚耶?"孟啓《本事詩》

朗在陳爲秘書郎,後主詔爲《月賦》一篇,洒然無留思,後主曰:"謝莊不得獨美於前矣。"《白孔六帖》八十六

《圓靈水鏡》

徐敞、張聿《圓靈水鏡》詩一首。《英華》百八十一

賈誼

賈誼之作,屈原儔也。《文章流別論》

朱文公曰:"賈太傅以卓然命世,英傑之才,俯就騷律,所出三篇《惜誓》《弔屈原》《鵩賦》,皆非一時諸人所及。"《漢藝文志考證》八

《鵩鳥賦》

《詩》曰:"風雨如晦,鷄鳴不已。"聖賢所以長思鷗鶋之篇,鵩鳥之賦。張弧《素履子》

《鵩鳥賦》非不洞達死生之理,然誼以此自廣,何嘗廣得

分毫。吕祖謙《麗澤論説》①　十

序

鵩似鴞

　　鴞即鵩鳥，賈誼所賦者，大小如雌鷄，青緑色，其肉甚美，堪作羹炙，出江南。《南華經流》三

　　賈誼云鵩似鴞，其實一物。《南華經音義》二

　　《巴蜀異物志》：“鵩行不出域。”《爾雅翼》十六

賦

請問於鵩兮　《漢書》四十八作“問于子服”

單明（許注《淮南》六）

凶言其災

　　《鵩賦》：“吉乎告我，凶言其菑。淹速之度兮，語予其期。”《岑彭傳》輿人歌曰：“犬②吠不驚，足下生氂。含哺鼓腹，焉知凶災？”災讀爲菑，漢人書“災”爲“菑”，正此音也。《野客叢書》六

蟺　沕　繆

大鈞播物兮

　　鈞，輪也。《雙字》七

块　圠

千變萬化兮

　　李士謙善談玄理，有一客不信佛家報應，以爲外典無聞。士謙曰：“佛經輪轉五道，無復窮已。此則賈誼所謂千變萬化，未始有極。佛道未東，賢者已知其然。”《隋書》七十七

《鸚鵡賦》

　　魏肇師曰：“《鸚鵡賦》，禰衡、潘尼二集並載。《奕賦》，曹植、左思之言正同。”君房曰：“詞人自是好相采取，一字

---

①　【注】《麗澤論説》爲《麗澤論説集録》省稱。
②　【校】“犬”作“狗”。【按】明刻本同。

不異，良是後人莫辨①。”《酉陽雜俎》十一

惟西域之靈鳥兮

鸚鵡出西域黃山。《六臣注》十三

紺趾丹觜

凡鳥，三趾向前，一趾向後。鸚鵡兩趾向後。《續博物志》九

咬　羈　隴

甘盡辭以效愚

《鸚鵡賦》專以自況，一篇之中，三致意焉。如云：“雖同族於羽毛，固殊智而異心②。配鸞皇而等美，焉比翼于衆禽？”又云：“顧六翮之殘毀，雖奮迅其焉如。心懷歸而弗果，徒怨毒于一隅。”卒章云：“苟竭心于所事，敢背惠以忘初。期守死以報德，甘盡辭以效愚。”予三復其文，悲傷之。李太白詩云：“魏帝營八極，蟻觀一禰衡。黃祖斗筲人，殺之受惡名。吳江賦鸚鵡，落筆超群英。鏗鏘振金石，句句欲飛鳴。鷙鶚啄孤鳳，千春傷我情！”此論最爲精當。《容齋三筆》十

張茂先

昭明在梁時鬱鬱不樂，移此志于《文選考集》中，諸公負一世名者，皆不得其終。班固、張華、郭璞、機、雲、嵇康、潘岳、謝靈運輩嘗讀其書③，感愴之言，近似鬼語。《貴耳集》中

《鷦鷯賦》

莊周書有“鷦鷯巢林，不過一枝”，又曰“鵬搏九萬里”，後世本其說而賦之，如張茂先賦“鷦鷯自譬甚小”，李太白賦“大鵬自譬甚大”，皆不出齊物之論。《學齋佔畢》二

---

① 【校】“辨”作“辯”。【校】四部叢刊本同。
② 【校】“同族”作“周旋”。【按】由“殊智而異心”看，“殊”與“同”相對，應取余氏之“同族”。
③ 【校】“書”作“詩”。

序

鷦鷯

鷦鷯[1]之小而緑色者，北人謂之蠑，即詩“蠑首蛾眉”，取其頂深且方。《筆談》廿四

賦

静守約作“性”（《晋書》三十六）**而不矜**

顔延年延之

延年曾祖含。《宋書》七十三

濟陰王暉業嘗云：“江左文人，宋有顔延之、謝靈運，梁有沈約、任昉。我温子昇足以陵顔轢謝，含任吐沈。”《魏書》八十五

《赭白马賦》

宋文帝爲中郎將，受武帝赭白馬之錫，及文帝受禪，馬死，命群臣賦之。《六臣》十四

序

駚

疇德瑞聖之符焉

臣良曰：“疇，昔也，昔帝之德有瑞聖之符。”明曰：“疇，等也，言可以等齊君子之德，祥瑞聖人之道。”《兼明書》四

賦

飛黄服皂

飛黄，乘黄也，出西方，壽千歲。許注《淮南》十一　案：餘語同高誘注，李善已引。

旦刷幽燕

詩用人語，渾然若己出，惟李杜。《赭白马賦》“旦刷幽燕，晝秣荆越”，子美《驄馬行》“晝洗須騰涇渭深，夕趨可刷幽并夜”，太白《天馬歌》“鷄鳴刷燕晡秣陵”，皆出顔賦。

---

① 【校】“鷦鷯”作“蟭蟟”。【按】四部叢刊本同。

王得臣《塵史》中

鉸　迿　炊　轍

《舞鶴賦》

偉胎化之仙禽

秀州華亭鶴，胎生者真鶴，形體緊小，不食魚蝦，惟食稻粱。人餒以飯則食之。其體大，食魚蝦啄蛇鼠者，鸛合所生，卵生也。食稻粱者，久須飛去，食魚蝦者不能去。《談苑》一

劉淵材畜兩鶴，客至，誇曰："凡禽卵生，而此胎生。"語未卒，園丁報曰："鶴夜産一卵，大如梨。"淵材面發赤，訶曰："敢謗鶴?"卒去。鶴兩展其脛，伏地。淵材以杖驚使起，忽誕一卵，淵材咨嗟曰："鶴亦敗道，吾爲劉禹錫佳話所誤。"《冷齋夜話》九

鍾浮曠之藻質，抱清迥之明心

《詠鶴》云"低頭乍恐丹砂落，曬翅常疑白雪消"，此白樂天詩。"丹頂西施頰，霜毛四皓鬚"，此杜牧之詩。皆格卑無遠韵。鮑明遠《鶴賦》云云，劉禹錫云："徐引竹間步，遠含雲外情。"此乃奇語。《庚溪詩話》下①

《幽通賦》

班固稱項羽自取天亡，于公待封，嚴母待喪。如故②斯言，深信夫天怨神怒，福善禍淫者矣。至其賦幽通也，復以天命久定，非理所移，善惡無徵，報施多爽，同理異説，前後自相矛盾。《史通》十六

盍孟晉以迨群兮

孟字，只是最長，《國語》："優施謂里克妻曰：'主孟啗我。'"注云："大夫妻稱主。"謂孟爲里克妻字。《史記·吕

---

① 【校】"曬翅"作"曬羽"；"丹頂"作"丹項"。【按】宋百川學海本作"丹頂"。

② 【校】"故"作"固"。

后紀》注中引此句，而《索隱》云："孟者，且也，言且啗我物。"《幽通賦》："盍孟晉以迨羣。"李善注"孟爲勉"。蜀王衍書其臣徐延瓊宅壁爲孟言，蜀語謂孟爲弱，故以戲之。其後孟知祥得蜀，館于徐第，以爲己讖，此義又無稽也。《容齋三筆》九

固行行其必凶矣

《論語隱義》曰："衛蒯瞶亂，子路興師往，有孤黶者，當師曰：'子欲入耶？'曰：'然。'黶從城上下麻繩釣子路。至半城，問曰：'爲君耶？爲師耶？'曰：'在君爲君，在師爲師。'黶因投之，折其左股，不死。黶開城欲殺之，子路目如明星之光耀，黶不能前，謂曰：'畏子之目，願覆之。'子路以衣袂覆其目，黶遂殺之。"《御覽》三百六十六

羌未得其云已

王觀國、吳棫皆云《詩》《易》《太玄》"羌""慶"字皆在陽韻，蓋"羌"字也，引蕭該《漢書音義》"慶音羌"。《漢書》班固《幽通賦》"慶未得其云已"，《文選》作"羌"。《容齋隨筆》九[1]

《思玄賦》

匪仁里其焉宅

張衡賦"匪仁里其焉宅"，注引《論語》："里仁爲美，宅不處仁，焉得志[2]？"宅皆居也。《石林》云"以擇爲宅"，則"里"猶"宅"也。蓋古文云"然今以宅爲擇"，謂"里"爲所居，乃鄭氏訓解何晏從之，當以古文爲正。《困學紀聞》七

繡幽蘭之秋華兮

讀畫或讀維。《説文》十三上

---

① 【校】此條出自《容齋隨筆》卷七，非卷九。
② 【校】"焉得志"作"焉得知"。【按】四部叢刊本同。

《字書》亦云纂字也。纂,繫也。諸家戶珪反,誤。《後漢
書注》五十九 案:《説文》:"繯,維綱中繩。"善注解此爲係囊繩是也,戶珪
反,不誤。

恃己知而華予兮

猶知己。

遇九皋之介鳥兮

《龜經》有棲鶴兆。同上

發昔夢於木禾兮

衡集及近代注皆云:"昔日夢至木禾,今親往見,爲發昔
夢。"案:此賦將走八荒以後,先往東,次南,乃適西北[①],時
在暘谷、扶桑,崐崘乃西方之山,安得已往崑崙見木禾乎?

越卬州而遊遨

《河圖》:"天有九部八紀,地有九州八柱。東南神州曰晨
土,正南卬州曰深土,西南戎州曰滔土,正西弇州曰升土[②],
正中冀州曰白土,西北柱州曰肥土,北方玄州曰成土,東北咸
州曰隱土,正東楊州曰信土。"並《後漢書注》

曰信近而遠疑兮,六籍闕而不書

黃帝言天道不可知,若近而信之,與遠而疑之,此兩者,
六經所不書也。

牛哀病而成虎兮

牛哀,魯哀公時人。並《六臣注》十五

喇

王肆侈於漢庭兮

《後漢》《文選注》並指孝平皇后,《後漢注》引聘后黃金二萬斤,此王莽肆
侈,非關平后。案:前書孝元王皇后、孝平王皇后俱非肆侈妃后,然平后盡節,
漢家元后爲王氏宗主,王氏肆侈,得推本于元后。

---

① 【校】"西北"作"西方"。
② 【校】"升土"作"開土"。

尉厖眉而郎潛兮

　　郎潛出《思玄賦》，紹興間集①自郎遷鄉久次，以啓投秦丞相，有"郎久潛於省闥，卿尚少於朝班"之句，秦極稱賞，竟不克入從。《清波雜志》中

嶓　磅　硠　劉　䃮　硊

磕　嶔　崟

惥　跱　碣

羨上都之赫戲兮

　　上都謂天上，衡既歷四海，欲遊天上。《後漢書》

譻嚶（《後漢注》）　　　蟻蠓《類林》一作"戴矇"

彎威弧之拔《能改齋漫錄》六作"撥"**刺兮**

　　杜詩"跳魚撥刺②鳴"，太白詩"跋刺銀盤欲飛去"。李以"撥"爲"跋"。所謂撥刺，劃烈震激之聲，箭鳴亦然。《野客叢書》十六

《歸田賦》

　　《漫塘錄》："淵明歸去來辭，千古絶唱，亦是祖歸田賦意。"《詩人玉屑》八

時和氣清

　　林之奇少穎《觀瀾文·序》曰："《文選》不收《蘭亭記》。"《邂齋閑覽》云："天朗氣清，是秋景，不入《選》，絲竹管絃語亦重複。"余謂周公作時，訓二月爲清明，"朗"即明也。《歸田賦》曰"仲春月令，時和氣清"，蕭統取《歸田》入《選》而遺《蘭亭》，東坡所謂"小兒强作解事"。《張禹傳》云"後堂理絲竹管絃"，孟堅注作四義，舜有白玉管③，唐賀懷智琵琶，以鵾鷄爲絃，非必絲竹可爲絃

---

① 【校】"集"作"某"。【按】四部叢刊本同。
② 【校】"刺"皆作"剌"。【按】明刻本同。
③ 【校】"白玉管"作"白玉琯"。

管。《學齋佔畢》二　案：《文選》諸體有論無議者，策問無對策，獨記體，昭明以前盡爲全書總名，不爲一篇名目。《桃源記》本陶潛《搜神後記》第二卷一條，歐陽詢《藝文類聚》始誤，稱《桃源記》，不稱《搜神後記》，後世記體所託始《蘭亭詩序》，少穎不當從俗稱記，《文選》體不盡備，佳文豈能盡收？不但議《蘭亭》不取。

仰飛纖繳

《歸田賦》興意蕭散，然所懷在仰飛纖繳，俯瞰清流，落雲間之逸禽，懸清澗①之鯋鰡，此與馳騁弋獵何異？陶淵明携幼入室，有酒盈樽，悅親戚之情話，樂琴書以消憂。此真得事外趣，使人盎然，覺左右草木無情亦皆舒暢。葉少蘊《避暑録話》上

《閒居賦》

曹植、潘岳、庾闡皆有《閒居賦》。《野客叢書》十六

王魯公，壽鄉②洛陽人，善篆。余家有魯公篆，《閒居賦》筆力如鈕金屈鐵。《研北雜志》下

序

書之《晋書》五十五，《通志》百二十四上之下並有"題"字

巧誠有之，拙亦宜然

潘岳急於進取，諂事賈謐，觀此語，尚恨巧未至耶？《韵語陽秋》十一

賦

場《晋書通志》並作"長"　圃

梁侯烏椑之柿

烏椑柿，利以作漆。《爾雅翼》十

椑柿，生江淮南，似柿而青黑。《閒居賦》"梁侯烏椑之柿"是也。《農書穀譜集》七

周文弱枝之棗

泰山羊蕭讀潘岳《閒居賦》"周文弱枝之棗"爲杖策之

---

① 【校】"清澗"作"清淵"。【按】明津逮秘書本同。

② 【校】"壽鄉"作"壽卿"。【按】民國景明寬顔堂秘笈本同。

杖。《顏氏家訓》上

李善注《選》最該洽，《閒居賦》"周文弱枝之棗"未詳。余讀《拾遺記》："北極岐峰之陰，多棗木百尋，其枝莖皆空，其實長尺，核細而柔，百歲一實。"夫岐乃周文所居，知岳賦蓋出此。《塵史》中

案《王子年傳》"符堅累召不起"，潘岳西晋惠帝朝作《閒居賦》，子年《拾遺》，岳未及見。《能改齋漫錄》七

房陵朱仲之李

李善云朱仲李未詳。按《述異記》，防陵①定山有朱仲李園三十六所，李尤《果賦》"三十六園朱李"是也。《西溪叢語》下

李仲山《閒居賦》注"房陵"："朱仲家有縹李，世所希有，李園岩有千峰之下。"《元一統志》三百六十　案：今本善注"弱枝棗"引《西京雜記》《廣志》二條，朱仲李引《荊州記》一條，《荊州記》即《元一統志》所引文，而王得臣、姚寬、吳曾並以爲李善未詳，則《元一統志》李仲仙乃非李善。

三桃表櫻胡之別

櫻桃大者如彈丸，有白色者，凡三種。《齊民要術》四

大而殷者，胡櫻桃。黃而白者，蠟珠。小而赤者，水櫻珠。食之皆不如蠟珠。《膳夫經》

正黃色者爲蠟珠。《全芳備俎後集》七

荾《通志》百二十四上作"葵"

乃御版輿

世率以版輿爲奉母事用，如樂天詩"朱幡四從版輿行"取潘安仁《閒居賦》。當時三公告老，亦許版輿上殿，如傅祇者，是不可專爲奉母也。梁韋叡以版輿自載督勵②衆軍。《野客叢書》十六

---

① 【校】"防陵"作"房陵"。

② 【校】"勵"作"厲"。【按】明刻本同。

《長門賦》

《陸厥傳》：“《長門》《上林》，殆非一家之賦。”《南齊書》五十二

朱文公曰：“相如能侈而不能約，能諂[①]而不能諒。其《上林》《子虛》之作以誇麗而不入於《楚辭》，《大人》之于《遠遊》《漁獵》又太甚，然亦終歸於諫也。特《長門》《哀二世賦》二篇有諷諫之意。”《漢藝文志考證》八

序

別在長門宮

長水，《水經》載三派，其水末皆自白鹿原北入灞水，後因姚萇諱改爲荆溪水，失其本名。《郊祀志》“文帝出長門亭”，如淳曰：“長門，亭名也，亭以門爲名，非城門之門。門以長爲名，其必取之長水，以地近故也。”竇太主獻長門園，武帝以爲長門宮，如淳曰：“園在長安城東陳皇后廢處，此宮是竇主園內之宮，又皆以長門亭立名。”《雍録》六

陳皇后復得親幸

《漢書》曰：“武帝陳皇后爲妬，別在長門宮。司馬相如作賦，皇后復親幸。”《藝文類聚》三十五　案：今《漢書》無此語。

相如作頌以奏，皇后復親幸。作頌有之，復親幸恐非實。《索隱》十四

《陳皇后因賦復寵賦》以“言情暮作，國黛朝天”爲韵。《黃滔集》一

《思舊賦》序

臨當就命

出建春門外一里餘，東石橋南北行，晋太康元年造。橋南即中朝牛馬市，刑嵇康之所。《洛陽伽藍記》二[②]

---

① 【校】“諂”作“謟”。
② 【校】“南北行”作“西北而行”。【按】四部叢刊三編景明本“中朝”作“魏朝”。

陽渠南即馬市，舊洛陽三市其一也，嵇叔夜爲司馬昭所害處。《水經注》十六

《恨賦》

李白前後三擬詞選，不如意，悉焚之，惟留《恨》《別》賦。《酉陽雜俎》十二

至《江淹集》一作"假" 如

方築蟁蟁以爲梁

蟁長丈餘者，能冲飛二三里，不能上天。《葆光禄》二

泪作"颵" 起血作"泣" 下 同作"屯"（並《江集》一） 軌

《別賦》

悅《江集》一作"睨" 若

見紅蘭之受露

紫述香，一名紅蘭香，一名金桂香，亦名麝香草，出蒼梧、桂林。今吴中有麝香草，香似紅蘭花。紅蘭花一名大草。並《述異記》下 案：二條未知一物二物，聊補善注之缺。

離作"罹" 霜 仰秣作"素沫" 分作"携" 手 感作"各" 寂 抆作"刎" 血 左右"左"上有"顧"字 親賓"親"上有"視"字 既作"將"（並《江集》一） 妙

下有芍藥之詩

張文潛曰："時説《詩》'贈之以芍藥'，謂芍藥善墮胎行血，故爲之贈。《詩》言士與女相謔，士贈女乎？女贈士乎？借謂女贈士，安用墮胎行血？此殆是以芳香爲好之義。"李薦《師友談記》

黑辛夷，芍藥也。《廣雅》云："芍藥，百花中名最古。"王元之《詩譜》。並《全芳備祖前集》三

桑中衛女

俗謂遊樂處爲桑中。《拾遺記》一

上宫陳娥

上宫，樓也。趙岐《孟子章指》十四

春草碧色

《光化戊午年舉公見示省試春草碧色偶賦是題》。鄭谷《雲臺編》下

殷文圭、王轂《春草碧色》詩二首。《英華》百八十八

春水綠波

朱休《春水綠波》詩一首。《英華》百八十三

送君南浦

進士王惲，才藻雅麗，尤長體物，若①《送君南浦賦》，爲詞人所稱。《酉陽雜俎續集》二

《送君南浦賦》以“越空拂②目，傷妾是君”爲韵。《黃滔集》一

南浦，江夏縣南三里，源出京首山，西入江。春冬涸竭③，秋夏泛漲。商旅往來皆於浦停泊，以在郭南，故曰南浦。《寰宇記》百十二

秋露如珠

師貞《秋露如珠賦》以“凉風變節，凝露可觀”爲韵。《英華》十五

---

① 【校】“若”作“著”。
② 【校】“拂”作“縣”。
③ 【校】“竭”作“歇”。

卷 十

《文賦》

謝朝華于已披，啓夕秀於未振

　　學詩者當深領此陳腐之語，固不必涉筆。然求去陳腐，爲怪奇不可致詰之語，以欺人自欺，學者之大病。《韻語陽秋》一

或操觚以率爾

　　觚者，學書之牘，或以記事，削木爲之，蓋簡屬。或六面，或八面，皆可書。觚者，稜也。《急就篇注》一

　　《説文通釋》：“觚，八稜木。”《急就篇補注》一

或含毫而邈然

　　相如含筆而腐毫。《文心雕龍》六

課虛無而責有

　　《課虛責有賦》以“理派空至，方明得門”爲韻。《黃滔集》一

意司契而爲匠

　　“意匠慘淡經營中”，用《文賦》“意司契而爲匠”。《芥隱筆記》

詩緣情而綺靡

　　是彩色相宣，烟霞交映，風流婉麗之謂。樓穎《國秀集》序

説煒曄而譎誑

　　凡説之樞要，必使時利義貞。自非譎敵，則惟忠與信。披肝膽于獻主，飛文敏以濟辭，此説之本也。陸氏直稱“説煒曄而譎誑”，何哉？《文心雕龍》四①

――――――――――

①　【校】“凡説之樞要”作“凡論之樞要”，“于獻主”作“以獻主”。【按】四部叢刊本同。

堅 峙

雖杼軸於予懷

　　杼，盛緯器。機絲軸也。呂祖謙《唐鑒注》九

所偉　弗華　爲瑕

石韞玉而山輝

　　《玉書》曰："金玉隱于山川，氣浮於上，日月交光。草木受之，爲禎祥。鳥獸得之，爲異類。"《靈寶筆法》中

　　任恭惠，與呂許公同年進士，恭惠登樞，年耆康强。許公時爲相，詢其服餌之法，恭惠曰："不曉養生，但中年讀《文選》有悟，謂：石韞玉而山輝，水懷珠①而川媚。"許公深以爲然。宋敏求《春明退朝録》上　愚谷老人《延壽第一紳言》

同橐籥之罔窮

　　橐以皮爲囊，鼓風以吹火。籥，笛也。唐玄宗《道德經疏》一

　　橐，排橐。籥，樂管。李榮《道德經注》一　强思齊《道德經纂疏》二　案：杜光庭《廣聖義》卷首曰"唐任真子李榮《道德經注》上下二卷、今道藏本六卷"，强疏即引李注唐明皇《道德經》，有注有疏。强疏首行題曰"玄宗御注自疏"，遂爲後世自注自疏，託始强疏。乾德二年，杜光庭序吉光靈光不嫌與善引，王弼注複。

　　橐籥虚而能受，受而能應。《宋徽宗道德經解》一　時雍《道德經全解》上

　　天地爲橐，五氣爲籥。杜光庭《道德經廣聖義》九

　　橐以氣化形，籥以氣出聲。李林《道德經取樂》集一

　　橐籥以虚而受，其受不辭，以虚而應，其應不窮，有實其中，其用也廢。章安《宋徽宗道德經解義》二

　　橐，韝橐。邵若愚《道德經直解》

　　橐是没底囊，籥是三孔笛，總謂之鼓風韝。李道純《瑩蟾子語録》一

　　程大昌曰："橐也者，噓氣滿之而播諸冶鑪者也；籥也

──────────

① 【校】"懷珠"作"含珠"。【按】明歷代小史本同。

者，受此吸而噓之。所以播也。"彭耜《道德經集注》二

天地之間神爲橐囊，乾爲管籥。鄧錡《道德經三解》一　案：邵解序曰："紹興己卯，本來子邵若愚。"彭注序曰："紹定己丑。"鄧解序曰："大德二年王賓子鄧錡。"

爲函于周罩於外者，橐也。爲轄以鼓扇于内者，籥也。吳澄《道德經注》二

或庸音以足曲

詩人綜韵，率多清切，《楚辭》楚楚，訛韵實繁。張華論韵，謂士衡多楚，《文賦》亦稱知楚不易，可謂銜靈均之聲餘，失黃鍾之正響。《文心雕龍》七　案：《文賦》無"知楚不易"句，故附出音字下詳，《文心雕龍》上下文勢無訛脱，或《文賦》本有論音韵一段。

勠留（《沖虛經釋文補遺》下）

《洞簫賦》

漢宮人誦《洞簫賦》，以"清韵獨新，宮娥諷誦"爲韵。《黃滔集》一

昔人洞簫釋奠有頌，龍樓侍臣有箴，翼善有記，贊道有賦。凡爲諷貳君設也。陳模《東宮備覽》六①

一何壯士

退之《聽琴》詩"昵昵兒女語，恩怨相爾汝。劃然變軒昂，勇士赴敵場"，出阮瑀《箏賦》："不疾不徐，遲速合度，君子之衢也。慷慨磊落，卓礫盤紆，壯士之節也。"阮瑀出《洞簫賦》："澎濞沆瀣，一何壯士。優柔溫潤，又似君子。"《野客叢書》二十七

浸淫叔子遠其類

叔子，古之知音人。《六臣注》十七　案：李善引宋玉《笛賦》曰"命嚴春使叔子"，今本《古文苑》、宋玉《笛賦》作"使午子"，章樵注曰："午子未詳。"

---

① 【校】《東宮備覽》無此條。

惝恍瀾漫

惝恍，心亂也。《玉篇》八

文士以作事迫促者，通謂恍惝，見《文賦》。《能改齋漫録》一

嘽嗼音與恍惝同而義異。俞德鄰《佩韋齋輯聞》三

脲膝瞪涊

《舞賦》

傅毅《舞賦》，歐陽詢簡節其辭，編之《藝文類聚》，後好事者以前有楚襄王宋玉相唯諾之辭，遂指爲玉所作，非也。《古文苑注》二

《長笛賦》

乾道七年正月十一日，賜左相允文《養生論》、右相臣克家①《長笛賦》，皆太上真書。《玉海》三十四

冬雪揣團（《類林》一）**封乎其枝**

揣封猶擁附。《雙字》上

犇遯碭突

《漫録》曰："律有唐突之罪。"按《長笛賦》"犇遯碭突"，注："碭，徒郎切。"以"唐"爲碭。曹子建《牛鬥詩》："行彼土山頭，忽起②相搪突。"見《太平廣記》。僕謂"碭""搪""突"三字不同，皆一意。《野客叢書》二十九

號鍾高調

梁元帝《纂要》："鳴鹿、循況、濫脇③、號鍾、自鳴、空中，皆齊桓公琴也。"郭茂倩《樂府》五十七

彭胥伯奇

瀘川縣瀘江中有黃龍堆，尹吉甫子伯奇自投江中，衣苔帶藻，夢水仙賜美樂，揚聲悲歌，船人學之，吉甫聞船人聲似伯

---

① 【校】"臣克家"作"梁克家"。
② 【校】"忽起"作"歘起"。【按】明刻本同。
③ 【校】"濫脇"作"濫協"。【按】四部叢刊景汲古閣本作"濫脇"，同余氏。

奇，援琴作子安之操在此。《寰宇記》十八① 案：尹姞中朝舊姓，恐不產西南徼外。

重丘宋灌，名師郭張

四姓漢朝善樂人，重丘縣所出。

取予時適，去就有方

取謂取聲，予謂没曲時，去就謂節度。《六臣注》十八

察度於句投

前輩言韓退之書"反覆乎句讀"，讀不音讀。山谷《次韵黃冕仲木字韵詩》"變亂涸甲乙，謄寫失句讀"，正作讀音。馬融《笛賦》"察度於句投"，投音徒鬬反，注言："句猶章句之句。"豈兩字既異，義亦別耶？何休《公羊序》："失其句讀。"無音。《能改齋漫録》二②

簵 潃 銚 懂 箭
眊 眹 瞳 瀎

近世雙笛從羌起

笛有雅笛，有羌笛，其形制所始，舊説不同。《周禮》："笙師掌教篪簜。"或云："漢武帝時，丘仲始作笛。"又云："起于羌人。"後漢馬融所賦，空洞無底，剡其上孔五孔，一孔出其背，正似今尺八。李善注云："七孔，長一尺四寸。"此乃今橫笛，太常鼓吹部中謂之橫吹，非融所賦者。融《賦》云："易京房明識音律，故本四孔加以一。"沈約《宋書》亦云："京房備其五音。"《周禮·笙師》注："杜子春云'篪乃今時所吹五空竹'。""篪"以融、約所記論之，古"篪"不應有五空，子春之説，亦未爲然。《夢溪筆談》五

李郟《韓文瑣語》云："《西京雜記》：'高帝入咸陽宫，笛長二尺三寸，六孔。'"又宋玉有《笛賦》，不始于武帝時

---

① 【校】此條應出自《太平寰宇記》卷八十八。"援"應作"授"。
② 【校】此條應出自《能改齋漫録》卷三。"正作"作"止作"。

丘仲所作。予考《史記》，黃帝使伶倫伐竹于崑溪，作笛吹之，作鳳鳴。《周禮》"笙師籈管"，杜子春讀"籈"爲"蕩滌"之"滌"，即"笛"之古字，後世不深考而爲説紛紛，可勝歎哉。《學齋佔筆》① 一

裁已當簻便易持

案《急就章》"吹鞭菰荻課後先"，以竹爲鞭，中空可吹，故曰"吹鞭"。簻即馬策，又可爲笛，一物兩用，軍旅之便，故云"易持"。今行陣間皆有笛，即古吹鞭之制。《演繁露》八

嵇叔夜

涣水又東徑嵇山北，嵇氏故居。嵇康本姓奚，會稽人，遷譙之銍縣，改取稽字之上爲姓。嵇氏譜曰："譙有嵇山，家于其側，遂爲氏。"《水經注》三十

蕭穎士謂嵇康標舉。《唐詩紀事》廿一

《琴賦》

叔夜《琴賦》，於琴德備矣。朱長文《琴史》三

惟椅梧之所生兮

《琴賦》注云："椅，梧桐也。"陶隱居云："梧桐一名椅桐。"陸云："梓實桐皮曰椅。"則大類桐，小別。陳翥《桐譜》

玄朱長文《琴史》三作"互" 嶺

珍怪琅玕

明州昌國縣沿海淺岸水底生琅玕，狀似珊瑚，高三五尺，繫筏懸繩得之。初出水，色白，經久微紫黑，紋理如薑枝幹，一律多圓圈迹，扣之有聲，稍燥。《雲林石譜》下②

玄雲蔭其上，翔鸞集其嶺，清露潤其膚，惠風流其間

蔡邕《琴賦》："甘露潤其末，涼風扇其枝。鸞鳳翔其嶺，

---

① 【校】"《學齋佔筆》"應爲"《學齋佔畢》"。
② 【校】"三五尺"作"三二尺"，"薑枝幹"作"彊枝幹"。【按】清知不足齋叢書本"三五尺"作"三二尺"，"薑枝幹"作"薑枝"。

玄鶴巢其枝。"《琴史》三

乃斲孫枝

　　凡木，本實末虛，惟桐反之。取小枝，削皆堅實如蠟，其本皆中虛，所以貴孫枝，貴其實也。實，故絲中有木。《東坡題跋》六

徽以鍾山之玉

　　《金徽變化篇》："嵇康抱琴訪山濤，濤醉，欲琴。康曰：'吾買東陽舊業得琴，乞尚書剖令河輪珮玉，裁爲徽貨，所衣玉簾中單買縮絲爲袋，其價與武庫爭先。汝欲剖之，吾從死矣。'"《雲仙散錄》①

爧　憀　躠　踔　礚　硌

發清角

　　《梁元帝纂要》云："清角，黃帝琴也。"《郭樂府》五十七

雅昶唐堯

　　桓譚《新論》："古者聖賢，玩琴以養心。窮則獨善其身而不失其操，故謂之操。達則兼善天下，無不通暢，故謂之暢。《堯暢》經逸不存。"《意林》三

　　《古今樂錄》："堯郊祭神，座上有響，誨堯曰：'水方至爲害，命子救之。'堯乃作歌。"謝希逸《琴論》："《神人暢》，堯帝所作。堯彈琴感神人現，故制此弄。"清廟穆兮承予宗，百僚肅兮于寢堂。釀禱進福求年豐，有響在坐，救予爲害在玄中。欽哉皓天德不隆，承命任禹寫中宮。

終詠微子

　　《琴集》曰："《傷殷操》微子所作。"《尚書・大傳》："微子朝周，過殷故墟，志動心悲，推而廣之，作雅聲，即此

---

① 【校】"欲琴"間脫"剖"字，以致文意改變，當作"欲剖琴"。"買東陽舊業"作"賣東陽舊業"，"裁"作"截"，"袋"作"囊"。【按】四部叢刊本同。

操也，亦謂之《麥秀歌》。"並《郭樂府》五十七　按：事與辭《宋世家》皆作"箕子"。

於是曲引向闌

《琴論》："引者，進德修業，申達之名。"同上

琴之九操十二引以音相授，並不著辭，琴有操①自梁始。
《通志》四十九

奇弄乃發

《琴論》："弄者，情性和暢，寬泰之名。"《郭樂府》五十七

理重華之遺操

《思親操》："舜耕歷山，見鳩與母飛鳴相哺食，感思作歌曰：'陟彼歷山兮崔嵬，有鳥翔兮高飛。瞻彼鳩兮徘徊，河水洋洋兮清冷。深谷鳥鳴兮嚶嚶，設置張罟兮思我。父母力耕，日與月兮往如馳。父母遠兮，吾將安歸？'"蔡邕《琴操》一

凡琴操之名於後者，或自作，或後人述而歌之。《琴史》一

則廣陵止息

嵇康夢人，長丈餘，自稱黃帝伶人，授以《廣陵散》曲，及覺，撫琴而作，都不遺忘。《異苑》七

王敬傲，長安人，善琴。李山甫於道觀相遇，王彈一曲，山甫問："何曲？"王曰："嵇中散所受伶倫之曲，人謂絕於洛陽東市，不知有傳者，余得自先人，名《廣陵散》。"出《耳目記》。《廣記》二百三

《盧氏雜說》："韓皋謂嵇康琴曲有《廣陵散》，以王陵、毋丘儉輩皆自廣陵散敗。"予考散自是曲名，如操、弄、慘、淡、序、引之類，或康借此名諷諫時事，散取曲名《廣陵》，乃其所命相附爲義。《夢溪筆談》五

韓皋不考，漢魏時揚州治壽春，廣陵自屬徐州，至隋唐乃

---

① 【校】"有操"作"有辭"。

爲揚州。又劉潛《琴議》稱杜夔妙于《廣陵散》，嵇中散就王①子猛求得此聲。按：夔在漢爲雅樂郎，夔已妙此曲，則慢商之聲，似不因廣陵興復之舉不成而製曲也明矣。政和五年二月十五日，烏戌小隱，聽照曠道人彈此曲，音節殊妙，感動坐人，或疑前後所傳之異，因以所聞，并記。何薳《春渚紀聞》八

《廣陵散》，嵇康死後此曲遂絕，後人本舊名而別新聲。《通志》四十九

以《選》注考之，《廣陵》《止息》皆古曲名，非叔夜始撰。揚州刺史治壽春，亦非廣陵。顧況《廣陵散記》云："曲有《日宮散》《月宮散》《歸雲引》《華嶽引》。"然則散猶引也，敗散之説非矣。《困學紀聞》五

韓皋生知音律，觀彈琴，至《止息》，歎曰："嵇生爲是曲，其當晉魏之際。其音主商，商爲秋聲，其歲之晏乎？又晉承金運之聲也，慢其商弦，與宮同音，所以知司馬氏之將篡也。王陵、毌丘儉、文欽、諸葛誕，前後相繼爲揚州都督，咸有匡復魏室之謀，皆爲懿父子所殺。叔夜故名其曲爲《廣陵散》，言魏室散亡，自廣陵始。廣陵者，晉淮暴興，終廣陵於此也。哀憤慘痛迫切之音，盡在於是。永嘉之亂，是其應乎。"出《盧氏雜記》。《廣記》二百三②

《廣陵散》一名《止息》。《東坡題跋》二　按：坡語本韓皋生果爾，本賦不當連言《廣陵》《止息》。

飛龍鹿鳴

《離騷》："爲余駕飛龍兮。"曹植《飛龍篇》言"乘飛龍而昇天"，與《楚辭》同意。琴曲有《飛龍引》。《郭樂府》六十四

---

① 【校】"王"作"其"。【按】明津逮秘書本同。
② 【校】"與宮同音"作"以宮同音"，"晉淮暴興"作"晉雖暴興"。【按】民國景明嘉靖談愷刻本同。

《鹿鳴操》，周大臣所作。王道衰，君志傾，留以①聲色，內顧妃后，旨酒嘉殽，不能厚養賢者。大臣昭然獨見，周道凌遲，必自是始，彈琴諷諫，歌以感之，庶幾可復。"呦呦鹿鳴，食野之苹。我有嘉賓，鼓瑟吹笙。吹笙鼓簧，承筐是將。人之好我，示我周行。"言禽獸得美甘之食，尚知相呼，傷在位之人不能。蔡邕《琴操》上 按：《關雎》多異說，鹿鳴鮮焉，正風正雅首篇不當，便爲陳古以刺，班固曰齊魯韓毛咸非本義，即中郎亦非本義可知。

蔡邕《琴賦》："仲尼思歸，《鹿鳴》二章。"《琴史》三

魏平荆州，獲漢雅樂，古曲音調存者四，曰：《鹿鳴》《騶虞》《伐檀》《文王》。李延年之徒，以歌被寵，復改易音辭，止存《鹿鳴》一曲，晉初亦除之。王灼《碧鷄漫志》

蔡氏五曲

《琴書》："蔡邕，嘉平初入青溪訪鬼谷。所居山有五曲，一曲製一弄。山東西有仙人遊，故作《遊春》；南曲有潤，冬夏常淥，故作《淥水》；中曲即鬼谷所居，故作《幽居》；北曲高巖，猿鳥所集，感物愁坐，故作《坐愁》；西曲灌木迎秋，故作《愁思》。三年曲成，出示馬融，甚異之。"《琴議》："隋煬帝以嵇氏四弄、蔡氏五弄，通謂之九弄。"《郭樂府》五十九②

王昭楚妃

蔡邕《琴賦》："楚姬遺歎，鷄鳴高桑。"《琴史》三

千里別鶴

《琴譜》："琴曲有四大曲，《別鶴操》其一。"郭《樂府》五十八

蔡邕《琴賦》："青雀西飛，別鶴東翔。"《琴史》三

姦

---

① 【校】"留以"作"留心"。【按】清平津館叢書本同。

② 【校】"山東西"作"山東曲"，"灌木"作"灌水"。【按】四庫全書本同。"山東西"費解，且前文謂"五曲"，故應作"山東曲"，余氏乃誤。

絃長故徽鳴

徽鳴，今之泛聲，弦虛而不按乃可泛，故云"弦長則徽鳴"。《東坡題跋》二

《笙賦》

統大魁以爲笙

宮管在中央，三十六簧曰竽。宮管在左旁，十九簧至十三簧曰笙。《通典》百四十四

《嘯賦》

《成公》："綏雅好音律，嘗當暑承風而嘯，冷然成曲，因爲《嘯賦》"。《册府元龜》八百卅八

乃慷慨而長嘯

永泰中大理評事，孫廣著《嘯旨》云："嘯有十五章，一權輿，二流雲，三深溪虎，四高柳蟬，五空林鬼，六巫峽猿，七下鴻鵠，八古朱鳶①，九龍吟，十動地，十一蘇門，十二劉公命鬼，十三阮氏逸韵，十四正章，十五畢章。"《封氏聞見記》五

向 《晋書》九十二作"回" **寒**

情

情，人之陰氣有欲者。性，人之陽氣性善者也。《説文》十下

《高唐賦》

宋玉《高唐賦》，賦蓋有所諷，文士多傚之，又爲傳記以實之，而天地百神舉無免者。余謂欲界諸天，當有配偶，其無偶者，則無欲者也。唐人記后土事，以譏武后。《後山詩話》

序

昔者楚襄王與宋玉遊於雲夢之臺

襄王與宋玉遊於雲夢之臺，望朝雲之館，其上有雲氣，變

---

① 【校】"古朱鳶"作"古木鳶"。

化無窮。王曰：“何氣也？”玉曰：“昔者先王遊於高唐，怠而晝寢。夢見一婦人，曖乎若雲，皎乎若星，將行未止，如浮停。詳而觀之，西施之形。”王悦而問之，曰：“我夏帝之季女也，名曰瑶姬，未行而亡，封於巫山之臺，精魂爲草，摘而爲芝，媚而服焉，則於夢期，所謂巫山之女，高唐之姬。聞君遊于高唐，願薦寢席。”王因幸之，既而言之曰：“妾處之鰅，尚莫可言之。今遇君之靈，幸妾之蹇，將撫君苗裔，藩乎江漢之間。”王謝之。辭去，曰：“妾在巫山之陽，高邱之阻，朝爲朝雲，暮爲行雨，朝朝暮暮，陽臺之下。”王朝視之，如言，乃爲立館，號曰朝雲。王曰：“願子賦之，以爲楚志。”余知古《渚宮舊事》三[1]　案：《渚宮舊注》曰“見《襄陽耆舊傳》”，與本賦異，故更録焉。

昔者先王嘗遊高唐

　　自古言楚襄王夢與神女遇，以《楚辞》考之，未然。《高唐賦》序：“昔者先王嘗遊高唐，怠而晝寢。夢見一婦人來曰：‘先王嘗遊高唐。’”則夢神女者懷王，非襄王。《補筆談》上

　　先王謂懷王，古樂府詩有之：“本自巫山來，無人覿容色。惟有楚懷王，曾言夢相識。”李義山亦云：“襄王枕上元無夢。”《西溪叢語》上

妾巫山之女也

　　雲華夫人，王母第二十三女，名瑶姬。受鍊神飛化之道，嘗遊東海還，過巫山，流連久之。時大禹理水駐山下，因拜求助，即敕侍女傳授禹策召思神之書，因命其神狂章、虞余、黄魔、大翳、庚辰、童律等助禹。其後楚大夫宋玉以其事言于襄王，王不能訪道要以求長生，作陽臺之宮以祀之。宋玉作《神女賦》，以寓情荒淫穢蕪，高真上仙豈可誣而降之。有祠

---

[1]　【校】“鰅”作“翰”，“朝爲朝雲”作“旦爲朝雲”。

在山下，世謂之大仙，隔岸有神女石，即所化也，楚人世祀焉。出《集仙錄》。《廣記》五十六

禹嘗謁雲華，化爲石，或爲輕雲，爲夕雨，爲龍，爲鶴，千態萬狀，禹疑怪誕，非真仙。童律曰："夫人金母之女，受書爲雲華上宮夫人。主領教童真之士，非寓胎稟化之形，乃西嶽①少陰之氣。"趙惟一《真仙通鑒後集》二

妾在巫山之陽

巫峽首尾百六十里，宋玉賦："瑤姬封於巫峽之陽，高唐之岨。"《元一統志》四百七十四

暮爲行雨

《內題賦得巫山雨》《宋之問集》下

陽臺之下

陽臺廟在汉州縣南二十五里，有陽臺山，山在漢水之陽，形如臺。按《高唐賦》，楚襄王遊雲夢之澤受神女②，今誤傳在巫峽中，縣令裴敬爲碑，以正其由。《寰宇記》百卅二

暳兮若松榯

榯，栽也。《雙字》上

晰兮若姣咬（《類林》一）

姬 鄣 湫 稫 蓊 崒

嶒 磳 瀺 潎 滴喙

鱧 螻蜿 葩 泥 蒂蓨 瘁

《神女賦》

《題巫山圖後》："宋玉賦《高唐》，言山水峻激，林木振蕩，鳥獸號呼，使人移心易志。諷襄王荒淫，神志既蕩，夢與神遇，以無爲有，卒章勸百諷一，亦已晚矣。後卒賦神女事，豈荒淫竟不可已耶？然亦玉之罪矣，惜乎無是可也。"《趙秉文

---

① 【校】"西嶽"作"西華"。
② 【校】"受神女"應作"夢神女"。

序

夢與神女遇

故太尉李德裕鎮渚宮，嘗謂賓侶："余偶賦《巫山神女》詩，下句云'自從一夢高唐後，可是無人勝楚王'，晝夢宵征巫山，似欲降者，如何？"段記室成式曰："屈平流放，宋玉招魂，恐禍及身，假高唐之夢以感①襄王，非真夢也。我公思神女之會，惟慮夢，亦非真。"李公退慚，其文不編集於卷也。《雲溪友議》七

明日以白玉

人君與其臣語，不當稱白。文賦曰："他人莫覩，王覽其狀。望予帷而延視兮，若流波之將瀾。"若宋玉代王賦之，若王自言者，不當自云"王覽其狀"。既稱王覽其狀，即是宋玉之言，人不知稱予者誰。以此考之，則"其夜王寢，夢與神女遇"者，王字玉，乃自謂"明日以白玉"，"以白王"也，"王"與"玉"字互書之耳。前日夢神女者，懷王，其夜夢神女者，宋玉也，襄王無預，從來枉受其名。《補筆談》上②

今《文選》"玉""王"字差互。《西溪叢語》上

白日初出照屋梁

少陵"落月滿屋梁，猶疑照顏色"，即《神女賦》"耀乎若白日初出照屋梁"，好事者便謂少陵此兩句治鄭虔妻瘧有驗。《湛淵靜語》二

玉曰唯唯

《高唐》《神女》賦自"玉曰唯唯"以前皆賦，蕭統謂之序，相如賦首有亡是三人論難，豈亦序耶？《東坡題跋》二

————————

① 【校】四部叢刊續編景明本"感"作"惑"。
② 【校】明崇禎馬元調刊本"人不知"作"又不知"，"互書"作"誤書"。

歡情未接

《高唐》《神女》二賦，寓言託興，發乎情，止乎禮義，得詩人風化之本。前賦云：“昔者先王嘗遊高唐，夢見一婦人，願薦枕席。王因幸之。”後賦云：“襄王夢與神女遇。”則是王父子皆爲此女荒淫。然篇首極道神女之美麗，至其中云：“懷貞亮之潔清兮，卒與我乎相難。顉薄怒以自持，曾不知乎犯干。歡情未接，將辭而去。遷延引身，不可親附。”然則神女但與懷王交御，見夢於襄，而未嘗及亂，玉之意可謂正矣。今詩詞以襄王藉口，其實非是。《容齋三筆》三①

《好色賦》

宋玉《諷賦》載《古文苑》，與《好色賦》相類，二賦蓋設詞以諷楚王。《木筆雜鈔》下

相如《美人賦》出于宋玉《好色賦》，蔡邕擬之爲《協和昏賦》，曹植爲《靜思賦》，陳琳爲《止欲賦》，王粲爲《閒邪賦》，應瑒爲《正情賦》，張華爲《永懷賦》，江淹爲《麗色賦》，沈約爲《麗人賦》，轉轉規仿。《野客叢書》十六

大夫登徒子

登徒子，假設爲名，猶言升諸其徒之人。《古文苑注》九

鶬鶊喈喈

《章龜經》曰：“倉，清也；庚，新也。感春陽清新之氣而出，故名。”吳澄《月令七十二候集解》

曹子建

當塗基命，文宗蔚起，獨彼陳王，思夙遒舉，備乎典奧，懸諸日月。《晉書》九十二②

蕭穎士謂曹植豐贍。《唐詩紀事》廿一

---

① 【校】“貞亮”作“正亮”，“曾不知乎”作“曾不可乎”。
② 【校】“蔚”作“鬱”，“夙”作“風”。

《洛神賦》

沈約曰："以《洛神》比陳思他賦，有似異手之作。"《南齊書》五十二

右軍《勸進》《洛神賦》，諸書皆今體。《陶宏景集》上　劉大彬《茅山志》一

裴硎①《傳奇》載《感甄賦》之因，文字淺俗不可信。《西溪叢語》上

《洛神賦》，後人託獻之而間行之。鄭杓《衍極》二

《洛神賦》有小楷石本，相傳爲王獻之書。劉有定《衍極釋》二

題李伯時，《洛神圖》《洛神賦》有楚騷求宓妃湘君遺意。《胡炳文集》四

陵景山

景山在緱氏縣東北八里，《洛神賦》即此。《寰宇記》五

翩若驚鴻，婉若遊龍

《洛神賦》，子建寓言也，好事者乃造甄后以實之，使果有之，當見誅于黃初之朝矣。彥唐謙云："驚鴻瞥過遊龍去，虛惱陳王一事無。"似爲子建分疏者。劉克莊《後村詩話》上

歎匏瓜玉版王獻之十三行②作"炮媧"之無匹兮

孔子稱匏瓜繫而不食，洪氏以爲天之匏瓜星，《天官星占》："匏瓜，一名天雞，在河鼓東。匏瓜繫而不食，猶言南箕不可簸揚，北斗不可挹酒漿也。"按：《楚辭》、王褒《九懷》、曹植《洛神賦》、阮瑀《止慾賦》，匏瓜皆謂星爾。《爾雅翼》八

恨人神之道殊兮，怨盛年之莫當

按：甄后被殺時年二十餘，文帝三十六。賦謂"人神道殊，盛年莫當"者，人意非文帝匹敵，及年齡相遠絕故也。王

---

① 【校】"硎"作"鉶"。
② 【校】"玉版王獻之十三行"應爲"王獻之《玉版十三行》"。

銓《默記》下　按：魏王多材，甄后國艷，不爲非匹。上古三十嫁，五十娶；中古二十嫁，三十娶。魏文、甄后相去十三四歲，不爲年不相當。人神道殊，述甄后已死爲鬼神，不與陳思王同人道。盛年莫當者，漢末植求婚，甄不遂也。

獻江南之明璫

　　沈懷遠《南越志》："珠有九品，寸五分以上至寸八九分，爲大品，有光彩。一邊小平似覆釜者，名璫珠，次爲走珠，爲滑珠，爲磊螺珠，爲官雨珠，爲稅珠，爲葱珠。"《續博物志》十

卷十一

詩

古詩率以四言爲體。三言，漢郊廟歌用之；五言，俳諧倡樂多用之；七言，俳諧倡樂世用之。《文章流別論》

徐陵《玉臺新咏》十卷皆《文選》棄餘，雅人莊士見之廢卷。坡公笑蕭統之陋，以陵觀之，愈陋于統，然則自《國風》《楚辭》而後，故當繼以《選》詩，不易之論也。《後村詩話》上

《選》詩婉曲委順，學者不察，失於柔弱。

編修楊仲宏曰：“五言短古，只是《選》詩結尾四句，所以含蓄無限，意自然悠長。”並范梈《木天禁語》

《補亡》

夏侯湛、潘安仁並作《補亡》《白華》《由庚》之屬。《抱樸子》外篇三十

《南陔》《白華》六篇有聲無詩，故云笙不云歌。有其義，亡其辭，非亡失之亡，乃無也。《醴泉志》下

《鄉飲酒》《燕禮》云：“笙入堂下，磬南北面立，樂奏《南陔》《白華》《華黍》”，“乃間歌《魚麗》，笙《由庚》；歌《南有嘉魚》，笙《崇丘》；歌《南山有臺》，笙《由儀》；乃合樂，《周南·關雎》、《葛覃》、《卷耳》，《召南·鵲巢》、《采蘋》、《采蘩》。”歌者有其辭可歌，《魚麗》以下是也，亡其辭者不可歌，以笙吹之，《南陔》至《由儀》是也。亡其辭者，元未有辭，鄭康成以爲及秦亡之。陸德明《音義》云：“此六篇武王之詩，周公制禮，用爲樂章，吹笙以播其曲，孔子删定在三百十一篇內，及秦而亡。”蓋祖鄭説。古詩經删及逸不存者多矣，何獨列此六名于大序中乎？束晳《補亡》，不作可也。《左傳》叔孫豹如晉，晉侯享之，金奏《肆夏》《韶

夏》《納夏》，工歌《文王》《大明》《緜》《鹿鳴》《四牡》《皇皇者華》。三《夏》，樂曲名，擊鍾而奏，亦以樂曲無辭，故以金奏，若六詩則工歌之矣，尤可證也。《容齋續筆》十五

束廣微

陽平元城人，漢太子傅疏廣之後。王莽末，廣曾孫孟達自東海徙居沙鹿山南，去疏之足，遂改姓焉。父龕，馮翊太守。《晉書》五十一

南陔孝子相戒以養也

陔何以有戒意？據《周官》“祴夏”，《儀禮》作“陔”，則“陔”通于“祴”，且辰窮於亥，戒之時也。方勺《泊宅編》中 案：《南陔》《崇丘》，義不在篇名內。

噬魴捕鯉

獺祭先所陳魚，許叔重注《淮南》以爲用鯉，束晳詩曰：“有獺有獺，在河之涘。凌波赴汩，噬魴捕鯉。”則又魴鯉兼祭。《爾雅翼》二十一

受哺于子

鳥始生，母哺之六十日。至子稍長，則母處而子反哺，其日如母哺子之數。故鳥一名哺公。《爾雅翼》十三

《由庚》

八風代扇

條風，一名炎風，起自變天方土之蒼門，從東北來。

明庶風，一名谷風，起自界天開明之門，從東方來。

清明風，起自陽天波母之門，從東南來。

景風，一曰凱風，又曰薰風，亦曰巨風，起自赤天之暑門，從南方來。

涼風，起自朱天編駒之白門，從西南來。

閶闔風，一曰盲風，又曰飂風、泰風，起自成天之閶闔門，從西方來。

不周風，一曰麗風，起自幽天幽都之門，從西北來。

廣莫風，一曰寒風，又曰凉風，起自元天之寒門，從北方來。並陳叔齊《籟記》上

謝靈運

謝靈運，小人哉，其文傲，君子則謹。《中説》上

梁簡文《與湘東王書》："謝客吐言天授，出於自然。"《册府元龜》百九十二

謝靈運詩書並獨絶，每文竟，手自寫之，宋文帝稱爲二寶。適之《金壺記》中

敖器之詩評："謝康樂如東海揚帆，風日流麗。"《賓退録》二 《玉海》五十九

三謝詩，靈運爲勝，當就《選》中寫出熟讀，自見優劣。唐庚《文録》

謝靈運詩無一篇不佳。

建安之作全在氣象，不可尋枝摘葉。靈運詩徹首尾成對句矣，是以不及建安。並嚴羽《滄浪詩話》

《述祖德詩》

康樂公通内典，心地更精，所作詩皆造極，得非空王道助耶？文章，天下之公器，曩嘗與諸公論康樂爲文，直於性情，尚於作用，不顧詞彩，風流自然。彼清景當中，天地秋色，詩之量也；慶雲從風，舒卷萬狀，詩之變也。不然，何以得其格高，其氣貞，其貌古，其詞深，其才婉，其德宏，其調逸，其聲諧哉？至如《述祖德》一章，《擬鄴中》八首，《經廬陵王墓》《臨池上樓》，識度高明，蓋詩中之日月也，安可攀援哉！惠休所評謝詩如芙蓉出水，斯言頗近矣！故能上蹕風騷，下超魏晋。建安製作，其椎輪手？皎然《詩式》①

展季救魯人

梧下先生家有大梧樹，因爲號，若柳下惠。高誘《戰國策注》

---

① 【校】"其氣貞"作"其氣正，其體貞"，"其椎輪手"作"其椎輪乎"。【按】清十萬卷樓叢書本同。

《諷諫詩》

至如詩有韋孟《諷諫賦》，有趙壹《嫉邪篇》，則賈誼《過秦論》，則班彪《王命》。張華述箴於女史，張載題銘於劍閣，諸葛表至於出師，王昶書家以戒子，劉向、谷永之上疏，晁錯、李固之對策，荀伯子之彈文，山巨源之啓事。此皆言成軌則，爲世龜鏡。《史通》五

序

及孫王戊

十干戊與茂同音，俗呼務，非也。吳中術者，稱爲武。偶閱舊五代史，梁開平元年，司天監上言日辰，戊字請改爲武，乃知亦有所自。今北人語多曰武，朱温父名誠，以戊字類成字，故司天謟之。《搜採異同録》三

國自豕韋

《國都記》：“豕韋氏，彭姓國，祝融後。陸終第三子籛，封于彭。”隋置縣于韋氏國，故曰韋城。《寰宇記》九　案：彭姓豕韋在前，《寰宇》故略劉姓豕韋，“韋孟”誤，二“豕韋”爲一音義，辨之詳矣。

張茂先

鍾嶸稱茂先兒女情多，喻鳧嘗謁杜紫微不遇，乃曰：“我詩無綺羅鉛粉，宜不集①也。”淮海詩亦然，又戲爲可入小石調。《碧溪詩語》三

《勵志》

大儀斡運

斡，盃柄也，義亦訓轉，《聲類》《字林》並音管。賈誼賦“斡流而遷”，張華詩“太儀斡運”，皆爲轉也。《楚辭》云：“筦維焉繫，天極焉加。”此義亦與“斡”同。“斡”“筦”二音不殊，近代流俗改爲“棺”，音烏活反，實爲螢陋。

---

① 【校】“集”作“售”。

按陸士衡《愍思賦》："悲夫天地之驟邁，運二儀以相斡。遺朱光於濛谷，靡傾蓋於岐岐。時方至其倏忽，歲既去而晼晚。"以此驗之，非"棺"明矣。《匡謬正俗》七①

熠燿宵流　德輶如羽

張茂先《勵志詩》："德輶如羽"，又曰："熠燿宵流"。雖變二字以協音韵，不知詩人言行有緩飛之義，言毛有至輕之喻。《文則》上　案：羽不重于毛，流不急于行，陳騤爲學，猶少慎思明辨。

曹子建

鄴中七子，陳王最高。皎然《詩式》

敖器之《詩評》："曹子建如三河少年，風流自賞。"《賓退錄》二

《責躬》

曹植，蓋代之才也，人猶愛之，況父乎？使少加智巧，奪嫡猶反手爾。植素無此念，深自斂退，雖丁儀等坐誅，辭不連植。黃初之世，數有貶削，方且作詩《責躬》，上表求自試，兄不見察，而不敢廢恭順之義，卒以此自全，可謂仁且智。《文中子》曰："至哉，思王以天下讓！"真篤論也。《後村詩話》上

不忍我刑，暴之朝肆

陳思王與文帝不叶，帝即位，召植遊華林園，酒酣，密遣左右縊殺。使者以弓弦三縊，不死，弦皆頓絶，植即驚覺。左右走白帝，帝自是不敢害植。《獨異志》中　案：《魏志紀傳》文注無此事，可補裴松之之缺。

公讌

《文選·王粲〈公讌〉詩》注："此侍曹操讌，操未爲天子，故云公讌。"《韵語陽秋》八　按：公者對私之稱，昭明列爲一門。凡十四首，侍帝四，太子二，王一，世子一，公二，不專爲曹操稱公讌。

---

① 【校】"棺"作"指"，"螢陋"作"腐陋"。

曹《公讌》

《公讌》

子建《公讌》，讀之猶想見其景，劉公幹、王仲宣亦有詩皆直寫其事，今人筆力，竭思不能到。范晞文《對牀夜話》一

清夜遊西園

《清夜遊西園圖》，顧長康畫，梁朝諸王跋尾。貞觀中，褚河南裝背，張維素家收得，傳至相國張公宏靖。元和中，宣索入內。後中貴人崔潭峻將出，流傳人間。維素子周封在京，以絹數疋贖得。經年仇中尉傳語，以絹三百疋易之。後知作偽，乃是王涯計取，及十二家事起，落在一粉鋪內。郭侍郎承煆閣者以錢三百買獻郭，郭又流傳至令狐家。宣宗嘗問相國有何名畫，相國以圖進。《尚書故實》①

西園在鄴縣舊治，魏武帝②所作，胡曾詩："月滿西園夜未央，金風不動鄴天涼。高情公子多秋興，更領詩人入醉鄉。"《元一統志》一百二

朱華冒綠池

古人雖不於字面上着工，然冒字殆妙。陸士衡云："飛閣纓虹帶，層臺冒雲冠。"潘安仁云："川氣冒山嶺，驚湍激巖阿。"顏延年云："松風遵路急，山烟冒壟生。"江文通云："涼葉照沙嶼，秋華冒水潯。"謝靈運云："蘋萍泛沈深，菰蒲冒清淺。"皆祖子建。《對牀夜話》一

好鳥鳴高枝

鄭袞《好鳥鳴高枝》詩一首。《英華》百八十五

劉斌《送劉散員同賦陳思王詩，得好鳥鳴高枝》。《英華》二百八十五

---

① 【校】"作偽"作"詐偽"，"承煆"作"承嘏"。【按】民國景明寶顏堂秘笈本同。
② 【校】"魏武帝"作"魏曹操"。

王《公讌》

與天享巍巍

曹操知衆情未順，終身不敢稱尊。粲詩已有"願我賢主人，與天享巍巍"之語，粲豈復有心於漢耶！《韵語陽秋》八

劉公幹

劉楨辭氣，偏正得其中，語與興驅，勢逐情起，不由作意，氣格自高，與《十九首》其流一也。《詩式》

應得璉瑒

《華嶠漢書》："應奉子劭，劭弟洵，即瑒之父。"《三國志注》廿一

漢中興初，有應嫗者，生四子而寡。見神光照社，試探之，乃得黃金。自是諸宦學，並有才名，至瑒，七代通顯。《廣卓異記》十二

應吉甫

應璩子。《三國志注》廿一

文武之道，厥猷未墜

既言道，而復綴厥猷，所謂屋下架屋。《文則》上

謝宣遠

一名檐，字通遠。《通志》百卅二

小字阿遠。《六帖補》六

《送孔令》

九日

唐文宗開成元年，歸融爲京兆，時兩公主出降，府司供帳事繁，又俯近上巳曲江賜宴，奏請改日。上曰："去年重陽取九月十九，未失重陽之意，今改十三可也。"東坡有"菊花時即重陽"之語，在海南，以十一月望，與客泛舟①作重九。《容齋續筆》一　按：三月三、七月七改日，俱見本條附，此種爲《歲華紀麗》補亡。

---

① 【校】"泛舟"作"泛酒"。【按】清修明崇禎馬元調刻本同。

戲馬臺

在彭城縣東南三里，項羽所造，戲馬於此。"宋公九日登戲馬臺"，即此。《元和志》九①

宋武北征至彭城，遣長史王虞等，立第舍于戲馬臺。起齋②作閣橋渡池，九日登此臺，會百僚賦詩，作者百餘人，謝靈運最工，宋於臺上置寺。《寰宇記》十五

《和李使君九日登戲馬臺》詩一首。《陳思道集》六

霜降休百工

霜降，膠漆堅，不可爲器，故百工休。《雙字》上

揚《歲華紀麗》三作"鳴" 鑾戾行宮

行宮，馬臺也。同上

范蔚宗曄

范曄母如厠產之，額爲博所傷，故小字博。陸龜蒙《小名錄》下③

《樂遊應詔》

樂遊

《輿地志》："在晉爲藥園，宋元嘉中以其地爲北苑，更造樓觀，後改爲樂遊苑。孝武大明中造正陽、林光殿于內，侯景亂，焚毀略盡。陳天嘉六年更修，陳亡遂廢。"《六朝事迹》上

在覆舟山南。《金陵新志》十二

山梁協孔性

孔子言"山梁雌雉"，梁高也，如屋梁橋梁山之高者，雌處其上，可謂得所，猶小人居高位也。子路多言於此，能默識之，共以致敬三歎其事焉，"嗅"當作"歎"字之誤也。江端禮《徐節孝語録》

---

① 【校】此條應出自《元和郡縣志》卷十。"三里"應作"二里"。
② 【校】"起齋"二字衍文。
③ 【校】二"博"字均應作"磚"。

靈運《送孔令》

在宥天下理

聞諸賢任物，自在寬宥，即天下清謐。《南華經疏》十二

帝曰："吾聞在宥天下，不問理於天下。"王瓘《黃帝本行經》

按：唐王瓘集莊列舊文爲《廣黃帝本行經》一卷，秘入道藏，世莫得聞，附載此條，不嫌于善注文複。

顏延年

鍾嶸《詩品》："湯惠休云謝如芙蓉出水，顏如錯采鏤金。"東坡云："辨才詩如風吹水，自成文理。吾輩與參寥，如巧婦織錦。"取況類此。淵明所以不可及，蓋無心於非譽巧拙之間。《苕溪詩話》五

顏不如鮑，鮑不如謝，文中子獨反取顏，非也。《滄浪詩話》

賣　　朏

邱希範遲

沈太虛侍郎言："湖州有人發古塚，得石碑，乃南朝邱遲。言遲乃左史丘明之後。"然則丘明竟不姓左耶？《能改齋漫録》一①

沈休文

沈約左目重瞳。《梁書》十三

梁元帝論曰："詩多而能者沈約，少而能者謝朓、何遜。"《册府元龜》百九十二

唐朝有文選學，時君尤見輕重，分別本以賜金城，書絹素以屬裝行儉是也。外史《檮杌》載，鄭奕嘗以《文選》教其子，其兄曰："何不教讀《論語》，免學沈、謝嘲風弄月，污人行止。"《韻語陽秋》三② 案：休文嗜利，玄暉輕佻，行止自污，詎關風月。

---

① 【校】此條應出自《能改齋漫録》卷二。
② 【校】"輕重"作"欽重"，"免學"作"無學"。【按】宋刻本同余氏，作"免學"。

《餞呂僧珍》

餞席樽上林

上林苑，《宮苑記》云："鷄籠山東歸善寺後。"《實錄》："宋大明三年初，築上林苑于玄武湖北。"《宮苑記》："孝武名西苑，梁改名上林，有飲馬塘。"《金陵新志》十二

《送應氏詩》二

願爲比翼鳥

比翼鳥，一青一赤，在參嵎山。《博物志》二

孫子荆楚

孫楚祖資，魏驃騎將軍。《晉書》五十六

《涉陽侯》

咄嗟安可保

劉貢父以司空圖詩中"咄嗟"二字辨《晉書》"石崇豆粥，咄嗟而辨"爲誤，以"嗟"爲"嗟"，非也。孫楚詩自有"咄嗟安可保"之語，"咄嗟"皆聲也，猶言呼吸，疑是晉人一時語。《石林詩話》下①

《魏陳暄賦》"漢帝咄嗟"，《抱朴子》"不覺咄嗟復彫枯"，此語自古有之。《漢書》"項羽意烏猝嗟"，李奇注："猝嗟，猶咄嗟也。"何休注《公羊》曰："噫，咄嗟也。"《野客叢書》廿三

莫大於殤子，彭聃猶爲夭

生寄死歸，殤子去所寄，歸所卜，故爲壽。彭祖蓋楚先，壽四百歲，不早歸，故爲夭。《淮南子許注》廿四

林獨疑注："殤子近於無生，以彭祖言之，足以爲壽。對無死生而言，彭祖又爲夭矣。"褚伯秀《南華經義海纂微》三

---

① 【校】"咄嗟而辨"作"咄嗟而辦"，"安可保"作"不可保"。【按】宋百川學海本同。

《金谷》

徐彦伯爲文，多變易求新，以金谷爲銑溪。《唐詩紀事》九

歲寒良獨希

潘岳云：“春榮誰不慕？歲寒良獨希。”若能却顧長慮者，然身遊金谷，以賈謐、石崇爲託歲寒之地，悲夫！《後村詩話》上

《方山》

在上元縣東南七十里。《元和志》廿五

在上元縣東南五十里，周迴二十里，高百十六丈，四面等方孤絶。《寰宇記》九十

《圖經》：“四面方如城，東南有水，下注長塘。”山謙之《丹陽記》：“山形方如印，亦名天印山。秦始皇鑿金陵，此方①是其斷者。”《六朝事迹》下

及《六朝事迹》下作“又”流

謝玄暉朓

謝朓善五言詩，沈約嘗云②：“二百年來無此詩也。”《南齊書》四十七

劉孝綽有重名，無所與讓，唯服謝朓，常以謝詩置几案間，動静諷詠③，簡文愛陶淵明文，亦復如此。《顏氏家訓》上

江左諸謝，見《文選》六人，希逸無詩，宣遠、叔源有詩不工，今取靈運、惠連、玄暉詩合六十四篇爲三謝詩。三人詩至玄暉語益工，然蕭散自得之趣少減，漸有唐風矣，於此可以觀世變。《唐庚集》九

陶潛、謝朓詩皆平淡有思致，非後來彫琢所爲。老杜云“陶謝不枝梧，《風》《騷》共推激。紫燕自超詣，翠駁誰剪剔”是也。欲造平淡，當自組麗中來，落其華芬，然後可造。

---

① 【校】“此方”作“此山”。【按】明古今逸史本同余氏，作“此方”。

② 【校】“沈約嘗云”作“沈約常云”。【按】清乾隆武英殿刻本同。

③ 【校】“諷詠”作“諷味”。

今人多作拙易語，以爲平淡，梅聖俞《和晏相》云：“因今適性情，稍欲到平淡。苦詞未圓熟，刺口劇菱芡。”言到平淡處甚難也。《贈杜挺之詩》：“作詩無古今，欲造平淡難。”《韵語陽秋》一①

詩至三謝，如玉人之工玉，錦工之機錦，極天下之工巧組麗，而去建安、黄初遠矣。《後村詩話》上②

《别范零陵》

新亭

《代謝玄暉新亭送范零陵》一首。《曹鄴集》上

《丹陽記》：“新亭，吴舊立，先基崩淪，丹陽尹司馬恢之徙創今地。”案：此乃王導正色處，則凡晋宋間，新亭已非吴時新亭矣。程大昌《續演繁露》二

宋孝武即位于新亭，僕射王僧達改爲中興亭，城南十五里俯近江渚。《六朝事迹》上

乾道五年，留守史志即故基重建亭，自爲記。《金陵新志》十二

洞庭張樂地，瀟湘帝子遊

洞庭山浮於水上，其下有金堂數百間，玉女居之，四時聞金石絲竹之聲，徹於山頂。楚懷王之時，舉群才賦詩於水湄，故云：“瀟湘洞庭之樂，聽者令人忘老。”《拾遺記》十③

宣宗覽錢起詩，曰：“今之協律文字也。合于匏革宫商，即變鄭衛之奏。雖謝朓‘洞庭張樂地，瀟湘帝子遊。雲去蒼梧野，水還江漢流’，未若此《鼓瑟》一篇，摛藻研華，無以加。”《雲溪友議》七 《唐詩紀事》二④

---

① 【校】“彫”作“雕”，“拙易語”作“拙易詩”。【按】宋刻本亦作“拙易詩”，“彫”作“瑂”。
② 【校】“工”作“攻”，“機”作“織”。
③ 【校】“舉”作“與”，“忘”作“難”。【按】明漢魏叢書本同。
④ 【校】“張樂地”作“張樂夜”，“研華”作“妍華”。

卷十二

詠史

詠史最難，須在作史者不到處別生眼目，正如斷案不爲胥吏所欺，一兩語中須能説出本情，使後人看之便是一篇史贊，非具眼者不能。《梁溪漫志》七　案：費補之論詩多佳語，此條則近淺俗，如此是史論非詠史詩，然不以不涉議論爲高。

王《咏史》

臨没要之死

東坡《秦穆公墓》詩：“昔公生不誅孟明，豈有死之日而忍用其良？乃知三子殉公意，亦如齊之二子從田橫。”子由和云：“三良殉公意，要自不得已。”二詩不同，君子進退存亡，要不失正，豈苟爲匹夫之諒？如王仲宣云：“結髮事明主，恩愛兩不訾。臨殁要之死，安得不相隨？”曹子建云：“生時等榮樂，既没同憂悲。”若然則三良，特荆軻聶政之徒。東坡晚年《和淵明詩》：“三子死一言，所死良已微。賢哉晏平仲，事君不以私。顧命有治亂，臣子得從違。魏顆真孝愛，三良安足希。”蓋其飽更世故，閲義理熟，前詩作於少年氣鋭，亦有所激而云也。《吳氏詩話》上

左太沖

昔人①陶淵明、阮嗣宗外，左太沖高出一時。陸士衡獨在諸公之下。《滄浪詩話》

《詠史》二

鬱鬱澗底松

《澗底寒松賦》一首。《王勃集》上

---

① 【校】“昔人”作“晋人”。【按】明津逮秘書本同。

白居易《新樂府》"澗底松"取此。郭《樂府》九十九

詩文用古人語意，別出機杼，曲而暢之，自足以傳來世。左太沖《詠史詩》"鬱鬱澗底松"，白樂天《續古》一篇全用之，曰："雨露長纖手，山苗高入雲。風雪折勁木，澗底摧爲薪。風摧此何意，雨長彼何因？百尺澗底死，寸莖山上春。"語皆出太沖，含蓄頓挫則不逮。《容齋續筆》十五

三

吾希段干木

北宗二句顯意，如《毛詩》"我心匪石，不可轉也"。此體今人變爲十字句，或對或不對，如左太沖詩"吾希段干木，偃息藩魏君"，如盧綸詩"誰知樵子徑，得到葛洪家"。賈島《二南密旨》 案：浪仙論詩破碎，聊備唐人一家。

四

寂寂楊子宅

華陽縣少城在縣南，張孟陽詩："鬱鬱少城內，岌岌百族居。即聞楊子宅，相見長卿廬。"子雲宅在少城西南角，一名草玄堂。《寰宇記》七十二

五

高步追許由

字武仲，陽城槐里人。皇甫謐《高士傳》上

字仲武。《南華經疏》一

振衣千仞岡

"振衣千仞岡，濯足萬里流"。使飄飄有世表意，不減嵇康"目送飛鴻"語。《宋景文筆記》中

張景陽協

孟陽之與景陽詩，德遠懿厥弟，協居上品，載處下流。高仲武《中興間氣集》下

《覽古》

藺生在下位

《姓譜》："韓獻子玄孫曰：'康食采於藺，因氏焉。'"

廉公何爲者

《姓譜》:"廉姓,顓帝曾孫大廉之後。"同上

《張子房》

張良,張仲三十代孫,張老十七代孫。《困學紀聞》十二

苛慝暴三殤《西溪叢語》下作"傷"

謂上中下三殤,言暴秦,戮及孥稚。《東坡題跋》二

恐爲穆公殺三良,殉葬始於秦,苛慝可知。《西溪叢語》下

扶《西溪叢語》作"拱"**興**

鴻門消薄蝕至,**翻飛指帝鄉**

子房輔漢之策,盡此數語。王荆公云:"《素書》一卷天與之,穀城黃石非吾師。固陵解鞍聊出口,捕取項羽如嬰兒。從來四皓招不得,爲我立棄商山芝。"亦用此數事,議論格調,出瞻數等。《韵語陽秋》九 案:荆公語有奇氣,然較宣遠詩便覺偷父衣冠未堪相向。

《秋胡》

秋胡詩郭《樂府》三十六作"行"

《秋胡行》亦曰《陌上桑》,亦曰《採桑》,亦曰《在昔》。《通志》四十九

婉彼幽閑女

按:劉向《列女傳》載:"魯秋胡妻,尋其始末,了無才行可稱,直以怨懟厥夫,投川而死。輕生同於古冶,殉節異于曹娥。此乃凶險之頑人,强梁之悍婦,輒與貞烈爲伍,有乖其實。"《史通》七 案:《史通》此論勝諸條,然文深不能。如漢吏無害秋胡妻,拒胡不爲貞,投河不爲烈。蓋不知爲秋胡而死,不當死,死於烈也;知爲秋胡而死,不當死,死於妬也。彰婦人之節,傷君子之行,致令秋胡遂同遺臭,事夫之道,不其闕如,編諸列女,實有慙德。

没爲長不歸

宋孝武嘗謂顏延年曰:"謝希逸《月賦》何如?"答曰:

"美則美矣，但莊始知'隔千里兮共明月'。"帝召莊語之，莊曰："延年作《秋胡》詩，始知'生爲久離別，没爲長不歸'。"帝撫掌竟日。《册府元龜》八百

超《玉臺新詠》四作"迢" **遥** **良時**郭《樂府》卅六作"人" **見**《玉臺新詠》四作"是" **榮**

　　凡引證《文選》異同，率皆舊刻舊鈔，如《玉臺新詠》，一爲影宋舊鈔，一爲南宋舊刻本。

南金豈不重，聊自意所輕

　　吳越錢氏《傳芳集》載：蘄春侯諱易，字希白，題《秋胡戲妻圖》曰："相逢桑下識黄金，料得秋胡用意深。不是別來渾不識，黄金料試别來心。郎恩葉薄妾冰清，郎説黄金妾不膺。若使偶然通一笑，半生誰信守孤燈?"二詩頗新，讀顔延年"南金豈不重，聊自意所輕"，含得幾許意在，便覺希白詩少味。《傳芳集》宋人殘本，明人補續，故不列于大字書。

《五君》

五君詠

　　《五君詠》五首。《張説集》三

　　《三君詠》三首。《高適集》三

　　達志、美類、刺異、感義、哀事，顔氏之心也。《唐詩紀事》十四

　　權德輿、李棲筠《文集》序："美蕭、文、終、邴丞相①之倫，或退或讓，作《五君詠》。"《唐文粹》九十二

　　張説徙岳州，内自懼。雅與蘇瓌善，時瓌子頲爲相，因作《五君詠》獻頲候。瓌忌日投之，頲見詩嗚咽。《唐書》一百②

　　顔延年《五君詠》怨憤斥外而作，《柏舟》《簡兮》《君子陽陽》《丘中有麻》等詩，使其當時皆如此，則亦何貴高人之旨。遺世之音尚病，其偏况如此等，後人不必擬也。葉適《習學記言》卅一

---

① 【校】"丞相"作"承相"。
② 【校】此條應出自《新唐書》卷一百二十五。"投之"作"致之"。【按】清乾隆武英殿刻本同。

李至常帥^①徐鉉，至賦《五君詠》，爲鉉及李昉、石熙載、王祐、李穆作也。《宋史》二百六十六

劉

誰知非荒宴

晋人多言飲酒，未必意在真酒。蓋方懼禍，託於醉，以遠世故。自陳平、曹參已用此策。嵇、阮、劉伶之徒，雖用此爲保身計，惟顏延年知之，故《五君詠》云："韜精日沈飲，誰知非荒宴。"如是，飲者未必劇飲，醉者未必真醉也。《石林詩話》下

阮

一麾乃出守

今守郡謂之建麾，蓋誤用延年"一麾"，乃指麾之麾，非旌麾也。《筆談》四

頓隆師言一麾乃出守，麾，去也。杜牧之"手把一麾江上去"蓋誤。予以爲麾即毛也，子美亦有"持旌麾"之句，杜牧不合用一麾耳。《麈史》中

自作太守，謂之一麾，于理無礙，但不可贈人作太守耳。宋景文詩曰："使麾得請印垂腰。"又云："一封通秦領州麾。"又云："乞巧一麾行。"無礙延年之意。《緗素》七^②

牧之實用旌麾，未必本顏詩，後人因此誤用顏詩爾。《二老堂詩話》

鮑明遠

鮑照詩華而不弱。《後山詩話》

敖器之《詩評》："如饑鷹獨出，奇矯無前。"《賓退錄》二

---

① 【校】"帥"作"師"。【按】清乾隆武英殿刻本同。
② 【校】"腰"作"要"，"秦"作"奏"，"乞巧"作"乞得"。

應璩

應瑒弟。《三國志》二十一

《百一》

《百一》

梁有應貞注應璩《百一詩》八卷，亡。《隋書》卅五

《楚國先賢傳》："應璩作《百一詩》，譏切時事，在事者皆以爲應焚棄之。"《文選》所載，略不及時事。郭茂倩《雜體詩》載《百一》五篇，皆璩所作，首篇言馬子侯解音律，二篇傷黟桑二老無以葬妻子，已無宣孟之德可以賙其急。三篇言老人桑榆之景，斗酒自勞。末篇即《文選》所載。第四篇似有風諫，所謂"苟欲娛耳目，快心樂腹腸。我躬不悦懼，安能慮死亡。"此豈非應焚棄之詩乎？或謂百言爲一篇，或謂士有百行，終始如一，皆穿鑿之説。後何遜有擬《百一》體："靈輒困桑下，於陵拾李螬。"其詩一百十字，恐出於或者之説。然璩詩每篇字句不同。《韵語陽秋》四①

鍾嶸論陶淵明出于應璩，應璩詩不多見，《文選》載《百一》篇，與淵明詩了不相類。五臣注引《文章録》云："曹爽用事多違法度，璩作此詩刺在位，意若百分有補於一。"淵明脱略世故，超然物外，區區在位，何足累心？且此老何嘗有意于詩自名，追取一人模放之？此當時文士競進爭長者所爲，何期此老之淺，蓋嶸之陋也。《石林詩話》中

用等稱才學

俗謂何物爲底，此本言"何等物"，後遂省，直云"等物"。今吴越人呼齊等皆爲丁兒反，應璩詩："用等稱才學，往往見歡譽。"言用何等才學見歡譽而爲官乎？以是知去何直

---

① 【校】"馬子侯"作"馬子候"，"風諫"作"諷諫"。

云等，其言已明，今作"底"字，非也。《匡謬正俗》六①

譽餘（《釋文》二）

《遊仙》

遊仙謂輕身遠舉，上與群仙遨遊，晋宋人多作此詩。《古文苑注》九

郭景純璞

史臣曰："江左風味盛道家之言，郭璞舉其靈變，許詢極其名理。"《南齊書》五十二

《遊仙》一

長揖謝夷齊

伯夷叔齊，神農之裔，姓姜氏。《南華經疏》七

伯夷長而庶，叔齊幼而嫡。《南華經疏》十　案：非成玄英博物，殆不復聞此語，然唐初書不傳過半，終不詳此語所本。

二

中有一道士

《太真科經》云："開闢之初，聖真仙人，同宗太上，俱稱學士，以道爲事，故曰道事。道事有功，故號道士。"《道典論》二

云是鬼谷子

樂壺②注"鬼谷子"云："蘇秦欲神秘其道，故假名鬼谷。"《通鑒注》二

鬼谷先生，晋平公時人，姓王名詡，受道於老君，居青溪之鬼谷，因以爲號。《真仙通鑒》六

三

左挹浮丘袖，右拍洪崖肩

昭明太子嘗與王筠、劉孝綽、陸倕、劉洽、殷芸等遊玄

---

① 【校】"應瑒"作"應瑗"，"其言已明"作"其言已舊"。【按】清同治小學彙函本同。

② 【校】"樂壺"應作"樂臺"。

圖，太子執筴袖撫孝綽肩曰：“所謂左把浮丘袖，右拍洪崖肩。”《梁書》卅三①

跌宕格二品，越俗，其道如黃鶴臨風，貌逸神王。郭景純《遊仙詩》：“左挹浮丘袖，右拍洪崖肩。”鮑明遠《擬行路難》。《詩式》

四

向《雙字》上作“入” 三

六

洪崖頷其《真仙通鑒》四作“下” **頤**

駭俗，其道如楚有接輿，魯有原壤。外示驚俗之貌，內藏達人之度。郭《遊仙詩》：“姮娥揚妙音，洪崖頷其頤。”王梵志《道情詩》、賀知章《放達詩》、盧照鄰《勞作詩》。《詩式》

招隱

《招隱》本楚詞，漢淮南小山所作，言山中不可久留，後人改爲五言，若晉左思《杖策招隱士》數篇，最爲首出。吳兢《樂府古題要解》下 案：小山《招隱士》出左太沖、陸士衡《招士》，《歸隱》名出楚詞而義異。

左《招隱》一

山水有清音

昭明性愛山水，嘗泛舟後池，番禺侯軌盛稱此中宜奏女樂，太子不答，詠左思《招隱詩》曰：“何必絲與竹，山水有清音。”侯慙而止。《梁書》八

魏文帝

魏武、魏文父子，詩遒壯抑揚而乏帝王之度。《庚溪詩話》上 案：如《庚溪》言，秀才詩必當以措大氣爲佳。

---

① 【校】“嘗”作“常”，“劉洽”作“到洽”。【按】清乾隆武英殿刻本同。

《遊西池》

西池

晋元帝中興，頗以酒廢政，王導諫帝，因覆杯于池中以爲戒①。今城北三里西池是。《六朝事迹》上

太子湖一名西池，在城北六里，周迴十里。《金陵新志》五

案：二書各有兩西池，俱在城北，恐誤"一"爲"兩"。

《京口北固》

北固

北固山在丹徒縣北一里，下臨長江，其勢險固，因名。《元和志》二十五②

北固作"固"字，梁高祖云："北望海口，實爲壯觀。"當爲顧望之"顧"。《寰宇記》八十九③

白日麗江皋

賦得《白日麗江皋》。《鮑溶集補遺》

陳昌言《白日麗江皋》詩一首。《英華》百八十

原隰荑綠柳

溫庭筠《原隰荑綠柳》詩一首。《英華》百八十八

《西射堂》

西射堂

在溫州西南二里，基址猶存，今西山寺是。《寰宇記》九十九

步作"晚"（同上）**出**

《登池上樓》

池

謝公池在溫州西北三里，積穀山東，池塘生春草，夢惠連即此處。《寰宇記》九十九

---

① 【校】"戒"作"誡"。【按】明古今逸史本同。
② 【校】此條應出自《元和郡縣志》卷二十六。
③ 【校】"北固作固字"作"北顧作固字"，"壯觀"作"北觀"。

飛鴻響遠音

李體仁《飛鴻響遠音》詩一首。《英華》百八十五

池塘生春草

賦得《池塘生春草》一首。《陳陶集》

情格，耿介曰情，外感於中而形於言，動天地，感鬼神，無出於情，三格中情最切。如謝靈運詩"池塘生春草，園柳變鳴禽"，錢起詩"帶竹飛泉冷，穿花片月深"，皆情也。如此之用，與日月爭光[1]。《二南密旨》

歷城房家園，尹孝逸還都，詞人餞宿於此。逸爲詩曰："風淪歷城水，月倚華山樹。"時人以比靈運"池塘"十字。《酉陽雜俎》十二　案：孝逸語不失南北朝常調，未足遂擬池塘。

陳潤賦得《池塘生春草》一首。《英華》三百廿七

舒公云："池塘生春草，園柳變鳴禽"謂有神助，其妙不可言傳。文士多謂之確論，獨李元膺曰："此句未有過人處。古今佳句在此聯上尚多，古人意有所至，則見于情，詩句蓋其寓也。謝公平生喜見惠連，夢中得之，當論其情，不當泥其句。"《冷齋夜話》上

世多不解此語爲工，此語在元所用意，猝然與景相遇，借以成章，不假繩削，故非常情所能到。詩妙處常須以此爲根本。鍾嶸論之最詳，云："'思君如流水'，既是即目；'高臺多悲風'，亦惟所見；'清晨登隴首'，羌無故實；'明月照積雪'，非出經史。古今勝語，多非補假。顏延之、謝莊，尤爲繁密，於時化之，大明、泰始中，文書殆同書鈔。近任昉、王元長等，辭不貴奇，競須新事。邇來作者，浸以成俗，遂乃句無虛語，語無虛字，牽攣補衲，蠹文已甚，自然英旨，罕遇其人。"余愛此言明白易曉。自唐變律體，不無拘窘，然大手

---

① 【校】"爭光"作"爭衡"。

筆，不妨削鐻於神志之間，斲輪於甘苦之外。《石林詩話》中①

好句易得，好聯難得，如《池塘生春草》之類。《對牀夜話》三

《遊南亭》

南亭

南亭去溫州一里。《寰宇記》九十九

《帆海》

首夏猶清和

張律《首夏猶清和》詩一首。《英華》百八十一

況乃陵窮髮

崔云："北方無毛地，山以草木爲髮。"《南華經音義》一

在北海北。《唐律表注》

《還湖中》

精舍

晋孝武奉佛，立精舍于殿内，引沙門居之。今人皆以佛寺爲精舍，不知《後漢》包咸②、禮敷、劉淑傳，皆有立精舍教授生徒之文，謝靈運《石壁精舍》，靈運所居非佛寺。《韻語陽秋》十三

雲霞收夕霏

霏，日氣。《雙字》上

《登石門》

居常以待終，處順故安排

靈運《登石門》詩云。不知桃墟之洩，能處順乎？五羊之禍，能待終耶？可謂心語相違。《藝苑雌黃》三 《韻語陽秋》八

---

① 【校】"此語在元所用意"作"此語之工正在無所用意"，"常須"作"當須"，"羌"作"差"，"浸"作"寢"。

② 【校】"包咸"作"包成"。【按】宋刻本作"包咸"。

《瞻眺》

灊

天鷄弄和風

　　紺蝶，一名蜻蛉，似蜻蛉而色玄紺，遼東呼爲紺幡，亦曰童幡，亦曰天鷄。好以七月群飛暗天①，海邊食之，謂海中青蝦化爲之也。《古今注》中

　　東南有桃都山，上有大樹，曰桃都。上有天鷄，日出初，照此木，天鷄則鳴，天下鷄皆隨之鳴。《述異記》下　　案：元洪氏《爾雅翼》序云"注引楊文公《談苑》一條"，已見音義，此二天鷄復在《爾疋》二天鷄外。

《田收》

仟

《蒜山》

蒜山

　　蒜山在丹徒縣西九里，臨江壁絕多澤蒜，因名。《元和志》廿五②

　　在丹徒縣北三里。《寰宇記》八十九

《遊東田》

東田

　　齊文惠太子立樓館于鍾山下，號曰東田，與府屬遊幸東田，反語③爲顛童。《寰宇記》九十

　　沈約宅在鍾山之下，名東田。《金陵新志》十二

鳥散餘花落

　　長沙日試萬言王璘，辭學富贍。崔詹事廉問，表薦於朝。先試于使院，璘請書吏十人，皆給硯，璘捫腹，往來口授，十

---

　　①　【校】"群飛暗天"作"連飛闇天"。【按】四部叢刊本同。
　　②　【校】此條應出自《元和郡縣志》卷二十六。"壁絕"作"絕壁"。
　　③　【校】"反語"作"人語"。

吏筆不停綴①。首題《黃河賦》三千字，數刻成，復爲《鳥散餘花落》詩二十首，援毫而就。時忽風雨暴至，數幅爲迴颷所卷，泥滓沾漬。璘曰："勿取，但將紙來！"縱筆一揮，斯須復十餘篇。王定保《唐摭言》十一

趙存約、竇洵直、孔温業《鳥散餘花落》詩三首。《英華》百八十五

江文通淹

世祖問王儉當今五言詩，儉對曰："謝朓、江淹。"《南齊書》四十三

《鍾山》

鍾山

在上元縣西北②十八里。按《輿地志》："古金陵山也，邑縣之名由此而立。吳改蔣山。"《元和志》廿五

地險《文苑英華》百五十九作"陰險"；《六朝事迹》上作"險峭"

儲《御覽》百七十七作"華" **胥**

西望昆明池

《南史·宋文帝紀》："元嘉二十三年，立真武湖於樂遊苑北，孝武大明五年，閱武于湖西，七年於此湖大閱水軍。"按《輿地志》："齊武帝亦嘗③理水軍於此，號昆明池。"沈約《登覆舟山詩》"南瞻儲胥館，北眺昆明池"蓋謂此。《六朝事迹》上

秋風生桂枝

省試《秋風生桂枝詩》一首。羅隱《甲乙集》五

失名《秋風生桂枝》一首。《英華》百八十七

《宿東園》

東園

東園在城東，東冶亭側面東有堂曰鍾山，以盡得鍾山之

---

① 【校】"綴"作"輟"。【按】按清學津討原本同。
② 【校】"西北"，《元和郡縣志》訂正爲"東北"。
③ 【校】"嘗"作"常"。【按】明古今逸史本同。

勝。近東兩亭相對，南曰見墩，取見謝安舊墩，北曰草移，取北山移文。乾道五年與東冶亭並創。《金陵新志》十二　案：乾道所創，未必休文賦詩之地，然言古或得彷彿。

《登琅邪城》

琅邪

　　山謙之《南徐州記》："江乘南岸蒲州岸①有琅邪城。"《圖經》："在縣東北六十三里，今句容縣有琅邪鄉，亦其地。"《寰宇記》："齊武帝永明六年移琅邪郡于白下。"《六朝事迹》上

---

① 【校】"蒲洲岸"作"蒲洲津"。【按】明古今逸史本同余氏，作"蒲洲岸"。

卷十三

阮嗣宗

阮瑀子。《三國志》二十一

《詠懷》

詠懷

黃初之後，惟見阮籍《詠懷》極高古，有建安風骨。《滄浪詩話》

一

薄帷鑒明月

張正見《薄帷鑒明月》詩一首。《英華》百五十二

二

金石作"磬"　　**更**作"便"（並《玉臺新詠》二）**離**

七

多言焉所告

前人作有甚拙者，劉越石云"宣尼悲獲麟，西狩泣孔丘"，兩句一事也。阮嗣宗云"多言焉所告，繁辭將誰訴"，兩句一意也。然不以瑕掩瑜。《後村詩話》上

九

昔聞東陵瓜

嗣宗遭亂思遠害，故以瓜喻，言邵平種瓜，不能深遠。近在青門之外，又色妍味美，爲人所食啗，故下云"膏火同煎熬①，多財爲患害"。意人遭亂，苟逞才露穎，必爲時害，如美瓜、膏火之自喪。《兼明書》四　案：不如沈約注。

---

① 【校】"同煎熬"作"自煎熬"。

近在青門外

長安東出北頭第三霸城門，民見門色青，又名青城門，亦曰青門，舊出佳瓜。《水經注》十九

青綺門在萬年縣城東南面。《寰宇記》二十五

霸城門外郭門曰青門。《長安志》五

五色曜朝日

吳桓王時，會稽生五色瓜。吳中有五色瓜，充歲貢。《述異記》下

十

步出上東門

穀水又東徑建春門石橋下，即上東門也，一曰上升門，晋曰建陽門。《水經注》十六

上東門，洛陽東面門，在寅地，晋改爲昌門①。《晋書》："十二門，東面最北曰上東門。"後改東陽門，即阮籍詩"步出上東門"也。《寰宇記》三

十一

昔年十四五

阮籍詩："昔年十四五，志尚好詩書。"杜詩："往昔十四五，出遊翰墨場。"《野客叢書》十九 案：詩如杜默杜撰，斯爲不可。少陵冠冕來哲，豈在無一字無來處。假令阮無二語在前，少陵遂不可云耶？

丘墓蔽山岡，萬代同一時

可謂混貴賤之殊，盡死生之變。老杜云"王侯與螻蟻，同盡隨丘墟"，則簡而妙矣。《對牀夜語》五

十二

徘徊蓬池上

蓬池在尉氏縣北五里。《述征記》："大梁西南九十里尉氏有蓬池。"阮籍詩"徘徊蓬池上，回首望大梁"即此。《寰宇

---

① 【校】"晋改爲昌門"作"晋改爲建春門"。

記》一

君子道其常

　　古人詩用經傳全句。《選》詩"小人計其功，君子道其常"，樂天"疾惡若巷伯，好賢如緇衣"，兩句渾用之。《碧溪詩話》四

十四

寧與燕雀翔，不隨黃鵠飛

　　阮嗣宗云："寧與燕雀翔，不隨黃鵠飛。黃鵠遊四海，中路將安歸?"蓋歎時人樂於卑近①，自傷才大志廣，無所稅駕。《後村詩話》上

《臨終》

天網布紘綱

　　歐陽堅石《臨終詩》："天網布紘綱，投足不獲安。"劉夢得所以有："天網雖寬，投足誰厝。"《芥隱筆記》

《幽憤》

姐《晋書》四十九作"好"

性不傷物

　　嵇康詩："性不忤物，頻致怨憎。"康傲鍾會，不與語。《與山濤書》自言"薄孔、周②而非湯、武"，其所忤也大矣。子元、子上見書自無可全之理，況加以士季乎?雖欲采薇散髮，頤性養壽，豈可得也!《後村詩話》上

今愧孫登

　　謝萬善屬文，敘漁父、屈原、季主、賈誼、楚老、龔勝、孫登、嵇康四隱四顯爲《八賢論》。《册府元龜》八百卅八

曰《嵇康集》一作"由"頑

煌煌靈芝

　　蘭陵蕭逸人發地得物，狀如人手，肥潤，色微紅，烹食味

---

① 【校】"樂於卑近"作"安于卑近"。
② 【校】"孔、周"作"周、孔"。

甚美，自是視聽聰明，狀貌愈少，髮禿盡長，齒墮駢生。後有
道士逢逸人胗脈，久之曰："先生嘗食靈芝。靈芝，狀類人
手，肥潤，色微紅者是。先生壽與龜鶴齊矣。"張讀《宣室志》五

頤性養壽

"年壽"字，北人讀"受"，南人作"授"，兩音並通。案
《詩》"南山有栲，北山有杻。樂只君子，遐不眉壽"，此即音
受。嵇康詩"頤神養壽，散髮巖岫"，此即音授。《匡謬正俗》八

曹《七哀》

七哀《玉臺新詠》作《雜詩》；左克明《樂府》五作《怨詩行》

七哀起于漢末。《樂府古題》下

釋詩者謂病而哀、義而哀、感而哀、悲而哀、耳目聞見而
哀、口歎而哀、鼻酸而哀。唐雍陶亦有七哀詩，皆以一哀而七
者具。司馬溫公有《五哀詩》，謂楚屈原，趙李牧，漢晁錯、
馬援，齊斛律光。《藝苑雌黃》五　《韵語陽秋》四

明月照高樓

梁武帝擬《明月照高樓》一首。《玉臺新詠》七

《明月照高樓》詩一首。《黃滔集》四

鄭瑤《明月照高樓賦》以題爲韵。《文苑英華》六

楊濬《送劉散員同賦》，陳思王詩得《明月照高樓》。《英
華》二百八十五

雍陶《明月照高樓》詩一首。郭《樂府》四十二

悲歎有餘哀一解（《宋書》二十一）

解韵者謂哀叶子希反，引詩"隰有杞棟，維以告哀"，又
謂懷叶故威反，引《離騷》"載雲旗兮委蛇，心低徊兮疲懷"
爲證。此篇押徊押哀乃一韵，及懷字與"會合何時諧"，諧、
懷亦一韵，何必強爲引證？蓋古未拘音韵，旁入他聲，亦奚疑
焉。《對牀夜話》一①　按：古韵寬緩，彼此兩通，後人讀古詩但當以少從衆，

---

① 【校】"子希反"作"于希反"，"故威反"作"胡威反"。

所謂通者，彼音此音，轉展相關，從相關處，彼轉此，此轉彼而通也。如不相關，爲不可通，故古韵時有缺，不可讀。凡小兒學語，彼此傳訛，此即古音，小兒學書，塗鴨撩草，此即古文。一人之始即天地之始，宋元人翻切音韵，各謂入微，然不如《集韵》《韵補》之遍收，《芥隱》《對牀》之辨證，皆爲不鑿混沌，養空而游。

孤妾常獨棲（二解　下有"念君過於渴，思君劇於饑"二句）。**君若清路塵**（《宋書》廿一作"君爲高山柏"　左《樂府》五作"君爲高山桐"），**妾若**（作爲）**濁水泥。**（三解　下有"北風行蕭蕭，烈烈入我耳。心中念故人，淚下不能止"四句爲第四解）。**願爲西南**（作"東北"）**風，長逝**（作"吹我"）**入君懷**（五解）。**君懷良不開，賤妾當何依？**（下有"恩情中道絶，流止任東西"二句，合此二句爲第六解。"我欲竟此曲，此曲悲且長。今日樂相樂，別我莫相忘"四句爲第七解。並《宋書》）

王《七哀》

七哀

　　粲集《七哀詩》六首。《古文苑注》八

一

南登霸陵岸，回首望長安

　　白鹿原在萬年縣東二十里，亦謂之霸上，即漢文帝陵，王仲宣"南登霸陵岸，迴首望長安"即此。《寰宇記》二十五

　　趙閒閒與余論《選》詩曰："南登霸陵岸，迴首望長安。朔風動秋草，邊馬有歸心。明月照高樓，流光正徘徊。"此其含蓄意幾何？劉祁《歸潛志》八

悟彼下泉人

　　王仲宣："悟彼下泉人①，喟然傷心肝。"淵明所以有："感彼柏下人，安得不爲歡。"《芥隱筆記》

《悼亡》三

曜靈《雙字》上作"靈曜"

　　《雙字》引曹子建《與吳季重書》"曜靈急節"，亦作"靈曜"，或蘇易簡所

---

①　【校】"下泉人"作"泉下人"。【按】明顧氏文房小説本同。

見《文選》本如此。

《銅雀臺》

銅雀臺

銅雀臺高十丈，有屋百餘間，石虎更增二丈，立一屋。連棟接櫺，彌覆其上，盤迴隔之，名曰命子窟。又于屋上起五層樓，高十五丈，去地二十七丈，又作銅雀于樓巔，舒翼若飛。《水經注》十①

北齊高洋毀銅雀臺。韋絢《劉公嘉話》

臺遺址今在相州。楊彥齡《筆錄》

任彥昇昉

邢子才、魏收俱有重名。邢賞服沈約，而輕任昉；魏愛慕任昉，而毀沈約。祖孝徵嘗謂吾曰：“沈任之是非，乃邢魏之優劣。”《顏氏家訓》上

任昉父遙，母裴氏，晝寢，夢彩旗蓋四角懸鈴，自天而墜，一鈴落入裴懷中，既而有娠，生昉。《梁書》十四

小名阿堆。《通志》百四十

傳稱任昉用事過多，屬辭不得流便。昉詩不能傾沈約，乃才有限，東坡有全篇用事，如《賀陳述古弟章生子詩》，又戲《張子野買妾詩》，句句用事，曷嘗不流便。《東坡詩話》下 《碧溪詩話》九②

《哭范僕射》

猶我故人情

任昉《哭范僕射》詩，一首中兩用“生”字韻，三用“情”字韻。“夫子值狂生”“千齡萬恨生”，猶是兩義。“猶我故人情”“生死一交情”“欲以遣離情”，三“情”字皆一意。《滄浪詩話》

---

① 【校】“百餘間”作“百一間”，“櫺”作“榱”。
② 【校】此條應出自《碧溪詩話》卷十。

寧知安歌日，非君撤瑟晨

白樂天用之云：“當君白首同歸日，是我青山獨往時。”
《對牀夜話》五

《贈蔡子篤》

蔡子篤

摯虞《文章流別》云：“王粲與蔡子篤、文叔良、士孫文始、楊德祖。及所爲潘文則作《思親詩》，其文當而整，近乎雅矣。《贈楊修詩》今亡。”《古文苑注》八

《贈士孫文始》

悠悠澹澧

澧水又東徑南安縣南，澹水注之，上承澧水於作唐縣，東徑其縣北，又東注於澧，謂之澹口。王仲宣《贈孫文始》詩“悠悠澹澧”者也。《水經注》卅七

《贈文叔良》

梧宮致辯

系水又北徑臨淄城西門北，而西流徑梧宮南，昔楚使聘齊，齊王饗之。梧宮，其地猶名梧臺里，臺甚層秀，即古梧宮之臺，臺東即闕子所謂宋愚人得燕石處。《水經注》二十六

《齊地記》：“齊城有梧臺，即梧宮。”陳翥《桐譜》

《贈五官》一

昔我從元后

元后指曹操，豐沛都喻操譙郡也。王仲宣《從軍詩》“籌策運帷幄，一由我聖君”亦指曹操。又曰“竊慕負鼎翁，願厲朽鈍姿”，欲效伊尹負鼎於湯以伐桀。時漢帝尚存，二子之言如此，正與荀彧比曹操爲高光同科。或以公幹平視美人爲不屈，未爲知人之論。《春秋》誅心之法，二字其何逃[1]？《滄浪詩話》　按：荀彧語或出史臣潤色，與二子自作詩不同。

[1]　【校】“二字其何逃”作“二子其何逃”。【按】明津逮秘書本同。

《從弟》二

松枝一何勁

　　曹操威艷蓋世，甄夫人出拜，諸人皆伏，公幹獨平視，輪作①而不悔，嘗有《贈從弟》詩："風聲一何盛，松枝一何勁。"寄意如是，豈肯少屈于操？末篇託興于鳳皇，有"何時當來儀，將須聖明君"之句，則不以聖明待操。《韵語陽秋》二十

　　按：平視美人，文人狂態，不爲不屈，題《贈從弟》，或從弟不屈於操，公幹媚操之罪，《滄浪》論之當矣。

曹《贈徐幹》

良田無晚歲

　　丁澤《良田無晚歲》一首。《英華》百八十七

《贈王粲》

王粲

　　子建遺文，唐太宗出御府金幣致天下，古本命魏元成及虞、褚定其真偽，篇各有印，以貞觀②爲文。今《鸜爵賦》及《贈王仲宣詩》皆有此印，疑唐秘府所藏。《鶴山題跋》二　按：此跋陳思王帖語，則此詩南宋猶有子建真迹。

《贈白馬王》

白馬王

　　白馬王彪雅好文學。《冊府元龜》二百九十二　按：《魏志·楚王彪傳》及注無此語。

謁帝承明廬

　　洛陽西面承明門，高祖所立，世人謂之新門，時王公卿士當③迎駕於新門。高祖謂御史中尉李彪曰："曹植詩'謁帝承明廬'，此門宜以承明爲稱。"遂名之。楊衒《洛陽伽藍記序》

　　江總賦得《謁帝承明廬》一首。《英華》百九十

---

① 【校】"輪作"作"論作"。【按】宋刻本作"輪作"。

② 【校】"貞觀"作"身觀"。

③ 【校】"當"作"常"。

山樹鬱蒼蒼

許敬宗《送劉散員同賦陳思王詩得山樹鬱蒼蒼》。《英華》二百八十五

修坂造雲日

《禮》：“不諱嫌名。”漢和帝名肇，不改京兆郡。魏武帝名操，陳思王詩云“修坂造雲日”。宋范華泰之子爲太子詹，事唐賈曾忠之子，爲中書舍人。楊彥齡《筆錄》①

蒼蠅間白黑

子建此詩憂傷忼慨，不可勝言。所謂“蒼蠅間白黑，讒巧令親疏”，蓋爲灌均輩發，終無一毫怨兄之意。處人倫之變者，當以爲法。《後村詩話》上

王其愛玉體

東魏孝靜帝遜位於齊，與夫人嬪以下訣，嬪趙國李氏誦陳思王詩：“王其愛玉體，俱享黃髮期。”《北史》五

《贈秀才》

《贈秀才從軍》五首

嵇叔夜《贈秀才從軍》詩，李善注謂兄喜秀才入軍，張銑謂叔夜弟，不知名。考五詩，曰“攜我好仇”，曰“思我良朋”，曰“佳人不在”，皆非兄弟之稱。《藝苑雌黃》四　《韻語陽秋》②　一　案：《嵇康集》第一卷此題共十九首，《文選》第一首乃《集》第九、第十兩首合一，《文選》第二至第五首，《集》第十二至第十五首也。

二

顧疇《嵇康集》一作“儔”

四

目送歸鴻

偷勢詩例如王昌齡《獨遊詩》：“手携雙鯉魚，目送千里雁。悟彼飛有適，嗟此罹憂患。”取嵇康詩：“目送飛鴻，手

---

① 【校】“坂”作“版”，“華”作“曄”，“曾”作“魯”。
② 【校】此條應出自《韻語陽秋》卷十。“從軍詩”作“入軍詩”。

揮五弦。"《詩式》

古人句法極多相襲,如"日暮碧雲",合及"朝遊江北岸"之類,若嵇叔夜"目送飛鴻①,手揮五弦,俯仰自得,遊心太玄",則運思寫心复不同。《對牀夜話》一

顧愷之每重嵇康四言詩,因爲之圖,常云:"手揮五弦易,目送歸鴻難。"《通志》百七十五

五

鳴琴《嵇集》一作"琴瑟"

《贈山濤》

傾枝俟鶖鷞

張鷟字文成,兒童時夢紫色大鳥,五采②成文,降家庭。其祖曰:"五色赤文鳳也,紫文鶖鷞也,爲鳳佐,吾兒當以文章瑞於明廷。"因爲名字。《舊唐書》百四十九

《答何劭》一

穆如灑清風,奐若春華敷。　屬耳聽鶯鳴,流目翫儵魚。

以對言之,當曰:"清風灑聽鳴鶯也。"古對間當如此,亦楚詞"蕙肴蒸兮蘭藉,奠桂酒兮椒漿"。《對牀夜話》一

二

周任有遺規《研北雜志》下作"訓",**其言明且清**

《禮記·緇衣篇》詩云:"昔我有先正,其言明且清。國家以寧,都邑以成,庶民以正③。"注不言何詩,《釋文》云:"今詩無此語。"案《文選》張華《答何劭詩》"周任有遺規,其言明且清",然則周任所作也。李善注云:"《子思子》詩云:'昔吾有先正,其言明且清。'"世所存《子思子》無之。《容齋三筆》三　按:本詩上二句曰"道長苦志短,責重困才輕",故周任有遺

---

① 【校】"飛鴻"作"歸鴻"。
② 【校】"采"作"彩"。【按】清乾隆武英殿刻本同。
③ 【校】"庶民以正"作"庶民以生"。【按】清修明馬元調刻本同。

規，謂陳力就列，不能者止。"其言明且清"，用《緇衣》成語，謂周任言至明而已，不能遵其戒，下接曰："負乘爲我戒，夕惕若自驚也。"《容齋》以《緇衣》五句爲周任語，則本詩不當，但引空文一句。假令以虛涵實含下三句在一句内，於本詩上下復無可鈎貫。

《贈馮文熊》

晉

《答賈長淵》

惟漢有木

賈謐非充子，陸機詩"誕育洪胄，纂戎于魯"，言誕育則非已生。又曰"惟漢有木，曾不逾境"，橘逾淮化爲枳，如螟蛉化果蠃無異。《韻語陽秋》十

《贈顧彦先》一

南

《贈顧交阯》

裔

《贈從兄》

髣髴谷水陽

華亭縣二陸宅，《吳地記》："宅在長谷，谷在吳縣東北上百里，周回二十餘里，華亭谷水下通松江。"《寰宇記》九十五

婉孌崑山陰

崑山在本縣西北，或曰在華亭，蓋割崑山之境以縣華亭故也。陸機與弟雲生于華亭，以文爲世所貴，時人比崑岡出玉，故山得名。朱長文《吳郡圖經續紀》中　按：朱伯厚《圖經》兩見《秘鈔》，虞山本曰"《吳郡續圖經記》上下二卷"，秀水本曰"《吳郡續圖經記》上中下三卷"，皆非五卷元本。今兩存之，士衡詩已云"崑山"，此云以機、雲得名，誤。

蕭梁大同初，分信義縣置崑山縣，今華亭亦有崑山，時人以片玉比機、雲兄弟，而以此爲北崑山。龔明之《中吳紀聞》四

安得忘歸草

今人多用"北堂萱堂"於鰥居之人，伯暬出未嘗死也，

但其花未嘗雙開，故有北堂之義。士衡詩"忘歸"義未詳。《西溪叢語》上

言樹背與衿

背，北堂也。毛萇《詩訓故傳》五

《伯兮》詩謂"于堂北種之以忘憂"，而士衡便謂"身體前後種之"，誤也。《匡謬正俗》一

背者，嚮北之義，故知北堂。《士昏禮》："婦洗在北堂。"《有司徹》云："主婦北堂。"注皆云房半以北爲北堂。《詩疏》二之三

《伯兮》詩謂北堂幽陰之地，可種萱，未嘗言母，凡婦人皆可言北堂，何獨母？《野客叢書》十

堂北曰背，堂南曰襟。士衡詩"言樹背與衿"，"衿"言前後皆樹，庶幾其忘也。《謝氏詩源》。《嫏嬛記》上

士衡《爲顧彥先》一

緇

《爲賈謐》

長離云誰

《郊祀歌》"長麗"，舊說云鸞也，麗音离。《急就篇補注》二

渡北則橙

《韓詩外傳》晏子曰："江南之橘，樹之江北則爲枳。"《博物志》亦言："橘渡江化爲枳。"潘安仁《爲賈謐作贈陸機詩》稱"柑渡北則橙"。橙非枳也，無乃誤乎？《能改齋漫錄》十五

潘正叔

《文章志》："潘最子滿，滿子尼，字正叔。"《三國志注》廿一

《贈何陽》

虙生化單父

虙子賤，或作宓子賤，按《顏氏家訓》，虙字從虍下必，

宓從宀下必。子賤，處羲之後，俗字以爲"宓"，或復加"山"。子賤碑云"濟南伏生"，即子賤之後。知"宓"與"伏"古通用，《說文》音密。《雲麓漫鈔》三①

《贈王元貺》

能

---

① 【校】此條應出自《雲麓漫鈔》卷九。

卷十四

傅長虞_咸

《逍遙公南康記》傅咸掌有臥龍文，指甲上隱起花草如彫刻，是以文章過人。《雲仙散錄》

《贈何劭王濟》

日月光太清

偷語詩例如：陳後主《入隋侍宴應詔詩》"日月光天德"，取傅長虞詩"日月光太清"。《詩式》　案：初學窘步易至傷廉，宜以三偷為戒。至于渾淪萬象，含元人無舉一二，語與古偶同，或譽其用古，或毀其竊人，毀譽不同，同為大樹蚍蜉。

士龍《爲顧彥先》

爲顧彥先贈婦

《玉臺新詠》三卷題曰《爲顧彥先贈婦往反四首》。

一

粲粲都人子

《玉臺》第一首《贈婦》曰："彼美同懷子，非爾誰爲心。"此首婦答曰"京室多妖冶，粲粲都人子"也。

雅步擢《玉臺》三作"嫋"**纖腰，誰爲發皓齒**

《玉臺》第三首《贈婦》曰"美目逝不顧，纖腰徒盈盈。何用結中歎，仰指北辰星"，蓋答此首"京室多妖冶，粲粲都人子。雅步擢纖腰，誰爲發皓齒"四句之意。第四首"棄置北辰星，問此玄龍煥"，婦又答"北辰星"句，《玉臺》四首一往一反相間。

《重贈盧諶》

握中有懸璧

李爲《握中有玄璧賦》以"希代之珍，耀乎掌握"爲韵。

《英華》百十六

宣尼悲獲麟

《選》詩駢句甚多，如"宣尼悲獲麟，西狩泣①孔邱。千憂集日夜，萬感盈朝昏。萬古陳往還，百代勞起伏。多士成大業，群賢濟洪績"之類，不足爲後人法。《韻語陽秋》一

化爲繞指柔

盧諶先爲劉琨從事中郎，段②匹磾領幽州，求諶爲別駕。後琨爲匹磾所拘，再贈諶云："何意百鍊剛，化爲繞指柔。"其詩欲激諶而救其急，諶殊不領，琨既被害，諶始上表雪其冤，何補？《韻語陽秋》七

《文選》載劉琨《盧諶贈答》止一二首，琨集載詩往返四首，琨贈諶曰："功業未及建，夕陽忽西流。朱實隕勁風，繁英落素秋。何意百鍊剛，化爲繞指柔。"琨集中有諶答曰："誰言日向暮，桑榆猶啓晨。誰言繁英實，振藻耀芳春。百鍊或致屈，繞指所以伸。"皆答其意。《野客叢書》三十

盧子諒_諶

崔浩母盧氏，諶孫女。《魏書》三十五

《贈劉琨書》

楊朱興哀

字子居。《南華經疏》八

《獻康樂》

西陵

臣良曰："所居西陵。"明曰："浙江東之西陵，驛名也，以詩云'昨發浦陽汭，今宿浙江湄'知也。"《兼明書》四

漾舟陶嘉月

王褒《九懷》："陶嘉月兮總駕。"王逸云："及吉時也。"《西溪叢語》下

① 【校】"泣"作"涕"。【按】宋刻本同。
② 【校】"段"作"叚"。【按】宋刻本同。

屯雲蔽曾嶺

連四韵，句法相似，古詩不以此拘。《對牀夜話》一

盛《雙字》上作"惑"**原**

《還舊園》

久欲還東山

事格，須興懷屬思，有所冥合。若將古事比今事，無冥合之意，何益于詩教？如謝靈運詩："偶與張邴合，久欲還東山。"陵士衡《齊謳行》："鄙哉牛山歎，未及至人情。"古詩："嬾向碧雲客，獨吟黄鶴詩。"以上三格，可謂握造化手。《二南密旨》　案：三詩皆常調，何至遂握造化？

會稽、臨安、金陵，皆有東山，俱傳爲謝安攜妓之所。案本傳，初，安石寓居會稽，王羲之、許詢、支遁遊處，被召不至。唐裴冕《鑒湖聯句》有"興裹還尋戴，東山更問東"，此會稽東山。本傳又云："安石常往臨安山中，坐石室，臨濬谷，悠然歎曰：'此與伯夷何遠。'"今餘杭縣有東山，東坡有《遊餘杭東西岩》詩，注云"即謝安東山"，此臨安東山也。本傳又謂："及登台輔，於土山營墅，樓館林竹甚盛，每携中外子姪遊集。"今土山在建康上元縣崇禮鄉，《建康事迹》云"安石於此擬會稽東山"，亦號東山，此金陵東山。《南史》宋劉勔經始鍾嶺，以爲棲息，亦號東山。金陵遂有兩東山矣。《韵語陽秋》五

《登臨海嶠》

羊何

謝惠連父方明爲會稽郡，靈運嘗自始寧至會稽。時何長瑜教惠連讀書，在郡內，靈運以爲絕倫，謂方明曰："何長瑜當今仲宣，而給以下客之食，尊既不能禮賢，宜以長瑜還靈運。"靈運載之而去。長瑜文才之美亞于惠連，羊濬①之不及

---

① 【校】"濬"作"璿"。

也。《宋書》六十七

《贈王太常》

玉水記方流

　　《玉水記方流》，流字爲韵，六十字。《白居易集》卅八

　　樂天《一舉及第詩》：“慈恩塔下題名處，十七人中最少年。”樂天時年二十七，省試《性相近習相遠賦》[1]《玉水記方流詩》。《唐摭言》三

　　吳丹、鄭俞、王鑒、杜元穎、陳昌言《玉水記方流》詩五首。《英華》百八十六

　　《淮南子》：“水圓折者有珠。”圓折者，陽也，珠，陰中之陽；方折者，陰也，玉，陽中之陰。故水各從其類。《物類相感志》三

山明望松雪

　　顔延年詩：“庭昏見野陰，山明望松雪。”鮑明遠詩：“騰沙鬱黃霧，飛浪揚白鷗。”此以象見體也。《二南密旨》

《答呂法曹》

窗中列遠岫

　　《窗中列遠岫》詩題中以平聲爲韵。《白居易集》卅八

　　張仲素《窗中列遠岫賦》以“山遠而見，如在諸掌”爲韵。《英華》三十

就見作“見就” **玉**作“此” **山岑** （並《謝朓集》三）

《呈沈尚書》

臺笠聚東菑

　　臺所以禦暑，笠所以禦雨。《毛詩故訓傳》二十二

　　臺，夫須也。都人士以臺皮爲笠。《毛詩箋》二十二

　　謝玄暉詩“臺禦日，笠禦雨”，以爲二事，本毛説。麴信陵詩“臺笠冒山雨，諸田耕杏花”，以“臺笠”對“諸田”，

---

① 【校】“《性相近習相遠賦》”作“《性習相近遠賦》”。

以爲一事，祖鄭説。《野客叢書》十五①

《贈西府》

新林見玄暉《板橋》

秋河曙耿耿

張正見賦得《秋河曙耿耿》一首。《英華》二百八十五

歐陽詹賦得《秋河曙耿耿》送郭秀才應舉。《英華》二百八十五

玉繩低建章

張仲素《玉繩低建章》詩一首。《英華》百八十一

《酬王晋安》

春草秋更綠

靈運詩如"矜名道不足，適己物可忘"，"清暉能娛人，游子憺忘歸"，玄暉詩如"春草秋更綠，公子未西歸"，"大江流日夜，客心悲未央"，皆得三百五篇餘韵，古今以爲奇作，曷嘗以難解爲工。《韵語陽秋》一

《答内兄》

宜城誰獻酬

梁簡文《樂府》："宜城投酒今行熟。"宜城在荆山北。《通典》百四十五

《十道志》："宜城，漢縣。宋孝武大明元年，立華山郡於大堤枋②。其地出美酒，故曰宜城竹葉酒。"郭《樂府》七十二

《古意》

來棲桐樹枝

鳳皇，不止强惡之木，梧桐，柔頓木③也。皮細理膩而脆，枝幹扶疏而頓，故非梧桐不棲。《桐譜》

---

① 【校】"諸"作"渚"，"杏花"作"芳花"。

② 【校】"大堤枋"作"大堤村"。

③ 【校】明唐宋叢書本"柔頓木"作"葉軟之木"。

竹花何莫莫

竹生花實，其年枯死，篴竹實也，音福。《竹譜》

《晋起居注》：“惠帝二年，巴西郡竹生紫色花，結實如麥，皮青，中朱白，味甜。”《齊民要術》十①

竹花曰獲，一曰覆。《酉陽雜俎》十八

至寧元年，宣宗彰德，故園竹開白花。《金史》廿三

《河陽縣作》

河陽

河陽古城在河陽縣西南三十里，即周襄王所狩地，昔潘岳爲令，多植桃李，號花縣，土人謂之潘岳城，遺址猶在。《元一統志》百二十三

一

凱風揚微綃

綃，輕縠也。《雙字》上

南路在伐柯

五臣注：“南路，京道。”《詩》“伐柯伐柯，其則不遠”，謂去京不遠，岳如此命意，不太迂乎？《湛淵静語》一　案：此解外惟有下邑爲政，視京室爲準則，一解《静語》，但駁五臣，不自立説。

陶淵明

淵明意趣真古清淡之宗，詩家視淵明猶孔門視伯夷也。江少虞《皇宋事實類苑》四十

陶彭澤詩，顏、陸、潘、謝皆不及者，以其平昔所行之事，賦之於詩，無一點愧辭，所以能爾。許顗《詩話》

淵明詩切于事情但不文耳。《後山詩話》

涪翁云：“顏謝詩可謂不遺鑪錘之功，然淵明之牆數仞，不能窺也。”《續墨客揮犀》二

東坡和淵明詩，穎濱爲引，云：“淵明隱居以求志，咏歌以忘老，誠古之達者，而才實拙。”《梁溪漫志》四　案：穎濱此語與

---

① 【校】“朱白”作“米白”，“味甜”作“味甘”。【按】四部叢刊本同。

論太史公淺陋而不學，疏繆而輕信，同爲不量測深，病根在少有才目，欲尋議論作文字。嗚呼，此聖人所以致歎于無言也。

敖器之《詩評》："陶淵明如絳雲在霄，舒卷自如。"《賓退録》二

陶淵明天資既高，旨趣又遠，其詩散而壯，淡而腴，斷不容作邯鄲步也。姜夔《詩説》

文章以氣爲主，氣韵不足，雖有詞藻，要非佳作。乍讀淵明詩，似枯淡，久又有味。東坡晚年酷好之，謂李杜不及，無他韵而已。陳善《捫蝨新語》七

自建安七子、六朝有唐及近世詩人[①]，思無邪者，惟陶淵明、杜子美矣，餘皆不免落邪思也。張戒《歲寒堂詩話》 案：太誣今昔詩人亦未貫尼山宗旨。

淵明得之清而失之淡。吴沆《環溪詩話》上 案：謂淵明佳處在淡，尚非真賞，謂淡爲失，其論可知《環溪詩話》動輒，已所作詩與古人參工拙，在宋人中實爲淺妄。

東坡云："淵明詩質而實，綺癯而實腴。自曹、劉、鮑、謝、李、杜諸人，皆莫及。"

山谷云："淵明詩不煩繩削而自合，巧于斧斤者疑其拙，窘於檢括者病其放。孔子曰'其愚不可及'，淵明之拙與放，要當於一丘一壑者共之。"

后山云："陶淵明詩寫其胸中之妙，無陶之妙而學其詩，終成樂天耳。"

劉後村云："陶公如天地間之有醴泉慶雲，是惟無出，出則爲祥瑞。"

葉西澗云："古今詩學沖淡[②]閒遠，惟陶淵明爲難到。"並蔡正孫《詩林廣記前集》一

杜子美不喜陶詩。周密《癸辛雜識新集》 案：杜公失業從兒嬢，故

① 【校】"詩人"作"諸人"。
② 【校】"淡"作"澹"。

以淵明責子爲未達道，然題曰"遣興要非正論草窗"，遂以爲不喜陶詩，焉得思如陶謝手，令渠述作與同游，則柰何願與不喜者同遊也。

《選》詩惟陶淵明，唐文惟韓退之，自理趣中流出，渾然無斧鑿痕，餘子字煉句煅，鏤冰工巧而已。今人言詩曰《選》，言文曰唐，泛然無別。李塗《古今文章精義》①　案：《選》詩有十九首《詠懷》，唐文有《陸宣公》。淵明與十九首《詠懷》類，退之與《宣公》不類。

《經曲阿》

真想初在衿

士豈能長守山林，長親蓑笠，但居市朝軒冕，要使山林蓑笠之念不忘。淵明《赴鎮軍參軍詩》："望雲慙高鳥，臨水愧游魚。真想初在衿，誰謂形迹拘。"似此胸襟，豈爲外榮點染。荆公拜相時，題詩壁間曰："霜松雲竹鍾山寺，投老歸休寄此生。"山谷云："佩玉而心若槁木，立朝而志在東山。"亦此意。《鶴林玉露》五②　案：景綸似是玉露，要不足與論淵明出處。

《過始寧墅》

白雲抱幽石

《白雲抱幽石》詩一首。《駱賓王集》上

《富春渚》

浦潭作"潭南"　　　且汲作"旦及"（並《寰宇記》九十一）

定山緬雲霧

錢塘風物，湖山之美，古詩人標牓爲多，如謝靈運云"定山緬雲霧，赤亭無淹薄"，鄭谷云"潮來無別浦，木落見他山"，張祐云"青壁遠光陵，鳥峻碧湖深"，影鑒人寒錢起云"漁浦浪花搖素壁，西陵木色入秋窗"，皆錢塘城外江湖之景，行人巖子解鞍，繫纜頃刻所見。《韻語陽秋》十三③

---

① 【校】"字煉句煅"作"煉句煅字"，"鏤冰工巧"作"鏤刻工巧"。
② 【校】"衿"作"襟"，"歸休"作"歸歟"。
③ 【校】"張祐"作"張祜"，"陵"作"凌"，"巖子"作"君子"。

《七里瀨》

七里瀨

在建德縣東北十里。《元和志》二十五

《登江中孤嶼》

孤嶼媚中川

在溫州南四里，永嘉江中，渚長百三丈①，闊七十步，嶼有二峰。《寰宇記》九十九

空水共澄鮮

張嘉貞《空水共澄鮮賦》一首。《英華》三十三

失名《空水共澄鮮》詩一首。《英華》百八十一

《初去郡》

彭薛裁知恥

語似用事，義非用事，此二晋末始有之，弱手，不能知也。如康樂："彭薛裁知恥，貢公未遺榮。或可優貪競，豈足稱達生？"商榷三賢，雖許其退身，不免遺議，康樂借此成詩，非用事也。如古詩："仙人王子喬，難可與等期。"曹植《贈白馬王彪》："虛無求列仙，松子久吾欺。"又古詩："師涓久不奏，誰能宣我心？"如魏武呼杜康爲酒名，蓋作者存其毛粉，不欲委曲傷乎天真，並非用事也。《詩式》②

《石首城》

雖抱中孚爻

臣銑曰："中孚，九五爻也。"明曰："九五，主者之事，非臣下所指用。靈運意乃指九二，九二處重陰之下，履不失中，立誠篤志，雖在闇昧，物亦應焉，故曰'鳴鶴在野③，其子和之'。靈運常抱此道，尚爲孟顗誣奏，故曰'猶勞貝錦

① 【校】"百三丈"作"三百丈"。
② 【校】清光緒十萬卷樓叢書本"二晋"作"二門"，"裁"作"纔"，"豈足"作"未足"，"酒名"作"酒仙"。
③ 【校】"在野"作"在陰"。

詩'。"《兼明書》四

晨裝搏曾颷

《離騷》曰："溢颷風兮上征。"《吳都賦》："翼颷風之颮颮。"班固曰："颷，疾也。"然則颷風，疾風也。謝元晨云："輕扇動涼颷。"謝靈運云："晨裝搏曾颷。"注曰："曾颷，高風也。"二謝以"颷"爲"風"，何耶？《能改齋漫録》四①

《入彭蠡湖口》

攀崖照石鏡

廬山東有石鏡，照水所出，圓石懸崖，照見人形。晨光初散，延曜入石，毫細必察，故名石鏡。《水經注》三十九②

牽葉入松門

松門山在南昌縣北水路二百十五里，山多松，北臨大江，乃彭蠡湖。山有石鏡，光明照人。《寰宇記》百六

《入華子岡》

碧潤《類林》二作"潤"

---

① 【校】此條應出自《能改齋漫録》卷五。"謝元晨"作"謝元暉"。
② 【校】"初散"作"初曜"，"毫"作"豪"。

卷十五

《之宣城》

新林

新林，江寧縣南二十里。《東南防守利便》上

新林港又曰新林浦，闊三丈，深一丈，長十二里。《舊經》云三十里。李白《新林浦阻風寄友人》詩："明發新林浦，空吟謝朓詩。"又翰雄《送客遊江東》詩："若到新林江口泊，吟詩應賞謝元暉。"元暉有《新林向板橋》詩。《金陵新志》五①

板橋

江寧縣南三十里。《東南防守利便》上

天際識歸舟

薛能《天際識歸舟》詩一首。張詠編《薛能集》一

王僧孺《仲以鏒長望》詩"岸際樹難辨，雲中鳥易識"，蓋用謝元暉"天際識歸舟，雲中辨江樹"而不及也。梁元帝詩"遠村雲裡出，遙船天際歸"，亦效元暉，而遠勝僧孺。《能改齋漫錄》五②

謝靈運有"雲中辨烟樹，天際識歸舟"，陰鏗詩有"天際晚帆孤，大江靜猶浪"，老杜所以有"江流靜猶湧，雲中辨烟樹"。《芥隱筆記》

既懽懷祿情，復協滄洲趣

謝靈運爲永嘉、謝元暉爲宣城，境中佳處，游歷殆遍，終不若隱遁者藜杖芒鞵之爲適。元暉《敬亭山詩》："我行雖紆

---

① 【校】"翰雄"作"韓翃"。
② 【校】此條應出自《能改齋漫錄》卷八。"《仲以長望》"作"《中川長望》"。

阻，兼得尋幽蹊。”《板橋詩》云：“既懼懷禄情，復協滄洲趣。”自謂兩得。後又有《鼓吹登山》曲。松下喝道，李商隱謂之殺風景，況於鼓吹乎？韋應物、歐陽永叔皆作滁州太守，應物《遊琅邪山》曰：“鳴騶嚮幽澗，前旌燿崇岡。”永叔不然。《游石子澗詩》云：“麕麚魚鳥莫驚怪，太守不將車騎來。”又云：“使君厭騎從，車馬留山前。行歌招野叟，共步青林間。”《韵語陽秋》十二①

《敬亭山》

敬亭山

在宣州北十二里，即謝朓賦詩之所。《元和志》二十八②

《晚登三山》

三山

在上元縣西南五十里。《元和志》二十五③

三山周迴四里，《輿地志》云：“其山積石，濱於大江，有三峰南北接，故曰三山。”謝元暉《晚登三山》即此。《寰宇記》九十

三山，江寧縣西南五十七里，吳舊津所。《東南防守利便》上

三山高二十九丈，戚氏云：“江寧古城去今城七十里。”故《乾道志》云：“在城西南五十七里，與《丹陽記》‘江寧縣北十二里’不同。”《金陵新志》五

餘霞散成綺

白舍人初至錢塘，徐凝、張祐，各希首薦。中舍曰：“二君論文，若廉、白之鬬鼠穴，較勝負于一戰。”遂試《長劍倚天外賦》④《餘霞散成綺詩》。既解送，以凝爲先，祐其次。《唐語林》下

---

① 【校】此條應出自《韵語陽秋》卷十三。
② 【校】此條應出自《元和郡縣志》卷二十九。
③ 【校】此條應出自《元和郡縣志》卷二十六。
④ 【校】“《長劍倚天外賦》”作“《長劍倚天賦》”。【按】清惜陰軒叢書本同。

澄江静如練

　　古人詩賦事，不必皆實。謝宣城詩"澄江静如練"，宣城去江近百里，州治左右無江，但有兩溪，或當時謂溪爲江。張末《明道雜志》

　　三山在江寧縣北十二里，濱江則非。詩在宣城州治所作。《藝苑雌黄》一

　　劉昭禹云："覓句者若掘得玉匣子，有底有蓋，但精心，必獲其寶。然昔人'園柳變鳴禽'不及'池塘生春草'，'餘霞散成綺'不及'澄江静如練'，'春水船如天上坐'不及'老年花似霧中看'，'停盃嗟別久'不及'對月喜家貧'，'風林社日鼓'不及'茅屋午時鷄'。此數公未始不精心，知全其寶者，未易多得。"《藝苑雌黄》八

《望荆山》

義《江淹集》三作"謁"**至**

秋日懸清光

　　唐太宗有《秋日懸清光》詩，賜房玄齡。《唐詩紀事》

　　陶洪夫名《秋日懸清光》詩二首。《英華》百八十一

《早發定山》

山櫻發欲然

　　吳筠常爲詩曰："秋風隴白水，雁足印黄沙。"沈約語之曰："印黄沙語太險。"筠曰："亦見公詩云'山櫻發欲然'。"約曰："我始欲然，君已印訖。"劉敞《南北朝雜記》

《從軍》

從軍有苦樂

　　李益《從軍有苦樂行》一首。《英華》百九十九

　　王粲曰："從軍有苦樂，但問所從誰？"因爲題。郭《樂府》三十三　案：郭《樂府》《文苑英華》並載此詩，今《李益集》上下二卷無此詩。

處郭《樂府》卅二作"獻"**大**

五

　　尫作"尷"（同上）

樂府

凡樂府歌辭，有因聲而作歌者，若魏之三調歌詩，因弦管金石，造歌以被之是也。有因歌而造聲者，若清商、吳聲諸曲，始皆徒歌，既而被之弦管是也。有有聲有辭者，若郊廟、相和、鐃歌、橫吹等曲是也。有有辭無聲者，後人述作，未必盡被于金石是也。郭《樂府》九十

古人初不定聲律，因所感發爲歌，而聲律從之，唐、虞禪代以來是也。餘波至西漢末始絶。西漢時，今之所謂古樂府者漸興，魏晉爲盛。隋氏取漢以來樂器歌章古調，併入清樂，餘波至李唐始絶。唐中葉雖有古樂府，而播在聲律，渺渺[1]矣。士大夫作者，不過以詩一體自名。蓋隋以來，今之所謂曲子者漸興，至唐稍盛。今則繁聲淫奏，殆不可數。古歌變爲古樂府，古樂府變爲今曲子，其本一也。王灼《碧鷄漫志》

繼三代之作者，樂府也，樂府之作，宛同風雅。但其聲散佚，無所紀繫，所以不得嗣續風雅而爲流通。今樂府行於世者，章句雖存，聲樂無用。崔豹之徒，以義説名；吳兢之徒，以事解目。蓋聲失則義起，與齊魯韓毛之言詩無以異。《通志》四十九　案：夾漈諸書多不純，鈔襲亦太甚，獨此論有功風雅。《爾雅注》前後二序有功箋疏，《爾雅序》似左宋儒右漢學，此論則并非漢儒所知。

《飲馬》

飲馬長城窟

《飲馬長城窟》，古辭，蔡邕所作。《詩式》

《飲馬長城窟》，古辭，傷良人流宕不歸。陳琳"水寒傷馬骨"，言秦人苦長城之役。《樂府古題》下

樂府《廣題》曰："長城南有溪坂，上有土窟，窟中泉流，漢時將士征塞北，皆飲馬此水。"郭《樂府》三十八

陳後主、王褒、張正見、隋煬帝、唐太宗、虞世南、袁

---

① 【校】"渺渺"作"則斲"。

朗、陳標、釋子蘭擬《飲馬長城窟》九首。《英華》二百九

行

《飲馬長城窟行》一曰《飲馬行》。郭《樂府》三十八

《宋書·樂志》:"漢魏世歌詠雜興,詩之流乃有八名:曰行,曰引,曰歌,曰謠,曰吟,曰詠,曰怨,曰歎。皆詩人六義之餘。"郭《樂府》六十一　按:沈約《宋書樂志》凡四卷無此語,或沈約書缺文,或孫嚴《宋書》,唐初李善注《文選》引用,至唐末五代時尚存。

體如行書曰行。姜夔《詩說》

步驟馳騁,斐然成章,謂之行。《珊瑚鈎詩話》三

余謂歌行引本,一曲中有此三節,凡始發聲謂之引,引者爲之導引也。既引矣,其聲稍放焉,故謂之行,行者其聲行也。既行矣,於是聲音遂縱,所謂歌也。今之播鼗者,始以一小鼓引之,《詩》所謂"應田懸鼓"是也。既以小鼓引之,于是人聲與鼓聲參焉,此之謂行可也。既參之矣,然後鼓聲大合,此在人聲,若所謂歌也,歌、行、引,播鼗之中可見之。惟一曲備三節,故引自引,行自行,歌自歌,其音節有緩急,而文義有終始。正如今大曲有入、破、滾、煞之類,今詩家既分之,各自成曲,謂之樂府,無復異製矣。《選》中有樂府數十篇,或謂之行,或謂之引,或謂之吟,或謂之謠,或謂之曲,名雖不同,格律則一。今人強分其體製者,皆不知歌、行、引之說,又未嘗廣見古今樂府,便生穿鑿。施彦執《北窗炙輠錄》上① 案:姜《詩說》《珊瑚鈎》諸書,取備一家,聊塞好博者掛漏之譏,至于破言破道,其說乃非大雅所尚,必不得已,施彦執最近之。

青青河邊草

沈約擬《青青河邊草》一首;何遜學《青青河邊草》一首。《玉臺新咏》五

齊王融、梁武帝、荀昶《青青河邊草》詩三首。郭《樂府》

---

① 【校】"爲之導引"作"謂之導引","數十篇"作"數十萬篇"。

黄致一初看科場十三歲，時出《腐草爲螢賦》題，未審有何事迹。同場以其兒童易之，漫告之曰：“螢則有若所謂聚螢讀書，草則若所謂青青河邊草。又若所謂君子之德風，小人之德草，皆可用也。”其事皆牢落不羈，同場以此塞其問，元非事實，致一用此爲一聯句云：“昔年河畔，嘗叨君子之風。今日囊中，復照聖人之典。”遂發解。《北窗炙輠錄》上①

綿綿思遠道

賦得《綿綿思遠道送岑判官入嶺》。《錢起集》六

枯桑知天風

《西清詩話》載：元晏獻守汝陰，梅聖俞往見之，置酒潁河上。晏言：“古人章句中，全用平聲，製字穩帖，如‘枯桑知天風’是也，恨未見側字。”聖俞既引舟，作五側體四十字寄公，云如“月出斷岸口，影照別舸背”，固佳，然覺辭費。余嘗觀陶淵明詩“萬族各有託”，韓文公詩“此日足可惜”，杜工部詩“寂寞白獸闥”，皆傑句也。其餘諸家五平五側句甚多，至皮日休、陸龜蒙又有五平五側唱和，在《松陵集》。《學齋佔畢》二②

中有尺素書

古人多書於絹。《金壺記》下

《傷歌行》

歌行

古之詩曰歌、行，後之詩曰古、近二體。歌、行主聲，二體主文，詩爲聲也，不爲文也。浩歌長嘯，古人之深趣，今人既不尚嘯，又失其歌詩之旨，所以無樂事也。凡律，其辭謂之詩聲，其詩謂之歌，作詩未有不歌者也。詩者，樂章也，或形

---

① 【校】“青青河邊草”作“青青河畔草”，“聯句”作“偶句”。【按】清刻奇晋齋叢書本同。

② 【校】“元晏”作“晏元”，“闥”作“闡”。

之歌詠，或散之律吕，各隨所主而命。主於人之聲者，則有行，有曲。散歌謂之行，入樂謂之曲。主於絲竹之音者，則有引，有操，有吟，有弄。凡歌、行，雖主人聲，其中調者皆可被之絲竹。凡引、操、吟、弄，雖主絲竹，其有辭者皆可形之歌詠。《通志》四十九

《長歌行》

長歌

《長歌行》古詞言榮華不久，當努力爲樂。曹魏改奏文帝所賦“西山一何高”，言仙道洪濛不可識。陸士衡“逝矣經天日”，復言人運短促，當乘閑歌行①，不與古文合。《樂府古題》上

曹植擬《長歌行》爲《鰕䲘篇》。《郭樂府》三十

班婕妤

韋昭云：“婕承好助也，一云美好也，《聲類》云幸也。”《史記索隱》十四

婕妤字本從人，倢，捷也，乃相承敏捷之意，字從省去才。伃爲相予，則訓佐理亦宜，以爲婦職，因易人爲女。《石林燕語》四

《詩》：“參差荇菜，左右采之。”許氏曰：“莕餘也。”左右者，后妃左右所謂淑女也。左右淑女如河洲之有莕餘，予疑漢婕妤取此以名。加“女”加“人”，皆本詩之“荇菜”而增偏旁。漢世名所采良家女爲采，或亦本此。《演繁露》三

《怨歌行》

怨歌

《怨歌行》一曰《怨詩行》，古詞：“爲君既不易，爲臣良獨難。”言周公輔政，二叔流言。梁簡文帝“十五頗有餘”，自言姝艷，而以讒見毀。班婕妤《紈扇詩》亦云《怨歌行》，

---

① 【校】“閑歌行”作“閑長歌”。

不知與此同否。《樂府古題》下

《琴操》："卞和作《怨歌》。"郭《樂府》四十一

團團《白孔六帖》一卷、十四卷並作"圓圓" 似明月

謝女無長城之志，空振才名，班姬有團扇之辭，亦彰婬鬼。何光遠《鑒戒錄》五① 按：王蜀二徐，才艷亡國，何光遠蜀臣，故借班、謝發歎，然褒姒無飛絮之才，宗周既隕，賈后鮮秋風之句，炎晉爲墟，其謂班姬婬鬼，事無所本，縱或別出，虞初不當撥棄正史。

魏武帝

元積作《子美墓銘敘》曰："建安之後，天下文士遭罹兵戰，曹氏父子鞍馬間爲文，往往橫槊賦詩，故其遒文壯節，抑揚怨哀悲離之作，尤極于古。"《唐詩紀事》十八

敖器之《詩評》："魏武帝如幽燕老將，氣韵沈雄。"《賓退錄》二

《短歌行》

短歌

魏武帝"對酒當歌"，晋陸士衡"置酒高堂"，皆言當及時爲樂。又舊説"長歌""短歌"，大率言人壽命長短分定，不可妄求。《古題要解》上

《短歌行》亦曰《鰕魠》。《通志》四十九

對酒當歌

《與楊鐵崖曹新民飲酒芝雲堂》以"對酒當歌"爲韵，得歌字。顧阿瑛《玉山草堂集》上

去日苦多一解 （《宋書》二十一）

慨當以慷

《漢皋詩話》："字有顛倒可用者，如羅綺、綺羅之類，方可。韓愈、孟郊有慨慷之語，後人亦難放效。"僕謂曹孟德曰"慨當以慷，憂思難忘"，退之、東野輩蓋祖此。古人顛倒用

---

① 【注】即《鑒誡錄》。【校】"辭"作"詞"，"鬼"作"魂"。

字，不特“慨慷”，“悽慘”作“慘悽”。又“綢繆”二字，張敞曰：“内飾則繆綢。”《野客叢書》廿八

惟有杜康二解（《宋書》）

少康初作箕箒、秫酒。少康，杜康也，葬長垣。《説文》七下

杜康字仲宣，出魏武《短歌行注》。孔平仲《雜説》二

張文潛嘗戲謂子瞻：“公詩有‘獨看紅蕖傾白墮’，‘白墮’何物？”子瞻云：“劉白墮善釀酒，出《洛陽伽藍記》。”文潛曰：“白墮既是一人，莫難爲傾否？”子瞻答曰①：“魏武《短歌行》云‘何以解憂？惟有杜康’，杜康亦是釀酒人名也。”文潛曰：“畢竟用得不當。”《道山清話》 失名《拊掌録》

束晳賦，杜康咥其胃；樂天詩，杜康能解悶；潘佑詩，直擬將心付杜康，祖此。《野客叢書》六

杜康造酒，因名酒曰杜康。《謝氏詩源》。《嬭嬭記》中

吕伯起、趙仲光偕沈自成同過玉山時，楊伯震、于彦成、琦元璞亦至，酌酒草堂，以“何以解憂，惟有杜康”分賦得“何”字。《玉山草堂集》上

沈吟至今三解　　**鼓瑟吹笙**五解　　**不可斷絶**四解（並《宋書》）

《宋書》“呦呦鹿鳴”四句在“不可斷絶”下，故四五解例

月明星稀

韋琮《月明星稀賦》一首。《英華》七

烏鵲南飛

《初學記》月門“吴牛”對“魏鵲”，“魏鵲”引魏武帝《歌行》“烏鵲南飛”爲據，如此則漢武帝《秋風辭》“草木黄落雁南歸”，風事亦用漢雁矣。徐公碩儒，何乖之甚！《資暇集》上

何枝可依自“越陌度阡”至“何枝可依”八句無

---

① 【校】“答曰”作“笑曰”。【按】宋百川學海本同。

山不厭高，海不厭深。周公吐哺，天下歸心六解（並《宋書》）

曹公《短歌行》末云："山不厭高，海不厭深。周公吐哺，天下歸心。"孔融、楊修俱斃其手，操之高深要在①？身爲漢相，人以漢賊目之，乃周公自擬謬矣。《後村詩話》上

《苦寒行》

《苦寒行》亦曰《吁嗟》。《通志》四十九

北上太二行二山二，艱二哉二何二（並《宋書》二十一）**巍巍**

李太白《北上行》即《苦寒行》，《苦寒行》首句"北上太行山，艱哉何巍巍"，因名。《對牀夜話》三

羊腸坂詰屈

趙險塞名也，山形屈璧，狀如羊腸，今在太原晉陽西北。高誘《戰國策注》二

崔賾從駕登太行山，詔問何處有羊腸坂，賾對曰："臣按《漢書·地理志》，上黨壺關縣有羊腸坂。"帝曰："不是。"又答曰："皇甫士安撰《地書》云：'太行北九十里有羊腸坂。'"帝曰："是也。"因謂牛宏曰："崔祖濬所謂問一知二。"《隋書》七十七②

車輪爲之摧一解 **樹木何蕭二瑟二，北二風二聲二正二悲二**（並《宋書》）

太白辭："磴道盤且峻，巉巖陵穹蒼。馬足蹶側石，車輪摧高崗。"又："殺氣每③劍戟，嚴風洌衣裳。"此正古辭："羊腸坂詰屈，車輪爲之摧。樹木何蕭瑟，北風聲正悲。"太白又有："奔鯨夾黃河，鑿齒屯洛陽。猛虎又掉尾，磨牙皓秋霜。"亦古詞："熊羆對我蹲，虎豹夾路啼。"又："汲水澗谷阻，採薪壟坂長。草木不可餐，飢飲零露漿。"亦古詞："行行日已遠，人馬同時饑。擔囊行取薪，斧冰持作糜。"陸士衡、謝靈運諸作，亦

---

① 【校】"要在"作"安在"。
② 【校】清乾隆武英殿刻本"太行北"作"太原北"。
③ 【校】"每"作"毒"。

不出此轍。若老杜不然，曰："漢時長安一丈雪，牛馬毛寒縮如
蝟。"又："凍埋蛟龍南浦縮，寒刮肌膚北風厲①。"一空故習。
《對牀夜話》三　案：引杜未是杜佳處，杜亦不以"一空故習"爲佳。

虎豹夾路②**啼**二解，**溪谷少**二**人**二**民**二。**雪**二**落**二**何**二**霏**二**霏**二
遠行多所懷三解，**我心何怫**作"佛"**鬱**二，**思**二**欲**二一二**東**二**歸**二
中道正徘徊四解，**迷惑失**二**故**③二**路**二，**薄暮無**作"暝無所"，每字下
注二字**宿**二**栖**④二
人馬同時飢五解，**擔**二**囊**二**行**二**取**二**薪**二，**斧**二**冰**二**持**二作二**麇**⑤二
悠悠使我哀六解（並《宋書》）

　　郭《樂府》此篇每解上二句後複出上二句第三字至第十字，惟第六解全複上
二句，題曰"晉樂所奏"，後又載本詞一首，"暝無所宿栖"仍作"薄暮無宿栖"，
知此篇複句改字皆晉樂所複所改也。《宋書注》諸二字即晉樂複句，但脫落，不
與樂府相應。

《善哉》

善哉行四句一解，共六解（《宋書》廿一）

　　《善哉行》古辭："來日大難，口燥脣乾。"言人命不可
保，當樂見親友，求長生術。魏文帝詞云："有美一人，婉如
清揚。"言其知音識曲，善爲樂方，此篇諸集所出，不入《樂
志》。《樂府古題》上

　　《善哉曲》亦曰《日苦短》。《通志》四十九

《燕歌》

燕歌行二句一解末，三句一解十，共七解（《宋書》二十一）

　　《燕歌行》，晉樂奏魏文帝《秋風蕭瑟天氣涼》《別日容易
會日難》二篇，言時序遷換，行役不歸；佳人怨曠，無所謝⑥

---

① 【校】"厲"作"利"。
② 【校】"夾路"作"夾道"。
③ 【校】"故"作"徑"。
④ 【校】"栖"作"棲"。
⑤ 【校】"麇"作"糜"。
⑥ 【校】"無所謝"作"無所訴"。【按】明津逮祕書本同。

也。《樂府古題》上

《廣題》曰：“燕，地名，言良人從役於燕，而爲此曲。”
郭《樂府》三十二

思斷《宋書》廿一，《左樂府》四並作“多思”　　**敢**《玉臺新咏》八作
“可”**忘**

《箜篌引》

箜篌

漢武帝令樂人侯暉依琴作坎侯，後言“空”，音訛。《宋書》
十九

箜篌，或謂師延，靡靡之樂，非也。其形似瑟而小，七
絃①，用撥彈之，如琵琶。《通典》百四十四

箜篌乃鄭衛之聲，權輿也，以其亡國之聲②，故號空國之
侯。太平老人《袖中錦》

箜篌狀如張箕，探手摘絃。盧玉川詩“捲却羅袖彈箜
篌”，此語未可譏誚。許□③《詩話》

箜篌，《續漢書》云“靈帝作”，非也。《急就篇補注》三

引《箜篌引》，《宋書》廿一作《野田黄雀行》，注曰“《箜篌引》亦用此曲”，
六句一解，共四解。

載始終④曰引。姜夔《詩說》

品秩先後，敘而推之，謂之引。《珊瑚鈎詩話》⑤

主稱千金壽，賓奉萬年酬

有詩人爲樂之意而無其諷。《對牀夜話》一

驚風飄白日，光景馳西流二句無（《宋書》廿一）⑥

---

① 【校】“七絃”無“七”字。【按】清武英殿刻本同余氏。
② 【校】“聲”作“音”。
③ 【注】應爲“許彦周”。
④ 【校】“始終”作“始末”。
⑤ 【注】此段出自《珊瑚鈎詩話》卷三。
⑥ 【校】清乾隆武英殿刻本、四庫全書本《宋書》卷二十一有此二句。

美女

《美女篇》

《美女篇》喻君子有美行。郭《樂府》六十三

《美女篇》亦曰《齊吟》。《通志》四十九

皓腕約金鐶

在臂上者名之爲釧，在指上者名之爲環。《大涅槃經》四十

金郭《樂府》六十三，《左樂府》十並作"三" 爵

珊瑚間木難

一名莫難，珠色黃，出東國。馬縞《古今注》中　按：《續演繁露》四卷"木難珠碧色"同善注。

《白馬篇》

白馬

曹植："白馬飾金羈。"鮑照："白馬騂角弓。"沈約："白馬紫金鞍。"皆言邊塞征戰之狀。《樂府古題》下

白馬者，見乘白馬而爲此曲，言人當盡力爲國，不可念私。郭《樂府》六十三

名編壯士籍郭《樂府》六十三作"高名在壯籍"

《名都篇》

名都

《歌錄》："《名都》《美女》《白馬》，並《齊瑟行》。"郭《樂府》六十三

鬭雞東郊《郭樂府》六十三作"長安"；《左樂府》十作"東交" 道

《鄴都故事》："魏明帝太和中，築鬭雞臺。"郭《樂府》六十四

我歸《芥隱筆記》作"歸來"

美酒斗十千

丁晉公對真廟："唐酒價三百，亦出於一時。若李白'金樽清酒斗十千'，白樂天'共把十千酤一斗'，崔輔國'與酤一斗酒，恰用十千錢'，曹子建樂府'美酒斗十千'，'十千'

未必酒價，言酒美價貴耳。"《芥隱筆記》

十千一斗，詩人寓言。子美"一斗三百"，別無可據。《唐·食貨志》："德宗建中三年，禁民酤以佐軍費，置肆釀酒，斛收直三千。"此可驗乎？又楊松玢《談藪》："北齊盧思道云：'長安酒賤，斗價三百。'"漢酒價見《典論》，曰："孝靈末年，百司湎酒，一斗直千文。"《野客叢書》三

寒鼈炙熊蹯

《五臣注》輕改前賢文旨，李氏注云"某字或作某字"，便隨改之。曹植《樂府》云："寒鼈炙熊蹯。"李氏云："今之腊肉謂之寒，蓋韓國撰饌①尚此法。"復引《鹽鐵論》"羊淹鷄寒"、劉熙《釋名》"韓羊、韓鷄"爲證："寒"與"韓"同。又李以上句云"膾鯉臇胎鰕"，因注："《詩》曰'炰鼈膾鯉'。"五臣見上句有"膾"，遂改"寒鼈"爲"炰鼈"，以就《毛詩》之句。《資暇集》上

李氏云："今之涪肉謂之寒。"《侯鯖錄》一　《紺素雜記》上
案：三書所引李善注，今本《文選》《樂府》無之。《七啓》："寒芳苓之巢龜。"注曰："寒，今之脏肉也。"按《類篇》卷四下曰"煮魚煎肉曰脏"，則如今之鮝凍。腊爲乾肉，涪爲肉汁，和肉汁凍乾之，三說乃即一說。

《王明君》

明君

《明君》，漢曲。《通典》百四十五

《古今樂錄》："《明君》歌舞，晋太康中季倫所作。"謝希逸《琴論》："平調《明君》三十六拍，胡笳《明君》二十六拍，清調《明君》十三拍，閒絃《明君》九拍，蜀調《明君》十二拍，吳調《明君》十四拍，杜瓊《明君》二十一拍，凡七曲。"郭《樂府》廿九　按：郭茂倩編此辭，在相和古辭，不在清調平調。茂倩又云："此本中朝舊曲，唐爲吳聲，蓋吳人傳授訛變使然。"則此辭當爲

---

① 【校】"撰饌"作"事饌"。

吳調。

　　石崇以《明君曲》教其妾綠珠。《碧雞漫志》

序

昔公主嫁烏孫，令琵琶馬上作樂，以慰其道路之思。其送明君亦必爾也

　　參此序，知明君①出嫁時，未必以琵琶寄情，特後人想像賦之。《對牀夜話》一

　　傅玄《琵琶賦》序曰："故老言'漢送烏孫公主嫁昆明'②，念其行道思慕，使知音者於馬上奏之。"石崇《明君詞》云："則知彈琵琶者，乃從行之人，非行者自彈也。"今人畫明妃出塞，作馬上愁容，自彈琵琶，魯直《竹枝詞》注謂"烏孫公主事"，以爲明妃用，蓋承前人誤。僕謂黃注是不考石崇詞故耳。《野客叢書》十

君子

《君子行》

　　此篇載《曹子建集》，意即子建作。《木筆雜鈔》上　　《林下偶談》一

---

① 【校】"明君"作"昭君"。
② 【校】"昆明"作"昆彌"。【按】明刻本同。

卷十六

《猛虎》

渴不飲盜泉

　　洙水西南流，盜泉水注之，泉出卞城東北，卞山之陰。
《論語比考讖》“水名盜泉，仲尼不漱”即斯泉矣，西北流注
於洙水。《水經注》廿五

《從軍》

《苦哉遠征人》

　　擬古《苦哉遠征人》一首。《鮑溶集》三

　　陸機《從軍行》：“苦哉遠征人，飄飄窮四遐。”顏延年
《從軍行》：“苦哉遠征人，畢力幹時艱。”又有《苦哉行》
《遠征人》，皆出于《從軍行》。郭《樂府》三十二

豫章

《豫章行》

　　陸機“泛舟濤川渚”，謝靈運“出宿高密親”，皆傷離別，
言壽短景馳，容華不久。傅玄《苦相篇》“苦相身爲女”，言
盡力於人，終以花落見棄，亦題曰《豫章行》。《樂府古題》下①

高《郭樂府》三十四作“南”山

車馬客

《門有車馬客》

　　王僧虔《技錄》：“《門有車馬客行》歌東阿王置酒一
篇。”郭《樂府》卅八②　案：《置酒篇》即《箜篌引》。

────────────

① 【校】明津逮秘書本“濤川”作“清川”，“高”作“告”。

② 【校】此條應出自《樂府詩集》卷四十。

《君子有所思》

誠郭《樂府》六十一作"盛"**行**

齊謳

《齊謳》

　　詩人刺箴美頌，各有源流，未嘗混雜，善惡同篇。陸機
《齊謳》篇，前敘山川物產風教之盛，後章忽鄙山川之情，疏
失厥體。其爲《吳趨行》，何不陳子光、夫差乎？《京洛行》，
何不述赧王、靈帝乎？《顏氏家訓》上

　　《齊謳行》，齊人以歌其地。《樂府古題下》

　　梁元帝《纂要》：齊歌曰行[①]。陸機《齊謳行》，欲人推分
直進，不可妄有所營。郭《樂府》六十四

　　歌之流別有三，一曰謠，二曰謳，三曰誦。齊歌曰謠，獨
歌曰謳[②]。《文則》下

營丘負海曲

　　營丘，臨淄西二里塔寺後，《爾雅》云："水出其左，曰
營丘。"淄縈其東南，故名。晏子曰："先君太公築營之丘。"
謂太公築邑此地。《通志》曰："營丘即今臨淄縣。"按：在昌
樂者，乃營陵，元魏誤以爲營丘而縣焉。營丘之上，唐長慶間
立太公、桓公廟，今惟宋景祐三年碑存。《齊乘》五

東被姑尤側

　　沽水有二，曰大沽河，出黃縣南蹲狗山；曰小沽河，出萊
州南馬鞍山。二水俱南流，徑膠水縣東南朱氏城[③]東乃相合，
通名爲沽河，至膠州東南入海。沽水起北海至南海，行三百餘
里，絕齊東界，故曰沽尤以西，尤即小沽河。《齊乘》二

---

① 【校】"齊歌曰行"作"齊歌曰謳"。【按】四部叢刊本同。
② 【校】"齊歌曰謠，獨歌曰謳"作"齊歌曰謳，獨歌曰謠"。【按】民國景明寶
　　顏堂秘笈本同余氏。
③ 【校】"朱氏城"作"朱毛城"。【按】清乾隆四十六年刻本同。

南界聊攝城

故攝城在博平縣西南二十里，晏子曰"聊攝以東"即此縣。《元和志》十六①

孟諸吞楚夢

陸士衡《齊謳行》"孟諸吞楚夢，百二侔秦京"，不若"八九吞楚夢"對"百二侔秦京"，不爲親切且混然也。《野客叢書》廿二②

百二侔秦京

蘇林曰："秦得百二焉，得百中之二。秦地險固，二萬人足諸侯百萬人也。齊得十二焉，得十中之二。二十萬萬人當百萬言。齊雖固，不如秦。"裴駰《史記》注八

虞喜云："百二者，得百之二。言諸侯持戟百萬，秦地險固，一倍于天下，故云得百二焉，言倍之也，蓋言秦兵當二百萬也。'齊得十二'亦如之，故爲東西秦，言勢相敵，但立文相避，故云十二。"《索隱》三

秦得百二者，言據此險阻，得一百人則可敵二百人也。若定其讀，則當以"得百"爲一句，"二焉"爲一句。齊得十二者，猶言得十人則可當二十人也，亦當以"得十"爲一句，"二焉"爲一句。《雍錄》五 按：蘇説較近，然不必泥。持戟百萬，專指人言。蓋田肯謂："秦地險固，其兵力足以守險，形勢與諸國相去猶百之與二，齊地形勢與諸國相去猶十之與二。下言東西，秦者自秦而東，形勢無出齊右，非謂齊地遂可敵秦。"杜詩"休道秦關百二重"，"百二"指關山，亦非田肯本意。

鄙哉牛山歎

詩人皆以徵古爲用事，不必盡然。六義之中，取象曰比，取義曰興，義即象下之意。凡禽魚、草木、人物、名數，萬象之中義類同者，盡入比興，《關雎》即其意也。如陶公以"孤

---

① 【校】此條應出自《元和郡縣志》卷二十。
② 【校】"楚夢"作"雲夢"，"爲"作"惟"。【按】明刻本同。

雲”比“貧士”，鮑照以“直”比“朱絃”，以“清”比“玉壺”，時久，呼比爲用事，呼用事爲比。如陸機《齊謳行》：“鄙哉牛山歎，未及至人情。爽鳩苟已徂，吾子安得停？”此規諫之忠，是用事非比也。如康樂公《還舊園作》：“偶與張邴合，久欲歸東山。”此敍志之忠，是比非用事也。詳味可知。《詩式》①

牛山，臨淄南十里，齊景公登牛山，北顧其國而流涕，即此山。又白淵之《齊道記》：“黄邱北十里有鶿鶿峴，下帶長澗，東北流牛山，山去此水八十餘里，號牛頭水，是齊景公所登而歎處。”《齊乘》一

長安

《長安有狹邪》

《相逢行一日》《相逢岐路間》，亦曰《長安有狹邪行》。郭《樂府》四②

《悲哉行》

秀《左樂府》十作“莠”被

吳趨

《吳趨行》

趨，步也。郭《樂府》六十四

昌門何陸廣微《吳地記》作“勢”峨（郭《樂府》六十四作“嵯”峨，飛閣跨通波

閶門或云魯般所製，有高樓閣道。

閶門額李陽冰篆，今失之。並《吳郡續圖經》③ 下

閶門舊有樓三間，予猶及見之。陸機《吳趨行》：“昌門

---

① 【校】清光緒十萬卷樓叢書本“玉壺”作“冰壺”，“時久”作“時人”，“詳味可知”作“也可知”。
② 【校】《樂府詩集》無此條。
③ 【注】《吳郡續圖經》即《吳郡圖經續記》，（宋）朱長文撰。【校】“魯般”作“魯匠般”。

何峨峨，飛閣跨通波。"更建矣，兵火不復存矣。《中吳紀聞》三①

泰伯導仁風

泰伯遜天下，季札辭一國，德之所化遠矣。更歷兩漢習俗清美。昔吳太守糜豹出行屬城，問功曹唐景風俗所尚，景曰："處家無不孝之子，立朝無不忠之臣。文爲儒宗，武爲將帥。"時人以爲善言。陸機詩云："山澤多藏育，土風清且嘉。泰伯導仁風，仲雍揚其波。"豈不然哉？《吳郡續圖經》上

陸《短歌》

短歌有《左樂府》四作"可"詠，長夜無荒

全是詩人之體。《對牀夜話》一

日出

《日出東南隅行》

晉陸士衡"扶桑升朝暉"等，但言佳人好會，與古詞始同末異。《樂府古題》上

《陌上桑》亦曰《日出東南隅行》，亦曰《日出行》，亦曰《採桑曲》，曹魏改曰《望雲曲》。《通志》四十九

扶《玉臺新詠》三作"榑"，《前緩聲歌》同桑

美目揚玉澤

《猗嗟》："美目揚兮。"《毛》曰"揚眉"，明曰："《經》無眉文。揚者，目開大之貌。《禮記》'揚其目而視之'是也。"《兼明書》二

秀《玉臺新詠》三作"彩"（《玉臺佳本》）然此字從《玉臺》，"吳絳仙秀色可餐"，便爲無本色

妍迹陵七盤

言舞用盤七枚。郭《樂府》五十六

---

① 【校】此條應出自《中吳紀聞》卷二。"昌門"作"閶門"。【按】清知不足齋叢書本"間"作"聞"，"予"作"子"。

塘上

《塘上行》

《前志》云"晉樂奏魏武帝'蒲生我池中'",而諸集録皆言其詞魏文帝甄后所作。《古題要解》上

《鄴都故事》:"魏文帝甄皇后,中山無極人。爲郭皇后所譖,賜死。臨終爲詩曰:'蒲生我池中,緑葉何離離。'"晉陸機《江蘺生幽渚》言婦人衰老失寵,行於塘上而爲此歌,與古辭同意。

《江蘺生幽渚》

沈約《江蘺生幽渚》詩一首。並郭《樂府》卅五 案:劉攽《文選類林》卷十八以"江蘺生幽渚,微芳不足宣"爲謝朓《塘上行》,謝朓別有《蒲生行》,不與士衡詞同,《類林》誤。

會吟

《會吟行》

《會吟行》,謝靈運六引緩清唱,其致與《吳趨行》同。《古題要解》下

請從文命敷

禹,字密。《史記集解》二①

禹,字高密。逢行珪《鬻子注》下 案:《上注表》曰:"永徽四年,華州鄭縣尉臣逢行珪。"

禹,字文命。陳景元《南華經音義》二

便《左樂府》十作"嬽"**娟**

東武

《東武吟》郭《樂府》四十一作《東武吟行》

密州諸城縣,漢東武縣,樂府有《東武吟》。《通典》百八十

《東武吟》,鮑照"主人且勿喧",沈約"天德深且曠",傷時移世異,芳華徂謝而已。《樂府古題》下

悲如蜑曰吟。姜《詩説》

---

① 【校】《史記集解》無此條,或出於《史記正義》卷二:"禹名文命,字密。"

吁嗟慨嘆，悲憂思深，謂之吟。《珊瑚鈎詩話》三

老杜《贈韋左丞詩》，仿鮑明遠《東武吟》。《能改齋漫錄》五①

占作"召" **募** **收**作"牧"（並郭《樂府》四十一） **鷄**

薊北門

《出自薊北門行》

《出自薊北門行》，其詞與《從軍行》同，兼言燕薊風物及突騎悍勇之狀。《樂府古題》下

結客

《結客少年場行》

《結客少年場行》，言輕生重義，慷慨以立功名也。（同上）

《廣題》曰："漢長安少年殺吏，受財報仇，相與探丸爲彈，探得赤丸斫武吏，探得黑丸殺文吏。尹賞爲長安令，盡捕之。長安中歌曰：'何處求子死，柏東少年場。生時諒不謹，枯骨復何葬。'按：結客少年場，言少年時結任俠之客，爲遊樂之場，終無成也。"郭《樂府》六十六

《錦帶佩吳鈎》

張友正《錦帶佩吳鈎》詩一首。《英華》百八十九

東門

《東門》

《東門行》古詞云："出東門，不願歸。"言士有貧不安其居者，拔劍將去，妻子牽衣留之，願共餔糜，不求富貴。若鮑照"傷禽惡絃驚"，但傷離別。《樂府古題》上②

白頭

《白頭吟》

古詞："皚如山上雪，皎若雲間月。"言良人有兩意，故

---

① 【校】此條應出自《能改齋漫錄》卷八。

② 【校】明津逮秘書本"不願歸"作"不顧歸"，"糜"作"縻"。

來與之相決絕。次言別於溝水之上，敘其本情。終言男兒當重意氣，何用於錢刀也。若鮑照"直如朱絲繩"，張正見"平生懷直道"，虞世南"葉如幽徑蘭"，皆自傷清直芬馥，而遭鑠金點玉之謗，與古文近焉。同上

反鮑明遠《白頭吟》一首。《白長慶集》二

杜詩舊注虞卿著《白頭吟》，以人情樂新而厭舊。陳鵠《耆舊續聞》九

直如朱絲繩

薄芬《直如朱絲繩》賦，以題爲韵。《英華》百二十

清如玉壺冰

《清如玉壺冰》詩一首。《王維集》下

盧綸《清如玉壺冰》詩一首。《文苑英華》百八十六　案：盧綸《户部集》十卷無此題。

班去趙姬升

南宗一句含理，如《毛詩》云"林有樸樕，野有死鹿"，即今人爲對，字字的確，上下各司其意。如鮑照《白頭吟》'申黜褒女進，班去趙姬升'，如錢起詩'竹憐新雨後，山愛夕陽時'，此皆宗南宗之體①。《二南密旨》

升天

《升天》

《升天行》，曹植"日月何肯留"，鮑照"家世宅關輔"。曹植又有《飛龍》《仙人》《上仙籙》與《神遊》《五游》《遠遊》《龍欲升天》等七篇。如陸士衡《緩聲歌》，皆傷俗情險巇，當翱翔六合之外。蓋出楚詞《遠遊篇》也。《樂府古題》下

五圖發金記

《升天行》。注："采芝法有五，故云五圖。出《太清金匱記》。"《六帖補》十八

---

① 【校】"南宗之體"作"南宗本"。

《鼓吹曲》

曲

委曲盡情曰曲。姜《詩説》

聲音雜比，高下短長，謂之曲。《珊瑚鈎詩話》三

挽歌

代云挽歌始自田横門人，非也。《左傳》："魯哀公會吳伐齊，將戰，齊將公孫夏令歌虞殯。"杜注："送葬歌也。"則已有久矣。《資暇集》中　按：資暇本《世説注》。

摯虞《初禮議》："挽歌出于漢武帝，役人勞苦，歌聲哀切，遂以送終，非古制。"《酉陽雜俎續》四

陸《挽歌》

挽歌

挽歌皆爲生者悼往苦哀之意。陸平原多爲死人自嘆之辭，詩格既無此例，又乖製作本意。《顔氏家訓》上　案：帝謂文王，文王曰："咨！不得謂託鬼神言，無此例。"爲死人自嘆，生者豈不更悲？于製作本意何乖？如黄門駁文章，遂不容有變體。

一

聽我薤露詩

薤味辛苦，性温滑。一名菖子，葉似細葱，中空而有稜，根如蒜。有二種，赤者味苦，白者生食辛，熟食香，發熱病不宜多食。《飲食須知》二

陶《挽歌》

馬爲仰天鳴 作"鳥爲動哀鳴" 風爲 作"林風"（郭《樂府》二十七）

荆軻

字次非。渡，鮫夾船，次非斷其頭，而風波静。《博物志》六① 按：《江賦》，李善注引《吕覽》："伇飛，荆人。"茂先似誤不害，爲傳聞異辭。

---

① 【校】此條應出自《博物志》卷八。

歌序

祖送於易水上

易水，一名故安河，出易縣西寬谷中。燕太子丹送荊軻易水上，即此。《元和志》十八①

荊軻歌《琴操》，商調有《易水曲》，亦曰《渡易水》是也。郭《樂府》五十六

歌②

壯士一去不復還

張華《壯士篇》出此。郭《樂府》六十七

高祖

大風起兮雲飛揚

高祖過沛，作《風起》之詩。今沛中僮兒百二十人習歌之。至孝惠時，以沛宮爲原廟歌。兒常以百二十人爲員。文景之間，禮官肄業而已。《漢書》廿二

大風安不忘危，其霸心之存乎？《中說》上

三侯之詩，即《大風歌》，侯語辭兮，亦語辭。詩有三兮，故云三侯。《索隱》八

《琴操》有《大風起》，高祖所作。郭《樂府》五十八

《大風歌》止二十三字，規模宏遠，凜凜有四百年基業之氣。《韻語陽秋》十九

《大風歌》不事華藻，而氣槩遠大，真英主也。《庚溪詩話》上

《詠史詩》："歌風臺上凜英雄，玉斗鴻門事已空。何意③封侯先雍齒，可憐紀信竟無功。"吾衍《竹素山房集》二

安得猛士兮守四方

徐州歌風臺題者甚多，惟尚書張公方平最爲絶唱："落魄

---

① 【校】此條應出自《元和郡縣志》卷二十二，"谷中"作"中谷"。
② 【校】此條應出自《樂府詩集》卷五十八。
③ 【校】"何意"作"何事"。

劉郎作帝歸，樽前一曲大風辭。才如信越猶菹醢，安用思他猛士爲？"吳處原《青箱集記》五①　案：宋郭森卿編張詠《乖崖集》十二卷，今存《秘鈔》五卷無此辭。

　　時帝有天下十三年，常思耆艾賢德，與共維持，獨尚意猛士。治道終以霸雜，蓋有由然。前年詔曰："賢士大夫，吾能尊顯之。"是年詔曰："與天下豪士賢大夫同安②輯之。"播告之詞，乃秉筆代言，非若耳熱之歌，中心所欲。《碧溪詩話》一
扶風

《扶風》

　　常經出塞，經陝山水，悵然懷古，乃擬劉琨《扶風歌》十二百③。《魏書》八十二

暮宿丹山水

　　《上黨記》曰："丹水出長平北山，南流，秦坑趙衆，流血丹川，由是俗名丹水。丹水又東南流，注丹谷，即劉越石《扶風歌》所謂丹水。"《水經注》九
孺子妾

中山王孺子妾

　　孺子，幼艾美女也。高誘《戰國策注》十

　　《漢書》曰："詔賜中山靖王子噲及孺子妾冰、未央才人歌詩四篇。"如淳曰："孺子，幼少稱孺子。妾，宮人也。"顏師古曰："孺子，王妾之有品號者。妾，王之衆妾也。冰，其名。才人，天子内官。"按：此謂以歌詩賜中山王及孺子妾、未央才人等爾，累言之，故云及。陸厥作歌，乃謂之中山王孺子妾，失之遠矣。郭《樂府》八十四

---

①　【校】"《青箱集記》"應爲"《青箱雜記》"。
②　【校】"同安"作"共安"。
③　【校】"十二百"作"十二首"。【按】清乾隆武英殿刻本同。

卷十七

古詩

十九首

《趙氏詩録》序：“風雅降而爲騷，爲十九首。十九首而降爲陶、杜，爲二李。其情性不垫，神氣不群，故其骨格不庳，面目不鄙。”《楊維楨集》七

一

《玉臺》一卷，枚乘《雜詩九首》之一

行行重行行

意格取詩中之意，不形於物象，如《古詩》：“行行重行行，與君生別離。”如畫公《賦巴山夜猿送客》：“何年有此路，幾客共沾襟。”《二南密旨》

擬《行行重行行》一首。

《行行重行行》一首。張憲《玉笥集》三

與君生別離

《楚辭》：“悲莫悲兮生別離。”《古詩》：“與君生別離。”梁簡文帝爲《生別離》。郭《樂府》七十一

胡馬依北風

《胡馬依北風》詩一首。楊億《新集》五

浮雲蔽白日

“浮雲蔽白日，遊子不顧返。”此變大雅也。《二南密旨》

文宗宮人沈翹翹者，歌《河滿子》，有“浮雲蔽白日”之句，其聲宛轉，上因歆歔。問曰：“汝知之耶？此《文選·古詩》第一首，蓋忠臣爲姦邪所蔽也。”乃賜金臂環。《唐詩紀事》二

此祖《離騷》“雲容容而在下，杳冥冥兮羌晝晦”之

意。《野客叢書》廿八

卷十七

二七一

二

《玉臺·枚乘〈雜詩〉》九之五

青青河畔草

　　劉鑠擬《青青河畔草》一首。《玉臺新詠》三

　　鮑令暉擬《青青河畔草》。《玉臺新詠》四

　　"青青河畔草，鬱鬱園中柳。"連六句用疊字，今人必以爲句法重複之甚。《滄浪詩話》

　　擬《青青河畔草》一首《盤洲集》一

　　退之《南山詩》："延延離又屬，夬夬判還遘。喁喁魚闖萍，落落月經宿。闆闆樹墻垣，蠍蠍架庫廄。參參削劍戟，煥煥銜瑩琇。敷敷花披萼，闠闠屋摧霤。悠悠舒而安，兀兀狂似狃。超超出猶奔，蠢蠢駭不懋。"連十四句用雙字起，亦古詩"青青河畔草，鬱鬱園中柳"之意。《對牀夜話》四①

盈盈樓上女

　　《賦得盈盈樓上女》一首《孟浩然集》四

三

青青陵上柏

　　擬《青青陵上柏》一首。《盤洲集》一

人生天地間

　　《人生天地間》一首。陳襄《古靈集》一

四

今日良宴會

　　擬《今日良宴會》一首。《盤洲集》一

五

《玉臺·枚乘〈雜詩〉》九之一

────────────

① 【校】"煥煥"作"燠燠"。【按】清知不足齋叢書本"遘"作"覯"，"燠燠"作"煥煥"，"超超"作"起起"。

西北有高樓

城西沖覺寺，在西明門外一里。西北有樓，出凌雲霄①。《古詩》所謂"西北有高樓，上與浮雲齊"者也。樓下有儒林館、退賓堂。《洛陽伽藍記》四

《西北有高樓》一首。《盤洲集》一

鳴鶴《經外雜鈔》作"鴻鵠"

六

《玉臺·枚乘〈雜詩〉》九之四

涉江采芙蓉

梁元帝孔德紹《賦得涉江采芙蓉》二首。《英華》三百廿二②

擬《涉江采芙蓉》一首。《盤洲集》一

蘭澤多芳草

梁元帝《賦得蘭澤多芳草》詩。《古詩》爲題，見於此。

《困學紀聞》十八

七

明月皎夜光

擬《明月皎夜光》一首。《盤洲集》一

八

冉冉孤生竹

傅毅所作。《詩式》

何偃《冉冉孤生竹》一首。郭《樂府》七十四

襄陽薤山下有孤竹，三年方生一筍。筍成竹，竹母死，代謝如春秋焉。今詳孤竹獨生筍者，即子母不相同。《筍譜》

擬《冉冉孤生竹》一首。《盤洲集》一

兔絲附女蘿

女蘿，松枝化而生。《毛詩名物解》四

---

① 【校】"凌雲霄"作"凌雲臺"。

② 【校】《文苑英華》無此條。

《爾雅》以女蘿、兔絲爲一物，《本草》以爲二物。《古詩》"與君爲新婚，兔絲附女蘿"，李太白詩"君爲女蘿草，妾作兔絲華"，二詩皆用《本草》之說。吳仁傑《離騷草木疏》二

案：蔦與女蘿，詩分二種。僕在保定見雄縣雄文閣，保定靈雨寺，兩寺僧用瓦盤縛小架引蔓，種一物，根莖俱弱，如線葉。平放正圓，大小如鴟眼錢，每葉十八出，如羅漢松葉狀，翠綠可愛，夏開花五出，色紅如丹，大如其葉。雄文閣僧曰"雲松"，靈雨寺僧曰"蔦蘿"。雲松，俗名蔦蘿，合古二名呼一物，未知是蘿、是蔦。諸書言草木，未必皆出於親見。今擇其有益聞見者，附出本條。

九

庭中有奇樹

擬《庭中有奇樹》一首。《盤洲集》一

貢《玉臺新詠》作"貴"

十

《玉臺·枚乘〈雜詩〉》九之八

迢迢牽牛星

擬《迢迢牽牛星》一首。《盤洲集》一

緯書引張平子《天象賦》，張茂先、李淳風等注云："河鼓三星在牽牛星北，主軍鼓，蓋天子三軍之象。昔傳牽牛織女見此星是也。"故《爾雅》："河鼓謂之牽牛。"又《古詩》云："東飛伯勞西飛燕，黃姑織女時相見。"黃姑即河鼓也，音訛而然。今之學者，或謂是列舍牽牛而會織女，故於此析其疑。又張茂先《小家賦》曰："九坎至牽牛，織女期河鼓。"石鍊注云："河鼓星在牽牛北，主軍鼓，主鈇鉞[1]。"李淳風云："自昔相傳牽牛織女七月七日相見者，此星也。"《墨莊漫錄》四

案：張意欲指黃姑河鼓之牽牛，別一牽牛，非列宿之牽牛，然《爾雅》河鼓謂之牽牛，正是論列宿語。

皎皎河漢女

牽牛，牛星也。織女，非女星，織女三星在牽牛之上，主

---

[1] 【校】"鈇鉞"作"鉞鈇"。

金帛。女四星在牛之東，是須女也。須，女之賤稱，詩人往往誤以織女爲牛女。《猗覺寮雜記》五　案：牛女相見，不當論其有無。張邦基謂："牛非列宿中之牛宿。"朱新仲謂："女爲織女外之女星。"未免夢中說夢。

盈盈一水間

以《星厤》考之，牽牛去織女隔銀河七十二度。《古詩》所謂"盈盈一水間，脈脈不得語"，安得如太白"相去不盈尺"之説。周密《癸辛雜識前集》

十二

《玉臺·枚乘〈雜詩〉》九之二

十三

人生忽如寄

《吳語》："越王告吳王曰：'民生於地，寓也。'"《古詩》"人生忽如寄"本此。《困學紀聞》十八

十五

生年不滿百，常懷千歲憂

許渾詩："百年便作千年計。"李後主詩："人生不滿百，剛作千年畫。"《野客叢書》十九　案：《野客》諸條，譏人徵引，不從其朔，此條便自忘引十九首也。

十六

凜凜作"瘰瘰"　　　**夕**作"多"（並《玉臺新詠》一）　**鳴**

十七

孟冬寒氣至

劉鑠擬《孟冬寒氣至》一首。《玉臺新詠》三

擬《孟冬寒氣至》一首。《盤洲集》一

十八

客從遠方來

鮑令暉擬《客從遠方來》一首。《玉臺新詠》四

予男元臣，奉省檄，航海歸，置酒會友朋於可詩齋，以《客從遠方來》分韵志喜，得方字。《玉山草堂集》上

緣以結不解

《文選·古詩》："著以長相思，緣以結不解。"注："被中著綿，謂之長相思，綿綿之意。緣，被四邊綴以絲縷，結而不解之意。"余得一古被，四邊有緣，真此意也。著，謂充以絮。《侯鯖録》一

客行雖云樂，不如早旋歸

成昱詩云："遠客歸去來，在家貧亦好。"樂天云："始知爲客苦，不及在家貧。"唐僧善生云："縱然爲客樂，爭似在家貧。"皆本《古詩》："客行雖云樂，不如早旋歸。"太白亦有"錦城雖云樂，不如早旋歸"。《對牀夜話》五①

十九

《玉臺·枚乘〈雜詩〉》九之九

明月何皎皎

擬《明月何皎皎》一首。《盤洲集》一

李少卿

史臣曰："少卿離辭，五言才骨，難與争鶩。"《南齊書》五十二

舟中讀《文選》，恨其編次無法，去取失當。齊、梁文章衰陋，蕭統尤卑弱，如《文選》所引可見，李陵、蘇武五言皆僞而不能去。淵明集可喜者甚多，獨取數首，知餘人忽遺者多矣。淵明《閑情賦》，所謂國風好色而不淫，正使不及《周南》，與屈宋所陳何異？而統乃譏之，此小兒強作解事者。《東坡題跋》二

元積作子美墓銘，敘曰："蘇子卿、李少卿之徒，尤工爲五言。雖句讀文律各異，雅鄭之音亦雜②，而詞氣闊遠，指事言情，自非有爲而爲，則文不妄作。"《唐詩紀事》十八

---

① 【校】"成昱"作"戎昱"，"不如早旋歸"作"不如早還家"。【按】清知不足齋叢書本同。

② 【校】"雅鄭之音亦雜"之"亦雜"二字衍文，該句應作"雖句讀文律，各異雅鄭之音"。"詞氣"作"詞意"。【按】四部叢刊本同。

《與蘇武》

劉灣《李陵別蘇武》詩一首。《中興間氣集》下　案：唐人蓋以陵此詩在爲北別蘇武。

古人之作詞，約而意盡者，李少卿贈蘇子卿之篇。《東坡題跋》二

劉子玄辨《文選》所載李陵《與蘇武書》，非西漢文，蓋齊、梁間文士擬作。予因悟陵與武《贈答》五言，亦後人所擬。陳秀民《東坡文談錄》

五

臨河濯長纓

在額上者，名之爲鬟。在頸下者，名之爲纓。《大涅槃經》四十

獨有盈觴酒

《文選》編李陵、蘇武詩七篇，人多疑“俯觀江漢流”之語，以爲蘇武在長安所作，何爲及江漢？東坡云：“後人所擬。”予觀李詩“獨有盈觴酒，與子結綢繆”。盈字惠帝諱，漢法，觸諱者有罪，不應陵敢用，益知坡公之言可信。《容齋隨筆》十四

《古文苑》枚乘《柳賦》：“盈玉縹之清酒。”《玉臺新詠》枚乘《雜詩》①：“盈盈一水間。”梁普通間，孫文韜所書《茅君碑》謂：“太元真君諱盈。”漢景帝中元間，人知惠帝諱，在當時有不諱者。《野客叢書》五

三

携手上河梁

白樂天云：“國風變爲騷辭，五言始於蘇、李。蘇、李騷人，所不遇者，各繫其志，發而爲之。故河梁止於敘悲，澤畔歸於怨思。去古未遠，梗概尚存。興離別則引兩鳧一雁，爲諷君子小人，則引上草下鳥爲比。義類不同，得風人什二三焉，

_____

① 【校】“《雜詩》”作“《新詩》”。

於時六義始缺矣。"失名《詩談》

　　韓子蒼曰："《柏梁》作而詩之體壞，《河梁》作而詩之意乖。"《困學紀聞》十八

蘇古詩一

誰爲行路人

　　蔡氏曰："《飲中八仙歌》'船''眠''天'字再押，前字三押，古未見其體。叔父元度曰：'此歌人人各異，重押何害？亦《周詩》分章之意也。'僕考蘇子卿詩'誰爲行路人'，又曰'欲以贈遠人'，又詩曰'嫵婉及良時'，又曰'莫忘歡樂時'。沈休文曰'結架山之足'，又曰'寸心於此足'。阮嗣宗曰'罄折忘所歸'，又曰'辛苦誰爲歸'。張景陽一詩押兩'生'字，任彦升一詩三押'情'字。古詩重押韵，如此之多，豈可謂古未見此體？沈雲卿一詩，凡四疊韵。"《野客叢書》二十

二

願爲雙黄鵠

　　此詩今人必以爲一篇重複之甚，豈特如《蘭亭》絲竹管絃之語？古詩正不當以此論。《滄浪詩話》

念子不能歸

　　武別陵云："欲展清商曲，念子不能歸。"又云："願爲雙黄鵠，送子俱遠飛。"陵雖萬無還理，武尚欲援之以歸漢，忠厚之至也。《后村詩話》上

三

生別 《玉臺》一作"別生"

《四愁》

　　傅玄擬《四愁詩》，序曰："平子四愁，體小而俗。"《玉臺新詠》八①

———————————————

① 【校】此條應出自《玉臺新詠》卷九。

《五悲》五首。《廬照鄰集》下　案：《五悲文》廣於《九歎》，題因於《四愁》。

《四怨三愁五情詩十二首》。《曹鄴集》一

一

美人贈我金錯刀

金錯刀即王莽所鑄錢名。《續漢書》：“佩刀，諸侯王以黃金錯環。”恐與王莽所鑄錯刀又別。《藝苑雌黃》一

古之錯即今之磋也。北人讀錯，去聲，南人讀入聲，其實一也。俞琰《月下偶談》

我所思兮在桂林

史臣曰：“桂林湘水，平子之華篇。飛館玉池，魏文之麗篆。七言之作，非此誰先！”《南齊書》五十二

金《玉臺》八作“琴” 琅玕

三

欲往從之隴坂長

汧水二源，一出汧縣西山，世謂之小隴山，巖嶂高險，不通軌轍。故張衡《四愁詩》：“我所思兮在漢陽，欲往從之隴坂長。”《水經注》十七

美人贈我貂襜褕

襜褕，直裾襌衣，謂之襜褕，取其襜褕[①]而寬裕。《急就篇注》二

《漢·何並傳》：“襜褕，曲裾襌衣。”《小爾雅》：“襜褕，謂之童容。”注：“亦云蔽膝。”武安侯衣襜褕入宮，不敬。注云：“若婦人服。”《急就篇補注》二

何以報之明月珠

明月珠，所著處鬼神不得其便，不爲所中。士女持明月珠，所著鬼神即去。中熱風寒，持明月珠，著身風寒皆除。夜

---

① 【校】“取其襜褕”作“取其襜襜”。

著冥中即明，熱涼寒溫。衆毒向已，持珠示之，諸毒即滅。若人目痛冥，近之即愈。在著何處即隨珠色，正使持若於繒裏珠著水中，水故如珠色，水濁即清。《無極經》二

四

何以報之青玉案

朱新仲"何以報之青玉案，我姑酌彼黃金罍"，用前人語，盤①屈排奡，使之妥帖。《後村詩話》下

《青玉案》一首。王嘉《全真集》十二　案：此取《四愁詩》名曲。

青蓮池上客，俗題青玉案王嘉《教化集》下

《青玉案》一首。馬鈺《漸晤集》下

《青玉案》四首。尹志平《葆光集》下

《青玉案·喝馬》一首。譚處端《水雲集》下

《青玉案》十六首。王處一《雲光集》四

譚真人《青玉案》二首。彭致中《鳴鶴餘音》四

劉《雜詩》

方塘含白水

山水二十四曲，《方塘含白水歌》第十二。《通志》四十九

魏文《雜詩》一

漫漫秋夜長

魏文帝詩："漫漫秋夜長，烈烈北風涼。"玉歌《秋夜長》取此。郭《樂府》七十六

二

南行至吳會

謂吳、會稽二郡。《困學紀聞》十八

棄置勿復陳

魏文帝："棄置勿復陳，客子常畏人。"子建："去去莫復道，沈憂令人老。"此結句換韵之始。《對牀夜話》

---

① 【校】"盤"作"蟠"。

曹《雜詩》三

願爲南流景

日也。《雙字》上

張《情詩》一

靈《玉臺新詠》二作"虛"**景**

《感舊》

富貴他人合

"富貴他人合，貧賤親戚離"，《文選·曹顏遠詩》，又見《晉書·殷浩傳》，蓋因《慎子》"家富則疏族聚，家貧則兄弟離"語。《芥隱筆記》

王《雜詩》

邊馬有歸心

《書屏記》："徐公浩真迹，一屏四十二幅，八體皆備，所題多《文選》五言。其'朔風動秋草，邊馬有歸心'十數字或草或隸，尤爲精絕。"先公常囑戒云："正長詩英，吏部筆力，逸氣相資，奇功無迹。儒家之寶，莫逾此屏。"司空圖《一鳴集》

二

沈烱《賦得邊馬有歸心》一首。《英華》三百三十

師涓久不奏

師涓出於衛靈公之世，寫列代之樂，造新曲以代古樂，有四時之樂。春有《離鴻》《去雁》《應蘋》之歌；夏有《明晨》《焦泉》《泉華》《流金》之調；秋有《傷風》《白露》《落葉》《吹蓬》之曲；冬有《凝河》《流陰》《沉雲》之操。以奏于靈公，靈公情湎心惑，忘於政事。蘧伯玉諫曰："此誰發揚氣律，終爲沉湎淫曼之音，無合風雅。"靈公乃去其聲而親政，衛人美其化焉。師涓悔其乖於雅頌，失爲臣之道，乃退而隱迹。蘧伯玉焚其樂器於九達之衢，恐後世傳造焉。《拾遺記》三

季鷹《雜詩》
黃華如散金

　　袁州自國初時解額，以十三人爲率。仁宗時，查拱之郎中，知郡秋試進士，以"黃華如散金"爲詩題，舉子多以秋景賦之。惟六人不失詩意，由是只解六人，後遂爲額。無名子嘲之曰："誤認黃花作菊花。"《能改齋漫録》四① 案：詩首句"暮春和氣應"，黃花故不爲菊。

景陽《雜詩》二
大火流坤維

　　《夏小正》："九月内火。内火也者，大火。大火也者，心也。"《大戴禮》二

　　心三星，中天王，前爲太子，後爲庶子，火星也。一名大火，二名大辰，三名鶉火。《星經》上②

忽如鳥過目

　　老杜"身輕一鳥過"，用張景陽"人生瀛海内，忽如鳥過目"。《對牀夜話》五

三
密雨如散絲

　　李鐸《密雨如散絲賦》以"微密相續，集布如絲"爲韵。《英華》十四

六
朝登魯陽關

　　魯陽關，左右連山插漢，秀木干雲，是以張景陽詩："朝登魯陽關，峽路峭且深。"《水經注》三十一

　　魯陽關去向城古縣八十五里。《元一統志》三百六十五

---

① 【校】此條應出自《能改齋漫録》卷五。
② 【注】《星經》爲《通占大象历星經》省稱。

卷十八

陶《雜詩》一

心遠地自偏

王荆公詩:"穰侯老擅關中事,長恐諸侯客子來。我亦暮年專一壑,每逢車馬便驚猜。"既以邱壑存心,外物去來,任之可也,何驚猜之有?是知此老胸中尚蒂芥。陶淵明則不然,曰:"結廬在人境,而無車馬喧。問君何能爾,心遠地自偏。"寄心于遠,雖在人境,車馬不能喧之。心有蒂芥,雖擅一壑,車馬不免驚猜。《庚溪詩話》下

大卿朱公以開禧元年築第于昭武城東,取淵明詩語,名其堂曰心遠。陸游《渭南集》二十一

《遯齋閒覽》:"王荆公在金陵作詩,多用淵明詩中事,至四韵全使淵明詩,言其詩有奇絕不可及之語,如'結廬在人境,而無車馬喧。問君何能爾,心遠地自偏',由詩人以來,無此句。然則淵明趨向不群,詞彩精拔,晋、宋之間,一人而已。"

山谷詩"非無車馬客,心遠境亦静",本淵明詩。並《詩林廣記前集》一

有問心遠之義於胡文定公,公舉上蔡語曰:"莫爲嬰兒之態,而有大人之器。莫爲一身之謀,而有天下之志。莫爲終身之計,而有後世之慮。此之謂心遠。"《困學紀聞》十八 案:三義俱非陶義,斷章乃無不可。

采《能改齋漫録》二作"把" 菊東籬下

漢、魏古詩,氣象混沌,難以句摘。晋以還方有佳句,如淵明"采菊東籬下,悠然見南山",謝靈運"池塘生春草"之類。謝不及陶者,康樂詩精工,淵明詩質而自然。《滄浪詩話》

甘菊生雍州川澤，開以九月，深黃，單葉。余謂古菊未有瑰異如今者，陶淵明、張景陽、謝希逸、潘安仁等，或愛其香，或詠其色，或採於東籬，或泛於酒斝，疑皆今甘菊花。余故以甘菊置於白紫紅三品之上。范成大《菊譜》①

九華菊乃淵明所賞之菊，今越俗多呼爲大笑。其瓣兩層者本曰九華，白瓣黃心，花頭極大，有闊及二寸四五分者。其態異常，爲白色冠，香清勝，枝葉疏散，九月半開。昔淵明常言秋菊盈園，其詩集中僅存九華之一名。史鑄《百菊集譜》二

馬揖《晚香堂題詠》注：「淵明菊，單葉白花，一名晋菊，豐腴倍於他菊，一幹一花，潔白鮮明。」一說：「淵明菊，黃色而細。」史鑄《百菊集譜》補逸

悠然望南山

「采菊東籬下，悠然見南山」。往時校定《文選》改作「望南山」，則上下句意不相屬，遂非佳作。沈適《續筆談》

「采菊東籬下，悠然見南山。」因采菊而見山，境與意會，最有妙處。俗本皆作「望南山」，則一篇神氣索然。《東坡題跋》二

在廣陵日見東坡云：「淵明意不在詩，詩以寄其意耳。'采菊東籬下，悠然見②南山'，則既采菊又望山，意盡此矣。'采菊東籬下，悠然見南山'，則本自采菊，無意望山，適舉首見之，悠然忘情，趣閑而累遠。此未可於文字精觕間求之。」晁無咎《題跋》

---

① 【校】此條應出自劉蒙《劉氏菊譜》，非范成大所著《范村菊譜》。《劉氏菊譜》：「甘菊生雍州川澤，開以九月，深黃，單葉，閭巷小人且能識之，固不待記而後見也。然余竊謂古菊未有瑰異如今者，而陶淵明、張景陽、謝希逸、潘安仁等或愛其香，或詠其色，或採之於東籬，或泛之於酒斝，疑皆今之甘菊花也。夫以古人賦詠賞愛至於如此，而一旦以今菊之盛，遂將棄而不取，是豈仁人君子之於物哉？故余特以甘菊置於白紫紅菊三品之上。」

② 【校】「見」作「望」。【按】據下文，此處應爲「望」，余氏乃誤。

"采菊東籬下，悠然見南山。"渾成風味，句法如生成，俗人易曰"望南山"，一字之差，遂失古人情狀。《冷齋夜話》四

韋應物《答長安丞裴稅詩》"臨流意已悽，采菊露未晞。舉頭見秋山，萬事都若遺。"蓋效淵明之句。然淵明擺落世紛，深入理窟，但見萬象森羅，莫非真切？故因見南山而真意具焉。應物乃因意悽而采菊，因見秋山而遺萬事，其與陶所得異矣。《藝苑雌黃》四

《蔡寬夫詩話》云："'采菊東籬下，悠然見南山'，此其間淡自得之趣①，直若超然遐出宇宙之外。俗本爲'望'字，便有褰裳濡足之態，乃知一字之誤，害理如此。"

東坡云："白樂天效淵明詩，有云'時傾一樽酒，坐見②終南山'，則流俗之失久矣。惟韋蘇州《答長安丞詩》真得淵明詩意。"並《詩林廣記前集》一

此還有真意，欲辨已忘言

"此還有真意，欲辨已忘言。"時達摩未東來，淵明早會禪，此正大云。《北窗炙輠錄》下③

淵明詩："羲農去我久，舉世少復真。"又曰："此中有真意，欲辨已忘言。"東坡云："淵明，古今賢之，貴其真也。"葛魯卿爲贊，羅端良爲記，皆發此意。蕭統疵其閒情，杜子美譏其責子，王摩詰議其乞食，何傷於日月乎？《困學紀聞》十八二

秋菊有佳色

古今詩人，多喜効淵明體者，如和陶詩非不多，但使淵明媿其雄麗耳。韋蘇州云："霜露悴百草，時菊獨妍華。物性有如此，寒暑其奈何。掇英泛濁醪，日入會田家。盡醉茅簷下，

---

① 【校】"間淡自得之趣"作"閒遠自得之意"。
② 【校】"坐見"作"坐望"。
③ 【校】"此還有真意"作"此中有真意"，"東"作"西"，"此正大云"作"此正夫云"。【按】清刻奇晉齋叢書本同。

一生豈在多？"非惟語似而意亦大似，意到而語隨之也。周紫芝
《竹坡詩話》三①

我達史鑄《百菊集譜》四作"遺"

聊復得此生

靖節以無事自適爲得此生，則凡役於物者，非失此生耶？
《東坡題跋》二

東坡拈出陶淵明說理之詩，前後有三，一曰"采菊東籬
下，悠然見南山"，二曰"笑傲東軒下，聊復得此生"，三曰
"客養千金軀，臨化消其寶"，皆以爲知道之言。蓋摘章繪句，
嘲弄風月，雖工何補？若覩道者，出語自然超詣，非常人能蹈
其軌轍。山谷嘗跋淵明詩卷云："血氣方剛，時讀此詩，如嚼
枯木。及綿歷世事，知決定無所用智。"又嘗論云："謝康樂、
庾義成之詩，鑪錘之功，不遺餘力，然未能窺彭澤數仞之牆
者。二子有意於俗人贊毀其工拙，淵明直寄焉。"《藝苑雌黃》六
《韵語陽秋》三②

《貧士》

《和淵明詠貧士詩七首》唐彥謙《鹿門集》下

西山公云："近世評詩者曰淵明之辭甚高，而其旨出於老
莊。予觀淵明，正自經術中來，《榮木》之奄③憂，逝川之歎
也；《貧士》之詠，簞瓢之樂也。"余謂《榮木》《貧士》方
之逝川、簞瓢，幾於牽合，正知淵明不必視此。方岳《深雪偶談》

《讀山海經》

吾亦愛吾廬

《吾廬記》："蕭廷直以其兄所謂邠廬者，共之曰吾廬，本

① 【校】明津逮秘書本"媿"作"愧"，"時菊獨妍華"作"而菊獨好花"，
"膠"作"醪"，"豈在多"作"豈枉多"。

② 【校】宋刻本《韵語陽秋》"說理"作"談理"，"驅"作"軀"，"摘"作
"摛"，"知決定"作"如決定"，"庾義成"作"庾義城"。

③ 【校】"奄"字衍文。

陶語也。"《劉會孟記鈔》四

頗迴故人車

　　頗，少也。窮，曲。隔此大路，少能回故人之車。《類林》十二

《詠牛女》

七月七日

　　織女三星，在天市東，主瓜果絲帛，收藏珍寶。常以七月一日、六、七日見東方，色赤。《星經》下　案：此即齊諧託始。

　　北俗遇月三、七日不食酒肉，蓋重道教之故，而七夕改用六日。太平興國三年七月乙酉，詔曰："七夕佳辰，近代多用六日，宜以七日爲七夕，頒行天下。"王楙宋朝《燕翼貽謀錄》三

鷘《玉臺新詠》三作"鷘"**前**

昔離秋已兩

　　謝惠連《七夕詩》："落日隱簷楹，升月照簾櫳。團團滿葉露，樹樹振條風。"蕭氏取以入《選》。予觀宋孝武云"白日傾晚照，弦月升初光。炫炫葉滿露，蕭蕭庭風揚"，意雖類之，而雄渾頓挫過惠連遠矣。至惠連"七夕秋已兩，今聚夕無雙"亦不可掩。《能改齋漫錄》九①

《南樓》

瑶華未堪折

　　玉華也。王逸《楚辭章句》二

　　説者云："瑶華，麻花，色白比瑶。此花香，服食致長壽，故以②贈遠。"《楚辭補注》二

　　錢起《贈趙給事》詩："不惜瑶華報木桃，以瑶華爲玉。"《韻語陽秋》十六

---

① 【校】此條應出自《能改齋漫錄》卷十。"樹樹"作"淅淅"，"炫炫"作"泫泫"，"七夕秋已兩"作"昔離秋已兩"。

② 【校】"故以"作"將以"。

《齋中讀書》

心迹雙寂寞

老杜"心迹喜雙清"似非用事。謝靈運《齋中》詩云"矧乃歸山川，心迹雙寂寞"蓋用此。《碧溪詩話》六　案：杜用謝語，兩家皆爲疵句。

王《雜詩》

送苦《玉臺新詠》三作"若送"

《數詩》

卦名、人名、建除等體，世多有之，獨無以此爲戲。《對牀夜話》一

《翫月》

帷《五臣》改作"入"（《六帖補》一）

歸華先委露，別葉早辭風

白樂天云"餘霞散成綺，澄江净[1]如練。離花初委露，別葉下辭風"之句嚴矣，吾不知其所諷焉，故所謂嘲風，詠月，弄花草而已。失名《詩談》　案：《詩談》，宋人失名，三百篇未必盡出聖賢之手。仁者見仁，智者見智，入理淺深，視讀者之高下。謝元輝、鮑明遠詩，本無所諷，然"餘霞散成綺"見小人之態紛然，"澄江静如練"見君子之心湛若，"歸華先委露，別葉早辭風"，物盛者次第就衰，曰先曰早，感時仁智可見。

抽《玉臺》四作"榴"**白**

《直中書省》

風動萬年枝

上林苑有千年長生木十株，萬年長生木十株。《西京雜記》一

韋衍、樊陽源、許稷《風動萬年枝》詩三首。《文苑英華》百八十七

《西京雜記》曰："上林異木，亦有制爲美名以標奇麗。"既曰制爲美名，則凡冬夏不凋者，皆可名爲千年萬年。萬年枝

---

① 【校】由案語可知"净"應作"静"。

實爲何木？元無所本。《雍録》中

《泊宅編》曰："徽宗興畫學，試諸生，以'萬年枝上太平雀'爲題，在試皆黜不取。或密以扣中貴，中貴曰：'萬年枝，冬青木也。太平雀，頻伽鳥也。'"《演繁露》十一

女貞木，江左謂之萬年枝。《全芳備俎後集》十九

萬年枝，江左謂之冬青，惟禁中則否。《能改齋漫録》五①

紅藥當階翻

至正庚子孟夏，黃鶴山人岳榆與翟君文中過訪草堂，值春暉樓前芍藥盛開，置酒樓上，集者七人，取"紅藥當階翻"，分韵得"翻"字。《玉山草堂集》上

《郡内登望》

平楚正蒼然

平楚，猶平野，呂延濟乃用"翹翹錯薪，言刈其楚"，謂楚，木叢。便覺意象殊窘，凡五臣之陋類此。《唐庚文録》 案：《五臣》信陋，此注乃出李善。

《和王著作》

阽危賴宗衮

康樂稱太傅爲宗衮，子建稱孟德爲家王，皆自我作古。《後村詩話》上

《和徐都曹》

春色滿皇州

沈亞之、滕邁、裴夷、直封敖、張嗣初《春色滿皇州》五首。

日華川上動

石殷士《日華川上動》詩一首。並《英華》百八十一

風光草際浮

裴杞、張復、元陳璀、吳秘、陳祐《風光草際浮》詩五

---

① 【校】此條應出自《能改齋漫録》卷八。

首。《英華》百八十三

《情怨》

故人心尚爾《玉臺新詠》四作"永"

《和謝宣城》

牽拙《英華》二百四十無"牽拙"至末二句

《詠月》

西園游上才

　　失名《西園游上才》詩一首。郭《樂府》七十四

　　宮苑十九曲,《西園游上才》第十八。《通志》四十九

應門照綠苔

　　《與僧法振同賦應門照綠苔》詩。《李益集》上

《擬蘭若生朝陽》

《玉臺》三卷"朝"作"春"

《擬四愁》

佳人遺我綠綺琴

　　相如曰"燋尾",伯喈曰"綠綺",事出傅玄《琴賦》。世云焦尾是伯喈琴,《伯喈傳》亦云爾,以傅氏言之則非。《宋書》十九①　按:沈休文據傅玄賦作辨,則善注傅玄《琴賦序》"相如有綠綺,蔡邕有焦尾",善所見傳賦已屬訛本。

陶《擬古》

日暮天無雲

　　熊孺登《日暮天無雲》詩一首。《英華》百八十一

春風扇微和

　　司徒謝安詩:"薄雲羅物景,微風扇輕航。"司馬左西屬謝萬詩:"靈液披九區,光風扇鮮榮。"王凝之詩:"烟熅柔風扇,熙怡和氣淳。"《蘭亭讌集詩》

　　陳九流、張彙、范傳正、陳通方、柳道倫、崔立之、郭

---

① 【校】"焦尾"作"燋尾"。

遵、豆盧榮、邵偓、公乘億《春風扇微和》詩十首。《英華》百八十一①

《擬鄴中》

魏晉間人詩，大抵專工一體，如侍宴、從軍之類，後來相與祖習，但用②其所長取之。謝靈運《擬鄴中七子》與江淹《雜擬》是也。《石林詩話》

謝靈運《擬鄴中》，江文通《擬雜體》，名曰"擬古"，往往逼真。《後村詩話》上③

序

良辰美景，賞心樂事，四者難并

蘇制機④言有"江表"，上巳請客啟云："良辰美景，賞心樂事，四者難并。崇山峻嶺，修竹茂林，群賢畢至。"蔣子正《山房隨筆》

袁陽源

丹陽尹豹少子。《宋書》七十

《雜體》

《雜體詩序》："夫楚謠漢風，既非一國，魏製晉造，固亦二體。譬猶藍朱成彩，雜錯之變無窮，宮角爲音，靡曼之態不極。故娥眉詎同貌，而俱動於魄，芳草寧共氣，而皆悅於魂，不其然歟。至於代之諸賢，各滯所迷，莫不論甘則忘辛，好丹則非素，豈所謂通方廣恕，好遠兼愛者哉？乃致公幹仲宣之論，家有曲直，安仁士衡之評，人立矯抗，況復殊於此者乎？夫貴遠賤近，人之常情，重耳輕目，俗之恒蔽。是以邯鄲託曲於李奇，士季假論於嗣宗，此其效也。然五言之興，諒非夐古，但關西鄴下，既以罕同，河外江南，頗爲異法，故玄黃經緯之辨，

---

① 【校】此條應出自《文苑英華》卷八十三。
② 【校】"用"作"因"。【按】宋百川學海本同。
③ 【校】"謝靈運"作"謝康樂"，"往往逼真"作"往往奪真"。
④ 【校】"蘇制機"作"薛制機"。

金碧浮沉之殊，僕以爲亦各具美兼善而已。今作三十首詩，斅其文體，雖不足品藻淵流，庶亦無乖商榷云。"《江淹集》四

　　對讀《文選》，杜詩成絶句，江淹《雜體》意不淺，合采和音列衆珍。揀出陶潛許前輩，添來庾信是新人。《葉適集》八

《古離别》

君在天一涯《江淹集》四作"君行在天涯"，《玉臺》五作"君子在天涯"

《李都尉》

　　擬古惟江文通最長，擬淵明似淵明，擬康樂似康樂，擬左思似左思，擬郭璞似郭璞，獨擬李都尉不似西漢。《滄浪詩話》

川水《江集》四作"水天"　　　　**髮**《集》作"友"

願寄雙飛燕

　　燕春去秋來，可以寄書。今人馴養家鴿，通信携外數千里，縱之輒還家，蜀人以事至京師者，以鴿寄書，不旬日皆達。賈船浮海，亦以鴿通信。《劉貢父詩話》、《事實類苑》六十三

《班婕妤》

代《集》作"似"

《王侍中》

桑《集》作"素"　**若**《集》作"枯"

《阮步兵》

飄颻《集》作"飄飄"　　　　**沉**《集》作"滉"**瀁**

《潘黄門》

明月入綺窗，髣髴想蕙質

　　白樂天用之云："手携稚子夜歸院，月冷房空不見人。"《對牀夜話》五

《郭宏農》

陵波採水碧

　　墨子、道書、大藥中有水脂碧當是。洪炎《雜家》引舊説云："官亭湖中，有孤石介立，周圍一里，竦直百丈，上有玉膏可采。"梅聖俞《聽潘歙州話廬山》詩："絶頂水底花，

開謝向淵腹。風力豈能加，日氣豈能噢。攬之不可得，滴瀝空在掬。"豈非水碧耶？予久遊廬山不聞有此。《西溪叢話》上

《許徵君》

弱 《集》作"若" **喪**　　**意勝** 《集》作"勝景"

《陶徵君》

擬古難於近似，文通雜體，便是淵明具體，叔敖復生。自是以來，作者衆矣，皆乘漢王之車，據仲尼之坐者也。陳善《捫蝨新話》七

种苗在東皋

《遯齋間覽》："江文通擬《休上人閨情》云：'日暮碧雲合，佳人殊未來。'今人遂用爲休上人詩故事。擬陶淵明《田園》云：'種苗在東皋，苗生滿阡陌。'今此詩在《陶淵明集》中。皆誤。"曾慥《類説》四十七

陶集《歸田園居》六詩，其末《種苗在東皋》一篇，文通雜體，教《陶徵君田居》，陶之三章云："種豆南山下，草盛豆苗稀。晨興理荒穢，帶月荷鋤歸。"故文通云："雖有荷鋤倦，濁酒聊自適。"正擬其意。今陶集誤入，東坡據而和之。《容齋三筆》三

日暮巾柴車

東坡云："淵明詩初看若散緩，熟看有奇句。如：'日暮巾柴車，路暗日已夕。歸人望烟火，稚子候簷隙。'又曰：'采菊東籬下，悠然見南山。'又：'靄靄遠人村，依依墟里烟。犬吠深巷中，鷄鳴桑樹顛。'大率才高意遠，所寓得其妙，造語精到，遂能如此。似大匠運斤，不見斧鑿痕。不知者困疲精力，至死不知晤[①]，而俗人亦謂之佳，如曰：'一千里色中秋月，十萬軍聲半夜潮。'又曰：'蝴蝶夢中家萬里，子規枝上月三更。'又曰：'深秋簾幕千家雨，落日樓臺一笛

[①] 【校】"不知晤"作"不之晤"。

風。'皆如寒乞相,一覽便盡。初如秀整,熟視無神氣,以其
字露。"東坡作對則不然,如曰"山中老宿依然在,案上楞嚴
已不看"之類,更無齟齬之態,對甚的而字不露,此得淵明
遺意。《冷齋夜話》一　案:坡詩神與陶遇,非由學至七古,獨開生面,亦李杜
後一人,如"山中老宿依然在,案上楞嚴已不看",佳處不在對的而字不露。

開徑望三益

　　韓子蒼云:"江淹雜擬詩亦頗似之,但擬淵明云'開徑望
三益'此一句為不類,故人張子西向余如此説,然淹徒効其
語,乃取《歸去來》辭句以充入之,故應不類。"《詩林廣
記前集》一

《謝臨川》

桐《集》作"洞"

《顔特進》

被《集》作"披"　　　氣《集》作"氛"

《謝光禄》

昭《集》作"照"

《休上人》

　　顔延之每薄湯惠休詩,謂人曰:"惠休制作,如委巷中歌
謡,方當誤後生事。"《通志》百卅五　案:光禄詩莊甚不親,故不取休上
人語,休上人亦以錯采鏤金,薄光禄詩體。

日暮碧雲合

　　宋昱《日暮碧雲合》賦一首。《文苑英華》十一

　　許康佐《日暮碧雲合》詩一首。《文苑英華》百八十一

　　白樂天《題道宗上人》詩:"不以休上人,空多碧雲思。"
又唐休上人亦有詩與白云:"聞有餘霞千萬首,何妨一句棄閑
人?"白答曰:"禪心不合生離別,莫愛餘霞嫌碧雲。"白直以
"碧雲合"句為惠休作。《能改齋漫録》二①

---

① 【校】"棄閑"作"乞閒","離別"作"分別"。

"日暮碧雲合"，用爲休上人詩故事，自唐已然。韋莊曰："千斛明珠量不盡，惠休虛作碧雲詞。"許渾《送僧南歸》曰："碧雲千里暮愁合，白雪一片秋思長。"權德輿《贈惠上人》曰："支郎有佳思，新句凌碧雲。"孟郊《送清遠上人》曰："詩誇碧雲句，道證青蓮心。"張祐《贈高閑上人》曰："道心黃蘗老，詩思碧雲秋。"皆以爲湯詩用，惟韋蘇州《贈皎上人》曰："願以碧雲思，方君怨別詞。"似不失本意。《野客叢書》十二①

佳人殊未來

江淹《擬惠休詩》"日暮碧雲合，佳人殊未來"，古今以爲佳句。然謝靈運"圓景早已滿，佳人猶未還"，謝玄暉"春草秋更綠，公子未西歸"即是此意。嘗怪兩漢間所作騷文，句句規模屈、宋。晋宋以後，宋人之蔽亦然。若是，雖工亦何足道？《石林詩話》下　按：《石林詩話》或分上下，或但一卷，俱非舊本，今兩用之。

文通蓋用魏文帝《秋胡行》。梁武帝《橫吹曲》："日暮登雁臺，佳人殊未來。"沈約《洛陽道》："佳人殊未來，薄暮空徙倚。"二人所用，又襲江也。《能改齋漫録》五②

《古樂府》："黃雲暮四合，高鳥各分飛。寄語遠遊子，月明何未歸。"此正江淹之意。《野客叢書》二十

小山《招隱士》云："王孫遊兮不歸，春草生兮萋萋。"陸士衡《擬庭中有奇樹》云"芳草久已茂，佳人殊未歸"，即《招隱》語也。謝靈運又祖士衡，而江則兼用陸、謝及魏文語。唐韋莊《章臺夜思》云："芳草已云暮，故人殊未來。"寇萊公《楚江夜懷》云："明月夜還滿，故人秋未來。"無非蹈襲前語，而視陸、謝又絕類。《吳氏詩話》上

---

① 【校】"白雪一片"作"白雪一聲"，"張祐"作"張祐"。【按】明刻本同。
② 【校】此條應出自《能改齋漫録》卷八。"日暮登雁臺"作"日落登雍臺"。

桂水日千里，因之平生懷

宣宗聽政之暇賦詩，多令翰林學士屬和。一日，賦詩賜寓直學士蕭寘，令和，寘手狀謝曰：“陛下此詩，雖‘桂水日千里，因之平生懷’，亦無以加。”明日，召學士韋澳問此兩句，澳奏曰：“宋太子家令沈約詩，寘以睿藻清新，可方沈約。”上不悅，曰：“將人臣比我，得否？”恩遇漸薄，執政乘之，出觀察使。裴庭裕《東觀奏記》中　案：二語別見《沈約集》，無舊本，沈集可考。

卷十九

騷

太史言："離訓遭，騷訓憂，屈原以此命名，其文則賦。故班固《藝文志》有屈原賦二十五篇，昭明集《文選》不併歸賦門，而別名曰騷。後人沿襲，皆以騷稱，可謂無義，篇題名義且不知，況文乎？"失名《木筆雜鈔》上　吳氏《林下偶談》一　案：《離騷》固詞賦之祖，然《高唐》《神女》諸賦，皆宋玉自定其名，別于《招魂》《九辨》，則騷、賦亦不容概列。班固《藝文》始一歸之賦，然又引傳曰"不歌而誦謂之賦"。然則《九歌》歌矣，何得更被賦稱？孟堅以己矛攻己盾，《木筆》兩家乃據孟堅以議昭明，誤矣。

詩人音節未有不順者，至騷始逆之。騷體既流，詩人之順遂不可復。《習學記言》卅一　案：水心時騷聲音俱不傳，縱陸賽公楚音餘波，或未盡絕，詩音久亡，不得兩相比較，何用知其順逆？《習學記言》空空談理，此論恐亦無根底。

《論語》氣平，《孟子》氣激，《莊子》氣樂，《楚辭》氣悲，《史記》氣勇，《漢書》氣怯。李塗《古今文章精義》

屈平

屈平露才揚己，顯暴君過。《顏氏家訓》上　案：皋陶曰："朕言惠可底行。"周公曰："不若旦多材多藝。"原又遭黨人讒，死黃門，乃不許。原訟冤，謂爲露才揚己，曰荃，曰靈脩，曰哲王，未嘗暴懷王之過，過在"蒼蠅間白黑，讒巧令親疏"。曰"豈予身之憚殃，恐皇輿之敗績"，則"愛君憂國去未能，白道青松了然在"。謂爲暴揚君過，靈均抱冤而死，故宜死有餘冤。

《答朱載言書》："讀屈原、莊周，如未嘗有六經。"《李翱集》六

自微言絕響，聖道委地，屈原、宋玉之詞，不陷於怨懟，則溺於謟惑。姚鉉《唐文粹》序

屈原廉直而不知道，殉節以死，然後爲快，此所以未合於

聖人。蘇轍《古史》五十三

　　蕭穎士謂："六經之後，有屈原、宋玉文，甚雄壯而不能經。"《唐詩紀事》廿一

　　汪彥章曰："左氏、屈原始以文章自爲一家而稍與經分。"《困學紀聞》十七

　　艾軒林氏曰："江漢在楚地，詩辭萌芽，自楚人發之，《詩》一變爲《楚辭》。屈原爲之唱，謂文章鼓吹多出於楚也。"《漢藝文志考證》八①

　　《文章宗旨》云："屈原清深。"《輟耕錄》九

《離騷》

　　《大唐龍髓記》曰："盧杞與馮盛相遇於道路，各携一囊。杞發盛囊，有古墨一枚，杞大笑。盛正色曰：'峰煤和針魚腦，入金溪子手中，録《離騷》古本，比公日提綾紋刺三百，爲名利奴，固當孰勝？'已而搜杞囊，有三百刺。"《雲仙散録》②

　　老子《道德篇》爲玄言之祖，屈、宋《離騷》爲詞賦之祖，司馬遷《史記》爲紀傳之祖。後人爲之，如至方不能加矩，至圓不能過規矣。《宋景文筆記》中

　　《通鑑》載事迹，不可謂不廣，乃削去屈原投汨羅、撰《離騷》事。《春秋》褒秋毫之善，《通鑑》掩日月之光。劉義仲《通鑑問疑》

　　讀《騷》之久，方識真味，須歌之抑揚，涕洟滿襟，然後爲識《離騷》。否則如戛釜撞甕。《滄浪詩話》

　　子厚謂楚辭《離騷》效頌，其次效雅，最後效風。《后山詩話》

　　晁補之《楚辭新序》："王者之迹熄而《詩》亡，《詩》亡而後《離騷》之辭作。屈原被讒且死而不忍去其辭，止乎

---

①　【校】"詩辭"作"詩之"，"謂"作"是"。

②　【校】"峰煤"作"天峰煤"，"固"作"顧"。【按】四部叢刊本同。

禮義。《詩》雖亡，至原而不亡矣，使後之爲人臣不得於君而熱中者，猶不懈乎。愛君如此，是原有力於《詩》亡之後，《離騷》所以取於君子也。終寠且貧，莫知我艱，北門之志也。何辜於天，我罪伊何，小弁之情也，以附益六經之教於詩最近。"《宋文鑑》九十二

平園周氏曰："詩《國風》及秦不及楚，已而屈原《離騷》出焉。衍風雅於《詩》亡之後，發乎情，主乎忠，直殆先王之遺澤也。謂之文章之祖，宜矣。"《漢藝文志考證》八

《離騷》激烈憤怨，學者不察，失於哀傷。《木天禁語》

班孟堅曰："離，猶遭也。"顏師古云："憂動曰騷。"洪興祖《楚辭補注》一

《莊子》者，《易》之變。《離騷》者，《詩》之變。《史記》者，《春秋》之變。《文章精義》

《周南》《召南》二十四篇，與《鹿鳴》《皇皇者華》之類，予以中呂商調作譜。《離騷·九歌》以應鐘羽調作譜，調雖不同，其節奏則皆旁通，亦旋宮法也。俞琰《書齋夜話》三

經

《離騷》怨而實忠，所以名經。羅《識遺》四

後世尊之爲經，非屈原意。《楚辭補注》一

孔子稱南人之言，及其刪詩，《江沱》《漢廣》附於王風。孟子稱齊語而陋楚語，屈原作《離騷》，寓忠君愛國，繾綣不忘之義。讀之，音節頓挫，足以繼《詩》之變，謂之經以此。熊太古《冀越集》　案：經但訓常，後人尊六經於群書之上。聖人名經，非先尊於他書也。相牛、相馬並得名經，亦言常法如此。靈均被讒見放，憂國愛君，太息流涕，形於歌詠，乃孤臣孽子之常。當時或自名經訓義，亦非無取。

朕皇考曰伯庸

父没稱皇考，於《禮》無見。《王制》言："天子五廟，曰考廟，曰王考廟，皇考廟。"則皇考，曾祖之稱。自屈原《離騷》稱"朕皇考曰伯庸"，則以皇考爲父。故晉司馬機爲

《燕王告祔廟文》：“敢昭告於皇考清惠亭侯。”後世遂因不改。漢議宣帝父稱，蔡義初請諡爲悼，曰悼太子。魏相以爲宜稱尊號曰皇考，則皇考乃尊號，非得通用。《石林燕語》一

攝提貞於孟陬兮

馬融曰：“貞，常也。”《經典釋文》四

皇覽揆余以初度兮

皇覽者，三閭稱其父。後人以“皇覽”爲進御，書誤。

名余曰正則兮

《同年小録》載小名小字始于司馬犬子，僕曰不然。《離騷》：“名余曰正則兮，字余曰靈均。”屈原字平，而正則、靈均則其小名小字。並《嬾真子》四

鍾嶸《詩評》序：“《夏歌》曰‘鬱陶乎予心’，《楚辭》曰‘名余曰正則’，是五言濫觴。予以《虞書·賡歌》‘元首叢脞哉’，《三百篇·十畝之間》，全篇五字，然則始於虞，衍於周，逮漢專爲全體矣。《麈史》中 案：“兮”在句外，故此句爲五言，恐《賡歌》《十畝》“哉”字、“兮”字，皆不得入句内。

又重之以修能

王逸注：“修訓遠，絶遠之能。”與衆異，訓義古雅。然上言“紛吾既有此内美”，此言“又重之以修能”，則天質内美，又加人力修治，成此多能。多能出於天質，或偏出於修治，盡善。下“扈江離”至“春與秋其代序”八句，申言修成此能。

扈江離於辟芷兮

香草生幽僻處，故云辟芷。《六帖補》十

芷有一穗，數花，與蕙茝不同，開亦先後，皆蘭類也。朱輔《溪蠻叢笑》 按：《離騷》香草取譬蓋廣，上喻君，次喻衆賢，下靈均自喻。此段“江離”“辟芷”“秋蘭”“木蘭”“宿莽”，並喻古人美德、美才。原則勤學，集衆善。

紉秋蘭以爲佩

秋蘭香甚於春蘭。邵伯温曰：“細葉者，春花少。闊葉者，秋花多。”今沅澧間所生，在春則黄，在秋則紫，春黄不

若秋紫之芬耶。《野客叢書》廿一

朝搴阰之木蘭兮

木蘭葉似長生，冬夏榮。常以冬華，其實如小柿，甘美。一名林蘭，一名杜蘭，皮似桂而香。生零陵及泰山，狀如楠樹，高數仞。《爾雅翼》十二

王彥賓云："《離騷》言蕙蘭、石蘭、幽蘭，皆蘭草，惟蘭橑、蘭栭爲木蘭，謂以此木，爲橑及栭也。"按：騷人寓意，香草如蓀橈、藥房之類，不可枚舉。《酉陽雜俎》："木中一歲再花者，惟木蘭。"今木蘭四時著花，又有四月著花者，謂之夏木蘭。《雜俎》恐誤。吳仁傑《離騷草木疏》三

夕攬洲之宿莽

自"汨予若將不及"至此言勤學，諸注言：勤爲美政，則入官不學古。而"衆芳"與"滋蘭""樹蕙"複，"歲不吾與"與"草木零落""美人遲暮"複。

日月忽其不淹兮，春與秋其代序

言學有年。

惟草木之零落兮，恐美人之遲暮

言學有成，不及時從政，功業將不及建。美人，原自謂。

不撫壯而棄穢兮，何不改其此度

"撫壯"謂懷王及原盛壯之年，用之棄穢，謂爲懷王掃棄穢政。"何不改其此度"，言不如此，則修能無用，"何不改"之言不如"不修能"也。棄穢末章爲美政之反也，不棄穢則不能爲美政。然詞氣狷急，甚於賈誼《治安》，求用切而嫉惡深，厥用所以不終，未能盡歸天命也。

乘騏驥以馳騁兮，來吾導夫先路

此始言入仕二句，謂薦剡推轂之人。

昔三后之純粹兮，固衆芳之所在

既仕而黨人不合，媒孽漸生。楚王始用其修能，漸疑其疵類。因念古昔伯夷、禹、稷三后，用於堯、舜，堯、舜所以見三后爲純粹者。朝多賢臣無非，同三后之所爲者傷楚，無衆賢與己同道，讒巧作而疵釁生，已不復得爲純粹人也。三后本《蔣驥注》用《呂刑》爲説。

雜申椒與菌桂兮，豈維紉夫蕙茝

申，或地名。《六帖補》十

菌桂生交趾、桂林，正圓如竹，有二三重者。葉似柿，花白蕊黃，四月開，五月結實。今有"筒桂"字近，或傳誤，或云即肉桂也。《爾雅翼》十二　案：二句言百職俱賢、三后所以終爲純粹。

彼堯舜之耿介兮，既遵道而得路

堯舜遵用三后之道，得大路。

惟黨人之偷樂兮，路幽昧以險隘

幽昧險隘，上章之捷徑，窘步也。言黨人偷安娛樂，導君捷徑，幽昧險隘，終臻窘步。原謇謇爭黨人不可用者，非但自罹黨人之殃，直恐君受黨人敗也。

忽奔走以先後兮，及前王之踵武。荃不察余之中情兮，反信讒而齊怒 上聲《匡謬正俗》七

原疏於懷王，怒於黨人而未去官。當此之時，不恒者折節以求容，保終者連章而乞退。原則更爲懷王奔走先後，必欲出王于幽昧險隘之捷徑，追及堯、舜于大路，乃非王意所料，文所以言忽也。王不察其情，翻謂原不識時務，疏之而所爲益狂，遂入黨人之讒而怒序。齊怒謂君臣皆怒，猶言無上下之交。

余固知謇謇之爲患兮，忍而不能舍也

君怒屈原，黨人怒故也。黨人怒原，謇謇故也。謇謇爲患，原非愚不及知。然原忍受患，不能舍謇謇。

傷靈修之數化

原一廢不復用，未嘗屢罷、屢復。諸注謂懷王心志屢變，非也。原謂去國不難，所傷去國，後王爲黨人所變，德日變而日薄，禍日變而日深。因言已延攬善類，方欲薰養君德，故下言"滋蘭"云云也。

余既滋蘭之九畹兮

蘭與澤蘭相似，生水旁，紫莖，赤節綠葉，光潤。《全芳備祖》前集廿三

魯直説："一幹一花，香有餘者，蘭。一幹數花[1]，香不足者，蕙。"魯直自以意分蘭、蕙，蕙是零陵香。《猗覺寮雜記》四

---

[1]【校】"數花"作"五七花"。

夾漈《草木略》以蘭、蕙爲一物，皆今零陵香。然《離騷》"滋蘭樹蕙"，《招魂》"轉蕙泛①蘭"，是二草。《困學紀聞》十七　案："滋蘭"四句謂後進未仕之賢，蘭蕙、留夷、揭車、杜衡、芳芷言賢，非一類。九畹、百畝、畦言類，非一賢也。

畹田三十畝。《説文》十三下

又樹蕙之百畝

蕙草，一名薰草。葉如麻，兩兩相對。氣如蘼蕪，可以止癘。《南方草木狀》上

零陵香，本名蕙。唐人謂之鈴鈴香，亦謂之鈴子香，花倒懸枝間，如小鈴也。今京師人置零陵香，須擇有鈴子者。此本鄙語，文士以湖南零陵郡附會名之。《補筆談》下

蘭生下濕地，麻葉，方莖，赤花，黑實。《全芳備祖前集》廿三

畦留夷與揭車兮

揭②車香，《本草拾遺》："生彭城，高數尺，白花。"

雜杜衡與芳芷

蘹香即杜衡，葉似葵，莖如馬蹄，香，俗呼馬蹄香。藥中少用，惟道家服，令身香。芳芷即白芷，名茝、名䕲。曰莞，曰苻離，又名澤芬，生下濕地，河東川谷尤佳，近道亦有。並洪芻《香譜》上③

冀枝葉之峻茂兮，願竢時乎吾將刈

待成材，薦用之。

雖萎絕其亦何傷兮，哀衆芳之蕪穢

上句自謂，下謂衆賢蕪穢，謂零落不用。

索索

---

① 【校】"泛"作"氾"。
② 【校】"揭"作"藕"。【按】清學津討原本同。
③ 【校】"莖如馬蹄，香"作"如馬蹄，俗呼爲馬蹄香"，"芳芷"作"芳香"。
　　【按】清學津討原本同。

忽馳騖以追逐兮，非余心之所急。老冉冉其將至兮，恐修名之
不立

　　自此至“依彭咸之遺則”，復言爲學修名，願依古人而守死不得志，去官，
或以山水爲高，或以聲色自放。靈均馳騖追逐，復理舊業，則非去官，常調所以
再言忽也。爲政養民，原心所急，去官爲學，非所急也。而馳騖追逐如此者，功
業不建，夕陽西流，三不朽之一。庶幾假言以立修名，所以老而彌篤也。馳騖追
逐，則若將不及也。朝飲夕餐，則朝搴夕攬也。兩言爲學文句略，同惟易修，能
爲修名者，始之爲學。多能以儲當世之，用今之爲學多文，以垂後世之名，不得
同也。

夕餐秋菊之落英

　　秋花無自落者，讀如“我落其實，而取其材”之落。《楚辭
補注》①

　　興祖此言爲是。《宋書·符瑞志》云：“英，葉也。”言食
秋菊之葉。《玉函方》：“王子喬變白增年方：甘菊，三月上寅
採，名曰玉英。”是英謂之葉也。昔②許詢詩云：“青松凝素
體，秋菊落芳英。”《西溪叢語》下

　　菊花有落，有不落。花瓣結密者不落，盛開後，淺黃者轉
白，白轉紅，枯於枝上。花瓣扶疏者多落。王彥賓言：“古人
言有不必盡循者，如《楚辭》‘秋菊落英，余謂可餐’者，菊
初開，芳馨可愛耳，衰謝而落，豈復有可餐之味？《楚辭》過
乃在此。”史正志《菊譜》後序

　　王荊公有“黃昏風雨滿園林，籬菊飄零遍地金③”之句。
歐陽公曰：“百花盡落，獨菊枝上枯。”因戲曰：“秋英不比春
花落，爲報詩人仔細看。”荊公聞之，引《楚辭》“夕餐秋菊
之落英”爲據。予按《詩》“訪予落止”，毛氏曰“落，始
也”，《爾雅》“俶落，權輿，始也”，郭景純亦引“訪予落
止”爲注。然則《楚辭》之意乃謂擷菊之始英者爾。東坡

――――――――――

① 【注】此條出自《楚辭補注》卷一。
② 【校】“昔”作“晋”。【按】明嘉靖俞憲崑鳴館刻本同。
③ 【校】“遍地金”作“滿地金”。

《戲章質夫寄酒不至詩》云"謾繞東籬嗅落英"，其義亦然。《梁溪漫志》六

　　落，始也。古人言語多如此，故亂爲治，臭爲香，擾爲馴，慊爲足，特爲匹，原爲再，落爲萌。《鶴林玉露》一

　　謂始花。《離騷草木疏》一

　　《楚辭》落英，特寓意朝夕二字。言吞陰陽之精藥，動以香草①自潤澤，非飄零滿地之謂。荆公動輒引經，故新法之行，亦取舍于周官之書。《耆舊續聞》一

　　"朝飲木蘭之墜露，夕餐秋菊之落英。"屈原蓋借此自喻，謂木蘭仰上而生，本無墜露，秋菊就枝而隕。本無落英而有落英，物理之變則然。吾憔悴放浪于楚澤之間，固其宜也。《野客叢書》一

　　唐詩宋句，凡言其落者：唐太宗《殘菊》詩："細葉雕輕翠，圓花飛碎黄。"趙嘏詩："節過重陽菊委塵。"崔灝《晚菊》詩："曉來風色清寒甚，滿地繁霜更雨金。"蘇子由《戲題菊》詩："更擬食根花落後，一依本草太傷渠。"陸務《觀菊》詩："碎金狼籍不堪摘。"史鑄《百菊集譜》三

　　馬揖《晚香堂題詠》注："大夫菊，細葉，黄花，花入藥，苗可茹，即今甘菊。"史鑄《百菊集譜補遺》

苟余情其信姱以練要兮

　　信姱者，豈弟君子，民之父母也。練要者，識時務者在乎俊傑也。信姱則內美也，而有學焉。練要則修能也，而舉要焉。

顧

願依彭咸之遺則

　　師古云："彭咸，殷介士，不得志，投江而死。"按：原死頃襄之世，懷王時作《離騷》，已云"依彭咸之遺則"，又曰"從彭咸之所居"，蓋其志先定，非一時忿懟自沈。反《離騷》

---

① 【校】"香草"作"香浄"。

曰“棄由聃之所珍，摭彭咸之所遺”，豈知屈子之心哉！《楚辭補注》

哀民生之多艱　　謇朝誶而夕替

《離騷》一篇所哀者四：懷王也，衆賢也，民也，己也。哀衆賢與己不用，所以爲民。哀民多艱，所以爲君也。原雖見用，朝諫夕廢，曾何損于民之多艱。

既替余以蕙纕兮，又申之以攬茝。亦余心之所善兮，雖九死其猶未悔

蕙纕、攬茝，原所進用之賢。原罷，亦罷此。二賢原所善，亦能九死不悔。然末章云“國無人莫我知”，則此二賢，其皆邅道崑崙歟？

終不察夫民心

民心多艱之苦心，靈修不察民艱，而惟謠該是信。

忍尤而攘詬

攘訓除、訓取，相反，而皆合於《騷》。原既忍尤矣，則受衆詬。如無詬而芥蒂不留此，除義也，内美一也，修能二也，謇謇三也，修名四也。衆不詬，原詬此衆，善原補此，善不復悛。衆詬之，此取義也，取詬于衆而已。除之，除爲正訓，而取乃在前。

固前聖之所厚

自“長太息”至此，言賢臣失職，民生多艱。由於靈修浩蕩，謠該工巧，原將伏死以從前聖，不復能顧民艱。

悔相道之不察兮，延佇乎吾將反。迴朕車以復路兮，及行迷之未遠。步余馬於蘭皋兮，馳椒邱且焉止息。進不入以離尤兮，退將復修吾初服

原見衆人排己，殊塗同歸，遂悔。向來相道，或尚不察。黨人爲是，吾道爲非，於是回車復路，步馬馳邱，將進黨人所行之道，而傍徨不入，復恐離尤。既乃見黨人，必不可從吾道，必無可悔。退出步馬馳邱之路，復修吾好，修初服，蘭皋、椒邱、公子蘭、大夫椒也。　穆修《答喬適書》：“今士子，非章句聲偶之辭，不置耳目。其間獨敢以古文語者，則與語怪者同，衆排詬之，罪毁之。先進莫譽，同儕莫附，其人苟無自知之明，守之不堅，莫不懼而疑，悔而思，且去此而即彼矣。”參軍之論可觸類而通，悔相道不察之義，其《離騷》之外傳乎？《書》在《穆参軍集》第二卷。

製芰荷以爲衣兮

此承復修初服，故復言學問。

唯昭質其猶未虧

"屈心而抑志",美政既莫與爲,"忍尤而攘詬",修名不知所立。惟此昭然玉質,衆口所不能傷,曾無虧損上言。修名此言,惟昭質者,當時謗議過多,後世之名,亦將無所並,緣而不能立。原見衆怒,難任修名,非復所保,其可藉手,以告無罪於先王、先公者,惟此昭然玉質而已。

忽反顧以遊目兮,將往觀乎四荒

靈均才爲世出,憂在生民,退修初服之中,忽忽不忘此念。反顧猶言轉計宗國,不用將往四荒。此後自女嬃而外,大槩寓言。 "往觀四荒",即賈誼所謂歷九州而相君也。然兼求君求賢二義,自 "女嬃嬋媛" 至 "好蔽美而稱妒",以 "就重華" 喻求君。自 "朝吾濟白水" 至 "好蔽美而稱惡",以 "求女" 喻求賢。雖曰 "往觀四荒",實以 "四荒" 喻楚國,"重華不遇" 喻懷王不用己,"求女無成" 喻楚人不親己。

余獨好修以爲常

修能、修名,皆好修也。前此宗國不用,後此求女無成,一好修之故也。中篇獨立此句,衆流各有所歸。此條參《蔣驥注》。

依前聖以節中

揚雄《反離騷》云:"吾馳江南①之泛溢兮,將折衷乎重華。舒中情之煩惑兮,恐重華之不累與。余恐重華與沉江而死,不與投閣而生。"《楚辭補注》

就重華而陳詞

上言往觀四荒,因 "女嬃" 以鯀比原。鯀,舜臣也。遂托 "就重華而陳詞",重華不遇,下上求之,以申觀四荒義。

啓《九辯》與《九歌》

《山海經》:"夏后上三嬪與天,得《九辯》與《九歌》以下。"注云:"皆天帝樂名,啓登天而竊以下用之。"《天問》亦云:"啓棘賓商,九辯九歌。"王逸不見《山海經》,故以爲禹樂。《楚辭補注》

皇天無私阿兮,覽民德焉錯輔。夫爲聖哲以茂行兮,苟得用此下土

承上舉賢求能,言皇天非私阿,賢能使皆任職。乃覽觀民德錯置,此賢能在

---

① 【校】"江南" 應作 "江潭"。【按】《楚辭》《文選補遺》皆作 "江潭"。

位，使輔成之。夫維三代聖哲之王，以賢能茂行政事。求賢、求能，如不可得，苟或得之，遂用賢能敷政，此下士苟得者緣。聖王重賢之心，言難得也。用此下士，言聖王之得賢能，非徒必用，乃皆用之於民事，不使賢能用，違其才也。以靈均言之"信姱"爲賢，"練要"爲能矣。

瞻前而顧後兮，相觀民之計極。夫孰非義而可用兮，孰非善而可服阽鹽（《博雅音》一）。余身而危死兮，覽余初其猶未悔。不量鑿而正枘兮，固前修以菹醢。曾歔欷余鬱邑兮，哀朕時之不當。攬茹蕙以掩涕兮，霑余襟之浪浪

　　茹，香草名。《本草》名苗胡。《離騷草木疏》二　案：陳詞歷言成敗，至三代專爲民計，遂言己之爲仕，瞻前顧後，爲民計極，非義不用，非善不服，乃用義服善，及置此身於阽危之地。危而不悔，則以"不量鑿而正枘""前修有以之菹醢"者爾。夫用此下士，時當之前修也；不量鑿枘，時不當之賢能也。"曾歔欷鬱邑"，原本欲相民計極，乃隨不量鑿之前修。不當時而將爲菹，臨攬彼衆芳，同歸零落，興言及此，掩涕無從而霑襟浪浪矣。茹者，拔茅連茹之茹，"茹蕙"猶言衆芳。

跪敷衽以陳辭兮，耿吾既得此中正。駟玉虬以乘鷖兮，溘埃風余上征

　　"跪而陳詞"至於"痛哭流涕"，所陳復皆中正，乃重華無復可否，則陟降在天，神靈不棲葬所也。下遂言上天求舜。

欲少留此靈瑣兮，日忽忽其將暮

　　言已急欲見舜，少留恐暮。下有"帝閽"喻君門，則此"靈瑣"爲縣圃門，不當更喻君門。

望崦嵫而勿迫

　　《山海經》："鳥鼠同穴，山西南曰崦嵫。"《楚辭補注》

吾將上下而求索

　　天上不得見舜，復當下地求之。

前望舒使先驅兮，後飛廉使奔屬注（鄭玄《周禮注》十二）。鸞皇爲余先戒兮，雷師告余以未具。吾令鳳皇飛騰兮，繼之以日夜元具（《韻補》三）。飄風屯其相離兮，帥雲霓而來御。紛總總其離合兮，斑陸離其上下《師友雅言》音虎。吾令帝閽開關兮，倚閶闔而望予。時曖曖其將罷兮，結幽蘭而延佇

望舒、飛廉前後使告舜，皆不來復。惟鸞皇爲原，導意於舜，戒原見期，而雷師不欲原見帝舜，告原以舜未裝具，不當往見。鳳皇，即鸞皇。原今日夜飛騰，再告帝舜，而飄風雲霓，總總陸離，於是原親至天門，令閽者開關，欲入見舜。閽者倚門直視，無開關相納之意。時已將暮，無所復之，但結幽蘭，聊爲延佇。王逸曰："有還意也。"

世溷濁而不分兮，好蔽美而嫉妒

言此者明上文皆設辭。非帝閽不開，乃實楚國溷濁，楚人嫉妒。

朝吾將濟於白水

上設言已暮，此故言朝。

哀高邱之無女

往觀四荒，求君不遇，次求賢人。四荒無女，仍是楚國無賢。不獨"高邱"指楚。

相下女之可詒

原託爲周流天上，則衆女皆在下。宓妃有娀，二姚皆下女，與《九歌》下女對《湘君》言爲侍女不同。

求虙妃之所在

虙妃、有娀、二姚皆古女，同時無賢，皆求諸古，則所謂借才異代也。《關雎》興於鳥，《鹿鳴》興於獸，古人取象本寬。然虙妃未嫁而死，蹇脩爲理，取譬無妨。有娀，殷商之國母，二姚，中興之賢妃。雖曰假借爲稱，差無故實。然"恐高辛之先我"及"少康之未家"，其若先王，何是以不類歌也？蓋《離騷》筆力放縱，天下奇作。而靈均心煩慮亂，出言不擇所從，以意逆志。觀過知仁，還文章之公道，作者則離奇而不醇。寄風雨之孤音，聞者乃低徊而欲絕。

卷二十

紛總總其離合兮，忽緯繣其難遷

即《九歌》"心不同兮媒勞"。

夕歸次於窮石兮

窮石，山名。在張掖，即后羿之國。《六帖補》二

見有娀之佚女

李善引《呂氏春秋》曰："有娀氏有二佚女，爲九成之臺。"《淮南子》曰："有娀在不周北，長女簡瞿①，少女建疵。"注云："姊妹二人在瑤臺。"《楚辭補注》

吾令鴆爲媒兮

鶀鳥千歲爲鴆，愈老則愈毒。《唐國史補》中

《廣志》："其鳥大如鴞，紫綠色，食蛇蝮。雄名運日，雌名陰諧，毛歷飲卮，殺人。"鴆不可爲媒審矣，屈原使之。《淮南》言："運日知晏，陰諧知雨。"類小人有智者，君子不逆詐，不億不信。待其不可用，然後棄之。《楚辭補注》

范成大曰："鴆，聞邕州朝天鋪及山深處有之。形如鴞差大，黑身赤目，音如羯鼓。惟食毒蛇，遇蛇則鳴聲邦邦然。蛇入石穴，於穴外禹步作法。有頃石碎，啄蛇吞之。山有鴆，草木不生。秋冬之間脫羽。往時人以銀作爪拾取著銀瓶中，否則手爛墮。鴆矢著人立死，集於石，石亦裂。"《埤雅》："鴆似鷹而紫黑，喙長七八寸，作銅色，毒惟犀角可解，故有鴆處必有犀。"《通鑒注》十二

———————————

① 【校】"簡瞿"作"簡翟"。

心猶豫而狐疑兮

《尸子》曰：“犬五尺[①]爲猶。”《説文》：“隴西謂犬子爲猶。”吾以爲人將犬行，犬好豫在人前，待人不得，又來迎候，豫所以爲未定。或以《爾雅》：“猶如麂，善登木。”猶，聞人聲，乃豫緣木，如此上下，故稱猶豫。《顔氏家訓》下

《禮記疏》：“猶，玃屬。豫，虎屬。”《説文》：“象之大者。”老子曰：“豫兮若冬涉川，猶兮若畏四鄰。”則猶豫皆未定辭。《楚辭補注》

鳳皇既受詒兮

鳳皇爲道意，帝舜又爲佚女作媒。蓋楚在位中必有奇靈均之才，而多方推轂，故以“鳳皇”稱之，非空言也。

鳳皇，君子也，而善於原。雄鳩，中材也，與原無怨無德。鴆鳥，小人也，原初誤交之，而終受其敗。

理弱而媒拙兮

理亦媒也，與媒連文，則爲事理之理。理弱者，或年不稱，或勢不侔，或遭變，故婚姻有異尋常，若夫門地人才，未有奪靈均之庸者矣。尋常事理中，才能謀二姓之歡，靈均理弱，鳳皇成之而不足，鴆鳥敗之而有餘。巧猶受給，況其以拙臨之，以正義言靈均，在官求友爲理長，去官求賢爲理弱。如此則賢者非賢，故卒章曰：“國無人莫我知。”

時溷濁而嫉賢兮，好蔽美而稱惡

懷王之時，善人則雄鳩也，才人則鴆鳥也。鴆告靈均以有娀不好，則亦告有娀以靈均不好，故曰“時溷濁而嫉賢兮，好蔽善而稱惡”。求賢所以事君，而哲王之不寤，又蔽賢者爲之也，故求君、求賢兩章之末，各以“蔽美”終之。

閨中既以邃遠兮

結求女。

哲王又不寤

以楚君之闇，而猶曰哲王，蓋屈子以堯、舜之耿介，湯、禹之祗敬望其君，不敢謂之不明也。太史公曰：“王之不明，豈足福哉？”非屈子之意。《困學紀聞》十七　案：哲王喻義，謂重華正

---

① 【校】“犬五尺”作“五尺犬”。

義，謂懷王重華不寤，謂己求見至切，而舜不知此句，結求君不遇也。

懷朕情而不發兮，予焉能忍與此終古

上二句結上此二句，以己志不發不能忍此終古，起下"命靈氛""要巫咸"二義。

索瓊茅以筳篿兮

吳楚村巫野叟及婦女，多能卜九姑課。其法：折草九莖，屈爲十八，掘作一束，祝而呵之，兩兩相結，止留兩端。已而抖開，以占休咎。若續成一條者，名曰黃龍儻仙。穿一圈者，名曰仙人上馬圈。不穿者，名曰螘窠落地。皆吉兆。或紛錯無緒，則凶。又一法，曰九天玄女課。其法：折草一把，不計莖數多寡，用算籌亦可。兩手隨意分之，左手在上，豎放。右手在下，橫放。以三除之，不及者，爲卦。一豎一橫曰大陽，二豎一橫曰靈通，二豎二橫曰老君，二豎三橫曰太吳，三豎一橫曰洪石，三豎二橫曰祥雲，皆吉兆。一豎二橫曰太陰，一豎三橫曰懸崖，三豎三橫曰陰中，皆凶兆。《離騷》："索瓊茅以筳篿。"注曰："瓊茅，靈草也。筳，破竹也。楚人名結草折竹以卜曰'篿'。"據此，則有所本矣。《輟耕錄》二十①

曰兩美其必合兮

靈氛言。

孰信修而慕之

靈均言：孰信慕我而能。

思九州之博大兮，豈惟是其有女？曰：勉遠逝而無疑兮，孰求美而釋女？何所獨無芳草兮，爾何懷乎故宇？

靈氛言：兩美必合，不必在楚。九州之大，汝求賢，則有女。九州求美，亦不舍汝，何所獨無賢人？爾何懷乎故宇？

世幽昧以眩曜兮，孰云察予之善惡

原言：九州幽昧眩曜，與楚同，孰察余善。

---

① 【校】"掘"作"握"，"三豎二橫曰祥雲"作"三豎三橫曰祥雲"，"瓊"作"璚"。

民好惡其不同兮，惟此黨人其獨異

靈氛言：萬民好惡本人不齊，然好善惡惡，大端是同。惟此楚國黨人好惡惡善，獨與世異，豈可概之九州之大？

戶服艾以盈要兮，謂幽蘭其不可佩。覽察草木其猶未得兮，豈珵《補注》音呈美之能當。蘇糞壤以充幃兮，謂申椒其不芳

此六句，靈氛申言：楚黨人好惡獨異，服艾不佩蘭，草木未察爾，乃珵美玉之難，別甚於草木，豈黨人所復能當？糞壤至惡，椒芳遠聞。黨人尚欲互易，何況爾之珵美？　艾治疾，爲要物。《離騷》取香草，艾不香，爲常物，猶鳥類中雄鳩。　凡人甲勝於乙，甲能知乙，其次甲乙相當，彼此相知，其次甲不及乙一等，則不知乙一等。靈均外著小善，黨人或亦心知一二，但與靈均異趣，不肯目之爲善。至於內美積中，黨人仰不見山之高，俯不測淵之深，直謂無用，共相排棄。惟其不當，所以不知。故曰"察草木其未得，豈珵美之能當"。

巫咸將夕降兮，懷椒糈《補注》音所而要之。百神翳其備降兮，九疑繽其並迎。皇剡剡其揚靈兮，告余以吉故

原要巫咸，告以一切，巫咸爲降百神，而注意於舜。迎九疑之神，舜乃降，而揚靈告原，以靈氛占之吉故。巫咸迎神而降之，"百神"曰降，"九疑"曰迎，互文也。前言重華不遇，此言舜降，揚靈恍惚，離奇卜居，所謂心煩慮亂。《招魂》所謂魂魄離散，乃知任育長有情癡，亦是離散繼別。

恐鵜鴂《楚辭補注》音提決，《爾雅翼》作"鵜鴂"之先鳴兮

顏師古云："杜鵑以立夏鳴，鳴則衆芳皆歇。"《楚辭補注》

鵜鴂以芳時最先鳴，一發其聲。次日視之，梨菊之穎，皆截然委折數寸，莫知其故。今人亦惡先聞，以爲當有離別。《爾雅翼》十四[①]

子規鳥也。《古文苑注》三

何瓊佩之偃蹇兮，衆薆然而蔽之。惟此黨人之不諒兮，恐嫉妒而折之

自"曰勉陞降"至此四句，並舜降揚靈語也。偃蹇猶憔悴，言原何服此瓊珮。偃蹇若此，衆不相憐，薆然共蔽。惟此黨人彌不相諒，恐其嫉妒之心，不因原偃蹇而少衰，終當折此瓊珮。憐原困苦，言此以速其去。

---

① 【校】"鵜"作"鶗"，"委"作"萎"。

時繽紛其變易兮，又何可以淹留

此以下，原答舜語也。言楚人變易，善類都盡，誠不可留。下十八句言變易。

莫好修之害也

衆害莫如好修之甚，衆芳懲原好修受害，故化不芳。靈均此言傷於過激，昭昭然揭日月而行。好修所以貽害，盛德容貌若愚，君子居之，何害之有？

余以蘭爲可恃兮

蘭芷變而不芳，荃蕙化而爲茅，則上文"滋蘭樹蕙"之"蘭蕙"也。此句指公子蘭。

椒專佞以慢謟兮

大夫椒也。

樧又充其珮幃

因子蘭、子椒名蘭椒而舉蘭椒香草概之，因子椒名椒而舉樧之類。椒者，目子椒之同惡。王叔師謂："樧似椒而非椒，喻子椒似賢而非賢。"案：本句曰"樧又欲充明與椒"，爲二人矣。

既干進而務入兮

前言"進不入以離尤"，己不入黨人之黨。此言干進務入，衆芳務欲入黨人之黨。猶覽余初猶未悔，與悔相道之不察，皆相反。爲文後先相映者也。

又何芳之能祇

此芳，原自謂衆芳，既入黨人，不復敬屈原。

覽椒蘭其若茲兮

鶴山因題屈大夫祠，辨椒蘭非指香草，乃大夫椒，公子蘭誤。懷王客於秦者，《騷》中反復致意於椒蘭，有深意，又云"椒蘭必不變蕭艾"，君子、賢人必無變小人之理。此指大夫椒、公子蘭。《師友雅言》案：此段椒蘭自指大夫椒、公子蘭。至於上章"謂幽蘭其不可佩""謂申椒其不芳"，則大夫椒、公子蘭方爲楚王信用，孰謂其不芳而不可佩哉？椒蘭雖無變蕭艾之理，然久而不芳，其臭味亦不與蕭艾差池矣。

惟茲佩之可貴兮，委厥美而歷茲。芳菲菲而難虧兮，芬至今猶未沫

承上言，惟己知芬芳可貴，衆雖委棄吾美以至於此，而芬芳不虧，至今未沫。惟昭質之未虧，以一己言修能、修名兩無所用，而昭質獨存。"惟茲佩之可貴"，以一國言椒蘭、荃蕙變而不芳，而惟餘茲佩。

和調度以自娛兮，聊浮游而求女。及余飾之方壯兮，周流觀乎上下

此承舜升降上下之命也。心爲憂傷所困，故調度以和其內腋，則偃塞已久。故修飾以壯其外，周流上下。不逢賢君，當逢良友，故曰"聊浮游而求女"。靈均、瓊佩、偃塞乃與范叔一寒不同，此時聞遠逝，吉占，喜動行色，則余飾方壯原。蓋美衣冠，乘輿衛之君子，雖在寓言，要必本其所好。

朝發軔於天津兮

《天文大象賦》云："天津橫漢以摛光。"注云："天津九星，在虛危北橫河中，津梁所渡。"《楚辭補注》 案：天津東極，萬物所生，此原喻始欲爲美政。

夕余至乎西極

西極，日所入，喻人老死。此喻原今者離心，不可同。美政莫與爲，將從彭咸而水死。下文詔西皇使涉，予指西海以爲期，所以更不及三方也。

高翱翔之翼翼

《淮南子》注："鳥之高飛，翼一上一下曰翱。直刺不動曰翔。"

忽吾行此流沙兮

《山海經》："流沙出鍾山，西行。"注云："今西海居延澤，《尚書》所謂流沙，形如月生五日。"張揖云："沙與水流。"師古曰："沙流無水。"

遵赤水而容與

《博雅》："崑崙虛，赤水出其東南，入南海。"並《楚辭補注》

戴雲旗之委蛇

委蛇，字凡十二變。一蜲蛇，詩《羔羊》；二委佗，詩《君子偕老》；三逶迤，《韓詩》；四倭遲，詩《四牡》；五倭夷，《韓詩》；六威夷，《潘岳詩》"峻坂路威夷"，孫綽《天臺山賦》"路威夷而修通"；七委移，《離騷》"載雲旗之委移"；八委移，劉向《九歎》"遵江曲之逶移"；九逶蛇，《後漢費鳳碑》"君有逶蛇之節"；十蜲蛇，《西京賦》"聲清唱而

蜿蛇"；十一遍迤，漢《逢盛碑》"當遂遍迤"；十二威遲，劉夢得詩"威遲堤上行"。《韓公南海廟碑》"蜿蜿蛇蛇"亦然也。《容齋五筆》九①

抑志而弭節兮，神高馳之邈邈。奏九歌而舞韶兮，聊假日以婾樂

《山海經》："夏后開，始歌《九招》。"《竹書》云："夏后啓，舞九韶。"《楚辭補注》 抑悲哀之志，彌馳騁之節，使神氣超然。得喪之表，又奏歌舞，韶極縱恣爲樂，而宗國之憂乃怦焉。復動於"獨寐寤言"之頃，雖欲假日婾樂，而炯然之心竊有所不許也。嗚呼！

陟升皇之赫曦兮，忽臨睨夫舊鄉。僕夫悲余馬懷兮，蜷《補注》音拳局顧而不行

"陟""升"重文。"相觀民之計極"，"相""觀"二文重。"覽相觀於四極"，"覽""相""觀"三文重，秦漢文多如此言。己隨上升之舜，至於赫曦光明之所。心極欲忘楚國，忽然臨睨舊鄉，僕夫既悲，余馬亦懷，於是御車者不策馬。馬雖策，亦不行。以僕悲馬懷與興己之極，不欲臨楚國，而僕馬觸故土之情，靈均深故君之念，曾歔欷鬱邑，行無復之，而《離騷》託以終焉。

亂曰

《李夫人傳》："上作賦云云'亂曰'。"師古曰："亂，理也，總理賦中之意。"按《國語》閔馬父論《商頌》"其輯之亂"，韋昭曰："輯，成也。凡作篇章，既成，撮其大要以爲亂辭。詩者，歌也，所以節舞者。曲終乃更，變章亂節，故謂之亂。"按《樂記》言《大武》之舞"復亂以飭歸"，《正義》曰："亂，治也。復，謂武曲終，舞者復其行位而歸整治。"蓋舞者，其初紛綸赴節，不依行位比，曲終則復整治焉，故謂之亂，今舞者尚如此。詩樂，所以節舞者也，故其詩辭之終，《商頌》輯之亂是已。樂曲之終，《關雎》之亂是已。《離騷》亂辭，實本詩樂。此賦又本《離騷》其他，系以重曰，非詩

---

① 【校】"一蜿蛇"應作"一委蛇"，"二委佗"應作"二委他"，"八委移"應作"八逶移"。

樂本旨。《兩漢刊誤補遺》八①

既莫足與爲美政兮，吾將從彭咸之所居

　　李季章説屈原未嘗投水死，蓋將從彭咸之所居。有此意而實未然，雖新奇，亦有此理。《師友雅言》

《九歌》

　　《九諷系述》："屈原正詭俗而爲《九歌》。"《皮日休文藪》二

　　《九歌》十一首，《九章》九首，皆以九名者，取簫韶九成，啓《九辨》《九歌》之義。宋玉《九辨》以下，皆出此。《楚辭補注》二　案：《九歌》"東皇太一"喻懷王，始用己。"雲中君"喻懷王，後疏己。"湘君""湘夫人"二神皆女，用喻賢人，與《離騷》同法。"大司命"喻懷王，始信終疑，猶《東皇》《雲中君》兩篇之意。"少司命"喻頃襄，當用賢臣。"東君"喻頃襄，當復秦仇。《河伯》言己將水死，《山鬼》言己將與山鬼爲伍，《國殤》《禮魂》直賦其事。自"東君"以下，參戴氏震注，今但注《文選》所收。

《東皇》

吉日兮辰良

　　韓退之《羅池神銘》："春與猿吟兮秋鶴與飛。"古人多用此格，如《楚詞》："吉日兮辰良。"又："蕙殽蒸兮蘭藉，奠桂酒兮椒漿。"蓋相錯成文，則語勢矯健。《筆談》十四

　　《春秋》書："隕石於宋五，是日，六鶂退飛過宋都。"説者以石鶂五、六先後爲義，不知聖人文法。正如此，既曰"隕石於宋五"，又曰"退飛鶂於宋六"，豈成文理？故不得不錯綜其語，因以爲健也。《楚詞》正用此法。《捫蝨新語》五

　　《論語》："迅雷風烈必變"，錯綜成文，非始於"吉日辰良"。《困學紀聞》二十

穆將愉兮上皇

　　《九歌》作於頃襄時，懷王未死，上皇或以稱懷王，其在東皇，則最尊稱也。

---

① 【校】"飭"作"飾"，"曲終"作"曲中"，"此賦"作"比賦"，"本旨"作"本指"。

撫長劍兮玉珥

《九歌》以主祭者自喻，以神喻君及賢臣。此篇言：主祭修飾，供張其盛，喻己事懷王。

蕙殽蒸兮蘭藉

唐人詩文，或於一句中自成對偶，謂之當句對，蓋起《楚辭》"蕙蒸""蘭藉""桂酒""椒漿""桂櫂""蘭枻""斲冰""積雪"。齊梁以來，江文通、庾子山諸人亦如此。《容齋續筆》三

此體出三百篇，如"玄袞赤舄""鉤膺鏤錫""朱英綠縢""二矛重弓"之類。《野客叢書》十七

靈偃蹇兮姣服，芳菲菲兮滿堂

靈謂神，偃蹇訓衆，多言神降上下左右，不測多少。蓋合侍從言之。

君欣欣兮康樂

所謂王甚任之。

《雲中君》

浴蘭湯兮沐芳

《夏小正》："五月蓄蘭，爲沐浴也。"《大戴禮》二

蹇將憺兮壽宮，與日月兮齊光

將謂懷王安治國家，光明其德，與日月齊。

靈皇皇兮既降，猋遠舉兮雲中

"靈連蜷兮既留"，"靈皇皇兮既降"，皆所謂"初既與余成言"也。"猋遠舉兮雲中"所謂"後悔遁而有他"也。於文當先言降，次言留。今既降、猋、舉連文，故先言留，而以文字顛倒狀神來恍惚。

覽冀州兮有餘，橫四海兮焉窮

所謂靈修浩蕩。

《湘君》

洞庭山天帝二女，長湘君，次湘夫人，詳《湘夫人》下。湘君、湘夫人並未嫁女，與《離騷》宓妃同，不與有娀、二姚同。但宓妃喻沮溺一流，知不可不爲，故違棄改求其詞，有古決絶之義。湘君、湘夫人喻謝安石一流，不起如蒼生何，故時不可得其詞，有長相思之義。　古人重男女之別，而視女則輕。堯以二女妻舜，秦以五女納重耳。古人文章假借，雖則鬼神親之，而不爲褻。以賦言之，

則言秣其馬，言秣其駒也。以比言之，則以永今朝，以永今夕也。淮南太史，所謂好色而不淫。蓋未嫁女，有求之之道，比於君子，不可懷寶迷邦。

君不行兮夷猶

先遣巫道，意迎神，而神不至。

美要眇兮宜修

美惡眇，然後宜修，則子夏禮後之旨也。此句原自謂既美又修宜，不爲神所棄。下“桂舟”“蕙綢”“荃橈”“蘭旌”，皆修中所包。

沛吾乘兮桂舟。令沅湘兮無波，使江水兮安流

此言祭者自往迎於南沅湘、北江水之間。

望夫君兮未來，吹參差兮誰思

不行而疑留中洲，不來而如聞參差，皆神本不來，疑神如在之語。誰留誰思，恐神不爲己留，不思己也。

駕飛龍兮北征，邅吾道兮洞庭。薜荔拍兮蕙綢，承荃橈兮蘭旌。望岑陽兮極浦，橫大江兮湯靈

御舟有蘭橈、荃橈。泗水潛夫《武林舊事》四　案：此以《九歌》名。御舟沅湘，不見北至洞庭湘君所居之所，遂北至江揚，己之靈冀與神遇。拍，王注訓搏壁綢，王注訓束縛，蓋言舟中搏薜荔爲壁，而綢之以蕙。

女嬋媛兮爲余太息！橫流涕兮潺湲，隱思君兮悱惻

湘君侍女感迎者之誠至歎，湘君之不答，於是始知湘君決意不來，涕泗橫集。然其思念湘君，不能自此而決。凡人彼我相念，或可明告於人，至於彼不思我，我乃思彼人，或知之，用相非笑。靈均思念湘君，乃至不敢復露，隱思不得，悱惻自傷。靈均引決似壯士，纏綿如美人。然其引決，乃復生於纏綿。

桂櫂兮蘭枻，斲冰兮積雪。采薜荔兮水中，搴芙蓉兮木末。心不同兮媒勞，恩不甚兮輕絕

桂櫂蘭枻，即上迎神所乘。迎神不得，如斲冰積雪，冰化雪消，如采陸草於水中，搴水花於木末，皆勞而無功之語。其原由於心不同，恩不甚，屈原於湘君無可言恩。蓋指所思之賢，昔曾薄作周旋，今則掉頭不顧。下“交不忠兮怨長，期不信兮告余以不閒”並正文，不可以湘君之喻義通之。

鳥次兮屋上，水周兮堂下

屋上非鳥巢，堂下非水道，然猶可暫止、暫留。原自喻不得於君，或得於友，牢落之餘，殷勤慰藉，心猶得依以粗安。今恩絕而交不忠，曾不若鳥次水周，猶爲得所。

捐余玦兮江中，遺余珮兮澧浦

盛飾迎神，神不答。禮飾將無用，故捐棄之。

采芳洲兮杜若

即今高良姜，後人別出高良姜條，又取高良姜中小者爲杜若，又用北地山姜爲杜若。杜若，古人以爲香草，北地山姜，何嘗有香？高良姜花成穗，芳華可愛，土人用鹽梅汁淹以爲菹，南人亦謂山姜花，又曰豆蔻花。其子乃紅蔻。補《筆談》下

正觀中，尚藥求杜若，敕下，度支省郎判送坊州貢之，本州曹官判云："坊州不出杜若，應讀謝朓詩誤。郎官如此判事，豈不畏二十八宿笑人？"予觀《九歌》曰"采芳洲兮杜若"，謝朓詩用《九歌》。《晉書·天文志》："郎位十五星在帝座東北，依烏郎府是也。"曹官知謝朓詩不知《九歌》，知郎官上應列宿不知非二十八宿。《韵語陽秋》五

湘君、湘夫人，杜若用物同而所贈異，學者莫能説。蓋二女死於湘，有神奇相配焉，奇相湘君也。二女，湘夫人也。湘君歌稱夫君，美稱也。其言女與下女謂湘夫人也，湘夫人歌帝子美稱也。其言公子佳人遠者，謂湘君也。湘君采杜若遺夫人，夫人搴杜若遺湘君，此則相歡之義。《爾雅翼》二 案：湘夫人爲堯二女，豈得復稱下女？羅願此條良由誤讀郭璞《江賦》所致，辨詳《江賦》。

魏泰《東軒筆錄》："古詞'芳洲漸生杜若'，謂芳香之洲渚，生此香草。宋天聖間，朝旨下坊州，取杜若。雖一時文移之誤，亦宰相不學故也。"《元一統志》五百四十五 案：《隋唐嘉話》中卷，《劉賓客嘉話》並載爲唐太宗時，魏泰恐出傳聞之誤。

將以遺兮下女

下女即女嬋媛之女，爲原太息，故采杜若相贈。

時不可兮再得，聊逍遥兮容與

前者未知輕絕，故爲今日之來，今恩既絕，心雖隱思，迹不可得。再至義山曰："郎君官貴施行馬，東閣無因得再窺。"郎君不可得見，郎君之東閣容與逍遥，亦未可更期之他日。"詩家總愛西崑好，只恨無人作鄭箋"。義山其靈均之鄭

篆歟。

《湘夫人》

洞庭之山，帝之二女居之。天帝二女，處江爲神，即《列仙傳》江妃二女，《離騷·九歌》所謂湘夫人稱帝子者是。説者皆以舜陟方而死，二妃從之，俱溺死湘江，號爲湘夫人。按《九歌》湘江、湘夫人自楚二神，江湘有夫人，猶河洛有宓妃。《禮記》曰：“舜葬蒼梧，二妃不從。”明二妃生不從征，死不從葬。《傳》曰：“生爲上公，死爲貴神。”湘川不及四瀆，無秩於命祀，二女帝者之后，配靈神祇，無緣下降小水而爲夫人。原其致誤之由，由乎俱以帝女爲名，名實相亂，莫矯其失。郭璞《山海經注》五[①]

《山海經》洞庭山二帝女，郭注最爲近理，而古今傳《楚辭》者未嘗及之。《賓退錄》五　案：郭注固近理，然以天帝二女爲湘夫人，而湘君別爲一神，又不指何神，義不得于《九歌》，今微改之，以合《九歌》二女。

帝子降兮北渚，目眇眇兮愁予

湘君不可見，湘夫人則見其降矣。所處地遠又極尊貴，不敢正視，眇眇視之，而使余愁也。

嫋嫋兮秋風，洞庭波兮木葉下

文字有江湖之思，起於《楚辭》“嫋嫋兮秋風，洞庭波兮木葉下”，摹想無窮之趣如在目前。後人多仿之者，杜子美云：“蒹葭離披去，大水相與永。”意近似而語亦老。陳止齋《送葉正則赴吳幕》云：“秋水能隔人，白蘋況連空。”意尤遠而語加活。水心《送王成叟姪》云：“林黃橘柚重，渚白蒹葭輕。”意含蓄而詞不費。《吳氏詩話》上　案：《湘君》曰“遭吾道兮洞庭”，《湘夫人》曰“洞庭波兮木葉下”，此二神爲洞庭所居天帝二女之明證。

登白蘋兮騁望，與佳期兮夕張。鳥萃兮蘋中，罾何爲兮木上

夫人既降原，則徙倚騁望，爲奈期張具。然原數奇不偶，佳期乃非所當。當

---

① 【校】“自楚二神”作“自是二神”，“宓妃”作“處妃”。

湘夫人降於湘君不來之後，喜過其望還，念平昔，恐當復有他故，而觸目所見，遂多齟齬，鳥乃在蘋，罾反在木也。

沅有芷兮澧有蘭，思公子兮未敢言。恍惚兮遠望，觀流水兮潺湲

公子，帝子也。沅則有芷，澧則有蘭，心思公子，未測公子意指所向，不敢致言。而恍惚之間，公子已失遠望，徒觀流水潺湲而已。

麋何爲兮庭中，蛟何爲兮水裔

喻公子已去，己不當復在所降地相守。

朝馳余馬兮江皋，夕濟兮西澨。聞佳人兮召余，將騰駕兮偕逝

承上言已朝馳夕濟，不離湘夫人所降之地，果聞來召許余，以"騰駕偕逝"下十四句爲湘夫人來降，盡節也。

荃壁兮紫壇

紫紫貝[①]，郭璞曰："紫貝，以紫爲質，黑爲文。"陸機[②]云："紫貝，其白質如玉，紫點爲文。"《木草》云："貝類極多，紫貝尤貴重。"《楚辭補注》

王逸注："紫貝爲室壇，與上下文荷室椒堂、桂棟蘭橑不類。"《九歌》"魚鱗屋兮龍堂，紫貝闕兮珠宮"，於此用紫貝，則宜紫壇之紫，蓋紫草中染紫。《離騷草木疏》二

辛夷楣兮藥房

白芷一物，而《離騷》異其名者四，曰芷，曰芳，曰葹，曰藥。《離騷草木疏》一

《楚辭》所詠香草，曰蘭，曰蓀，曰蕕，曰藥，曰蘪，曰荃，曰芷，曰蕙，曰薰，曰蘪蕪，曰江蘺，曰杜若，曰杜衡，曰揭車，曰留夷。蘭以澤蘭爲正，蓀則今石菖蒲，蕕、藥、蘪、芷，雖有四名，止是一物，今白芷是也。蕙即零陵香，蕪即芎藭苗，杜若即山薑。杜衡，今人呼馬蹄香。惟荃與揭車終

---

① 【校】"紫紫貝"應作"紫貝"。

② 【校】"陸機"應作"陸璣"。

莫能識，余他日當偏求其本。列植欄楯①間以爲楚香亭《遯齋閒覽》。《全芳備俎前集》廿三

疏石蘭以爲芳

即山蘭。《離騷草木疏》一

九嶷繽兮並迎

九嶷，舜所葬娥皇女英。癸比三妃之神，所依三妃與湘君、湘夫人，俱女神地。又相接此時，湘夫人本欲降祭所適三妃，遣九疑山神迎湘夫人去，恍惚不可致詰，所以寓意于良友之欲合，而終爲他人所間也。

將有遺兮遠者

遠者謂湘夫人，夫人爲九疑神迎去，故稱遠者，湘君不降而下女太息。故杜若但得贈，下女、湘夫人親降而爲他人迎去，故杜若得直贈夫人。

時不可兮驟得，聊逍遙兮容與

夫人親爲一降，又許偕近，則從此良覿非渺無因，但需時日，不可驟得。聊逍遙兮容與，《湘君》篇語同，而悲喜異也。

---

① 【校】"欄楯"應作"闌檻"。

卷二十一

《少司命》

今民間祀司命，刻木長尺二寸爲人像，行者擔篋中，居者別作小屋。皆祠以臘，率以春秋之月。《風俗通》八　案：大司命爲三臺星上臺，喻懷王。少司命爲文昌宫第四星，喻頃襄。

秋蘭兮蘼蕪，羅生兮堂下

《騷經》懷王時作，言衆芳盡化不芳。《九歌》頃襄時作，言秋蘭蘼蕪。羅生者，懷王信讒，則盡化不芳。頃襄如能用賢，則不仁者遠，衆芳本自羅生。

芳菲菲兮襲予

鄭康成注《曲禮》云："予，古余字。"因鄭此說，學者遂皆讀予爲余。案：《爾雅》云"卬、吾、台、予、朕、身、甫、余，言我也"，此則"予"與"余"義皆訓我，明非同字。《詩》云："迨天之未陰雨，徹彼桑土，綢繆牖户。今此下民，或敢侮予。"又曰："將恐將懼，惟予與女。將安將樂，女轉棄予。"《楚辭》云："帝子降兮北渚，目渺渺兮愁予。嫋嫋兮秋風，洞庭波兮木葉下。"又曰："君回翔兮來下，逾空桑兮從女。紛總總兮九州，何壽夭兮在予。"又曰："綠葉兮素枝，芳菲菲兮襲予。夫人自有兮美子，蓀何以兮愁苦？"歷觀詞賦，"予"無"余"音。《匡謬正俗》三①

夫人自有兮美子，蓀何以兮愁苦

夫人，衆人也。美子，羅生之衆芳也。蓀謂少司命，實頃襄也。頃襄初即位，地削兵喪，不能無愁苦。故言衆人中自有賢人，王能用賢，則楚猶有爲，秦不足懼，王何以愁苦？

滿堂兮美人，忽獨與余兮目成

言王與衆賢中獨能親己，則綱舉而衆目期張，衆賢各得所用。"忽"者，不

① 【校】"今此下民"作"今女下民"，"惟"作"維"。

可得而得之之詞也。於少司命爲幸詞，於頃襄爲望辭，皆非實録。

入不言兮出不辭，乘回風兮載雲旗

司命淵默喻頃襄不能有爲。

悲莫悲兮生離別

謂懷王不返國。

樂莫樂兮新相知

懷王不返，頃襄即位，始未嘗無父子之情、家國之念，故曰"蓀何以兮愁苦"。即位稍安，秦兵已去，則人不言而出不辭，言不愁不苦也。及其稍久，黨人以事懷王者事頃襄，聲色之樂有餘，君臣之交已固，靈均目頃襄新知之樂念，懷王別離之苦，故曰"悲莫悲兮生離別，樂莫樂兮新相知"。

荷衣兮蕙帶

東平吕球，多才美貌，乘船至曲阿湖。值風不得行，泊菰際。見一小女，乘船採菱，舉體皆衣荷葉。因問曰："汝非鬼耶，衣服何至如此？"女有媿色，答曰："子不聞荷衣兮蕙帶，倏而來兮忽而逝？"然有懼色，迴舟理棹，逡巡而去。球遥射之，即獲一獺，向者之船，皆是蘋縈蘊藻之葉。見老獺立岸側，如有所候望，見船過，因問曰："君來不見湖中採菱女耶？"球答云："在後。"尋射，獲老獺焉。或云湖中嘗有採菱女，容色過人。有時至人家，結好者甚衆。"《幽冥録》。《全芳備俎後集》二①

與汝游兮九河

天河也。《雙字》上

漢世去古未遠，河堤都尉許商言："九河故道謂徒駭，在成平；胡蘇在東光；鬲津在鬲縣。曰太史，曰馬頰，曰覆釜，在東光之北，成平之南。曰簡，曰潔，曰鈎盤，在東光之南，鬲縣之北。"斯言簡而近實，後世圖志雖詳，反見淆亂。欽嘗往來燕、齊，西道河間，東履清滄，熟訪九河故道，蓋昔北流衡漳注之。河既東徙，漳自入海，安知北流之漳非古徒駭河

---

① 【校】"多才"作"豐財"，"媿色"作"懼色"，前一"老獺"作"老婦"。

歟？逾漳而南清滄，二州之間有古河堤岸數重，地皆沮洳沙鹵，太史等河當在其地。滄州之南有大連澱，西逾東光，東至海，此非胡蘇河歟？澱南至西無棣縣百餘里間，有曰大河，曰沙河，皆瀕古堤。縣北地名八會口，縣城南枕無棣溝，茲非簡潔等河歟？東無棣縣，北有陷河闊數里，西通德棣，東至海茲，非鈎盤河歟？濱州北有士傷河，西逾德棣，東至海茲，非鬲津河歟？士傷河最南，比他河差狹，是爲鬲津無疑也。《蔡氏書傳》乃曰“自漢以來，講求九河皆無依據”，祖王橫之言引碣石爲證，謂九河已淪於海。欽按《禹貢》：“文北過洚水，至於大陸。又北，播爲九河，同爲逆河，入於海。”大陸在邢、趙、深三州之地，《爾雅》之廣河澤也，去海岸已數百里，又東至海中。始敘九河，則大陸與九河相離千里之遠，絕無表志，不合《禹貢》，不可信一也。王橫謂海溢出浸數百里，青、兗、營、平郡邑不聞有漂沒處而獨浸九河，不可信二也。今迤北清滄之間，城邑相望，而地形河勢，往往可尋，但禹初爲九厥，後或三或五，變遷多寡不同，必欲按名而索，故致後儒紛紛之論，不得不辨。《齊乘》二

衝風起兮水揚波

與汝遊兮九河，衝風起兮水揚波。謂秦楚搆患，頃襄爲質於齊，陟歷險難，不爲不深。

與汝沐兮咸池，晞汝髮兮陽之阿

謂頃襄涉歷險難而得登位，則當沐浴，自新朝陽晞髮。

望美人兮未來，臨風怳兮浩歌

乃觀頃襄所用，則皆懷王致敗之黨人。望其用賢致理，王不禮賢，賢人不至。其在司命，則美人當如王叔師注，謂司命也。

孔蓋兮翠旌，登九天兮撫彗星，竦長劍兮擁幼艾，荃獨宜兮爲民正

孔蓋翠旌，王儀衛也。登九天，頃襄由太子登王位也。撫彗星言即位，當除舊布新，而竦長劍以爲衛擁幼艾，以爲娛荃爲下民之正，獨宜如此乎？微詰之而不敢盡也，長劍幼艾非荃所不宜，但荃不得獨宜。此二者以爲民正。

《山鬼》

《宋書·樂志·陌上桑》曰："《楚辭》鈔以《山鬼篇》增損爲之。"東坡因《歸去來》爲詞，亦此類。《困學紀聞》十八

若作"今" 有人兮各"兮"字無

被下有"服"字（並《宋書》廿一） 薜荔兮帶女蘿

《答李生第二書》生笑"紫貝闕兮珠宫"，此與《詩》之"金玉其相"何異？天下人有金玉爲相質者乎？"被薜荔兮帶女蘿"，此與"贈之以芍藥"何異？文章不當如此説也。《皇甫湜集》四

既含睇兮又宜笑

《山鬼》藴山阿之秀，含睇宜笑，言殊於羣鬼醜物。

子下有"戀"字慕予兮善窈窕

《九歌》以神喻君及賢人，以祭主自喻，《山鬼》賤於諸神，思親於人而祭之者寡，靈均用以自況。

乘赤豹兮從文貍，辛作"新" 夷車下有"駕"字兮結桂旗。被石蘭兮帶杜衡，折芳馨作"折芳拔茎" 兮遺所思

言《山鬼》感祭而出，所思即祭主。

余無"余"字處幽篁作"空" 兮終不見天，路險難兮獨後來

《山鬼》言己於衆鬼神中所處僻遠，路各險難，是以其來獨後。

表獨立兮山之上，雲下有"何"字容容兮而在下

將至，則登高望祭所。

杳冥冥兮羌晝晦，東風飄下有"飄"字神靈雨

降祭所，則晝晦風雨。

望靈修兮憺忘歸，歲既晏兮孰華予

二句錯出。屈原思念懷王，正文不涉《山鬼》，《九歌》多此例。原言懷王留秦不返，已年將暮，孰能見用而光華？我言頃襄更不如懷王用己。

采三秀於山閒

《藏芝賦》序："《離騷·九歌》自詩人所紀之外，地所常產、目所常識之草盡矣。而芝復獨遺説者，遂以《九歌》三秀當之，予以其不明。又其辭曰：'適山而采之，芝非獨山

草．’蓋未足據信。”王令《廣陵集》一　案：自“采三秀”至末，皆山鬼還山，思念祭主。

怨公子兮悵忘歸，君思我兮不得閒

“公子”與“君”皆山鬼以稱祭主，而屈原以喻懷王，原以山鬼思親人喻己思親懷王。人不當入山親山鬼，懷王不能返國用屈原，一義也。諸吉神或迎不降，或降不享，或享不思，湘君、湘夫人之佳人則不再徯。不驟得乎山鬼之窈窕，則怨公子。思公子鬼眷，眷於屈原，原將去死不遠，又一義也。　　不忍言懷王被秦羈留，詭曰忘歸；不忍言懷王不得返國，詭曰不得閒暇。猶春秋公在乾侯爲尊者韓。

君思我兮然疑作

懷王不信屈原，至入秦被留，則思屈原。愛已黨人，誤已然。然屈原也疑，疑黨人也，作者前未有而今始有。懷王不至此，則忠佞不分。至於忠佞兩分，則事將無及。然遙度如此，未保必然。故曰：“君思我兮然疑作。”

狄夜鳴　自“采三秀”至“狄夜鳴”六十三字無（並《宋書》廿一）

蕭蕭　《宋書》廿一作“拨拨”；郭《樂府》廿八作“梭梭”　思下有“念”字　離作“以”（並《宋書》）

九章

屈平辨窮愁而爲《九章》。《文藪》二

《涉江》

欤哀　舲靈　並《楚辭補注》四

夕宿辰陽

《前漢》：“武陵郡有辰陽。”注云：“三山谷，辰水所出，南入沅，七百五十里。”《水經》云：“沅水東徑辰陽縣，東南合辰水。舊治在辰水之陽，故名。《楚詞》所謂‘夕宿辰陽’也，沅水又東歷小灣，謂之枉渚。”同上

《卜居》

柳子厚《祭呂衡州文》：“嗚呼！化先今復何爲乎？豈蕩爲太空與化無窮乎？將結爲光耀以助照臨[①]乎？豈爲雨爲露以澤下土乎？將爲雷爲霆以泄怨怒乎？將爲鳳爲麟，爲景星、爲慶雲，以寓其神乎？將爲金爲錫，爲圭爲璧，以棲其魄乎？豈

---

① 【校】“照臨”作“臨照”。

復爲賢人以續其志,將奮爲神明以遂其義乎?"秦少游《弔鑄鍾文》全放此云:"嗚呼鍾乎,今焉在乎?豈復爲激宮流羽,以嗣其故乎?將憑化而遷改易制,以周於用乎?豈爲錢爲鑄,爲銍爲釜,以供耕稼之職?將爲鼎、鬲,以效烹飪之功乎?豈爲浮圖、老子之像,巍然瞻仰於緇素乎?豈爲麟趾裹蹄之形,翕然爲玩於邦國乎?豈爲干越之劍,氣如虹蜺,掃除妖氛於指顧之間乎?將爲百鍊之鑒,湛如止水,別妍醜於高堂之上乎?"然子厚又放《楚辭·卜居》。《林下偶談》一

寧誅鋤草茅以力耕乎

《李君翁詩話》:"《卜居》云'寧誅鋤草茅以力耕乎',詩人皆以爲宋玉事,豈《卜居》亦宋玉擬屈原作耶?庾信《哀江南賦》'誅茅宋玉之宅',不知何據。《西溪叢語》上

寧正言不諱以危身乎? 將從俗富貴以媮生乎?

秦漢真文元寒刪先、陽庚青蒸通轉,魏曹植《七啓》猶名勳英,文庚通押。晋、宋別集傳者十不及一二。總集所收大抵真文元寒刪先,不與陽庚青蒸通轉。然杜甫北征前後,皆真文元寒刪先入聲,獨押一析字爲青入聲,此則秦漢通韻,唐人尚留一證。顧炎武據五代、趙宋取音之法,定古韻之通否。上棄楚騷漢賦,至孔子《十翼》,雖盤桓,志行正,以貴下賤,大得民之類,謂皆孔子承方音誤。夫孔子西不入秦,北不入晋,南不入楚,遊歷中原,何故方音誤習?蓋學古學必當自上下下,如小學一門,於許慎書《識古文訓》,至晋葛洪《字苑》,見形體之乖焉。於詩騷及班固賦,鄭玄易《識古音訓》,至隋沈重《詩音義》,見聲韻之失焉。如或自下上上,先見五代宋人,音韻清晰,則漢魏不免糊塗。《周易》《楚騷》自然多方音誤,好學如顧炎武,於無次中得先入見,乃舉杜詩爲古韻,真文元寒刪先,不通陽庚青蒸證據。夫論古韻不舉周漢證,舉唐證,唐初如陸德明、孔穎達,不曉古音古韻,杜詩果不通用。但足證唐不通用,不足證周秦漢魏不通用。炎武謂三百五篇,真文寒刪先,與陽庚青蒸無一字雜。今案《信南山》曰:"是烝是享,苾苾芬芬。祀事孔明,先祖是皇。"則文陽庚通。《菀柳》曰:"有鳥高飛,亦傅於天。彼人之心,於何其臻。曷予靖之,居以凶矜。"則真先蒸通。《大明》曰:"有命自天,命此文王。于周于京,纘女維莘。長子維行,篤生武王。"則真先陽庚通。《板》曰:"价人維藩,大師維垣。大邦維屏,大宗維翰。懷德維寧,宗子維城。"則元寒庚青通。《桓》曰:"綏萬邦,屢豐年。天命匪解,桓桓武王。保有厥土,于以四方,克定厥家。於昭于天,皇以間之。"則江刪先陽

通。顧見諸篇，明文不可掩。則以某字本音，某不在某韵，某句無韵，某韵隔句分韵，三者曲全其説。夫有韵謂之無韵，同韵謂之分韵，則三百五篇並用真文庚青通押，皆可謂之一字，無雜乎。　真文庚青通押，周漢爲多，晋宋絶少。唐後律韵盛行，此更微而欲絶。賴好古博雅，證明古有是音。顧炎武自序《音學五書》曰："據唐人正宋人之失，據經正唐人之失，然則《易》《繫傳》前更有何經可據，以正孔子之失？"

將突梯滑稽

　　滑稽，古今説不同。揚子雲《酒賦》："鴟夷滑稽，腹大如壺。"應劭注《史記》："鴟夷革，是以皮爲酒檔。"崔浩《漢紀音義》云："滑稽，酒器也。轉注吐酒，終日不已。"故語言響應無窮者，取象。今之注子，是其遺法。《猗覺寮雜記》六

《漁父》

　　屈原《離騷》辭稱遇漁父於江渚，宋玉《高唐賦》云"夢神女於陽臺"，言並文章，句結音韵，以兹敍事，足驗憑虚。而司馬遷、習鑿齒之徒，皆採爲逸事，編諸史籍，疑誤後學，不其甚耶？《史通》十八　案：漁父有無，非知幾所得而知。

聖人不凝滯於萬物

　　漁父告屈原之語曰："聖人不凝滯於萬物，而能與世推移。"又云："衆人皆濁，何不汩其泥而揚其波？衆人皆醉，何不哺其糟而啜其醨？"此與孔子和而不同之言何異？使原能聽其説，安時處順，置得喪於度外，安知不在聖賢之域！而仕不得志，狷急褊躁，甘葬江魚之腹，知命者如是乎！故班固謂露才揚己，忿懟沉江，劉勰謂依彭咸之遺則者，狷狹之志也，揚雄謂遇不遇命也，何必沉身哉！孟郊云："三黜有慍色，即非賢哲模。"孫郃云："道廢固命也，何事葬江魚。"皆貶之也。而張文潛獨以爲："楚國茫茫盡醉人，獨醒惟有一靈均。哺糟更使同流俗，漁父由來亦不仁。"《韵語陽秋》八① 案：文潛知

---

① 【校】"凝滯於萬物"作"凝滯於物"，"萬"字多餘，"獨以爲"作"獨以謂"。

屈原不知漁父，漁父所謂聖人，“不凝滯於萬物，而能與世推移”。蓋謂衆人皆濁皆醉，不當爲皎皎之行以來衆忌，非謂“衆皆競進以貪婪，椒專佞而慢慆”，原亦當“貪婪專佞以慢慆”也。

何不淈其泥而揚其波皇甫謐《高士傳》中卷作“何不揚波汨其泥”

何不餔其糟而歠其釃

劉獻之謂所親曰：“觀屈原《離騷》之作，自是狂人，死其宜矣，何足惜也！吾嘗謂濯纓洗耳，有異人之迹，哺糟歠醨。而孔子曰：‘我則異於是，無可無不可。’誠哉斯言，實獲我心。”《魏書》七十二① 按：獻之語上承揚雄、班固，下開顔之推、姚鉉，揚班諸公知人論世，尚不及潘岳《西征》，自不足以定屈原所至。

深思高舉《高士傳》中作“懷瑾握瑜”

新沐者必彈冠，新浴者必振衣

荀子曰：“新浴者振其衣，新沐者彈其冠，人之情也。其誰能以己之僬僬，受人之掝掝者哉？”荀卿適楚，在屈原後，豈用楚辭語歟？抑二字皆述古語也。《困學紀聞》十②

滄浪之水清兮

劉澄之《永初山川記》：“沔口，古文以爲滄浪水即屈原遇漁父所云‘滄浪之水清兮’是也。”按《韓詩外傳》，孔子聞《孺子歌》，則知是古歌，非漁父所作，蓋諷之。《寰宇記》百卌一

滄浪，地名，非水名。蘇子美云：“即吴王僚開以爲池者，作亭其上。”曰滄浪，似以滄浪爲水渺瀰之狀，失之也矣。大抵《禹貢》水之正名而不可單舉者，則以水足之黑水、弱水、澧水之類是也。非水之正名而因以爲名，則以水別之滄浪之水是也。沇水伏流至濟而始見，沇亦地名。可名以濟，不可名以沇，故亦謂之沇水。乃知聖言一字未嘗無法。《避暑録話》下

---

① 【校】此條應出自《魏書》卷八十四。
② 【校】“拭拭”作“掝掝”，“二字”作“二子”。

孺子滄浪之歌亦見《楚辭・漁父》。《禹貢》："漢水東爲滄浪之水。"則此歌楚聲也。《文子》亦云："混混之水濁，可以濯吾足乎。冷冷①之水清，可以濯吾纓乎。"《困學紀聞》八

《九辯》

宋玉《九辯》、王褒《九懷》、劉向《九嘆》、王逸《九思》，其爲清怨素艷，幽快古秀，皆得芝蘭之芬芳，鸞鳳之毛羽。《文藪》二

自有《辯政》《辯物》，二辯見《家語》，文遂有辯，宋玉《九辯》之類。《文則》上

一

登山臨水送將歸

韋蟾廉問②邠州，罷，賓僚祖餞。蟾書《文選》句云："悲莫悲兮生別離，登山臨水送將歸。"授賓從，請續其句。逡巡，有妓泫然起曰："某不才，不敢染翰，欲口占兩句。"韋大驚異，令隨念。云："武昌無限新栽柳，不見楊花撲面飛。"坐客無不嘉歎，韋令唱作《楊柳枝詞》。《全唐詩話》四

蔡碓《送將歸賦》一首。《宋文鑒》九

文鑒取蔡碓賦，猶《楚辭後語》取息夫躬也。《困學紀聞》十八

沇血（《楚辭補注》八）寥兮天高而氣清

連綿字不可挑轉用，詩人間有挑轉用，非平側所牽，則韵所牽也。《羅昭諫》爲平側所牽，《秋風生桂枝詩》"寥沇工夫大"是也。爲韵所牽，《哭孫員外詩》"故侯何在淚瀾汍"是也。《韵語陽秋》二　《藝苑雌黃》五

鵾雞啁哳而悲鳴

似鶴，黃白色。《楚辭補注》八

---

① 【校】"冷冷"作"泠泠"。
② 【校】"聞"作"問"。

二

有美一人兮心不繹

> 謂屈原。

三

收恢臺之孟夏兮

> 長養也。《類林》一
>
> 黃魯直云：“恢，大也。台，即胎也。言夏氣大而育物。”
《楚辭補注》八

《招魂》

> 李善以《招魂》爲《小招》，以有《大招》故也。

蝮蛇蓁蓁

> 《本草》引張文仲云：“蝮蛇形乃不長，頭扁口尖，人犯之，頭足貼着。”並《楚辭補注》九

雄虺九首

> 《莊子》：“虺二首。”《韓非子》：“虺，一身兩口，爭食相殺。”不識此字何音。《爾雅》：“蠶蛹名虺。”又非二首。後見《古今字譜》，此古“虺”字。《顏氏家訓》上
>
> 毒虺斷首，猶能聽以噬人。《醴泉志》上　案：九首猶蟻，若象蜂，若壺，侈談非實。

像設君室

> 按：此則人死而設形貌於室以事之，乃楚俗。《鶴山筆談》

網戶朱綴，刻方連些

> 宋玉曰：“網戶朱綴，刻方連。”網戶實罘罳之制，釋者曰：“織網於戶上，以朱色綴之，又刻橫木爲文章連於上，使之方好。”此誤也。網戶朱綴，刻方連者，以木爲戶，其上刻爲方文，互相連綴。朱，其色也，網，其狀也。《演繁露》十一
>
> 網戶者刻爲連文，遞相綴屬，其形如網也。既曰刻，則是雕木爲之，其狀如網耳。後世因此遂有直織絲網而張之簷窗以護禽雀者。文宗甘露之變，出殿北門，裂斷罘罳而去，是真網

也。此又沿放《楚辭》而施網焉者也。青瑣者亦宋玉之謂，網戶朱綴，以朱飾之而紅，即爲朱綴；以青塗之而青，則爲青瑣。其意制相通也。《雍録》十　案：瑣文宛轉，而方與方連義合。

鶺鴒腒鳥

禍侯，蓋楚語也，解在《文選音義》。味微酸，極肥美。每春暮夏初而至，不知其自來也。毛色微類鸚鵡，狀似鶺，居則自公呼其名，食之。以下原鈔。

鶺酸，別名禍侯。

露鷄臛蠵

王叔師注《楚辭・招魂》云："有菜曰羹，無菜曰臛。"案《禮》云："羹之有菜者用梜，無菜者不用梜。"又蘋藻二物，即是鉶羹之芼，安在其無菜乎？羹與臛調和不同，非係於菜。今之膳者，空菜不廢爲臛，純肉亦得名羹，皆取於舊名耳。《匡謬正俗》八

粔巨籹女（並《楚辭補注》）　蜜餌

粔籹，以蜜和米麵煎熬。《文昌雜録》一

郭璞《新語》："粔籹，膏環也。"《通俗文》："寒具謂之餲（音曷）。"則粔籹寒具，今之環餅。《猗覺寮雜記》二　案：郭璞有《新語》諸書目，未載。

"餌"，《嬾真子》二作"餅二"，中書趙舍人云："餌，糕也。"今鎡糕是。

有餦《齊民要術》七作"餭"　餭《楚辭補注》音張皇些

今歲時人家作餳蜜油、煎花菜[1]之類，蓋亦舊矣。《招魂》云："粔籹蜜餌，有餦餭些。"餦餭，餳也。並《文昌雜録》一

唐人作《寒食詩》，欲犴餳字，以無出處，遂不用。不知出《經》及《楚詞》。《周禮》："小師掌教簫。"注云："簫，如今賣飴餳者所吹。"《招魂》注云："餦餭，餳也。"戰國時

---

① 【校】"花菜"作"花果"。【按】清學津討原本同。

謂之餦餭，後漢謂之餳。《嬾真子》二　　《蘆浦筆記》一

成梟而牟

洛陽令崔師本，好古拇蒲法。三分其子三百六十，限以二關，人執六馬，其骰五枚，分上爲黑，下爲白。黑者刻二爲犢，白者刻二爲雉。擲之，全黑者爲盧，其采七八；二雉三黑爲雉，其采十四；二犢三白爲犢，其采十；全白爲白，其采八。四者貴采也。開爲十二，塞爲十一，塔爲五，禿爲四，撅爲三，梟爲二，六者雜采也。貴采得連擲，得打馬，得過關，餘采則否。新加進九、退六二采。李肇《唐國史補》下①

市井呼盧，盧，四也。博徒索采曰："四、紅、赤、緋，皆一骰色也。"俗説唐明皇與貴妃喝采，若成盧即賜緋之義。《楚辭·招魂》"成梟而牟"，"牟"即"盧"也，又曰旅。《貴耳集》下

呼五白些

凡避諱須同訓代之。桓公名白博，有五皓之稱。厲王名長琴，有修短之目。《顏氏家訓》上

目極千里兮傷春心

《楚辭詩題注》："屈原云：'目極千里兮傷春心。'宋玉云：'悲哉，秋之爲氣。'"吳融《英歌詩》中

陸士衡《樂府》"春芳傷客心"，杜詩"花近高樓傷客心"，皆本屈原"目極千里傷春心"。《能改齋漫錄》五② 案：傷心不必有本。固哉，高叟之爲詩。

《招隱》

山之《白孔六帖》一百"山"上有"小"字　　　繚《楚詞補注》居休切；《六帖》一百作"樛"

王孫游兮不歸

《招隱士》曰："王孫游兮不歸，春草生兮萋萋。"謝朓

---

① 【校】"其采七八"作"其采十六"，"蒲"作"蒱"。【按】明津逮秘書本同。

② 【校】此條應出自《能改齋漫錄》卷八。

《王孫遊》出此。郭《樂府》七十四

　　國初尚《文選》，當時文人專意此書，故草必稱“王孫”，梅必稱“驛使”，月必稱“望舒”，山水必稱“清暉”。至慶曆後，其陳腐諸作者始一洗之。方其盛時，士子至爲之語曰：“《文選》爛，秀才半。”建炎以後，尚蘇氏文章，學者翕然從之，而蜀士尤盛，亦有語曰：“蘇文熟，喫羊肉。蘇文生，喫菜羹。”《老學庵筆記》八

　　袁璹《秋日詩》曰：“芳草不復綠，王孫今又歸。”人都不解，施廞見之曰：“王孫，蟋蟀也。”《嬭嬭記》中

卷二十二

《七發》

《七發》因膏粱之常疾以爲匡勸，雖有甚泰之辭，不没諷諭之義。其流遂廣，其義遂變，率有詞人淫麗之尤矣。《文章流別論》

方朔始爲《客難》，續以《賓戲》《解嘲》。枚乘首唱《七發》，加以《七章》《七辨》。音辭雖異，旨趣皆同。讀者所厭聞，老生之恒説。《史通》四

枚乘作《七發》，創意造端，麗旨腴詞，上薄騷些，蓋文章領袖，故爲可喜。其後繼之者，如傅毅《七激》、張衡《七辨》、崔駰《七依》、馬融《七度》[①]、曹植《七啓》、王粲《七釋》、張協《七命》之類，規仿太切，了無新意。傅玄集爲《七林》，使人讀未終篇，往往棄諸几格。柳子厚《晉問》，乃用其體而別立機杼，激越清壯，漢、晉諸文士之弊一洗矣。《容齋隨筆》七

一

轞 腥

二

鵁 陳翥《桐譜》作"鸹"

麥秀漸兮雉朝飛

一曰《雉朝雊操》。揚雄《琴清英》曰："《雉朝飛操》，衛女傅母所作。衛女嫁齊太子，中道聞太子死，問傅母曰：'何如?'傅母曰：'且往當喪。'喪畢，不肯歸，終之以死。傅母悔之，取女所自操琴，於冢上鼓之。忽二雉俱出墓中，傅母撫雉曰：'女果爲雉耶?'言未畢，俱飛而起，忽然不見。

---

① 【校】"《七度》"作"《七廣》"。【按】清修明崇禎馬元調刻本同。

傅母悲痛，援琴作操，故曰《雉朝飛》。"郭《樂府》五十七

槁作"喬"　　**溪**作"池"（同上）。

五

螭龍德牧

　　鳳，背上文曰"牧"，腹下文曰"德"。《類林》十七

使先施徵舒

　　《史記》云："西施，越之美人，吳王大幸之。每入市，人願見者，先施金錢一文。"《孟子疏》八下　案：《史記》無此文，《孟子疏》本宋偽書，吳王荒淫詎至，賣西施之面。

雜裾垂髾

　　善引司馬彪《子虛賦》注曰："燕尾也。"則似即今後影。

六

幾滿大宅

　　面爲靈宅，一名尺宅，以眉目鼻口之所居，故爲宅。《洞神經》曰："面爲尺宅，字或作赤澤。"梁丘子《黃庭經注》中

　　《黃庭經》梁邱子注："面爲靈宅，一名大宅。"《大洞經》云："面爲赤宅。"《七發》："陽氣見於眉宇之間，浸淫而上，滿於大宅。"自眉宇而上，滿於大宅，即在眉兩間矣。《演繁露》六　案：《黃庭經·天中章》"靈宅既清玉帝遊"，梁邱注曰："尺宅，或作赤澤。"《脾部章》"外應尺宅氣色芳"，注曰："尺宅，面也。"重文互證，並爲尺宅。知非今本注字誤刊，程泰之但當引梁邱注。注《七發》"宅"字，不當以尺宅爲人宅，或泰之所見本訛，遂有承訛之。楊用修、蕭客向刻，《音義》又承用修之誤。

七

並作①觀濤乎廣陵之曲江

　　曲江有三。枚乘《七發》"廣陵之曲江"，今蘇州也。廣東有曲江，今韶州也。司馬相如《弔二世賦》"臨曲江之隑州"，即長安也。《能改齋漫錄》八②

————————

① 【校】"作"應爲"往"。

② 【校】此條應出自《能改齋漫錄》卷九。

汔　頪　豐　匎　磕　荄　庀　座
瀄　䞍
八

若莊周、魏牟、楊朱、墨翟、便蜎、詹何之倫

　　《史記》:"便淵,楚人,學黃老術。"著上下篇,《索隱》《正義》皆無注。今按《文選》枚乘《七發》"便蜎詹何之倫",注云:"《淮南子》雖有鉤鍼芳餌,加以詹何、蜎蠉之數,猶不能與罔罟爭得也。"宋玉與登徒子偕受釣於玄淵。《七略》:"蜎子名淵。"三文雖殊,其人一也。《漢藝文志考證》六

粺　㸪　鶄　鶂
《七啓》二

寒芳苓之巢龜

　　五臣改"寒"爲"搴"。搴,取也,何以對下句之"膾"耶?此篇全說修事,獨入此"搴"字,於理甚不安。上句既改"寒"爲"搴",下句亦宜改"膾"爲"取"。縱一聯稍通,亦與諸句不相承接。《資暇集》上

　　《荊楚歲時記》云:"雞寒狗熱。"《湘素雜記》七

浮蟻鼎沸

　　庾信《謝賜酒詩》"浮蟻對春開",蓋用《七啓》"浮蟻鼎沸"。杜《贈汝陽王》云:"仙醴來浮蟻。"《能改齋漫錄》六

三
緄
四

人稠網密,地逼勢脅

　　"地形漸窄觀者多,雉驚弓滿勁箭加"。此韓昌黎《雉帶箭》詩。予讀曹子建《七啓》論羽獵之美云:"人稠網密,地逼勢脅。"乃知韓公用意所來處。《容齋三筆》三

《七命》一

罿作"籠"　其　　麗作"灑"(並《晉書》五十五)　天

二

未素 《桐譜》作"環"

音朗號鐘

　　號鐘高聲，非耳所及。許《淮南子注》廿六①

韵清繞梁

　　宋孝武帝大明中，沈懷遠徙廣州，造繞梁，其器與空侯相似。懷遠後亡，其器亦絶。《宋書》十九　案：繞梁，楚莊王琴，見擬《四愁詩》。善注此附出非琴之繞梁。

少 《晋書》五十五、《通志》百廿四上並作"妙" **宮**

三

爾乃浮三翼

　　三翼皆巨戰船，非輕舟。《清波雜志》下

　　三翼出《越絶書》，大抵皆巨戰船，而昔之詩人以爲輕舟。梁元帝云"日華三翼舸"，又云"三翼自相追"。張正見云"三翼木蘭船"，元微之云"光陰三翼過"。《容齋四筆》一　案：《七命》作"輕舟"用，諸詩本《七命》。

四

羅　　瞍

瓤　　鱸

萬燧星繁

　　謂舉火以知酒盡。《類林》三

五

鋌 挺（《方言注》三）

銷逾羊頭

　　鐵鑄不銷，以羊頭骨灰置之乃銷。《類林》二

鏌

水截蛟鴻

　　今人試刀，以髮浮轉于水，而令刃斷之。"水截輕鴻"殆

────────────────

① 【校】此條應出自《淮南鴻烈解》卷二十七。

類是。《毛詩名物解》八

六

瞷

七

丹穴之鷮

《七啓》言食味云："攀芳林之巢龜。"《七命》言食味云："丹穴鷮雛鳳。"二者似，非庖厨物。孔平仲《雜説》四①

燀 鰓 榛

乃有荆南烏程

箬溪在長興縣南五十步。南岸曰上箬，北岸曰下箬，村人取下箬水釀酒，醇美，俗稱箬下酒。韋昭《吳録》云："烏程，箬下酒有名。"《吳興記》云："上箬、下箬村並出美酒。"《七命》云："酒則荆南烏程。"則此酒也。荆溪在長興縣西南六十里。《七命》"荆南"，則此荆溪南也。《寰宇記》九十四

酒有箬下，謂烏程也。《珊瑚鈎詩話》三

八

謐寧《晋書》五十五、《唐律表》注並作"謐靜"；《通志》百廿四上作"寧謐"

黃髮擊壤

周處《風土記》："擊壤以木爲之，前廣後鋭，長尺四寸，闊三寸②，其形如履，將側一壤於地，遥于三四十步，以手中壤擊之，中者爲上部。"王元亮《唐律疏議注》一

擊壤，《藝文》曰："以塼二枚長七寸，相去三十步立爲標。各以塼一枚，方圓一尺擲之。主人擲籌隨多少。甲先擲破則得，乙籌後破則奪先破者。"王禎《農書·農器圖譜集》六③

———————————

① 【校】"芳林"作"芳蓮"，"丹穴鷮雛鳳"作"丹穴之雛鳳"。

② 【校】"長尺四寸，闊三寸"作"長四尺三寸"。【按】四部叢刊本同。

③ 【校】此條應出自《農書》卷十三《農器圖譜》七。

錯陶唐之象

臣銑曰："錯，雜也。象，法也。"言晉德雜於文法。明曰："錯，置也。"言晉德盛，陶唐象刑而不用。《兼明書》四

漢武帝

王夫人生武帝，景帝曰："吾夢赤氣爲赤龍，占以爲吉，可名吉。"至七歲聖徹過人，改名徹。《漢武帝內傳》①

《詔》

蓋有 "有" 下有 "非常之人必有非常之功" 十字   **而立** "立" 下有 "成" 字

夫泛駕之馬，跅弛之士，亦在御之而已 三句無。

州縣 作 "郡"   **國者** "者" 下有 "以聞" 二字（並荀悦《漢紀》十四）

漢、魏、晉，州不領縣，《漢紀》"縣" 作 "郡" 是。

《賢良詔》

畫象而民不犯

象刑者摹寫，用刑物象，以明示民，使知愧畏。程大昌《考古編》四

册

登而崇之者，册也。《珊瑚鉤詩話》三

《九錫》

魏尉瑾曰："九錫或稱王粲六代，亦言曹植。"《酉陽雜俎》十二

《漢武紀》："元朔元年，有司奏議曰：'古者諸侯貢士，壹適謂之好德，再適謂之賢賢，三適謂之有功，乃加九錫。'"九錫始見於此。《禮緯含文嘉》有九錫之説，亦起哀、平間。《困學紀聞》五

若綴旒然

綴，表。旒，章也。《毛詩傳》三十

---

① 【校】《漢武帝內傳》無此條。

綴，猶結也。旒，旌旗之垂者也。湯與諸侯會同，結定其心，如旌旗之旒縿著焉。《毛詩箋》三十

綴之爲表，其訓未聞，冕之所垂，及旌旗之節，皆謂之綴旒者①，所以章明貴賤，故爲章也。又襄十六年《公羊傳》"若贅旒然"，言諸侯反繫屬于大夫也。《箋》故易《傳》以"綴，猶結也"。《詩疏》二十四

綴旒，喻易絕。《唐鑒注》十一

一人尺土作"率土之民"　　　**造其京畿**作"造我京邑"　　　**南厲**作"邁"（並袁宏《後漢紀》三十）　　　**眭**桂（許《淮南子注》二　高《淮南子注》一）　　　**逼據**作"處"　　　**恤慎刑獄，吏無苛政，民不回慝，敦崇帝族**四句無　　　**眇身**作"眇眇之身"　　　**魏公**作"魏國公"　　　**使使**"使使"至"第十"，三十一字無（並《後漢紀》三十）

竹使符

《相如傳》："剖符之封。"注云："白藏在天子，青在諸侯。"豈非以白合青？《文帝紀》："竹使符，以竹箭五枚，長五寸，鐫刻篆書，第一至第五，各分其半，右留京師，左予郡守。"豈非以右合左？《珩璜新論》②　案：孔平仲《珩璜新論》"秋岳本"上、下二卷，"義門本"一卷，今兩存之，然多復出《孔氏雜説》。

今更"今更"至"印綬"二十二字無　　　**六**作"八"　　　**佾**　　　**糾虔**作"遜"（並《後漢紀》）　　　**諸王**《三國志》一、《後漢紀》三十並作"諸侯王"

對揚我高祖之休命

唐人以得見進對爲對揚，取《書》"對揚天子休命"，其實非也。傅説："所謂對揚者，受天子美言而答揚之於外。"《考古編》十③

---

① 【校】"綴旒者"作"旒旒者"。
② 【校】"白藏在天子"作"白藏天子"，"五枚"作"五枝"，"予"作"與"。
③ 【校】"得見"作"見得"，"所謂"作"之謂"。【按】民國校刻儒學警悟本同。

令

漢尊母后，令稱詔。如薄太后非稱制，得詔有司，追封竇后父爲安成侯是也。齊梁以來稱令，如《文選》所載，任昉宣德皇后令是也。唐制不明著母后中宮所稱。治平三年正月，英皇嘗頒手札，稱慈聖光獻太后爲慈旨欽聖憲肅皇后。元符三年五月詔，亦稱慈旨。岳珂《愧郯録》二

《宣德》

孝宗一日與崔敦詩論文章、關世變，孝廟問："六朝五代之文何如？"敦詩曰："六朝之文破碎，遂有土地分裂之象。五代之文粗悍，遂有草茅崛起之象。"上嘉歎曰："卿論得此甚好！"李之彦《東谷隨筆》

介山之志俞厲

介子推，姓王名光，晋人，隱而無名。劉向《列仙傳》上

傅季友

《物理論》："傅氏，出自陶唐，傅説之後。"《意林》二

《修張良廟教》

塗次舊沛，佇駕留城

留侯廟在陳留縣中。案：王原叔諸家考子房所封，乃彭城留城，非陳留也。自宋武下教修復時，其失久矣。范成大《詩集》十二　案：《教》言："塗次舊沛，佇駕留城。"則非修陳留，留侯廟何以言失？

漢高帝封功臣，張良曰："臣願封留，不敢當三萬户。"乃封留在徐州沛縣，今留城鎮。占地狹，人民寡，有留侯廟存焉。或以陳留爲子房所封，誤。《能改齋漫録》四[①]

張良碑在彭城之留，子房廟中，東漢時所立。《野客叢書》七

主者施行

今朝廷行移下州縣，必云"主者施行"，本後漢《黄瓊傳》。《能改齋漫録》一

---

① 【校】此條應出自《能改齋漫録》卷五。

王元長融

齊王奐二子融、琛，同是殷夫人四月二日孿生，又以四月二日同刑于都市。李冘《獨異志》中

《永明九年策秀才》

秀才

秀才之名，自宋、魏後，實爲貢舉科目之最，今人聞以稱之，輒指爲輕己。因閱《北史・杜正玄傳》載一事：隋開皇十五年舉秀才，試策高第，曹司以策過左僕射楊素，素怒曰[①]："周、孔更生，尚不得爲秀才，刺史何忽妄舉！"乃以策抵地不視。時海內惟正玄一人應秀才，曹司重以啓素，素志在試退正玄，乃使擬相如《上林賦》、王褒《聖主得賢臣頌》、班固《燕然山銘》、張載《劍閣銘》《白鸚鵡賦》，曰："我不能爲君住宿，可至未時令就。"正玄及時並了。素讀數遍，大驚曰："誠好秀才！"命曹司錄奏，蓋其重如此。正玄弟正藏，次年舉秀才，時蘇威監選試，擬賈誼《過秦論》《尚書・湯誓》《匠人箴》《連理樹賦》《几賦》《弓銘》，亦應時並就，文無點竄。《唐書・杜正倫傳》云："隋世重舉秀才，天下不十人，而正倫一門三秀才，皆高第。"乃此也。《容齋三筆》二

二

將使杏花菖葉

望杏花而耕，以"杏"爲候也。或改爲"幸"。晁說之《客話》上

《四民月令》云："杏花生，種百穀。"陳明靚《歲時廣記》一

㕙

三

肺石少不冤之人

長安故宮闕前，有唐肺石。其制如佛寺所擊響石，面甚

---

① 【校】"素恕曰"應作"素怒曰"。

大，長八九尺，形如垂肺，款識漫不可讀。按《秋官大司寇》"以肺石達窮民"，原其義乃伸冤者擊之，立其下，然後士聽其辭，如今之撾登聞鼓也。肺形者，便於垂。又肺主聲，聲以達冤。《筆談》十九①

傷秋荼之密網

余皇祐壬辰歲取國學解，試《律設大法賦》，得第一名。脩注江公休復爲考官，尤見知，語余曰："賦押秋荼之密網，諸君皆不見，云只有'秦法繁於秋荼，密於凝脂'，然則君何出？"余對《文選·策秀才文》有"解秋荼之密網"，公大喜。吳處厚《青箱雜記》二②

徒以百鋝選（《廣韻》一）輕科

鋝，《說文》云："六鋝也。"鋝，十一銖二十五分銖之十三。賈逵說鋝重六兩。《經典釋文》四

鄭玄云："今代東萊，以太半兩爲鈞，十鈞爲鋝，鋝重六兩太半兩。或有存行之者，十鈞爲鋝，二鋝四鈞而當一斤。然則鋝重六兩三分兩之二。"《尚書疏》十九

四

疅

五

文條炳於鄒説

説天勝五曆數之事。《文選》《雙字》上 案：此蓋指鄒衍談天事，本衆著，李善或以未見鄒衍書，故云未詳。

《薦禰衡表》

洪水橫流，帝思俾乂

任城王楷③《遺楊遵彦書》云："吾嘗見孔文舉《薦禰衡表》：'洪水橫流，帝思俾乂。'以正平比夫大禹，嘗謂擬論非

---

① 【校】"面甚大"作"而甚大"，"識"作"志"。
② 【校】此條應出自《青箱雜記》卷三。
③ 【校】"楷"作"湝"。

倫。今以李德林言之，便覺前言非大。"《隋書》四十二

暫《抱樸子外篇》四十七作"嘗" 聞

諸葛孔明

王建永平二年正月，贈張魯扶義公，諸葛亮安國王。廣張英《蜀檮杌》上 案：此不足記爲《蜀檮杌》，《書》秘存之。

唐韋皋生三日，僧曰："諸葛武侯後身也，長大必却坐蜀。"因以武子爲字。樂史《廣卓異記》十七

《出師表》

讀《出師表》不墮淚，其人必不忠；讀《陳情表》不墮淚，其人必不孝；讀《祭十二郎文》不墮淚，其人必不友。青城山隱士安子順世通云。《賓退錄》九

時乎三國紛紜，不爲三國之文而類《伊訓》《説命》者，孔明之"出師一表"也。時乎晋室清虛，不爲晋之文而類先秦古書者，淵明之"歸去來辭"也。《文膾前集》十一

樂毅《答燕惠王書》、孔明《出師表》，不必言忠，讀者[1]可想見其忠。《文章精義》

武侯畫讚出師之表，八陣之圖，天高日照[2]，匪滔匪渝。
張方平《樂全集》三十四

宮中府中俱爲一體

朱文公嘗推明之曰："昭烈父子以區區之蜀，當吳魏之全，蓋天下十分之九倘以其中，又以公私自分彼此如兩國。然則是以梁益之半，圖吳魏之全，内之所出日有以賦乎外。公之所立常不足以勝乎私，是此兩國者又自相攻，外有鄰敵之虞，外有陰邪之寇，國亦危矣。以亮忠智，爲蜀謀不過如此，可謂深知時務之要。"羅《識遺》七[3]

---

① 【校】"讀者"作"讀之"。
② 【校】"照"作"昭"。
③ 【校】此條應出自《識遺》卷九。"倘以"作"儻於"，"以賦乎外"作"以賊乎外"，"外有陰邪之寇"作"内有陰邪之寇"。

嬪御、奄寺領於冢宰。此周公相成王，格心輔德之法。至秦而大臣不得議近臣矣，至漢而中朝得以詘外朝矣，至唐而北司是信，南司無用矣。間有詰責幸臣，如申屠嘉，奏劾常侍，如楊秉。宮中府中爲一體，如諸葛武侯，可謂知宰相之識①者。唐太宗責房玄齡以北門營繕，何預君事？豈善讀《周禮》者哉！《困學紀聞》四

侍中侍郎郭攸之、費禕、董允等

《姓苑》云："費氏禹後，漢有長房，蜀有丞相禕。"李利涉《編古命氏》云："費氏出自魯桓公少子季友，封於費，子孫氏焉。"林寶《元和姓纂》云："費氏亦音秘。"《史記》："紂，近臣費中，夏禹後。"陳湘《姓林》云："費氏音蜚。"余考此字有姓，其一音蜚，嬴姓，出於伯翳，《史記》"費昌、費中、楚費無極，漢將軍費直、費長房，蜀費禕之徒"是其後也。其一音秘，姬姓，出魯季友，《姓苑》"琅邪費氏，漢梁相費汛"是其後也。《金石錄》十七② 案：此四種姓氏文字皆不傳。《姓苑》《姓纂》諸書徵引爲多，《姓林》已不多見，《編古命氏》則他書罕復及之。非趙德父存古之功殆不復，掛名天壤，然《金石錄》此跋云"予家收姓氏文字粗備"，則諸書亦非當時恒有書也。

親賢臣，遠小人

君子、小人於用兵，若不相及，亮深以爲言者，寇攘在外，有掃除之理。小人在朝，蠹害根本，寖長難去，其患不可勝言。是以吉甫贊周王以北伐，必有孝友之張仲；裴度相唐宗以東討，必去姦邪之元積。用能成功，焜耀圖史。君子、小人之不兩立，從古已然。李綱《靖康傳信錄》下

躬耕南陽

諸葛亮宅在襄陽縣西北三十里。《元和志》廿一③

---

① 【校】"識"作"職"。
② 【校】"近臣"作"幸臣"，"費汛"作"費君"。
③ 【校】《元和郡縣志》無此條，卷二十三作："諸葛亮宅在縣西北二十里。"

《殷芸小説》云："諸葛武侯躬耕於南陽。"南陽是襄陽墟名，非南陽郡。《困學紀聞》十

《漢晋春秋》："諸葛亮家南陽，在襄城西二十里，號曰隆中。"

三顧臣於草廬之中

襄陽三顧門，"三顧臣於草廬之中"，自此門出故也。並《元一統志》三百五十六

故五月渡瀘

禁水又北注瀘津水，又東徑不韋縣北，東北流，兩岸高山數百丈，瀘峰高秀三千餘丈。水之左右，馬步之徑裁通，而時有瘴氣，三月、四月徑之必死，非此時猶令人悶吐。五月後，行者差得無害。故諸葛亮言："五月渡瀘，并日而食。"《益州記》曰："瀘水，源出曲羅，嶲下三百里曰瀘水。兩峰有殺氣，暑月舊不行，故武侯以夏渡爲難。"《水經注》三十六

瀘水在西瀘縣西百十二里，諸葛亮"五月渡瀘"謂此水也。水峻急，多石，土人以牛皮作船而渡，一船勝七八人。《元和志》三十二①

蜀忠武侯諸葛亮伐南蠻，五月渡瀘水處，在弄棟城北，今謂之南瀘。兩岸葭大如臂脛，川中氣候常熱，雖至冬，行過者皆袒衣流汗。樊綽《蠻書》二

瀘川縣瀘津關，五月上旬渡之則無害②。《寰宇記》八十八

典復漢室，還於舊都。此臣之所以報先帝而忠陛下之職分也。至於斟酌損益，進盡忠言，則攸之、禕、允之任也。願陛下託臣以討賊興復之效，不效則治臣之罪，以告先帝之靈。若無興德之言，則戮允等，以彰其慢

胡洵直辨武侯疏脱誤句讀："此臣之所以報先帝而忠陛下

---

① 【校】此條應出自《元和郡縣志》卷三十三。

② 【校】"則無害"作"却無害"。

之職分也。願陛下託臣以討賊興復之效，不效則治臣之罪，以告先帝之靈。至於斟酌損益，進盡忠言，則攸之、禕、允之任也。若無興德，則責攸之、禕、允等之咎。”《蘆浦筆記》二　案：表文兩起兩承，本無脱誤。胡洵直據《董允傳》，改易前後，諸傳散採，此疏自不得更入武侯自序。

曹子建

君子哉，思王也！其文深以典。《中説》上

《求通親親》

番休递上

今宿衛人及官曹上直皆呼爲番。案：陳思王表“宿衛之人，番休递上”，此言以番次而歸休，以番次而遞上。字本爲“幡”，文案從省。《匡謬正俗》八

臣聞文子曰

晁氏曰：“曹子建表引《文子》。”李善注：“以爲計然。”今其書一以老子爲宗，略無與范蠡謀議之事。《貨殖傳》注：“計然，其書則有《萬物》，著五方所出，皆述之事。見《皇覽》及晋中經簿。”《唐志·農家》《范子計然》十五卷注云：“范蠡問，計然答。”則與文子事不同①。《漢藝文志考證》六

友于同憂

昔人文章，多以兄弟爲友于，以日月爲居諸，以黎民爲周餘，以子姓爲貽厥，以新婚爲燕爾之類，皆不成文理。杜子美、韓退之亦有此病。《後漢·史弼傳》云：“陛下隆於友于，不忍恩絶。”曹植《求通親親》表云：“今之否隔，友于同憂。”《晋史》贊論中此類尤多。洪駒父云：“歇後語也。”《藝苑雌黄》一

有不蒙施之物《三國志》十九重“有不蒙施之物”六字

---

①【校】“事不同”作“了不同”。

羊叔子

羊祐，蔡邕外甥，景獻皇后同産弟。

《讓開府》

臣祐言

祐卒，荆州人爲諱名，屋皆以門爲稱，改户曹爲詞曹。並《晋書》三十四

莅政宏簡①，在公正色。《晋書》三十四、《册府元龜》四百八並作"清亮簡直，立身在朝"。

《陳情》

李格非善論文章，嘗曰："諸葛孔明《出師表》、劉伶《酒德頌》、陶淵明《歸去來辭》、李令伯《陳情表》，皆沛然肺腑中流出，殊不見斧鑿痕。數君子在漢晋間未嘗以文章名世，而其意超邁如此。文章以氣爲主，氣以誠爲主。"故老杜謂之"詩史者，其大過人在誠實耳"。誠實著見，學者多不曉。《冷齋夜話》三

李令伯《陳情表》，不必言孝，讀者②可想見其孝。《文章精義》

特爲尤甚《晋書》八十八作"厄羸之極"

是臣盡節於陛下之日長，報《三國志注》四十五"報"下有"養"字**劉之日短也**

予最愛李令伯表，"盡節"云云，此言之要也。宋《筆記》中

讀者惻然動心。元祐三年，高密郡王宗晟起復判大宗正事，連章力辭，其言亦曰："念臣執喪報親之日短，致命狥國之日長。"東坡時直禁林，當草答詔，因入劄子，乞聽所守，詔從之。《梁溪漫志》三

---

① 【校】"莅政宏簡"作"執節高亮"。【按】清乾隆武英殿刻本同。
② 【校】"讀者"作"讀之"。

陸士衡

制曰：“陸機、陸雲，文藻宏麗，獨步當時，言論慷慨，冠乎終古。高詞迥映，如朗月之懸光；疊意迴舒，若重巖之積秀。千條析理，則電折①霜開；一緒連文，則珠流璧合。其詞深而雅，其義博而顯，故足遠超枚、馬，高躡王、劉，百代文宗，一人而已。”《晋書》五十四

劉《勸進表》

頓首死罪上書

今臣僚上表，所稱誠惶誠恐，誠歡誠喜，頓首、頓首②者，謂之中謝、中賀。自唐以來，其體若此。蓋臣某以下亦略敘數語，便入此句，然後敷陳其詳。周密《癸辛雜識新集》

---

① 【校】“折”作“坼”。【按】清乾隆武英殿刻本同。
② 【校】後一“頓首”作“稽首”。

卷二十三

張士然

張良七世孫曰睦，字選公，爲後漢蜀郡太守。始居吳郡，吳郡張氏皆其後也。《吳郡續圖經》下　案：注張士然吳人，此條或《譜牒家》所不及載。

《爲諸孫請置守冢人》

是以孫氏

《姓譜》：“周文王子康叔封於衛，至武公子惠孫曾耳爲衛上卿，因氏焉。”趙明誠《金石録》有漢安平相孫根碑云：“先出自有殷裔子，武王定周，封比干墓，胤裔分析，定曰孫焉。”《通鑒注》二

園陵殘於薪采

漢豫州刺史孫堅及其妻吳夫人、會稽太守策三墳，並在盤門外三里，載唐陸廣微《吳地記》。墓前有小浜曰陵浜，鄉俗稱爲孫王墓。按《吳書》，權追尊堅爲武烈皇帝，墓曰高陵。《吳郡圖經續記》下①

《讓中書令》

史臣曰：“裴頠内侍，元規鳳池，孔璋②以來，章表之選。”《南齊書》五十二

客作“容”　**逃**　**玄**作“芳”　**風**　**故率其所嫌，而嫌之於國**十字無

重闉作“闆”　**一才**作“寸”（並《晋書》七十二）　**之才**《册府元龜》三百五作“之不才”　**以臣**自“以臣”至“刑書”廿九字，《晋書》無

---

① 【校】“墳”作“墓”，“浜”作“溝”。【按】民國景刻本宋刻本同。
② 【校】“孔璋”作“子章”。【按】清乾隆武英殿刻本同。

《解尚書》

尚書

尚書本音上，今謂之常書者，秦人音也。至今秦人謂尚爲常。《補筆談》上

今世爲尚書者，尚字從平聲，都省之名亦然。秦世少府遣史四人，在殿中主發書，故謂之尚書。尚，猶主也。漢初有尚冠、尚衣、尚食、尚浴、尚席、尚書，謂之六尚。然則尚書之名，當從去聲。鄭康成注《周禮·司會》曰：“若今尚書陸德明音常。雖有此據，不知義所由取。”《愧郯録》四

寔所《晋書》九十九作“寔非所”

《求加贈劉前軍》

故尚書左僕射、前軍將君臣劉穆之

劉穆之，字道和，小字道民。《小名録》下

班同三事

南唐韓熙載卒，李煜欲以平章事贈之，問前世有此比否，群臣對曰：“昔劉穆之贈開府儀同三司。”遂贈熙載平章事。《五代史》六十二

《爲齊明帝讓宣城郡公》

《任昉傳》，齊明帝既廢鬱林王，始爲侍中、宣城郡公。帝使昉具表草。帝惡其辭斥，甚慍，昉由是終建武，世位不過列校。《梁書》十四①

録尚書事

漢置録尚書，蓋取舜納大麓之義，此漢儒釋經之蔽。《書》本意，麓即林麓，非他意。領尚書事，自武帝時置。至章帝，改爲録尚書事，其權在三公上，每少帝立則置之，猶古冢宰總己之義。《野客叢書》廿六

---

① 【校】“鬱林王”作“鬱陵王”，“世位”作“中位”。【按】清乾隆武英殿刻本同。

不勝荷懼屏營之誠

今《世表》文末云"屏營之至"，"屏營"見《國語》，申胥曰："楚靈王獨行屏營。"東漢劉陶上議曰："屏營徬徨。"《能改齋漫錄》一①

《讓吏部封侯》

一日九遷

李善注曰："《東觀漢記》謂車丞相自高寢郎一月九遷爲丞相，'日'當爲'月'字之誤也。"考《漢書》，高寢郎田千秋訟太子冤，武帝立拜爲大鴻臚。師古注："立拜者，立見而拜之，言不移時。"謂千秋因此一言，頃刻之間，自高寢郎超遷九敘②至大鴻臚，非謂一日之間九次遷除也。謂之一日，正不爲失。又案《漢書》："千秋爲大鴻臚，數月，代劉屈氂爲丞相，封富民侯。"《漢史》謂："千秋特以一言寤意，旬月取宰相封侯，世未嘗有。"則知千秋爲相封侯，乃在鴻臚數月之後，所謂旬月者，十月也，豈一月九遷爲丞相哉？善蓋謂引《東觀記》謬耳。《野客叢書》十五

《薦士》

七葉重光

良注："七葉，謂自王祥以下至暕父，曇首凡七葉冠冕。"考暕正王覽之下，非祥下也。暕蓋儉之子，僧綽之孫，曇首之曾孫。注以暕父爲曇首，又謬。祥覽爲兄弟，自覽至曇首六世，至暕則九世矣。注謂祥至曇首七世，亦謬也。李善注謂暕覽之下，是矣。然謂覽生導，非也。按《晉書》，覽生裁，裁生導。王筠亦曰："未有七葉名德重光，爵位相繼如吾門者。"筠蓋與暕再從兄弟，皆曇首曾孫，所以俱有七葉重光之語。《野客叢書》五

---

① 【校】此條應出自《能改齋漫錄》卷二。
② 【校】"九敘"作"九次"。

豈直鼪鼠有必對之辯

盧若虛多才博物，辛怡諫爲職方。有獲異鼠者，豹首虎臆，大如拳，怡諫謂之鼪鼠者。虛曰：“非也。此許謹所謂鼪鼠，豹文而形小。”一座驚服。《白孔六帖》三十① 案《爾雅》：“鼰鼠，鼳鼠，豹文鼮鼠。”許慎豹文屬上讀，故爲鼳鼠。郭璞豹文屬下讀，故爲鼪鼠。善注引竇攸對世祖，則漢人已讀豹文屬鼪鼠，不始于郭璞注。若虛不得爲是，怡諫不得爲非。

暕坐鎮雅俗，宏益已多。僧孺訪對不休，質疑斯在

明帝乃以暕爲騎從事中郎。

二百九十三②

《求立太宰碑》

杜預山頂之言

杜預刻石爲二碑，紀其勳績，一沈萬山下，一立峴石上，曰：“焉知此後不爲陵谷乎？”《南雍州記》云：“其沈碑，天色晴朗，漁人常見于水中。”《襄陽耆舊傳》

沔水又東徑萬山北山下，潭中有杜元凱碑。元凱作兩碑述己功，一沈之峴山水中，一碑下於此潭。《水經注》廿八

詩人多使沈碑峴首。按《晋書》：“杜預好修身後名，刻二石碑，記其勳績。一沈萬山下，一立峴山上。”沈碑峴首，誤也，沈碑萬山。錢希白《南部新書》辛③

上書

上書陳事起自戰國，逮於兩漢，風流彌廣。原其體度，諫靜、訟訴、對策、遊説，總此四塗。賈誠以求位，鬻言以干祿。良史所書，取其一介，非士君子守法度者所爲也。《顔氏家訓》上

《上秦始皇》

秦下逐客之令，李斯在逐中。若不上書乞留，終身布衣。

---

① 【校】“許謹所謂鼪鼠”作“許謹所謂鼳鼠”，“座”作“坐”。
② 【校】缺出處。
③ 【校】“詩人”作“時人”，“沈萬山”作“沈方山”。

及其見留，致位宰相，父子俱戮，正坐一書之故。陳世崇《隱漫錄》五

李斯論《逐客》，起句即見事實，最妙。中間論不出於秦而秦用之，獨人才不出於秦而秦不用。反覆痛快，深得作文之法，未易以人廢言。

臣聞吏以逐客，竊以爲過失矣

文字起句法意好，李斯《上秦始皇》起句，至矣盡矣，不可以加矣！張伯玉作《六經閣記》，謂："六經閣，諸子百家皆在，不書，尊經也。"亦是起句意，但以下筆力差之。並《文章精義》①

彈箏搏髀

箏，五絃築身。《風俗通》六

《集韵》釋箏字曰："秦人薄義，父子争瑟分之，因爲名。箏十二絃，蓋破二十五而爲之。"孫宗鑒《西畬瑣録》

裹足不入秦

本壽問于母曰："富貴家女子必纏足，何也？"其母曰："聖人重女，使之不輕舉，是以裹其足。所居不過閨闥之中，欲出則有帷車之載，是無事於足者也。"聖人如此防閑，後世猶有桑中之行，臨邛之奔。范雎曰："裹足不入秦，用女喻也。"（《修竹閣女訓》）《嫏嬛記》中

鄒陽

鄒陽、枚乘皆有策士之風，任②驕國不陷於惡。黃震《古今紀要》二

《上吳王》

人不《通志》九十七、《册府元龜》七百十二並作"不敢"

臣恐救兵之不專

言諸國各有私怨，欲申其志，不肯專爲吳，非不敢相救。

---

① 【校】"法意"作"發意"，"差之"作"差乏"。

② 【校】"任"作"仕"。

《漢書注》五十一

袨服叢臺之下者

首水又東徑叢臺南，六國時趙王臺也。《郡國志》曰："邯鄲有叢臺。"故劉劭《趙郡賦》曰："結雲閣于南宇，立叢臺于少陽。"今遺基舊墉尚在。《水經注》十

在邯鄲北門外。《范成大詩集》十二

收敝人之倦

鄒陽曰"高皇帝收敝民之倦"，谷永曰"陛下當盛漢之隆"，《太史公年表》、楊惲皆曰"當盛漢之隆"，班固曰"高帝行寬仁之厚"，杜延年曰"晋獻被納謗之讒，申生蒙無罪之辜"，枚乘曰"馬方駭鼓而驚"，東方朔曰"賜清燕之間"，漢人如此，語似意疊，要不害於理。近時有直學士院制誥中，用龍光之寵，上不喜，以爲意重，惜無以此言奏之。龍光，字乃借寵爲龍，漢碑以"龍光對鶴鳴"，以爲龍鳳之龍矣。《野客叢書》十三①

《獄中上書》

鄒陽自陷縲絏，諄諄求哀，以此得位，不其羞哉？《黃氏日鈔》四十六

夫以孔墨之辨

墨翟以兼愛無父，孟子辭而闢之，至比禽獸，然一時之論。迨於漢世，往往以配孔子。《列子》載惠盎見宋康王曰："孔邱、墨翟，無地而爲君，無官而爲長。"鄒陽上書梁孝王曰："魯聽季孫之説逐孔子，宋任子冉之計囚墨翟，孔、墨之辨，不能自免于讒諛。"賈誼《過秦》云："非有仲尼、墨翟之知。"徐樂云："非有孔、曾、墨子之賢。"是皆以孔、墨爲一等，列、鄒之書不足議，而誼亦如此。韓文公最爲發明孟子之學，以爲功不在禹下者，正以闢楊、墨耳。而著《讀墨子》

① 【校】"盛漢"作"盛壯"，"以爲"作"以謂"。【按】明刻本同。

一篇云："儒墨同是堯舜，同非桀紂，同修身正心以治天下國家。孔子必用墨子，墨子必用孔子。不相用，不足爲孔墨。"此又何也？魏鄭公南史梁論，亦有"抑揚孔墨"之語。《容齋續筆》十四

衆口鑠金

孟軻云："堯舜不勝其美，桀紂不勝其惡。傳言失指，圖景失形。衆口鑠金，積毀消骨。"《風俗通》二 案：《風俗通》引此文下云"久矣，其患之也"，則六句皆孟子語。

屈原《九章》："故衆口其鑠金。"補引鄒陽"衆口鑠金，積毀消骨"之語在後，豈應引證？不知在楚之前有此語。《鄧析子》曰："古人有言：衆口鑠金，三人成虎。"鄧析，春秋魯定公時人。鄧謂古人有言，則此語又見于鄧之先矣。鄒陽前，張儀亦常有此語。李善注《文選》，鄒陽語引《國語》伶州鳩"衆心成城，衆口鑠金"，要爲未[1]廣。《野客叢書》十四

是以孫叔敖三去相而不悔

《楚相孫叔敖碑》："孫君，諱饒，字叔敖。"《古文苑》十九

於陵子仲辭三公爲人灌園

陳仲子、孟子弟子居於陵。許《淮南子注》二十 案：許叔重或別有本，然據孟子文，叔重爲誤。

陳仲子將妻適楚，居於陵，自謂於陵仲子。《高士傳》中 案："於陵仲子"文與《高士傳》合，劉向《於陵子》序：臣案："於陵子名子終，世稱陳仲子。"

然則荆軻湛七族

湛之爲義，言隱沒也，謂軻以得罪於秦，凡荆軻親屬皆竄迹隱遁，不見於世，非謂秦滅没其七族。《史記》曰："秦逐太子丹，荆軻之客皆亡，高漸離變姓名，遁於宋。"字正此

---

① 【校】"爲未"作"未爲"。

意。《野客叢書》四①

而不留富貴之樂 七字無 （《通志》九十一）

邑號朝歌

　　昔者，邑號朝歌，顏淵不舍。里名勝母，曾參斂襟。《顏氏家訓》上

枚叔

　　蕭穎士謂枚乘、司馬相如亦瑰麗才士，然而不近風雅。《唐詩紀事》廿一

　　鄒陽、枚乘能持正論，可嘉。《黃氏日鈔》四十七

　　史稱賈山自下劘上，鄒陽、枚乘游於危國，然卒免刑戮者，以其言正也。審如是，則比干諫紂，子胥諫吳，不免刑戮，其言不正耶?《劉子翬集》四

《諫吳王》

　　枚乘諫吳兩書，明白過於鄒陽。《古今紀要》二

《重諫吳王》

譬猶蠅蚋之附群羊

　　《夏小正》"白鳥"者，謂蚊蚋也。《大戴禮》二　案：今北方夏秋間有小虫，極細，夜則嘬人，殆不復見。其翅白，北人號曰白翎，此殆古所謂白鳥，與蚊微異，未知即蚋別名否? 然南方無白翎，杜詩云"江湖多白鳥"，則古人實指蚊爲白鳥。

江文通

　　鮑照、江淹，古之狷者也，其文急以怨。《中說》上

《詣建平王》

　　江淹獄中一書，情詞悽惋，亦效司馬遷《報任安書》，惜筆力不能及之。《野客叢書》二

此少卿所以仰天搥心，泣盡而繼之以血也

　　《邇齋間覽》："東坡云李陵《答蘇武書》其詞儇淺，乃齊

梁間人擬作。"據《宋史》①，江淹獄中上書云："此少卿所以仰天搥心，泣盡而繼之以血也。"正引陵書中語，是又非齊梁人所作。年世既遠，真僞難辨，如此者多。曾慥《類説》四十七

二子作"才" **而已**二字無（並《江淹集》五）

鵠亭之鬼

　　漢何敞爲交州刺史，行部到蒼梧高安縣，宿鵠奔亭。夜，有一女從樓下出，呼曰："妾姓蘇，名娥，字始珠，居廣信縣修里，嫁同縣施氏。夫死，有雜繒帛一二十匹，及婢一人，名致富。妾孤窮，欲之旁縣賣繒，賃牛車載妾并繒，令致富執轡，以前年四月十日到此亭外。時日已暮，因即留止，致富暴得腹痛。妾之亭長舍乞漿，取火，亭長龔壽，操戈持戟，來至車傍，問妾曰：'夫人從何所來？車上所載何物？丈夫安在？何故獨行？'妾應曰：'何勞問之？'壽因持妾臂曰：'少年愛有色，冀可樂也。'妾不從，壽即持刀刺脅下，立死。又刺致富，亦死。壽掘樓下，合埋，妾在下，婢在上，取財物去，殺牛，燒車。"敞曰："今欲即日發出女尸，以何爲驗？"女曰："妾上下著白衣，青絲履，猶未朽也，願訪鄉里，以骸骨歸死夫。"掘之，果然。敞乃捕壽，父母兄弟悉繫獄。敞表壽："常律，殺人不致族誅，然壽爲惡首，隱密數年，令鬼神訴者，千載無一，請皆斬之，以助陰誅。"上報聽之。干寶《搜神記》十六　案：《太平廣記》百廿七卷載《還冤記》，與此悉同。龔壽殺人抵死，法也。父母兄弟何辜同戮？漢法輕族人，何敞不能救，正從而法外請戮，雖能辨冤，終成酷吏。

以聞《梁書》十四"聞"下有"此心既昭，感且不朽"八字

啓

　　簡者，簡言之而質也②；啓者，文言之而詳也。《珊瑚鉤詩

---

① 【校】"《宋史》"作"《宋書》"。
② 【校】"簡言之而質也"作"質言之而略也"。【按】宋百川學海本同。

話》三

《謝修卞忠貞墓》

卞壺墓在冶城。《金陵新志》十二

《彈曹景宗》

景宗即主

漢文帝間陳平決獄、錢穀，平謝曰："主臣！"《史記》
《漢書》皆同。張晏曰："若今人謝曰惶恐也。"晋灼曰："主，
擊也。臣，服也。言其擊服，惶恐之辭。"馬融《龍虎賦》曰
"勇怯見之，莫不主臣"正用此意。《文選》載梁任昉《奏彈
曹景宗》，先敘其罪，然後繼之曰"景宗即主臣"，仍繼之曰
"謹案某官臣景宗"，又《彈劉整》。沈約《彈王源》文亦然。
李善舍《漢》《史》，而引王隱《晋書》，謂以主爲句，臣當
下讀，不知所謂某人即主，又何義[1]哉？《容齋四筆》十二 案：古釋
事多文冨富，故中間復言某人即主，下更反覆，罪由結以斷語。蓋當時體裁如此，
洪乃牽合《史》《漢》主臣，則某人即惶恐，當作何解？

沈休文

邢子才常曰："沈侯文常[2]用事，不使人覺，若胸臆語
也。"深以此服之。《顏氏家訓》上

沈休文小人哉？其文冶，君子則典。《中説》上

《彈王源》

鷥又爲王慈吳郡正閤主簿

王慈，字伯寶，司空僧虔子。外祖宋江夏王義恭。《南齊
書》四十六

源官品應黃紙，臣輒奉白簡以聞

古彈文白紙爲重，黃紙爲輕。《御史故事》云："今一例
白簡，無甚差降。"蘇易簡《文房四譜》[3]

---

① 【校】"又何義"作"有何義"。
② 【校】"常"作"章"。
③ 【注】此條出自《文房四譜》卷四。

《答臨淄侯牋》

修，死罪死罪

短啓短疏，出於晋宋兵革之代，時國禁書疏，非弔喪問疾，不得輒行尺牘。故羲之書首云"死罪"，是違制令故也。李涪《刊誤》下

凡書牘首云"死罪"，自漢魏來多如此，非冒禁之故。《墨客揮犀》謂唐帝好晋人墨蹟，舍弔喪問疾之書，悉入內府，後歸昭陵。惟弔喪問疾，多在人間。《野客叢書》下①

有聖善之教

父可以稱聖善，楊修《答曹植書》"有聖善之教"，注謂武帝也。孔平仲《珩璜新論》上

見西施之容

司馬彪曰："西施，夏姬也。"《經典釋文》廿六　《南華經音義》二

《莊子注》："崔譔以驪姬爲西施。"《管子·小稱篇》："毛嬙、西施，天下之美人。"仲尫言毛嬙、西施，是二人者，皆前古人。《墨莊漫録》七

呂氏淮南

東萊呂氏曰不韋引《夏書》曰："天子之德廣運，乃神乃武乃文。"《商書》曰："五世之長，可以觀怪；萬人之長，可以生謀。"仲虺有曰："諸侯之德，能自爲取師者王，能自爲取友者存，其所擇而莫如己者亡。"《周書》曰："若臨深淵，若履薄冰。"舜自爲詩曰："普天之下，莫非王土；率土之濱，莫非王臣。"其舛異如此，豈一字不能增益乎！《漢藝文志考證》八② 案：惟"普天"四句，或因孟子論，舜引詩而誤，餘引《書》，則攻古文者，皆謂梅賾點竄，引《呂覽》，字可增損。

---

① 【校】此條應出自《野客叢書》卷十。
② 【校】"五世之長"作"五世之廟"，"增益"作"增損"。

修家子雲

《楊震傳》：“八世祖喜，封赤泉侯。”《刊誤》曰：“楊氏有兩族，赤泉氏從木，子雲從才。而楊修自稱曰‘修家子雲’，又似震族亦是揚。”仁傑案子雲序：“其先食采於晋之揚，號曰揚侯。”顔注引《漢名臣奏》曰：“晋大夫食采於揚，爲揚氏，食我有罪而滅。”案：晋有兩揚氏，《左傳》“霍揚韓魏”，皆姬姓也，出自有周支庶，爲晋所滅者也。《晋語》“揚食我生”，此則所謂“晋大夫食采於揚”至“食我而滅者”也。食我滅，而揚侯之後獨存。晋滅食我，以其邑爲縣。《傳》云：“以僚安爲揚氏大夫是也。”杜征南注：“霍楊及揚氏皆云在平陽。”以《晋志》考之，平陽郡揚縣，故揚侯國，然則食我之邑，即揚侯之國，“楊”“揚”字畫相亂。《千姓編》有從木之楊，無從才之揚。《集韵》亦云：“楊，木也。”又姓至揚，則云飛舉①也。又州名，陸法言“從木之楊”，注云：“本自周宣王子幽王也，邑諸楊，號曰楊侯。後并於晋，因爲氏。”與子雲自序同，然則子雲、伯起皆氏木名之楊，明也。《兩漢刊誤補遺》十

若比仲山周旦之疇

張無盡嘗和“山”字韵詩云“安得將相似仲山”，人疑之，以近人所用皆山甫也。觀《後漢志》“陽樊攢茅田”，服虔注：“樊，仲山所居。”又楊修《答臨淄侯牋》：“仲山周旦之儔。”只稱仲山，何疑之有？《藝苑雌黄》九　《碧溪詩話》五

不能宣備

近世書問自尊與卑，即曰不具。自卑上尊，即曰不備。朋友交馳，即曰不宣。三字義同，無輕重之別②，不知何人，世莫敢亂，亦可怪也。魏泰《東軒筆録》十五

---

① 【校】“則云飛舉”作“則雲飛舉”。
② 【校】“別”作“説”。【按】明刻本同。

《漫錄》謂書尾用不宣語起此。僕觀漢高帝初定天下，諸侯王上疏末云："大王功德注①，於後世不宣。"此正"不宣"語之所從出。《野客叢書》十五

五代劉岳《書儀》以不宣不備分輕重。今之尺牘尤謹於此。《文選》楊修《答臨淄王書》末反答造次，不能宣備。蓋著裁剗不克用悉意二字，果有輕重乎？《清波別志》二

繁《三國志注》廿一音婆，《灌畦暇語》作"皤" **休伯**

《與魏文帝》

潛氣內轉

陳后山云："繁欽與魏文論鼓吹異伎，云：'潛氣內轉，哀聲外激。大不抗越，細不幽散。'"不若唐崔令欽語也。崔記教坊任智方四女皆善歌，其中二姑子，吐納悽惋，收斂渾淪，三姑子容止閒和，傍觀若意不在歌。四姑子發聲通潤虛静，似從空山來。崔在唐不以文名，若此語可以謂之文矣。《能改齋漫錄》九②

《與魏太子》

西帶恒山，連岡平代。北鄰柏人，乃高帝之所忌也。重以泜水，漸漬疆宇，喟然太息，思淮陰之奇譎，亮成安之失策。南望邯鄲，想廉藺之風；東接鉅鹿，存李齊之流

胡應期作《真州天開園圖畫樓記》曰："公試爲矯首而望江都，牙檣錦纜，有隋煬帝之遺迹可鑒乎？瓜步控其西，金戈鐵馬，有魏太武退師之故道可襲乎？南則建業，孫仲謀拔刀斫案之怒，今尚可激乎？北則臨淮，南霽雲抽矢射浮屠之恨，今尚可償乎？"此意出於汪彥章《京口月觀記》、米南宫《壯觀亭記》。《月觀記》曰："其東曰海門，鴟夷子皮之所從遯也；其西曰瓜步，魏太武之所嘗至也。若其北廣陵，則謝太傅之所

---

① 【校】"注"作"著"。
② 【校】此條應出自《能改齋漫錄》卷十。"伎"作"妓"，"通"作"遒"。

築埭而居也；江中之流，則祖豫州之所擊節而誓也。"《壯觀
亭記》曰："嘗試與客指天末之疊巘，望林表之平陸，曰此
吳、蜀之所爭也；此六朝之所都也；此曹孟德、劉玄德之所摧
敗奔北，而陸遜、周瑜之所得志而長驅也；此梁武之所不能
有，而侯景之所陸梁而睢盱也；此孫皓、陳叔寶窮侈極麗，惟
日不足，而今日之荒墟也。"漁隱謂東坡《超然臺記》，其略
曰："南望馬耳、常山，出沒隱見，若近若遠，庶幾有隱君子
乎？其東則盧山，秦人盧敖之所從遯也。西望穆陵，隱然如城
郭，師尚父、齊威公之遺烈，猶有存者。北俯濰水，慨然太
息，思淮陰之功，而弔其不終。"此語本祖習鑿齒書意，其後
《月觀記》等從而效之。習書曰："吾來襄陽，從北門入，西
望隆中，想臥龍之吟。東眺白沙，思鳳雛之聲。北臨樊墟，存
鄧老之高。南眷城邑，懷羊公之風。"《野客叢書》十四　案：吳季重
在習鑿齒前，《野客》失引季重此牘。

《勸晉王》

　　顧愷之《晉文章記》："阮籍《勸進》，落落有宏致，至轉
說徐而攝之也。"《世說注》上之下

　　晉文帝讓九錫，公卿將勸進，使籍為其辭。籍沉醉忘作，
臨詣府，使取之，見籍方據案醉眠。使者告，籍使書按，使寫
之，無所改竄。辭甚清壯，為時所重。《冊府元龜》八百三十八

　　《世說》稱阮籍口不臧否人物，為可師。籍雖不臧否人，
而作青白眼，亦何以異？籍得全於晉，直是早附司馬師，陰託
其庇耳。史言禮法之士，嫉之如讐，賴司馬景王全之。今
《文選》載蔣濟《勸進》，乃籍所作，籍忍至此，亦何所不可
為！《石林詩話》下

　　嵇、阮齊名，然《勸進表》叔夜決不肯作。《後村詩話》上

明公宜承聖旨

　　國朝所司承旨之別：乘輿稱聖旨，中宮稱教旨，儲闈稱令
旨。按《晉書》鄭沖勸進曰"明公宜承奉聖旨"，則聖旨之名

已見於魏。其意特出一時之文，若曰宜承奉聖上之旨意而已，非文書皆然，爲常式。唐尚書掌上建①下之制，亦無聖旨之名。《愧郯錄》二

謝玄暉

謝朓，淺人也，其文捷。江總，詭人也，其文虛。皆古之不利人也。《中說》上

《勸進》

《邱遲傳》："勸進梁王及殊禮，皆遲文。"《梁書》四十九

王室《梁書》一卷作"臺閣"

奏記

後漢公府奏記，郡將奏牋。《文心雕龍》五

《兩漢博文》謂前書"鄭朋奏記於蕭望之"，奏記自朋始。僕觀丙吉奏記霍光，吉在鄭朋前。奏記，漢時甚重《孔子廟碑》，魯相奏記司徒司空府，首"某年月日魯相某等叩頭死罪敢言"云云，中又云"叩頭死罪謹按某人"云云，末云"某皇恐叩頭死罪，上司空府"，宛類表章之體，第不稱臣。《野客叢書》十五

《詣蔣公》

下走爲首

志在立宇宙，安能馳以②下走哉？諸葛亮《陰符經注》序　案：善引《牛馬走注》下，《走》不引此序，序載道藏《陰符經集注》。

窮居二字無　　**之士**"士"下有"孤居特立"四字　　**以避當塗者之路**七字無（並《晉書》四十九）

---

① 【校】"建"作"逮"。【按】四部叢刊本同。
② 【校】"以"作"心"。

卷二十四

《答蘇武》

子卿足下

《酉陽雜俎》：“秦漢以來天子言陛下，皇太子言殿下，將軍言麾下，使者言節下、轂下，二千石長史言閤下，父母言膝下，通類相與言足下。”然秦漢間卑對尊者亦稱足下，如《史》謂“大王足下”是也。《麈史》中

昔范蠡不殉會稽之耻，曹沫不死三敗之辱

《李陵論》：“不死非忠，生降非勇，棄前功非智，召後禍非孝，而引范蠡、曹沫爲比，會稽之耻，蠡非其罪，魯國之羞，沫必能報。二子不死，無生降之名，二子苟降，無及親之禍，酌其本末，事不相侔。”《白居易集》四十六

丁年奉使

晋李瀚爲翰林學士。文集曰《丁年集》，取丁年奉使之義。陶岳《五代史補》三

老母終堂

袁象先爲青州節度，以蕭希甫爲巡官。希甫棄其母妻，變姓名，亡。莊宗滅梁，遣希甫宣慰青齊，始知其母已死，袁氏亦改嫁人。有引《李陵書》，譏之曰：“老母終堂，生妻去室。”時傳爲笑。《五代史》廿八

司馬子長

李文叔常有《雜書》論左、馬、班、范、韓之才，云：“司馬遷之視左丘明，如麗娟黠婦，長歌緩舞，間以諧笑，傾蓋之至，亦可喜矣。然而不如絶代之女，方且却鉛黛，曳縞紵，施帷幄，徘徊微吟於高堂之上，使淫夫穴隙而見之，雖失氣疾歸，不食以死，而終不敢意其一啓齒而笑也。”《墨莊漫

録》六

司馬遷文章所以奇者，能以少爲多，以多爲少。惟唐陸宣公得遷文體。蘇子容云。《清波雜志》中

子長文拙於《春秋內外傳》，而力量過之。

西漢文辭尚質，司馬子長變得如此文，終不失其爲質。唐文尚文，韓退之變得如此質，終不失其爲文。並《文章精義》

《報任少卿》

太史公

漢承周史官，至武帝置太史公。太史公司馬談，世爲太史。談死，子遷復爲太史公，位在丞相下①。天下上計先上太史公，副上丞相。後下蠶室，有怨言，下獄死，宣帝以其官爲令，行太史公文書事而已，不復用其子孫。《西京雜記》六

衛宏《漢儀注》："太史公，武帝置位在丞相上。"晉灼以宏言爲非是。予謂遷《與任安書》自言"僕之先人文史星曆，近乎卜祝之間，固主上所戲弄，倡優畜之，流俗之所輕"，若位在丞相上，安得此言？《百官表》不著其官，信其非矣。《宋景文筆記》中

春秋之世，楚邑令皆稱公。《漢書音義》："陳涉爲楚王，沛公起應涉，故從楚制稱公。"《史記》有柘公、留公。《索隱》曰："柘縣、留縣令也。"故曹參爲戚令，稱戚公；夏侯嬰爲滕令，稱滕公是也。按《茂陵書》談由②太史丞爲太史令，本傳言談卒三歲而遷爲太史公，則是遷父子官爲令耳。其稱公者，如柘、留、戚、滕之比，非尊其父而然。五臣注："太史公，遷之父。"仁傑謂使談見爲太史，而遷與人書，如此可也。案：遷被刑之後乃有此書，是時談死久矣，安得以父故官爲稱耶？則知所謂太史公，子長自謂也。《兩漢刊誤補遺》七

---

① 【校】"位在丞相下"作"位在丞相上"。【按】四部叢刊本作"位在丞相下"。

② 【校】"談由"作"談縣"。【按】清知不足齋本同。

牛馬走

先馬走，先馬前。許《淮南子注》十八

先馬前而走。高《淮南注》十二

本傳載子長書，自"少卿足下"始，《文選》又冠以"太史公牛馬走，司馬遷再拜言"十二字。此猶劉向上書而《漢記》言其自稱"草莽臣"，蓋得其本文如此。五臣注云："走，猶僕也。"言己爲太史公掌牛馬之僕。案："牛"當作"先"字之誤也。《淮南書》："越王句踐親執戈爲吳王先馬走。"《國語》亦云："句踐親爲夫差前馬。"《周官·太僕》："王出入則前驅。"注："如今導引也。"子長自爲^①先馬走者，言以史官、中書令在導引之列耳。《百官表》有太子先馬，蓋亦前驅之稱，或作洗馬，循誤至此。《兩漢刊誤補遺》七　案：《西京雜記》載甘泉鹵簿，有黃門前部鼓吹，左右各一部十三人，則遷腐刑後，或在黃門導引之列。

見《漢書》六十二、《通志》九十九並作"發"笑

僕又薄從上雍

雍鳳翔府天興縣，在漢爲右扶風雍縣。其曰上者，自下升高之辭。四面高曰雍，又四望，不見四方，是之謂雍。故漢事凡及幸雍，悉云上雍也。漢初未有南北郊，惟雍縣有四時。高帝又立北時，成帝建始中，罷雍五時，始祀天地於長安南北郊。前此皆以雍時爲郊丘，宜人主上，雍者數也。《雍錄》七

詬莫大於宮刑

崔浩《漢律序》："文帝除肉刑而宮不易。"《書正義》："隋開皇初，始除宮刑。"案：《通鑑》"西魏大統十三年三月，除宮刑"，非隋也。《困學紀聞》四

二作"三"十

在闉作"圜"（並荀悦《漢紀》十四）茸之中

闉，下也。茸，細毛也。言非豪傑。《漢書注》六十二

---

① 【校】"子長自爲"作"子長自謂"。【按】清知不足齋本同。

羞當世之士耶?

後山《送魏衍移沛》:"子也尚不容,吾代諸公羞。"此司馬遷所謂羞當世之士。魏了翁《經外雜鈔》　案:后山謂諸公不能容賢,代諸公羞,遷謂刑餘人薦士,羞當世之士,二義不同。

自守《漢書》六十二、《册府元龜》九百、《通志》九十九無"守"字

奇士

仰《漢書》作"卬";《漢紀》作"挫" **億萬之師**

卬讀仰,北方地高,故云然。《漢注》六十二

張空拳拳、紊同,去權反(《漢注》)

張宴曰:"三十紊共一臂。"案:紊是弩弦,臂即弩椿也。空拳[1]言上弦使滿而無矢可射,承上矢盡爲文。《演繁露》二

敵者作"場"　　**正作"心"**(並《漢書》) **惕**

拘於羑音牖字(許注《淮南》二十) **里**

相州湯陰縣北有羑里城,周回可三十餘步[2],其中平實,高於城外地丈餘,北開一門。相傳文王演《易》之所。《封氏聞見記》八

牖里,一名羑城,在湯陰縣北九里。《元和志》十六[3]《元一統志》一百二。

湯陰北道右有古城,圮餘猶峻,土實其中,幾與堞平,紂拘文王羑里庫也。《郝經集》三十二

不韋遷蜀,世傳《呂覽》

呂氏廣招俊客,比迹《春秋》,共集異聞。擬書茍孟思刊一字,購以千金,則當時宣布爲日久矣,豈以遷蜀之後方始傳乎?且必以身既流移,書方見重,則又非關作者發憤著書之義,引以自喻,豈其倫乎?若要多舉故事,成其博學,何不去虞卿窮愁,著書八篇而曰:"不韋遷蜀,世傳《呂覽》。"《史

---

① 【校】"空拳"作"空弮"。【按】清學津討原本同。

② 【校】"三十餘步"作"三百餘步"。

③ 【校】此條應出自《元和郡縣志》卷二十。

通》十六①

其《漢紀》作"後" 人　　負《漢書》作"貧" 下所往《漢書》作"下如往"　　心刺　雕琢《通志》"心刺"二字作"指"；"琢"作"瑑"

楊子幼惲

俗呼姓楊者爲盈音。案晋灼《漢書音義》原缺反楊惲爲由嬰反，蓋是當時方俗，未可非也。《匡謬正俗》六

《報孫會宗》

司馬遷《報任安書》情辭幽深，委蛇遜避，使人讀之傷惻，可以想像亡聊之況。蓋抑鬱之氣，隨筆發露，初非矯爲故爾。其甥楊惲《報孫會宗書》，委曲敷敍，其怏怏不平之氣，宛然有外祖風致。蓋其平日讀《太史公記》，發於詞旨，不期而然。雖筆力高下，本於其才，然師友淵源，未有不因漸染而成者。《野客叢書》二

會宗

謝承，《後漢書·楊豫傳》云："豫祖父惲，封平通侯。惲子會宗坐與臺閣交通，有罪，國除。家屬徙酒泉郡。"又載："豫上書乞還本土，其辭云：'臣祖父惲，念安社稷。忠不避難，指刺奸臣。實心爲國，遂致死徙。'"案：班書《楊敞傳》載，惲與太僕戴長樂相失，惲與長樂皆免爲庶人。惲失爵位，以財自娛。其友人安定太守西河縣令段會宗，與書諫戒之。惲《報會宗書》辭語不遜，坐腰斬，妻子徙酒泉郡。此惲先失爵位，後始被誅，安得有子名會宗，襲爵國除被徙事乎？《匡謬正俗》五

落而爲萁

禾，經謂之稭，麥謂之稈，麻謂之蘼，豆謂之萁。《楊筆録》

凜然《漢書》六十六作"漂"　　然皆二字無 有作"尚" 節槩作"檢"

---

① 【校】"招"作"昭"，"多舉故事"作"舉多故事"，"何不去"作"何不云"。【按】四部叢刊本作"多舉故事"。

（並《漢紀》三十）

《與魏文》

有子勝斐然之志

　　注引《墨子》曰："告子勝仁。"勝蓋告子之名。《困學紀聞》八

《與吳質》

每念昔日南皮之遊

　　南皮本漢縣，以章武有北皮亭，此故曰南皮。《寰宇記》六十五

彈碁閒談

　　成帝好蹴踘，群臣以爲勞體，非至尊所宜。帝曰："朕好之，可擇似而不勞者奏之。"家君作彈碁以獻，帝大悅，賜青裘、紫絲履，服以朝覲。《西京雜記》二

終以六博

　　古大博則六箸，小博則二煢。今無曉此者，世所行一煢十二碁。《顏氏家訓》下

浮甘瓜於清泉

　　木實蠹者必不沙爛，沙爛者必不蠹而能浮，若不浮者殺人。蓋既沙爛，則不蘊畜而生蟲。瓜既甘①而不蠹者，以其沙也。陳郁《話腴》

沈朱李於寒水

　　寒水井在南皮縣西一里，文帝《與吳質書》"沈朱李於寒水"，即此井。《寰宇記》六十五

《與吳質》二

撰《册府元龜》四十作"選" **其**　　**之言**《三國志注》廿一作"業"

《與種大理》

良玉作"玉以"　　　　**珪璋**二字無（並《三國志注》十三）

────────────

① 【校】"既甘"作"至甘"。

赤擬雞冠

政和中，内中降出赤玉器一，長幾二尺，兩手如棹刀頭，中間爲古文，殊極精巧，玉色則甚異，誠雞冠之不足擬也。當時，諸儒謂《顧命》所以陳寶赤刀之寶也。《鐵圍山叢談》一①

時從容喻鄙旨作轉言"鄙旨"　　　**捧匣跪發**作"捧跪發匣"　　**繩窮匣開**四字無（並《三國志注》十三）

《與楊德祖》

北作"大"**魏**　　**飛軒**作"翰"

文之佳惡作"麗"（並《三國志》十九），**吾自得之。後世誰相知定吾文者耶**

子建之論善矣，任昉爲王儉主簿，儉出自作文，令任點正，昉因定數字。儉歎曰："後世誰知子定吾文？"正用此語。《容齋續筆》十三

有龍泉之利

《晋太康地記》："汝南西平縣有龍淵水，可用淬刀劍，特堅利。"《漢藝文志考證》七

掎摭利病

退之《石鼓歌》"掎摭星宿遺羲娥"，洪慶善曰："上音奇。下之石切。來俊臣掎摭諸武。"予以退之非用此。《文選·曹子建書》："掎摭利病。"張銑注："上居錡切，下之石切。"《左傳·襄十四年》："諸戎掎之。"陸《音》"居綺切"。《漢·班彪傳》師古注："音居蟻反。"洪氏音奇，非。《能改齋漫録》七

而海畔有逐臭之夫

人鼻莫不樂香，而海畔之女逐酷臭之夫，隨之不去。《抱樸

---

① 【校】"政和中"作"政和初"，"兩手"作"兩邊"，"所以"作"所謂"。
　　【按】清知不足齋叢書本"兩手"作"兩首"。

子·内篇》十二① 案：如《抱樸》言，本句當作"海畔有女逐酷臭之夫"解。

咸池六莖《長短經》三作"英" **之發**

《六英》，高辛氏樂歌，其義稱帝嚳能總六合之英華。《咸池》，陶唐氏樂歌，其義稱堯德至大，無不備全。《元結集》一

擊轅之歌

崔駰《西巡頌表》："唐、虞之世，樵夫牧豎，擊轅中《韶》，咸於和也。"《困學紀聞》十七

猶稱壯夫不爲也

揚雄曰："雕蟲篆刻，壯夫不爲。"余竊非之曰：虞舜歌《南風》之詩，周公作《鴟鴞》之詠，吉甫、史克雅、頌之美，未聞皆在幼年累德也。孔子曰："不學詩，無以言。自衛返魯，樂正，雅、頌，各得其所。"大明孝道，引詩證之，揚雄安敢忽之也？《顏氏家訓》上

《與吳季重》

曜靈《雙字》上作"靈曜"

折若木之華

《文子·内傳》云："老子與關令東遊，登日窟，掇扶桑之丹椹，散若木之朱華。"王懸河《三洞珠囊》四

瀏流（《太玄釋文》）

何爲過朝歌而迴車乎

朝歌故城在衛縣西二十一里，殷之故都。《元和志》十六

《答東阿王》

而慰喻之綢繆乎

綢繆有數義。《詩》："綢繆牖户。"注："纏綿也。"王粲云："綢繆清燕娛。"五臣云："綢繆，親重貌。"吳質《答東阿王書》："是何慰喻之綢繆乎？"注云："綢繆，殷勤之意。"

---

① 【校】"莫不"作"無不"，"海畔"作"海上"，"不去"作"不止"。【按】四部叢刊本同。

《西溪叢語》上

嫫模（許注《淮南子》廿二）

《與岑文瑜》

殷湯之禱桑林

洛陽北有山泉，即湯所禱桑林之地。《醴泉志》上

《左傳注》：“桑林，殷天子之樂名。”案：《呂氏春秋》“武王勝殷，立成湯之後於宋，以奉桑林”，高誘注：“桑山之林，能興雲致雨，故禱之。”二說不同。《容齋四筆》五① 案：引許慎《淮南注》，見許慎注第二十六卷。

《與從弟》

君苗

陸雲與兄士衡書君苗，每見兄文，思欲焚筆硯。《文房四譜》二

羅君玉曰：“君苗無姓，呂安無傳，與嵇康書者皆當考。”《學齋佔筆》二

《陸機傳》：“君苗未知姓氏。”考《雲集》，有《馬平原書》云：“前作《登臺賦》，未成，而崔君苗作之。”始知其爲崔君苗也。《困學紀聞》二十 案：《晉書》君苗無姓，《文選》君苗則即應休槤從弟崔應，字相類。宋刊書亦多誤，或即一人。

然山父不貪天下之樂

《古今人表》：“許由、巢父爲二人。”譙周《古史考》：“許由夏常居巢，故一號巢父。”則巢、許爲一人，應休槤又爲之山父。《困學紀聞》十二②

《絕交書》

懷瓘曰：“因得叔夜草絕交書一紙，有人以逸少草書兩紙易之，惜而不與。後於李造處見嵇全書，方知嵇公生平氣宇，

---

① 【校】“能興雲致雨”出自許叔重注，非高誘注。【按】清修明崇禎馬元調刻本同。
② 【校】“槤”作“璉”，“又爲”作“又謂”。

若與面焉。"《金壺記》下

然經怪此意

平江鄉試,有詞科人爲考官,出策題用"經怪"二字,莫知所自。僕讀《後漢·蔡邕傳》,晉嵇康書皆用此。唐劉禹錫、皇甫湜,亦用之經常也。《野客叢書》十二

多可而少怪

子曰:"達人哉,山濤也,多可而少怪。"《中說》上

老子莊周

周定王三年九月十四日,老子生於楚國陳郡苦縣賴鄉曲仁里。本覺《釋氏通鑒》一

孟軻、莊周,其字不傳,或云軻字子輿,周字子休,皆後人以意取之。《續博物志》四

少加作"加少"　　　**賃實**作"逸"（並《晉書》四十九）　　　　**便書**"書"下有"又"字（《嵇康集》二）

七不堪也

嵇康見孫登,登曰:"吾嘗得汝絕交書,二大不可、七不堪,皆矜己疵物之說。不仕則已,而又絕人之交,增以矜己疵物之說,嘽噪於塵世之中,欲探乎永生,可謂惡影而走日中者也。"失名《无能子》中① 案:序曰:"光啓三年无能子舍左輔。"

又每非湯武而薄周孔

《嵇康傳》列於《晉書》,予每疑其誤。康死之日,實魏元帝景元三年,又二月,魏禪於晉,則康何有於晉哉?觀其《薄湯武》一書,可知其術業。康以昭死,孔融以操死,於名教不爲無補。然禪代之際,往往以成敗論人,此難言也。使晉無江左百年之祚,則八公而下,凡所謂晉之佐命者,不云同惡,可乎?顏延年《五君詠》黜王戎、山濤旨哉。《湛淵靜語》二

---

① 【校】"嘽"作"啴"。【按】明子彙本同。

一行作吏

《初寮·啓》云："得知千載，上賴古書。作吏一行，便廢此事。"皆全句。《困學紀聞》十八①

《與孫皓》

史臣曰："孫楚貽晧之書，諒曩代之佳筆也。"

天作"大" 命 足用作"之力" 先主作"祖" 播遷作"潛播" 之驗二字無（並《晋書》五十六） 以自强大《通志》百廿四上作"自以爲强" 伐樹北山，則太行木盡。濬決河洛，則百川通流四句無 藩輔作"魏藩" 羽檄作"較"（並《晋書》五十六） 迷謬未知所投《通志》百廿四下作"猶豫迷而不反"

《與稽茂齊》

鳴雞戒旦

古説："雞屬巽，天上日曆，巽宮。"雞鳴，某謂屬木，所以日到寅則雞鳴。郭璞《洞林》以巽爲大雞，酉爲小雞。《師友雅言》②

按轡而歎息五字無（《晋書》九十二）

表龍章於裸壤

桂林東南邊海有裸川。桓譚《新論》云："呈衣冠於裸川，海上有裸人鄉。"《述異記》

《與陳伯之》

天監四年，臨川王北伐，丘遲爲咨議參軍，領記室。時陳伯之在北，與魏軍來距，遲以言喻之，伯之遂降。《梁書》四十九

《重答劉秣陵》

劉峻《辨命》論成，中山劉沼致書以難，凡再反，峻並申析以答。會沼卒，峻不見後報者，峻乃爲書以敘之曰"劉

---

① 【校】此條應出自《困學紀聞》卷十九。
② 【校】"大雞"作"文雞"。【按】據下文"小雞"與"大雞"相對，當取"大雞"。

侯既有斯難”云云，其論文多不載。《梁書》五十　案：《辨命》論及此篇，本傳已載，所謂文多不載者，即《重答沼書》。此篇乃《重答書》序。

宣室之譚有徵

《漢宮閣記》：“未央宮有宣室閣。”《三輔黄圖》二

《淮南子》：“武王破紂，殺之於宣室。”許叔重云：“在朝歌城外。”宣室，殷宮名，一曰獄也，音宣和之宣。漢未央前殿有宣室。《西溪叢語》下

漢宣室有殿有閣，皆在未央宮殿北。武帝爲竇太主置酒，引内董偃，東方朔曰：“宣室，先帝正處，非法度之政不得入。”文帝受釐於此，宣帝常齋居以決事。《史記·龜策傳》：“武王圍紂象郎，自殺宣室。”徐廣曰：“天子之居，曰宣室。”蓋商時有此名，漢偶與之同。《容齋續筆》七

蓋山之泉

蓋山在涇縣西南二百八十里。《元和志》廿八

《紀義宣城記》：“蓋山一百許步，有舒姑泉。”《寰宇記》一百三

昔舒氏二女入山，捃拾坐山中，化泉水。《物類相感志》二

移

移者，自近移遠，使之周知。《珊瑚鈎詩話》三

《讓太常博士》

諸博士或不肯置對

《河間獻王傳》：“孝景時，其學舉六藝，立《毛氏詩》《左氏春秋》博士。”則左氏自景帝已見於世，列國尚能立學官，何爲漢廷博士不肯也？《猗覺寮雜記》四

從伏生受《尚書》

今兗州永昌郡城，舊單父地也。東門有《子賤碑》，漢世所立，云“濟南伏生”，即子賤之後。《顏氏家訓》下

伏生名勝，字子賤，見碑。《野客叢書》十五

張起岩《伏生祠堂碑》：“濟南鄒平縣治東北十餘里，號伏生鄉。”蘇天爵《元文類》二十

《北山移文》

豐寧縣白樂天女金鑾，十歲忽書《北山移文》示家人。樂天方買終南紫石，欲開文士傳，輙以勒焉。《雲仙散録》

种放以諫議大夫還山，真宗命宴餞於龍圖閣，群臣賦詩贈行。杜鎬學士獨跪上前，誦《北山移文》，音句鏘越，一坐盡傾，上尤善之。王君玉《國老談苑》一

李肅作《代周顒答北山移文》，意有所規。《宋史》二百六十三

草堂之靈

寶乘院，齊草堂寺也。《高僧傳》："慧約姓婁，少達妙理，周顒素所欽服，於鍾山舊館造草堂寺以居之。"今寺左乃婁約置臺講經之地，寺後即顒舊居也。唐會昌中寺廢，本朝復建，治平間改賜今額。鍾山鄉，去城十一里。《六朝事迹》下

《遊鍾山記》："欲訪草堂猿鶴，莫得其處。"《胡炳文集》二

隆祐寶乘禪寺，即舊草堂寺，在上元縣鍾山鄉，紹興二十二①年改賜今額。《金陵新志》十一

鶴書赴隴

《文選》曰："古者用鶴頭書板，以招隱士。"《金壺記》下

蕙帳空兮夜鶴怨，山人去兮曉猿驚

荊公絶句："偶向松關覓舊題，野人休誦北山移。丈夫出處非無意，猿鶴從來自不知。"《六朝事迹》下②

疊潁怒魄

荊公《草堂》詩，以《北山移》為不然。卒章："疊潁何勞怒，東風汝自摇。"《能改齋漫録》九

檄

檄者，激發人心，而喻之禍福也。《珊瑚鈎詩話》三

---

① 【校】"紹興二十二年"作"紹興三十二年"。
② 【校】此條應出自《六朝事迹》卷上。

司馬長卿

《與友人論文書》："秦漢已降，古文所稱工而奇者，莫若揚、馬。"《孫樵集》三

《文章宗旨》："相如、揚雄，名教罪人，其文古。"《輟耕錄》九

《喻巴蜀》

謚爲至愚

謚以尊名，然則謚正訓名。《諭蜀文》"身死無名，謚爲至愚"，柳子厚《招海賈文》"君不返兮謚爲愚"，二意同。惟《洞簫賦》①"幸得謚爲洞簫兮"，以器物名謚，奇矣。《容齋三筆》三

有《通志》九十八下作"所" **司**

《檄豫州》

王道作"道化"　　**董**作"昔" **統**　　**同諮合謀**作"參咨策略"　　**寇攻**作"亂政"（並《三國志》六）

發丘中郎將、摸金校尉

曹操置發丘中郎、摸金校尉數十員。天下冢墓無新舊，發掘骸骨，橫暴草野。李冗《獨異志》中

而操豺狼野心

陳孔璋居袁裁書，則呼操爲豺狼；在魏製檄，則目紹爲蚍蜉。在時君所命，不得自專，然亦文人之巨患。《顏氏家訓》上

宿衛《三國志》六作"陪衛"

部曲偏裨將校諸吏降者

立軍之法，一人曰獨，二人曰比，三人曰參，比參曰伍，五人爲列，列有頭；二列爲火，十人有長，立火子；五火爲隊，隊五十人，有頭；二隊爲官，官百人，立長；二官爲曲，曲二百人，立候；二曲爲部，部四百人，立司馬；二部爲校，

---

① 【校】"《洞簫賦》"作"《簫賦》"。

校八百人，立尉；二校爲裨將，千六百人，立將軍；二裨將軍三千二百人，有將軍、副將軍。《通鑑注》五

如律令

《資暇録》言，符咒言“急急如律令”者，令音零。律令，雷鬼之最捷者，謂當如律令，鬼之捷也。按今道流行，移悉仿官府制度，如律令，是仿官文書爲之，不必鑿言雷鬼。《演繁露》十二

宋時文章有“如千里驛行”之語，正漢人如律令意也。《野客叢書》十二

《檄吳》

年月朔，日子，尚書令彧

俗所謂日子，亦有所出。《文選・曹公檄吳將校部曲文》：“年月朔，日子。”注：“發檄時也。”然則日子者，日時也。孔平仲《雜説》四

則洞庭無三苗之墟

帝鴻氏裔子渾敦，少昊氏裔子窮奇，縉雲氏裔子饕餮，三族之苗裔，故謂之三苗。許注《淮南子》廿六①

饕餮即三苗，爲堯諸侯，封三苗之國。成玄英《南華經疏》十三

《檄蜀》

亦無及也

下有“其詳擇利害，自求多福”九字（《三國志》二十八）

---

① 【校】此條應出自許慎注《淮南鴻烈解》卷十九。

卷二十五

《對楚王問》

襄作"威"《王《新序》一》　　　**遺作"異"**《《長短經》一》　行

客有歌於郢中者

　　許慎注《墨子》①云："郢，楚郡，今江陵北三十里，有郢城是也。"余知古《渚宮舊事》一

　　世稱善歌者曰郢人，郢州至今有白雪樓。此因宋玉問，遂謂郢人善歌，殊不考其義。其曰"客有歌於郢中者"，則歌非郢人也。其曰"引商刻羽，雜以流徵，和者不過數人"，以楚故都，人物猥盛，和者止數人，則不知歌甚矣。故玉以此自況陽春白雪皆郢人所不能也。又今郢州，本謂之北郢，非楚古都。或曰："楚都在今宜城界中，有故墟尚在。"亦不然，此鄢也，非郢也。據《左傳》，成王使鬭宜申爲商公，沿溪泝江，將入郢，王在渚宮，下，見之。沿漢至於夏口，然後泝江，則郢當在江上，不在漢上。楚始都丹陽，今枝江，文王遷郢，昭王遷都，皆在今江陵境中。今江陵北十二里有紀南城，即古郢都，又謂之南郢。《夢溪筆談》五

陽阿薤露《新序》一、郭《樂府》五十並作"陽陵採薇"

其爲《陽春》《白雪》

　　《白雪》，師曠所奏，太一五絲琴樂曲。許注《淮南子》三

　　唐顯慶三年，太常寺奏，按張華《博物志》云："《白雪》，是天帝使素女鼓五絃琴曲名。"調高和寡，自宋玉以來，未有能歌素女者②。臣今準敕，依琴中舊曲，定其宮商，然後

---

① 【校】"墨子"作"郢字"。
② 【校】"未有能歌素女者"作"未有能歌《白雪》者"。

教習，並合於歌。輒以御製雪詩，爲白雪歌辭。又，樂府奏正曲之後，皆有送聲，君唱臣和，事彰前史。輒取侍中許敬宗等和雪詩十六首，以爲送聲各十六節。《通典》百四十五

呂才以御製《雪》詩爲《白雪》歌辭。高宗大悦，更作《白雪》歌詞十六首，付太常編於樂府。《舊唐書》七十九　案：以《雪》詩爲《白雪》歌詞，乃夾漈所謂"賦《雉子班》者，但美繡頸錦臆。歌《天馬》者，惟敘驕馳亂躅"。然比于補亡，擬古，事不可得而缺。

謝希逸《琴論》："劉涓子善歌鼓琴，制《陽春白雪》曲。"

《琴集》曰："《白雪》，師曠所作商調曲也。"《博物志》曰："《白雪》，太常使素女鼓五十絲瑟曲名。"並郭《樂府》五十七①

刻羽作"角"（《新序》一）

不過數人而已

世多用《陽春》《白雪》爲寡和，本處云："《陽春》《白雪》屬而和者數十人，引商刻羽，雜以流徵，屬而和者十數人②，其曲彌高，其和彌寡。"則《陽春》《白雪》未爲寡和。《猗覺寮雜記》五

其曲彌高，其和彌寡

宋玉識音善文，襄王美其才而憎之似屈原也。曰："子盍從俗，使楚人貴子之德乎？"對曰："昔楚有善歌者，始曰《下俚》《巴人》，國中和者數百人。既曰《陽春》《白雪》《朝日》《魚離》，國中和者不至十人。含商吐角，絶倫赴曲，國中和者不至三人，其曲彌高，其和彌寡。"《襄陽耆舊傳》

豈能料天地之高哉

宋玉賦："豈能與之料天地之高哉？"天言高可也，地言

---

① 【校】"太常"作"太帝"，"絲"作"弦"。【按】四部叢刊本同。
② 【校】"十數人"作"十人"。

高不可。《後漢·楊厚傳》：“父統對耳目不明。”目言明可也，耳言明不可。孔平仲《雜説》四　案：聰，不明也。《易傳》已有其例。

東方曼倩

張少平妻田氏，少平卒後，累年寡居，忽夢一人自天而下，壓其腹，因而懷孕。乃曰：“無夫而孕，人聞棄我也。”徙代東方，五月朔旦，生子。以其居代東方，謂之東方朔。《獨異志》上

《元和姓纂》：“東方，《風俗通》以爲伏羲之後。帝出於震，主東方，子孫因以爲氏。”然《洞冥記》：“東方朔生二日，母田氏死，鄰母收養之，時東方朔明，因以姓焉。”《能改齋漫録》四①

《答客難》

東方朔作《答客難》，揚子雲因之作《解嘲》，此猶是《太玄》《法言》之意，正子雲所見。班固從而作《答賓戲》，東京以後諸以《釋誨》《應閒》紛然迭起。枚乘始作《七發》，其後遂有《七攄》《七啓》等。文章至此，安得不衰？惟韓退之、柳子厚始復傑然，知古今文詞變態已極，雖源流不免有所從來，終不肯屋下架屋。《進學解》即《答客難》也，《送窮文》即《逐貧賦》也，小有出入，便成一家。子厚《天問》《晉問》《乞巧文》之類高出魏晉，無後世因緣卑陋之氣，至於諸賦，更不蹈襲屈宋一句，則二人皆在嚴忌、王褒上數等也。《避暑録話》上②　案：王褒在西漢本是第二流將盡，韓、柳學東西京爲文，音節氣骨各自有成，下與東西京相類。又王褒文多創體，惟嚴忌《哀時命》擬《騷》，然賈誼、《淮南》亦多擬作。

《答客難》，是自人中傑出，揚雄擬之惟《解嘲》，尚有馳騁自得之妙。至於崔駰《達旨》、班固《賓戲》、張衡《應閒》，皆屋下架屋，章摹句寫，其病與《七林》同，及韓退之

---

① 【校】“二日”作“三日”，“東方朔明”作“東方始明”。

② 【校】“猶”作“由”，“應閒”作“應問”。【按】“應問”乃誤，當取余氏。

《進學解》出，於是一洗矣。《容齋隨筆》七①

　《進學解》則《客難》之變。趙秉文《滏水集》十九

動發舉事《漢書》六十五、《通志》九十九無"發舉事"三字　**猶**下有"如"字**運之掌**下有"中"字（並《史記》百廿六）

或失門戶

　言不得所由入《漢書注》六十五

侍郎《史記》百廿六作"常侍侍郎"；《漢書》六十五作"常侍郎"

七十有二

　呂望年七十，始學讀書。許注《淮南子》二十四②

　世言太公八十遇文王，東方朔《客難》："太公體仁行義，七十有二，設用於文武。"注云："九十封齊，則是遇文王時未八十也。"《九辨》云"太公九十乃顯榮"，言封齊時。《猗覺寮雜記》五

譬若鶺鴒

　大如鸒雀，長脚，長尾，尖喙，背上青赤色，腹下白，頸下黑如連錢，杜陽人謂之連錢。陸機《詩疏》上

　鶺鴒，又名雪姑。《夢梁錄》十八

黈纊塞耳

　如淳曰："黈音工苟反。謂以玉爲瑱，用黈纊縣之也。"師古曰："如說非也。黈，黃色也，纊，綿也。以黃縣爲丸，用組縣之於冕，垂兩耳旁。"《漢書注》六十五　案《齊風》"充耳以素乎而，尚之以瓊華乎而"。充耳指素，則師古說是。所尚之瓊華，即爲瑱，瑱義取瑱，瑱義訓滿，瑱之爲物，懸兩耳旁，而義取滿，亦不得不謂之充耳。蓋用綿爲繩，繩尾結丸，丸上加瑱，合二者名充耳矣。

揚子雲

　《與高錫望書》："文章如面，史才最難。到司馬子長之地

---

① 【校】"是自人中傑出"作"文中傑出"，"惟"作"爲"。【按】清修明崇禎馬元調刻本同。

② 【校】此條應出自許慎注《淮南鴻烈解》卷十七。

千載，獨聞得揚子雲。"《孫樵集》三

《孫何文箴》："揚雄欸焉，刷翼孤翔。"《宋文鑑》七十二

《解嘲》

《解嘲》洪緩優大。《文章流別論》

黃太史跋《送窮文》，如子雲《解嘲》擬宋玉《答客難》，退之《進學解》擬子雲《解嘲》。《經外雜鈔》

登金門

《後漢·輿服志》："黃闥天子門，中官主之，以黃塗門，如青瑣之用。青其門，有東西京①所獻銅馬，故號其門爲金馬。"雄之待詔，其《解嘲》曰："登金門，上玉堂。"雄時待詔承明，故得由宦者直入金馬門以上玉堂也。《雍錄》二

上玉堂

時以居翰苑，謂玉署玉堂。李肇《翰林志》

學士院正廳曰玉堂，蓋道家之名。太宗時，蘇易簡爲學士，上語曰："玉堂之設，但虛傳，未有正名。"乃以紅羅飛白"玉堂之署"四字賜之。易簡即肩鑴置堂上，每學士上事，始得一開視。紹興閒，蔡魯公爲承旨，始奏乞摹，就杭州刻榜揭之，以避英廟諱，去二字，正曰玉堂云。

"玉堂之署"四字出《李尋傳》。漢之待詔者，或在公車，或在金馬門，或在宦者廬，或在黃門。時李尋待詔黃門，哀帝使侍中往問災異。對曰："臣尋待詔，久汙玉堂之署。"玉堂，殿名，待詔者有直廬在其側。並洪遵《翰苑遺事》

顧默而作太玄五千文

揚雄著《劇秦美新》，妄投於閣，周章怖慴，不達天命之爲耳。桓譚以勝老子，葛洪以方仲尼，使人歎息。此人直以曉算術，解陰陽，著《太玄經》，爲數子所惑。《太玄》今竟何用乎？不啻覆醬瓿而已。《顏氏家訓》下

————————————

① 【校】"東西京"作"東門京"。

細作"纖"者入無間作"論"（並《漢書》八十七下）

意者玄得無尚白乎

揚子雲著書，因已見誚當世，後之議者，往往詞費而意殊不盡。惟陳去非一詩，有譏有評，不出四十字中："揚雄本書生，肝腎閑雕鐫。晚於玄有得，始悔賦《甘泉》。使雄早知悟，亦何事於玄。賴有一言善，酒箴真可傳。"後之議雄者，雖累千萬言，未必能出諸此。周紫芝《竹坡詩話》三

椒《漢書》八十七下作"陶" 塗

東南一尉，西北一候

孟康曰："會稽東郡都尉，燉煌玉門關候。"《漢書注》八十七下

二老歸而周熾

李善注《解嘲》引伯夷、太公爲二老。五臣乃云："只太公爲一老，不聞二老。"其謬如此。《西溪叢語》下

或釋褐而傅

孟康曰："甯戚也。"《漢書注》八十七下

或橫江潭而漁

劉淵林注《魏都賦》引《九章》曰："蕭也必獨立。"引《卜居》曰："橫江潭而漁。"今二篇無是句。淵林出漢後，何爲獨見全書？"橫江潭而漁"，揚雄《答客難》有之，如賈逵、班固於《離騷》，嘗以所見改易，則《九章》《卜居》，王逸輩或有改易，未可知。《西溪叢語》上

卷舌而同聲

《漢書》曰："欲談者宛舌而固聲。"師古注謂："宛，屈也；固，閉也。" 《文選》則曰："卷舌而同聲。"翰注曰："同聲，謂候衆言舉而相效也。"《方言》所載則曰："含聲而宛舌。"《野客叢書》七

頷《漢書》八十七下作"頜" 頤折頞

案《後書·周燮傳》"欽頤"，章懷太子曰："欽音邱凡

切,或作頯。"又《韓詩》:"有美一人,碩大且嬮。"薛君曰:"重,頤也。字或作鎮也。"《詩》作儼,或作曮。"《集韻》:"儼、曮、頯、嬮同,魚檢切。"儼、曮,好貌;又嬮,衣檢切,美也。凡鎮、頯、欽、嬮、儼、曮六字,音釋固不一,自蔡澤、周燮言之,則曲頤,醜狀也;自《韓詩》《集韻》言之,則重頤,美好也。按:古語以曲爲欽,至今猶然。《兩漢刊誤補遺》八

《答賓戲》

　　應賓淵懿温雅。《文章流別論》

　　黄太史跋《送窮文》追琢前人,如班孟堅之《賓戲》,崔亭伯之《達旨》,蔡伯喈之《釋誨》,僅可觀焉。《經外雜鈔》

主人逌爾而笑曰

　　《答朱載言書》:"陸機曰:'怵他人之我先。'韓退之曰:'唯陳言之務去。'假令述笑哂之狀曰'莞爾',則《論語》言之矣;曰'啞啞',則《易》言之矣;曰'粲然',則《穀梁》言之矣;曰'逌爾',則班固言之矣;曰'囅然',則左思言之矣。吾復言之,與前文何異?"《李翱集》六案:如習之言,則古人言天,吾復言天,古人言地,吾復言地,皆當別立新名,然後爲不蹈襲。

商鞅挾三術

　　三術:帝道、王道、霸道。商君說秦孝公用此三術,見《本傳》。繼以富國之説,即霸者之用。

以鑽孝公

　　"鑽"取必入之義。今人懷所製求上官知者,目曰"鑽具"。並《野客叢書》七

《秋風》

　　《秋風辭》,《史記》《漢書》《藝文志》皆不載。見《文選》《樂府》《文中子》。晦翁入《楚詞後話》。

序

祠后土

漢武帝《秋風辭》，幸河東祠后土時作。案《本紀》，祠后土者六，五幸河東，一幸高里，幸河東皆在三月。獨始立祠睢上，乃元鼎四年十一月。以昭明《序》考之，則有以符當時之詔，巡省豫州，觀於周室之意。

辭

草木黄落兮雁南歸

其時尚循秦舊，以亥爲正十一月，即夏正八月。並《湛淵静語》二①

懷佳人兮不能忘

指公卿群臣之扈從者，非爲後宮設。《後村詩話》上

歡樂極兮哀情多

秋風樂極哀來，其悔志之萌乎？《文中子》上

《歸去來》

張熾《歸去來引》一首。郭《樂府》五十五

莒公言歐陽永叔推《歸去來》爲江左高文，丞相以爲知言。《宋景文筆記》中

和淵明《歸去來辭》一首。《秦觀集》一

《歸來子名緡城城所居記》：“數讀淵明《歸去來辭》，覺己不似而願師之。買田故緡城，自謂歸來子。廬舍登覽遊息之地，一户一牖，皆欲致歸去來之意，故頗摭陶詞以名之。爲堂，畫園之草木，曰松菊，‘松菊猶存’也；爲軒，達其屏，使虛以來風，曰舒嘯，‘登東皋以舒嘯’也；爲亭，廣其趾，使庫以瞰池，曰臨賦，‘臨清流而賦詩’也。封土爲臺，架屋其上，若樓瞰百里，曰遐觀。穿室，其腹若洞，深五步，曰流憩，‘時矯首而遐觀’也。爲庵，抱楊而圓之以嬉晝，‘倚南

---

① 【校】“八月”作“九月”。【按】清知不足齋叢書本作“八月”。

窗以寄傲’也，曰寄傲；爲庵，負陰而方之以休夜，‘鳥倦飛
而知還’也，曰倦飛。顧所居，遠山水，非柴桑比門直通道，
有長坂亘其前數十里，故渠縈之，蒲柳蓊然，魚鳥之所聚，有
邱壑意。俯而就其深，爲亭曰窈窕，‘既窈窕以尋壑’也；跂
而即其高，爲亭曰崎嶇，‘亦崎嶇而經丘也’。凡因其詞以名
者九，既榜而書之，日往來其間，則若淵明卧起與俱。”《鷄肋
集》三十一

今人好和《歸去來詞》，晁以道《答李持國書》云：“足
下愛淵明《歸去來詞》，遂同東坡和之，僕所未喻。建中靖國
間，東坡和《歸去來》，初至京師，其門下和者數人，陶淵明
紛然一日滿人目前。參寥以所和篇示予，率同賦，謝曰：‘與
吾師共推東坡一人於淵明間可也。’”《容齋隨筆》三

馬子方作守，啓與廟堂，云：“方四十九之年，買臣自知
其將貴。當乙巳之歲，淵明已賦其歸來。”《貴耳集》中

《和歸去來辭》序：“陶靖節《歸去》一篇，悠然自得之
趣，無其趣，和其辭，辭而已。坡仙之作，皆寓所寓，有趣
焉，不和爲辭也。余歸田後，暇日趺坐柳陰，吟咏陶作，與灘
磬風籟互相應答，知山水之樂，不知聲利之爲役也。悟而得
焉，遂和其韵。”柴望《四隱集》二

王從之發古名篇中疵病，淵明《歸去來》前想像，後直
述，不相侔。劉祁《歸潛志》八　案：自“舟搖搖以輕颺”以下皆直述，以
上無“想像”。

《歸去來辭》舊譜，宮不宮羽不羽。予以中吕羽調作譜，
人作蘭亭譜，亦用中吕羽調。其法：先作結尾一句，次作起頭
一句，此二句定，餘應手而成，此則聲依永也。《書齋夜話》三

《歸去來圖詩》，劉因、盧摯、尚野三首。《元文類》五

《和歸去來辭》序：“余客海上，追和淵明《歸去來辭》，
淵明以既歸爲高，余以未歸爲達，事有不一，其志未嘗不
同。”戴良《九靈集》廿四　案：《淮南》《九靈集》皆和韵。

既自以心爲形役，奚惆悵而獨悲

是此老悟道處，若人能用此兩句，出處有餘裕也。《許彥周詩話》

知來者之可追

孔曰："自今已來，可追自止。"何晏《論語集解》九　案：《論語》此二句本互備法，言"往者不可追，來者猶可諫也"。因往不可追，故言來可追。孔安國作直句解，乃失"追"字義訓。

恨晨光之熹微

日欲暮也。《雙字》上　《類林》一　案：此言晨光無幾而已欲暮，乃行路者之辭，故用"恨"字。善注："以熹爲光明，恨晨光之光明。""微"不如此注曲折有情。

《歸去來賦》注："季卿之竹葉，咏晨光之熹微。"王十朋《前集》十一　案：此用善注。

携幼入室，有酒盈樽

俗傳書生入官庫，見錢不識，或怪而問之，曰："生固知其爲錢，但怪其不在紙裏中耳。"予偶讀淵明《歸去來辭》云"幼稚盈室，瓶無儲粟"，乃知俗傳信而有證。使瓶有儲粟，亦甚微矣，此翁平生只於瓶中見粟也耶？馬后宮人見大練翻以爲異物，晋惠帝問"饑民何不食肉糜"，細思之，皆一理也。《東坡題跋》一①

策扶老以流憩

《汝南先賢傳》："蔡順事母孝，井桔橰朽，在母生年上，順不敢理。俄有扶老藤生，繞之，遂堅固。"《後漢注》三十九

策扶老以流憩，謂扶老藤。《困學紀聞》十三

雲無心以出岫，鳥倦飛而知還

杜子美云："水流心不競，雲在意俱遲。"若淵明與子美相易其語，則識者往往以爲子美不及淵明矣。觀"雲無心""鳥倦飛"，可知其本意。至於"水流而心不競，雲在而意俱

---

① 【校】"馬后宮人"作"馬后紀夫人"，"晋惠帝問"作"晋惠帝問"。

遲"，則與物俱無間斷，氣更渾淪，難輕議也。《藝苑雌黄》一

此陶淵明出處大節。非胸中實有此境，不能爲此言。前輩論賈島《送炭詩》："煨得曲身成直身。"蓋雖微事，苟出真情①，終與摹寫仿傚牽率而成者異也。今或内實躁忿而故爲閑肆之言，内實柔懦强而作雄健之語，雖用盡力，使人讀之，終無味。《避暑録話》上

茶山先生："徐師川擬荆公'細數落花因坐久，緩尋芳草得歸遲'云：'細落李花那可數，偶行芳草步因遲'。初不解其意，久乃得之，蓋師川專師淵明者也。淵明之詩，皆適然寓意而不流②於物，如'悠然見南山'，東坡所以知其決非'望南山'也。今云'細數落花''緩尋芳草'，留意甚矣，故易之。"又云："荆公多用淵明語而意異，如'柴門雖設要長關''雲向無心能出岫'，'要'字'能'字，皆非淵明本意。"《老學庵筆記》四

撫孤松而盤桓

淵明詩文章，率皆紀實，雖寓興意竹閒亦然。其《飲酒詩》二十首中一篇云："青松在東園，衆草没其姿。凝霜殄異類，卓然見高枝。連林人不見，獨樹衆乃奇。"所謂孤松者是也，此意蓋以自況。《容齋三筆》十二

春及《宋書》九十三作"上春"；《晋書》九十四、《通志》百七十七作"暮春"

既窈窕以尋壑，亦崎嶇而經丘

或《上朱文公啓》云："行藏勳業銷倚樓，看鏡之懷。窈窕崎嶇寄尋壑，經丘之趣。"《困學紀聞》十九

臨清流而賦詩

李公麟字伯時，得杜甫作詩體制而移於畫。甫作《縛雞行》，不在"雞蟲之得失"，乃在於"注目寒江倚山閣"。公麟

---

① 【校】"真情"作"其情"。【按】明津逮秘書本同。
② 【校】"流"作"留"。

畫《歸去來分圖》，不在於田園松菊，乃在於臨清流處。今御府所藏《歸去來分圖》二。《宣和畫譜》七

《漫録》曰："'臨清流而賦詩'用嵇康《琴賦》。"僕謂淵明文章率意而成，意到處不無與古人暗合，非有意用其意語也。如《漫録》所言，則"風飄飄而吹衣"出曹孟德，"泉涓涓而始流"出潘安仁，何獨用嵇康之語！《野客叢書》十五

序

序者，次序其語。前之説勿施於後，後之説勿施於前，其語次第不可顛倒，故序次其語曰敘。《尚書序》《毛詩序》，古今作序大格樣。書序首序①畫卦書契之始，次言皇墳帝典三代之書及夫子定書之由，又次言秦亡漢興求書之事。詩序首言六義之始，次言變風變雅之作，又次言二南王化之自。文章宗旨云。《輟耕録》九　案：序序所爲作者之意，如以次敘爲序，則他文詎可凌躐前後。

《毛詩序》

蘇子由解詩不用序，以爲非子夏之作。子夏所作見《文選》，考《後漢·儒林傳》："衛宏作《毛詩序》，得風雅之旨。"又《隋·經籍志》："初毛公作詩序，衛宏益之。"乃知子由亦有所本。王介甫《答韓求仁書》則云："序詩者不知何人，然非達先王之法言者，不能爲也。故其約而明，肆而深，要當精思熟講之，不當疑其失。"退之謂子夏不序詩。《猗覺寮雜記》三

所以風天下

今人讀爲"諷天下"。案《序釋》云："上以風化下，下以諷刺上。"此言所以"風天下"，不宜讀"諷"。

風以動之

今人讀"風以動之"，不作"諷"音。案《序釋》"風者訓

---

① 【校】"書序首序"作"書序首言"。

教"，諷刺謂自下而上，教化謂自上而下。今當讀"諷以動"，不宜作"風"。並《匡謬正俗》一 案:《匡謬》晉宋以後之學，去古日遠。

一曰風

風者，諷也。外言隨篇自彰，內意隨文諷刺。歌君臣風化之事。賈島《二南密旨》 案:本序風，風也，教也。風、教不指諷刺。賈言似同顏籀，非六義名風本旨。

二曰賦，三曰比，四曰興

賦者，指事而陳。外敷本題之正體，內則布諷誦之元情。同上

禮義政治，詩之主。賦者，賦此者也。比者，直而彰此者也。興者，曲而明此者也。《王令集》二十五

李仲蒙曰:"敍物以言情謂之賦，情盡物也①。索物以託情謂之比，情附物也。觸物以起情謂之興，物動情也。"《困學紀聞》三

五曰雅

雅者，正也，謂歌諷刺之言，而正君臣之道。《二南密旨》

積小雅成大雅，積雅成頌，故諸侯有風而無雅，天子有雅而無風。《隨隱漫錄》五

上以風化下

《國學試風化下》詩一首。張詠編《薛能集》一

故有小雅焉

諸侯之政，匡救善惡，退而歌之，謂之小雅。

有大雅焉

四方之風，一人之德。民無門以頌，故謂之大雅。並《二南密旨》

是謂四始

風爲治家之始;小雅，治國之始;大雅，治天下之始;

---

① 【校】"情盡物也"作"情物盡也"。【按】四部叢刊本同。

頌，成功之始。徐節孝《語録》

憂在進賢

　　高宗憲聖慈烈吳皇后，取《詩序》義，《扁》："其堂曰'賢志'。"《宋史》二百四十三　案：此堂王士點《禁扁》中失載。

書序

伏羲、神農、皇帝之書

　　鄭康成以伏羲、女媧、神農爲三皇，宋均以燧人、伏羲、神農爲三皇，《白虎通》以伏羲、神農、祝融爲三皇，孔安國以伏羲、神農、黃帝爲三皇。明曰："女媧、燧人、祝融，霸而不王者也。諸家之論，安國爲長。"《兼明書》一

謂之三墳

　　《三皇經》云："昔天皇治時，以《天經》一卷授之，天皇用治天下二萬八千歲。地皇代之，上天又以一卷授之，地皇用治天下二萬八千歲。人皇代之，上天又以一卷授之，人皇用治天下二萬八千歲。"三皇所授經合三光爾，時號爲《三墳》是也，亦名《三皇經》。《雲笈七籤》四

少昊、顓頊、高辛、唐、虞之書

　　康成以黃帝、少昊、顓頊、帝嚳、堯、舜爲五帝，六人云五帝，以其俱合五帝座星也。司馬遷以黃帝、顓頊、帝嚳、堯、舜爲五帝。孔安國以少昊、顓頊、高辛、唐、虞爲五帝。明曰："康成以軒轅爲帝，仍爲六人名迹，未爲允當。司馬近遺少昊，遠收黃帝，疏略至斯。安國精詳，可爲定論。"《兼明書》一

謂之八索

　　三皇後又有八帝，治各八千歲。上天各以經一卷授之，時號爲《八索》。《雲笈七籤》四

皆科斗文字

　　顓頊，高陽氏，狀科斗之形，作《科斗書》，亦曰篆文。《金壺記》上

定其可知者爲隸古定，更以竹簡寫之

　　蓋言以孔氏壁中科斗文字，依傍伏生口傳授者考校改定之，易科斗以隸古字，定訖。更復以竹簡寫之。非復本文也。近代淺學乃改隸古定爲隸古字，非也。案：直云隸古，即是隸古字，定者謂定訖耳。今先代舊本皆爲隸古定，不爲古字。《匡謬正俗》二

　　孔安國《尚書序》言："爲隸古定，更以竹簡寫之。"隸爲隸書，古爲科斗。蓋前一簡作科斗，後一簡作隸書，釋之以便讀誦。近有善隸者，輒自謂所書爲隸古，可笑也。《老學菴筆記》三

《春秋序》

小事簡牘而已

　　古者，以竹二尺爲簡，以皮連穿之，又以木片，謂之牘。《春秋序》："小事簡牘。"《道書援神契》

楚謂之檮杌

　　史所以數往知來，檮杌之爲物，能逆知來事，故以目之。《爾雅翼》二十一

而更膚引公羊、穀梁

　　二姓自高赤作傳外，前史及後世更不見此姓。萬見春嘗謂"公羊、穀梁皆姜字切韵脚"，疑其爲姜姓假託。豈戰國去春秋未遠，傳所載多當時公卿、大夫及其家世事迹，難直斥之，事又不容曲筆，故高赤傳其事，隱其姓，容有此理。《左傳》作者之名曾無直的，是作者亦欲假託也。《羅遺》三①

名曰《經傳集解》

　　南齊晉安王子懋啓求所好書，武帝賜子懋杜預手所定《左傳》。《册府元龜》八百十一　案：征南手定《左傳》，在江左南學，所以宗杜。

――――――――――

① 【校】"豈"作"蓋"，"直的"作"真的"，"作者"作"傳者"。

《思歸引序》
《思歸引》

《思歸引》，衛女所作，一曰《離拘操》。衛侯有賢女，邵王聞其賢，請聘之，女至，王薨①。太子曰："吾聞齊桓公得衛姬而霸。今衛女賢，欲留。"大夫曰："不可。若女賢，必不我聽，若聽，必不賢。不可取也。"太子遂留之，果不聽。拘於深宮，思歸不得，心悲憂傷，遂援琴而作歌，曰："涓涓泉水，流及於淇兮。有懷于衛，靡日不思。執節不移兮，行不詭隨。坎坷何辜兮離厥菑。"曲終，縊而死。《琴操》上　案：本序下云"曲有絃無歌"，而《琴操》載衛女，本曲豈石崇未見蔡邕書乎？郭茂倩《樂府·思歸引》亦但載石崇、劉孝威、張祐三篇，知今本《琴操》雖出秘鈔，非宋以前舊本。

按：謝希逸《琴論》曰："箕子作《離拘操》。"不言衛女作。郭《樂府》五十八

---

① 【校】"女至，王薨"作"未至而王薨"。【按】清平津館叢書本同。

卷二十六

陸士衡

子謂荀悅"史乎史乎"，陸機"文乎文乎"，皆思過半矣。
《中説》上

《豪士賦序》

陸機以齊王冏矜功自伐，作《豪士賦》刺之，乃託身於成都。王穎又濟以貪權喜功，雖欲苟全，可乎？《避暑録話》上

自魏至隋唐，曹植、陸機爲文士之冠，植波瀾闊而工不逮機，植猶有漢餘體。機則格卑氣弱，雖杼軸自成，遂與古人隔絕，至使筆墨道廢數百年，可歎也！然機于文字組織錯綜之間，實有其功，雖古今豪傑名世者，亦有所不能復。觀其譏切曹冏，以退爲高，而託寄非所竟夷。其族乃知文人能言者多，能行者少，固無所取於智也。《習學紀言》三十① 案：齊王冏，姓司馬。

循《晋書》五十四、《通志》百廿四上作"脩" 心

則伊生抱明允以嬰戮

伊尹舍道從權②，以安社稷，終於受戮，大霧三日。《抱樸子外篇》七

伊尹始終，《書序》備矣。《豪士賦序》"伊生抱明允以嬰戮"，蓋惑於《汲冢紀年》之妄説。《困學紀聞》三③

顏延年

子謂顏延年、王儉、任昉有君子之心焉，其文約以則。
《中説》上

---

① 【校】"名世者"作"命世者"，"不能復"作"不能預"。
② 【校】"從權"作"用權"。【按】四部叢刊本同。
③ 【校】此條應出自《困學紀聞》卷二。

《曲水序》

三月三日

周昭王淪於漢水，二女延娟、延娛夾擁王身，同溺，立祀江湄。數十年間，人猶見王與二女乘舟戲於水際。至暮春上巳日，禊集祠間。或以時鮮甘味①，採蘭杜包裹，以沉水中。或結五色紗囊盛食，或用金鐵器，並沉水中，以驚蛟龍水蟲，使不侵此食。《拾遺記》二

蔡邕曰："《論語》：'暮春者，春服既成。冠者五六人，童子六七人，浴乎沂，風乎舞雩，詠而歸。'自上及下，古有此禮，今三月上巳被禊於水濱，蓋出於此。"劉昭注補《後漢書》四

史臣曰：禊與曲水，其義參差。舊言陽氣布暢，萬物訖出，姑洗絜之也。一說：三月三日，清明之節，將修事於水側，禱祀以祈豐年。或云："漢世徐肇，三月上辰生二女，上巳生一女，頻生皆死，時俗至其日，祈被自絜，遂爲曲水。"按"高后禊灞上"，在永壽之前已有被除祈農之說，於事爲當。《南齊書》九② 案：高后八月被霸上，不足難，徐肇三月三日也。《通志》四十三曰："《劉禎·魯都賦》：'素秋二七，天漢指隅。人胥禊襖，國子水嬉。'"此用七月十四日也。然則被襖無定時，故《春官·女巫》："掌歲時被除釁浴。"

屈原以五月五日投汨羅，今江浙間競渡多用春月。及考沈佺期《三月三日獨坐驩州詩》云："誰念折魂節，反爲禦魅因。"王績《三月三日賦》亦云："新開避忌之席，更作招魂之所。"則以元巳爲招屈原之時，其必有據。予觀《琴操》云"介子推五月五日焚林而死"，《異苑》以爲寒食禁烟，蓋當時五月五日，以周正言之爾，今夏正乃三月也。《韻語陽秋》九③

---

① 【校】"甘味"作"甘果"。【按】明漢魏叢書本同。

② 【校】"或云漢世徐肇"作"或云漢世有郭虞者"，"禊"作"被"。【按】清乾隆武英殿刻本同。

③ 【校】此條應出自《韻語陽秋》卷十九。"折魂"作"招魂"，"反"作"翻"，"因"作"囚"。【按】宋刻本同。

案：沈詩王賦，或用《拾遺記》。

悵鈞臺之未臨

在陽翟縣南十五里，《左傳》："夏啓有鈞臺之饗。"《元和志》五

王《曲水序》

魏使房景高謂王融曰："在北聞王客《曲水詩序》勝延年，實願一見。"後日，宋弁又謂融曰："覽王生《詩序》，用見齊主之盛。"《六帖補》十三①

昭華之珍既徙

高祖入咸陽宮，周行武庫②有玉管，長二尺三寸，二十六孔，吹之則見車馬、山林，隱轔相次，吹息亦不復見，銘曰"昭華之琯"。《西京雜記》三

牢讀靁（許注《淮南子》十三）

彈壓山川

彈山川，令出雲雨，復能壓止之。同上

署行議年

書行義年，王融"義"作"議"。李善注《文選》引詔文爲釋。五臣云"考吏行之殿最，議年穀之豐儉"，奏於天子，豈不甚可笑？《刊誤》讀作"儀"，與"心儀霍將軍女"同擬也。詔文云"年老癃病勿遣"，若年雖老而非癃病不害，其爲可用，故須擬"議"。其年，議、儀皆通。《兩漢刊誤補遺》一

鞠茂草於圜扉

古圜土、圜扉。按：圜，圓也。圜中規，規圓主仁，矩方主義。獄名圜者，欲吏以仁心求其情，乃仁以義斷也。羅識《拾遺記》十

侔食來王

《周書·王會》"東越海蛤"，或誤爲"侔食"，而王元長

---

① 【校】"王客"作"主客"，"宋弁"作"朱昇"，"齊主"作"齊王"。
② 【校】"武庫"作"庫府"。【按】四部叢刊本同。

用之，其"別風淮雨"之類乎？《困學紀聞》十八①

粵上斯巳

《律書》釋十母十二子之義，大略與今同。唯至四月，云其于十二子爲巳，巳者，言陽氣巳盡。據此，則辰巳之巳，乃爲"矣"音。《容齋三筆》十 案：上巳俗爲"辰巳"之"巳"，當爲"戊己"之"己"，此條附出。

芳林園者

芳林苑，一名桃花苑，在廢東府城東邊秦淮大路北。王融《曲水詩序》"乃眺芳林"即此。《寰宇記》五十②

《寰宇記》云："芳林苑，本齊高帝舊宅。武帝永明五年，嘗幸其苑禊宴。"《六朝事迹》上

齊高帝舊宅在古湘宮寺前巷，近青溪中橋。帝即位，修爲青溪宮，一名芳林園，後改爲芳林苑。梁天監中③賜南平元襄王爲第，益加穿築，蕭範記言："藩邸之盛，莫過於此。"《金陵新志》十二

跨靈沼而浮榮

《筆談》言："士人文章多言前榮，屋翼謂之榮，東西注屋則有之，未知前榮安在？"余嘗觀韓退之《示兒詩》："前榮饌賓親，冠婚之所。"又按王元長《曲水詩序》、五臣注，榮則以爲屋檐，一名楣，一名宇，即屋四垂也。《集韵》云："屋梠之兩頭起者爲榮。"其謂之翼，則言楣宇之張如翬斯飛耳。故《禮記》言"洗當東榮"，又言"降自西北榮"。《上林賦》云："偓佺之徒，暴于南榮。"則所謂榮者，東西南北皆有之。故李華《含元殿賦》有"風交四榮"之說，則《筆談》未爲確論。《藝苑雌黃》三

---

① 【校】此條應出自《困學紀聞》卷十九。
② 【校】此條應出自《太平寰宇記》卷九十。
③ 【校】"梁天監中"作"梁天監初"。

《王文憲集序》

公諱儉

　　王規，祖儉，齊太尉。子褒，江陵陷，入周。《梁書》四十一

信乃昴宿垂芒

　　佉盧虱吒仙人告一切天言：「初置星宿，昴爲先首。」白天言：「昴宿行四天下，恒作善事。」是時衆中有聖人，名大威德，言：「昴宿我妹之子，其星有六，形如剃刀，姓鞞耶尼。」《日藏經》八

　　昴宿，天目星，下管人間訟獄典、曹吏、刑罰、囚繫、考決之司。李思聰《洞淵集》八　按：此以爲蕭何造律而發。

契稷匡虞夏，伊呂翼商周

　　王儉四五歲與凡童有異，嘗爲五言詩曰：「契稷匡虞夏，伊呂翼商周。撫己媿前哲，斂衽歸山邱。」論者以宰相許之。劉敞《南北朝雜記》

東陵侔於西山

　　泰山也，盜跖死其上。《南華經疏》十

　　陵名，今東平陵，屬濟南郡。《南華經音義》五

王子淵

　　西漢自王褒以下，文字專事詞藻，不復簡古。陳鵠《耆舊續聞》二

《聖主得賢臣頌》

　　楊國忠爲左相，兼總銓衡。從前注擬，皆約循資格，至國忠創爲押例，選深者盡留，乃無才與不才也。選人等求媚于時，請立碑尚書省門，以頌聖主得賢臣之意。敕京兆尹鮮于仲通撰文，元宗親定數字。鐫畢，以金填改字。肅宗登極，始去其碑。《封氏聞見記》五

　　王褒《聖主得賢臣頌》，宣宗本以俳優戲劇，視之固無足道，然可惜一好題目，只作主臣相得説了。《習學記言》廿三

　　孝宗隆興元年十二月二十二日，拜張浚左僕射，書《聖

主得賢臣頌》以賜。孝宗初政，御書王褒《聖主得賢臣頌》、李德裕《英傑論》賜史浩。《玉海》三十四

不足與論太牢之滋味

太牢，牛羊豕。其少牢，謂去牛，惟用羊豕。今人以牛爲太牢，羊爲少牢，不知太牢有羊，少牢有豕。《嘉祐雜志》載：“韋禹錫判太僕供祫，享太牢，祇供特牛，不供羊豕。”觀唐人呼牛僧孺爲太牢，呼楊虞卿爲少牢，《東都賦》“太牢饗”，注：“牛也。”知此謬久矣。《野客叢書》三①

王良執靶 晉灼音霸（《漢書注》六十四下）

張晏曰：“王良，郵無邮，字伯樂。”師古曰：“郵無恤、郵無正、郵良、王良，總一人也。伯樂失之矣。”仁傑按：《孟子》“王良”，《左傳》“郵良、郵無恤”，《國語》“郵無正”，顏氏謂“總一人”，是矣。《國語》載“郵無正”其下云：“伯樂與尹鐸有怨，以其賞如伯樂氏。”則伯樂即郵無正，而顏謂晏失之，何哉？顏以王良、伯樂爲兩人，《古今人表》並列郵無恤、王良、伯樂三人，豈未嘗考《春秋傳》耶？《兩漢刊誤補遺》七

圖空 作“周空” 有聖 作“仁”（並《漢紀》二十） 之臣 二字無（《漢書》六十四下） 論説無疑 《漢紀》二十作“愉悦無數”

何必偃仰詘信若彭祖

彭祖，顓頊玄孫，善調鼎，進雉羹于堯，堯封於彭城，其道可祖，故謂之彭祖。《南華經疏》一

《趙充國頌》

楊雄《趙充國頌》，頌而似雅。

《出師頌》

昔班固爲《安豐戴侯頌》，史岑爲《出師頌》《和熹鄧后頌》，與《魯頌》體意相類。並《文章流別論》

---

① 【校】“其少牢”作“具少牢”，“韋禹錫”作“常禹錫”。【按】明刻本同。

《酒德頌》

高允《酒訓》："往者有晋，士多失度。調酒之頌，以相眩曜。"《魏書》四十八

《續酒德頌序》："頌所以游揚德業，褒讚成功。"伯倫徒以大人先生放蕩爲辭，似未知酒德之故，乃賡而和之。王禹偁《小畜外集》十

李格非言："晋人能文者多矣。劉伯倫《酒德頌》、陶淵明《歸去來辭》，字字如肺肝流出。遂高步晋人之上，其誠著也。"《宋史》二百三

日月爲户牖，八荒爲庭衢

仲長統云："垂露成幃，張霄成幄。沆瀣當餐，九陽代燭。"蓋取無情之物作有情用，自後竊取其意者甚多。張志和云："太虛爲室，明月爲燭。"王康琚云："華條當圜屋，翠葉代綺窗。"吳筠云："綠竹可充食，女蘿可代裙。"劉伶云："日月爲户牖，八荒爲庭衢。"皆是意也。李義山云："春蠶到死絲方盡，蠟燭成灰淚始乾。"此又是一格。《韵語陽秋》三①

聞吾風聲

王從之發古名篇中疵病，伯倫《酒德頌》"大人先生"是寓言，後"聞吾風聲"，"吾"當作"其"。《歸潛志》八　案：此數墨尋行，大似不知文體。

如蜾蠃之與螟蛉

《詩》云："螟蛉有子，蜾蠃負之。"陶隱居以爲果蠃自生子如粟粒，捕取螟蛉者，所以飼其子，非以螟蛉爲子也。余童稚時屢驗之，陶説誠不妄。其類有三：銜泥營巢于室壁間者，名果蠃；穴地爲巢者，名蠮螉；巢于書卷或筆管中者，名蒲盧。名既不同，其質狀大小亦異。果蠃、蒲盧，即捕桑蠖及小蜘蛛之類，蠮螉惟捕蠨蛸與蟋蟀耳。捕後皆螫殺，去其足，盡

① 【校】"户"作"扁"，"盡"作"歇"。【按】宋刻本同。

真穴中，生子其上，旋以泥隔之。旬日，子大成蜂，而諸蟲盡矣。《墨客揮犀》五

《漢高祖功臣頌·序》

相國酇文終侯沛蕭何

漢相蕭何封酇侯。舉代呼爲"醝"，有呼"贊"者，則反掩口而咥。鄒氏分明云："屬沛郡者音嗟①，屬南陽者音贊。"又《茂陵書》："蕭何國在南陽。"合二家之説，音贊不音醝，明矣。《資暇集》上

先儒及顏師古②以爲贊爲南陽筑陽之城，今屬襄州。竊以凡封功臣，多就本土，蓋欲榮之也。張良封留，是爲成例。班固何須穿鑿，更制別音乎？《大唐新語》九

唐人多不用顏師古注《漢書》音。楊巨源"請問漢家誰第一，麒麟閣上識酇侯"，則音贊者不同③。《猗覺寮雜記》二

酇屬南陽，音贊，而沛有泗水亭，班固銘曰："文昌四友，漢有蕭何，序功第一，就封於酇。"誤以爲沛地之酇矣。楊巨源、姚合、賈島詩皆承此謬。劉晏歲輸至，天子曰："卿，朕酇侯也。"《唐書釋文》："酇，南陽縣名，則旰切。"此正得之。《野客叢書》七

相國平陽懿侯沛曹參

字值敬。《博物志》六

字敬伯，見《史記》。《野客叢書》十五

曹參無字，則加之以欽伯。《文膾前集》十

太僕汝陰侯文沛夏侯嬰

《姓譜》："杞簡公爲楚所滅。其弟佗奔魯，魯悼公以佗出自夏后氏，受爵爲侯，謂之夏侯，因而命氏。"《通鑒注》九

---

① 【校】"嗟"作"醝"。【按】明顧氏文房小説本同。
② 【校】"先儒及顏師古"原文無"及"字。
③ 【校】"不同"作"不用"。

大行廣野君高陽酈食異（《索隱》三）其

漢相酈、審、趙三人皆名食其，以六國衛有司馬食其，並慕其名。《考古編》九　案：程泰之此條引《索隱》，《索隱》不言漢相。

太子太傅、稷嗣君、薛叔孫通

名何見《楚漢春秋》？《野客叢書》十五

平國君侯公

金鄉長侯成碑，其先出自[①]。鄭共仲賜氏曰侯，厥胤宣多，以功佐國。《隸釋》八

頌

上埄下黷

《哀江南賦》"茫茫慘黷"，錢起《圖畫功臣賦》"掃乾坤之慘黷"，杜甫《送郭中丞詩》"中原何慘黷"。案《文選·漢功臣贊》"上埄下黷"，埄，塵也，三字並當作"埄"。《文苑英華辯證》九

黷，濁也。《經外雜鈔》

曲逆宏達

陳平封曲逆侯，《漢書》無別音，《文選》載陸士衡《高祖功臣頌》注："曲，區句反，逆音遇。"《珩璜新論》上

曲逆或讀如去遇，非也。《地理志》："中山國曲逆縣，因濡水至城北曲而流，故曰曲逆。"章帝醜其名，改曰"蒲陰"，則曲逆讀當如本字。《演繁露》十五

京索既扼《元一統志》二百八十三作"振"

王觀國《學林新編》云："漢高紀戰滎陽南京、索間。"應劭注："京，縣名。今有大索亭、小索亭。"晋灼曰："索音冊。"師古注："索音求索之索。"《韓信傳》師古注："索音山客反。"陸士衡《功頌》五臣注："素各切。"以索爲宵爾索綯之索，誤矣。韓退之《偃城》聯句"陽生過京索"與呀字同押，亦

[①]　【校】後脫"酃岐"。

誤。予按《左氏》"昭五年，勞諸索氏"，杜注云："成皋縣東有大索城。"陸德明《音義》曰："索，悉落反。"以《左氏》證之，五臣、退之爲是，王説非矣。《能改齋漫録》四①

韶護錯音

　　大護，其義蓋稱湯救天下，護然得所。《元結集》一

　　湯作大護。湯以寬理天下人②，而除邪惡，其德能使天下得其所，言盡護救于人也。《通典》百四十一

　　湯作大護。"猗與那與，置我鞀鼓。奏鼓簡簡，衎我烈祖。湯孫奏假，綏我思成。鼞鼓淵淵，嘒嘒管聲。既和且平，依我磬聲。於赫湯孫，穆穆厥聲。庸鼓有斁，萬舞有奕。"《通考》百廿八　案：詩《那》鄭箋："美湯定天下作護樂，故歎之，多其改夏之制，乃始植我殷家之樂，鞀與鼓也。"此箋正解，"置我鞀鼓"爲作護樂之用，非謂《那》詩即護樂也。貴與載《那》詩於護樂之下，又割去"我有嘉客"以下八句，諸家説樂説詩，都無此義，似誤，讀鄭箋所致。

贊

　　《翰林論》曰："容像圖而讚立，宜使辭簡而義正。"《玉海》六十二

《東方朔畫贊》

　　《仇池筆記》："顏真卿寫碑，唯《東方朔畫贊》最爲清雄。後見逸少本，乃知魯公字字臨此。"曾慥《類記》十

平原厭次人也

　　《東方先生畫贊碑陰記》："厭次，今屬樂安郡，東去祠廟二百里，故厭次城今在平原郡安德縣東北二十二里，廟西南一里。"《顏真卿集》十二

富貴作"樂"　　**頡頏**作"擷抗"　　**詼**作"談"（並王羲之《東方畫贊碑》）**諧**

---

① 【校】此條應出自《能改齋漫録》卷五。"在氏"應作"左氏"，"素各切"作"桑各反"，"咢"作"萼"。
② 【校】"天下人"原文無"天下"二字。

金石文字見行于世，與《文選》出入者不下數篇，非宋搨及宋刻。今集又皆不取，惟十三行玉版搨本《東方贊》爲宋刻。舊搨皆名家舊藏，借録備異同焉。

潔其道而穢其迹，清其質而濁其文

《道學傳》第五云：“東方朔，潔其道而穢其迹，清其質而濁其文。”王懸河《三洞珠囊》二　案：元劉大彬《茅山志》第八云：“玄靜先生《道學傳》二十卷。”玄靜，唐李含光也。引書各注某卷，向謂其體。始遼僧行均《龍龕手鑒》、宋程大昌《演繁露》二書，皆偶一二條注卷。後見江少虞《事實類苑》竟體注卷，在程大昌前，今《三洞珠囊》每條稱某書某卷。王懸河，唐人，又在江少虞前。

八索 《王碑》作“素”

陰陽圖緯之學

圖緯、圖讖、天文。《雙字》上　案：讖緯起哀平間，東方未見。然誤在作者，不誤在五臣。

其功 作“巧”　嘲哂 作“唅”　籠罩 “籠罩”四句無　神交 作“友”（並《王碑》）

大人來守此國

《碑陰記》：“夏侯孝若，父莊，爲樂陵太守。”

見先生之遺像

《碑陰》：“東方先生形像，今揑傞爲之，二細君侍焉。”並《顔真卿集》十二

是居弗形 作“居居刑刑”　悠悠 作“遊遊”（《王碑》）

《三國名臣贊》

《文苑英華》：“嚴從有《擬三國名臣贊序》”。《玉海》六十二

序

龐統，字士元

《姓譜》：“龐姓，畢公高之後支庶，封於龐，因氏焉。”《通鑒注》二

贊

始救生人，終明風槩

《題荀文若傳後》：“文若爲操畫策取兗州，比之高、光不

棄關中、河內；官渡不令還許，比楚、漢成皋。凡爲籌計比擬，無不以帝王許之，海內付之。事就功畢，欲邀名於漢代，委身之道，可以爲忠乎？"《杜牧集》六

臣光曰："孔子稱管仲之仁，以其輔佐齊桓，大濟生民也。苟彧佐魏武化亂爲治，其功豈在管仲之後乎！管仲不死子糾而苟彧死漢室，其仁復居管仲之先矣。"《通鑑》六十六　案：曹操擊陶謙，則坑流民，而泗水不流，屠取慮、睢陵、夏坵，則雞犬盡，而墟邑無人，皆文若親所聞見。若欲大濟生民，則操殺人如此，何所謂濟？若欲中興漢室，則自古惟仁人君子，然後能盡忠孝之節，豈有殘忍不道如操之甚，而能光復漢室？大啓中興者乎縱復。知人則哲，惟帝其難。至于從事日久，梟獍之心時時流露，亦可知其不復。能成己志，則奉身而退，爲徐元直，爲管幼安，皆無不可，何必至操？業已成勢，不可遏，然後仰藥自盡，用明本心。以智，則不足以全失身之過；以仁，則不足以治亂世之人；以才，則不足以扶漢室之墜。智士仁人兩無所取，而袁彥伯謂其始救生人，終明風槩。司馬文正謂其功如管仲，仁復過之，皆非審時度勢、知彼知己之論也。杜牧之僅以虛辭比擬爲文若，罪宜不足以折苟氏之心，而有以開司馬氏之辨矣。

牆宇作"岸"　　**立上**作"行"（並《晋書》九十二）

卷二十七

《封禪文》

封禪

　　崇其壇場，則謂之封；明其代興，則謂之禪。袁宏《後漢紀》八

　　《許懋傳》："時有請封會稽禪國山者，懋建議曰：'臣按舜幸岱宗，是爲巡狩。'"鄭引《孝經鈎命決》云："封於泰山，考績柴燎，禪于①梁甫，刻石紀號。"此緯書曲説，非正經通義。《梁書》四十　案：康成信緯書一失，信緯書而遂及封禪再失。班固、應劭本非儒者，其言封禪，又非創始，比于司馬長卿，鄭康成爲不足責。

　　增泰山之高以報天，附梁父之基以報地。《禮記疏》二十四

　　封禪不著經典，秦皇、漢武行之，自爲光輝無窮。然封禪後，災異數至，天下多事，則此禮惡足當天意哉！帝王能以功德濟生民，則天祐以永久之福，郊祀之禮，足伸其報，何待自告其功也？孫甫《唐史論斷》上

　　臣祖禹曰："古者天子巡狩至于方岳，必告祭柴望，所以尊天而懷柔百神也。後世學禮者失其傳，而諸儒之諂諛者爲説，以希世主，謂之封禪。實自秦始，古無有也。且三代不封禪而王，秦封禪而亡，人君不法三代而法秦，以爲太平盛事，亦已謬矣。"《唐鑒》四

文

　　太祖曲宴群臣數人，使各効伎藝。王儉曰："臣惟知誦書。"因跪上前誦相如《封禪書》。上笑曰："此盛德之事，吾

---

① 【校】"于"作"乎"。【按】清乾隆武英殿刻本同。

何以堪之！"《南齊書》二十三①

崔日用常②採《大雅》《小雅》二十篇及相如《封禪書》，因上生日表上之，以申規諷，并述告成之事。《舊唐書》九十九

相如竊妻滌器開巴蜀，以困苦鄉邦，其過已多，至爲《封禪書》，則詔諛蓋天性，不復自新矣。《藝苑雌黃》八

《封禪文》典雅，爲西京之宗。然未免託符瑞以啓侈心，君子恥之。其後，揚雄作《劇秦美新》，尤爲可恥。班孟堅亦引符瑞以劾尤。唐人作《玉牒真紀》以美元宗，尤淺陋。及柳宗元《正符》謂"受命不於天，於其人；休符不於祥，於其仁。惟人之仁，匪祥於天"，茲爲《正符》哉。未有棄仁而久者也，未有恃祥而壽者也。遂一洗前作之陋。《學齋佔筆》二

君子之死，死而遺忠；相如之死，死而遺害。呂祖謙《讀書雜記》四

相如，文人無行，不與史③事，以賦得幸，與倡優等，無足多責。惟《封禪書》禍漢天下於身後，且禍後世，罪不可勝誅。《黃氏日鈔》四十六

七十有二君

許懋議曰："七十二君，夷吾所記，此中世數，裁可得二十餘主：伏羲、神農、女媧、大庭、柏皇、中央、栗陸、驪連、赫胥、尊盧、混沌、昊英、有巢、朱襄、葛天、陰康、無懷、黃帝、少昊、瑞頊、高辛、堯、舜、禹、湯、文、武。中間乃有共工，霸有九州，非帝之數，云何得有七十二君封禪之事？且燧人至周，人心淳樸，不應金泥玉檢，升中刻石。燧人、伏羲、神農三皇結繩而治，書契未作，未應有鐫文告成。無懷氏，伏羲後第十六主，云何得在伏羲前封泰山禪云云，夷

---

① 【校】"使各"作"各使"，"王儉"作"張儉"。【按】清乾隆武英殿刻本同。
② 【校】"常"作"嘗"。
③ 【校】"史"作"吏"。【按】元後至元刻本同。

吾又云'惟受命之君',然後得封禪。周成王非受命君,云何而得到太山禪社稷?神農與炎帝是一主,而云神農封太山禪云云,炎帝封泰山禪云云,分爲二人,妄亦甚矣!"《梁書》四十①

風《漢書》五十七下、《通志》九十八下作"見"**可**

然後囿騶虞之珍群

昇明二年,騶虞見安東縣五界山,獅子頭,虎身,龍脚。《南齊書》十八

《封禪文》言"符瑞"不過三事。麟,指武帝獲白麟;乘龍,指余水中神馬;獨騶虞,見褚先生補《史記》:"建章宮後閣重櫟中有物,狀若麋。武帝詔東方朔視之,朔曰:'所謂騶牙者也。'"《山海經》"騶吾珍獸",故長卿有"騶虞珍群"之語。長卿從《大傳》謂之騶虞,曼倩從《山海經》謂之騶牙。"虞"者,"吾"聲之轉,而"吾"有牙音。《兩漢刊誤補遺》七

騶虞,獸之俊逸者,故馬之健者比之。《淮南子》:"散宜生,以千金求,得騶虞、雞斯之乘。"則文王之馬有名騶虞者,可見是馬也。文王駕以從田,進退周旋,莫不如欲。故一發五豝,一發五豵,夫五御以逐禽爲難,其馬能與人相應獲禽,如此,所以申言之曰:"于嗟乎,騶虞也!"庶類蕃殖,蒐田以時,有以見文王平時,不妄殺,故言"仁如騶虞"。猶《禮記》言:"好賢如《緇衣》,惡惡如《巷伯》。"皆取一篇之義。《爾雅翼》十八

導一莖六穗於庖

相如《封禪書》曰:"導一莖六穗於庖,犧雙觡共抵之獸。"此"導"訓"擇",光武詔云"非徒有豫養導擇之勞"是也。而《説文》云:"䆃是禾名。"引《封禪書》爲證,無妨自當有禾名䆃,非相如所用也。"禾一莖六穗於庖",豈成

---

① 【校】"瑞"作"顈"。【按】清乾隆武英殿刻本同。

文乎？縱使相如鄙拙爲此語，則下句當云"麟雙觡共抵之獸"，不得云"犧"也。《顏氏家訓》下

餘珍 德薄 遍之《漢書》五十七下無"珍德之"三字，"遍"作"偏"

厥塗靡從，天瑞之徵

蓋以騊駼牙出建章宮，莫知所從來《刊誤補遺》七

兹亦於舜，虞氏以興《漢書》亦作"爾"；《白孔六帖》九十八作"兹虞氏興"也。

《劇秦美新》（《雙字》上、《類林》一並作《劇秦美新論》）

王褒過章《僮約》；揚雄德敗《美新》。《顏氏家訓》上

義不深不至於理，言不信不在於勸教，而詞句怪麗者有之，《劇秦美新》《僮約》是也。《李翱集》六

法言後序《法言·孝至》篇曰："周公以來，未有漢公之懿者。"既有其文，不能無其論，吾得之矣，在《美新》之文，則"雄之道於兹疵也"。皮日休《文藪》五

《劇秦美新》解下，漢氏幾千年無人識揚雄之旨，微言譏莽，而非媚人。凡褒貶於人，取其善惡類而較其優劣也。劇其秦，謂惡甚也；美其新，謂惡少異於秦也。《郝開集》二

揚雄仕漢，親蹈王莽之變，退託其身於列大夫，不與高位者同其死，抱道没齒，與晏子同科。世儒或以《劇秦美新》貶之，此雄不得已而作也。夫誦述新莽之德，正①能美於暴秦，其深意固可知矣。序所言"配五帝冠三王，開闢以來未之聞"，直以戲莽爾。使雄善爲諛佞，撰符命，稱功德，以邀爵位，當與國師公同列，豈固窮如是哉？《容齋隨筆》十三

劉敞《西漢三名儒贊》序："余讀西漢，愛董仲舒、劉向、揚雄之爲人。然仲舒好言災異，幾陷大刑；向鑄僞黃金，

---

① 【校】"正"作"止"。

亦減死論；雄任①王莽，作《劇秦美新》，皆背於聖人之道，惑於性命之理者也。"《宋文鑒》七十五

荊公論揚子雲投閣事，此史臣之妄。豈有②揚子雲而投閣者？又《劇秦美新》，亦後人誣子雲耳。子雲豈有作此文？他日見東坡，遂論及此。東坡云："某亦疑一事。"荊公曰："疑何事？"東坡曰："西漢果有揚子雲否？"聞者皆大笑。《北窗炙輠錄》上

司馬溫公、王荊公、曾南豐最推尊揚雄，以爲不在孟軻下。至朱文公作《通鑒綱目》，乃始正其附王莽之罪，書"莽大夫揚雄"，使莽之行如狗彘，三尺童知惡之，雄肯附之乎？《劇秦美新》，不過言孫免禍。然既受其爵祿，則是甘爲之臣僕矣，獨得辭"莽大夫"之名乎！文公此筆，與春秋爭光，麟當再出也。劉潛夫詩云："執戟浮沈計未疏，無端著論美新都。區區所得能多少，枉被人書莽大夫。"余謂名義所在，豈當計所得之多少！若以所得之少，枉被惡名爲恨，則三公之位，萬鍾之祿，所得倘多，可以甘受惡名而爲之乎！此詩頗礙義理。《鶴林玉露》六

揚雄淡泊而柔弱，富貴既非所好，節義又非所能，故惟欲以文章名世。方其年少氣銳，識慮未定，歆艷相如之爲，《文人賦》《甘泉賦》《河東賦》《校獵賦》《長楊》，哆然不啻，便足及乎。年至慮易，始昭若發蒙，幡然自悔前日之爲也。復擬《論語》，擬《易》，竟以預諸儒之列矣。嗚呼！雄爲淫辭曼語中，其殆拔足風埃，脱身塵澱者乎！不然，西蜀又一相如矣。然儒非徒文之可名者也。《美新》投閣，大節已虧，儒於何有？黃震《日鈔》四十七③　案：篇名《劇秦》特舉其甚者言之，其實篇中

---

① 【校】"任"作"仕"。
② 【校】"豈有"作"豈肯"。
③ 【校】"文章"作"文字"，"《文人賦》"作"《文賦》"。

無所不劇。昔帝繢皇，王繢帝，或無爲而治，或損益而亡，豈知新室委心積意，儲思垂務，以爲皇帝王皆不及新莽之盡心，則劇三皇、劇五帝、劇三王矣。敍漢曰："帝典闕而不補，王綱弛而未張。"敍新曰："帝典闕者已補，王綱弛者已張。"以爲莽補漢闕，則又劇漢矣

　　揚雄《劇秦美新》爲萬世羞。<small>黃震《古今紀要》二</small>

　　岑文本擬《劇秦美新》，不作可也。<small>《困學紀聞》十七</small>

《典引》

　　臨川王義慶擬班固《典引》爲《典敍》，以述皇代之美。<small>《宋書》五十一　《南史》十三</small>

　　王才臣子俊《淳熙内禪頌》："臣惟昔者《封禪》《典引》《正符》等篇，其事至末矣，侈于麗藻，以掞不朽。"<small>岳珂《程史》十五①</small>

卓絶 <small>《後漢書》四十作"踔"</small>

將授漢劉

　　班固《典引》謂漢特承堯，又著之《漢書》，欲垂中正不刊之典②。讖稱劉秀爲天子，光武宗室單寡援之立極，遂以自神桓譚鄭興，皆莫肯信。固希世附會，曾無慚恥。<small>《習學記言》廿五</small>　案：《典引》，范史著于《後漢》，非班史著於《漢書》。

故先命玄聖

　　《春秋演孔圖》："孔子母徵在感黑帝而生，故曰玄聖。"

以方伯<small>作"伯方"</small>**統牧，乘其命賜彤弓黃鉞**<small>作"戚"</small>**之威**（<small>並《後漢》四十</small>）

　　伯方猶方伯。黃戚，黃金飾斧也。

華<small>《後漢》四十、《通志》百九上作"敦"</small>**而**

是以來儀

　　元和二年，詔曰："乃者鳳凰、鸞鳥，比集七郡。"

肉角馴毛宗於外圉

　　伏侯《古今注》："建初二年，北海得一角獸，大如麖，

---

① 【注】《程史》即《桯史》。

② 【校】"不刊之典"作"不刊之義"。

角在耳間，端有肉。元和二年，麒麟見陳，一角，端如蔥葉，色赤黃。"

擾緇文皓質於郊

謂騶虞。《古今注》："元和三年，白虎見彭城。"

升黃暉采鱗於沼

謂黃龍。建初五年，有八黃龍見零陵。

甘露宵零於豐草，三足軒翥於茂樹

《古今注》："元和二年，甘露降河南，三足烏集沛國。"並《後漢注》四十

班孟堅

李文叔《論》云："班固視馬遷，如韓魏壯馬，短鬣大腹，服千鈞之重，以策隨之，日夜不休，則亦無所不至。曾不如腰①裹之馬，脫驥逸駕，驕嘶顧影，俄而縱轡一騁，千里即至。"《墨莊漫錄》六

《公孫宏傳贊》

班氏《公孫宏傳贊》直言："漢之得人盛於武宣二代，至於平津，善惡寂滅無覿，持論如是，其義靡聞。必矜其美辭，愛而不棄，則宜微有改易，列於《百官公卿表》後。"《史通》十八

曰《唐鑒注》廿一音密；《西溪叢語》下："曰，如字。"

斯亦曩時版築飯牛之明己

武帝時異人並出，史臣方之版築飯牛，斯言過矣。公孫宏、兒寬之儒雅，專事阿諛，皆佞人也；張湯、趙禹之定令，多務嚴急，皆酷吏也。李延年倡優善歌，乃許之協律；桑宏羊剝民聚斂，乃許之運籌。嚴助張騫，啓倡②邊事以資進取，在堯舜三代不免流放竄殛，尚何之足。云"惟汲黯、蘇武一時

———————

① 【校】"腰"作"䏋"。【按】四部叢刊本同。
② 【校】"啓倡"作"啓唱"。【按】明刻本同。

傑出，而武帝疏遠之”，史臣之言過矣。《劉蕡集》四

儒雅則公孫宏、董仲舒、兒寬

　　班固敍武帝名臣，李延年、桑宏羊亦與焉。若儒雅，則列董仲舒於公孫宏、倪寬之間。汲黯之直，豈卜式之儔哉？史筆之褒貶，萬世之榮辱，而薰蕕混殽如此，謂之比良遷、董可乎？《困學紀聞》十二

　　文有目人之體，《論語》：“德行：顏淵、閔子騫、冉伯牛、仲弓；言語：宰我、子貢。”此目人之體也。揚雄、班固得之。《法言》曰：“美行：園公、綺里季、夏黃公、甪里先生；言辭：婁敬、陸賈。”《公孫宏傳贊》曰：“儒雅則公孫宏、董仲舒、倪寬；篤行則石建、石慶。”《文則》上

質直則汲黯、卜式

　　舒元輿《國庠記》：“漢初息干戈，濬其源，而後生公孫宏、倪寬、卜式之徒。”僕觀卜式“樸魯不學”，但能爲天子牧羊，元輿例言失實。班史謂儒雅：公孫宏、兒寬、董仲舒；質直：汲黯、卜式。古人自有定論。《野客叢書》廿五　案：諸書論班史，失言，有舒元輿《記》，班更得爲定論。

《晉紀·論晉武》

執大象也

　　大象，道也。河上公《道德經注》二　唐玄宗《道德經注》二

　　不執而執，執無所執。大象，大道之形象①。顧歡《道德經疏》三　案：《隋經籍志》、顧歡《老子義疏》一卷，杜光庭《廣聖義》卷首曰：“南齊吳郡徵士顧歡《道德經注》四卷，今道藏本疏八卷中引御曰：‘蓋唐明皇以後人補。’”蓋此條亦與強思齊《道德經纂疏》第十卷引成玄英《道德經疏》同。

　　大象，虛無之大道。李榮《道德經注》四

　　能執古之道，御今之有，萬物歸往之矣。陸希聲《道德經傳》二

　　執，用也。杜光庭《道德經廣聖義》廿八

────────────

① 【校】“形象”作“法象”。

象如天之垂象，無爲也。聖人御世，處無爲之事，行不言之教，民歸之如父母，故曰執大象，天下往。宋徽宗《道德經解》二

道非有無，故謂之大象。蘇轍《道德經注》二

道在天下，萬物歸焉，而不知是無形也，無形也者，大象也。吕惠卿《道德經注》二

大象無形，道之全體。李霖《道德經取善集》五

大象若可見，不可得見，經所謂大象無形是也。江澂宋徽宗《道德經解疏義》七

無象之象，故曰大象。董思靖《道德經集解》一

執謂體之而無遺。吴澄《道德經注》二①

《晉紀總論》

蕭穎士謂"干寶著論近王化根源"。《唐詩紀事》廿一　案：《困學紀聞》十三卷引此語，作"李華"。

如 無"如"字 **城**　　**湘** 作"湖"（並《長短經》二）**來**

起於后稷

傅子曰："當堯之時，禹爲司空。后稷爲田疇，夔爲樂正。"《長短經》一

故從之如歸市

美陽亭，即豳也，民俗以夜市。《説文》六下

曰逆取順守

臣祖禹曰："《易》曰：'湯武革命，順乎天而應乎人。'取之以仁義，守之以仁義者，周也；取之以詐力，守之以詐力者，秦也。此周秦所以異也。後世或以湯武征伐爲逆取，而不知征伐之順天應人，所以爲仁義也。"《唐鑒》二②

異於先代者也

干寶論晉之創業立本，固異於先代。後之作史者，不能爲

① 【校】"執謂體之而無遺"作"執謂體之而不違"。
② 【校】此條應出自《唐鑒》卷三。

此言也，可謂直矣。《困學紀聞》十三

錢神之論

　　魯褒《錢神論》："史謂疾時者共傳其文，而不復全，惜哉。"《習學記言》三十

故大命重集于中宗元皇帝

　　魏明帝時，河西柳谷瑞石有牛繼馬後之象，魏收舊史，以爲晉元帝是牛氏之子，冒姓司馬，以應石文。元行沖①推尋事迹，以後魏昭成帝名犍，繼晉受命，考校謠讖，著論以明之。《舊唐書》百二

《皇后紀論》

關雎作諷

　　李公弼字仲修，初仕大名府同縣尉。因檢驗村落，見魚鳥飛翔水際間，小吏曰："此關雎也。"因言："此禽一窠中二室。"仲修令探取巢觀之，皆一巢二室，蓋雌雄各異居也。因悟所謂和而別者，此也；鷙而通者，習水而善捕魚也。王銍《默記》中②

　　姜后稱雎鳩未嘗乘居匹遊。先儒稱："摯而有別。"張衡《思玄賦》："鳴鶴交頸，雎鳩相和。"《歸山賦》："王雎鼓翼，倉庚哀鳴；交頸頡頏，關關嚶嚶。"以交頸相和言之，蓋嘗乘居匹遊，烏在論其有別？且后妃樂得淑女與其君子相與顧，豈暇言其別？《淮南子》曰："《關雎》興於鳥，而君子美之，爲其雌雄之不乖也。"則古之説詩者與此異矣。然則何以言《關雎》樂而不淫？曰后妃樂得淑女配君子，則不淫之義自顯。《爾雅翼》十四③

──────────

① 【校】"元行沖"作"行沖"。【按】清乾隆武英殿刻本同。
② 【校】"魚鳥"作"魚鷹"，"間"作"問"。【按】清知不足齋叢書本同。
③ 【校】"雎鳩"作"鵙鳩"，"《歸山賦》"作"《歸田賦》"，"淑女"作"賢女"。

卷二十八

范蔚宗

李文叔《論》云:"范曄視班固,如勤師勞政,毫舉縷結。自以爲工不可復加,僅足爲治,曾不如威健之吏,不動聲色,提一二綱目,群吏趨走,而境内晏然也。"《墨莊漫録》六①

《二十八將傳論》

前世以爲上應二十八宿

二十八宿音秀,若考其義,則止當讀如本義。《説苑‧辨物論篇》:"天之五星,運氣于五行。"所謂宿者,日月五星之所宿,其義昭然。《搜採異同録》二

議者多非光武不以功臣任職

世祖倉卒擾攘之初,亟侯諸將矣。蓋激厲磨淬,亦事之常。至起卓茂、伏湛爲三公,剖符而封之功臣,不假以權革西京之弊,天下靡然,以名節相先。熊方《後漢書年表》三

光武不任功臣,前史以爲美談。予觀寇鄧、賈復,識明行修,量洪器達,以光武所用大臣較之,三子過之遠甚,顧乃執一槩之嫌,廢大公之義,是爲私意而已矣。光武所責於大臣者,特爲吏事,惟其不知大臣所當任之職,故不知用大臣之道。《張栻集》十七

所加特進朝請而已

特進起于西漢,凡諸侯功優,朝廷敬異賜位特進,在三公下。成都侯王商,以特進領城門兵,置幕府,得舉吏如將軍。

---

① 【校】"結"作"詰","威"作"武"。【按】四部叢刊本"毫舉縷結"作"毛舉縷詰","武"作"威"。

後漢鄧禹列侯就第，特進奉朝請，是特引見之稱，無官秩。豈于①魏晉以後皆有之，唐以文散階，元豐官制以爲寄禄官亞開府。失名《南窗紀談》

朝請有二説。漢律，諸侯春朝天子曰朝，秋曰請，此從去聲。竇嬰不得朝請，王陵竟不朝請。師古音才姓反，又一説。奉朝請，無定員，奉朝會請召而已。退之、東坡並作上聲押。《野客叢書》十一　案：師古音學多破碎。

春見曰朝，秋見曰請，示欲疏也。光武慮諸將功大權重，或變生肘腋，所以遠之。俞成《螢雪叢説》上

《謝靈運傳論》

沈侯《謝靈運傳論》全説文體，備言音律。此正可爲翰林之補亡，流別之總説，次諸史傳實爲乖越。《史通》十八

欲使宮羽相變

古人文章，自應律度，未以音韵爲主。自沈約增崇韵學，其論文則曰"欲使宮羽相變，低昂殊節"。自後浮巧之語，體制漸多，如傍犯、蹉對②、假對、雙聲、疊韵之類。詩又有正格、偏格，類例極多。故有三十四格、十九圖，四聲、八病之類。《筆談》十五

若前有浮聲③

李虛已爲天聖從官，喜爲詩，與同年曾致老唱酬。曾謂曰："子詩雖工，音韵猶啞。"李初未悟，後得沈休文所謂"前有浮聲，後有切響"，遂精於格律。《清波雜志》下④《困學記聞》十八　案：休文所指，濁爲浮，清爲切，乎爲浮，入爲切。前有浮聲，後須切響，即今所謂黏也。啞非失黏之謂，李虛己或因休文之語而傍悟。

---

① 【校】"豈于"作"定禮"。
② 【校】"傍犯、蹉對"作"傍蹉對"，無"犯"字。【按】四部叢刊本同。
③ 【注】從"若前有浮聲"至"以爲背其所生，則害"，現存碧琳琅館叢書《文選紀聞》文字逸失，據芋園叢書補足。
④ 【校】"曾致老"作"曾致堯"，"唱酬"作"倡詶"。【按】四部叢刊本同。

多歷年代，雖文體稍精，而十字無（《宋書》六十七）
而此秘未覩

　　陸厥《與沈約書》曰："范詹事《自序》：'性別宮商，
識清濁，特能適輕重，濟艱難。古今文人，多不全了斯處，縱
有會此，不必從根本中來。'《尚書》亦云：'或闇與理合，匪
由思至。'但觀歷代衆賢，似不都闇此處。魏文屬論，深以清
濁爲言，劉楨奏書，大明體勢之致，咀唔①妥帖之談，操末續
顛之說，興玄黃於律呂，比五色之相宣，苟此秘未覩，茲論爲
何所指邪？"約答曰："宮商之聲有五，文字之別累萬。以累
萬之繁，配五聲之約，高下低昂，非思力所學。人非止若斯而
已也。十字之文，顛倒相配，字不過十，巧歷已不能盡，況復
過於此者乎？靈均以來，未經用之懷抱，固不從得其髣髴矣。
若斯之妙，聖人不尚，何耶？此蓋曲折聲韻之巧無當於訓義，
非聖哲立言之所急也。"古人豈不知宮羽之殊，商徵之別？雖
知五音之異，而其中參差變動，所昧實多，故鄙意所謂"此
秘未覩"者也。《南齊書》五十二

　　《文章論》："沈休文獨以音韻爲切，輕重爲難，語雖甚
工，旨則未遠。古人言妙而工，適情不取於音韻；意盡而止，
成篇不拘於隻耦。故篇無足曲，詞寡累句。譬諸音樂，古辭如
金石琴瑟，尚於至音；今文如絲竹鞞鼓，迫於促節。即知聲律
之爲弊，甚矣。"《李德裕外集》三

　　謝朓始變齊梁之文，沈約和之，漢魏舊風掃地盡矣。陸厥
與約爭論往復，可謂葑菲之下體，筆墨之贅疣然。文章之變，
自是遂不可復。後世學者常言：人心自有天理。嗟夫！此豈天
耶？至蕭子顯又總該三體之外，自出機軸，以爲吐石含金，滋
潤婉切。雜以風謠，輕脣利吻。《易》稱"艮其輔，言有序，

---

①　【校】"咀唔"作"岨峿"。

悔厶"，哀哉！《習學記言》三十三① 案：周顒、沈約之聲律，即程邈之隷書運會所趨，非由一人之力。作者以創獲爲功論者，以變古爲罪，皆非貫通世變，旁達物情之論。

《恩倖傳論》

胡廣累世農夫

胡廣本姓黃，以五月五日生，惡之，甕盛棄江中。胡公見，收養爲己子。《世說》云。《白孔六帖》四

《殷芸小說》："胡廣以五月生，俗謂惡月，父母藏之。胡盧棄河，岸側居人收養之，及長，有盛名，父母欲取之，以爲背其所生，則害義；背其所養，則忘恩。兩無所歸，以其託胡盧而生也，乃姓胡。"曾慥《類說》四十九

胡廣六世祖剛，王莽居攝，解衣冠，懸府門，亡命交趾。後仕漢，爲公台三十餘年。俞德鄰《佩韋齋輯聞》一

胡廣本姓周，端午日生，葫蘆盛棄水，爲吳姓者所得，及長，託胡爲姓。陳世隆《北軒筆記》

權立九品

魏置九品後，魏品各置從九，凡十八品。自四品以下，每品分爲上下階，凡三十階。隋置品，從自四品以下，分上下階，自太師始謂之流內，流內自此始。又置視正一品至九品，自行臺尚書令始，謂之視流內，視流內自此始。大唐自流內以上，因隋制。又置視正五品、視從七品，謂之視流內。又置勳品九品，自諸衛錄事及五省令史始書，謂之流外，流外自此始。《通典》十九②

劉毅所云

自劉毅、衛瓘、李重倫中正，至沈約，盡之矣。此魏晉江左大事也。《習學記言》三十一

---

① 【校】此條應出自《習學記言》卷三十二。
② 【校】"魏品各置從九"原文無"九"，"諸"作"謂"。

《史述贊》

司馬子長撰《史記》，其自序一卷，總歷自道作書本意，篇別有引辭，即孔安國所云。書序，序所以爲作者之意也。揚子雲著《法言》，其本傳亦載^①《法言》之目篇，皆引辭。及班孟堅爲《漢書》，亦放其意於敍傳内，又歷道之，而謙不敢自謂作者，避于擬聖，故改作爲述。然敍致之體與馬揚不殊，後人不詳，乃謂班書本贊之外別爲覆述，重申褒貶。摯虞撰《流別集》，全取孟堅書序爲一卷，謂之漢述，已失其意。而范蔚宗、沈休文之徒撰史者，詳論之外，別爲一首，華文麗句，標舉得失，謂之爲贊。自以取則班馬，不其惑歟？劉軌思《文心雕龍》，雖略曉其意，而言之未盡。《匡謬正俗》五

《述傳》第四

信惟餓隸

《劉之遴傳》：鄱陽嗣王範得班固所上《漢書》真本，獻之東宫，太子令之遴等參校異同，十事，其略曰：“案古本《漢書》，《敍傳》號《中篇》，今本稱《敍傳》。又《傳敍》載班彪事行，而古本云：‘稚生彪，自有傳。’又紀、表、志、傳，古本相合爲次，總成三十八卷。又今本《外戚》在《西域》後，古本《外戚》次《帝紀》下。又今本《高五子》《文三王》《景十三王》《武五子》《宣元六王》雜諸傳秩中，古本諸王悉次《外戚》下，在《陳項傳》前。又今本《韓彭英盧吳》述云：‘信惟餓隸，布實黥徒，越亦狗盜，芮尹江湖，雲起龍驤，化爲侯王。’古本述云：‘淮陰毅毅，杖劍周章。邦之傑子，實惟彭英。化爲侯王，雲起龍驤。’又古本第三十七卷，解音釋義，以助雅詁，而今本無此卷。”《梁書》四十

《光武紀贊》

飆迴九縣

> 九州也。《類林》二

論

> 言其論而析之者，論也。《珊瑚鈎詩話》三

> 任昉《文章緣起》，著秦漢以來文章名目之始。案：論之名，起秦漢以前，荀子《禮論》《樂論》，莊子《齊物論》。至漢，則有賈誼《過秦論》。昉乃以王褒《四子講德論》爲始，誤矣。失名《木筆集鈔》上

賈誼

> 蕭穎士謂賈誼文詞詳正，近於理體。《唐詩紀事》廿一

> 讀賈誼文，則漢儒之文皆不足觀。及讀仲舒《三策》，然後見誼學未至。《徐節孝語録》

> 《文章宗旨》云：“賈生俊發。”《輟耕録》九

《過秦論》

> 孫權問闞澤：“書傳篇賦，何者爲美？”澤欲諷論以明治亂，因對賈誼《過秦論》最善。《三國志》五十三

> 國朝宋祁《新唐書·藩鎮傳序》全載杜牧《守論》一篇，實體班固《項籍傳贊》全載賈誼《過秦論》。蓋《守論》乃藩鎮事實，而《過秦》實項氏張本，不嫌取當代詞人之文，然司馬遷亦嘗取《過秦論》贊秦紀。但沒賈生之名，幾若揜人之善。班氏直下贊云：“昔賈生之《過秦》曰云云，如搏蛟縛虎之手，何必皆自己出？宋公用其體，尤爲歐公所稱美。匪惟班、宋擅一代史筆，賈、杜二子之文，益有光於信史矣。”《學齋佔畢》二

孝公既没四字無 **北**無（並《漢紀》二）**收**

趙奢之倫制其兵

> 趙姓，高陽氏之後。曾鞏《隆平集》一

遁逃而不敢進

《過秦論》:"九國之師,遁逃而不敢進。"師古:"遁音千旬反。"《漢郎中鄭君碑》"推賢達善,逡遁退讓",詳其文義,亦是逡巡之意。然二字決非一音,古人用字頗異,文多假借,時有難曉,不知顏氏何據音遁爲逡。《金石錄》十五①

吞二周而亡諸侯

按秦昭王五十一年滅西周,其後七年莊襄王滅東周,四年莊襄卒,始皇方即位,則吞二周乃始皇曾祖與父,非始皇也。吳枋《宜齊野乘》

鋘的 (《類林》二)　　　**城**作"峻"　　　**溪**作"深"(並《漢紀》二)

然而陳涉甕牖繩樞之子

破甕爲牖。《南華經音義》六

然後以六合爲家

五代天下剖裂,太祖啓運,太宗一統。故因御試進士,乃以"六合爲家"爲賦題。王世則賦曰:"構盡乾坤,作我之龍樓鳳闕。開窮日月,爲君之玉户金關。"帝覽之,大悦,擢第一。李巽賦:"闌八荒而爲庭衢,並包有截。用四夷而作藩屏,善閉無關。"此亦善矣,然不若世則之雄壯。《青箱雜記》二②

身死人手,爲天下笑者

文子曰:"所以亡社稷,身死人手,爲天下笑者,未嘗非欲也。"《過秦論》末句蓋用文子語。俞琰《書齋夜話》四

仁義不施

文字有終篇不見主意,有結句見主意者。賈誼《過秦論》"仁義不施而攻守之勢異也",韓退之"守戒在得人"之類是也。《文章精義》

---

① 【校】"逃"作"巡","文多假借"作"又多假借"。【按】四部叢刊本同。
② 【校】"闕"作"閣","闌"作"闢","四夷"作"四海"。【按】明稗海本同。

《非有先生》

談何容易

　　賢良曰："賈生有言：'懇言則辭淺而不入，深言則逆耳而失指。'故曰：談何容易。"《鹽鐵論》八①

深《通志》九十九作"家" **山**

《王命》

　　《王命論》淺近。《陳傳良集》卅六

咨爾舜三字無

光濟四海，奕世載德八字無

雖其"雖其"至"是故"二十二字無

氏族之世，著於春秋八字無（並《通鑒》四十一）

始起沛泮，則神母夜號九字《通鑒》無，**以彰赤帝之符**

　　文宗謂宰臣曰："人傳符讖之語，自何而來？"楊嗣復對曰："漢光武好以讖書決事，近代隋文帝亦信此言，自此説日滋，只如班彪《王命論》所引，蓋矯意以正賦②亂，非所重也。"《舊唐書》百七十六

帝王"帝王"至"生民"三十四字《通鑒》無

顯懿《漢紀》三十作"應"

未見運世無本《漢紀》無"運世無本"四字，有"亡命"二字

以爲適遭"以爲適遭"至"之士"十四字《通鑒》無

幸捷而得之《漢紀》三十、《後漢紀》五並作"捷者幸而得之"

不知神器有命

　　劉德曰："神器，璽也。"李奇曰："帝王賞罰之柄。"仲馮曰："神器，聖人之大寶曰位。"《通鑒注》③

若然"若然"至"事矣"十八字《通鑒》無

---

① 【校】此條應出自《鹽鐵論》卷六。
② 【校】"正"作"止"，"賦"作"賊"。【按】清乾隆武英殿刻本同。
③ 【注】此條出自《資治通鑒》卷四十一胡三省注。

隸饑《漢紀》作"離單"

思有裋《漢紀》三十、《册府元龜》八百廿九並作"短"　**褐之襲**《漢書》百

上作"襲思";"有"至"之蓄"十字《通鑒》無

　　襲,親身衣也。《漢書注》百上

潤《後漢紀》無"潤"字,有"就鼎"二字　**鑊**

又況么麼《漢書》作"麿"　**不及數子**

　　鄭氏曰:"麿音麼,小也。"《漢注》

是故"是故"至"王之"七十字《通鑒》無

之重《漢紀》作"量"

嬰母作"昔陳嬰之母"　**止之曰:"自吾爲子家婦,而**十字無**世貧**

賤。""世"上有"以嬰家"三字

不祥"祥"下有"止嬰勿王"四字(並《通鑒》四十一)

　　案:此則《通鑒》載舊文,删削之外,不無撮改。此昔人成文,非史家記事

辭比,但當删繁載之,不宜潤色及增改也。

亦見"亦見"至"吾子"三十九字無

漢王長者"漢"上有"知"字,無"長者"二字

子謹事之"子謹"至"漢使"十二字無(並《通鑒》)

　　案:王陵自殺事,雖共曉,然在叔《皮論》中若無爲楚所獲一段,但言知漢

王必得天下,則陵母何故自殺?删去本事,直接伏劍而死,文義遂不可曉。《通

鑒》剪截諸史,浮辭最工,删諸章奏亦曲盡,獨此篇太略。

其後果定於漢陵爲宰相封侯十二字《通鑒》無

二《漢書》《漢紀》《册府元龜》並作"四"　**者**

　　案:《漢書》四者,《文選》二者,師古、李善皆無注。蓋四者,指窮、達、

吉、凶;二者,指廢、興。義亦得並通。

蓋在作"加之"　　**其興**"其興"至"四日"二十八字無(並《通鑒》)

帝堯之苗裔《漢紀》作"是堯舜之苗裔"

　　案:世本《史記》堯舜同出黃帝,然堯後即非舜後。荀說本因堯而連言

舜耳。

五曰《通鑒》無　　**加之**"加之"至"響起"三十一字《通鑒》無

悟戍"悟戍"至"之愛"二十字《通鑒》無

斷懷土之情

洛陽近沛，高祖來都關中，故曰："斷懷土之情。"《漢注》

又可略聞矣《通鑒》"又"上有"其事甚衆"四字，"又可"至"星聚"八十字無

始受命則白蛇分

太上皇微時佩一刀，長三尺，上有銘字難識，《傳》曰："殷高宗伐鬼方時所作也。"上皇遊豐沛山中，寓居窮谷，有人冶鑄，曰："得公佩劍雜而冶之，即成神器。"上皇解匕首投爐中，劍成，工即持劍授上皇，上皇以賜高祖。高祖佩之，斬白蛇是也。《三輔黃圖》六

前漢劉季，以始皇三十四年，於南山得一鐵劍，長二尺，銘曰赤霄，大篆書。及貴，常服之。此則斬蛇劍也。《刀劍錄》

案：《刀劍錄》載唐人李章武、李師古，則舊傳爲陶宏景作者僞。

歷古"歷古"至"之誅"七十五字無　　**畏若禍戒**四字無（並《通鑒》）

貪不可冀《漢書》作"幾"　**無**《漢書》"無"字在上句句上

天禄其永終矣

包曰："爲政能信執其中[1]，則能窮極四海，天禄所以長終。"何晏《論語集解》十　案《論語舊解》"四海困窮，天禄永終"並爲佳話，班叔皮在包咸前作如此用之，知非包子良創解。

《論文》

然粲之匹《三國志注》二十二作"然非粲匹"

應瑒和而不壯，劉楨壯而不密

史臣曰："習玩爲理，事久則瀆，在乎文章，彌患凡近[2]。若無新變，不能代雄。建安一體，《典論》短長互出；潘、陸齊名，機、岳之文永異。"《南齊書》五十二

至於雜以嘲戲

子建稱孔北海文章多雜以嘲戲，子美亦戲傚俳諧體，退之

---

① 【校】"爲政能信執其中"無"能"字。
② 【校】"凡近"作"凡舊"。【按】清乾隆武英殿刻本同。

亦有"寄詩雜詠俳"，不獨文舉爲然。自東方生而下，稱處士、張長史、顏延年輩，往往多滑稽語。大體材力①豪邁有餘，用之不盡，自然如此。《碧溪詩話》上

惟通才能備其體

史臣曰："原夫文章之作，本乎情性。單思則變化無方，形言則條流遂廣。詩賦與奏議異軫，銘誄與書論殊塗。撮其指要，舉其大抵，莫若以氣爲主，以文傳意。考其殿最，定其區域，摭六經百氏之英華，探屈、宋、卿、雲之秘奧。其調也尚遠，其旨也在深，其理也貴當，其辭也欲巧。然後瑩金璧，播芝蘭，文質因其宜，繁約適其變，權衡輕重，斟酌古今，和而能壯，麗而能典，煥乎若五色之成章，紛乎猶八音之繁會。夫然，則魏文所謂通才足以備體矣，士衡所謂難能足以逮意矣。"《北齊書》四十一②

文以氣爲主

《文章論》："魏文《典論》稱'文以氣爲主，氣之清濁有體'，斯言盡之矣。然氣不可以不貫，不貫則英詞麗藻，如編珠綴玉，不爲全璞之寶。鼓氣以勢壯爲美，勢不可以不息，不息則流宕而忘返。亦猶絲竹繁奏，必有希聲窈眇，聽之者悅聞；如川流迅激，必有洄洑逶迤，視之者不厭。從兄翰嘗言：'文章如千兵萬馬，風恬雨霽，寂無人聲。'蓋謂是矣。"《李德裕集》三

《六代》

曹志，魏陳思王植孽子。武帝嘗閱《六代論》，問志曰："是卿先王所作耶？"對曰："先王有手書所作目錄，請歸尋按。"還奏曰："按錄無此。"帝曰："誰作？"志曰："以臣所聞，是臣族父同所作。以先王文高名著，欲令書傳于後，是以假託。"帝顧謂公卿曰："父子證明，足以爲審。"《晋書》五十

---

① 【校】"大體材力"作"大抵才力"。
② 【校】《北齊書》無此條。

夫與人同其樂者，人必憂其憂

李百藥《封建論》："設官分職，任賢使能，以循吏之才，膺共治之寄，刺郡分竹，何代無人？至使地或呈祥，天不愛寶，民稱父母，政比神明。曹元首方區區然稱：'夫與人同其樂①者，人必憂其憂；與人同其安者，人必拯其危。'豈容委以侯伯，則同其安危；任以牧宰，則殊其憂樂？何斯言之妄也！"《舊唐書》七十二

苞茅不貢

麻陽苞茅山，茅生三脊。孟康曰"零茅"，楊雄曰"璚茅"，皆三脊也。齊桓責楚苞茅不入，即此。朱輔《溪蠻叢談》②

《博弈》

不出一枰之上

弈棊謂之抨棊。抨，普耕切，彈也。其字從手。《博奕論》"所志不出一枰之上"，"枰"音平，博局也，其字從木。

枯棊三百

今棊局十九道，合三百六十一道，三百子不足用，知古棊局與今棊局不同。並《肯綮錄》

---

① 【校】"同其樂"作"共其樂"。【按】清乾隆武英殿刻本同。
② 【注】《溪蠻叢談》"即《溪蠻叢笑》"。

卷二十九

《養生》

養生先須慮禍，全身有此生，然後養之，勿徒養其無生也。嵇康著養生之論，而以傲物受刑；石崇冀服餌之徵，而以貪溺取禍。《顏氏家訓》上

養生書嵇康，猶有所棄。《孟郊集》十

區種可百餘斛

《氾勝之書》"區種法"曰："湯有旱災，伊尹作區田，教民糞種，負水澆稼。諸山傾坂及邱城上，皆可爲區田。不先治地，便荒地爲之。一畝地，長十八丈，廣四丈八尺，橫分十八丈，作十五町。町間分爲十四道，通人行，道町皆廣一尺五寸，長四丈八尺。鑿町作溝，廣一尺，深一尺，相去亦一尺。種禾、黍於溝間，夾溝爲兩行，去溝兩邊各二寸半，中央相去五寸，旁行相去亦五寸。一溝容四十四株。一畝合萬五千七百五十株。種禾、黍，令上有一寸土，不可令過一寸，亦不可減一寸。"《齊民要術》一① 案：《氾勝書》不傳，《齊民要術》引此條文，數多不合，以長十八丈橫分，尺五爲町，尺五爲道，當六十町六十道，云十五町十四通，一誤也。以町長四丈八尺掘溝，深廣一尺，相間一尺，一町當得二十四溝，六十町一千四百四十溝，云一溝四十四株，一畝萬五千七百五十株，則爲三千三百溝有零株，二誤也。此本《要術》爲校，宋精鈔誤，不可解如此。爲末三句謂："區深二尺，下種苗長，漸漸下土。壅根至苗長，過溝下土，總不得過九寸。餘上口一寸以爲澆灌之地，水稻常以一寸養水，旱穀偶以一寸受灌。"此三句文不明而無誤。大抵一區株數、一畝區數，皆可不拘，故《要術》云："上農夫一畝三千七百區，收百斛；中農一畝千二十七區，收五十一石；下農一畝五百六十七區，收二十八石。"區數、谷數各不同，當以廣深一尺，相間一尺，一畝合四分種

---

① 【校】"邱"作"丘"，"尺"作"赤"。【按】四部叢刊本同。

一爲準。

氾勝之曰：“判馬骨、牛、羊、猪、麋、鹿骨一斗，以雪汁三斗，煮之三沸。取汁以漬附子，率汁一斗，附子五校。漬五日，去附子。擣麋、鹿、羊矢分等，置汁中熟撓和之。候晏溢，又溲曝，汁乾乃止。若無骨，汁煮繰蛹汁和溲。如此則以區種之，大旱澆之，其收至畝百石以上。此言馬、蠶，皆蟲之先也，及附子，令稼不蝗蟲，骨汁及繰蛹汁皆肥，使稼耐旱，終歲不失於穰。”同① 案：此條言漬種已詳區種法前，故此文曰：“各其法於去附子，後和諸糞，撓如稠粥。下種前二十日，擇天晴燥日，分汁溲，種即曝，令乾，明日復溲復曝，陰雨則不溲，如此六七溲乃止。謹藏待種至下種日，以餘汁溲而種之。”

《養生論》“一畝十斛謂之良田，區種可百餘斛”，安有畝收百斛之理？前漢《食貨志》：“治田勤則畝益三升，不勤，損亦如之。”一畝損益三升，又何其寡？稽所謂“斛”，《漢》所謂“升”，皆“斗”字。蓋漢隷文書“斗”爲“𣁦”，似“升”字。《漢》《史》書“斗”字爲“斞”，又近“斛”字，恐皆傳寫之誤。《野客叢書》八 案：如《野客》言，則《養生論》“一畝十斗”安可謂之良田？此如小司馬《索隱》不曉三代穀價解。《貨殖傳》：“賤不至二十，貴不至九十。”曰二十、九十皆謂斗價，不知《漢書·食貨志》有明證：“二十、九十皆謂錢，皆謂石價。”

舊說區田地一畝闊一十五步，每步五步，計七十五尺，每一行占地一尺五寸，該分五十行；長一十六步，計八十尺，每行一尺五寸，該分五十三行。長闊相折，通二千六百五十區，空一行，種一行，於所種行，內隔一區，種一區，除隔空外，可種六百六十二區。每區深一尺，用熟糞一升與區土相和，布穀勻覆，以手按實，令土種相着。苗出，看稀稠布留，鋤不厭頻，旱則澆灌。結子時鋤土，深壅其根，以防大風搖擺。古人依此布種，每區收穀一斗，每畝可收六十六石。今人學種，可

---

① 【校】“校”作“枚”，“汁煑繰蛹汁和溲”無“汁”字。【按】四部叢刊本同。

減半計，向年壬辰戊戌饑歉之際，依此法種之，皆免餓莩，此已試之明效也。《農書·農器圖譜集》一① 案：《齊民要術》曰："西兗州刺史劉仁之，老成懿德，謂余言曰：'昔在洛陽，以七十步之地，試爲區田，收粟三十六石。'然則一畝之收有過百石。"《要術》此言，與《農書》"壬辰戊戌區田明效"，皆恐後人不信，爲之立證。僕友薄可權于寧國南，試種區田一畝，收米十二石，區種芋爲區方，廣四五尺，深四五尺，用豆萁、稻柴灰及薄土三物相間，累層而上，去口尺餘，下土着芋，種五枚，覆蓋如法。至秋收，豆萁已爛，灰土下實芋生平滿一區，至十餘石。 又案：漢趙過爲代田，其法始后稷縱分，一畝爲三甽，今年爲甽，後兩年爲地，一畝中相代爲甽，故曰代田。其甽廣尺深尺，其長終畝。甽兩旁積掘甽，所得土爲隴播。種甽中，苗生葉以上，鋤去隴草，稍稍下土以附苗根，苗稍壯再鋤草，再下土，如此數數爲之。至盛暑，隴土盡而苗根深，耐風雨，旱畝收過平田一石二石以上，此法與區田略同。詳《食貨志》。

榆令人瞑

朝廷之人多立，立多傷骨；食榆則多睡，睡多則骨穩。《物類相感志》四

昔有女仙喜食百草②，日夜恒不臥。一日食一樹葉，酣臥不欲覺，殊愉快，因名其樹曰"愉"。後人改心從木，即今榆樹也。《嫏嬛記》中 案：《嫏嬛記》所引書說，諸物名類，多因名造事，若夜合之類，語涉淫褻，削而不錄，其入錄者貴令學者知其曾有此説，非爲正論。

合歡蠲忿

孫思邈以合歡爲萱草，嵇叔夜："合歡蠲忿，萱草忘憂。"兩物也。《續博物志》六

合歡，夜合也，一名合昏。《游宦紀聞》九

《類要圖經》云："合歡，夜合也。生益州山谷間，近洛，亦有之人家多植于庭除。似梧桐，枝甚柔弱，葉似皂莢，枝細而密，互相交結，風來相解，不相牽綴，其葉至暮而合。五月

---

① 【校】"每步五步"作"每步五尺"，"布留"作"存留"。
② 【校】"百草"作"衆草"。

花發，紅白色，瓣上若絲茸，至秋而作莢子，極薄細。"《全芳備祖前集》十四①

齒居晉而黃

世云噉棗令人齒黃，《養生論》"齒居晉而黃"，晉食棗故也。《埤雅》十三

熟棗多食，令人齒黃生蟲。《飲食須知》四

恕作"庶"（《嵇康集》三） 可

《運命》

孟軻孫卿

西漢《藝文志》："孟軻字子車。"《孔叢子》亦云。而《唐韻》："軻，口箇切。轗軻，不過也。"孟子居貧轗軻，字子居。轗、軻皆去聲。《肯綮錄》

《傅子》云："字子輿。"《漢藝文志考證》五

孟子生於周烈王四年、魯共公五年己酉四月二十，卒於周赧王二十八年、魯文公六年，壽八十四歲。以冬至日終，鄒邑人悲感，遂輟賀正迄茲成俗。程復心《孟子年譜》

蓋以一人治天下

《運命論》："以一人治天下，不以天下奉一人。"《大寶箴》用之。《困學紀聞》十四

《辨亡》

《魏元忠傳》："陸士衡著《辨亡論》，而不救河橋之敗；養由基射能穿札，而不止鄢陵之奔。"《舊唐書》九十二

上

諷議舉正 《晉書》五十四、《通志》百廿四上作"風義舉正"

浮鄧塞之舟

鄧塞故城在臨漢縣東南二十二里，南臨宛水，阻一小山，

---

① 【校】"亦有之人家"無"亦"字，"枝細而密"作"莖細而密"，"若絲茸"作"若茸"，"暮"作"莫"。【按】明毛氏汲古閣鈔本作"暮"，作"若絲茸"；"枝細而密"作"槐細而密"。

號曰"鄧塞"。昔孫文臺破黃祖於此山下，魏常於此裝治舟艦以伐吳。陸士衡表"下江漢之卒，浮鄧塞之舟"謂此。《元和志》二十一①

黜之赤壁

赤壁山在蒲圻縣西百二十里，北臨大江，其北岸即烏林，與赤壁相對，即周瑜焚曹公舟船處。《元和志》廿七②

李吉甫謂："汶川縣西八十里，崖有赤色，居人因目爲曹公敗處。"蓋誤。《陳藁集》八

離斐《三國志注》四十八、《晋書》五十四、《通志》百廿四上"離"上並有"鍾"字

《吳志》無"鍾離斐"，其人善注作"黎斐"，《吳志》不載"黎斐武毅"，"鍾離斐"當爲"鍾離牧"。牧傳在《吳志》十五："平五溪魁帥，著功名。"善注又引"黎斐力戰有功，拜左將軍"，則孫綝《丁奉傳》《通鑑》七十七皆作"丁奉先登，進屯黎漿，力戰有功，拜左將軍"。黎漿水名丁奉，有功，拜左將軍，非黎斐也。

下

劉公《通志》百二十四上作"翁"

太祖成之以德

或曰三分③之君，孰有優劣？虞南曰："孫主因厥兄之資，用前朝之佐，介以天險，僅得自存，比于二人，理弗能逮。"
《長短經》二

識《金陵新志》十五作"試" **潘　　中才　　善人**《通志》百廿四上、《金陵志》十五四字無

舳艫千里

漢律名船方長爲舳艫。《説文》八下

節宣《東南防守利便》下無"宣"字

———————————

① 【校】此條應出自《元和郡縣志》卷二十三。
② 【校】此條應出自《元和郡縣志》卷二十八。
③ 【校】"三分"作"三方"。

《五等》

天下晏然，以治待亂

李百藥《封建論》："數世之後，王室浸微，始自藩屏，化爲仇敵，疆場彼此，干戈日尋。狐駘之役，女子盡髽；崤陵之師，隻輪不返。斯蓋略舉其一隅，其餘不可勝數。陸士衡方規規然云：'嗣王委其九鼎，兇族據其大邑，天下晏然，以治待亂。'何斯言之謬也！"《舊唐書》七十二

五等之君爲己思治，郡縣之長爲利圖物

《封建論》："封君列國，藉慶門資，忘其先業之艱難，輕其自然之崇貴，莫不世增淫虐，代益驕侈。陳靈則君臣悖禮，共侮徵舒；衛宣則父子聚麀，終誅壽朔。乃曰'爲己思治'，豈若是乎？內外群官，選自朝廷，擢士庶以任之，澄水鏡以鑒之。進取事切，砥礪情深，或俸祿不入私門，妻子不之官舍。頒條之貴，食不舉火；剖符之重，衣惟補葛。專云'爲利圖物'，何其爽歟！"同上

《辨命》

姚察曰："劉峻之論，命之徒也。命也者，聖人罕言，就而必之，非經意也。"《梁書》五十

蕭瑀嘗觀劉孝標《辨命論》，惡其傷先王之教，迷性命之理，乃作《非辨命論》以釋之。晉府學士柳顧言、諸葛穎見而稱之曰："孝標後十數年，言性命之理者，莫能詆詰。今蕭君此論，足療劉子膏肓。"《舊唐書》六十三　案：孝標此論，探性命之微，究天人之變。至於邪正在人，吉凶由命，中邊都徹，絕唱高蹤。蕭瑀膏粱子弟于孝標所論，身所不歷之境，心所不貫之理，極意詆訶，乃其本分。孝標靈爽，亦不至望，此曹子作解人。

序

天旨《梁書》五十作"大旨"

論

生而無主，謂之自然

無自而然，自然之元。無造而化，造化之端。張志和《玄真

化而不易四字無（《梁書》五十）

顏回敗其叢蘭

桓譚《新論》："顏回所以命短，慕孔子，傷①其年也。"
《意林》三

顏冉之凶，性命之本也。《長短經》八

《姓譜》："顏姓本伯禽支庶，食采顏邑。又邾武公字顏，故《公羊傳》稱顏公後爲氏。"《通鑒注》六

《史記》："顏子少孔子三十歲，年二十九，早死。"按圍陳、蔡時，孔子年六十三，顏子年三十三。《論語》曰："從陳、蔡者，德行：顏淵。"《史記》載："圍陳、蔡後，使子貢至楚昭王，將封孔子，子西曰：'王之輔相，有如顏回者乎！'"由是觀之，則顏子之未死益信。《宜齋野乘》

子輿困臧倉之訴

樂正子諫平公，平公不悦。臧倉曰："克之所陳，孟軻之言也。曩君欲乘輿出見孟子，臣嘗諫之。今孟子怨君不見，故教克惑君，君惡信是哉。"平公怒。林慎思《續孟子》上

三閭沈骸於湘渚

《爾雅》云："小洲曰渚，小渚曰沚。"此蓋水中高處可居者。《辨命論》云："三閭沈骸于湘渚。"案：屈原赴汨羅而死，謂深水處，非洲渚也。《匡謬正俗》七

馮都尉皓髮於郎署

《馮唐傳》云："文帝輦過郎署。"郎者，當時宿衛之官。署者，部署之所，猶言曹局。故《辨命論》云："馮都尉皓髮於郎署。"學者不曉其意，但呼令史、府史爲郎署，自作解云"郎史行署文書者"。至乃摛翰屬文，咸作此意，失之遠矣。《匡謬正俗》五

---

① 【校】"傷"作"殤"。【按】清武英殿聚珍版叢書本同。

近世有沛國劉瓛

阿稱，瓛小字。《小名錄》下

瓛津（《説文》一上）

《廣絶交論》

朱公叔

《甄表狀》：“朱穆字公叔，中正嚴恪，有才數明見。”《群輔錄》

雕獸《梁書》十九作“虎” 匠人作“石” 伯子作“牙”（並《通志》百四十）

寄通靈臺之下

穀水徑靈臺北，諫議大夫第五子陵之所居，倫少子也，以清正。洛陽無主人，鄉里無田宅，寄止靈臺，或十日不炊。司隸校尉南陽左雄、尚書廬江朱孟興等，皆倫故孝廉功曹，各致禮餉，並辭不受。《水經注》十六 案：本句言第五子陵寄通，隱于靈臺之下，文指第五子陵，意指左雄、朱孟興。

遺迹江湖之上

此句驪括《游俠》《黨錮傳》，如季布、張儉藏匿遺迹，如朱家、孔融俱非一人，故“遺迹江湖之上”，包舉成文，不得專指一人一事，對上句“靈臺”，第五子陵也。本論此段曰：“至夫組織仁義，琢磨道德，懽其愉樂，恤其陵夷。寄通靈臺之下，遺迹江湖之上，風雨急而不輟其音，霜雪零而不渝其色。斯賢達之素交，歷萬古而一遇。”首二句總説，次二句言同樂同憂，“寄通”二句專承同憂，蓋同樂，小人所能不足者，賢達素交，故“寄通”二句但指左雄、朱孟興能憂子陵之貧，朱家、孔融能急季布、張儉之難。“風雨”二句，又專承“遺迹”句。蓋子陵罷官貧居常之變，黨錮諸賢目章亡命變之變，故獨謂孔融、孫賓碩等爲風雨急而不輟其音，霜雪零而不渝其色也。善注文句玄妙，於本論殊爲無涉。

皆願摩頂至踵

《孟子》“摩頂放踵”，“放”字恐是“致”字，字相類，見李善《文選注》。《能改齋漫錄》七 案：善注引《孟子》及趙注並作“放”，蓋宋本不同。

罕有落其一毫

楊朱書不傳，《列子》載楊朱曰：“伯成子高不以一毫利物，舍國而隱耕。古之人，損一毫利天下，不與也。人人不損一毫，不利天下，天下治矣。禽子問楊朱曰：'去子體之一毫以濟一世，汝爲之乎？'楊朱曰：'世固非一毫之所濟。'禽子曰：'假濟，爲之乎？'楊子弗應。禽子出語孟孫陽，陽曰：'有侵若肌膚獲萬金者，若爲之乎？'曰：'爲之。'曰：'有斷若一節得一國，子爲之乎？'禽子默然。陽曰：'積一毛以成肌膚，積肌膚以成一節，一毫固一體萬分中之一物，奈何輕之？'"《容齊續筆》十四①

脂韋便辟導其誠

馬曰："便辟，巧辟人之所忌，以求容媚。"何晏《論語集解》八

凡斯五交

五交三釁，劉峻亦知言哉。《中説》下

五交云云，此正韓退之《送窮文》鋪敘五窮之體。《野客叢書》廿三

謂登龍門之坂

任昉爲御史中丞，後進皆宗之。時有劉孝綽、劉苞、劉孺、陸倕、張率、殷芸、劉顯及到溉、弟洽，車軌日至，號曰蘭臺聚。（《南史·到溉傳》）

梁陸倕與任昉友善。及昉爲中丞，簪裾輻湊，預其讌者，殷芸、到溉、劉苞、劉孺、劉顯、劉孝綽及倕而已，號龍門之遊。（《本傳》）。並《六帖補》六

罕作"空" **瀆** **墳未宿草**作"墳草未宿"（並《通志》百四十）

連珠

太宗召李先讀《韓子連珠》二十二篇。《高氏小史》 案：連珠起韓非。唐高峻、高迥父子相繼纂自古《史記》《唐實録》，爲《小史》百二十卷，北宋盛行，今則不可復見，爲《魏書·列傳》第二十一。宋劉攽、劉恕校曰

---

① 【校】後三處"一毫"皆作"一毛"。

"此傳全寫《高氏小史》"，則竟卷爲高史元本，當與魏澹《魏書·帝紀》一卷，張太素《魏書·天文志》二卷，各著本名，式存殘簡。

《演連珠》十三

利眼臨雲

利眼，日也。《雙字》上

《女史箴》

顧愷之有《女史箴圖》一。《宣和畫譜》一

裴顏亦有《女史箴》《皇甫規女師箴》《傅幹皇后箴》。

《玉海》五十九

銘

程事較功，考實定名，謂之銘。《珊瑚鈎詩話》三

《文章宗旨》："銘字從金，一字不泛用。"《輟耕錄》九　案：宋元論文類涉半山《字説》，然《宗旨》較《珊瑚鈎詩話》更陋。

《燕然山銘》

張由古有吏才而無學術，累歷臺省，嘗于衆中歎班固大才，文章不入《文選》。或曰《兩都》《燕山銘》《典引》並入《選》。由古曰："此並班孟堅文章，何關班固事？"聞者掩口。《大唐新語》十一

序

以執金吾耿秉爲副

《漢志注》："金吾，鳥也，執之以禦不祥。"金吾果禽類，至今必不絶種，何以全無其傳？案揚子雲《執金吾箴》曰："吾臣司金，敢告執璜。"崔豹《古今注》："金吾，棒也，以銅爲之，黄金塗兩頭，謂之金吾。"按今三衙大將立殿，陛下所執杖子，銀釦兩末，豈古金吾遺製耶？知其爲杖不爲鳥。

《演繁露》十四

銘

懇《古文苑注》三作"懇"

崔子玉

善草書，王隱謂之草賢。《金壺記》上

《座右銘》

《續座右銘序》：“《崔子玉座右銘》，余竊慕之，然似未盡，因續爲座右銘。”《白居易集》世九

《劍閣銘》

《劍門①銘》一首。《李德裕別集》八

隋文帝毀劍閣之路，立銘垂戒，柳宗元作《劍閣銘》。《玉海》六十

北達褒斜

季文子曰：“褒谷在褒城北，南谷曰褒，北谷曰斜，同爲一谷。自褒谷至鳳州界一百三十里，始通斜谷。斜谷在鳳翔府郿縣谷中。褒水所流，穴山架木而行。”《通鑑注》九

是曰劍閣

劍門關皆石，無寸土；潼關皆土，無拳石。雖皆號天下險固，要之潼關不若劍門。然自秦以來，劍門亦屢破矣，險之不可恃如此。《老學菴筆記》七

謝希逸莊

謝莊、王融，古之纖人也，其文碎。《中説》上

《宣貴妃誄》

史臣曰：“孫綽之碑，嗣伯喈之後。謝莊之誄，起安仁之塵。”《南齊書》五十二

殷淑儀薨，謝莊作哀策文奏之，帝臥覽讀，起坐流涕曰：“不謂當今復有此才。”都下傳寫，紙墨爲之貴。《南史》十一

贊軌堯門

《謝莊傳》：“前廢帝即位，爲光祿大夫。初，世祖寵姬殷貴妃薨，莊爲誄曰：‘贊軌堯門。’引漢昭帝母趙婕好堯母門事，廢帝在東宮，銜之。至是遣人詰責莊曰：‘卿昔作殷貴妃誄，頗知有東宮不？’將誅之。或説帝，繫於左尚方。太宗定

①【注】“門”應作“閣”，下文同。

亂，得出。"《宋書》八十五

經建春而右轉，循閶闔而徑渡

《建康實録注》："都城門，正東曰建春門，後改爲建陽門，門三道。"

《六朝宮苑記》："西面最南曰閶闔門。"並《金陵新志》一

六朝建春門東之北，陳改建陽。閶闔門西之南，後改南掖，一名天門。《禁扁》戊　案：《金陵志》十二卷曰："殷淑儀墓在龍山。"四卷曰："龍山在城西南九十五里。"則淑妃喪出東門，望西南，自當右轉。既至閶闔門，爲城西南門，自此直指龍山，故曰"徑渡"。善注以爲洛陽城建春、閶闔二門，其誤顯而易知。建康閶闔門有二，一爲都城門，宋文帝元嘉二十五年新作。一爲宮門，晋成帝咸和七年新宮南面四門之一，本名南掖門，宋改閶闔門，陳改端門，《禁扁》合二閶闔爲一，其誤微而難辨。此誄指城門，非宮門。

哀

哀辭者，誄之流也。崔瑗、蘇順、馬融等爲之，率以施于童殤夭折不以壽終者。建安中，文帝與臨淄侯各失稚子，命徐幹、劉楨等爲之哀辭。哀辭之體，以哀痛爲立[1]，緣以嘆息之辭。《文章流別論》

《元皇后哀策》

將遷座於長寧陵

宋文帝長寧陵，上元縣東北二十五里，周三十五步，高丈八尺，與武帝陵相近。

《敬皇后哀策》

啓自先塋

齊明敬劉皇后陵，淳化鎮之北，去城三十里。並《金陵新志》十二　案《六朝事迹》，此即敬皇后初葬江乘縣張山之陵，非祔葬明皇帝興安陵之陵。

兼太尉某作"兼太尉陳顯達"　　**所**作"在"**謁**　　**宸居**作"駕"（並《謝脁集》五）

---

① 【校】"立"作"主"。

卷三十

碑文

碑者，披列事功而載之金石也。《珊瑚鈎詩話》上

《陳太邱碑》

熙寧中，余爲亳之蒙城主簿，聞酇縣北，雅水之陽，漢太邱長陳寔廟前，有蔡中郎碑，詢土人，曰："無有。"一日，沿牒過其地，邑令丹陽姚存訪得之。已爲村人鑱爲橋脚，唯方趺在水，因舁至祠下。石五段，字正隸，皆誤闕不可讀，獨碑陰故吏姓名差完。《澠水燕談》八[①]

陳仲弓碑，額題云"文範先生陳仲弓之碑"。碑文漫滅，蔡邕字畫見於今絶少，漫滅之餘，尤爲可惜，以校集本不同者數字，惜其不完。《金石録》十八

字仲弓

太邱長陳寔壇碑，君諱寔，字仲躬，諸書皆字陳君，曰："仲弓獨此碑不同，殆是借用。"《隸釋》十八

年八十有三，中平三年八月丙午，遭疾而終

案《蔡邕集》，仲弓三碑皆邕撰，其一云中平三年秋八月丙子卒，三碑皆云春秋八十有三。《後漢書·仲弓傳》以爲中平四年，年八十四卒於家，疑傳誤。《金石録》十八

《頭陀寺碑》

則俯宏六度

脩治本心，六度無極。《中本起經》上

六度即是唯識智，入三無性因果。天親菩薩《攝大乘論釋》十

---

① 【校】《澠水燕談》無此條。

名言不得其性相

三寶同一性相。《大涅槃經》四十

一音稱物

於一音中說無量音，無量音中演說一音。《羅摩伽經》四

如來以一音隨群生心，各各現教。《如來興顯經》二

如來於大衆中，以一妙音敷演正法。《悲華經》十

出一音聲，遍諸世界。《大法炬陁羅尼經》十六

開八正之門

譬如大城，惟有一門，其守門者聰明有智。城喻涅槃，門喻八正，守門之人喻於如來。《大涅槃經》四十

然後拂衣雙樹

涅槃時世尊於七寶林臥。娑羅樹林四雙四隻，西方一雙在如來前，東方一雙在如來後，北方一雙在佛之首，南方一雙在佛之足。爾時世尊，娑羅林下寢臥寶床，於其中夜入涅槃，已其娑羅林東西二雙合爲一樹，南北二雙合爲一樹，垂覆寶床蓋於如來，其樹即時慘然變白，猶如白鶴，枝葉、花果悉皆爆烈墮落，漸漸枯悴，摧折無餘。《大涅槃經後分》上

佛在毗羅婆兜釋翅搜城北雙樹間，欲捨身壽入於涅槃。《菩薩處胎經》一

穆王五十三年壬申二月十五日，佛在俱尸那城娑羅雙樹間，入般涅槃。志槃《佛祖統紀》五十四

則棲遑大千

佛言千日月名爲一小千世界，小千千世界名爲中千世界，中千千世界爲三千大千世界。《樓炭經》一

於是馬鳴幽讚

馬鳴菩薩，長老脇弟子也。小月氏國王，審知高明勝遠，乃感非人類。餓七匹馬至於六日旦，普集內外沙門異學請比丘說法。王繫此馬於衆會前，以草與之，馬垂淚聽法，無念食想。于是天下乃知非恒，以馬解其音，故遂號爲馬鳴菩薩。

《馬鳴菩薩傳》

第十二祖馬鳴，初從富那夜奢，出家爲説。凤緣曰："汝昔嘗化彼一國之人，裸形如馬而其人悲鳴，戀汝之德，因是號汝馬鳴也。"《契嵩傳法正宗定祖圖》二

馬鳴大士，波羅奈國人，亦名功勝。道原《景德傳燈録》一

龍樹虛求

龍樹菩薩，南天竺梵志種。出家受戒，在水精地房。大龍菩薩即接入海，以諸方等深奥經典無上妙法。其母樹下生之，因字阿周陁那。阿周陁那，樹名也，以龍成其道，故以龍配字，號曰龍樹。《龍樹菩薩傳》

第十四祖龍樹，西天竺國人。其國有山名龍勝，神龍所居，有巨樹能蔭衆龍，及龍樹出家，遂入其山，依樹修行。《傳宗正法定祖圖》二

故能使三十七品

三十七菩提分法，所謂四念處：觀身身念處、觀受受念處、觀心心念處、觀法法念處。四正斷：所謂未生不善法不令生、已生不善法令正斷、未生善法令發生、已生善法令增長。真寶四神足：所謂集定斷行其神足、心定斷行其神足、精進定斷行其神足、我斷定行其神足。五根五力，七菩提分。所謂念菩提分、擇法菩提分、精進菩提分、喜菩提分、輕安菩提分、定菩提分、捨菩提分。八聖道。《法集名數經》

五根：信根、精進根、念根、定根、慧根。五力：信力、精進力、念力、慧力。七覺意：思覺意、精進覺意、悦豫覺意、信覺意、安覺意、定覺意、觀覺意。《光讚般若波羅蜜經》九

合七法門爲三十七品。一四念處，二四正勤，三四如意足，四五根，五五力，六七覺分，七八正道。智者大師《法界次第初門》中

九十六種

一切外道，九十六種所不能動，是名菩薩。《靈寶經》三

佛在舍衛國，祇樹給孤獨園。時諸比邱，諸大王大臣長者人民，及事九十六種道者，凡萬餘人，日於佛前聽經。《那先比丘經》上

爾時九十六種出家人皆作布薩，時比邱不作布薩，爲人世所嫌。《摩訶僧祇律》二十七

舊定有二，一邪二正。一邪者即是九十六種道經所説鬼神邪定，或能知世吉凶，現神變相。智顗《四教義》一

親昭夜景之鑒

《春秋·莊公七年》："四月辛卯夜，恒星不見。"《正義》曰："於是時周之四月，則夏之仲春。"杜氏以《長曆》考之，知辛卯是四月五日。以是考之，夜明星不見，乃二月五日，非四月八日也。蓋陋儒佞佛者傅會爲此説。《困學紀聞》二十

澄什結轍於山西

刑州内邱縣西古中邱城寺有碑，後趙石勒元初五年立。云："太和上佛圖澄願者，天竺大國罽賓小王之元子，本姓濕。所以言濕者，思潤理國，澤被無外。"按《高僧傳》《名僧傳》《晋書·藝術傳》，佛圖澄並無此姓。大歷中，予行縣，憩此寺，見之。寫寄陸長源，長源大喜，復書致謝。《封氏聞見記》八

頭陀寺者

《善住意天子經》云："頭陀者，抖擻貪欲、嗔恚、愚癡。三界内外六入，若不取不捨，不脩不著，我説彼人，名爲杜多，今訛稱頭陀。"《翻譯名義集》四

以法師景行大迦葉

摩訶迦葉尊者，摩竭陀國人也，姓婆羅門，其體金色，出家爲沙門佛，出世往師之如來，以正法付之，復授金縷袈裟，命之轉付彌勒。契嵩《傳法正宗記》二

下臨無地

杜詩"飛閣臨無地"[①]，今注本無説。王原叔云："他本又

---

① 【校】"飛閣臨無地"作"草閣臨無地"。

爲‘荒蕪’之‘蕪’。”然《文選》云：“飛閣下臨于無地。”
《能改齋漫録》六

　　唐有《文選》學，一時多宗尚之。少陵亦教其子宗文、宗武熟讀《文選》。少陵詩多用《選》語，但融化不覺耳。至如王勃諸人便不然。《滕王閣序》“層臺聳翠，上出重霄；飛閣流丹，下臨無地”，即《頭陀寺碑》：“層軒延袤，上出雲霓；飛閣逶迤，下臨無地”。《湛淵静語》二

夕露爲珠網

　　赤珠羅綱懸瑪瑙鈴。《長阿合經》十八

　　純金、真珠，雜寶鈴鐸，以爲其網。《大寶積經》十七

　　功德寶室瑪瑙垂簷，雜寶欄楯，白真珠網以覆其上。《大集經》一

九衢之草千計

　　《天問》“靡萍九衢”，言其枝葉分爲衢道，猶言花五出、六出也。靡萍九衢，異方之物，故特奇偉，今浮萍三衢。蘋雖大，四衢而已，九衢而大於萍，則亦大蘋，非特萍也。《爾雅翼》六　案：九衢謂一葉分九道。本碑“九衢之草”，即《天問》“靡萍九衢”，皆當以《爾雅翼》説爲正，《騷》《選》舊注皆不明。

金姿寶相

　　住於不貢高，故得金色身三十二相，無限之光。《放光般若波羅蜜經》三十

　　成就三昧，即得見諸佛三十二相、八十妙好金色之身。《不空羂索神變真言經》十一

息心了義

　　居家脩道，當曉息心儀式。《法境經》下

　　入決定聚者名爲了義，了義者名第一義，第一義者名無衆生義，無衆生義者名不可説義，不可説義者即十二因緣義，十二因緣義者即是法義，法義者即是如來。《大集經》二

　　不依不了義名之爲根，依了義經名之爲業。《大集經》四

愛流成海

因諸愛染，發起妄情，情積不休，能生愛水。是故衆生，以憶珍羞，口中水出；心憶前人，或憐或恨，目中淚盈；貪求財寶，心發愛涎，舉體光潤；心着行淫，男女二根，自然流液。諸愛雖別流，然是同潤濕。《萬行首楞嚴經》八

情塵爲岳

從於名色體，次第起六入，情塵等和合，而起於六觸。《般若燈論》十五

寶樹低枝

佛世界衆寶充滿香樹、寶樹、鬘樹、衣樹。《大般若波羅蜜多經》二

無量清净佛，及諸菩薩講堂、精舍皆有七寶樹，中有純銀樹、純金樹、純水晶樹、純琉璃樹、純白玉樹、純珊瑚樹、純琥珀樹、純硨磲樹，種種各自異行。中復有兩寶、三寶、四寶、五寶、六寶、七寶，共作一樹者。《無量清净平等覺經》上

阿閦菩薩摩訶薩，受無上真正決時，是三千大千世界中諸藥樹木，一切皆自屈低，向阿閦菩薩作禮。《阿閦佛國經》上

耆山廣運

佛在耆闍崛山中，與大比邱衆五千人俱，皆是阿羅漢。《放光般若波羅蜜經》一

佛在耆闍崛山中，摩訶比邱僧不可計。《道行般若波羅蜜經》一

佛在耆闍崛中，與千二百五十比邱俱。《阿閦佛國經》上《無言童子經》上　《摩訶般若波羅蜜經》一

佛在耆闍崛山中，時有摩訶比邱僧萬二千人，皆潔净一種類。《阿彌陀經》上

佛在耆闍崛山，與大比邱衆五百人俱。《增益阿含經》卅二　以上七經並羅閲祇耆闍崛山。

婆伽婆在耆闍崛山，共摩訶比邱僧大數五千分，皆是阿羅漢。《摩訶般若波羅蜜經》一

佛在耆闍崛山，與大比邱僧千二百五十人俱。《小品般若波羅蜜經》一　《菩薩十地經》　案《五千五百佛名經》一卷，婆伽婆住耆山，比邱數與此同。

婆伽婆在耆闍崛山，與大比邱衆四萬二千人俱，皆是阿羅漢。《勝天王般若波羅蜜經》一

佛住耆闍崛山，與大比邱衆八百萬億學無學，皆阿羅漢。《仁王護國般若波羅蜜經》上

佛住耆闍崛山，與大比邱衆二萬八千人俱。《報恩經》上

佛住耆闍崛山，與大比邱衆萬二千人俱。《妙法蓮法華經》一　《無量壽經》上　《大寶積經》十七

婆伽婆在耆闍崛山中，與大比邱衆六萬二千人俱。《善住意天子經》上　案《悲華經》一卷、《陀利經》一卷，佛在耆山，比邱數與此同。

婆伽婆住耆闍崛山，與五百大阿羅漢俱。《大寶積經》廿八　案：《大寶經》廿九卷曰：“與大比邱衆八百人俱。”

佛在耆闍崛山，與大比邱衆千二百五十人俱，一切皆是大阿羅漢。《念佛三昧經》一

佛在耆闍崛山中，與大比邱僧五百人俱，菩薩九萬二千人。《諸法無行經》上

佛在耆闍崛山，與大比邱衆五百人、大菩薩八千人俱。《大莊嚴法門經》上

佛在耆闍崛山，與大比邱僧九萬八千俱。《大雲經》一

婆伽婆住耆闍崛山中，與大比邱衆百千人俱。《月燈三昧經》一

佛在耆闍崛山中，與大比邱衆五百人俱。《十誦律》三十六　以上十九經並王合城耆闍崛山。

給園多士

薄伽梵住誓多林給孤獨園，與大苾蒭衆千二百五十俱。《能斷金剛般若波羅蜜多經》

薄伽梵住誓多林給孤獨園，時有衆多大苾蒭衆，在安適堂同集會。《初勝法門經》上　以上二經，室羅筏給孤獨國。

衆祐遊於勝氏之樹給孤獨聚園，與大衆除饉千二百五十人俱。《法境經》上　以上：聞物國給孤獨園。

婆伽婆在勝林給孤獨園，衆多比邱集坐住堂。《緣生初勝分法本經》上　以上：舍囉婆悉帝城給孤獨園。

婆伽婆住祇陁樹林給孤獨園，與大比邱衆千二百五十人俱。《得無姤女經》　案《大威德陁羅尼經》一卷，婆伽婆在給園，比邱數與此同。

婆伽婆住祇陁樹林給孤獨園，與大比邱二萬人俱。《奮迅王經》上

婆伽婆住祇陁樹林給孤獨園，與大比邱衆五百人俱。《力莊嚴三昧經》上　以上四經，並舍婆提給孤獨園。

佛在祇陁林給孤獨園，與大比邱八千人俱。《大寶積經》廿六

佛在祇樹給孤獨園，世尊與無量菩薩摩訶薩俱。《天掘魔羅經》一

佛在祇樹給孤獨園，與大比邱五百人俱。《無量清净分衛經》上

佛在祇樹給孤獨園，與大比邱僧千人、菩薩摩訶薩十千人俱。《不思議佛境界經》上

佛在祇樹給孤獨園，與大比邱衆萬二千人俱。《普曜經》一《四方廣大莊嚴經》一

佛遊祇樹給孤獨園，與大比邱衆千二百五十人俱。《阿惟越致遮經》一　《不退轉法輪經》一　案《治禪病秘要經》上卷，佛在給園，比邱數與此同。

佛遊祇樹給孤獨園，與大比邱衆一萬人、菩薩摩訶薩十萬人俱。《般若波羅蜜經》

佛遊祇樹給孤獨園，與比邱八千菩薩萬二千。《大善權經》上

佛在祇樹給孤獨園，大衆圍繞而爲説法。《賢愚因緣經》六　以上十二經，並舍衛國給孤獨園。

文殊戾止

神通無極，隨時而化救濟三界，其名曰："文殊師利、光

世音、大勢。"《佛土净嚴經》上

氣茂三明

出家者得三明六通。《報恩經》三

四攝事、四勝住、三明、五眼、六神通、六波羅蜜多，如是六種不可得。《大般若波羅蜜多經》三

四沙門果、三明、六神通。《彌沙塞部五分律》二

謂無學三明，一無學宿往隨念智作證明，二無學死生智作證明，三無學漏盡智作證明。《達摩集異門足論》六

情超六入

説種種法所謂五陰、内六入、外六入。《深蜜解脱經》五

卯二月一日六入支。《十二緣生祥瑞經》上

因名色故則生六入，名色爲因，六入爲緣。《大集經》三

六内入：眼、耳、鼻、舌、身、意入。《長阿含經》九

六外入：色入、聲入、香入、味入、觸入、法入。《雜阿含經》十三

四界如毒蛇，六入如空村。《龍樹資糧論》六

内法内六入，外法外六入。《龍樹大智度論》卅一

五陰、六種、六内入、六外入。《訶梨跋摩成實論》二

内六入是此岸，外六入是彼岸。《迦稱延子阿毘曇婆沙論》五十七

内六根入，外六塵入。《法界次第初門》上

《安陸王碑》

實掌喉屑

《尚書》爲喉舌，以爲喉屑。此語承襲已久，宋趙伯符表曰："無宜復司喉屑。"宋文帝目送王華等曰："此四賢一時之秀，同掌喉屑。"又崔駰《尚書箴》："山甫翼周，實司喉吻。"《野客叢書》十一　案：善注引《張儉碑》，漢人有喉屑語。

平塗不過七百

韓文公詩"離家已五千"，注："引沈休文《安陸王碑》'平塗不過七百'"，不知"彌成五服，至于五千"，本《書》

語也，奚泛引爲？《困學紀聞》十八

秋儲無以競巧

《安陸王碑》："弈思之微，秋儲無以競巧。""弈秋"見《孟子》，"儲"字未詳，蓋亦善弈之人，注謂"儲蓄思精"，非也。《困學紀聞》十七

墓誌

誌者，識其行藏，而謹其始終也。《珊瑚鉤詩話》三

馮鑒《續事始》云："《西京雜記》：前漢杜子春，臨終作文，命刻石埋於墓前。恐墓誌因此始。予謂季札之喪，孔子銘其墓。《莊子》：衞靈公葬沙邱，掘得石椁，曰：'不馮其子。'唐開元時，有耕地得比干墓誌，刻其文以銅盤，曰'右林左泉，後岡前道。萬世之寧，兹焉是保'。則墓之有誌，其來遠矣。"潘昂霄《金石例》一

行狀

《漫録》謂唐以來，爲墓誌必先有行狀。蓋南朝已有。僕觀《吳志》，周條等甄別行狀上疏云云，此行狀之名所由始。《野客叢書》十五

《竟陵王行狀》

清猨與壺人爭旦，緹幕與素瀨交輝

王勃云"落霞與孤鶩齊飛，秋水共長天一色"，當時以爲工。僕觀《駱賓王集》亦曰"斷雲將野鶴俱飛，竹響共雨聲相亂"，曰"金飈將玉露俱清，柳黛共荷湘漸歇"，曰"緇衣將素履同歸，廊廟與江湖齊致"。此類不一，知當時文人皆爲此等語。且勃此語，不獨見於《滕王閣序》，如《山亭記》亦曰："長江與斜漢爭流，白雲將紅塵並落。"歐公《集古》載德州《長壽寺碑》與《西清詩話》，如此等語不一。僕因觀《文選》及晋、宋間集，如劉孝標、王仲寶、陸士衡、任彦升、沈休文、江文通之流，往往多有此語，信知唐人句格皆有自也。李商隱曰"青天與白水長流，紅日共長安俱遠"，陳子

昂曰"殘霞將落日交暉，遠樹與孤烟共色"，曰"新交與舊識
俱懽，林壑共烟霞對賞"。《野客叢書》十三①

乃撰四部要略

竟陵王子良移居鷄籠山西邸，集學士鈔《五經》《百家》，
依《皇覽》例爲《四部要略》千卷。《南齊書》四十

净住子

世祖忠壯世子方等撰《三十國春秋》及《净住子》②，行
于世。《梁書》四十四　案：此則南朝撰《净住子》，非止竟陵王一人，今釋藏
無《净住子》書。

《弔屈原文》

賈誼弔屈，知屈原不必湛其身，而不自知其哭泣之過。誼
之爲人，亦原之徒歟。以二子之才智，其死皆不合乎道。《孔武
仲集》四

賈生獲罪于漢，投文汨羅以弔屈原。皮日休不用於唐，投
文沅湘以弔賈誼。賈之見讒似屈之忠，日休不用似賈之投。悶
長沙，彼其忠憤，可悲也。柳宗元恃叔文輩爲冰山，設爲
《天問》。投文弔湘，有二子之才，無三閭之忠，寧不發屈賈
之笑？《隨隱漫録》五③

自投汨羅

湘水又北，汨水注之。水東出豫章艾縣桓山，汨水又西徑
羅縣北，謂之羅水。汨水又西爲屈潭，即羅淵也。屈原懷沙，
自沈於此，故淵潭以屈爲名。昔賈誼、史遷皆嘗徑此，弭檝江
波，投弔於淵，淵北有屈原廟，廟前有碑。《水經注》三十八

汨水自洪州建昌縣界流入湘陰縣，西徑玉笥山，又西徑羅

---

① 【校】"共荷"作"與荷"，"湘"作"緗"，"長流"作"環流"。【按】明刻
本同。
② 【校】"《净住子》"作"《静住子》"。
③ 【校】第二"弔"作"悼"，"《天問》"作"《天對》"。

國，故城爲屈澤，即屈原懷沙自沈之所。《元和志》二十七①

屈平自沈於江，雖曰褊心，亦可謂不幸，然聖人亦有不幸，而有以處不幸，亦有不得已，而有以處不得已，必不致于自戕，知屈平孔孟所不爲也。《徐節孝先生語錄》　案：聖賢處不幸不得已，誠有可以無死之處，若《徐積集》十五卷，弔屈平詩所謂"若是獨醒無不可，荷蕢猶可釣而耕"是也。至于不得不死，未嘗不見危授命，若必以不死，爲聖賢殺身成仁之訓，爲何所指？

襲九淵之神龍兮

《莊子》載壺子見季咸事云："鯢旋之潘爲淵，止水之潘爲淵，流水之潘爲淵。"淵有九名，此處三焉。其詳見《列子·黃帝篇》，曰："濫水之潘爲淵，沃水之潘爲淵，汭水之潘爲淵，雍水之潘爲淵，汧水之潘爲淵，肥水之潘爲淵，是爲九淵。"按《淮南子》有九旋之淵，許叔重云："至深也。"賈誼《弔屈賦》"襲九淵之神龍"，顏師古曰："九淵，九旋之川。"言至深也，與此不同。《容齋續筆》十二②

汋昧　**俑**面（並《漢注》四十八）

歷《史記》八十四作"曆"　**九州而相其君兮**

歷九州而相君，何必懷此故都？或一道也，而非原志。蘇轍《古文》五十三

見細德之險徵兮

賈誼賦"見細德之險微"，注云："見苛細之人，有險陂之證。"則"微"當作"徵"，見險徵而去，色斯舉兮，見幾而作。《困學紀聞》十六③

《弔魏武帝文》

豈特瞽史之異闕景

闕景，掌日食之官。《雙字》上

---

① 【校】此條應出自《元和郡縣志》卷二十八。
② 【校】"雍"作"雝"，"九旋之淵"作"九璇之淵"。
③ 【校】此條應出自《困學紀聞》卷十二。"有險陂之證"原文無"有"字。

月朝十五

退之《弔武侍御文》：“月旦十五日出其衣珥拜之。”魏武遺令曰：“美人着銅雀臺上，月朝十五，向帳作樂。”此即韓之所祖。《南史·孝義傳》：“王文殊父歿於魏，文殊立小屋，月朝十五，未嘗不北望長悲。”《續演繁露》二①

望吾西陵墓田

魏武帝西陵在鄴縣西三十里。《元和志》十六

漳河上七十二疑冢，北人歲增封之。《鶴林玉露》三

曹操疑冢七十二處，高者如小山，布列至磁州而斷。宋京鏜詩：“疑冢多留七十餘，謀身自謂永無虞。不知三馬同槽夢，曾爲兒孫遠慮無。”《元一統志》一百三

《祭古冢文》

嗚呼哀哉

嗚呼，歎辭也。或嘉其美，或傷其悲，古文《尚書》悉爲“於戲”字。今文《尚書》悉爲“嗚呼”字，《詩》皆云“於乎”。中古以來文籍，皆爲“嗚呼”字。文有古今之變，義無美惡之別。末代文士，輒爲體例，若哀誄祭文，即爲“嗚呼”；封拜册命，即爲“於戲”。“於”讀爲“乎”，“戲”讀爲“羲”，謂“嗚呼”爲“哀傷”，“於戲”爲“歎美”，非止新有屬綴，設此二端，乃諷讀舊文，分爲兩義，妄爲穿鑿，不究根本。漢武册命，三王文皆曰“嗚呼”，此豈哀傷之義？許氏《說文》、李登《聲類》並云“於”即古“烏”字。《匡謬正俗》二②

烏雅見異則噪，故烏虖歎所異也。《毛詩名物解》八

烏之呼如人歎聲，故古者記人之歎輒書“嗚呼”③。《爾雅

---

① 【校】此條應出自《演繁露續集》卷三。“作樂”作“作伎”。
② 【校】“文士”作“文字”，“於讀爲乎”作“於讀如字”。
③ 【校】“嗚呼”作“烏呼”。

《祭顏光禄文》

王君以山羞野酌

徐陵自稱徐君，張説自稱張君，或疑君古人自稱，如《文選》王僧達《祭顏光禄文》自稱王君。《王績集》中載兩《答刺史杜之松》、《答處士馮子華》、《與江公重借隋紀》四書，並稱王君白。又《文選》任彦升《固辭奪禮啓》，"昉"字今李善本作"君"。吕延濟曰："昉家集諱其名，但云'君'，撰者因而録之。"未詳孰是。《文苑英華辨證》十　案：延濟注是。

圖書在版編目(CIP)數據

文選紀聞／(清)余蕭客著;曹煒,巫潔點校. —
上海：上海古籍出版社，2024.5
(余蕭客文集)
ISBN 978-7-5732-1071-5

Ⅰ.①文… Ⅱ.①余… ②曹… ③巫… Ⅲ.①《文選》
—古典文學研究 Ⅳ.①I206.2

中國國家版本館 CIP 數據核字(2024)第 070133 號

余蕭客文集

文選紀聞

(清)余蕭客 著

曹煒 巫潔 點校

上海古籍出版社出版發行

(上海市閔行區號景路 159 弄 1-5 號 A 座 5F 郵政編碼 201101)

(1) 網址：www. guji. com. cn

(2) E-mail：guji1@guji. com. cn

(3) 易文網網址：www. ewen. co

浙江臨安曙光印務有限公司印刷

開本 890×1240 1/32 印張 14.75 插頁 2 字數 370,000

2024 年 5 月第 1 版 2024 年 5 月第 1 次印刷

ISBN 978-7-5732-1071-5

I·3814 定價：78.00 元

如有質量問題,請與承印公司聯繫